當代小說修辭性語境差闡釋

祝敏青、林鈺婷　著

第四輯
總序

　　福建師範大學已歷經百又十年春秋，回想晚清帝師陳寶琛弢庵先生創立「福建優級師範學堂」時所題校訓：「化民成俗其必由學，溫故知新可以為師」，將教育宗旨植根於「學」字，堪稱高瞻遠矚。百多年來，學校隨著時代的更替發展變遷，而辦學理念始終沿循校訓精神，學高為師，身正為範，英才輩出，教澤廣布，為學術建設與文化教育作出了富有意義的貢獻。從我校文學院協同臺北萬卷樓圖書公司編選出版的「百年學術論叢」前三輯三十種論著，以及這次推出的第四輯十種作品，均可印證這一觀點。

　　第四輯又再現「四代同堂」的學術勝景：已故李萬鈞先生的《中西文學類型比較史》開拓了中西文類比較研究的遼闊視野；資深學者中，林海權先生的《李贄年譜考略》以精密的考辨展示了明代著名思想家李卓吾的生平事跡，歐陽健先生的《中國歷史小說史》以史論結合方式展現了中國歷史小說的發展脈絡，賴瑞雲先生的《孫紹振解讀學簡釋》昭顯了孫紹振先生文本解讀學體系的理論與實踐意義，譚學純先生的《廣義修辭學研究——理論視野和學術面貌》開拓了修辭學發展的一個嶄新局面；中青年學人中，祝敏青《當代小說修辭性語境差闡釋》就修辭性語境差問題作了細緻的解析，王漢民《傳統戲曲與道教文化》將戲劇連同宗教作有機的思考，袁勇麟《中國當代雜文史》梳理了兩岸三地雜文五十年的發展演變，呂若涵《另一種現代性——「論語派」論》對論語派散文作出切實的價值評估，蔡彥峰《元嘉體詩學研究》對劉宋時期詩學進行了系統的深入探討。

　　以上只是簡約提示本輯各位作者各有專攻和創獲。綜觀這四輯四十種論著，可謂蔚然大觀，並有學脈貫通。六庵先生之經學，桂堂先生之散文學，喆盦先生之詩學文說，穆克宏先生之六朝文學，李萬鈞先生之比較文學，陳一琴先生之詩話批評，孫紹振先生之文本解讀學，姚春樹先生之雜文史，齊裕焜先生之小說史，陳良運先生之詩學史，莊浩然先生之話劇史，陳慶元先生之福建文學史，以及其他學者的專題著述，不僅體現了我校人文學術的特色優勢，也呈示了我校文學院薪火相傳、嚴謹精進的治學傳統。溫故知新，繼往開來，理應為我輩後學義不容辭的學術使命。

　　近幾年來，我校文學院持續開展和加強兩岸文化教育的交流合作活動，以文會友，廣結善緣，深獲臺灣學界同仁的鼎力支持和真誠勉勵，我們對此感念於心，永誌不忘！兩岸一家親，閩臺親上親，血緣割不斷，文緣結同心。在此戊戌仲春之際，我依然深信，兩岸的中華文化傳人，秉持同種同文的民族自尊心、自信心和責任心，必將跨越歷史鴻溝，進一步交流互動，昭發德音，化成人文，為促進中華文化復興繁榮而共同努力！

汪文頂

西元二〇一八年夏正戊戌仲春序於福州

目次

宗序

　　福建師大祝敏青教授與我是三十多年的老朋友了，從她上一世紀八〇年代初參加了復旦大學中文系舉辦的第一屆助教進修班進修開始，我們的交往就一直未曾中斷過。數月前她來電說，她申報的「國家社科基金後期資助項目」已獲批准，申報的《當代小說修辭性語境差闡釋》書稿亦已接近殺青，希望我為之寫一篇〈序〉。敏青的學術水平我是比較了解的。通讀了她的初稿及修改稿後，我感到這是一本對陳望道修辭學思想有重要發展的小說修辭學著作。以下分幾點論述：

一

　　二十世紀八〇年代，我為復旦大學中文系開辦的幾屆「助教進修班」開設了「修辭學」課程，著重宣講陳望道修辭學思想，講稿中的不少內容後來寫進復旦幾位同仁合作撰寫的《修辭新論》中。敏青在復旦進修期間，是與我和李金苓交往較多的學員之一。離開復旦後，我們一直保持著通信聯繫。從二〇〇三到二〇一三年，她又在《揚州大學學報》、《泉州師院學報》等處發表過三篇從不同角度評論我「繼承、拓展、創新」陳望道修辭學思想的文章，[1]留下了她較為全面地研究陳望道修辭學思想的足跡。本書稿不僅在多處明白彰顯了與陳望道修辭學思想的關係，而且在以下幾方面均有繼承和發展。

1　論文後收入馮廣藝、段曹林主編：《修辭學與修辭學史》論文集（澳門：澳門語文學會，2004年）。以及吳禮權、趙毅主編：《追夢修辭》（長春市：吉林教育出版社，2015年）。

（一）發展了陳望道先生（以下簡稱「望老」）「修辭以適應題旨情境為第一義」的創新性論點

一九三二年，陳望道在現代修辭學奠基作《修辭學發凡》中，將英國人類學家馬林諾夫斯基的語境學理論首次引入修辭學研究，提出「修辭以適應題旨情境為第一義」的創新性學說，認為：「凡是成功的修辭，必定能夠適應內容複雜的題旨，內容複雜的情境，極盡語言文字的可能性，使人覺得無可移易，至少寫說者自己以為無可移易。」[2]之後，幾十年來，修辭學界的張弓、王德春、馮廣藝、王占馥、曹京淵、王建華、周明強、盛愛萍等多名學者，對語境的基本理論及應用作了多方面的探究。敏青從二〇〇〇年起，在《小說辭章學》、《文學言語的多維空間》、《文學言語的修辭審美建構》以及本書中，對語境差的定義、存現界域、小說語境差的審美特徵等，作了較為系統的探討。從《修辭學發凡》以來，語境學研究的成果雖然林林總總，但回答具體怎樣適應語境，在這方面摸索到發展規律的，還應者寥寥。本書不僅探討了「修辭性語境差」的三個基本特徵，還將其與陳望道倡導的其他幾種修辭理論相結合，為語境學探討開闢了一條新途徑，找到了怎樣適應題旨情境的新視角。

（二）以望老倡導的修辭學是一門多邊性、邊緣性學科的理念作為本書的理論根基，基礎牢靠

望老根據幾十年研究經驗，於一九六一年提出修辭學是一門邊緣性學科的理念。一九六三年，望老又提出：「修辭學介於語言、文字之間。它與許多學科關係密切，它是一門邊緣學科。」[3]我們隨後也

2　陳望道：《修辭學發凡》（上海市：上海教育出版社，1997年），頁11。
3　陳望道：〈談修辭學是邊緣學科及其他〉，收入於陳望道著，宗廷虎、陳光磊編：《〈修辭學發凡〉、〈文法簡論〉》（上海市：復旦大學出版社，2015年），頁365。

於八○年代起在《修辭新論》等多本（篇）論著中作了進一步的拓展。我們還曾多次推薦望老發表於一九三五年的〈語言學和修辭學對於文學批評的關係〉一文。如該文指出：「語言學、修辭學和文學批評的關係雖然很密切，卻也只是密切到一半，而這一半之中，又是修辭學和文學批評的關係密切一點。因為修辭學所用來研究思想和表現的關係的，多半就是文學的緣故。」[4]本書除吸收索緒爾、薩丕爾等語言學理論外，還吸收陳望道、宗廷虎等修辭學理論，吸收曹文軒、孫紹振、南帆等文學批評理論，吸收陳望道、宗白華、朱立元等美學理論，還融入了心理學、信息學等多門學科理論。全書以望老倡導的修辭學是一門邊緣性學科的理念為理論根基，利用了共用資源，打破了學科界限，拓展了研究空間，更新了研究方法，基礎十分牢靠。

（三）遵照望老用辯證法研究修辭學的觀念，將辯證法思想融合進全書多個章節，成效顯著

　　本書基於辯證法觀念構建了修辭性語境差理論體系。例如第一章第二節，即在吸收望老《美學概論》對美的六種分類的基礎上，構建了「自然與人為互滲構建的語境差」、「空間與時間融合構建的語境差」等六大類的對立統一體系。全書在闡釋時貫串濃郁的辯證理念，在對顛覆與平衡、違背常規與有修辭價值的闡釋中，注重事物對立統一的論析，注重事物間的內在關聯，注重語言的動態性。使闡釋不限於表層而具有深層性；不限於孤立的語言現象的觀察，而具有綜合性；不限於靜態的分析，而注重論析的動態性。由於辯證分析突出，成效顯著。

4　《陳望道修辭論集》（合肥市：安徽教育出版社，1985年），頁219-220。

（四）將陳望道、宗廷虎等關於修辭學要研究表達，也要
　　　研究接受的論述運用於小說語境差研究，並貫串始
　　　終，取得突破

　　例如第一章「審美視角下的修辭性語境差」，立專節對「審美視角下的表達與接受語境差」進行了多方位、多角度考察。作者將小說的生成與讀解視為言語交際，認為這一交際系統存在著比日常言語交際系統更為複雜的情況。考察分三個方面。一是敘事者與讀者的語境差。這是小說虛擬世界外部關係存現的語境差。二是讀者與人物的語境差。當作品人物作為敘事者與讀者交際的憑藉時，也就與讀者發生了交際關係。三是語境重建符號與讀者之間的關聯。作者用對立統一視點對語境的匹配、干擾、否定、填補、生成等功能在語境差異中進行整合，重建語言符號與讀者進行關聯，從而實現審美表達與審美接受交融的闡述。

　　總之，幾十年來，望老的眾多弟子，私淑弟子、再傳弟子對陳望道修辭思想的繼承和發揚，取得了眾多業績，學界不斷有評論論及。我認為，敏青關於小說語境差卓有成效的探討，已經在其中占有了令人矚目的一席。

二

　　本書「前言」一開頭即闡明了寫作的宗旨：「修辭性語境差是當代小說語境的重要特徵，是基於語境視域解讀小說語言的關鍵。本書以修辭性語境差為視角，考察當代小說語言的語境特色。」[5]作者集中對修辭性語境差的基本特徵作深入闡述，這已成為全書的亮點所在。被指出的基本特徵有三：一是對語境平衡的顛覆，這是語境差的標誌

5　本書〈前言〉。

性特徵。二是修辭性，這是語境差的深層次特徵，在語境背離中蘊含著審美價值。因此，「修辭性語境差」的修辭性特徵也可以說是審美特徵。三是同域性，對小說語言而言，不平衡的產生限定於同一文本語境。我認為作者對前兩點的論析更是新意迭出。以下著重評述前兩點：

（一）對當代小說修辭性語境差的語言外顯標誌：語境顛覆有較為全面的揭示

作者認為：「顛覆是語境差的外顯標誌，又是語境差複雜性的體現。語境差可能顛覆所有可以稱之為規律的現象，包括客觀現實、心理因素、邏輯規律、語言規律等。它無視一切清規戒律，以不平衡狀態體現出對世間規律的藐視。」「語言符號……能指與所指的顛覆是當代小說語境差的突出現象，它突破了語言能指與所指約定俗成的內在規律，對符號原有的能指與語義所指進行重新組合，其顛覆呈現出一種力度與強度，由此體現了特定時代、特定作家和特定作品的特色。」[6]接著分五個方面通過大量的典型語料，對這種顛覆作了多方位、多角度的揭示。

本書第二章「被顛覆的小說時空世界」，對時空語境顛覆所構成的形態及意義做了總體闡述。時空語境差指時空語境不平衡的顛覆狀態，作者從對立、反差等表層顛覆現象和寓意、虛擬等深層顛覆現象進行了揭示。重點對莫言小說時空越位鏈接的各種形態，顛覆中時間越位與虛擬空間相交錯構建的魔幻世界，敘事時間與故事時間顛覆的兩種情形作了闡述。第三章「被顛覆的敘事語境」考察了顛覆造成的小說敘事語境差。涉及敘事視角的變異、敘事語序的錯亂，也涉及敘事者及敘事對象，並且涉及當事語境和關涉語境。第四章「被顛覆的文本語境」重點對女作家阿袁小說中建構的突出語境差策略進行了較

---

6 本書第一章第一節〈小說修辭性語境差的審美解讀〉。

全面的考察，計有：對比構成的語境差、借古喻今的時空語境差、上下文顛覆中的語境差、語義表層與深層顛覆下的語境差、虛幻與現實交織的語境差等。第五章「話語系統騷動中的語境差」，既探討了「戲謔中的符號變異組合」，從語言各子系統對規律的顛覆來闡釋語境差，也基於「語境差是辭格生成的重要基點」的認識，對建立在變異基礎上的比喻、比擬、借代、誇張、通感等辭格作了闡述。第六章「顛覆中的小說對話語境」，既對修辭性語境差在對話中的特殊體現——信息差作多角度解讀，指出信息差即信息發送與接收的不等值，也對信息差作為修辭策略的對話模式加以闡釋。小說中的精彩對話往往出現對日常言語交際規律的解構，它顛覆了言語交際的合作原則，顛覆了言語交際的話語特徵，也顛覆了小說的對話語境。

（二）兼用望老的美學理論、辯證法理念作指導，開闢了小說語境差深入探索的新路徑

　　數月前當我披閱本書的初稿時，發現有一點很不過癮：雖然作者列舉的有關「語境差標誌性特徵」，顛覆的語料非常典型，一再指出語境顛覆的同時，「在語境背離中蘊含著審美價值」，並強調「修辭性語境差的修辭性特徵也可以說是審美特徵」，但具體有哪些審美特徵卻並未明確回答，往往點到即止，語焉不詳，這似乎也是不少文學評論文章易犯的不足。我在電話中建議敏青去看看望老《美學概論》中對美的六種分類，以此為武器來加強本書的審美分析。雖然僅寥寥數語，但敏青非常重視，又悟性很高，不久即發來了增寫的第一章第二節「辯證審美中的小說修辭性語境差」。看了這一節的開頭，敏青以下的體悟使我眼前一亮：「《美學概論》這六個種類的美是將與之形成對立的關係構成的組合。因此，這一分類，充分體現了陳望道美學理論中的辯證觀念。以陳望道的美學種類來考察小說修辭性語境差，我們發現，語境差所構建的不平衡到平衡的審美過程中往往同時蘊含著

一組對立的美。對其分析闡釋，可以看作是對陳望道美學思想的一個體驗。」[7]能從陳望道美學思想中發現其中貫串著的辯證理念，證明確有慧眼，也確實抓準了其中的精髓。

　　這一節的標題即為「辯證審美中的小說修辭性語境差」，重點將望老《美學概論》中的六類美：自然美與人為美；空間美、時間美與空間時間混合美；動美與靜美；視覺美、聽覺美、味覺美與嗅覺美；形式美與內容美；崇高、優美、悲壯與滑稽，逐一用來分析小說語境差，時有新見。以「自然與人為相互滲透構建的語境差」為例，敏青論析說：「自然與人為可能構成一個對立的統一體。自然景物加入了人的參與，就具有了人為美。而人為美是以自然美為根基，當然滲透著自然的元素。作者筆下與自然關涉的描寫，往往超越了自然，而滲透人為的因素。由此所構成的人為美與自然美可能是和諧的，也可能是相錯落的。基於語境差視角考察自然與人為關係，我們注重的是相互錯落關係。作者筆下人為與自然的錯落關係呈現出多彩紛呈的形態。」接著從多種視角分別舉例論述。再以「動靜相交錯構成的狀態語境差」為例，敏青指出：「動與靜是兩種截然不同的狀態，卻又相輔相成……就事物給予人的第一感官而言，動與靜有著截然不同的視覺感覺效果。靜者寓動，深層含有動的因素，但表層仍為靜。動者寓靜，但表層仍為動。因此，出現了動態與靜態的對立。這種對立，在作家筆下，可能出現轉化，動與靜產生互融，從而與原有動靜狀態產生背離，呈現了動靜狀態變異構成的語境差。」[8]敏青對望老概括的其他四類美的論析也頗為精湛，不贅引。

　　我曾經撰寫專文，總結過望老的一個與別的修辭學家不同的經驗。望老撰寫《修辭學發凡》長達十多年，在此過程中，他同時也在研究美學，不但發表了十幾篇美學文章（包括譯文），還寫出了美學

7　本書第一章第二節〈辯證審美中的小說修辭性語境差〉。

8　均見本書第一章第二節〈辯證審美中的小說修辭性語境差〉。

專著《美學概論》。「可以這樣說，望道先生在成為一個修辭學家的同時，已成為一個功力深厚的美學家了。他是『五四』之後，我國最早湧現出來的美學家之一。他的美學素養，使他的修辭學理論基礎厚實；而他的修辭學研究，又為美學研究提供了廣闊的園地。也可以說，他是我國修辭學史上，第一個把美學觀點全面地運用到修辭學上來的學者。這樣的結果是：他在修辭研究中找到了美。」[9]而今，敏青將望老美學思想融入小說語境差研究，也是找到了加深美學根柢、加強美學論析的鑰匙。本節的增補，既彰顯了全書美學基礎、哲學基礎的厚實，也顯示了審美論析的具體而深入。在以後的理論闡釋中，也作了呼應。敏青的小說語境差研究還在路上，事實已經證明並將繼續證明，望老的修辭學理論、美學理論、辯證法理念，已經為敏青開闢並將繼續開闢小說語境差研究的新路徑。

三

　　本書在理論和研究方法上有著多方面的創新，如提出較為系統的「修辭性語境差」理論，採用多學科理論交融與辯證法等研究方法，在理論和實踐等方面有重要意義。

（一）理論意義

　　由於本書自身的多學科理論交融性質，本書的問世對好幾門學科均能起到推動作用。

　　先看對語境學發展的意義。從一九三二年望老《修辭學發凡》出版，率先提出「修辭以適應題旨情境為第一義」的理論以後，語境理

9　宗廷虎：〈探索修辭的美──〈修辭學發凡〉與美學〉，《《修辭學發凡》與中國修辭學》（上海市：復旦大學出版社，1983年）。又見《宗廷虎修辭論集》（長春市：吉林教育出版社，2003年）。

論不斷發展，尤其是改革開放以來，語境學不僅成學，發展的步伐還頗大。新世紀伊始，敏青將語境學觀點引進小說語言研究，提出「當代小說修辭性語境差」理論，視角獨特，新意盎然，定能對語境學建設起到進一步推動的作用。

次看對修辭學發展的意義。本書總結出的「修辭性語境差」理論，雖然基於當代小說，但對豐富整個修辭學理論具有普遍意義。修辭學可以運用它指導分析其他不少文體中的修辭現象，從而推動我國修辭學理論的深入探究。如可以將「語境差」理論移入散文修辭學、演講修辭學、廣告修辭學等分支學科研究，可以開拓文體來探索新局面。敏青二〇一四年問世的《文學言語的修辭審美建構》一書，即刊有〈從解構到重建──孫紹振幽默散文的審美內核〉一文，將其放在「顛覆──文學語符的美學建構」欄目內，充實了散文修辭探索的內涵。

再看對小說研究的意義。本書為小說語言研究尋求多邊緣學科交融的蹊徑，對小說語言的研究視角、研究思路、研究方法均有創新，對小說語言的進一步探索能起到推動作用。

（二）實踐意義

本書對作家、文學創作者有指導意義。全書既有視角多樣的豐富語料，又有從實踐中概括出來的「修辭性語境差」理論，對指導作家及熱衷於小說、戲劇創作的文學愛好者的構思及寫作，有指導作用。同時，本書對文學愛好者、修辭愛好者鑒賞當代小說也有指導意義。廣大文學愛好者、修辭愛好者通過鑒賞「語境差」現象，能進一步領略到當代小說的諸多美質，體悟到「語境差」現象的眾多奧秘。

宗廷虎於復旦園

二〇一六年五月

前言

　　修辭性語境差是當代小說語境的重要特徵，是基於語境視域解讀小說語言的關鍵。本書以修辭性語境差為視角，考察當代小說語言的語境特色。

　　自英國人類學家馬林諾夫斯基在一九二三年提出語境概念以來，語境已經為社會學、語用學、語言學等各學科所重視。人們對語境的定義、語境的分類、語境的功用等問題作了大量討論。馬林諾夫斯基將語境分為兩類，一是「情景語境」，一是「文化語境」。這說明，語境不僅包括語言因素，也應包括非語言因素。在修辭學界，自陳望道在一九三二年出版的《修辭學發凡》中提出「題旨情境」說，張弓、王德春、馮廣義、王建華、周明強、王占馥等學者也對語境的定義、構成、分類、功能等方面作了較系統的研究。現代學者對語境適應問題的研究，源於陳望道對「題旨情境」適應的學說。陳望道指出：「修辭以適應題旨情境為第一義，不應是僅僅語辭的修飾，更不應是離開情意的修飾……凡是成功的修辭，必定能夠適應內容複雜的題旨，內容複雜的情境，極盡語言文字的可能性，使人覺得無可移易，至少寫說者自己以為無可移易。」[1]馮廣義的《語境適應論》、王建華、周明強、盛愛萍的《現代漢語語境研究》、張宗正的《理論修辭學——宏觀視野下的大修辭學》等對語言使用與語境相互適應的問題作了較為具體深入的探討。而對語境背離問題的探討，較早的有李蘇鳴的〈文學創作與文學鑒賞的矛盾焦點——語境差〉，他將語境差定

1　陳望道：《修辭學發凡》（上海市：上海人民出版社，1976年），頁11。

義為：「……相對於一定創作成品來說，制約創作者語言形式選擇的語境因素與制約鑒賞者對創作成品的語境因素之間的差異稱為語境差。」[2]以敏銳的視角探討了表達與接受之間所出現的差異，當然，其探討僅限於創作與鑒賞視域。祝敏青在《小說辭章學》一書中，將語境差定義為：「各語境因素間表現出來的差異，它可以存現於作品中各語境因素之間，也可以存現於作品人物與讀者語境之間，還可以存現於創作語境與讀解語境之間。」[3]這就將語境差的研究視域擴展到作品內部各語境因素之間，並著重探討了具有積極修辭效果的語境差現象。在《文學言語的多維空間》一書中，不但對語境差存現的界域進行探討，而且進一步深入探討了語境差的審美價值。[4]在為碩士、博士開設的《語境學》課程中，她也對語境差研究作了重點介紹，引發了學生的研究興趣。吳東暉〈語境差概念探析〉[5]、陳玫〈語境差現象研究〉[6]、陳勤〈魯迅《過客》語境差的審美價值〉[7]、岳秀文〈理智與柔情——試論小說《樹樹皆秋色》的語境信息差〉[8]、宋文田〈論王蒙小說《符號》語境差效應〉[9]、李妮〈淺析《妻妾成群》中的語境差現象〉[10]、蔡晨薇〈淺析鐵凝小說《午後懸崖》中的語境差現象〉[11]、陳近歡〈滕剛《異鄉人》語境差解讀〉[12]、鄭麗萍

2　李蘇鳴：〈文學創作與文學鑒賞的矛盾焦點——語境差〉，《修辭學習》1994年第4期。

3　祝敏青：《小說辭章學》（福州市：海峽文藝出版社，2000年），頁233。

4　祝敏青：《文學言語的多維空間》（福州市：福建人民出版社，2005年），頁50-61。

5　吳東暉：〈語境差概念探析〉，《福建廣播電視大學學報》2006年第6期。

6　陳玫：〈語境差現象研究〉（福州市：福建師範大學2006屆碩士論文）。

7　陳勤：〈魯迅《過客》語境差的審美價值〉，《北京廣播電視大學學報》2008年第1期。

8　岳秀文：〈理智與柔情——試論小說《樹樹皆秋色》的語境信息差〉，《東京文學》2008年11月。

9　宋文田：〈論王蒙小說《符號》語境差效應〉，《文藝生活》2011年第2期。

10　李妮：〈淺析《妻妾成群》中的語境差現象〉，《群文天地》2012年第3期。

11　蔡晨薇：〈淺析鐵凝小說《午後懸崖》中的語境差現象〉，《劍南文學：經典閱讀》2012年第9期。

12　陳近歡：〈滕剛《異鄉人》語境差解讀〉，《名作欣賞》2013年第9期。

〈鐵凝短篇小說《意外》的語境差效應〉[13]等構成了語境差研究的系列論文，說明研究者不僅對語境差進行理論上的探討，而且作為語言鑒賞實踐，將語境差理論運用到作品分析，豐富充實了語境差理論。

　　本課題所探討的語境差，側重研究作品內各語境因素出現的積極語境差。我們對語境作廣義界定，將其定義為：與語言使用有關的一切環境因素。它包括上下文、時間、空間、對象、目的、背景等。涉及語言的表達，也涉及語言的接受。涉及書面語，也涉及口語。在這一廣義範疇，我們對當代小說修辭性語境差進行系統的深入的研究。

　　修辭性語境差指在同一交際界域，語境因素間呈現顛覆狀態，卻具有審美價值的修辭現象。我們對語境差所下的這一定義，說明對其考察是在修辭學科範疇中的，同時，它又是修辭學與語境學、美學、文學等各邊緣學科的融合體。修辭學屬於多邊緣學科的性質，陳望道早在一九六一至一九六三年就提出了，如「修辭學是介乎語言學和文學之間的一門學科」[14]、「修辭學是一門邊緣學科」[15]等，這是對修辭學性質認識的本質飛躍，引發了學者對修辭學性質的探討。由於歷史原因，陳望道雖然已經意識到「修辭學是一門邊緣學科」，並在他的修辭學實踐中將修辭與美學等學科關聯，但並未對多邊緣學科理論作系統的闡述。宗廷虎、李金苓在此基礎上，對各邊緣學科與修辭學科的滲透作了多角度全方位的審視，對修辭學多邊緣性質作了系統的理論闡述。他們「深感認清修辭學的邊緣學科性質，堅持不斷地從鄰近學科中吸取營養，對修辭學的建設和發展至為重要」。[16]為此，呼籲修

13　鄭麗萍：〈鐵凝短篇小說《意外》的語境差效應〉，《金田》2014年第2期。

14　復旦大學語言研究室編：《陳望道修辭論集》（合肥市：安徽教育出版社，1985年），頁300。

15　復旦大學語言研究室編：《陳望道修辭論集》（合肥市：安徽教育出版社，1985年），頁302。

16　宗廷虎：〈在修辭學建設中吸取心理學、美學營養──學習陳望道先生修辭學思想札記〉，《復旦學報》1987年第6期。

辭學研究要努力吸收邊緣學科的特殊營養。在總結陳望道邊緣學科研究成果的同時，他們提出了自己對邊緣學科營養滲透的一系列精闢見解。從一九八四年開始，在〈邊緣學科的特殊理論營養——論修辭學的哲學基礎及其他理論來源〉[17]、〈在修辭學建設中吸取心理學、美學營養——學習陳望道先生修辭學思想札記〉[18]、〈再論修辭學史研究中的系統論方法〉[19]等論文中，從不同角度，不同學科鏈接，對修辭學的邊緣性、綜合性進行了深入探討。並在《修辭新論》〈總論〉中列專節探討了「修辭學的性質特徵和理論營養來源」，較系統地闡述了修辭學是「一門多邊性學科」的特殊性質。[20]陳望道、宗廷虎、李金苓等人對修辭學多邊緣學科的倡導和界定，引導我們對修辭性語境差理論體系建構的學科定位，是本課題研究性質、研究視角和研究方法的理論根基。

　　修辭性語境差的基本特徵有三：一是對語境平衡的顛覆。這是語境差的標誌性特徵。它是對語境適應的表層背離，卻又是一種深層的適應。顛覆可能生成於語境各因素之間，也可能生成於語境因素內部。上下文、時間、空間、對象、目的、背景等語境因素可能出現內部不平衡、不對等的顛覆，也可能出現相互間的顛覆。語境顛覆所產生的陌生化，有著突出的修辭效果。當然，語境背離只是語境差的表層現象，在對某個語境因素的背離中，隱含著對其他語境因素的適應，就這一意義而言，語境差也是一種語境適應，是較之表層適應更

---

17 宗廷虎：〈邊緣學科的特殊理論營養——論修辭學的哲學基礎及其他理論來源〉，《宗廷虎修辭論集》（長春市：吉林教育出版社，2003年），頁81。

18 宗廷虎：〈在修辭學建設中吸取心理學、美學營養——學習陳望道先生修辭學思想札記〉，《宗廷虎修辭論集》（長春市：吉林教育出版社，2003年），頁145。

19 宗廷虎、李金苓：〈再論修辭學史研究中的系統論方法〉，《宗廷虎修辭論集》，頁333。

20 宗廷虎、鄧明以、李熙宗、李金苓：《修辭新論》（上海市：上海教育出版社，1988年）。

為複雜的深層適應。其二是修辭性，這是語境差的深層性特徵。它使
得語境差有別於語言使用中的語境失誤。語境失誤是在語言使用中背
離了語境規律，造成語境不適應，卻沒有修辭價值的現象。而修辭性
語境差則在語境背離中有著另一層面的適應，在平衡與不平衡、適應
與不適應的對立統一中蘊含著審美價值，所以，修辭性特徵也可視為
審美特徵。其三是同域性，不平衡的產生是在同一交際界域的。將小
說語言的表達與接受視為言語交際，同域指的是同一文本語境，而非
不同文本語境。

　　修辭性語境差是基於辯證法觀念對語境所做的動態考察。在修辭
學研究中貫穿辯證法觀念，可以說源自陳望道修辭學思想。宗廷虎、
李金苓等人在繼承這一觀念中，有所拓展、有所創新，使之發揚光
大。在宗廷虎、李金苓等人的修辭學理論和修辭學史研究中貫穿始終
的理論根基，就是深刻的辯證理念。在與胡裕樹合作的〈用辯證法指
導修辭學研究──陳望道先生與《修辭學發凡》〉中，對《修辭學發
凡》有關唯物辯證法運用的主要方面和方法加以概括，著重對陳望道
修辭學思想中辯證唯物主義觀點的具體體現做了概述。[21]在〈修辭研
究必須用辯證唯物主義觀點作指導──學習《修辭學發凡》札記〉
中，從唯物辯證觀念入手，具體分析有關觀念的體現，繼續對《修辭
學發凡》辯證唯物主義觀點運用的特點作評述。從「全面的觀點」、
「事物與事物相聯繫的觀點」、「發展變化的觀點」對《修辭學發凡》
中辯證唯物主義觀念的滲透加以分析概括。[22]這種觀念深深影響了我
們的研究。辯證法的對立統一、注重事物與事物的聯繫，注重發展等

---

21 胡裕樹，宗廷虎：〈用辯證法指導修辭學研究──陳望道先生與《修辭學發凡》〉，
　　《復旦學報》1982年第3期。
22 胡裕樹，宗廷虎：〈修辭研究必須用辯證唯物主義觀點作指導──學習修辭學發凡
　　札記〉，中國修辭學會華東分會編：《修辭學研究》第2期（合肥市：安徽教育出版
　　社，1983年）。

核心理念，使我們對修辭性語境差的考察不是孤立的，而是綜合的；不是表層的，而是深層的；不是靜止的，而是動態的。

　　修辭性語境差的考察是多方位、多視角、多層次的。對語境因素作綜合動態考察，可以使語境差體現出的不平衡轉化為平衡，從而構建美學規則。語境差所呈現出的顛覆以不平衡狀態作為語境差現象的顯性特徵，而要對其審美，則是尋求內在平衡的過程，是在語境的整合中尋求另一層面的語境適應的過程。因此，語境差的審美規則是在反規則的基礎上構建起來的，它經歷了從表層顛覆到深層重新建構的整合過程。

　　當代小說融入了當代人對世間百態的認知，融入了當代人的社會意識、生活節奏，融入了當代人的審美取向，使得小說語言在追求語境適應的循規蹈矩中，另闢蹊徑，求新求異，追求個性，追求特徵。語境背離的顛覆性因此成為當代小說語境的突出特性。循規蹈矩是語言使用的必然，顛覆變異也是小說語言審美追求的必然。對當代小說修辭性語境差的考察，能凸顯當代小說語言在語境領域的特色，為當代小說語言研究尋求視角的創新，研究思路和研究方法的創新，為小說語言研究尋求多邊緣學科交融的蹊徑。同時，作為語境學研究中的一個分支，為語境的動態研究提供新的研究對象和研究方法。

第一章
審美視角下的修辭性語境差

　　作為語境差的深層特徵，語境差的修辭性決定了這一現象的審美狀態，也決定了對這一現象的審美解讀，同時顯示了解讀的多學科接壤視角。它是語言學、文學及美學等學科相關理論的融合。從語境的背離中感受當代小說語言的個性，從語境顛覆中尋找新的平衡支點，完成小說語言從表達到接受的雙向言語交際過程，從而實現對小說語言的審美。這是對小說語境各因素相互融合所產生的語言魅力考察的過程，是一個充滿了不斷探尋、不斷發現、不斷收穫的審美過程。

　　張宗正曾就修辭語境與語用語境的同異進行比較，認為「修辭語境或說語境的修辭性質是由依託語境而發生、運行的修辭活動所賦予創造的。在我們看來，修辭活動是關注並追求理想效果的言語交際活動，那麼通過對言語交際所依託的客觀時空、客觀事件進程諸方面因素的特別關注，積極開發、得體調用，配合或促使言語交際取得理想效果的活動，就賦予了客觀時空、客觀事件以修辭性質、修辭功能。」[1]這就突出了從修辭學角度考察語境與從語用學角度考察語境的差異，凸顯了語境修辭性生成的主觀能動性和審美性。作為「追求理想效果」的言語行為，其言語目的、言語功能與修辭性是緊蜜關聯的。

1　張宗正：《理論修辭學——宏觀視野下的大修辭學》（北京市：中國社會科學出版社，2004年），頁141。

第一節　小說修辭性語境差的審美解讀

薩丕爾在論述語言與言語區別時指出：「從言語的現實裡抽象出來的語言的根本成分和語法成分，適應從經驗的現實裡抽象出來的科學的概念世界；而詞，作為活的言語的現實存在的單位，則適應人的實際經驗的單位、歷史的單位、藝術的單位。」[2]作為被運用著的動態的言語也就與抽象的語言有了本質的區別，在作為「藝術的單位」的小說語言中，更是凸顯了與語言共性特徵截然不同的個性特徵。當小說家以獨具一格的語言方式表現個性的時候，理所當然地選擇了與眾不同的方式，這就是對共同語約定俗成的解構。從語境視角而言，這一解構既表現在語境顛覆的外顯標誌，又表現在對顛覆的重新建構。因此，對小說修辭性語境差的考察，是對小說語境各參構因素的綜合考察，是在語言個性中尋求審美的過程。

一　語境差的語言外顯標誌——語境顛覆

顛覆是語境差的外顯標誌，又是語境差複雜性的體現。語境差可能顛覆所有可以稱之為規律的現象，包括客觀現實、心理因素、邏輯規律、語言規律等。它無視一切清規戒律，以不平衡狀態體現出對世間規律的藐視。我們主要側重從語言層面來探討語境差，其外顯標誌也就意在於此。當代小說語言的狂歡現象應時代潮流而生，當代人多彩的生活、活躍的思維，都注定了語境差成為當代小說語言標誌鮮明的產物。

語言符號的能指與所指構成了符號整體。能指與所指的顛覆是當代小說語境差的突出現象，它突破了語言能指與所指約定俗成的內在

2　〔美〕愛德華·薩丕爾著，陸卓元譯：《語言論》（北京市：商務印書館，1985年），頁29。

規律，對符號原有能指與語義所指進行重新組合，其顛覆呈現出一種力度與強度，由此體現了特定時代、特定作家和特定作品的特色。如：

（1）她反正沒有老公孩子要侍候，湯梨做紅燒魚的時候，她看兩頁書，湯梨燉蓮藕排骨湯的時候，她看兩頁書。十幾年下來，齊魯要比湯梨多看多少本書呢？這些書化腐朽為神奇，生生地把一個尋常資質的女人化成了博士，化成了學者。而湯梨飯桌上的那些錦繡文章，卻顛倒過來了，化神奇為腐朽，統統化到了湯梨家的 TOTO 馬桶裡。

　　　　　　　　　　　　　　　　　──阿袁〈湯梨的革命〉

（2）獲獎後，她的年齡也突破式地又年輕了一歲，甚至給勃爾德寫來了動人的求愛信，嚇得勃爾德夜夜失眠怕鬼，幾乎毀了新芽新苗的大好前程。

　　　　　　　　　　　　　　　　　──王蒙〈球星奇遇記〉

（3）連恩特也喜歡這個歌，他自己唱得也是涕淚交流，醍醐灌頂。

　　　　　　　　　　　　　　　　　──王蒙〈球星奇遇記〉

例（1）湯梨將孫波濤介紹給未婚的齊魯，而湯梨和孫波濤二人卻「心懷鬼胎」，因此三人「一直玩的，都是三人行必有我師的把戲」。三人同時在場時齊魯對歷史典故的侃侃而談引發了以上比較。同為高校女教師，已婚的湯梨與未婚的齊魯學識與所投入的時間是成正比的，她們的工作過程與成果也是成正比的，將二者形成反方向的對比，突出了二人特點。巧妙的是，「錦繡文章」的能指在此被顛覆為湯梨飯桌上食物的所指，「化神奇為腐朽」被顛覆為食物上桌到消化

過程，加之食物的結果去向「化到了湯梨家的 TOTO 馬桶裡」，就充滿了風趣。通過兩個「化」的趨勢指向不同，達到比較的突出效果。例（2）「突破」原來的所指義是打破原有規模、水平等，應是褒義，但此處卻用於嘲諷。用「突破式地年輕了一歲」諷刺獲獎作家不合常理的行為。例（3）「醍醐灌頂」原來的所指義是灌輸智慧，使人徹底醒悟。此處卻故意望文生義，表現恩特沉浸在歌聲中無法自拔，涕淚交流就像醍醐從天而降、直灌於身一樣，顯然是嘲諷恩特以及那些不懂欣賞卻又附庸風雅的人們。能指形式的變異也是造成能指與所指對應關係改變的原因，如：

> 原來當了著名球星以後，各色早餐就這樣自然而然地湧到他的身邊，像一條載滿食物的河流一樣，食者如斯夫，不捨晝夜。
>
> ——王蒙〈球星奇遇記〉

將「逝者如斯夫」變異為「食者如斯夫」，雖然諧音，但卻改變了原有語句的所指義，形容恩特成為球星後生活天翻地覆的變化，形象詼諧。詞語用法的變異也意味著能指與所指關係的重組，如：

> （1）他腦門上從來沒出過那麼多的汗，那汗一豆兒一豆兒地麻在臉上，而後像小溪一樣順著脖子往下淌，身上像是爬滿了蚯蚓。
>
> ——李佩甫〈上流人物〉

> （2）在秋光裡，那如花似玉的臉龐上還汪著一些似有如無的、煙化般的嫩絨絨，那絨兒像光的影兒。
>
> ——李佩甫〈上流人物〉

例（1）形容馮家昌看到散開的點心匣子裡裝的是驢糞蛋後的緊張表情。「豆」原是名詞，此處用作量詞，雖然保留了原有所指物「豆」的形態，但突破了原有指物的所指義。「麻」本是名詞，指草本植物；或是形容詞，指皮膚感覺到的一種狀態，此處卻用作動詞，也就改變了原有的所指義，以神態極言了心態的緊張。例（2）「汪」本是名詞，原有的所指義是百川所流注的海洋，此處卻用如動詞，所指義隨著詞性發生了變化。這一「汪」字又與小說下文的「生怕一摸之下就會沁出水來」句相呼應，形容劉漢香臉龐的水嫩俊俏，充滿了形象色彩。

　　能指與所指關係的顛覆，也就意味著所指對象的顛覆。所指對象可以是上例中的事物、情景，也可以是能指指向的人。如：

> （1）母親氣得說不出話來了，她抖動得如同一面風中的旗幟。旗幟在幾個房間裡快速來回，分別從廚房、客廳和臥室找出一大堆東西扔在地上。這些東西分別是我在不同的節日給她送來的禮物。
>
> ——普玄〈月光罩杯〉

> （2）老季是北方人，長得也很北方，一米八幾的個子，又黑又粗糙的皮膚，和孫東坡對比了來看，簡直一個是枯藤老樹昏鴉，一個是小橋流水人家。可這棵老樹竟然是研究「花間詞」的，孟繁有些忍俊不禁。孫東坡說，老季不僅研究花間詞，老季的審美對象是世間一切嫵媚風流的東西。嫵媚的風月，嫵媚的文字，嫵媚的女人。
>
> ——阿袁〈魚腸劍〉

例（1）是母親得知「我」懷了別的男人的孩子之後的神情動作，「旗

幟」在此取代了人而喪失了其原有的所指義，將母親在此狀態下失控的心理狀態描繪出來。例（2）「枯藤老樹昏鴉」，「小橋流水人家」原為馬致遠〈天淨沙‧秋思〉中的景物描寫句，此處卻轉化為指人。在〈秋思〉中原不具有對比意味的句子，此處卻成了二人相貌體徵的對照。與其說取的是景物，不如說取的是詩意韻味上的區別，以此說明二人從體徵到風格的差異。此外，以「嫵媚」冠「風月」，以「嫵媚」冠「文字」也是一種顛覆，既顛覆了「嫵媚」的所指對象，也使「風月」、「文字」語義產生了一定的變異。可以將表景物的符號所指顛覆為表人，也可以將表人的符號所指顛覆為表景物的，如：

> 上海的弄堂是性感的，有一股肌膚之親似的。它有著觸手的涼和暖，是可感可知，有一些私心的。
>
> ——王安憶〈長恨歌〉

將表人的符號所指「性感」、「私心」顛覆為表景物「弄堂」，使弄堂具有了生命，成為與人物生活蜜切相關的具有情感的背景。從而在展現作為人物活動場景的「弄堂」的質感上達到了新的平衡點，也就具有了審美價值。

如果說，上例是突破人物與景物的界限的話，所指對象的顛覆還可以突破人物與動物的界限，以寫人的表述寫物，或以寫物的表述來寫人。如：

> 蘇蘇是一隻母狗，不到兩歲，正值花樣年華，一雙藍灰色的大眼睛，有時睜得溜圓，水汪汪的，是桃花潭水深千尺的風情；有時又十分慵懶地眯成細長的兩條線，這又是貴妃醉酒的嫵媚，惹得四樓的薛寶釵神魂顛倒，逮著機會就往蘇家的院子裡跑，兩隻狗常常倚在桂花樹下，卿卿我我，耳鬢廝磨。
>
> ——阿袁〈子在川上〉

以寫人的年齡、神情狀態來寫母狗蘇蘇，特別是以李白詩句和貴妃醉酒來喻其「風情」與「嫵媚」。順著以人寫狗的所指顛覆思路，對公狗薛寶釵也做了人的描寫。「神魂顛倒」、「卿卿我我，耳鬢廝磨」，寫狗如人，以至於當兩家主人不和，導致阻擾狗的相會時，作者調侃道：「一個中文系的教授，難道還不懂得『讓天下有情人終成眷屬』的道理？非要做惡毒的王母娘娘，讓相親相愛的牛郎織女天各一方，這不是心理變態嗎？」貫穿始終的以人寫狗，將兩條狗寫得活靈活現，帶有了人的神態情感標誌。

　　對所指的顛覆還可能表現在對語義所指各方面的背離，如語詞指向與對象在年齡、程度、情感等方面的差異：

　　（1）一九三一年十二月至一九三三年二月該曾在乃母懷裡吃奶，在炕上爬，並學叫「爹」「媽」，學用手指在空中抓搔和用腿下蹬，學伸直脖子、伸直腰、伸直腿、站起來和走路。已經因為好無緣無故地哭而多次受到勸告、警告和打屁股處分。

　　　　　　　　　　　　　　　　　　　　　　——王蒙〈雜色〉

　　（2）一九三六年九月至一九四一年九月。不滿五周歲即上小學，泡在資產階級教育的染缸裡，開始受到個人主義、個人英雄主義、名利思想、向上爬思想、白專道路思想等等的薰陶。

　　　　　　　　　　　　　　　　　　　　　　——王蒙〈雜色〉

兩例中寫曹千里所用的語詞均超越了孩童所具有的年齡段特點與情感取向，以政治話語解構了童貞話語。這種顛覆造成的荒誕色彩印證了小說表現的「文革」的時代荒誕。

　　所指情感色彩的顛覆主要表現在褒貶色彩的變異。褒詞貶用、貶詞褒用、因特定語境而生成，如：

（1）中文系的學生在師大是最不安分的，有文學夢想的年輕人，都是些身體裡長了螞蟻的植物，瘋狂的螞蟻。姚老太太這麼說，本來是語帶諷刺的。但學生們聽了，很欣賞，瘋狂的螞蟻，多麼有後現代和象徵意味呀，學生們一激動，乾脆成立了一個文學社團，就叫「瘋狂的螞蟻」，以此來紀念姚老太太這近乎天才的比喻。

——阿袁〈子在川上〉

（2）關於這一點，孟繁也有同感。她也不是很愛學問的人，之所以讀博士，是身不由己。誰叫她有一個孫東坡那樣的老公呢？只好嫁雞隨雞了。呂蓓卡呢，讀博的原因倒不是嫁雞隨雞——她的雞不在上海，在美國，而且還沒嫁呢。她淪落為博士，完全是學校逼良為娼。

——阿袁〈魚腸劍〉

例（1）「瘋狂的螞蟻」以詞語的變異組合構成了所指的情感色彩，而情感色彩又因語言使用者的不同而產生變異。圖書館的姚老太太以此諷刺學生，學生則以其「瘋狂」性，解構了創造者的語義情感傾向，將其演變為具有「後現代和象徵意味」的褒義。這種解構，並非自嘲，而是當代青年學生的一種叛逆。例（2）且不說「雞」的語義變異，「淪落」、「逼良為娼」這些貶義詞放置於博士情景，隱含著一種變異。這是在表達者呂蓓卡眼中轉化成的情感變異。「女博在呂蓓卡那兒，基本是貶義詞，經常用來嘲弄人的」，這種嘲弄甚至到了自己身上。這個「看上去不像女博的女博」並非專注學業者，她的讀博是在學校規定「沒有博士學位，取消評教授的資格」的文件下的一種無奈行為，自然也就不會將其作為一種值得褒揚之事來說明。語詞的情感變異因人物的性格特點、興趣品味而具有了合理性。

　　改變語詞指向的有形與無形、有生與無生，也是對特定能指所代表的、所指的顛覆。語言符號的所指意義可從多方面加以分類，這些分類確定了語詞的語義走向。顛覆則改變了特定的語義走向，從而改變了詞義的意義歸屬。如：

> 他的意識脫離了軀殼舒展開翅膀在餐廳裡飛翔。它有時摩擦著絲質的窗簾——當然它的翅膀比絲質窗簾更薄更柔軟更透亮……有時摩擦著枝形吊燈上那一串串使光線分析折射的玻璃瓔珞，有時摩擦著紅衣姑娘們的櫻桃紅唇和紅櫻桃般的小小乳頭或是其他更加隱秘更加鬼鬼祟祟的地方。茶杯上、酒瓶上、地板的拚縫裡、頭髮的空隙裡、中華煙過濾嘴的孔眼裡……到處都留下了它摩擦過的痕跡。它像一隻霸占地盤的貪婪小野獸，把一切都打上了它的氣味印鑒。對一個生長著翅膀的意識而言，沒有任何障礙，它是有形的也是無形的，它愉快而流暢地在吊燈鏈條的圓環裡穿來穿去，從 a 環到 b 環，又從 b 環到 c 環，只要它願意，就可以周而復始、循環往返、毫無障礙地穿行下去。但是它玩夠了這遊戲。它鑽進了一位體態豐滿的紅色姑娘的裙子裡，像涼風一樣地撫摸著她的雙腿——腿上起了雞皮疙瘩，潤滑的感覺消逝，枯澀的感覺產生——它疾速上升，閉著眼飛越森林，綠色的林梢劃得它的翅膀悉索有聲。由於能飛翔能變形所以高山大河也不能把它阻擋，所以針孔鎖眼也可以自由出入。它在那個最漂亮的服務小姐的兩座乳峰之間和一顆生了三根黃色細毛的紅痔子調情，和十幾粒汗珠兒搗蛋，最後它鑽進她的鼻孔，用觸鬚撥弄她的鼻毛。
>
> ——莫言〈酒國〉

省檢察院特級偵察員丁鉤兒奉命到酒國調查官員嗞嬰案，卻被灌醉。

上例即丁鈎兒醉態的描繪，著眼於其思維意識。賦予無形體、無生態
的「意識」以形體，以動作行為，顛倒了「意識」原有的所指指向分
類。描繪得生動形象，具體可感，將丁鈎兒醉後的思維狀態作了極致
描寫，表現了其酒後的失態失控，為其最後醉酒淹死在茅廁裡的命運
走向作了鋪墊。到酒國的人沒有能經得起誘惑的，作為特級偵察員的
丁鈎兒失足在酒罈裡，表現了酒國官員腐敗的深度頑劣。改變感官指
向也是對語詞歸屬走向的顛覆，如：

> 流言總是帶著陰沉之氣。這陰沉氣有時是東西廂房的薰衣草氣
> 味，有時是樟腦丸氣味，還有時是肉砧板上的氣味。它不是那
> 種板煙和雪茄的氣味，也不是六六粉和敵敵畏的氣味。它不是
> 那種陽剛凜冽的氣味，而是帶有些陰柔委婉的，是女人家的氣
> 味。是閨閣和廚房的混淆的氣味，有點脂粉香，有點油煙味，
> 還有點汗氣的。流言還都有些雲遮霧罩，影影綽綽，是哈了氣
> 的窗玻璃，也是蒙了灰塵的窗玻璃。這城市的弄堂有多少，流
> 言就有多少，是數也數不清，說也說不完的。
>
> ——王安憶〈長恨歌〉

「流言」本是屬於聽覺形象的類屬，此處卻帶上了嗅覺形象的「氣
味」。形象類屬的差異因所描繪場景的特色，以及描繪者的情感得到
了另一層面的平衡。混雜著各種氣味將上海弄堂裡「流言」的紛繁複
雜，形態紛呈表現得形象生動。

　　能指與所指結合而成的語言符號進入組合後，所產生的上下文的
顛覆，也可能改變能指與所指的原有配搭關係。如：

> 他們也不相信齊魯能和孫波濤這樣的男人結婚，尤其郝梅她們
> 不相信——完全風馬牛不相及嘛。一個是夏天的蟬，一個是冬

> 天的雪，蟬和雪能相遇嗎？一個是魏晉的《世說新語》，一個
> 是魯迅的《阿Q正傳》，阿Q能和魏晉相遇嗎？不可能的呀。
>
> ——阿袁〈湯梨的革命〉

在語言現實中，「夏天」與「冬天」可以形成季節上的對立，「蟬」與
「雪」卻無從形成對立，完全是風馬牛不相及之物，在此卻作為兩個
季節的事物標誌，擺到了同一個平臺。如果說，這是從空間形成對比
的話，那麼「阿Q」和「魏晉」就主要側重於時間上的對比。這時空
因素構成的反差，將齊魯與孫波濤之間的不平衡形成的反差表現得鮮
明突出，形象說明瞭二人的不相搭配。

二　語境因素參與下的調諧──語境重構

　　進入小說語境的各語境因素不是孤立的，而是相輔相成的。處於
顛覆狀態下的語境因素，可能因為其他語境因素的參與而獲得另一方
面的平衡，體現了語境因素平衡與不平衡，適應與不適應之間的對立
統一。原本處於顛覆狀態下的語境差在對立與統一中得到了調諧，尋
找到另一層面的語境適應，顛覆的語境被重新建構。
　　語境的顛覆中具有不合理的因素，這種不合理，常常因為上下文
語境而獲得了合理性。如：

> 她甚至還殺過人，不是用砒霜，而是用魚腸劍，歐冶子鑄的名
> 劍，專誅殺王僚的那把，殺了一個十分英俊的男人。
> ……掙扎了許久，她終於起了殺心，在一個花好月圓之夜，她
> 用那把削鐵如泥的魚腸劍，結果了那個男人。
> 那以後，再看到那個男人和那個女人在學校裡把袂而行，她就
> 只當見了鬼。
>
> ——阿袁〈魚腸劍〉

上文的「殺人」與下文的看到被殺之人是矛盾的，不合情理的。但聯繫文本更大的上下文語境對齊魯的性格描繪，可以看出齊魯的「殺人」是「心殺」，即在心裡將其滅絕。在〈魚腸劍〉中，這個從小在父母嚴格禁錮下的女子，「打小就是個不喜歡用言語反駁別人的人，她的反駁都在暗中完成，也就是在她的意念中完成。」這種內向的性格，構成了她表面和內心的陰陽兩極。「所有的反抗，都只能是她的一篇意識流小說。在虛構的小說裡，她像潑婦一樣罵過街，也像魯提轄一樣，一拳把人的臉打成了顏料鋪。」眾人眼裡的「書癡」只有在其內心的意識流中才是自由的、才是反叛的。因此，對單相思對象的滅絕，齊魯只能在意識流中完成。顛覆生成於上下文語境，又平衡於更大的上下文語境。上下文相關語境，說明瞭對文本的解讀，對文本的釋疑。有些極度描寫的現象，也可以在語境中透析出合理性。如：

> 果然，他的胃一陣痙攣，火辣辣地劇痛，似乎胃正在被揉搓，被浸泡，被拉過來又扯過去。好像他的胃變成了一件待洗的髒背心，先泡在熱水裡，又泡在鹼水裡，又泡在洗衣粉溶液裡，然後上了搓板搓，上了洗衣石用棒捶打……這就叫作自己消化自己喲！
>
> ——王蒙〈雜色〉

胃的「痙攣」以「待洗的髒背心」在洗滌過程中的狀態作喻，看似不合情理。胃的「痙攣」是有感覺的，而「髒背心」的被洗是沒有感覺的。以無知覺之物來喻有知覺之物，是不合情理，也不符合比喻的基本原理。但聯繫上文，胃「被揉搓，被浸泡，被拉過來又扯過去」的動態，又帶有了一種合理性。上下文語境是語境顛覆的生存土壤，也是從顛覆到平衡所依託的憑藉。

語境重構消解了被顛覆的語境的不合理性、反邏輯性，因此對語

境各因素具有很強的依賴性。語境因素的綜合考察是重新建構的關鍵。普玄〈月光罩杯〉講述了女主人公「我」與中學同學田測量的婚外戀，事件圍繞著「我」是否將懷上的田測量的「種子」打掉而展開。田測量因行賄被警方追捕，文本中有一流產手術前「我」的心態描繪：

> 我想再等一等。我想田測量盡快出現。
> 我想他永遠別出現。
> 我想去手術。
> 我不想去手術。

「我」與主治醫生約好做手術，拿掉與田測量的「種子」，但得知警察布網捉人，於是出現了上述充滿矛盾的話語。「出現」與「別出現」，「去手術」與「不想去手術」，體現了「我」內心的矛盾，這一矛盾構成了「我」心理兩端的語境差，也構成了「我」的心理世界與現實世界的語境差。「我」期待著手術時田測量在場而又擔心其被捕是矛盾的源頭，「我」對田測量的情感更是造成矛盾的關鍵。田測量對「我」一往情深，在「我」與丈夫關係不和諧中介入了與「我」的關係，開始了不正常的情感交往。因為這一不能公開於世的關係，小說中多處出現充滿矛盾的描寫，充滿邏輯矛盾的語言描述推動著故事情節與人物關係的發展。小說開頭的一段描寫所預示的二人情感與全文也構成了矛盾：

> 天邊有一團一團烏紅的雲，行色匆匆地滾動著，像一個勤勞的商人。商人！這個在我肚子裡播撒種子的就是一個商人！我不去打掉這個孩子，堅決不打！我要等到他回來！我要當他的面把這個種子打下來，讓他眼睜睜地看著！

這段「我」的心理描繪傳遞了一種對對方惡狠狠的抱怨之氣，與後面對田測量的情感形成了矛盾。這一矛盾需要依託語境整體加以了解。被追捕中的田測量無法與「我」聯繫，造成「我」對其行蹤與逃離原因的不了解。愛之深，恨之切，作為有婦之夫和一個女兒的母親的「我」的處境又不容此事延緩，此時的怨氣是「我」動盪不安情緒的發洩。文本中充滿矛盾的描述使語境常常處於不平衡狀態，這些不平衡又因為特定人物、特定身分、特殊關係、特殊環境而獲得了合理性，與描寫對象獲得新的平衡。在不平衡到平衡的對立統一過程中展現審美價值。

在特定的小說文本語境中，顛覆在對立統一中完成了語境的重新建構。這個過程的複雜性使語境從顛覆到平衡的狀態呈現出複雜性。語境的多種因素可能套疊，組成文本的特殊語境系統。阿袁〈鄭袖的梨園〉即以多層面的語境顛覆構建了這個特定背景下特定人物的「梨園」。鄭袖是高校教師，何來的「梨園」？此「梨園」又為何是鄭袖的「梨園」？人物與空間語境形成了語境差，作者通過文本語境的多層套疊做出了答覆，重新建構了與人物相諧的語境。

該文本空間語境「梨園」與故事人物鄭袖的語境差在故事情節、人物關係中得到了調諧。故事以「鄭袖第一次勾引沈俞是在課堂上」開頭，講述了鄭袖對其所輔導的學生家長沈俞的勾引。勾引的原因是因為她發現沈俞是個陳世美，「為了美色他不顧淚眼婆娑的前妻，為了美色他不顧一個十歲少年的情緒」而另尋新歡。勾引的原因更因為沈俞所再娶的是一個妖嬈的美人，其以「溫柔為魚腸劍」勾起了鄭袖對二十年前痛苦往事的回憶，並萌發了「如巫如蠱一樣邪惡」、「越邪惡越誘惑，越邪惡越快樂」的勾引旅程。在勾引沈俞的敘述中穿插著鄭袖十二歲時被繼母陳喬玲「鳩占鵲巢」的仇恨，穿插著因這仇恨曾經的對導師蘇漁樵的勾引情節。小說中鄭袖對蘇漁樵、沈俞的勾引都源自對他們再娶行為的憤恨，源自對「鳩占鵲巢」的新歡朱紅果、葉

青妖嬈嫵媚的溫柔的嫉恨。她們身上「有一種似曾相識的東西。那說話的聲氣，那微笑的方式，甚至她往後掠頭髮的手勢，都像極了一個人當年的樣子」，這就是繼母陳喬玲。而這一切的根源，就在於二十年前自己家庭的破裂。「鳩占鵲巢之後的恩愛，是橫生的荊棘，落在鄭袖的眼裡，隔了二十年，還能讓鄭袖隱隱作痛。」這種「略帶痛楚的隱秘快樂讓鄭袖身不由己」，一再做出了對男性，更是對女性的報復行為。文本的這些故事情節與小說篇名相照應，以鄭袖在「梨園」中的角色描寫展開。在這個鄭袖一個人知道的「梨園」，她上演了一齣齣復仇之戲。如鄭袖勾引沈俞時手的動作的描寫：

> 她之所以總要把手指擱在圖紙上，那是把沈俞的圖紙當舞臺了，圖紙上那些零零碎碎的東西只是背景，真正的主角是她那溜光水滑的十個手指。十個手指就如十個小旦，每一個小旦都閉月羞花，每一個小旦都風情萬種。她用沈俞的眼看那舞臺，看得如癡如醉，看得神魂顛倒。

手是鄭袖復仇的有力武器，「每次都這樣，鄭袖對哪個男人動了心思，最先出動的，總是那雙美輪美奐的手」。作者將這雙充滿了魅力的手放置於「梨園」的舞臺上，以「小旦」作喻，這就扣緊了「梨園」這一人物活動的空間語境。小說以「葉青的紅色甲殼蟲和一輛帕薩特在西郊的一條道上相撞了。當場氣絕」為情節結局，在結局後以鄭袖對該事件的心理描寫結束小說：

> 鄭袖被驚得魂飛魄散。怎麼能這樣呢？怎麼能這樣呢？所謂曲終人散，可曲還未終呢！她還在用珠圓玉潤的嗓子，唱她的三千寵愛於一身呢，還沒有唱到漁陽鼙鼓動地來，驚破霓裳羽衣曲。怎麼能說不唱就不唱了？她是主角，還要接過玄宗親手賜

的丈二白綾，還要唱宛轉蛾眉馬前死。哪能戛然而止呢？
任她一個人，孤零零地，站在這燈火闌珊的戲臺上。

與這段文字照應的是上文鄭袖在勾引沈俞過程中的心理描寫：

> 他們的關係要瞞著葉青開始，但決不能瞞著葉青結束的。——
> 怎麼能瞞著葉青呢？事情的起因是葉青，事情的結果也是葉
> 青，葉青才是臺上真正的主角兒。宛轉蛾眉馬前死，〈長恨
> 歌〉那一折壓臺戲，鄭袖是要留給葉青的。
> 所以鄭袖不能請沈俞進去，至少目前還不能。百轉千迴之後的
> 情意，在男人那兒，才能化成那馬嵬坡的丈二白綾。

這一描寫與結尾段相照應，披露了鄭袖意在向葉青報復的矛頭指向。
這些都是以「梨園」為背景，以角色為喻的。文本中與鄭袖相對的女
性有陳喬玲、朱紅果、葉青，男性有蘇漁樵、沈俞。鄭袖勾引男性，
意在向女性報復。這些關係，這些報復行為，小說也多次以「梨園」
背景來展現說明：

> （1）只是鄭袖沒想到，陳喬玲對她的好，竟然也是戲子的
> 好。在舞臺上咿咿哦哦地熱鬧了一陣之後，她們原來也還是後
> 母和繼女的關係。這讓鄭袖非常憤怒，狡兔死，獵狗烹；飛鷹
> 盡，良弓藏。君臣關係是這樣，女人之間的關係也這樣。

> （2）沈俞也顛倒了。葉青不在，他把鄭袖這兒當梨園了。晚
> 妝初了明肌雪，春殿嬪娥魚貫列。鄭袖就由他當一回醉生夢死
> 的李後主，看她的小旦們在臺上演一折又一折的好戲。唱完
> 〈貴妃醉酒〉，又唱〈遊園驚夢〉，唱完〈晴雯撕扇〉，又唱

〈霸王別姬〉。直唱得盪氣迴腸，直唱得天昏地暗，倆人依然意猶未盡——也盡不了，隔了一層紙兒的男女，離戲的高潮還遠著呢。

作者「根據自己的美學的需要來重組空間」，[3] 借用戲劇作喻，借用「梨園」為故事空間語境，這些與之相關的描寫使「梨園」形成了整體隱喻的語境。由此可見，「梨園」是在顛覆了鄭袖所生活的現實空間基礎上，為人物活動虛擬的空間，這個空間的價值就在於為特定人物提供特定的活動場所。鄭袖的報復行為是隱秘的，是隱藏在對男性的勾引中的。這就使這個人物具有了雙面性。她將自己的意圖遮蔽在一齣齣「表演」中，一幕幕好戲演得淋漓盡致，傾情投入。顛覆與重建是相輔相成的，作者在顛覆人物現實所處的場景空間語境的同時，建構了以「梨園」隱喻為背景的空間語境。這個空間，可以容納鄭袖生活的現實空間，也能容納鄭袖複雜的心理空間。顛覆的空間語境展現了鄭袖的兩面性，她恨第三者，自己又作為再一個第三者而打敗前者。「梨園」的表演將鄭袖這一人物的表裡面貌、情感歷程表現得淋漓盡致，刻畫得入木三分。

三　語境差的內蘊價值──審美體驗

對語境差從表層顛覆到深層平衡的考察以審美體驗為最終目標，在綜合語境各因素中得以完成。

語境差於表層的顛覆解構中蘊涵著深意，這種深意往往體現在語境顛覆處。因此，語境差表層蘊含的深層意蘊的發掘，要在語境被顛覆之處尋求其不合理中的合理因素。語境差的審美價值就體現在不合理與合理的自我整合中。如：

3　曹文軒：《小說門》（北京市：作家出版社，2003年第2版），頁183。

也罷，只能這樣走。難道真變成一隻蝴蝶從六樓飛下去？或者
和陳安離了？那便宜了朱小七──從前倒是說過沒愛了就離婚
那樣的話，但那是女人在如花年齡時說的漂亮話，不當真的。
她現在要執子之手，與子偕老。

是的，執子之手，與子偕老。明天她就去菜市場，買一隻青魚
回來，醃了，等陳安回來，好做一道鹹魚茄子煲，這是陳安沒
吃過的，她要精心地料理，要放刀切得細細碎碎的蔥、薑、
蒜，還有糖，還有醋。

還有一隻大頭蒼蠅。

──阿袁〈俞麗的江山〉

小說以俞麗的心理描寫結束，與「執子之手，與子偕老」的想法相照
應的是俞麗的烹調計畫，這一計畫的前半部與「執子之手，與子偕
老」的想法是和諧的，孤立看來是夫妻恩愛的表現，但最後一句「還
有一隻大頭蒼蠅」突然一轉，與上文形成了語境差。這一看似調味品
的落差，卻是俞麗心理的寫照，它有著複雜的背景蘊含。各種佐料精
心烹調與「一隻大頭蒼蠅」介入的反差，將俞麗對丈夫陳安與女研究
生朱小七之間曖昧關係的憤怒，自己因此而出軌的無奈這一複雜的心
理情感表現了出來。因此，為陳安做魚只是夫妻關係的一種表現形
式，形式中蘊含著的情感內涵在上文語境的綜合考察中體現出來。這
一烹調語境的不相和諧因人物的特殊心態趨於平衡，

　　語境差的顛覆中含有對事理的顛覆，這種顛覆常常帶有調侃意
味。通過對事理的顛覆，在大智若愚的調侃中顯現幽默。如：

　　（1）等到曹千里明確了這個餓字，所有的餓的徵兆就一起撲
　　了上來，壓倒了他；胳臂發軟，腿發酸，頭暈目眩，心慌意
　　亂，氣喘不上來，眼睛裡冒金星，接著，從胃裡湧出了一股又

苦又鹹又澀又酸的液體，一直湧到了嘴裡，比吃什麼藥都難
忍……

該死的字典編纂者！他怎麼收進了一個「餓」字！如果沒有這
個餓字，生活會多麼美好！

──王蒙〈雜色〉

（2）也就是說，呂蓓卡的真正目的，不在貶低齊魯，而在擡高
自己。她無非隨手借來齊魯這面鏡子，在男人面前，搔首弄姿
一番。拉康不是說過，人和人的關係，其實是人和鏡子的關係。
這鏡子理論，齊魯以為，完全是為呂蓓卡這個女人量身打造
的，呂蓓卡根本就是個鏡癡。只是齊魯不明白，那位一九○一
年在巴黎出生的男人，怎麼知道一九七五年才出生的東方呂蓓
卡的呢？

這有些荒誕了。齊魯幾乎笑出了聲。

──阿袁〈魚腸劍〉

上述二例均為因果本末倒置形成的語境差。例（1）應先有「餓」的
狀態，才有了「餓」一詞。此處卻將其倒置，造成因字典收入，導致
「餓」的產生的誤解，顯得荒誕而充滿了調侃意味。例（2）拉康的
「鏡子理論」在先，呂蓓卡無非是印證了此理論。卻將其說成是為呂
蓓卡量身打造，因而有了齊魯時空倒置下的荒誕發問。人物對自己荒
誕想法的荒誕評價，使荒誕愈顯荒誕，於荒誕中作者的調侃逸趣橫生。
這些調侃意味就是由現實事理邏輯與特定文本臨時生成的事理邏輯之
間的顛覆而生成的。這種調侃意味有時因語詞意義的改變而生成。如：

頭七二七都在流水席上過去了。人來人往的吃啊，拔蘿蔔啊，
薅樹葉啊，起豬糞啊。一晃，三七四七五七也過去了，蘿蔔也

沒了，樹葉也禿了，豬圈也快給挖成地窖了，該有下一步動靜了吧？

> ——徐坤〈地球好身影〉

「頭七二七」、「三七四七五七」原為表示人死後的時間計算，此處卻用在選秀節目後，冠軍小鷺鶯家鄉人為其慶祝的時間計算。這一語詞所指的變異，是對小鷺鶯靠其母「使了狠銀子」，搭上叫「元芳」的首長大秘，「內定」為冠軍的嘲諷，也是對這場選秀鬧劇的荒謬的嘲諷。由此可見，事理邏輯的違背是表層，深層往往蘊含著作者的某種意圖。讀者要善於透過表層的異常，解讀出深層的意蘊。這種意蘊可能著力於故事情節，也可能著力於人物的內心世界，如：

> 這個外省黑衣少女，她叉腿坐在白色跑車車座上，一邊焦急地揚起手腕看錶，一邊吐痰。她看一看錶，吐一口痰；吐一口痰，又看一看錶。尹小跳猜測她肯定有急事，時間對她是多麼重要。不過她為什麼要吐痰呢？既然她有手錶。既然她有手錶，就用不著吐痰。既然她吐痰，就用不著有手錶。既然她已經學會了讓時間控制她的生活，她就應該學會控制痰。既然她有手錶，就不應該有痰。既然她吐了痰，就不應該有手錶。既然她有錶，就萬不該有痰。既然她有痰，就萬不該有錶。既然錶……既然痰……既然痰……既然錶……既然、既然……紅燈早已變了綠燈，黑衣女孩子早把自己像箭一般射了出去，尹小跳還糾纏在手錶和痰裡沒完沒了。她這種看上去特別極端的非此即彼的糾纏，讓人覺得她簡直就要對著大街放聲喝斥了，可她這種極端的非此即彼的糾纏卻又似乎不是真的義憤。假設她強令自己把剛才那「既然有錶就不該有痰」的句子顛來倒去再默念十五遍，她一定會覺得結果是茫然不知其意義。那麼，她

這種糾纏的確不是真的義憤，一點與己無關的喋喋不休的尖刻
罷了，這原本就是一個手錶和痰並存的時代，尤其在外省。

　　　　　　　　　　　　　　　　　──鐵凝〈大浴女〉

　　這是尹小跳坐在外省出租車上的所見所想，圍繞「痰」與「錶」的關
係，關聯起了動作施事者與動作觀看者。固然，寫動作施事者的異常
動作體現了施事者內心的情緒，但作者之意不在於此，而在於觀看者
尹小跳。尹小跳對「痰」與「表」的「特別極端的非此即彼的糾纏」
違背了事理邏輯的正常關聯，但這種「糾纏」只是尹小跳內心世界的
一個思維徵候。在母親紅杏出牆和小妹失足喪命的事件中，尹小跳備
嚐成長過程的艱辛與情感歷程的複雜，親情、愛情與友情纏繞著她的
生活，也纏繞著她的內心世界。在自省、自我救贖中思考與掙扎，迷
失了自我，也迷失了思維的邏輯性，「糾纏」的思維表徵下映射的是
人物的內心世界。不合理的糾纏思維因人物特定生存背景下的特定心
態而趨於平衡，並因深度挖掘了人物的內心世界而獲得了審美價值。
　　語境差還能豐富語詞的信息內涵，增添語詞的形象表意。語境對
詞義有限定功能，具有多義的、模糊義的語詞進入特定語境後往往具
有了特定的意義所指。但語境差卻可能使詞語在特定語境中具有多義
性，具有模糊性，這種多義、模糊往往增添了語詞的信息容量，增添
了語詞的表現力。如：

　　（1）當天黑下來，燈亮起來的時分，這些點和線都是有光
的，在那光後面，大片大片的暗，便是上海的弄堂了。那暗看
上去幾乎是波濤洶湧，幾乎要將那幾點幾線的光推著走似的。
它是有體積的，而點和線卻是浮在面上的，是為劃分這個體積
而存在的，是文章裡標點一類的東西，斷行斷句的。那暗是像
深淵一樣，扔一座山下去，也悄無聲息地沉了底。那暗裡還像

是藏著許多礁石，一不小心就會翻了船的。上海的幾點幾線的光，全是叫那暗托住的，一托便是幾十年。這東方巴黎的璀璨，是以那暗作底鋪陳開。一鋪便是幾十年。

　　　　　　　　　　　　　　　　　　——王安憶〈長恨歌〉

（2）蘇不漁主張「無為」。這「無為」思想落實到他的家庭上，就是蘇家集體呈現出一種十分自由散漫的氣質。不論蘇師母，還是蘇不漁的女兒蘇小漁，還是他們家的小狗蘇蘇，甚至他們家的家具器皿，都完全沒有組織紀律的概念，各個隨心所欲地待在自己想待的地方。

　　　　　　　　　　　　　　　　　　——阿袁〈子在川上〉

例（1）表視覺色彩的「暗」與「弄堂」關聯後便帶有了豐厚的意蘊，它具有形體、具有動態、具有時間的進程與延續。在擴展原有所指容量的同時，體現出了擴容後的模糊與多義。而正是這種模糊與多義引發人們無盡的遐想，體現了上海弄堂深厚的文化底蘊。例（2）「無為」不但用於人，而且用於動物、家具器皿，這就使「無為」擴大了語義指向，也使「無為」具有了模糊性。模糊的語義指向改變了「無為」的搭配對象，產生了不平衡。這種不平衡因文本的調侃語調趨於語氣意味的平衡，從而體現出幽默詼諧的表述特徵。模糊的無邊界為語詞提供了超越常規的廣闊空間。所指義的擴容甚至使一些原有的特定所指轉化為虛指義，如：

上海的弄堂裡，每個門洞裡，都有王琦瑤在讀書、在繡花、在同小姊妹竊竊私語、在和父母慪氣掉淚。上海的弄堂總有著一股小女兒情態，這情態的名字就叫王琦瑤。

　　　　　　　　　　　　　　　　　　——王安憶〈長恨歌〉

「王琦瑤」由特定人物的名字轉化為虛擬的泛稱，成為上海女子的代表。與詞語進入特定語境獲得了特定所指的日常使用情況呈現出相反趨勢，但它卻擴充了詞語的信息容量。

　　語境差還能造成情節結構的跌宕。小說結構忌平鋪直敘，讀開頭即知結尾的，並非好開頭，也非好小說。「這個故事必須吸引人。而要吸引人，它就不能是一般的。它必須是別致的、非同尋常的，它或是依靠小說家狂放的想像力編織而成，或是來自於現實生活。但無論是前者還是後者，它們都應當是別出心裁、出人意料的。」[4]「別出心裁、出人意料」的「編織」在很大程度上指的是小說文本結構。語境差的設置造成了小說結構的跌宕起伏。王蒙《扯皮處的解散》在八百字左右的短小篇幅中就是以上下文的反差造成情節的跌宕。小說前半部分寫一牛皮廠扯皮處舉行的第一百〇六次例會。在這個構成文本主要情節的部分，敘述了人員構成和會議過程。人員共有：處長、十二個副處長和一名秘書，再加上遲來的「最愛鬧意見的第十三副處長」。會議內容「討論扯青蛙皮的最新工藝並評選扯皮先進人物」。由第一到第八副處長介紹和提議的「滾身扯皮法、歎氣扯皮法、會議扯皮法、文牘扯皮法、太極扯皮法、哼哼扯皮法……」新工藝的推行情況，「建議增補兩名年富力強的副處長，擴大處編制，處下增設六個科：初扯科，復扯科，齊扯科，閒扯科，亂扯科，暗扯科」等。從人員構成到會議內容充滿了荒誕。故事的跌宕在一個叫秘書去取文件的電話，文件內容是：「著令立即撤銷扯皮處建制，該處所有工作人員，立即集訓待命。」這就是上下文語境差構成的跌宕。文件是對扯皮處的否定，也是對上文整個會議的否定，上文敘述的荒誕由此顛覆為批判。《扯皮處的解散》是基於現實基礎上的誇張變形，葉仲健《尋找梁山伯》則是基於虛幻基礎上的荒誕，但同樣以上下文顛覆的語境差構

4　曹文軒：《小說門》（北京市：作家出版社，2003年2版），頁342。

成出人意料的跌宕。故事以「我」為敘事者，開篇點出「我」的身分：「來自前朝」的祝英臺，目的是「尋找我的梁山伯」。「我」如願與網名叫梁山伯的男子相會並同居，又因發現梁山伯另有所愛而分手。故事基於史上的梁祝傳說而生成，卻將相會的時空由前朝轉換到了今生，穿越了時空，這是荒誕一。祝英臺以前朝身分與梁山伯的當今身分交際，這是又一層荒誕。在這一荒誕的構思中，不時以祝英臺對事物的認知提醒其前朝身分，又以梁山伯當今身分所認知的事物與之形成反差。如二人愛的盟誓，一是古詩「山無陵，天地合，乃敢與君絕」，一是現代歌曲〈兩隻蝴蝶〉。在相會的現代背景下，現代事物充斥在古人生活中，「我也許是坐飛機來的，也許是坐火車來的，更有可能是坐拖拉機或是穿越時空隧道來的」，以及「上島咖啡」、「可樂」、「玩遊戲，鬥地主、泡泡堂、反恐、地下城勇士、QQ 飛車……」、「手機」、「電腦」、「車」等，這又是一層荒誕。這層層荒誕構成了故事的主要情節。可是這些荒誕卻被結尾段所顛覆：「街角電線杆上貼著一則尋人啟事：我院近日走失一女精神病人，二十五歲，一米六八，因失戀成瘋，喜歡稱自己是祝英臺，有線索者請撥打電話……」這個逆轉，不僅顛覆了人物，顛覆了上文講述的故事，而且顛覆了故事敘事者。前面荒誕的人物、荒誕的情節都由此釋然。文本結構以梁祝在現代社會相會、相愛到分手的過程與「尋人啟事」構成上下文，下文以現實顛覆了虛擬的上文，以出人意料的結局完成了語境差所構建的小說情節。時空的穿越、人物關係的穿越構成了虛擬與現實的語境差，上下文的顛覆又構成了文本結構上的語境差，故事撲朔迷離的語境差表述因其幽默調侃的表述風格趨於平衡，並具有了審美價值。

第二節　辯證審美中的小說修辭性語境差

　　小說修辭性語境差是基於辯證觀念的考察，因此，在其審美中當

然蘊含著辯證的內質。陳望道在其《美學概論》一書中，將美的種類分為六種：自然美與人為美；空間美、時間美與空間時間混合美；動美與靜美；視覺美、聽覺美、味覺美與嗅覺美；形式美與內容美；崇高、優美、悲壯與滑稽。可以看出，這六個種類的美是將與之形成對立的關係構成的組合。因此，這一分類，充分體現了陳望道美學理論中的辯證觀念。以陳望道的美學種類來考察小說修辭性語境差，我們發現，語境差所構建的從不平衡到平衡的審美過程中往往同時蘊含著一組對立的美。對其分析闡釋，可以看作是對陳望道美學思想的一個審美體驗。

　　陳望道以敏銳的學術眼光，總結出美的六個種類，並對其作了說明闡釋。但由於歷史的原因，他並未能對其進行細緻詳盡的說明，也為後人研究留下了廣博的研究空間。我們可以對每個種類的各種「美」進行具體的深入的個性考察，也可以對六個種類中各種「美」之間的關係進行探究。陳望道將「美的判斷」分為兩種：一是「理解判斷」，一是「價值判斷」。「所謂理解判斷，即是，畫是甚麼畫，文是甚麼文等意味內容底判斷。……但這部分如其太精密繁碎了，卻就變成科學的判斷，出乎美的判斷範圍之外了；加入道德意識等等太多時也就走入倫理的判斷的境域，不能算是純粹的美的判斷。美的判斷，總之是以所謂價值判斷，即以判斷美的事物或現象自身底美的價值為主的。」[5]這說明，對「美」的價值判斷是審美的主要目的。在這樣的審美價值觀指導下，我們對各種「美」的審視顯然不應是孤立的，直觀的，而應深入探究現象關聯中內蘊的審美價值。基於本課題的語境差視域，我們選擇了審美各個種類之間的辯證關係考察視角。

5 　復旦大學中國語言文學研究所編，陳望道著：《陳望道學術著作五種》（上海市：復旦大學出版社，2005年），頁129。

一　自然與人為互滲構建的語境差

「自然美」與「人為美」是《美學概論》所闡述的「美底種類」的第一類，這就觸發了我們對「自然」與「人為」辯證關係中體現的語境差的探討。

自然與人為可能構成一個對立的統一體。自然景物加入了人的參與，就具有了人為美。而人為美是以自然美為根基，當然滲透著自然的元素。作家筆下與自然關涉的描寫，往往超越了自然，而滲透人為的因素。由此所構成的人為美與自然美可能是相和諧的，也可能是相錯落的。基於語境差視角考察自然與人為關係，我們注重的是相交錯落關係。作家筆下人為與自然的錯落關係呈現出多彩紛呈的形態。

人與自然組合不和諧構建的語境差使自然美轉化為人為美，成就了作家的藝術構思。作為儒家重要思想的「天人合一」說明瞭人和自然的和諧，但在當代小說家筆下，人與自然的關係並非單一的和諧，而呈現出複雜的狀態。這種不和諧可能是人與自然關係的自然呈現，也可能是出自作家手筆的扭曲甚至變形，它承載著作家的創作意圖。嚴歌苓〈雌性的草地〉描繪刻畫了一群青春少女在封閉型的地理空間——大漠荒原生存的故事。在〈雌性的草地〉序言中，作者預告了「把一夥最美麗、最柔弱的東西——年輕女孩放在地老天荒、與人煙隔絕的地方，她們與周圍一切的關係怎麼可能不戲劇性呢」的故事戲劇走向，也披露了作品人物與空間地域的相背離。柔弱的、青春年華的少女與粗悍的、地老天荒的自然環境構成了極大的反差。雖然，小說的創作靈感來自文革時期西北「女子牧馬班」的現實，但作者進一步將其誇大變形，構成了小說中的人物與情節。在「序言」中，作者描繪了現實中的環境與人物：「這塊草地的自然環境是嚴酷的，每年只有三天的無霜期，不是暴日就是暴風，女孩子們的臉全部結了層傷疤似的硬痂。她們和幾百匹軍馬為伴，抵抗草原上各種各樣的危險：

狼群、豺狗、土著的遊牧男人。她們帳篷的門是一塊棉被，夜間為防止野獸或男性的潛越，她們在棉被後面放一垜黑荊棘。她們的生活方式非常奇特（小說中我如實描寫了她們的炊事、浴洗、廁所等），讓一個如我這樣的女兵也覺得無法適應，或根本活不下去。」這樣嚴峻的生存環境，讓作者感慨「她們的存在很不真實，像是一個放在『理想』這個培養皿裡的活細胞；似乎人們並不拿她們的生命當回事，她們所受的肉體、情感之苦都不在話下，只要完成一個試驗。」因此，作者決定用自己的筆來描繪這一個「失敗」的試驗。雖然故事題材來自現實生活，但正如作者所說：「這部小說的手法是表現，而不是再現，是形而上，而不是形而下的。從結構上，我做了很大膽的探索：在故事正敘中，我將情緒的特別敘述肢解下來，再用電影的特寫鏡頭，把這段情緒若干倍放大、誇張，使不斷向前發展的故事總給你一些驚心動魄的停頓，這些停頓使你的眼睛和感覺受到比故事本身強烈許多的刺激。」這種「情緒的特別敘述」既包括故事講述中的插敘造成的「停頓」，也包括對場景、事物的細緻情感描繪。小說在構建少女與天、地、畜、獸等自然景物之間奇特關係時，凸顯了自然景物的邪惡，造成與少女天真柔弱的巨大反差：

（1）等柯丹手執長鞭，邁著強壯的羅圈腿趕上去時，靜止得如同僵化的紅馬已載著沈紅霞遠去。一股腥熱的紅風，幾乎來不及看清這個由靜到動從僵變活的過程。似乎那匹馬神形分離，馳去很遠，靜止的紅色身形還留在原處。柯丹知道它剛才長久的靜止絕不是妥協，她早看出它沉默中的陰鷙與不懷好意。從五歲就騎馬的柯丹還看見謀殺的惡念在紅馬胸內膨脹，以至它雕塑般靜止的體態變了形。它不可思議地向後曲頸，任口嚼撕裂它的嘴角。在一動不動中，它的血性大動，循環運送著更激烈的衝突信號。柯丹徒勞地追幾步，紅馬靜靜地迅速縮

　　小如同漸熄的一柄火炬。全班姑娘都像生離死別一樣淒厲地
　　喊：「沈紅霞──加油！……」

　　（2）沈紅霞趕到時，見這一大一小兩匹馬呆立在沒膝的水草
　　裡，怎樣喚也喚不動它們。你不像她這樣性急，可以從容打量
　　這塊地方的鬼樣子。你覺得它異常，遠看色彩斑斕，簡直像唐
　　三彩的平面圖案。一窪窪淺水黑得發藍，上面浮著大塊猩紅色
　　鏽斑，水窪四周長著黑絲絨般的已死亡的藻類，碧綠的苔賊綠
　　賊鮮。你感到這境地又美又妖氣。沈紅霞也有與你相同的觀
　　感，只不過是在她陷入其中之後。當時她什麼也顧不上，一心
　　想把兩匹失群的馬儘快攆回。而紅馬卻不肯動，任她猛敲它兩
　　肋，甚至頭一回用鞭子抽它，它也絕不前進。它甚至發了火，
　　幾次要把她掀下馬背。她跳下馬，毅然走進古老草地的圈套。
　　這時她才想起紅馬剛才那樣不可思議的叫。

少女眼中的紅馬是兇殘邪惡的，草原景致充滿了死亡腐朽的妖氣，這
些富具情感意味的描繪對草原惡劣環境的描繪起了情感導向作用，凸
顯了人物生存的艱辛。加入情感意味的描繪使自然景物帶有了人為的
藝術構思成分，景物超越了自然的客觀性質，而帶有了主觀的人為色
彩。在展現作品人物生存空間時體現了源於自然超乎自然的人為美價
值。這就使人與自然對立的語境差中獲得了另一個層面的語境適應，
這就是通過人與自然的不和諧，展現特定歷史時期人與自然的畸形關
係。這種關係生成於「文革」這樣畸形的歷史時期，與特定的社會背
景語境相適應，由此揭示了「文革」歷史時期西北大荒漠的一隅畸形
瘡疤。
　　人與景、與物屬於不同的自然物種，但作家的聯想想像可以將原
本不同的生物類別融為一體，構建富具修辭價值的語境差。這種融合
可以是自然景物與人的糅合，如景與人的糅合：

（1）她覺得自己好像已經和這湖水融成一體了，她就是一滴水珠、一片荷葉。

——范小青〈女同志〉

（2）春浦覺得自己的心，就像北崖頭上那顆縹緲、暗淡的小星，掉到十分遙遠和荒漠的地方去了。

——劉恒〈熱夜〉

原為不同物體的景與人融為一體，在語境差的對立中體現出另一層面的適應，那就是二者之間的共同點。人物心理活動以自然景物作喻，使心態形象體現，可視可感。例（1）曾為語文老師的萬麗，將自己與湖水融為一體，其想像富於詩意。例（2）人物心情與自然景物的「縹緲」、「暗淡」、「遙遠和荒漠」相照應，其孤獨黯然具體顯現出來。

有些看似純粹寫景的文字中帶有了人的情感，也便在景物中融入了人所具有的情感狀態。看似與描寫對象的性質特徵不相和諧，卻也在體現作者表達主旨層面獲得了新的平衡。如：

（1）在經歷了一個漫長的冬季閏月之後，春天紅著一張嬌媚的鵝蛋臉姍姍來臨。田野裡漫生出一股股文藝復興的蓬勃奔放氣息，樹們都愜意地伸直了懶腰，把一朵朵自己的花舉過頭頂盡情炫耀……

——徐坤〈花謝花飛飛滿天〉

（2）入了第五個夜晚時，傍晚的落日一盡，夜黑就劈劈剝剝到來。山野上焦乾的枯樹，這時候擺脫了一日裡酷烈的日光，剛剛得到一些潮潤，就忙不迭發出絨絲一樣細黑柔弱的感歎。

——閻連科〈耙耬天歌〉

例（1）不唯季節以人的狀態呈現，田野、樹等植物也各以人所具有的情態展現於人們眼前。看似與景物固有的存在特徵不相吻合，卻與特定歷史時期的復興之社會風氣相適應。例（2）「枯樹」也因作者所賦予的情感有了一絲生氣。自然與人的融合還可以以自然景物喻與人相關的某方面，如：

> （1）趙軍也就沒有再問下去，只是淡淡地瞥了萬麗一眼，這一瞥，像一道尖利的冰川，刺得萬麗心裡直發毛。
>
> 　　　　　　　　　　　　——范小青〈女同志〉

> （2）而此次與喀秋莎一起跳，我的感覺渾如無物，就是說她像一陣風，她像一張畫，她像一片光，她像一朵浪花，她像一段樂曲，更像一個幻影；……
>
> 　　　　　　　　　——王蒙〈歌聲好像明媚的春光〉

例（1）以「一道尖利的冰川」形容目光的鋒利，自然景色與人的神情相交融。例（2）以自然景致與其他事物作喻，形容舞伴的輕柔和諧，人與自然也融為一體。人與自然景物在性質狀態方面不平衡，卻因形象地賦予了人物的情感而達到另一層面的平衡。

　　在這些融合中，自然景象也可能產生變形，從而出現與景象原有形態、狀態的語境差。如：

> 柏油馬路起伏不止，馬路像是貼在海浪上。我走在這條山區公路上，我像一條船。這年我十八歲，我下巴上那幾根黃色的鬍鬚迎風飄飄，那是第一批來這裡定居的鬍鬚，所以我格外珍重它們，我在這條路上走了整整一天，已經看了很多山和很多雲。所有的山、所有的雲，都讓我聯想起了熟悉的人。我就朝

著它們呼喚他們的綽號，所以儘管走了一天，可我一點也不累。我就這樣從早晨裡穿過，現在走進了下午的尾聲，而且還看到了黃昏的頭髮。但是我還沒走進一家旅店。

——余華〈十八歲出門遠行〉

將「起伏不止」的馬路形容成「貼在海浪上」，承接這一變形，將走在路上的「我」形容為「一條船」，而後又將「所有的山、所有的雲」與「熟悉的人」關聯，將自然景物與人融為一體。「黃昏的頭髮」還將人所具有的狀態、生態融入景中。自然景物原來不具有生命體徵與上述描寫中的動態，語境差生成。但這些描寫使原本不具有動態和生命體徵的自然景物與人融為一體，將「我」與出門遠行之路關聯，在「我」的視覺知覺中獲得了新的平衡。再如：

（1）一大堆的爛尾樓，占了市中心大片的面積，使這塊地方，成了南州市臉上的一個難看的疤，而且一拖就是幾年。

——范小青〈女同志〉

（2）他腦袋上方是慢吞吞羞答答的一個黎明，正霧似的蔓延過來，要將他和她身邊的萬物捲到天邊的混沌裡去。

——劉恒〈東西南北風〉

例（1）以「臉上的一個難看的疤」將南州市當作人來寫，對「爛尾樓」這一景物而言，產生了語境差。但在形象體現爛尾樓影響南州市市容的嚴重性上卻體現出另一層面的適應。例（2）「慢吞吞羞答答」修飾形容黎明，修飾語與修飾對象間構成了語境差，但以人所具有的「慢吞吞羞答答」形容黎明的姍姍來遲，將自然景色與人融為一體，在形象體現黎明到來緩慢的程度上達到了新的平衡。

　　人與物的糅合可以是外在表情神態的融合，也可能是深層思想性格的融合，後者造成的語境差異更為明顯，如：

> 如果沿著槐蔭濃蜜的河堤往東走，九老爺和四老媽完全可以像兩條小魚順著河水東下一樣進入蝗蟲肆虐的荒野，不被任何人發現，但九老爺把毛驢剛剛牽上河堤、也就是四老媽騎在驢上頸掛大鞋粉臉掛珠轉項揮手向眾家妯娌侄媳們告別的那一瞬間，那頭思想深邃性格倔強的毛驢忽然掙脫牽在九老爺手裡的麻繩，斜刺裡跑下河堤，往南飛跑，沿著胡同，撅著尾巴，它表現出的空前的亢奮把站在柳樹下的母親她們嚇愣了。四老媽在驢上上躥下跳，腰板筆直，沒有任何畏懼之意，宛若久經訓練的騎手。
>
> ——莫言〈紅蝗〉

以「思想深邃性格倔強」來形容本不具有「思想」、「性格」這些高級動物特徵的毛驢，使動物不但帶有了情感，而且帶有了品格，語境差異明顯。但與騎驢的人物四老媽相照應，與作者的表述的幽默風格相吻合，也就具有了另一個層面的適應。造成語境差的景物與人的融合還可以將景物當作人，與之對話：

> 兄弟呵，我來晚了。我生晚了。為什麼總要叫我說，總要逼著我說，總是需要我說「余生也晚」呵？！我要生在什麼時候才能趕上你，趕上你的潮頭？你的精壯？你的英姿？你的秀麗？如今你怎會落魄到這樣……渾濁，阻塞，你怎會這樣不斷渾濁且層層阻塞，你啊，長江啊，你飛流直下、你猿啼沾裳、你巫山雲雨、你神女無恙、你那千般愁腸萬般壯麗的江，你啊你啊，你在哪兒？你在哪兒？
>
> ——徐坤〈含情脈脈水悠悠〉

這是人與三峽景色的對話，原本不具有對話基本條件的人與景在對話中融合。激動、興奮、感傷、失落的情感，以擬人、排比、反問等修辭手法表露出來。「兄弟」、「你」的稱呼將三峽景致與人融合，猶如面對老友的呼告傾訴。人與自然渾然天成，在抒發情感中語境差得以平衡。人與自然融合在有的語段甚至出現更為複雜的狀態，多種景物可能有著各自的融合狀態，同一種景物可能有著不同的狀態，如：

> 春天並非像老頭兒所期盼的那樣美好地蒞臨。捲著沙塵的暖風總是像蚵蟲一樣在城市的腹腔內來回逡巡，一陣陣深不見底的咳嗽從城市的肺部哮喘般空空喓喓掃蕩出來。許多溫良馴順的巡夜貓，很是無辜地給捲上北方的屋頂，「沙沙沙」踩出一房樑疲於奔命的梅花蹄印。矢車菊和狗尾巴草懷著不可告人的陰險綠出地表，泡桐以及紫荊等等那些已經成名或者尚未成名的花兒，都在陽光灼熱目光的注視下搔首弄姿，明爭暗鬥出一朵朵含苞欲放的陰謀。
>
> 春天她總是銜著一枚橄欖枝在無常裡輪迴，就連涅槃的蛇也可以在三月裡溫馨吐蕊。
>
> 春天淪陷在三月裡像一掛浸了水的臭炮，濕濕漉漉，欲哭無音。
>
> ——徐坤〈三月詩篇〉

將城市當作人來寫，有了人的行為狀態。矢車菊、狗尾巴草、泡桐、紫荊也都以人所具有的行為狀態以及心計呈現出來。春天既有人的行為又具有物的狀態，這些都製造了語境差。整個語段的描繪將自然景物與人融為一體，在展現人為狀態下的自然美，並以此映襯社會轉型時期人們的迷惘心理狀態方面達到了新的平衡。

不同類的自然景象相互融合，也違背了自然規律，造成了語境差。如以自然景象喻特定的時間：

　　明天就像屁股簾兒上的飄帶，簡陋，質樸，然而自由而且舒
　　展。像竹，像雲，像夢，像芭蕾，像 G 上的泛音，像秋天的樹
　　葉和春天的花瓣。

—— 王蒙〈風箏飄帶〉

八個喻體中，有事物有景物，都與「明天」不同類。但在突出「明天」簡陋、質樸、自由而且舒展的特性方面也具有特定的修辭效果，達到了新的平衡。

二　空間與時間融合構建的語境差

　　空間美、時間美、空間時間混合美是《美學概論》中所闡述的「美底種類」的第二類。陳望道將時間與空間視為相互關聯的因素，因此將其作為一個組合提出。空間與時間構成了自然世界的縱橫座標軸，就橫向延伸和縱向延伸這一意義而言，空間與時間也形成了一個對立體。它們在向縱橫兩方向延伸時，可能發生碰撞、發生摩擦，從而出現時間與空間的種種交錯關係。

　　作為客觀世界的重要因素，空間與時間的交匯，相互關聯、相互作用，空間移位在人物眼中可能觸發時間鏈接，構成時空語境差。嚴歌苓〈阿曼達〉中，有一段文字寫主人公韓森和丈夫楊志斌在美國的居住生活。雖然「陽臺是狹小空間的一個掙扎」，但他們還是像所有中國人一樣，將別人家的舊貨廉價購來，「沒多少花費就把陽臺堆個半滿」。「至於每添件東西就多一層塵垢的積攢，就少了幾度活動半徑，他們不以為然」，甚至「很知足」。至此，敘事者將筆鋒一轉，引出了他們「知足」的參照物：「他們還尚待發現最時髦的富有是空空蕩蕩。就像那次在迪妮斯家看到的那氣魄很大的空蕩，四千尺的屋幾乎什麼也沒有，牆都空出來掛畫，地板冷傲閃光，托著無比精細的一

塊綠地毯，很遙遠的，擺了些沙發、椅子。一行樓梯旋上去，旋入一
個炮臺似的小格局。」參加好友迪妮斯的 party 時發現迪妮斯的家
「四千尺的屋幾乎什麼也沒有」，他們曾為迪妮斯如此「荒誕的空間
運用」惋惜不解。這個參照物的引出，是以敘事者「我」的評價「他
們還尚待發現最時髦的富有是空空蕩蕩」而銜接的。這一銜接關聯了
兩種截然相反的空間，也關聯了兩種截然不同的空間觀念。這是中西
空間文化的碰撞。此處的關鍵句「他們還尚待發現最時髦的富有是空
空蕩蕩的」中，蘊含著三個不同時段：現在時、過去時、將來時。過
去時，是他們曾經在迪妮斯家中所見到的「空空蕩蕩」——「四千尺
的屋幾乎什麼也沒有」。現在時，是他們此時往自己窄小的陽臺堆放
收購而來實則無用的舊貨時的滿足感。將來時，由「尚待發現」昭
示，即中國人的空間觀念到西方空間觀念的過渡。因為這句銜接語並
非人物此時產生的空間關聯，而是局外者「我」的評價，因此，陳思
和認為是「嚴歌苓有意無意地提到了一種新的空間概念」[6]。我們覺
得，這種空間概念的新，從某種意義上說，就在於它包容了不同時間
段的空間內容和空間意識，從而在形象具體體現東西方空間文化差異
的意義上得到了新的平衡。

　　時間移位也可能造成空間轉換，如：

　　　　阿尕跟何夏並排躺在毒辣的太陽下，見灰白的雲一嘟嚕一嘟嚕
　　　　的，像剛從某個頭顱裡傾出的大腦。所有的一切都在蠕動，正
　　　　醞釀一個巨大的陰謀。他忽地動了一下，她朝他扭過臉。他
　　　　說，別看我，阿尕，閉上眼。
　　　　她閉上眼，看見一個骨瘦如柴、衣衫污穢的女人，背著孩子，
　　　　拄著木棍，一步一瘸地在雪地上走。這個殘疾的女人就是她。

6　陳思和：〈嚴歌苓從精緻走向大氣〉，收入莊園主編：《女作家嚴歌苓研究》（汕頭
　　市：汕頭大學出版社，2006年），頁23。

　　她看見了自己多年後的形象。這種神秘的先覺，只有她自己
　　知道。

——嚴歌苓〈倒淌河〉

在阿尕的想像中，時間在當前與將來中鏈接。青春少女的形象轉化為
了「骨瘦如柴、衣衫污穢」的女人形象。在這一轉化中，伴隨人物的
空間場景也發生了變更，由夏日毒辣陽光下的草地轉化為冬日的雪
原。雖然後者只是人物的想像，但這一時空移位所昭示的人物命運走
向卻是多年後的現實，這就使得虛幻與現實也產生了鏈接。而虛幻在
人物命運走向的後續現實中得以印證，使同一敘事時空中呈現的兩個
不同的故事時空的鏈接因合理性而達到了平衡。

　　如果說，上例的時間移位以人物的想像為鏈接點，那麼，有時時
間移位則以無形的鏈接形式出現，也可以說是以無鏈接點狀態出現
的，從而伴隨著空間的變更。如張抗抗〈赤彤丹朱〉的開頭，敘述者
「我」描述母親朱小玲出生時的情景：

　　她一直在拚命地號啕大哭。我聽見她的哭聲壓倒了窗外的知了
　　叫。知了聲聲如雨，她和知了都已精疲力竭。她哭是因為她隨
　　時有可能被扔進馬桶裡溺死，我對此也提心吊膽，如真是那樣
　　的結局，我從媽媽出生的一開始，就失去了在七十年後，來饒
　　舌地寫出這一切的可能。

母親出生時的哭聲，「我」何以能夠「聽見」，可見，此處出現了時空
移位。而這一移位是以無鏈接狀態出現的，似乎「我」是在母親出生
現場「聽見」其哭聲的，「我對此也提心吊膽」更增加了現場感，雖
然已知結果的「我」不可能具有這種擔憂。這跨越了七十年時空的漫
長歲月而發生的無間隔鏈接，打破了客觀時空的規律性，造成了語境

差。但卻因其所具有的修辭效果而獲得內蘊的審美平衡，它使講述者
具有親臨現場的真實感，也將當時的場景近距離地拉到了讀者面前。
同時，為情節的發展埋下了伏筆。因為「我」外婆的苦苦哀求，外公
沒有像江南一帶常見的將女嬰溺死，而是送往育嬰堂，而後被大戶人
家朱萬興領養。從被人遺棄的嬰兒到富家小姐，母親命運的改變也為
「我」創造了人生命運的第一個轉捩點。

　　人物回溯往事所造成的時間逆轉有可能使現實空間轉化為動態的
心理空間，從而展現了人物的心理狀態，如：

> （1）它濃縮了我五年的生活，當我置身其外，我還感到頭暈
> 和窒息，但我從前在它們之中卻過了整整五年。我在它們的空
> 隙中睡覺、吃飯、做菜、洗衣服，我的頭頂是鍋蓋、鼻子尖頂
> 著鍋鏟，左邊的耳垂掛著去污粉，右邊的耳垂掛著洗潔淨，左
> 邊的臉頰是土豆，右邊的臉頰是雞蛋，我的肩膀一碰就碰到了
> 大白菜，它富有彈性涼絲絲的幫子在我的皮膚上留下的觸感一
> 直延續至今。
>
> ——林白〈說吧，房間〉

> （2）我覺得它就像一只蜜不透風的大口袋，徹頭徹尾把人罩
> 在了裡面。這隻口袋甚至沒有彈性，你想往任何一個方向動一
> 點都立時被擋回來，兩個人縮在黑洞的布袋裡，互相看得面目
> 猙獰，厭惡之心頓生，誰都想出其不意地剪一個大洞。
>
> ——林白〈說吧，房間〉

上兩例是「我」對五年婚姻生活的回顧。例（1）展現了五年家庭生
活鍋碗瓢盆的現實空間，例（2）則是對此現實空間所產生的聯想。
這是在二人離婚後的回溯，「置身其外」的時間移位，使五年的現實

空間轉化為了心理空間，這一心理空間可能超越了當時身臨其境的現場感受，具有了身不在「此山中」中的更深刻的感悟。現實空間具有客觀性，心理空間具有主觀性，就這一點而言，二者具有差異，其轉換也就構成了語境差。但因人物所處的過去時現實空間造成現在時心理空間的鏈接具有合理性，鏈接點就構成了新的平衡點，由平衡生成了轉換蘊含的修辭價值：「家」的禁錮意味由此可見，脫離「大口袋」而獲得自由解放的心態也由此展現。

隨著時間移位而產生的空間變更有時使同一空間語詞產生了不同的所指寓意，從而造成空間語詞能指與所指的語境差。鐵凝的〈世界〉，在一個短短的小說結構空間中，「世界」的所指義就出現了多種變異。小說以夢境遭遇的地震情景與夢境後的夫妻對話為故事結構，「世界」在文本中共出現十九次，時間推移中的「世界」空間寓意發生轉化。地震發生時的「世界」是現實中的「世界」所指，而後便轉化為了「嬰兒」和「母親」的所指。在夢中，母親懷抱嬰兒，踏上過年回鄉探望娘家親人的旅途。在車上遭遇地震，母子被拋出車外。感到無望時，「她也無法再依賴這個世界，這世界就要在緩慢而恆久的震顫中消失」，此時的「世界」是原有的詞典義。而在災難面前，「依舊在母親的懷中對著母親微笑」的嬰兒促使「世界」產生了變異：

> 嬰兒那持久的微笑令號啕的母親倍覺詫異，這時她還感覺到他的一隻小手正緊緊地無限信任地拽住她的衣襟，就好比正牢牢地抓住整個世界。
> 嬰兒的確抓住了整個世界，這世界便是他的母親；嬰兒的確可以對著母親微笑，在他眼中，他的世界始終溫暖、完好。

「世界」轉化為「母親」的同義詞，也就成為了嬰兒的希望。而當夢醒後，夫妻對話中的「世界」則又增添了寓意：

　　母親轉過頭來對丈夫說，知道世界在哪兒麼？

　　丈夫茫然地看著她。

　　世界就在這兒。母親指著搖籃裡微笑的嬰兒。

　　母親又問丈夫，知道誰是世界麼？

　　丈夫更加茫然。

　　母親走到灑滿陽光的窗前，看著窗外晶瑩的新雪說，世界就
是我。

此時的「世界」包括了母子雙方，以至於母親感慨「沒有這場惡夢，
她和她的嬰兒又怎能擁有那一夜悲壯堅韌的征程？沒有這場惡夢，她
和她的嬰兒又怎能有力量把世界緊緊擁在彼此的懷中？」小說以這一
感慨作結，深化了人間美好親情的主題。「世界」由原來表客觀空間
的所指義轉化為母子雙方，能指與所指的對應關係被顛覆。但這一顛
覆卻由於文本虛擬的災難中親人的相互依託而重建了新的平衡。嬰兒
的微笑使母親獲得走出災難，尋求生機的勇氣和力量；母親的庇佑是
嬰兒生存的希望。這種親情的依託使「世界」變小，小到只是互相關
聯的母子雙方。這種依託又使「世界」變大，大到可以消除一切災
難。被顛覆的「世界」所指在特定語境中獲得了合理性，具有了修辭
價值。正如陳望道所說，「在那美的境界之內，我們或則看戲，或則
聽音樂，或則讀小說，翻名畫。又或訪花賞月，尋味山川底風景。雖
然所賞鑒的並不是一樣的東西，但其中仍有一個共同的特色。就是始
終不離乎感覺。像上文所謂看、所謂聽，就都不外是感覺上的事實。
所以走入美的境界的細路雖然多，其實也是除卻『感覺』的一條總路
以外沒有路。『感覺的』或『感性的』底一點，可以說是組成美的境
界的根本要件。」[7]感覺以現實為基礎，加入聯想想像的成分，使

7　復旦大學中國語言文學研究所編，陳望道著：《陳望道學術著作五種》（上海市：復
　　旦大學出版社，2005年），頁80。

「世界」在母親眼中因變形而有了深刻的內涵，並通過作品傳導給讀者，賦予讀者以感覺，與人物共同欣賞「世界」所帶來的美。

　　隨著時間移位而產生的空間語詞寓義變更有時呈現出隱性狀態，即看似未變，實則已變。蔣峰的〈翻案〉講述了為一九四五年上海的一樁殺夫案翻案的故事。小說由「我」——一名記者受主編委託，到大豐農場尋找當事人——快九十歲的詹周氏開始，進入了敘事時間。可以想見，小說有著較大篇幅案發故事時間的回溯。而這種回溯，有時以一種無文字間隔的方式鏈接，在鏈接中便出現了語詞寓意的變更。我們試將小說第一節末尾與第二節開頭呈現出來：

　　　　我關上相機，看著無邊無際的黑暗，這時有個腳步聲離我房間很近了，然後在門前的時候停下來。我聲音發抖，有些失聲地問，誰？門外沒回答，倒是將手掌貼在了門上。

　　　　「有人嗎？」我問。

　　　　是的，有人，手掌向前一推，門咯吱的一聲，開了。

二

　　　　開門的一瞬間，晨曦的光芒令詹周氏有些刺眼。那是一九四五年三月二十二日的清晨。

雖然有節數字編碼的間隔，但從文字銜接來看，第二節開頭的「開門」是承接上節的「門……開了」而來。可是，這兩個開門時間跨度六十餘年，空間跨度六百餘公里。第一節末尾是記者採訪詹周氏，來不及夜歸，只好住在詹周氏家中，因對詹周氏殺夫的恐懼，產生了緊張感。這是小說敘事時間的開頭。第二節開頭則進入了六十餘年前的故事時間。因此，兩個「門」的時空寓義是不同的，作者卻將此鏈接在一起，造成時空語境差。這一語境差因人物與事件的關聯具有了新的平衡點，使撲朔迷離的故事增添了神秘感。兩個「開門」銜接自

然，貌似鏈接，實為間離。它間離了敘事時間與故事時間的界限，以蒙太奇剪接手法，將六十餘年前的故事推送到讀者眼前。

　　時間與空間的相互關聯、相互作用使時空在作家筆下有了極大的伸縮空間。時間移位伴隨空間轉化，有時空間與時間還可以相互轉化，造成時間語詞與空間語詞的變異。張慶國〈馬廄之夜〉講述了抗戰後桃花村發生的故事。故事發生在戰爭結束的時間與空間，但卻是由戰爭時期的事件引發的。占領桃縣的日本人要設三個慰安所，讓翻譯陳胖子到桃花村搜羅中國姑娘。為了保住整個鄉村，鄉紳們在無奈下，交出了外來的姑娘。此事成了鄉村的恥辱。日本戰敗後，村裡贖回了三個活著的姑娘。三個姑娘回來後先是不哭也不鬧，第三天後卻日夜啼哭。為掩蓋真相，洗雪恥辱，陳胖子被殺，鄉紳首領王老爺用毒藥與姑娘們同歸於盡。故事由「我」——被送出的姑娘之一小桃子的兒子講述。雖然小桃子並非「我」的生母，但「我」為了探究當年事件的真相，來到事件發生的桃花村和陳胖子的家鄉陳家村調查。自稱陳胖子兒子的老頭苦菜成了「我」的調查對象。但苦菜「從不接我的話題，只說自己的話，然後就是喝酒和罵人」，終於有一天夜裡，苦菜主動找到「我」的住所，喝酒欲談往事。當苦菜喝了酒之後，「嘴巴慢慢張開，露出一個黑洞，有話要說」，此時文本出現了一段寫景文字：

　　　　村子很安靜，像遙遠的歷史，又像睡在墓穴裡的屍骨，好像
　　　　整個世界只有我和他。窗外墨藍色的夜空裡，掛著一彎精瘦的
　　　　月亮。

將「村子」這一地域空間轉化為「遙遠的歷史」，空間與時間進行了對接。作者選取「日本軍隊戰敗，被擄的姑娘部分回村，在戰爭結束

的地方，小說揭開了敘述的序幕」[8]的敘事起點與過程，與其創作意圖相關。因為意識到「寫女人的不幸」很難拓展，作者選擇了「女人的事，寫的卻是男人，黑夜之後陽光照耀的地方有可能埋藏著更大的黑暗。」於是，「縣城炮火停息，桃花村王家祠堂裡的馬廄之夜降臨，更大的混亂超現實地開始。」[9]這一故事重心的選擇使小說將女人被擄事件後男人們的壓力、痛苦的抉擇、殺人與被殺作為主要的敘事對象。而「世界變形」，「既有的秩序和倫常被壓碎」[10]的年代所發生的事件可能是撲朔迷離的，以現實角度去回溯歷史更是真假難辨。只有見證了事件程序的地點可能還原歷史，於是村子與歷史便有了鏈接的可能性，這種鏈接也就在轉換的修辭價值上得到了新的平衡。

　　時間與空間可以超越原有的自然規律在作家筆下轉換，也可以在作家筆下虛擬或變形。如鐵凝的〈第十二夜〉即是對時間的虛擬，〈遭遇禮拜八〉則變形衍生出原本不具有的時間指稱。根據〈第十二夜〉的篇名，小說或者由第一夜按序敘述到第十二夜，或者直接講述第十二夜的故事，然而，小說按第一夜至第四夜順序為節標題，而後跳躍到了第十夜至第十二夜。從敘述內容看，也不全是講述每夜所發生的事情，這就使得「第十二夜」這一時間指稱帶有了某種虛擬性。文本以「我」要購買馬家峪的房子為顯性主線，實則是以「大姑」這一人物的命運脈絡為隱性主線的。雖然在第一章大姑並未出現，但寫「我」買房就是為了引出「大姑」，引出大姑的身世以及她的堅守。買房風波與大姑的身體狀態變化有著直接的關係。第二夜，當「我」付了房款，卻被告知房裡還有瀕臨死亡的大姑在住。當「我」跟隨賣房者馬老末到房中一探究竟時，大姑是以這樣的形象呈現眼前：

8　張慶國：〈黑夜背後的黑夜〉，《中篇小說選刊》2014年第1期，頁27。

9　同上註。

10　同上註。

藉著十五瓦的燈泡，我最先看見的是垂懸在炕沿的一掛白髮，二尺來長吧。順著白髮向上看，才見炕上團著一堆破揻布樣的東西，想必那便是大姑了。我沒有找到她的臉，沒有看見她的蠕動，也沒有聽見她的聲息。馬老末熟練地把手放在深埋在那團「揻布」裡的某個部位試了試說，唔，還活著。

大姑的瀕死形象讓「我」感到踏實，因為「房子終於到手了，而那大姑也確是垂死之人。」而當第三夜「我」又去探視時，則「看見了令我不解的景象」：

> 炕上，昨晚那一團破揻布樣的大姑坐了起來，正佝僂著身子梳她那頭雪白的亂髮。她那皺紋深刻的臉由於常年不見陽光，泛著一層青白；但她的五官輪廓分明，年輕時也許是個美人兒。她凝視著站在門口的我，又似乎對我視而不見。她就那麼一直撫弄著頭髮，直到三挽兩挽把亂髮在腦後挽成了一個纂兒。

「躺了好幾年，早就坐不起來了」的大姑，卻坐起梳頭，令「我」大為驚訝。第四夜大姑則「赫然地」坐在屋門口的臺階上，「穿一件月白色夾襖（也不知打哪兒翻出來的），粗布黑褲，梳著纂兒，也洗了臉（從哪兒弄的水？）」。之後的幾夜因「我」回城裡評職稱而中斷敘述，「第十夜」又續上了馬家峪即大姑的故事。從馬老末口中，「我」得知中斷的這幾天，大姑一直「坐在屋門口納底子」。「第十一夜」大姑呈現在「我」眼前的狀態在周圍自然景色的映襯下更是充滿了生機：

> 這是一個陽光明媚的日子，清涼的空氣使頭頂的綠樹更綠，腳下的紅土更紅，錯落在坡上的石頭房子更亮。我們進院時，發

　　現院子竟然被清掃過：略微潮濕的土地上印著有規則的花紋般
　　的掃帚印兒，使這久久無人經營的小院充溢著人氣。大姑果然
　　正坐在門口納底子，她穿著月白色夾襖黑粗布褲，腦後梳著白
　　花花的纂兒，青白的臉上竟泛起淡紅的光暈。她分明知道我們
　　三個人進了院，可她頭也不抬，半瞇著眼，只一心盯住手中的
　　鞋底，似乎人數的眾多反倒昂揚了她勞作的意氣。她有條不紊
　　地使著錐子和針，從容有力地扯動著淡黃的細麻繩，我認出了
　　鞋底上那吉祥的「X」字花型。她一刻不停地揮動著胳膊，一
　　陣陣青花椒的香氣從後坡上飄來，是風吹來的香氣，又彷彿是
　　被大姑的手勢招引而來。那是已經屬於了我的花椒樹啊，它當
　　真還能屬於我麼？

這情景，讓「我」甘拜下風，決定退掉「大姑的院子」。當「我」來
到院子，要親口告訴大姑這個決定時，「一切都和上午一樣」，大姑
「掄動著胳膊舞蹈一般」在納鞋底。當聽說「這院子我不買了」時，
「她看著我，那眼神裡有詫異和失望，或許還有幾分沒有著落的惆
悵。好比一個鉚足了勁上陣來的拳擊者，卻遇到了對手的臨陣逃
脫。」可是當我們出屋走到院子時，大姑則突然倒炕身亡。故事以此
作結。雖然小說是以從「第一夜」到「第十二夜」的排列順序為結
構，但從中間空缺的幾夜，以及在「夜」的小節標題下並不僅寫
「夜」的具體內容來看，「第十二夜」並非單純的時間所指，而是帶
有深層的寓意的。這一寓意是伴隨著大姑的命運、大姑的形象而衍生
的。大姑從臥床不起，到獨立起床行走勞作，再到突然暴斃，都與
「買房」事件相關聯。當然，買房賣房只是導火索，此事維繫的是大
姑的生平，大姑的內心世界。曾經是「馬家峪的人尖子」的大姑，年
輕時因與北京來的給教堂修管風琴的師傅「偷著好了」，並懷孕生
子，後遭離棄，孩子夭折，遭到村人的唾棄。給八路軍做的軍鞋也被

視為「破鞋」所做，不被接納。這一重大打擊，使她「從此她再也沒有開口說過一句話」。因此，「納鞋底」這一舉動，在文本中有著特殊的意義，它是大姑執拗、堅守的物質體現。而當得知院子要被賣掉，大姑就恢復了精神，起床納鞋底。當得知對手退卻，不買房了，大姑的精神支柱崩潰。這一變化過程，表現了大姑在現實重壓下的心態。有了買房者，大姑有了抗爭、堅守的對手，也就有了活下去的精神支柱、活下去的價值。而買房者退卻，對手消失，活下去的信念、支柱頹然崩塌。就這一點而言，買房只是一個戲劇中的道具，與買房相繫的時間「第十二夜」也因寓意而帶有了虛指的成分。在中國傳統文化中，「十二」帶有「輪迴」之意。大姑在「第十二夜」因為「我」放棄占有她的房子而死去，意味著大姑走完了自己人生的年輪，肉體的「死」意味著精神層面的複生。但是，死並非代表大姑對房子的放棄，而隱含著一種堅守。從納鞋底的執拗、因守衛房子而凸現的精神可以看出。因此，「第十二夜」含有輪迴，也含有再生的意思。它與大姑一生的命運相關聯，伴隨大姑的離世而得到了某種昇華。虛擬是對語詞表現現實時間的背離，而在表現事件、人物的價值上得到了審美平衡。如果說，〈第十二夜〉是對時間的虛擬，鐵凝的另一文本〈遭遇禮拜八〉則是虛擬中的變形。「禮拜八」顯然是打破了自然時間的約定俗成表述而生成的，帶有命名者朱小芬的語義指向。「禮拜」的既定語義一指「宗教徒向所信奉的神行禮」，一指時間。當與一、二、三等數字合用時，原應為時間義。但在文本中，「禮拜」表層表時間，深層則含有向神祈禱之義。這就生成了「禮拜八」這一變異語詞，以及語詞的寓意。它是隨著「禮拜七」的變異而生成的。「禮拜七」原應為「禮拜天」，是一週中的休息之日。將這一休息日變異稱為「禮拜七」，是因為主人公朱小芬在這一天遭遇了不自由，這就違背了「禮拜天」自由不受束縛地休息的意味。本可以自由安排自己思想一天的朱小芬，遭遇了她的中學校長，遭到了類似禮拜一、

禮拜二對她離婚的質疑批評：

> 是朱小芬同學。你的事我已有耳聞，你的傳說很多，有的相當
> 厲害。你還年輕也不過三十多歲嘛，對待生活要嚴肅。那樣的
> 話，男方何以會離開你？

這是中學校長對朱小芬離婚事件的批評。從禮拜一到禮拜七，沒有人相信離婚是朱小芬提出來的，更沒有人理解朱小芬離婚後的幸福心情。人們按照社會對此事的慣例評價，給予她的不是客套的安慰就是嚴厲的批評。「禮拜七」這一休息日也未能倖免。「禮拜日」轉換成了「禮拜七」，自由修養身心之義消解，承接日常工作日的束縛之義衍生。原來可以自由跳「雙跳」，可以不再聽虛假的安慰、尖刻的批評的祈望成為泡影。而這成了朱小芬建構「禮拜八」的心理基礎。「禮拜七」的自由奢望落空，只有寄希望於下一個日子，而這下一個日子承接著「禮拜七」的祈望，「禮拜一」自然變異為「禮拜八」。「她（朱小芬）想起禮拜八純粹是她的瞎編。禮拜七之後不就是禮拜一嗎？而且禮拜七應該叫作禮拜日，那是禮拜的日子。」由「禮拜的日子」可以想見這個日子含有祈禱之義。祈禱什麼呢？祈禱自由，祈禱不被干擾，祈禱被理解。禮拜七的祈望失望後，寄希望於禮拜八，「禮拜八」也就超越了純表時間的意義。可是繼之而來的是又一次破滅。朱小芬的「禮拜八」不但不能跳「雙跳」，還遭遇了「婦女婚姻家庭研究中心」記者的採訪。自己的話語權又一次被剝奪，生活狀態又一次被扭曲。朱小芬在文本中的話語更多的不是通過對話，而是作者轉述的內心思想。因為從禮拜一到禮拜八，沒有一天她擁有自由實施話語權的空間。這就使得「禮拜八」這個看似虛擬實卻存在的時間承載了人物的生存空間，承載了人物的遭遇，人際間的關係。陳望道曾在對「實行的態度」、「理論的態度」說明的基礎上，對「審美態

度」作了闡釋：「它既不像實行的態度中那樣以意志為主，所以它在這點上是可以對於意志的境界而稱為靜觀的。它又不像理論的態度中那樣，建立在組織思想系統的分析與綜合上。經過綜合分析就要抽象化，間接化；而審美的境界則以具象化，直接化為其特性。它始終是攝無限於有限，藏普通於特殊，也始終是具體地而又直接地，通過了官能而感受到的愉悅的境界。」「總之，客觀方面底有具象性和直接性，主觀方面底有靜觀性與愉悅性，是可以算為審美的態度底特徵的。」[11]讀者對被虛擬或被變形的時間語詞的解讀，就不能囿於客觀現實所具有的抽象性的語詞形式與詞義，而要從作者借助語境所調配的語詞中，去感悟其間顯現出的具象性，並將具象轉化為審美體驗。被顛覆的語詞能指與所指在讀者對作者創作意圖的感悟中得以重獲平衡。

語詞對文本跨時空不相和諧的介入，也是語詞對時空語境的變異，這是徐坤小說常用的策略。〈熱狗〉中主人公陳維高的小舅子動不動就蹦出文革時期的話語，〈梵歌〉中武則天操著當代的口吻說話，〈競選州長〉、〈輪迴〉中，約翰張、聶赫留朵夫的話語中夾雜著「骨肉」、「根」、「絕後」、「斷傳統」、「割脈」等體現中國傳統文化的漢語語詞。這些變異在一個語段中甚至是高頻率地出現：

（1）韓愈一身雪白絲袍，從袖筒裡取出一紙奏書，就是那篇流傳後世的〈諫迎佛骨表〉，從左側向前邁了一步，恭恭敬敬的雙手呈給女皇：

「女皇陛下萬歲萬萬歲！佛骨舍利是不應該去迎的呀！如今那幫做和尚的，光吃飯不幹活，不保家來不衛國；不墾荒不種地，逃避兵役和徭役；又偷稅來又漏稅，是又裝神來又弄鬼；

---

11 復旦大學中國語言文學研究所編，陳望道著：《陳望道學術著作五種》（上海市：復旦大學出版社，2005年），頁79。

全民全都出了家，工農加大了剪刀差。長此以往，國將不國了
啊⋯⋯。」

——徐坤〈梵歌〉

（2）如來佛主一聽，仰天大笑：「哈哈！哈哈！哈哈哈哈哈！
我說你們幾個呆和尚！如今這世上，哪有白白傳經的？各文化
事業單位國家都已不再撥款養活了，經費都要靠自己創收，自
負盈虧，你說我們傳這點經容易嗎？是經不可輕傳，亦不可空
取。你們空手套白狼，連一點小費都不肯出，所以傳給你們一
些白本，那也怨不得別人。」

——徐坤〈行者嫵媚〉

例（1）「偷稅」、「漏稅」、「剪刀差」等現代語詞出現在韓愈〈諫迎佛
骨表〉中，顛覆了語詞與時代的關聯，也顛覆了韓愈進諫的嚴肅性。
這是主人公文學博士王曉明為迎合觀眾消費性閱讀的有意篡改。將嚴
肅的歷史場景改裝成了鬧劇，由此暴露知識份子為生存、金錢等眼前
利益不惜犧牲尊嚴，犧牲歷史所表現出的種種醜態。顛覆中的語詞使
用因符合改編者王曉明的個性而得到了新的平衡。例（2）「文化事業
單位」、「撥款」、「經費」、「創收」、「自負盈虧」、「小費」等現代語詞
出現在如來佛主口中，用以與唐僧交際，造成語詞與特定時空的極大
反差。這一反差又將如來傳經、和尚取經這莊嚴神聖之事，與現今經
濟觀念掛鉤，體現了辛辣的嘲諷意味。這種語詞與特定時空的背離，
不僅出現在人物不合時宜的話語中，而且出現在作者對特定時空的敘
事中。〈行者嫵媚〉在作者的敘事話語中，還出現了「生物鏈」、「體
能訓練」、「戰術演練」、「自身技能」、「種族素質」、「優生優育」等現
代語詞，與敘事對象所處的時空語境形成了脫節。在脫節的背離中與
文本整體調侃風格相吻合，顛覆中的重新建構由此生成。

三　動靜交錯構成的狀態語境差

「動美」與「靜美」是《美學概論》所闡述的「美底種類」的第三類。動與靜是兩種截然不同的狀態，卻又相輔相成。誠如王夫之所說：「靜者靜動，非不動也。靜即含動，動不舍靜。」動靜相生，是唯物辯證規律，但就事物給予人的第一感官而言，動與靜有著截然不同的視覺感覺效果。靜者寓動，深層含有動的因素，但表層仍為靜。動者寓靜，但表層仍為動。因此，出現了動態與靜態的對立。這種對立，在作家筆下，可能出現轉化，動與靜產生互融，從而與原有動靜狀態產生背離，呈現了動靜狀態變異構成的語境差。在語境因素的參與下，與原形態不符的語言組合卻因語境調諧而轉化為另一層面的平衡，從而具有了審美價值。

以動態寫靜景，愈顯其靜，如：

（1）月光流進石巷，白色的石子路像一條奔流的小溪。

——劉恒〈熱夜〉

（2）彎彎曲曲的黑巷猶如一條冷溪，任恬淡的月色在流淌。

——劉恒〈龍戲〉

例（1）以「流」寫「月光」，以「奔流的小溪」寫「路」，選用的語詞充滿了動感，展現的卻是一幅靜謐的小巷夜景：月光映照下的白色石子路。例（2）雖然本體的色彩不同，但以動態的「溪」、「月色」體現出的靜景與上例有異曲同工之妙。這種動靜相生的情景加入了時間的更移，使靜態事物隨著時序充滿了動感，如：

中秋一過，風就涼了，月亮一日瘦於一日。

——劉恒〈龍戲〉

「月亮」在人們眼中本為靜態事物，將其放在時序更移中，使其具有了動態感。這些靜態景物因作者的描寫手法而改變了其原有的體貌特徵，融入了人物的心理感覺。

在展現人物與景物的相互關聯中，也可能呈現動靜相生的相間交錯。蘇童〈1934年的逃亡〉中寫狗崽離鄉背井夜奔城裡，就呈現了這樣一幅圖景：

> 狗崽光著腳聳起肩膀在楓楊樹的黃泥大道上匆匆奔走，四處螢火流曳，枯草與樹葉在夜風裡低空飛行，黑黝黝無限伸展的稻田迴旋著神秘潛流，浮起狗崽輕盈的身子像浮起一條逃亡的小魚。月光和水一齊漂流。狗崽回首遙望他的楓楊樹村子正白慘慘地浸泡在九月之夜裡，沒有狗叫，狗也許聽慣了狗崽的腳步。村莊闃寂一片，凝固憂鬱，唯有許多茅草在各家房頂上迎風飄拂，像娘的頭髮一樣飄拂著，他依稀想見娘和一群弟妹正擠在家中大鋪上，無夢地酣睡，充滿灰菜味的鼻息在家裡流通交融，狗崽突然放慢腳步像狼一樣哭嚎幾聲，又戛然而止。這一夜他在黃泥大道上發現了多得神奇的狗糞堆。狗糞堆星羅棋佈地掠過他的淚眼。狗崽就一邊趕路一邊拾狗糞，包在他脫下的小布褂裡，走到馬橋鎮時，小布褂已經快被撐破了。狗崽的手一鬆，布包掉落在馬橋橋頭上，他沒有再回頭朝狗糞張望。

鄉村之夜原是靜謐的，但卻因人物的夜奔呈現出一種動態，枯草、樹葉、稻田、月光、水、茅草甚至狗糞堆都以一種動態呈現於讀者眼前，與瞞著娘夜奔的狗崽急急忙忙背井離鄉的慌亂動態相映相稱。靜態景物動態化襯托出狗崽夜奔的動作，也展現了人物的心態。靜態景物的動態描寫因人物的動態而具有了合理性，作為人物動作行為心理的陪襯而獲得了另一層面的平衡，具有了審美價值。

　　小說具有兩種時間：一是故事時間，一是敘事時間。「所謂敘事時間，指的是在敘事文本中所出現的時間狀況，這種時間狀況可以不以故事中實際的事件發生、發展、變化的先後順序以及所需的時間長短而表現出來。所謂故事時間，則是指故事中的事件或者說一系列事件按其發生、發展、變化的先後順序所排列出來的自然順序時間。」[12]由此可見，敘事時間是敘事者的一種人為時間，故事時間則是故事本身所表現出來的一種客觀時間。當敘事者通過敘事來表現故事時間時，就有了其方式的選擇性。他可以按故事發生的時間結構敘事時間，也可以不按故事發生的時間來結構敘事時間。可以以與故事本身相對應的動靜態方式來講述故事，也可以以與故事本身不相對應的動靜態方式來講述故事。故事時間與敘事時間的並存與差異，為敘事者選擇敘事方式提供了自由空間。以靜態方式講述動態故事，或以動態方式講述靜態故事，造成敘事動態與靜態的顛覆成了敘事的一種策略。林白〈說吧，房間〉以對女性曲折命運的敘述對女性內心世界進行了深度挖掘，有一段對「我」心理的動態描繪：

　　　　我是一個經常會聽到命運的聲音的人，那些聲音變幻莫測，有時來勢洶洶，像鋪天蓋地的噪音，嘯叫著環繞我的頭腦飛轉，它們運轉的速度又變成另一種噪音，這雙重的噪音一下就把你打倒了。更多的時候是一種竊竊私語，你不知道它們從哪裡發出，它們在說出什麼，但它們從空氣中源源不絕地湧過來，牆上窗上天花板和地板，桌子、凳子和床，到處都是它們細細的聲音，它們平凡得聽不見。有一些特殊的時候，命運的聲音是一種樂曲，它躡手躡腳，輕盈地逶迤而來，像一陣風，從門口進來，砰的一聲，令人精神振作。就像現在這樣，那句從久遠

---

12 譚君強：《敘事學導論》（北京市：高等教育出版社，2008年），頁120。

的 N 城歲月裡來到的樂句一下驅散了形形色色的噪音，它使
空氣純淨，並且產生宜人的顫動，它像一個久未謀面的老朋友
從已經逝去的 N 城歲月中浮出，親切地站在你的面前。

無形的「命運」以有形的動態呈現在讀者眼前。其形態轉化是由無形
到有形，而衍生出動態感。「命運」原有的非形態性質無所謂靜態或
動態，將其衍生為有形體後，也並非是動態的。但由於「我不願意被
解聘，但還是被解聘了；我不想到深圳來，但還是來了；我以為我永
遠不會再寫作，但我突然間發現，內心的念頭一下來到了，時間也奇
蹟般地出現在眼前」，這一系列否定與肯定、意願與實際結果之間的
錯綜關係使「我」感受到「命運」的「多麼強大和不可抗拒」，無形
無態的「命運」因此在獲得形態的同時擁有了動態生機，以動態描繪
形象地印證了其「多麼強大和不可抗拒」。對語詞所指形態的變異因
人物的心理感受而獲得了合理性，也就因人物心理層面而於顛覆中獲
得了平衡，體現了審美價值。

　　以動態的描寫體現靜態的釋詞，也造成靜態與動態的轉化：

> 朱小黛樂不可支。男人的隱，和女人的貞，原來都是要有前提
> 條件的，有官印在面前，男人能袖手不接，這才是隱；有男人
> 拜倒在女人的石榴裙下，而女人的裙子依然裹得嚴嚴實實，這
> 才是貞。不然，就是求之不得無可奈何之後的偽隱和偽貞。
>
> ——阿袁〈子在川上〉

對語詞意義的解釋本是一種靜態的行為。但上例則以具體的動作行為
來闡釋詞義，使「隱」與「貞」通過具體可感的形象動態顯現。雖然
看似超越了約定俗成的釋詞義，但因作者賦予文本調侃詼諧的語調而
獲得了與文本整體風格的和諧。

靜態的無形的事物可以因作者的聯想想像而具有了動態感，原本動態的故事情景也可以因語言的調配而改變了動態顯示的程度，更顯動態化，在動態的程度上有違事物原有的動態感。如：

> 彷彿萬千隻小船從上游下来了，彷彿人世間所有的落葉都朝逝川湧来了，彷彿所有樂器奏出的最感傷的曲調彙集到一起了。逝川，它那毫不掩飾的悲涼之聲，使阿甲漁村的人沉浸在一種宗教氛圍中。
>
> ——遲子建〈逝川〉

此處描繪的是逝川獨有的淚魚到來時，「整條逝川便發出嗚嗚嗚的聲音」的情景。淚魚每年在第一場雪降臨之後出現在逝川，顯然，魚的游動是動態的，但上例中「小船」、「落葉」以及「曲調」的動態描繪，渲染了淚魚到來時的排場氣勢，增添了場景的動態渲染。增強敘事的動態感，語詞的選用很關鍵，將充滿動態的語詞放置於動態的空間，為增添動態感加碼，如：

> 正午時分麻油店的小女人環子經常在街上晾曬衣裳。一根竹竿上飄動著美麗可愛的環子的各種衣裳。城市也化作藍旗袍漸漸瀝瀝灑下環子的水滴。小女人環子圓月般的臉露出藍旗袍之外顧盼生風，她咯咯笑著朝他們抖動濕漉漉的藍旗袍。環子知道竹器店後門坐著兩個有病的男人。（我聽說小瞎子從十八歲到四十歲一直患有淋病。）她就把她的雨滴風騷地甩給他們。
>
> ——蘇童〈1934年的逃亡〉

只是環子晾曬衣服的情景，卻用了多個充滿動感的語詞來描繪，「飄動」、「灑下」、「顧盼生風」、「咯咯笑」、「抖動」「風騷地甩給」這些

充滿動感甚至生態的語詞使整個畫面充滿了動感。以此作為「小瞎子背馱重病的狗崽去屋外曬太陽。他倆穿過一座竹器坊撞開後門，坐在一起曬太陽」的背景，環子愈顯青春活力，狗崽愈顯瀕臨死亡的遲暮，雙方構成了語境差異，對環子充滿了動感的描寫因對「兩個有病的男人」的襯托了具有了修辭意義。

四　各種功能感官相通所構建的語境差

　　陳望道《美學概論》從與人五官相關的各種感覺，列出了視覺美、聽覺美、味覺美、嗅覺美，並對各種感官的美作了具體闡釋。從語境差角度考察五官感覺，我們的重點在於打破自然規律的五官感覺的相通。人體的各種感覺是由不同的器官所生髮的，具有獨立性，但在作家的聯想想像中，五官知覺可以相通，從而以五官知覺所產生的變異組合造成語境間的不平衡。

　　在五官相通中，常見的是聽覺與視覺相通。聽覺與視覺原為人體不同器官所具有的感覺，但在作家筆下卻可以互相轉換。如聽覺轉化為視覺的：

　　（1）夜色漸深，王家祠堂後院的馬廄天井裡，又傳出姑娘的哭聲。這次不是一個人哭，是三個姑娘都在哭。哭聲像下雨時山上流下的濁水，濕氣濃重，忽急忽緩，漸漸把馬廄的小天井淹沒。

　　　　　　　　　　　　　　　　　　──張慶國〈馬廄之夜〉

　　（2）我聽到了圓溜溜的口哨聲。

　　　　　　　　　　　　　　　　　　──劉恒〈蒼河白日夢〉

例（1）將「哭聲」以「濁水」作喻，使「哭聲」有了形體動作，作

用於人的視覺感官，渲染了「哭聲」所製造的場景氣氛。三個姑娘被擄，作為日本人的慰安婦。戰後被贖回村，肉體精神上的重創使她們精神崩潰。「哭」是一種傾訴，一種發洩，同時就文本情節發展而言，又是悲劇氣氛的渲染和悲劇情節的預設。鄉紳頭目王老爺不堪姑娘們的「哭」，恥於戰時送出姑娘的恥辱，最終與姑娘們同飲毒藥身亡。這就是馬廄之夜的悲劇。因此，承接「濁水」的比喻，「漸漸把馬廄的小天井淹沒」，使「哭聲」有了深刻的蘊意內涵。被顛覆的五官感覺在表現人物、渲染氣氛、預設情節走向等方面得以重獲平衡，審美價值也因此生成。例（2）以「圓溜溜」修飾「口哨聲」，便將聲音轉化為了視覺形象。形容口哨技藝嫻熟，口哨聲悅耳動聽，具有了形象感，在體現人的聽覺感受上重獲平衡。

在聽覺轉換為視覺中，有時還夾雜著多種感覺，如：

> （1）收音機裡，地球在滋滋啦啦地翻身，像雞蛋掉進油鍋一樣，像鉛球在煤渣跑道上滾動一樣，像頭顱在車輪下鮮花怒放、果汁噴濺豆腐渣摻辣椒麵一樣。
>
> ——劉恒〈逍遙頌〉

> （2）這老老少少、黏黏稠稠的喚聲把整個山脈都沖蕩得動起來。
>
> ——閻連科〈耙耬天歌〉

例（1）將「收音機」聲音所傳遞的內容以各種喻體作喻，這些喻體中，作用於人的視覺形象，卻又摻雜著嗅覺、味覺的因素，各種感覺混雜，將音感帶給人的紛呈形象展現出來。例（2）以表現視覺、味覺的「黏黏稠稠」修飾「喚聲」，使聲音具有了原來不具有的其他感覺，「把整個山脈都沖蕩得動起來」又使聲音具有了形態感，渲染了氣氛。

將無視覺形體的聲音轉化為有形，也就給人以視覺的形象感，這種形象感以具體可見的形體作用於人的視覺感官，如：

> （1）在彎腰直身的那一刻，狗的銀黃色尿聲敲在了先爺的腦殼上，明白了，那焦枯的斑點，不是因為旱，而是因為肥料太足了，狗尿比人尿肥得多，熱得多。

> （2）先爺說到這兒時，吸了一口菸，借著火光他看見玉蜀黍生長的聲音青嫩嫩線一樣朝著他的耳邊走。

> ——閻連科〈耙樓天歌〉

例（1）以「銀黃色」修飾「尿聲」，使聲音在色彩上給人以視覺感官。「敲在了先爺的腦殼上」又將聲音轉化為具體可感的實體。陳望道曾把視覺分為色與形[13]，上例色形兼備，增強了聲音所轉化的視覺觀感。例（2）「看見玉蜀黍生長的聲音青嫩嫩線一樣朝著他的耳邊走」經歷了由視覺——聽覺——視覺的轉換過程。玉蜀黍生長本非視覺可見，亦無聲音。此處以「看見」與「聲音」搭配，再配以「青嫩嫩」的色彩，「朝……走」的動態，就具有了視覺聽覺相交配的觀感。這類寫法在閻連科筆下常常可見，表現了其對語言符號變異組合的喜好。

聽覺可以轉化為視覺，視覺也可以轉化為聽覺，甚至夾雜著多種感覺，如：

> （1）先爺走上樑子，腳下把日光踢得吱吱嚓嚓。

---

13 復旦大學中國語言文學研究所編，陳望道著：《陳望道學術著作五種》（上海市：復旦大學出版社，2005年），頁82。

（2）一腳踏進屋裡，先爺猛地看到正屋桌上的灰塵厚厚一層，蛛網七連八扯。在那塵上網下，立著一尊牌位，一個老漢富態的畫像。像上穿長袍馬褂，一雙刀亮亮的眼，穿破塵土，目光噼噼啪啪投在了先爺身上。

——閻連科〈耙耬天歌〉

例（1）「日光」無可「踢」卻「踢」，屬於視覺形體的錯位，又以「吱吱嚓嚓」形容，就帶有了聽覺感。例（2）目光所見本為視覺感官，卻以「噼噼啪啪」形容也就具有了聽覺感。二例以視覺向聽覺的轉化形容先爺的動作表情，聲色俱現。

觸覺也可與聽覺、視覺相通，如：

（1）雨在植物和土地上打出冷淒淒的聲音，又夾雜了一些火辣辣熱爆爆的響動。

——劉恒〈伏羲伏羲〉

（2）屋裡屋外的寂靜凝成了一體，只有空氣在不安地湧動。他走出咖啡館，愈發覺得忐忑，疑心連風都是綠的。

——劉恒〈黑的雪〉

例（1）以「冷淒淒」狀「聲音」，便將「聲音」從聽覺形象轉化為觸覺形象，具有了人的情感傾向。以「火辣辣熱爆爆」狀「響動」，也將聽覺轉化成了觸覺。例（2）「風」原是靠觸覺感受的，無形無色，此處卻以「綠」造成視覺效果，觸覺轉化為視覺。看似寫風的「綠」，實則體現了李慧泉忐忑不安的心境。

視覺對象的轉換，也是五官知覺的變異體現，這種轉化可以將無形化為有形，如：

（1）先爺不做答，忽然拿起地上的鞭子，站在路的中央，對著太陽劈劈啪啪抽起來。細韌的牛皮鞭，在空中蛇樣一屈一直，鞭梢上便炸出青白的一聲聲霹靂來，把整塊的日光，抽打得梨花飄落般，滿地都是碎了的光華，滿村落都是過年時鞭炮的聲響。直到先爺累了，汗水叮叮咚咚落下，才收住了鞭子。

（2）想到那棵玉蜀黍有可能在昨夜噌噌吱吱，又長了二指高低，原來的四片葉子，已經變成了五片葉子，先爺的心裡，就毛茸茸地蠕動起來，酥軟輕快的感覺溫暖汪洋了一脯胸膛，臉上的笑意也紅粉粉地蕩漾下一層。

——閻連科〈耙耬天歌〉

例（1）「日光」雖可通過視覺所見，但是無形的。以「整塊」限定，抽打後，「滿地都是碎了的光華」則將其轉化為視覺的另一種形象：有形之物。例（2）「感覺」本無形體，卻可「溫暖汪洋一脯胸膛」，「笑意」亦非有形物，卻由於「紅粉粉」、「蕩漾」而具有了視覺的形象感。這些五官知覺的錯位組合造成知覺的混雜錯落，在給人以陌生知覺感受的同時，帶給人們一種新鮮的審美感受，被顛覆的知覺感受因審美體驗的昇華而獲得重新建構。甚至無形的情感也可轉化為視覺可感的：

（1）一扇窗都放射出幾縷枯黃的溫馨或柔情。

——徐坤〈先鋒〉

（2）那件印滿碎花的鵝黃的薄呢裙招招搖搖擺動著的時候，島村的眼裡就印滿了一朵朵的鵝黃色的誘惑。

——徐坤〈遭遇愛情〉

（3）那棵玉蜀黍苗兒被風吹斷了。苗茬斷手指樣顫抖著，生硬的日光中流動著絲線一樣細微稠蜜的綠色哀傷。

（4）先爺站在自家的田頭上，等目光望空了，落落寞寞的沉寂便「哐咚」一聲砸在了他心上。

——閻連科〈耙耬天歌〉

例（1）以「幾縷」、「枯黃」修飾限定「溫馨或柔情」，構成修飾語與中心語的語境差。正因為這種差異，卻使無形的情感轉化為視覺可見的有形體。例（2）以「一朵朵」、「鵝黃色」修飾限定「誘惑」，也是修飾語與中心語之間的語境差，卻將無形的情感行為轉化為視覺可見的有形物體。例（3）無形體的「哀傷」以「綠色」修飾，並與「流動」搭配，也構成了修飾語與中心語、動語與賓語的顛覆錯位，卻因此具有了視覺的形體感。例（4）無形體的「沉寂」因「哐咚」、「砸」的錯位組合而具有了聲形兼備的感官功能。這些錯位組合顛覆了語詞原有的組合功能，卻因此重新建構了其審美功能。

五　形式與內容對立統一構建的語境差

形式美與內容美是《美學概論》中所列的第五對美。形式與內容相輔相成，特定的形式表現特定的內容，形式與內容之間的關係應該是相互和諧的。但小說語境差製造的不是和諧，而是打破和諧。在打破一個層面和諧的同時構建另一層面的和諧，以實現語境差的審美構建。

內容與形式相匹配表現之一是量上的搭配。重要的內容輔以大肆渲染的形式，內容與形式相得益彰。但王蒙常以繁複的形式表達單純的內容，如：

（1）「李某才疏學淺，智商平平，管他三七二十一，感冒
APC、腸炎痢特靈、肺炎盤尼西（林）、腳癬達克寧、蕁麻息
斯敏、尿道氟呱酸、闌尾割一刀、白（內）障等成熟，牙痛拔
牙，眼痛點眼；再加上輸氧輸血輸液，對得起父母的辛勞師長
的培養也就行了。」

（2）王先生三十年研究人是否要吃飯，力主人皆吃飯說。從
細胞學、經絡學、穴位學、氣血學、陰陽學、生物化學、生物
電學、生物時鐘學、生物放射學、特異功能學、兒科學、婦科
學、老年學、公共衛生學、保健學、美容學、性學、自然哲
學、飲食文化學、中華粥學、比較食品學……諸方面論述人必
須吃飯的道理，得出了人不可不吃飯的重要結論。雖幾經風
雨，天若有情天亦老，王先生穩坐釣魚船，戰無不勝，成為人
體醫學基礎學科的代表人物，獲各色頭銜三十三個。

　　　　　　　　　　　　　　　　　　——王蒙〈三人行必有吾師〉

（3）您可以將我們小說主人公叫作向明，或者項銘，響鳴，
香茗，鄉名，湘冥，祥命或者向明向銘向鳴向茗向名向冥向
命……以此類推。三天以前，也就是五天以前一年以前兩個月
以後，他也就是她它，得了頸椎病也就是脊椎病，齒病，拉痢
疾，白癜風，乳腺癌也就是身體健康益壽延年什麼病也沒有。

　　　　　　　　　　　　　　　　　　　　　——王蒙〈來勁〉

這些不應繁複的內容用了繁複的表達形式，造成了形式與內容的語境
差。在形式與內容顛覆的同時，由作者表達反諷意味的創作意圖重新
建構了另一層面的平衡，這就是語境差所傳遞的反諷信息，這種反諷
意味是內容與形式和諧所無法體現的。例（1）是李先生提出自己學

醫計畫時所說。各種疾病配藥治療的一系列羅列，採用「病症」加「常用藥」的方式組合，又以結構的鋪排，展現了一個庸醫的「抱負」。與下文的「李醫師漸漸走紅，被選為牛一樣的勤懇醫師，十二彩色大照片套紅刊登在一家報紙上，原屬於王教授的頭銜的三十三分之二十八都歸了李主任醫師」相照應，具有深刻的嘲諷意味。例（2）從多種學科研究「人是否要吃飯」這一最簡單的、不言而喻的問題，顯然是小題大做。與下文「王先生穩坐釣魚船，戰無不勝，成為人體醫學基礎學科的代表人物，獲各色頭銜三十三個」照應，同樣充滿了諷刺意味。例（3）對人名、時間、疾病、人的行為乃至人稱做了繁複的羅列，充滿了矛盾的大雜陳讓人無從判斷真偽。唯其繁複，才具有了嘲諷的效果。陳望道曾經形象地說明反覆的價值：「往往一個個分離著時以為全無價值的東西，一經反覆地排列起來，便也有一種的趣味。如散著毫無趣味的釘，成了帽架也便有趣；只有一輛停著時沒有甚麼趣味的電車，停電時幾十輛地連續著，也便覺得可看的，便是其例。」[14]繁複以相同形式相近內容的反覆出現，造成了單一語詞所不具有的效果。繁複的鋪陳有時通過詞語的重疊使用表現出來，〈三人行必有吾師〉中張先生感慨當今醫學的現狀時說道：

> 今我輩同學攻讀人體醫學，功課如山，圖表如盤，數字如長龍，藥劑如雪片，而定理如大江流日夜。逝者如斯夫，未嘗舍你我也。如此下去學未竟而髮蒼蒼，而目茫茫，而牙齒動搖。

「如」的喻詞重複，關聯多個本體與喻體，體現當今醫學專業學習課業的繁重。「而」關聯學後的人體後果，顯重複多餘，卻反諷意味凸顯，前因後果的揭示意義深刻。

---

14 復旦大學中國語言文學研究所編，陳望道著：《陳望道學術著作五種》（上海市：復旦大學出版社，2005年），頁96。

以對比形式造成內容的自相矛盾，也是內容與形式變異現象的一種。陳望道曾將對比視為與「調和」相反的「變化極顯」[15]的一種形式，因此，在「色」與「形」方面都可找到很多例子。對比因所比雙方的不和諧帶給人們強烈的感受。如：

（1）尖利的樹梢，柔曼的草尖，猙獰的朽石一一在他的指尖上劃過，給他留下一絲絲冰涼的溫暖。

——徐坤〈遊行〉

（2）甜蜜的哀傷從海的深處遊來，投過夜色一直流進心裡。

——劉恒〈白渦〉

（3）他感覺出他們都在沒有風的風裡鬆了一口氣，他自己也在沒有風的風裡暗暗地鬆了一口氣。

——徐坤〈含情脈脈水悠悠〉

例（1）「冰涼」與「溫暖」互為反義，卻以「冰涼」修飾「溫暖」。看似不合情理，卻與前面「尖利的樹梢，柔曼的草尖，猙獰的朽石」給人的感覺相吻合。「尖利的樹梢，柔曼的草尖，猙獰的朽石」是蕭條城市現狀的寫照，令畫家撒旦心灰意冷。但曾經的美好時光，又與「溫暖」關聯。因此，「冰冷的溫暖」的矛盾組合是撒旦此情此景下複雜情感的體現。語詞組合的語義背離因人物特定情境下的特有心境而趨於合理，趨於平衡。例（2）「甜蜜」來修飾「哀傷」，構成語義矛盾。聯繫文本語境，兩詞各有生存的可能性。「哀傷」因妻子不能隨行，「甜蜜」因可與華乃倩親蜜接觸。因此，「哀傷」與「甜蜜」實

---

15 復旦大學中國語言文學研究所編，陳望道著：《陳望道學術著作五種》（上海市：復旦大學出版社，2005年），頁101。

有因果關係，也就獲得了特定語境下組合的內在合理性。文本開頭多次強調「他很愛她」，「他是一個好丈夫。大家都說他是一個好丈夫」，說明夫妻關係的和諧。但周兆路無法抵擋華乃倩的誘惑。「甜蜜的哀傷」將周兆路在與妻子離別之際的複雜心態表現了出來，看似矛盾，實為真實。例（3）以「沒有風」修飾「風」，修飾與被修飾構成了矛盾。但實際上，兩個「風」的語義是不同的。前一個「風」是自然之風，後一個「風」卻指獵豔號上的學者所形成的意見之風，即都認為「五月是個憂鬱的季節」。他們隨波逐流探討二十世紀九〇年代文學狀態，充滿了頹廢之感。這些矛盾表述在對立組合中，有著合理平衡的內核，只是合理平衡被掩飾在了互為矛盾的表層形式下。誠如狄更斯《雙城記》開頭所言，「這是最好的時代，也是最壞的時代；這是智慧的年代，也是愚蠢的年代；這是信仰的時期，也是懷疑的時期；這是光明的季節，也是黑暗的季節；這是希望的春天，也是失望的冬天；一切應有盡有，一切一無所有；人們直登天堂；人們直落地獄。」以互為矛盾的形式表現同一對象，充溢著矛盾意味中有著濃厚的辯證哲理。徐坤在〈含情脈脈水悠悠〉中便將兩兩相對的語詞含義在同一個語段進行互換：

　　這是一個極盡歡樂和喧囂的時代，孤獨和憂鬱都極有可能是故作姿態。這也是一個憂傷和孤獨的時代，歡樂和喧囂也極有可能是假模假樣。

「歡樂和喧囂」與「孤獨和憂鬱」在組合形式上的互換，將兩種類型的風格與時代複雜風貌之間的關聯揭示出來，富有辯證性。在哲學界、美學界對立統一的事物現象常常被挖掘出深層的意義，宗白華也曾揭示對立關係的互存與轉化：「在偉大處發現它的狹小，在渺小裡卻也看到它的深厚，在圓滿裡發現它的缺憾，但在缺憾裡也找出它的

意義。」[16]可見，對立是事物的客觀存在，而將其放置於同一個層面加以關聯往往體現出深層的蘊意。語境差就在表層對立深層和諧中獲得了重新建構的平衡。

　　互為矛盾的形式有時不僅體現在語詞之間的對立，而且體現在語段之間的對立。鐵凝〈B城夫妻〉中馮掌櫃與馮太太的關係描寫中就構成了矛盾對立：

　　（1）她（馮太太）差不多是倚住馮掌櫃而立，並習慣地把一隻手輕搭在馮掌櫃肩上，笑容可掬地靜觀眼前將要發生的一切。

　　（2）我發現馮掌櫃同我談話時，不時地把自己的手抬起來，又搭在馮太太的手上。

　　（3）馮太太照舊為我沏來香片，之後照舊不顯山水地依到馮掌櫃一邊，照舊把一隻手搭在馮掌櫃肩上。馮掌櫃同我說話時，照舊又抬起一隻手搭在馮太太手上。

這三個語段所體現出的是夫妻恩愛的畫面。突出表現在夫妻搭手雙向表現的細節上。當然，這是從「我」的觀察視角所見到的，使搭手所體現出的恩愛具有了表面性、外觀性，即他者對二人夫妻關係的情感認證。但當馮太太在死後還陽一年又一次死了，「又是二十四小時後入殮，四十八小時後出殯」時，有下列描述：

　　與上次不同的是，這次馮太太出門前，馮掌櫃悄聲對抬埋手作了些囑咐，說：「千萬小心些，側身出門就不會失手了。」

---

16 宗白華：《藝境》（合肥市：安徽教育出版社，2006年），頁158。

上次馮太太死了，因抬埋手失手，將「一口不厚的棺材失手落地」，馮太太還陽。此次馮掌櫃有了如此交代。這一交代的傳出，讓人們對夫妻倆「相敬如賓、情感如初」的表象有了質疑。抬埋手質疑「馮太太再活一次，馮掌櫃不是更高興麼。可他偏要囑咐咱們別再失手，這是怎麼個理兒？」並引發「我」想到，「那次我到馮太太還陽人世後的新麗成衣局拜訪，馮掌櫃為我介紹富春紡時，話似乎稠了些，反叫人覺出他那一番介紹的心不在焉。這本不是馮掌櫃的性格。」這三個語段與前面夫妻搭手，相敬如賓的表象構成了矛盾，讓人質疑夫妻關係的真實性。一直到故事敘述結束，夫妻間的真實關係仍是謎團，這就給讀者留下了極大的想像空間，擴大了讀者的解釋權。對夫妻是否恩愛，讀者具有兩種反方向的詮釋：一是仍然保留在由「手搭肩」、「手搭手」動作所產生的恩愛理解，一是保留「囑咐」的反常行為所產生的不恩愛理解。這兩種截然相反的詮釋使文本在對人與人之間關係的深刻思考方面留下了廣闊的想像空間，構成了巨大的審美張力。

　　充滿矛盾的對比在同一描述對象間形成的差異與時空移位有著極大關聯，常常是由不同時空造成的。因此，不同的時空是對比矛盾化合理內核的憑藉，是對比造成的語境差得以獲得另一層面平衡的依據。阿袁〈子在川上〉中描述同教研室裘芬芬的笑聲：

> 這個女人自從去年拿了一個教育部的青年項目之後，做人風格陡然發生了變化，本來是很低調的一個女人，突然被人拔高了音調，變得很張狂了，這張狂主要通過兩個方面來表現，一是笑的聲氣，以前裘芬芬的笑，是三寸金蓮，收斂，纖弱，總是笑到一半，別人止了，她也戛然而止，而現在，她不止了，就那麼一馬平川地笑下去，很放縱，也很跋扈，是王熙鳳在大觀園裡笑的那個意思了。

裘芬芬低調與高調的對比，是通過她的「笑」來展現的，兩種笑在笑
的聲氣、時長等方面形成了極大反差，而這反差是因不同時間段的某
一事件造成的，以「拿了一個教育部的青年項目」為界，之前與之後
的「笑」各異，這就是矛盾對立的鏈接點，也使矛盾對立有了合理的
解釋性。有的矛盾對比不但因時間因素而促發，還摻入了空間的因
素。嚴歌苓〈阿曼達〉開頭描述「韓淼面孔上一共有三種氣色，灰、
白、淡青」，這三種氣色所對應的「三個相襯的表情」是因不同時空
而產生的。一是「不動容的五官平鋪在那兒，眼皮鬆弛到極限，目光
有點癱瘓」，這是過去時，她二十四歲時的表情被丈夫楊志斌看成
「稀有的寧靜」。一是「佩戴這表情和灰灰的清晨臉色」，是現在時，
即她四十二歲，令楊志斌「敬畏」的表情。而這四十二歲的具體表
情，又分為上班前與上班後的不同描述：

> （1）上班前的臉色轉亮，他知道那是她塗了底色。這樣就開
> 始了她很正式的法律公司職員的一天：眼睛、眉毛，嘴角，都
> 用著一股力，微笑也帶著一股力。他到她的公司辦公室去過一
> 回，見她清亮的白臉蛋兒上肌肉飽脹著，語言、笑容，與同事
> 的一兩句調侃，都在她白色光潤的皮膚下被那股力很好地把握
> 住的。

> （2）他在半夜十二點半下班回到家時，韓淼是洗得過分乾淨
> 而有種微微發青的膚色。她總是靠在床頭看書，發青的臉上，
> 所有對他的不滿、憐憫、嫌棄、疼愛都泛上來。她面孔這時真
> 不好看，所有的好看都失了蹤。

在「灰、白、淡青」三種基調下，韓淼的氣色是隨不同的時空而變化
的，這一變化又是由丈夫楊志斌的視覺所見，自然帶上了視者的情感

傾向。二十四歲時的表情雖不美，但在丈夫眼中是「聖母式」的表情，可謂情人眼裡出西施，傳遞了楊志斌對韓淼的情感。四十二歲上班前靚麗充滿生機與下班後「所有的好看都失了蹤」的表情形成對照，時空轉換下，表情的轉換體現了人物公眾場合與私人場合，修飾與不修飾的變異。這種變異在丈夫眼中顯現，又摻雜著丈夫的情感。楊志斌眼中韓淼表情的變異，伴隨著夫妻關係的變異。與這一視覺行為相配合的是楊志斌的動作行為，「他一般到臥室點個卯就去廁所。小便、刷牙、洗澡，看看韓淼看剩的報。」而「她一般在他進臥室報到時就身子往下一沉，沉進被子裡，同時一手熄床頭燈，表示她等待他，為他熬夜，情分盡到了。有時她會在被子裡對廁所說：『楊志斌，給你留了飯在冰箱裡。』」這些行為表現了夫妻關係的冷淡，也預設了因阿曼達的介入，畸形的情感糾葛導致夫妻關係破裂的後續情節。當然，阿曼達的介入只是觸發點，對劇情起了道具的作用。夫妻關係的改變是由韓淼經濟地位實力的強勢與楊志斌「陪讀」地位所產生的失意鬱悶所構成的反差形成的，而時空的變異是構成反差不可或缺的重要因素，也是詮釋差異的合理性、表現人物關係走向的重要因素。

　　形式的錯位變異也是因與相應內容的變異造成的。語詞具有約定俗成的含義，約定俗成的使用方式。但在小說語言中，卻出現了超常規的使用，將語詞變形，或與使用對象相背離，是構成錯位的主要方式。徐坤筆下就呈現出諸多這類變異：

　　（1）不妨就讓他們閒著沒事去叛一次逆吧！如果有一天他們連搞搞叛逆的興趣都提不起來了，那才叫真正的可悲了呢！你沒見現如今老人們一天天精神矍鑠青春煥發打著小旗滿世界旅遊溜彎兒，小年輕們卻見天價鬍子拉茬無精打采窩憋在角落裡，個個滄桑的跟小老頭似地？

　　　　　　　　　　　　　　　　　　　　　　——徐坤〈遊行〉

（2）詩人撿起來一看，是老托爾斯泰的一本瞎話：怎樣把瑪斯洛娃還原成喀秋莎。答案：復活。這個答案很有誘惑力。詩人急切地看下去，卻發現滿篇都是在窮扯淡。老托只是在自我的幻覺裡自己跟自己扯著良心發現的淡。

——徐坤〈斯人〉

（3）一九八五年的情形基本上就是這樣，什麼都主義又都主不了義，什麼都先鋒又都先不了鋒，什麼都存在又都不存在，什麼都錯了位都變了形，什麼都看得懂又都看不懂。

——徐坤〈先鋒〉

例（1）將「叛逆」拆分為「叛一次逆」，使「叛逆」充滿了動感。隨之以「老人們」與「小年輕們」的逆年齡舉動來印證「叛逆」在當代的可行性、現實性，富具調侃意味。例（2）將「扯淡」分拆組合成了「扯著良心發現的淡」，與其說嘲諷的是「老托」，不如說是看「老托」後產生如此感想的詩人。例（3）將「主義」與被拆分的「主不了義」連用，「先鋒」與被拆分的「先不了鋒」連用，加之「存在」與「不存在」等連用，在改變語詞形式的同時改變了內容的和諧，造成了一個個對立體，對一九八五年藝術界充滿荒誕的情形做了嘲諷。這些變形的語詞顛覆了語詞原有的約定俗成模式，卻因體現嘲諷意味而得以重建新的平衡。語詞原有詞性功能的改變也可看作語詞變形的一種表現，如：

現在我總算是看明白了，有錢能使鬼推磨，什麼一流歌星二流歌星的，再藝術，只要到了我這塊地面上，都得聽我擺弄，被我榆木墩經濟來經濟去的。

——徐坤〈先鋒〉

出自經紀人榆木墩之口，原為名詞的「藝術」，轉化成了形容詞；原為名詞的「經濟」轉化成了動詞。造成了詞性變形。榆木墩由先鋒畫家脫胎為「經紀人」，很清楚現代藝術家的狀態和需求，也很清楚如何「經濟」他們，從中獲利。這些詞性轉換的用法，顛覆了語詞的語法功能，卻在表現人物形象上得以重建新的平衡，它將榆木墩洋洋得意的口吻描繪了出來，充滿了嘲諷意味。由此可見，語詞的超常規使用要借助語境的參與。再如：

> 臺上已經謝幕，觀眾滿意居多，掌聲不斷。是啊，這部戲什麼都有了，他薛副局負責滑稽，詹周氏負責殘酷，大塊頭負責驚悚，而那個影子一般的同謀，則負責懸念。
>
> ——蔣峰〈翻案〉

「負責」與「滑稽」、「殘酷」、「驚悚」、「懸念」構成動賓關係，看似不合情理，但結合上下文語境，則其義釋然。這是一齣再現上海醬園弄殺夫事件的戲。警察局薛副局因在答記者問時，確定詹周氏這樣的瘦弱女人把一百公斤的丈夫大塊頭殺死並大卸十六塊而遭到記者的質疑，被當成滑稽的笑話。詹周氏因被確認殺夫而與「殘酷」關聯，大塊頭因被殺並被大卸十六塊而代表「驚悚」，殺夫的同謀一直到小說結束還未明瞭，因此成了「懸念」。因各人與事件的關係各選用了一個詞將之關聯，表現了對劇情的高度概括。動賓組合的不合情理因語境的參與而得到詮釋，重獲平衡。

語調形式的變異也造成形式與表現內容的不平衡、不對等，如：

> 「呵！你可來電話了！」
> 「你是不是還在睡？我昨天只睡了兩個小時我快累死了什麼都要做哎呀衣服都讓蟲蛀了我忘了放樟腦昨天又曬了一天演出服

上一個大洞真太不幸了太不幸了太不幸我又去聯繫了兩場演出
光計程車費就花了不計其數怎麼樣，我們去吧？」

——劉索拉〈尋找歌王〉

這是「我」與女友咪咪的對話，咪咪的話語以無語音停頓方式表現，
打破了句子與句子之間應有的間隔。話語內容涉及一系列細微瑣事，
對這些事情的敘述本應有句與句之間的語音停頓，卻一氣呵成，一個
喋喋不休的「快嘴」女孩形象躍然紙上。打破語調停頓形式的無標點
表達，在與表現內容理應句讀的要求相違背的同時，又在與表達者表
達情緒的相吻合中找到了合理性，得到了平衡。如：

你知道咱們那些坐機關的同學十年如一日打水掃地擦桌子上級
放個屁都得叫好越討厭誰越得衝誰樂樂得臉都抽筋了是什麼滋
味嗎？你知道我為了拍個片子騙完項目騙贊助騙完審查騙觀眾
這活兒幹得有多沒勁嗎——製片人都改叫「只騙人」了。再跟
你說個玄的，我有個前女友是開皮草行的參觀了一次活剝水貂
皮就開始夜夜做噩夢夢見自己也被開了個口子然後啵的一聲從
皮裡拽了出來因為這事兒她信了佛結果還讓一假冒「仁波切」
財色通吃了。

——石一楓〈地球之眼〉

這一段話語三個以標點符號句讀的長句中實際上各隱含著多個句子，
無標點形式與內容表述實際需要的停頓形式不相吻合，但卻表露了說
話者的心態情緒。「我」說話的一連串不停歇，受到兩個情境因素的
影響，一是朋友安小男出乎意料地告訴「我」「不想幹了」，而安小男
的工作是「我」幫他求李牧光而得到的，在「我」看來，是很理想的
工作。一是此時「我」與安小男喝酒，「索性任由酒勁兒發作」。這兩

個因素造成「我」的話語失控，任由情緒發洩。這使無標點表述具有了合理的內核。標點使用的常規顛覆因特定情境下人物的特定心態得以重建平衡。

語詞與使用對象相背離，也造成選用的形式與內容的不協調。如：

（1）初次見面時，島村很幸運地沒有把對方認錯。島村一眼就在賓館大堂三三兩兩啜飲小憩的人堆裡把梅分揀了出來。

——徐坤〈遭遇愛情〉

（2）抗日戰爭最吃緊那幾年，小地主楊金山朝思暮想的是造一個孩子，為造一個孩子而找一個合適的同謀。

——劉恒〈伏羲伏羲〉

（3）外交部部長繼續逍遙法外，他確實又放屁了，三一九滿是酸味兒。

——劉恒〈逍遙頌〉

例（1）「分揀」本用於對物品的篩選，此處卻用於對人的識別，顯然轉換了原有的搭配對象。將島村對即將商談的生意對象梅的識別表現得富有風趣。例（2）「同謀」本為共同實施某種行為（一般指壞事）的合作者，此處卻轉指為生孩子而發生關係的異性。例（3）「逍遙法外」本指罪犯逃避應有的法律制裁，逍遙自在，此處卻用來形容外交部部長放屁卻沒有被眾人發現，顯然是大詞小用。這些語詞的使用場合與對象相背離，卻與作者調侃的語氣相平衡，從而獲得了審美價值。

語詞具有約定俗成的情感識別傾向，改變語詞能指所代表的所指情感傾向，也造成形式與表現內容對應關係的變異。可以表現為褒詞貶用或貶詞褒用。如：

（1）他們抬著他爬上樓梯，邁進三層宿舍區的漫長走廊，蒙冤落難的英雄終於徹底凱旋了。

（2）「你的臉上有一股出類拔萃的色情信息，對不住，我看的就是黃瓜。」

　　　　　　　　　　　　　　　　　　——劉恒〈逍遙頌〉

例（1）「蒙冤落難」、「英雄」、「凱旋」本為褒義詞，此處卻用於形容後勤部長上廁所歸來的情景。辦事能力差，連上廁所都會出意外，被眾人抬回到屋裡的實際情景，使這些褒義詞顯現出嘲諷色彩。例（2）「出類拔萃」本用於形容人的卓越超群，應為褒義，此處修飾「色情信息」，就轉化為貶義，諷刺了總司令的人面獸心。這些語詞原有的情感色彩被顛覆，卻因嘲諷意味的體現重獲新的平衡。
　　貶義褒用同樣改變了語詞能指形式的所指情感傾向，如：

（1）她是缺心眼兒的好姑娘。

　　　　　　　　　　　　　　　　——劉恒〈蒼河白日夢〉

（2）立冬從未想到曉葉會有兩片鮮豔、美麗的嘴唇。這不是挺討厭嗎？

　　　　　　　　　　　　　　　　　　——劉恒〈心靈〉

例（1）「缺心眼兒」本為貶義，指缺乏思考，此處卻用於形容五鈴兒單純可愛，沒有心機，含有褒揚之情。例（2）「討厭」原用於情感的貶義傾向，此處卻由前面的描寫引發出喜愛的情感傾向。感情色彩的變異使用使語詞的情感傾向更為突出風趣。

六　崇高與滑稽變異構建的語境差

　　《美學概論》從風格角度，劃分出了崇高、優美、悲壯、滑稽之美，其中崇高、優美、悲壯與滑稽呈現出截然不同的風格狀態，我們擬從崇高與滑稽的對立統一來展現當代小說語言在風格上的顛覆狀態。

　　邏輯推理具有一種抽象的嚴肅性，充滿悖論的邏輯語言實則是對邏輯嚴肅性的解構。王小波在其黑色幽默中便常用悖論解構了邏輯的嚴肅性、崇高性。如《黃金時代》中有兩段推理：

> （1）春天裡，隊長說我打瞎了他家母狗的左眼，使它老是偏過頭來看人，好像在跳芭雷舞，從此後他總給我小鞋穿。我想證明我自己的清白無辜，只有以下三個途徑：
> 　1. 隊長家不存在一隻母狗；
> 　2. 該母狗天生沒有左眼；
> 　3. 我是無手之人，不能持槍射擊。
> 結果是三條一條也不成立。隊長家確有一棕色母狗，該母狗的左眼確是後天打瞎，而我不但能持槍射擊，而且槍法極精。
>
> （2）可是陳清揚又從山上跑下來找我。原來又有了另一種傳聞，說她在和我搞破鞋。她要我給出我們清白無辜的證明。我說，要證明我們無辜，只有證明以下兩點：
> 　1. 陳清揚是處女；
> 　2. 我是天閹之人，沒有性交能力。
> 這兩點都難以證明。所以我們不能證明自己無辜。……

　　將調侃語調隱藏在貌似嚴肅的推理話語中，顯示了作者的睿智與機變。例（1）究竟是否「我」打瞎了隊長家母狗的左眼，「我」用的是

逆向排除推理法。無法排除所設的三個條件，以至於「我」自己都無法證明「我」沒有打瞎隊長家母狗的左眼。但實際上，逆向排除法應該排除所有的可能，才能得出正確的結論。而「我」所設的三個條件不但沒能包括所有的可能（如他人所打），而且顯而易見是荒謬的。由排除荒謬的條件，進而得出的結論也顯而易見是荒謬的。這就使嚴肅的邏輯推理淪落為荒誕的文字遊戲。例（2）雖然不是用排除法，而是用了肯定選擇，但得出的結論同樣是荒謬的。因為這兩個條件也並非涵蓋所有的條件。陳清揚不是處女，並不能證明就是與「我」發生性關係。以荒謬的肯定性條件推理，得出的結論也顯然是荒謬的。以嚴肅的推理形式來論證社會生活中的家長裡短，已是解構了邏輯推理的嚴肅性、崇高性。推理邏輯中顯而易見的荒謬又從更深的層次對崇高進行了解構，這就是真理被顛覆了，人的正常的話語權被顛覆了。而這是在「文革」時空背景下所發生的，與特定時空關聯而具有了另一層面的平衡。這一平衡又因體現對「文革」社會現象的莫大諷刺而具有了審美價值。社會生活中的荒謬論證了歷史的荒謬性。「實際上我什麼都不能證明，除了那些不需證明的東西」，這顯然是悖論，是無可奈何下的自我辯白，在「文革」這一社會背景下，這樣的辯白顯得如此無力。作品中的人物無法辨明事實真相，讀者則通過「我」以敘述者亦即故事中人物的上下文陳述明瞭真相，「隊長要是能惹得起羅小四，也不會認準了是我。所以我保持沉默。沉默就是默認。」缺乏權勢的弱勢個體在權勢傾軋下喪失了正當的話語權，只能以荒謬的邏輯推理來論證不真實的事實，聊以自慰、聊以解嘲。這就是王小波的黑色幽默，將痛苦、無奈、無法傾洩的吶喊隱藏在滑稽的充滿荒誕的邏輯話語中，顛覆邏輯性的崇高嚴肅的同時，顛覆了歷史的莊重感。

　　嚴肅的邏輯推理中隱含著滑稽，缺乏關聯的非推理陳述中也隱含著滑稽，體現了王小波調控黑色幽默的能力。調侃的語言還體現在

《黃金時代》中多處的滑稽比喻。在描述女主人公陳清揚被誣衊為破鞋時，王小波就用了這樣的比喻：

> 問題不在於破鞋好不好，而在於她根本不是破鞋。就如一隻貓不是一隻狗一樣。假如一隻貓被人叫成一隻狗，牠也會感到很不自在。現在大家都管她叫破鞋，弄得她魂不守舍，幾乎連自己是誰都不知道了。

對人品性質的界定關乎人的清白，也應該是嚴肅的，但作者卻用了動物名稱的誤讀為喻，顯然是滑稽可笑的。在看似荒誕不經的語言背後隱藏著將人的身分地位降低到與動物同樣卑微的寓意。人與物混為一體所產生的不平衡卻因生成於「文革」荒誕年代，而得到了與時代相匹配的平衡。不正常反而是正常的，是那個荒誕年代的產物。人的名譽被踐踏，人格遭受屈辱，淪落為連動物都不如的悲慘境遇，是人的不幸，更是時代的不幸。陳望道曾將滑稽從源頭分為客觀的滑稽和主觀的滑稽。客觀的滑稽是「並非特意裝它，不知不覺成為滑稽的」，是「自然而然」形成的。主觀的滑稽則是「故意地裝成，故意地將滑稽裝給別人看的。」[17]《黃金時代》所表現出來的滑稽應該算是主觀的滑稽，將「文革」中的各種災難以「滑稽」的狀態呈現於人們面前。作者調配語言，有意將滑稽「裝給別人看的」，但由於其語言調配功力，又呈現出「自然而然」的效果。在表現這個特定時代的深重災難、深重不幸時，王小波用了舉輕若重、舉重若輕的敘述語調，把嚴肅的、崇高的事寫得荒誕，荒誕的事寫得一本正經，極盡調侃嘲弄之能事，顛覆了自然常規中輕與重、美與醜、褒與貶、好與壞之間的概念，產生一種超越常態的變異效果。王小波對此曾有個自述：「在

17 復旦大學中國語言文學研究所編，陳望道著：《陳望道學術著作五種》，頁128。

我的小說裡，……真正的主題，還是對人的生存狀態的反思。其中最主要的一個邏輯是：我們的生活有這麼多的障礙，真他媽的有意思。這種邏輯就叫作黑色幽默。我覺得黑色幽默是我的氣質，是天生的。我小說裡的人也總是在笑，從來就不哭，我以為這樣比較有趣」。[18]實際上，王小波筆下人物的「笑」與「哭」也是相對的，笑是含淚的笑，哭是含笑的哭。作者以冷峻的「笑」敘述災難、表現災難，將對人性的沉重反思寓於輕佻的議論之中。「幽默是冷峻，然而在冷峻背後與裡面有『熱』」[19]，這個「熱」是作者對人生存狀態的反思，對人性回歸的嚮往。王小波以語境差構成其語言組合特色，又以對立中的統一重新建構不平衡中的平衡，從而體現其審美價值。

　　如果說，悖論是在邏輯推理的掩飾下表現荒謬滑稽的內容，那麼，有時崇高嚴肅的內容則通過荒誕滑稽狀態來顯示。劉索拉〈尋找歌王〉中有一段錄音公司代理人的長篇大論：

> 不許想法太多不許花樣太多不許傲氣太多，不許大聲喊不許放聲唱不許粗野不許複雜不許讓人聽不懂不許讓人學不會不許個性太強不許標新立異不許真動感情不許無動於衷不許沒有微笑不許瞇起眼睛不許咧開大嘴不許肌肉變形不許苛求旋律不許講究和聲不許拒絕發嗲不許拒絕調情不許要求過高不許什麼都懂不必擇詞不必作曲不許配器忘掉歌劇式的拐彎兒旋律忘掉不值錢的複調和聲忘掉山裡的粗俗民謠除非香港大師唱過或把它加了工同樣就合作不同意就拉倒固執己見管不了飯簽不簽字你們看著辦我難道會虧待你們嗎？
>
> ——劉索拉〈尋找歌王〉

---

18 王小波：〈從《黃金時代》談小說藝術〉，《王小波全集》（北京市：北京理工大學出版社，2009年），第二卷，頁64。

19 宗白華：《藝境》（合肥市：安徽教育出版社，2006年），頁158。

倡導音樂理念的崇高話題，卻以多個「不許」關聯起無標點停頓的一系列話語，使話語所表現的內容由崇高變異為荒誕滑稽。毫無音樂理念，盲目追隨香港音樂製作的代理人故作高深、自以為是的嘴臉就暴露在這一荒誕滑稽的話語形式中。製造荒誕滑稽的語言形式具有多種狀態，如果說，上例主要由無標點形式構成滑稽，王蒙的微型小說《成語新編》〈高山流水〉中，則以觀眾歡呼雀躍的多標點停頓形式來展現滑稽荒誕。「演奏鋼琴半輩子，無聲無響」的于老牙於五十歲生日時，申請到狐臭露公司贊助，舉辦了一次個人音樂會。彈奏《熱情》蘇塔娜奏鳴曲，被于老牙視為高雅的音樂，卻被公司老闆用來宣傳狐臭露。于老牙對音樂的崇高追求與商業化現實的低俗盈利構成強烈的反差，基於這一反差，王蒙進而以于老牙演奏現狀的「一塌糊塗」與觀眾反響的熱烈構成反差：

（1）「而我們這兒彈〈熱情〉是為了狐臭，為了廣告，為了阿堵物！見鬼去吧，你騙人的藥水，見鬼去吧，你傾人的藝術……」他老淚縱橫地痛罵著。故意不按樂譜彈，音階、節奏、力度、和聲……全都彈得一塌糊塗，他乾脆握拳向琴鍵亂擂亂砸，趁著一連串雜音強音噪音，他破口大罵，把半個世紀學會的髒話葷話全傾瀉了出來。

（2）掌聲如雷，全場起立，暴風雨般地歡呼：「于老牙！狐臭露！狐臭露！于老牙！牙！露！牙！露！牙！牙！牙！露！露！露！……」

例（1）于老牙因對高雅音樂淪落為低俗商業服務的不滿情緒而憤怒發洩，故意「彈得一塌糊塗」，並「破口大罵」，「傾瀉」「半個世紀學會的髒話葷話」，這種解構了音樂崇高性的舉動，卻引起觀眾的狂熱

捧場。例（2）觀眾的狂歡話語以多標點停頓的方式表現，充滿了滑稽荒誕。這場鬧劇由幾對矛盾的對立體構成：于老牙演奏傳播高雅音樂的主觀目的與主辦方低俗的商業目的，精神物質的高雅音樂與商業物質的狐臭露，高雅的音樂與低俗的罵人話，夾雜洩憤的變味音樂與盲目起哄的無知觀眾，于老牙的憤懣與觀眾的歡呼，滑稽荒誕的音樂演奏與觀眾更為滑稽荒誕的接受，無不形成對立，構成荒誕。荒誕與特定時代的某種社會風氣相吻合，於荒誕中充溢著濃烈的批判色彩，使對立的差異中呈現出審美層面的平衡。《成語新編》在解構成語的高雅性時，常常製造崇高語境與荒誕語境的對立，在兩種語境對比中產生強烈的幽默意味。〈三人行必有吾師〉中，醫學事業的崇高與王、李、趙三人觀點的荒誕形成對比。文本以三十年前後為界。三十年前，張先生向王、李、趙三人求教，得到的是迥異的觀點。三人對觀點的闡述充滿了荒誕，這一荒誕卻以冠冕堂皇的語言一本正經地表達，已然解構了醫學事業的崇高性。小說後半部分則是三十年後三人的發展狀況。三人你爭我鬥，竟能在醫學界各領風騷一時。這是對前面荒誕觀點的延續，也是對前面荒誕的背離。如果說，三人的醫學觀點是荒謬的，那就不可能產生後面事業的輝煌，然而，他們卻輝煌了，這不能不說是一種莫大的諷刺。荒誕語境越誇張越容易消解崇高，作者將三人放置在醫學這一崇高的背景中，使荒誕與崇高形成對比，更顯出其荒誕性。徐坤的〈先鋒〉中塑造了藝術家的形象，在藝術這一高雅背景中的人物形象充滿了荒誕。僅以一九八九年「藝壇大比武」的描寫片段為例，漢字書法家、小說家、詩人、交響樂隊、演話劇的、唱京戲的先後出場，作為廢墟畫家們的襯托。出場的每一個片段都充滿了荒誕：

　　（1）接著來的就是小說家，小說家的事業是人類工程師的事業。小說家一手拿著泥抹子，一手拎著水泥桶，把12345678個

阿拉伯數目字兒一層層地往起碼。碼完了，還剩一個9，9自
手。一條龍上停，推倒，和了。自己連喝幾聲彩，用帽子轉圈
向圍觀者收了那麼十幾張票子，點了點，還略有個小賺，不由
得心滿意足。

（2）而後上臺的是詩人。詩人在古典的陽光輻射下紛紛受
孕，在遙遠的瞎想年代裡喝著祖宗的羊水，產下一批批面目模
糊的黃種試管嬰兒。還未等滿月呢就插上草標急著賣孩子，丫
頭小子被販子們抱走時詩人們還假模假樣地大哭小叫，待到人
走遠了，這才抹抹鼻涕，把錢偷偷掖了褲腰。

僅節選這兩個片段，便可感受到荒誕滑稽的風味。小說家、詩人這些
高雅的身分角色，被冠以滑稽搞笑的動作行為和心態，便解構了藝術
的神聖與崇高。在一個層面的解構中完成了另一層面的平衡，作者以
遊戲方式輕鬆快樂地展現了荒誕，辛辣尖銳地嘲諷了八、九〇年代一
些知識份子的醜態。

　　改變語詞原有的高雅用途，移作他用，也使語詞的高雅與用途的
滑稽荒誕形成了對立，在解構高雅的同時體現出荒誕，進而達到重新
建構的審美層面的平衡。王蒙《成語新編》在解構了成語原有含義與
用途的同時，造成了高雅語言與滑稽荒誕用途之間的對立，從而傳遞
了嘲諷意味。如〈老鼠過街，人人喊打〉中，一隻「天資聰穎」的老
鼠，「公費留學三載，自費留學兩年，獲得了一個博士四個碩士學
位」，成了語言學家。它將鼠輩的災難，歸結到「老鼠過街，人人喊
打」之類的成語，於是意欲改變成語。小說寫改變的方法，用了一系
列包括成語在內的四字格：

　　眾鼠獻計，無非送禮感化、鼠疫威脅、偷樑換柱、乘虛而入、

　　過河拆橋、卸磨殺驢、拉群結夥、大言不慚、呼風喚霧、撒豆
成兵、氣勢洶洶、製造假象、拉旗為皮、結成死黨、兵不厭
詐、話不厭大、鬧而優勝、厚面無皮、不入貓穴、焉得貓子、
哭哭笑笑、自賣自誇諸法。

其中的成語，有些保留原形，有些則改變了原有形式。二十二個四字
格魚龍混雜，而又自相矛盾，表現了鼠輩軟硬兼施的伎倆。成語經過
鼠類的這麼一使用，不論哪種情況，都解構了成語的經典高雅。最
後，羅列了成語詞典上改過來的有關條目：

　　「老鼠過街，人人喊打」，改為「老鼠過街，人人喝彩」，或
「老鼠過街，人人稱快」，或「老鼠過街，人人歡呼」等等。
「狗拿耗子，多管閒事」，改為「耗子打狗，理所應該」，或
「耗子育狗，狗才如雲」，或「狗見耗子，五體投地」等。「是
貓就避鼠」，改為「凡是貓都怕老鼠」，或「是貓就愛鼠」，或
「是鼠就避貓」等。
　　「鼠輩」，改為「鼠公」、「鼠貴」、「鼠家」、「鼠長」、「鼠兄」、
「鼠爺」等等。
　　「鼠目寸光」，改為「貓目寸光」，以正鼠名，以報世仇。也有
的出版商將此成語改為「虎目寸光」以增加成語的現代感者。
　　「膽小如鼠」，改為「膽小如虎」、「膽小如象」或者「膽大如
鼠」、「神勇如鼠」等等⋯⋯

改後的結果是「眾鼠歡呼，以為從此安全榮耀。牠們不再潛伏鼠洞，
不再晝藏夜行，不再避貓躲狗，不再自慚形穢，而是大模大樣，登堂
入室，吃香喝辣，衣錦榮遊，耀武揚威，頤指氣使⋯⋯」。文本以
「後來這一批老鼠下落不明」為結，與上文鼠輩們鬧哄哄修改成語的
行為相映相襯，充滿了詼諧嘲諷色彩。

　　崇高與滑稽並存，可能以一種相輔相成的方式相互融入，使其對立統一在互相滲透中交織呈現。死亡是個沉重嚴肅的話題，以荒誕的形式來表現，也構成了嚴肅與滑稽的對立，並可能於內容的展現昇華為崇高。余華〈第七天〉開篇就以這種對立為整個文本敘述視角定下了基調：

> 　　濃霧瀰漫之時，我走出了出租屋，在空虛混沌的城市裡孑孓而行。我要去的地方名叫殯儀館，這是它現在的名字，它過去的名字叫火葬場。我得到一個通知，讓我早晨九點之前趕到殯儀館，我的火化時間預約在九點半。
>
> 　　昨夜響了一宵倒塌的聲音，轟然聲連接著轟然聲，彷彿一幢一幢房屋疲憊不堪之後躺下了。我在持續的轟然聲裡似睡非睡，天亮後打開屋門時轟然聲突然消失，我開門的動作似乎是關上轟然聲的開關。隨後看到門上貼著這張通知我去殯儀館火化的紙條，上面的字在霧中濕潤模糊，還有兩張紙條是十多天前貼上去的，通知我去繳納電費和水費。

　　「我」以逝者身分作為故事敘事者，開始了故事的講述。小說以從第一天到第七天的講述為敘事時間，實際的故事時間跨越了數十年。其間涉及與妻子李青的相識相戀，結婚離婚；養父楊金彪一輩子的撫育之恩；回歸生父生母家庭的短暫生活；出租屋結識的年輕戀人伍超與鼠妹的故事。這些故事又在人間與陰間兩個時空穿梭。小說結束在「我」和伍超的陰間相會：

> 　　伍超的聲音戛然而止，他停止前行的步伐，眼睛眺望前方，他的臉上出現詫異的神色，他看到了我曾經在這裡見到的情景——水在流淌，青草遍地，樹木茂盛，樹枝上結滿了有核的

果子，樹葉都是心臟的模樣，它們抖動時也是心臟跳動的節奏。很多的人，很多只剩下骨骼的人，還有一些有肉體的人，在那裡走來走去。

他驚訝地向我轉過身來，疑惑的表情似乎是在向我詢問。我對他說，走過去吧，那裡樹葉會向你招手，石頭會向你微笑，河水會向你問候。那裡沒有貧賤也沒有富貴，沒有悲傷也沒有疼痛，沒有仇也沒有恨……那裡人人死而平等。

他問：「那是什麼地方？」

我說：「死無葬身之地。」

逝者作為故事的敘述者，為小說講述奠定了荒誕的基調。在故事敘述中活人與活人交際，活人與死人交際，死人與死人交際的對話模式也呈現了荒誕，這就解構了死亡這一話題的沉重性和嚴肅性。然而，從故事所表現出的社會底層的親情、愛情來說，於荒誕中體現出的是崇高的人間真情。生活於社會底層，經濟基礎缺乏，並不等於精神情感的匱乏。養父楊金彪為了撫養「我」，放棄了即將結婚的女友；鼠妹因男友伍超拿山寨的 iPhone 騙她而欲跳樓，失足身亡，伍超賣腎為鼠妹購買墓地。如此種種，「我」所講述的故事中充滿了人間親情愛情，這使得荒誕的講述中充溢著崇高的人間情感，荒誕由此昇華為崇高。被顛覆的荒誕的故事講述模式在人間真情現實存現中得以平衡的重新建構。

陳望道的美學理論與修辭學理論是相互關聯的，《美學概論》中所概括的美的六個種類，為揭示當代小說修辭性語境差的辯證審美提供了辯證分析的理論基礎。在體現美學與修辭學學科互融的理論與實證分析可行性的同時，擴大了相關學科融合的視野，提升了理論深度。

第三節　審美視角下的表達與接受語境差

　　本節在審美視角下考察小說語境差中存現的交際系統。注重修辭表達，也注重修辭接受，源自陳望道修辭學思想，宗廷虎、李金苓等人又將之發揚光大。陳望道對聽讀者及接受活動的重視，體現在其《修辭學發凡》及《陳望道修辭論集》中為數眾多、但分散的論述中。宗廷虎、趙毅在對陳望道理論悉心研究中，敏銳地看出：「陳望道先生對於聽讀者的研究構成了其修辭理論的重要一環，但同時又是相對薄弱的一環。」[20]他們以修辭學史家的敏銳目光，意識到「展開對日常交際過程中的言語接受研究，無論是對修辭學還是對相關學科來說，都是一項十分重要和緊迫的任務。」[21]宗廷虎、李金苓等人針對陳望道理論的薄弱環節，以及「聽讀者研究」這一環節在「以後長期的漢語修辭學史中失落了」的研究缺陷，提出對修辭學研究「言語交際全過程」範圍的綱領性的看法：「理解修辭的思想，應該貫穿在修辭研究的多個領域。」[22]他們看出了「在修辭學範疇內進行接受研究，可以繼承的東西不多，可資借鑒的卻有」。[23]這一修辭接受可資借鑒的是其他邊緣學科理論，如解釋學哲學、接受美學以及心理學等學科。這說明，他們所提倡的理解修辭理論中，又滲透著多邊緣學科交融的理念。在將美學理論與修辭學理論對接時，他們既注意到辯證觀點的滲透，從審美對象和審美者——人的審美意識，對美學與修辭學的滲透加以闡述；而且從表達接受的雙向角度，對審美對象和審美者

---

20 宗廷虎，趙毅：〈弘揚陳望道修辭理論，開展言語接收研究〉，《宗廷虎修辭論集》（長春市：吉林教育出版社，2003年），頁204。

21 同前註，頁211。

22 宗廷虎，李金苓：〈陳望道先生的理解修辭倫〉，《宗廷虎修辭論集》（長春市：吉林教育出版社，2003年），頁216。

23 宗廷虎，趙毅：〈弘揚陳望道修辭理論，開展言語接收研究〉，《宗廷虎修辭論集》（長春市：吉林教育出版社，2003年），頁209。

間的辯證關係加以深入分析，指出：「修辭學不論是從聽讀者的角度，研究怎樣的語言表達，才能引起美的共鳴；還是從寫說者的角度，研究怎樣通過修辭技巧的運用，做到語言美，都要既牽涉到審美者的問題，又關係到審美對象的問題。」[24]這些理論，說明瞭修辭研究與美學的蜜切關係，說明瞭表達與接受作為修辭學雙翼的客觀存在，也說明瞭其研究的重要性。這就是我們將表達與接受作為一個專題加以探討的理論根基。

將小說的生成與讀解視為言語交際，這一交際系統存在著比日常言語交際系統更為複雜的情況。小說所構建的是一個虛擬的世界。海德格爾曾指出：「作品存在意味著締建一個世界。」[25]這說明作品的世界是人為「締建」出來的，它並非等同於現實的客觀世界。雖然，小說虛擬世界是在現實世界基礎上生成的，但同時「虛構」這一主要手法又使得虛擬世界形成了對現實世界的顛覆。蘇童以其創作體驗說明瞭語言文字與所製造的虛擬世界之間的「締建」性：「我的專業就是玩漢字，把一個個的字積木式地堆成寶塔，碼成四合院，排成小火車，堆成一座山，架成獨木橋。」[26]一個「玩」字體現了寫作過程的「締建」性。「寶塔」、「四合院」、「小火車」、「一座山」、「獨木橋」，這就是作家所「締建」出的一個個形體各異，神態各異，風格各異的充滿奇幻色彩的小說虛擬世界。

在小說這樣一個虛擬的世界，其交際系統呈現出多層面，多角色的複雜性，因此，對這一交際系統的考察理當呈現多方位、多角度。布斯曾在《小說修辭學》一書從文藝學的角度對作者的敘述技巧、小

---

24 宗廷虎：〈邊緣學科的特殊理論營養——論修辭學的哲學基礎及其他理論來源〉，《宗廷虎修辭論集》（長春市：吉林教育出版社，2003年），頁92。

25 〔德〕馬丁·海德格爾：《人，詩意地安居》（上海市：上海遠東出版社，2004年），頁101。

26 蘇童：〈永遠的影子〉，《人民文學》1988年第5期。

說的閱讀效果等問題進行探究，涉及了作者與讀者的交際問題。他主要從敘述聲音、敘述人稱、敘述視角等方面分析了參與小說修辭的各種運作方式和意義。[27]馮黎明在〈論文學話語與語境的關係〉中也看到了文學話語的言語交際性質，他認為「語言表達式的意義來自於它和語境的關係。對文學話語的意義詮釋也必須從話語與語境的關係入手。文學話語是一種可理解性的獨創話語，是一種內指稱的陳述話語，也是一種交流對象缺席的話語。其語境由三個因素構成：言辭在元語言層面上的歷史規定性語域、文本中眾多話語集合而成的話語叢林、虛擬的交流情景。而文學話語與語境的關係也體現為三種形態：語境定義與話語突圍的對抗、語境朗現與話語直陳的協調、語境遮蔽與話語隱喻化之間的疏遠。」[28]在這些話語與語境的關係中，自然也涉及了作者與讀者的雙向交際問題。這說明作品中的交際關係在作品中的份量，也說明研究者們已經在一定程度關注到了作品的言語交際關係。我們擬從表達與接受的多重交際關係考察修辭性語境差現象，其中涉及了小說言語交際系統中的各對交際關係與交際狀態。[29]

一　敘事者與讀者的語境差

從言語交際視角對小說虛擬世界進行審視，其言語交際系統呈現出兩個上位層面。

其一是虛擬世界中各對人物之間的交際，這是小說虛擬世界中的內部關係。這一內部關係中又存在著多對人物之間的下位關係。這些

27　〔美〕W・C・布斯著，華明、胡曉蘇、周憲等譯：《小說修辭學》（北京市：北京大學出版社，1987年）。

28　馮黎明：〈論文學話語與語境的關係〉，《文藝研究》2002年第6期。

29　祝敏青曾在《小說辭章學》一書中對小說言語交際系統兩對交際關係（創作者與讀者；作品人物間）狀態加以說明。參見《小說辭章學》（福州市：海峽文藝出版社，2000年），頁250-253。

關係，我們將在小說對話部分加以考察。其二是敘事者與讀者之間的
交際，這是小說世界的外部關係。但內外部是相互關聯的，兩個層面
之間又呈現互為交叉的交際。這是由於敘事者與讀者的交際憑藉是作
品人物。就這一意義而言，敘事者與人物，讀者與人物又處在交際關
係中。馮黎明將文學話語視作「交流對象缺席的話語」，[30]這從某種程
度肯定了文學話語的交際性質，但交際對象是否缺席，卻應具體分
析。當小說處於創作時期，交際對象——小說讀者應是顯性缺席，因
讀者還未進入小說虛擬世界交際現場。但並不排除敘事者敘事時與心
中的讀者交際，就這一意義而言，讀者可能是隱性在場的，這就是我
們將其視為「顯性缺席」的原因。當小說被讀者解讀的情況下，讀者
顯性在場，而小說敘事者則呈隱性在場狀態。這說明，不管在哪個階
段，都存在著敘事者與讀者兩對關係。我們對小說虛擬語境的審美考
察，主要是就小說文本進入讀解狀態下的。在這種狀態下，敘事者與
讀者憑藉作品人物進行交際。交際語境可能是和諧的，也可能是相互
背離的。

　　我們先就敘事者與讀者之間的語境差來審視語境差的審美。當敘
事者將語境差作為一種修辭策略時，勢必是一種有意而為之的行為，
因此，他們往往利用語言，有意製造與讀者的差異，造成表達與讀解
的逆差。作為修辭性的語境差，這種逆差往往在後續語境的參與下消
解。以暫時性的語境顛覆對讀者的讀解造成不平衡的衝擊，又以語境
綜合因素的參與重建新的平衡，以達到特有的修辭效果。如逆向的語
義預設、模糊造成的語義障礙、偏離常規的錯位搭配等，可能造成讀
者心理期待的撲空、語義接受的受阻、背離習慣的語感變異等。

　　逆向的語境預設可能造成讀者心理期待的撲空，雖然這可能只是
暫時性的誤差，後續語境可能出場解救，消除誤差，但這種敘事的跌

30　馮黎明：〈論文學話語與語境的關係〉，《文藝研究》2002年第6期。

宕足以造成讀者閱讀期待中的新鮮感。馮黎明曾指出話語對語境的突圍給予讀者的新鮮感:「話語對語境的突圍不僅表現在對語境中歷史因素的顛覆,也表現在單個話語對文本話語叢林的反抗。在一部好的文學作品中,我們永遠不知道下邊要讀的話語有著怎樣新奇的意義,因為我們無法依據已進入閱讀視界的話語的集成意義來邏輯地推斷新話語的意義。」[31]敘事者的巧妙敘事讓讀者有所期待,有所落空,又有所新的收穫。

　　語境預設不僅涉及情節結構的設置,而且涉及語言符號的生成。因為情節結構首先是基於語言基礎上產生的。語境預設即語言符號所製造的後續導向。預設可能是順向的,也可能是逆向的。順向的預設引導讀者正確的、順利的解讀情節發展脈絡,逆向的則引領讀解往錯誤方向進行,可能導致讀解的失誤。但這種失誤卻以上下文的顛覆製造了情節結構的跌宕起伏,在打破讀者預期期待的同時,給人一種柳暗花明的閱讀驚喜。語境預設的逆向為當代小說表現當代社會紛呈複雜世態的題材提供了相適切的手法。裘山山〈死亡設置〉以情節結構的跌宕吸引了眾多讀者,這種跌宕就是由敘事者在小說前面大篇幅的渲染與結局之間的反差造成的。故事圍繞著袁紅莉半夜在社區車庫中遇襲身亡的情節展開。在警察調查的三個人中,丈夫陸錫明嫌疑最大,敘事者從多方位、多角度將讀者引導到陸錫明是兇手的思路上。一是事發後陸錫明的神情,這是從警察簡向東眼中所見:

> 簡向東第一眼見到陸錫明時,感覺他雖然眉頭緊蹙,但並不是特別難過的樣子。他見過很多被害者家屬,多數的神情是悲痛不已,無法控制。但陸錫明給人的感覺就是心煩意亂,彷彿遇到了一個大麻煩了,腦門上恨不能寫一個「糟」字。

---

31 馮黎明:〈論文學話語與語境的關係〉,《文藝研究》2002年第6期。

再一是警察所見的家中的環境：

> 首先家裡一張夫妻合影都沒有，這對結婚才幾年的夫妻來說比
> 較少見，其次他們顯然是分居的，書房裡也鋪著一張床，枕頭
> 被子齊全，枕邊還有兩本書。已經是異床異夢。

除此之外，警察的調查對象、調查結果也無一不將兇手指向陸錫明。一是袁紅莉閨蜜伍晶晶的心理活動描寫及向警方提供的線索：

> （1）伍晶晶心裡響起袁紅莉說的那句話：如果哪天我突然死了，肯定就是他殺的，晶晶你一定要記住。

> （2）後來袁紅莉終於發現，自己之所以流產，是有人把打胎藥混在了她每天都要喝的蛋白粉裡！她當然認為是陸錫明幹的，這個家還能有誰？但陸錫明死不承認，還說是袁紅莉誣陷他，沒有證據。
> 袁紅莉如此頑強地拖著陸錫明，陸錫明難道不恨她嗎？肯定恨得牙癢癢。那麼，一定會找機會殺死他的。
> 伍晶晶幾乎可以肯定，是陸錫明殺死了莉姐。

> （3）那麼，如果是熟人作案，死者的丈夫顯然最有嫌疑。根據死者閨蜜伍晶晶反映，他們夫妻關係極差，死者丈夫要離婚，死者堅決不同意，鬧了一年多了，已經分居。

又一是警方接到的袁紅莉律師威爾的匿名電話，也將兇手指向陸錫明。這種指向從小說開篇，一直延續到即將結束，將結束時的敘事目標指向幾乎是確切的：

原來，田野在調出的死者通話記錄上，吃驚地發現，案發那個晚上，陸錫明竟然給死者打過三個電話！分別是晚上十點三十七，十點四十五，十點五十一。前兩個電話未接，第三個接了，通話時間只有十幾秒。另外還發過兩條短信，時間分別是十點四十，十一點。不過看不到內容。

之後袁紅莉出門，遇害。

這說明，袁紅莉匆忙跑出去，是因為接到了陸錫明的電話！陸錫明就是袁紅莉生前的最後連絡人。

但陸錫明卻說他完全不知情，還說他聽見她接電話要去看電影。

陸錫明在撒謊，而且是在關鍵的問題上撒謊，這讓他的嫌疑陡然增加。那個一直困惑簡向東的問題，即死者為什麼深夜匆忙外出，終於有了解釋。

加之陸錫明晚上所在的酒店的監控錄像也說明其「既有作案動機，又有作案時間」，警方一步步將嫌疑人鎖定陸錫明。隨著敘事者的引領，讀者眼前的兇手形象越來越清晰。可情節在即將結束時突然逆轉，就在陸錫明百口莫辯之時，真正的兇手社區保安張建國落網，真相大白。故事落差在前面大篇幅複雜的描繪與簡單的破案結果之間，敘事者以清淡的筆調體現這一落差：「如此簡單，簡單到跟他們前面調查的所有證據都不搭。」原來，死者袁紅莉為了「捉姦」，將陸錫明手機上自己的電話號碼與陸錫明情人文敏的對調，造成了「死亡設置」。使她在外出捉姦時偶然遇害。當然，在語境差設置的同時，敘事者並未忘記故事的合理性，注意在反差的同時留有逆轉的空間。文本第三節是對陸錫明處境及心理的描繪，從陸錫明視角顯示了其無辜。但又與前後的描述造成反差，使情節真真假假，虛虛實實。敘事者最後以警察的話語對袁紅莉行為的荒誕做了嘲諷：「這個傻婆娘，她也不想想，既然她更換了自己和文敏的號碼，文敏就不可能收

到陸錫明的短信，她還去抓什麼現行？真蠢透了！」這實際上也是對語境落差合理性的注解。真相大白之時，也就是語境差異消除、平衡重新建構之時。但差異的不平衡與平衡之間的對立統一關係，卻是體現在整個文本之中。語境差的生成、解讀、審美也體現在由文本整體所構建的從不平衡到平衡轉化的全過程。

　　敘事者以語境逆向預設的手法製造故事情節的跌宕，已成為諸多小說情節設置的手法。在這種手法中所展現的時間與空間關係往往是複雜的，「對空間的多維透視使得小說只能在時間上的加倍延長作為基礎。這就帶來一個接受閾限和閱讀臨界點的問題……」，[32]這說明，在時空因素影響下產生的語境差對讀者可能造成敘事解讀的干擾。孫春平〈東北軍獨立一師〉講述了「我」的太爺爺佟國良、太叔叔佟國俊在抗戰時期的故事，故事縱貫「我」爺爺近乎老年癡呆時的講述，追溯抗戰時期家族故事的全過程。故事敘事前期，「我」在故鄉北口圖書館所查找的記錄是「弒兄霸嫂　惡貫滿盈　惡徒佟國俊今日伏法」，這就為兩個兄弟的形象定下了基調，也將讀者引導到人物形象定位的錯位指向。歷史與現實的時間差異使讀者跟隨「我」——故事敘述者也是故事人物的足跡一步步探訪歷史，結果與這一刊載信息截然相反，佟國俊是抗日英雄，他以「獨立一師」的身分誅殺日本人，以報國恨家仇。佟國良為掩護他而壯烈犧牲。抗戰勝利，佟國俊卻被國民黨警察局長以莫須有的罪名殺害。人物形象、故事情節前後的反差是巨大的。前面的謬誤設置給了讀者一個誤導，也給讀者製造了歷史真相的撲朔迷離，吸引著讀者跟隨探訪，領略歷史冤案的慘痛，為英雄的悲劇扼腕。人物形象的被顛覆是敘事者通過對歷史的追溯構成的，顛覆的平衡回歸也是通過回溯歷史來體現。就這一意義而言，從顛覆到平衡是由文本上下文語境所體現，上下文語境因事件的差異而

---

32 徐岱：《藝術的精神》（北京市：首都師範大學出版社，2001年），頁117。

構成了不平衡，故事情節的跌宕起伏由此展現。文本的審美價值則生成於從顛覆到平衡的全過程。讀者經歷了事件顛覆的誤導，也經歷了真相回歸的醒悟，從而體驗了由顛覆到平衡所傳遞的審美信息。

　　如果說，以上二例是造成文本整體情節的落差，那麼，有的文本中作者設置的逆向預設則是出現在情節局部的反差。曹軍慶的〈下水麵館〉以倒臺貪官謝堅強為核心人物，講述了與之關聯的妻子宋春秀、情人林小紅、宿敵段瑞松、殺父仇人蘇振邦及嫁給蘇振邦的母親之間的故事。謝堅強對殺父仇人蘇振邦的仇恨，對母親嫁給蘇振邦的怨恨是其中的部分情節。敘事者對這一人物關係的情節設置是以語境差造成跌宕進行的。小說敘述的殺人情節自始至終是一致的，即真實的，但殺人原因卻產生了語境顛覆。謝堅強兩歲那年，父親的好友蘇振邦殘暴地殺害了父親，「他將一枚長釘子從腦門心那裡釘入父親的腦袋。用磚頭砸爛他的臉。然後他氣定神閑地向警方自首。」後因出示了「父親的遺書——或者叫授權書」，說明「蘇振邦的所作所為源於父親的請求」而獲有期徒刑十三年。父親請求的真相在作者的敘事開頭是模糊的，致使讀者誤以為是父親病重所致。但在母親臨終的講述中才真相大白，原來，父親謝海生是因「不光偷情，強姦幼女」，「同時還背負著兩條人命」而「內心不得安寧，罪孽深重活不下去」而懇求好友「了斷」。前後原因的反差既顛覆了父親在謝堅強心目中的形象，也顛覆了蘇振邦的形象，並導致謝堅強與母親關係的改變。小說以〈下水麵館〉為題，但下水麵館的主人蘇振邦並非主要人物，而是協同完成圍繞著謝堅強這一核心人物的故事，因此，與其相關的殺人情節只是構成了文本整體中的一個局部語境差。但這一局部語境差作為故事的情節之一，對於核心人物謝堅強心路歷程的揭示，其中所蘊含的人性的哲理還是能夠引起讀者強烈的心理震撼。

　　小說世界的虛擬性為虛幻的描寫提供了空間場所，虛幻以一種模糊的語義生成造成讀者可能的接收模糊，語境差生成，讀解因此而受

阻。曹軍慶〈下水麵館〉結尾部分展示了謝堅強和林小紅的兩個夢境。夢中夢的講述形式使夢境的主體不同，講述者卻為同一人，兩個主體的夢境還是相互關聯的：

> 「我夢見你正在做夢，」林小紅說，「我夢到你的夢境了，我清清楚楚地看到你所做的夢。我看見你夢到宋春秀。宋春秀在你夢裡悔罪，她要殺了段瑞松求得你原諒。她果真殺了他，拎著他的人頭來敲你的門。咚咚咚，我看見你從夢中驚醒了。」是這個夢，謝堅強記起來了。因為聽到有人敲門，他便一骨碌起床開了門。開了門卻又不知何故，於是倚在門上悵然若失。林小紅接著說，「我的夢還在繼續。宋春秀沒殺段瑞松，可是她在偽造殺人現場。她把紅色油漆潑在地上，濺上牆壁，並且也潑滿自己全身。紅油漆像極了鮮血，宋春秀恐怖猙獰。然後我也醒來了。」

林小紅的夢裡套疊著謝堅強的夢，林小紅的講述與作者的敘事話語相結合使二者關聯。夢中之夢顯然是虛幻的。林小紅的夢境以自身的顛覆造成對謝堅強夢境的否定。宋春秀「殺」與「沒殺」段瑞松在林小紅夢中構成了語境差，也在林小紅與謝堅強二人中構成了語境差。敘事者的這一語境差設置顯然讓情節處於模糊之中，讀者可以借助語境對人物、事件的走向加以猜測模擬。敘事者虛設的兩種情景是基於前面宋春秀為幫助謝堅強而委身段瑞松的情節設置，前面的情節在小說文本世界中是現實的，敘事者卻以兩個虛幻的夢境來續寫情節的發展，這就為讀者提供了寬闊的解讀思路和空間。儘管讀解有可能造成與敘事者原意的背離，但在信息擴容上卻有著自己獨到的功效。小說結尾：「母親去世了，蘇振邦也將注定不知所終。謝堅強從蘇振邦的唇語中讀到過，他知道結果。城裡再也找不著一個沒有招牌——卻又

人人都知道它叫下水麵館的地方了。他們會去哪裡吃早點呢？這雖然不是一個問題，可是既然謝堅強想到了，它的確就是一個問題。」隨著下水麵館的消失，人們吃早點的問題又給讀者留下了一個虛幻的想像空間。這個空間留給人們的是吃早點的問題，還是對下水麵館現實中的曾經存在，虛幻中的悄然消失的一種緬懷和記憶？這就是模糊描寫帶給讀者的多種聯想空間。雖然語境差並未隨著文本結束而消解，但讀者可能以自身的解讀填補語境差的不平衡，從而在審美層面與作者趨於新的平衡。

　　虛幻的描寫所造成讀者讀解的模糊，可能由語言製造的情節設置造成，也可能由語言符號所表示的語義模糊造成。如張抗抗〈作女〉中對「作女」的一些描寫片段：

　　（1）自己的身體只有一個，而女人的智慧，是海裡的游魚、林間的精怪、山嵐迷霧閃電酸雨。她就不信除了那種方法，自己真的就黔驢技窮了？

　　（2）單身女人的床，是女人為自己準備的收容所，是風雪迷途之夜撞上的一座破庵，是女人最忠實最可靠也是最後的棲息地了。

　　（3）如果說，晚宴上陶桃是一件旗袍、逛街時是一條長裙、在辦公室是一個白領。那麼在家裡，陶桃只是一件內衣。

　　（4）白色的泡沫溢出來，是女人心裡的煩惱；沉澱下來那半杯黃色，是女人的膽汁；紅酒是女人的血，由於被正好太多的抽取而日漸稀薄。

（5）那些玉佩、玉墜、玉戒，胸針，碧綠的奶白的淡紅的嵌著
黃綠相間紅白相間花紋，手鐲一個圓圈一個圓圈地擺在絲絨的
錦盒裡，就像無數只圈套，泛著誘人的幽光。那些獸形的元寶
形的樹葉形的玉墜兒，像一個個含義不明的符號，無從解讀。

例（1）至（4）的描寫均選用了多個喻體來形容同一本體，多個喻體
的不同形象與寓意造成了本體的豐富蘊含，以形象的語言完成對卓
爾、陶桃的形象塑造。也正因為形象的多樣性，增添了本體的不確定
性，給讀者以寬闊的想像空間。例（1）以三個喻體形容「女人的智
慧」，三個喻體的容量是豐富多樣的，游魚的靈活散漫，精怪新奇古
怪，迷霧閃電酸雨的變幻多端，這些表義不同的喻體彙集到同一本
體，使「女人的智慧」體現出複雜性，不同的讀者可以根據自身的審
美經驗加以解讀。例（2）以三個喻體形容卓爾心目中的「床」，賦予
「床」以負重感，蘊含著「作女」的種種遭遇，歷經挫折，呈現了世
態炎涼下漂泊不定的女性內心的疲憊與不安。例（3）多個喻體，各
自形容陶桃在不同場合的狀態，這些喻體隱含的寓意是形象的又是模
糊的。例（4）將「酒」與女人的相關方面對接，這種對接所生成的
語義是模糊的，卻包容了「作女」酸甜苦辣的人生生涯。例（5）則
以兩個比喻，各自形容手鐲和玉墜兒，與其說是將手鐲、玉墜兒的外
形描繪得神奇陸離，不如說是隱射「作女」們特立獨行的「作」。一
個「作女」不僅代表自己，而且代表了一個群體，「『作女』群體實際
上由各個性情迥異的『作女』個體組成。」[33]正因為「作女」所凝聚
的女性各方面的複雜性，使得作品產生了巨大反響，也產生了敘事者
與讀者的認知差異。敘事者張抗抗是如此解釋「作女」的：「近二十
年來，我發現在自己周圍，有許多女性朋友，越來越不安於以往那種

---

33 張抗抗：〈《作女》自述〉，《悅己》（北京市：中國青年出版社，2007年），頁258。

傳統的生活方式，她們的行為常常不合情理、為追求個人的情感取向以及事業選擇的新鮮感，不斷地折騰放棄；她們不認命、不知足、不甘心，對於生活不再是被動無奈的承受，而是主動的出擊和挑釁。她們更注重個人的價值實現和精神享受，為此不惜一次次碰壁，一次次受傷，直到頭破血流，筋疲力盡。」她將「作女」的「橫空出世」，看作是「女性的自我肯定、自我宣洩、自我拯救的別樣方式；是現代女性在新的歷史條件下，對自己能力的檢測與發問。」[34]女性作家寫女性，深刻透澈地解剖女性心理。她對「作女」們的態度是複雜的，「抱著讚賞認同，卻又不得不時時為她們提心吊膽的矛盾心情。」[35]各種比喻形式的嫻熟運用，以豐富多樣的模糊性深入挖掘描寫對象複雜而又細膩的情感世界，蘊含敘事者對「作女」的複雜態度。凸顯其傷痛，體現其抗爭，表現對其的肯定。這種複雜的態度，使她筆下的「作女」如她筆下的玉墜兒「一個個含義不明的符號，無從解讀」。也正因此，造成讀者的不同解讀。將〈作女〉改編成的電視劇《卓爾的故事》中扮演卓爾的女演員袁立「把作女居然改成了現代版的劉慧芳」，張抗抗對此表示了不滿：「完全是南轅北轍」、「袁立飾演的卓爾，與我的作品有些差距與缺失。」[36]袁立因沒看過小說而導致角色把握的失誤。雖然，這種失誤所造成的是消極的語境差，但它足以說明「作女」形象的群體性，以至於難以把握。這一難於把握既源自所描寫的對象的複雜性，也在於對「作女」大量的帶有形容性的模糊描繪。這些描繪引發讀者的讀解興趣，增強了語言表現力。當然，這些人物形象心理的描繪，應該借助文本整體語境加以把握。

在語詞組合中偏離常規的錯位搭配導致讀者背離習慣的語感變異，也可能產生敘事者與讀者具有審美效應的語境差。對常規的偏離

34 同前註，頁259。

35 同前註。

36 《作女》讓我很受傷，http://www.sina.com.cn 2004年10月12日16:10浙江線上。

可能表現在語言系統的各個子系統，如語音系統、語義系統、語法系統和邏輯系統。偏離打破了語言約定俗成的規範，打破了讀者的語言習慣態勢，以全新面貌，展示給讀者一種新鮮活力。僅以閻連科〈耙耬天歌〉為例：

（1）傍晚的落日一盡，夜黑就僻僻剝剝到來。

（2）山野上焦乾的枯樹，這時候擺脫了一日裡酷烈的日光，剛剛得到一些潮潤，就忙不迭發出絨絲一樣細黑柔弱的感歎。

（3）說完這一句，他的上下眼皮哐當一合，踢踢踏踏朝夢鄉走去了。
（4）狗吠聲青色石塊樣砸在耳朵上。

（5）先爺首先聞到空氣中有很強一股暗紅色的鼠臊味，還有騰空的塵土味。

（6）瞎子（狗）豎著兩隻耳朵黑亮亮插在半空裡。

（7）把耳朵貼在一片葉子上，先爺聽到了那些斑點急速生長的吱吱聲。轉身吸吸鼻，又聞到從周圍汪洋過來的乾黑的鼠臊味，正河流樣朝這棵玉蜀黍淌過來。

上例對語言的偏離感是強烈的，對語言規律的脫軌背離了讀者習以為常的語言習慣，造成了吸引讀者眼球的語境差異。例（1）以「僻僻剝剝」聲響寫「夜黑」，造成視覺形象與聽覺形象的差異。例（2）賦予「枯樹」以「發出……感歎」的動態，造成物與人、靜態與動態的

差異。例（3）以「踢踢踏踏朝夢鄉走去」狀人入睡的情景，也造成靜態與動態、感覺視覺的差異。例（4）是聽覺與視覺、無形與有形的差異。例（5）以「暗紅色」狀「鼠臊味」，造成嗅覺與視覺的差異。例（6）「插在半空裡」造成形態程度的差異。例（7）「斑點」生長有聲，造成視覺與聽覺的差異。「汪洋」後帶補語和賓語，是對語法規則的偏離。「鼠臊味」「淌過來」又是嗅覺與視覺的差異。這些差異與讀者對語言的閱讀習慣相抵牾，造成陌生化。陌生化與讀者常規接受的差異，因特定語境的參與而消解，因強烈的審美效果而趨於平衡。

違反語詞組合規則是偏離了語言使用的清規戒律，語詞與所處時代語境不相妥帖也是對讀者習以為常閱讀定勢的背離，如：

> 武則天聲色俱厲：「好你個韓愈！身為朝中元老，竟然帶頭看起黃色錄像，晚節難保。……朕勸你，安心離休當顧問，好好在家教養兒孫，侍弄花草，不要一閒著鬧心就進諫上表。念你從前戎馬倥傯為國出力，朕也不忍心重罰於你，只給你個象徵性處分，貶到那荒僻的潮州當刺史去罷。」
>
> ——徐坤〈梵歌〉

「黃色錄像」、「離休當顧問」、「象徵性處分」這些表亦當代事物、當代現象的語詞移植到武則天口中，造成時間語境差，背離了特定時代語詞的時代背景；卻因作者由荒誕衍生出嘲諷意味而被讀者所接受趨於審美平衡。

以非常態寫景物，有悖讀者對景物的常規認知，也造成符號表述與讀者的認知差異。如：

（1）佩茹的心情深深地凹陷在春天的堅硬中漸漸變得頹然。有什麼樣的犁鏵能夠奮力刺穿繃緊的凍土層，把深埋在地底的豐腴和新鮮給翻攪上來呢？年輕女人佩茹神思恍惚地呆坐桌前，犀利的牙齒在手中的紅藍鉛筆上啃出一排整齊的牙印，彷彿齧齒類動物在磨礪著它們的本能。許多天以來佩茹的心情就像這個春天一樣渾渾噩噩。飛升蒸騰的日子看樣子還很渺茫，太陽也就永遠朦朧如一只畫餅，吊在灰濛濛的汙塵背後與世隔絕。這樣妄圖拿太陽來充饑的慾望顯然是沒有道理的，佩茹想。但的確是這個姍姍而來的陰鬱春季致使她完全心不在焉。

——徐坤〈如夢如煙〉

（2）電梯外正是三月天風和日暖，而她日日祈求的那一場沙塵暴，就要在辦公室裡天昏地暗地颳起來了。

——張抗抗〈作女〉

例（1）春天的「堅硬」、「渾渾噩噩」，與人們對春天的感受迥異，有違情理。但這是人物在特定情境下心態的映照。丈夫對自己情感要求的冷淡漠視，造成佩茹生理、心理上的不安與苦悶。渴求愛與被愛的追求陷入茫然，也就有了將太陽視作「畫餅」的聯想。景物在人物心理的變形，與讀者的日常感受相違背，卻讓人透析了人物的內心世界，與人物心態處於平衡狀態。例（2）電梯外的季節氣象與人物祈求的「沙塵暴」不相和諧，構成了反襯。「三月天風和日暖」是現實空間中的天氣，「沙塵暴」則是人物心理的天氣，這一指稱氣象的語詞，在此處產生的變異，超出了讀者對這一語詞約定俗成的理解，代指上司對下屬辦事不利而大發雷霆所造成的氣氛，因與特定場景的特定氛圍相吻合而趨於平衡。當景物帶有某種寓意時，其所指稱的對象產生了變異，這種變異也可能使讀者產生差異：

一條條細細的小溪，帶著朝露晚霞與落葉的顏色，從女人身體
中流出來又流回身體裡去，漸漸地熱烈激越起來，開始湍急地
奔流。

　　　　　　　　　　　　　　　　　　——張抗抗〈作女〉

看似寫「溪流」，實則寫紅酒。將景色的語詞轉指物品，是語詞類屬
易位。乍看使人生疑，溪流如何「從女人身體中流出來又流回身體裡
去」，仔細品味，整句描寫將紅酒當溪流細緻逼真的描寫道出了借酒
澆愁的女人內心的傷痛。從剛觸目時產生的差異，到理解後的領悟，
借助語境因素，表述產生的不平衡與特定描寫對象也趨於平衡。

　　話語模式的語體變異打破了讀者的文體習慣，政論語詞、公文語
詞植入小說語言造成上下文語境的不相協調，也帶給讀者鮮明的反差
感受。如王蒙〈堅硬的稀粥〉中的兩段描寫：

　　（1）新風日勁，新潮日猛，萬物靜觀皆自得，人間正道是滄
　　桑。在茲四面反思含悲厭舊，八方湧起懷夢維新之際，連過去
　　把我們樹成標兵模範樣板的親朋好友也啟發我們要變動變動，
　　似乎是在廣州要不乾脆是在香港乃至美國出現了新樣板。於是
　　爺爺首先提出，由元首制改行內閣制度。由他提名，家庭全體
　　會議（包括徐姐，也是有發言權的列席代表）通過，由正式成
　　員們輪流執政。除徐姐外都贊成，於是首先委託爸爸主持家
　　政，並決議由他來進行膳食維新。

　　（2）上次為解決全家共用的一個煤氣罐，跑人情十四人次，
　　請客七次，送畫二張，送煙五條，送酒八瓶，歷時十三個月零
　　十三天，用盡了吃奶拉屎之力。

整個文本以嚴肅的、煞有介事的政治色彩，描述了一個家庭所進行的飲食改革。上述兩段文字就體現了文本整體語言符號的風格特點。例（1）除了帶有文言色彩的文字進行大環境描寫造成與當代家務小事內容的不協調外，「元首制」、「內閣制度」、「列席代表」、「輪流執政」、「決議」、「維新」等帶有濃厚政治色彩的語詞，與表現家庭事務的內容又產生一種不和諧。大詞小用、小題大作是上述文字給予讀者的直觀感。例（2）以具體的數字表達給人以公文統計的感覺。這些公文語體形式的植入造成與小說語體形象性語言的失調。作品的內容與語言形式，引起了一些讀者的誤讀。一九九一年九月十四日《文藝報》上就發表了一篇署名為「慎平」的讀者來信，認為這篇小說是「對我國社會主義改革進行影射和揶揄，以暗諷手法批評鄧小平領導的中央制度。」而王蒙在〈話說這碗粥〉中表示，「這是一篇幽默諷刺的小說，其中有對人民內部的一些缺點、弱點的嘲笑」，但「小說的基調是光明的」，「完全不存在影射問題」。[37]敘事者與讀者同樣認為是諷刺，問題在於諷刺者為何？童慶炳以〈作為中國當代小說藝術的「探險家」的王蒙〉為題對小說作了正面評價，他認為小說寫的只是一家膳食改革失敗的故事。其文化哲學寓意「可以指一種傳統、一種思想、一種方式、一種方法、一種守望、一種節操、一種社會……這些都像『稀粥』那樣『堅硬』，不容易改變」。[38]不同讀者在政治立場、審美觀念的差異，使得對小說的深層含義有了不同的讀解，形成表達與接受的語境差。當然，作為誤讀的語境差並非我們所討論的修辭性語境差，而是帶有消極意義的。作為審美對象解讀，我們在語言語體變異中解讀出的可能是作者的反諷意味，試圖嘲諷的某種社會風氣、社會習俗，從而與作者的創作意圖趨於平衡。

---

37 王蒙：〈話說這碗粥〉，《讀書》1991年12月。

38 童慶炳：〈作為中國當代小說藝術的「探險家」的王蒙〉，《中國海洋大學學報》2003年第6期。

敘事者話語模式的表層肯定和話語詮釋的深層否定，也可能給讀者造成話語表層與深層的錯位。如鐵凝〈遭遇鳳凰臺〉結尾關於老李是否繼續住院的敘述：

> 那麼老李還得有病，從各方面都可證明她有病。什麼病？什麼病不是病：血脂、血糖的高低，腦血管、骨質的軟硬，連頭髮越來越少，指甲越來越長你都不能不說是病。要出院，你必得待到偏高的下來，偏低的上去，偏軟的變硬，偏硬的變軟，頭髮的再次叢生，指甲的不再飛長。

老李住院本是藉口，為了拖住老丁不跟她離婚。但當她知道單位要分房後，就後悔住院了。為了能趕上分房她想回單位去上班，可人們為了少一個競爭對象，想盡一切辦法阻止她出院。於是就有了上面的辯白性話語，這是人們為了證明老李必須住院的論證。敘事者以阻止者的角度對此表層的肯定蘊含著荒謬，體現了深層否定的詮釋，充滿嘲諷意味地揭示了世俗社會的自私與紛爭。

二　讀者與人物的語境差

背離的語境差可能出現在兩個層面的任一對交際關係中。上一部分我們探討了敘事者與讀者之間的語境差，這一部分我們著重對人物與讀者之間出現的語境差進行考察，這是內外部關係交融所產生的語境差。

如前所述，在小說交際系統的兩個層面，可能出現相互交叉的語境差。因此，當作品人物作為敘事者與讀者交際的憑藉時，也就與讀者發生了交際關係，而語境差也就作為敘事者的一種手法出現在這一對交際關係之間。「作者與讀者交際的憑藉物是作品人物，因此讀者

與作品人物的交際是處在一種看似直接實為間接的狀態。『中間人』——作者所提供給作品人物的語境與提供給讀者的語境常常是不平衡的，因此，作品人物與讀者之間也就有可能存在著不平衡。此外，由於作品人物關係的複雜性，即在作品人物與人物交際這個層面可能出現多對交際關係，就使得讀者與這些人物的交際也帶上了複雜性。有時候，讀者與這一人物可能處於共知語境前提中，而與另一人物則處於語境差異的不平衡中。作品人物之間有時由於時間空間情景等語境因素的參與限制了其交際活動，而對作者與讀者這一對交際關係來說，則存在著另一個讀解的語境空間。這個問題涉及敘事語境的設置。也就是應該設置讀者與作品中人物不同的語境，還是應該設置相同語境的問題。」[39]夏衍曾在電影創作理論方面的書中提出過語境差異與語境平衡不同效果的問題：「一顆即將引爆的定時炸彈在桌下，而圍坐著的人們正在打牌或者說笑話。這炸彈，是讓銀幕下的觀眾知道而桌上的人們不知道，還是讓下面的觀眾和上面的人們都不知道。這兩種敘事策略，究竟哪一種更揪心，也更具藝術效果呢？」[40]夏衍設置的兩種情形，前一種是觀眾與故事中人物處在信息的不平衡狀態，後一種則處於平衡狀態。顯然，觀眾與人物處於不平衡的語境差狀態下「更揪心也更具藝術效果」。當然，實際處理並不限於這兩種，還可能有甲人物知道、乙人物不知道，觀眾與人物都知道等情景。夏衍僅就觀眾與人物間的兩種對立情景做了比較。

作品人物總是依託特定的語境而生存，他們所處的交際語境也各有差異，因此，其所具有的交際背景自然帶有侷限性。在不同認知背景下的交際自然受到限制，處於已知與未知的不平衡。人物的未知背景，敘事者往往借助語境的參與告知了讀者，使讀者處在全知全能的視角，由此與未知狀態下的人物產生了語境差異。申劍〈完全抑鬱〉

---

39 祝敏青：《文學言語的多維空間》（福州市：福建人民出版社，2005年），頁22。
40 王石：〈也是創作談〉，《中篇小說選刊》1997年3期，頁135。

講述了心理醫生許白黑診療抑鬱症患者的行醫歷程。其中，有一人物話語行為製造的假象：一對地產大亨張國富與王謝橋，分別到心理診所治療。在文本內公眾眼裡，這是一對你死我活的對手。在醫生面前，他們也是以這樣的面貌出現的。張國富對自己病情的講述中就涉及對王謝橋的仇恨：「實話實說，我不僅抑鬱，我還精神分裂，我還具有多重人格，我有嚴重的自殺傾向，我還想殺人。我至少想殺二十幾個人，他媽的我最想殺了那個姓王的王八蛋，他不僅搶我的女人，還搶我的土地，他那種人渣槍斃了都不行，應該五馬分屍，千刀萬剮，凌遲，下油鍋……」，他在幻想症裡殺死過無數次「那個人渣、活鬼」王謝橋。張國富與王謝橋的結怨是文本語境中人所共知的事。而許白黑根據這兩個患者在診療中的回憶看出了二人的真實關係：「你們兩人的回憶中有一處共同的地方，黃沙、戈壁，苦寒與饑餓，還有一個好兄弟。整整五年相濡以沫。我上網查了你們的資料，你倆在同一個時間、同一個地點，西北某個至今無水的村子插隊五年。你們對那段生涯感情特殊，許多採訪過你們的記者用生花妙筆做過不同描述。儘管你們從沒提過對方，刻意隱瞞了你們相互扶持的人生經歷，但我確信，那些歲月你們之間沒有傷害與背叛，只有真情。」又根據張國富「演戲過了火，恨不得詔告天下他要將你五馬分屍」，推斷了二人是通過演戲達到「長久壟斷一個城市利潤巨大而又波詭雲譎的行業」的目的。而張國富因「某個重點項目的重點環節出了問題」，為逃避他人封口，「深夜駕車高速行駛，小車撞斷海灣大橋護欄衝入大海，生不見人，死不見屍」，製造了死亡假象。對二人的真實關係與張國富的生死，許白黑處在明察狀態，而社會上的人則被假象蒙蔽，包括許白黑的助手謝曉桐。她根據眼見之情況，認定「王謝橋和張國富是死敵」，並認為張國富是被殺害的，而許白黑則是與王謝橋相互勾結的。種種真真假假虛虛實實的關係，人物間並非明瞭，但敘事者則通過文本語境，傳遞給了讀者，使讀者與謝曉桐等人處於語

境差狀態，而與許白黑處於相同的共知語境。作者提供的上下文語境，使讀者消解了文本中某些人物的誤解，與真相趨於平衡的接收狀態。這就使得文本的人物與人物之間、人物與讀者之間處在交錯複雜的關係中，情節因此跌宕起伏，扣人心弦。

　　小說文本並非一對一的關係，使語境差在不同階段、不同人物之間呈現此起彼伏的複雜性，也就造成了讀者與不同人物、人物的不同階段的語境差。史鐵生〈命若琴弦〉中有一組很引人注意的數字差——八百、一千、一千二百。這一組數字貫穿在文本始終，關係著不同人物之間所出現的語境差，也關係著讀者與不同階段中的不同人物之間的語境差。讀者依靠作者提供的語境，解讀了人物間的語境差，並領悟了三個數字的奧秘。

　　一千根，是首先出現的數字。這是老瞎子的師父給予老瞎子的希望。彈斷一千根琴弦就能拿著師父封在琴槽裡的那張藥方，抓那副藥，看見光明。老瞎子為這「一千根」而不懈追求。孰不知，這「一千根」是從師父為之而奮鬥的「八百根」演化而來。雖然，師父在文本中只是一種回憶，但我們可以想見，師父曾為彈斷八百根琴弦而努力。因目的是「虛設」的而失望後，他將「八百根」更換為「一千根」，將夢想轉交給老瞎子。可當老瞎子彈夠一千根，前去抓藥時，卻發現「那張他保存了五十年的藥方原來是一張無字的白紙」。「老瞎子現在才懂了師父當年對他說的話——你的命就在這琴弦上。」老瞎子與師父的語境差到此消解。絕望中老瞎子又要「虛設」目的，給小瞎子以希望，於是「一千根」又升級為「一千二百根」。一代又一代瞎子的希望，一代又一代瞎子的失望，就匯集在彈斷琴弦的這些數字上。語境差也一個又一個地在這三代人之間生成、消解、再生成。當老瞎子誤以為師父將「一千根」記成「八百根」，而接過師父「一千根」的囑託時，他與師父存在著語境差，也正因為語境差，他才滿懷希望地度過將一根根琴弦彈斷的生涯。這一語境差在他彈斷一千根，

前去藥鋪抓藥時消解，因為他得知藥方是一張無字的紙的同時，也獲取了師父傳遞的真實信息。當他將「一千二百根」的希望交託給小瞎子時，新的語境差又生成在二人之間。老瞎子又一次製造了師父與自己之間的謊言，讓小瞎子誤以為自己記錯了，沒抓回藥，是因為沒彈夠「一千二百根」。同樣的謊言、同樣的語境差生成在不同的人物之間。語境差生成的目的是善良的、美好的：「永遠扯緊歡跳的琴弦，不必去看那無字的白紙」。彈斷琴弦作為三代瞎子傳承的希望，與失望共存。彈斷琴弦鏈接著一代又一代瞎子虛擬的內心世界。老瞎子的師父曾經的一生經歷、老瞎子當前的一生經歷、以及小瞎子將來的一生經歷，都由語境差的生成、消解、再生成關聯。而敘事者則通過文本語境的參與，讓讀者明瞭前因後果，讓我們看到了三個瞎子直奔「虛設」的目的的一生。並由此遙想老瞎子的師父「八百根」可能的前因，推斷小瞎子「一千二百根」可能重蹈覆轍的後果。這樣，小說讀者與處在語境差中的人物就處在了語境差狀態。人物不明瞭，讀者明瞭。人物與真相差異，讀者與真相平衡。由此使表層具體數字上產生的語境差在深層重構了新的平衡，體現了敘事者的創作主旨，審美意蘊在富具哲理的韻味中得以昇華。瞎子們彈琴是手段，獲取生活動力才是目的。文末老瞎子師父的話語與老瞎子的感悟點明瞭這一特定人物的人生哲理：「『人的命就像這琴弦，拉緊了才能彈好，彈好了就夠了。』……不錯，那意思就是說：目的本來沒有。不錯，他的一輩子都被那虛設的目的拉緊，於是生活中叮叮噹噹才有了生氣。重要的是從那繃緊的過程中得到歡樂……」這一點題是三組數字造成的語境差所關聯的三代瞎子人生哲理的最好詮釋，也是文本讀者讀解語境差的平衡支點。

　　小說讀者與小說虛擬人物的認知差異可能源自敘事者的敘事語境與讀者接受語境的差異，差異表現在語境的各個方面，其中一個重要因素就是時間背景語境差異。讀者不處在文本所描述的時間背景下，

可能與文本中人物產生差異。池莉〈來來往往〉中特定年代特定人物的穿著與話語體現了鮮明的時代特色，這種特色與作品產生、閱讀的歷史時期有所差距，對文本讀者產生了閱讀差異。我們可比較康偉業眼中段莉娜在兩個時期的穿著：

（1）白襯衣的小方領子翻在腰身肥大的深藍色春裝外面，一對粗黑的短辮編得老緊老緊，用橡皮筋堅固地扎著，辮梢整齊得像是鍘刀鍘出來的一樣，有稜有角地杵在耳垂後面。段莉娜從頭到腳沒有任何花哨的裝飾品。比如一只有機玻璃髮卡、牙邊手絹或者在橡皮筋繞上紅色的毛線等等。

（2）段莉娜穿著一件圖案花色都很亂的真絲襯衣和米色的真絲喇叭裙，半高跟的淺口黑皮鞋，黑色長統絲襪，胸前掛了一串水波紋的黃金項鍊，心型的墜子金光閃爍。段莉娜的胸部已經乾癟，脖子因幾度地胖了又瘦，瘦了又胖而皮膚鬆弛，呈環狀折疊；她是不應該戴這麼華麗醒目的項鍊的。這項鍊是她的反襯、是對她無情的捉弄。段莉娜沒有曲線的體型，也不應該穿真絲襯衣，加上這種大眾化成衣做工粗糙不堪，墊肩高聳出來，使著意端坐的段莉娜像裝了兩隻僵硬的假胳膊。她更不應該把襯衣扎進裙子裡，這種裝束使她臃腫的腰和膨鼓的腹都慘不忍睹地暴露無遺。如此狀態的一個中老年婦女，黑裡俏的黑色絲襪就不是她穿的了。她穿了就不對了。就有一點像腦子出了毛病的樣子了。

兩個場景相隔十二年，段莉娜兩次出場的穿著都烙上了鮮明的時代印記。例（1）是一九七六年文革即將結束時，二人經人介紹初次見面。段莉娜的穿著在康偉業看來是「乾乾淨淨，樸樸素素，面容冷冷的靜

若處子，非常地雅致」、「眩目耀眼」、「如此地出眾」。例（2）是九〇年代康偉業經商後，對段莉娜的穿著感覺是「特別地瘆人特別地可怕」、「如此地糟糕」。兩相比照，讓康偉業感慨「十二年裡也沒有發生什麼驚天動地的折磨人的事情，一個女人怎麼可以變得如此地糟糕」。對現時期的讀者來說，例（1）的打扮，雖然乾淨樸素，但怎麼也稱不上「眩目耀眼」、「如此地出眾」。例（2）的打扮再怎麼不堪，也不至於與「可怕」、「糟糕」關聯。由這種視覺感官產生的心理差異是康偉業在時代變遷、地位改變而帶來對脫節落伍的段莉娜的厭惡之感。讀者以現階段的審美觀是無法認同「文革」時期全國清一色的「革命」服飾的「眩目耀眼」、「如此地出眾」，但卻可以由對人物服飾異常情感的反差中領悟康偉業對段莉娜的情感變化，以及由此導致的人物關係的變更，在對敘事者敘事意圖的領悟中語境差異趨於平衡。

〈來來往往〉中給現階段的讀者帶來讀解反差的還有人物話語所蘊含的政治色彩。雖然已是「文革」後期，革命化的政治話語仍占主流地位，戀人之間的話語也不例外。康偉業和段莉娜第一次見面就分別以「同志」相稱。連段莉娜寫給康偉業的情書也充溢著革命政治色彩，毫無私語傾訴的空間。在「康偉業同志」的稱呼之下，信的內容是這樣的：

> 首先讓我們懷著無比的敬意，共同學習一段我們偉大領袖毛主席的詩詞：「暮色蒼茫看勁松，亂雲飛渡仍從容，天生一個仙人洞，無限風光在險峰。」我相信對毛主席的這段光輝詩詞的重溫，會使我們回想起我們這一代革命青年所共同經歷的時代風雨。我們要談的關於我們以前的許多話題就盡在不言中了。我想可以這麼說吧，我們雖然是陌生的但我們也曾相識。
> 上次見面，談話不多，這是正常的，說明你是一個不喜歡糾纏女性的正派男同志。接觸時間雖短，我能夠感覺到你為人的光

明磊落和自知之明。自知之明是一種非常可寶貴的品格。另
外，從你的寥寥數語裡，我發現你的情緒比較消沉，這對於我
們革命青年是一種有害的情緒。你遇到了什麼困難呢？什麼困
難能夠難倒我們呢？中國人連死都不怕，還怕困難嗎？

　　等待你的回信。

　　　　此致

崇高的革命敬禮！

　　　　　　　　　　　　　　　　　　　革命戰友：段莉娜

從稱呼到落款，從語言形式到內容，無不充滿了濃郁的革命政治色
彩，這就顛覆了情書應有的格調。在談戀愛期間，「他們所有的話題
都圍繞黨和國家的命運生發和展開，與男女之情遠隔萬里。他們一點
也不像是為談婚論嫁走到一起的青年，而像是兩位日理萬機的黨和國
家領導人。」因為所謂的柔情蜜語、風花雪月在當時被認為是小資情
調，是不道德的、墮落的。毛主席逝世時，康偉業在電話裡安慰段莉
娜：「小段，你不要哭，要保重自己的身體，化悲痛為力量。我們更
重要的任務是如何繼承他老人家的遺志，將中國革命進行到底。」在
二人關係出現緊張，康偉業想告吹段莉娜的時候，康偉業耳畔還激蕩
起毛主席他老人家的諄諄教導：我們要狠鬥私字一閃念。他認識到自
己是「私」字在作怪，「是小資產階級的情調在作怪」，從而掐滅自己
對戴曉蕾的情愛，承擔起男人的責任。可以說，是共同的崇高的革命
信仰使他們結合了。即使婚後「生活很累人」，但康偉業「有一顆累
不垮的心」，「苦不苦，想想紅軍二萬五；累不累，想想曾經插過
隊」——這是康偉業自己編的順口溜，也是那個時代的人們對待困難
的指導思想。這些日常生活中政治話語的運用，從當今社會的視點
看，顯然是荒唐可笑、不可理喻，這就與當今社會的讀者在時間語境
上產生了差異，表現出鮮明的時代文化語境差。這種差異讓人們看到

了當時的社會大背景、看到了從「文革」中走過來的青年，仍禁錮在崇高的革命政治理想思維中。這些又與改革開放後康偉業在服飾、話語等生活方面的描述形成了巨大反差。富起來的康偉業，出門是豪華轎車、飛機，幽會是五星級賓館甚至洋樓別墅，敢吃敢喝、奢侈浪費是家常便飯，什麼最貴就吃什麼：法國進口的原裝紅葡萄酒、雞尾酒、中國茅臺酒、五糧液、南太平洋的大龍蝦刺身、日本的三文魚刺身和野生甲魚……這些與「文革」時期的反差，說明瞭社會天翻地覆的改變，也凸顯了人物在環境衍變中所產生的巨大變化。讀者依靠對不同歷史背景的把握，才能領悟特定時代背景下的人物形象塑造，與作品人物、作者的創作意圖趨於平衡。

三　語境重建符號與讀者之間的關聯

　　語境參與了敘事者與讀者交際的全過程，對敘事者與讀者交際中的語境差、讀者與人物之間的語境差起了調諧作用。語境各個方面的功能在調諧中促使不平衡的語境向平衡轉化，從而達到新的審美平衡；在重建語言符號與讀者關聯的同時，實現審美表達與審美接受的交融。

　　從接受主體的審美心理機制上來說，修辭性語境差所構成的不平衡是陌生化產生的原因，重建新的平衡是陌生化產生的結果。小說虛擬語境由諸多因素構成，因素與因素間互相調節整合，重新構建了文本符號與讀者之間的關聯。

　　語境匹配中的重建是符號與讀者關聯的一種形態。語境匹配與不匹配構成一對矛盾，這一對矛盾可以對立在同一語言現象中，也可以統一在同一語言現象中。從對立到統一體現在語境背離與重建的全過程。

　　按照語言規律，語詞要與特定的語境相匹配。匹配對語詞的組合

關係提出了各因素的要求，如與特定的對象、特定的時空、特定的背景、目的，特定的上下文等要相協相調。但語境差卻以不匹配、不協調，對讀者製造了陌生化的視覺效果。史鐵生《命若琴弦》寫老瞎子對小瞎子與蘭秀兒交往的看法：「蘭秀兒不壞，可這事會怎麼結局，老瞎子比誰都『看』得清楚。」「看」一詞放在不具有「看」的條件的老瞎子身上，有違常理，造成與對象語境的不平衡。但參照語境其他因素，這一「看」又是妥帖的，生動概括的。對小瞎子與蘭秀兒交往的結局，老瞎子的「看」得清楚，是根據自身以往的經驗而「看」的。無法「看」的「看」並非用眼睛，而是用心靈。文本下文有老瞎子的「我是過來人」，「我經過那號事」，「早年你師爺這麼跟我說，我也不相信……」等等。自身的教訓，與小瞎子當前類似的處境、經歷，在不同的時間段構成了相對平衡的對應關係，使「老瞎子比誰都『看』得清楚」的語境差得以闡釋，從而使表層的語境差現象在深層得到了重新平衡。

　　與人物行為舉止相關不僅是人物自身的生理條件，而且包括身分素養等因素，語詞與人物對象語境相匹配，包括了與人物相關的方方面面，不相匹配也同樣包括了方方面面。不相匹配的語詞在特定語境中可能獲得相匹配的關聯。如：

　　　　孕婦和黑在平原上結伴而行，像兩個相依為命的女人。黑身上釋放出的氣息使孕婦覺得溫暖而可靠，她不住地撫摸它，它就拿臉蹭著她的手作為回報。孕婦和黑在平原上結伴而行，互相檢閱著，又好比兩位檢閱著平原的將軍。天黑下去，牌樓固執地泛著模糊的白光，孕婦和黑已將它丟在了身後。她檢閱著平原、星空，她檢閱著遠處的山近處的樹，樹上黑帽子樣的鳥窩，還有嘈雜的集市，懷孕的母牛，陌生而俊秀的大字，她未來的嬰兒，那嬰兒的未來……她覺得樣樣都不可缺少，或者，

　　　　她一生需要的不過是這幾樣了。

　　　　　　　　　　　　　　　　　　　——鐵凝〈孕婦和牛〉

「檢閱」在上文關聯起孕婦所見的眾多景色與事物，與人物構成了語境差。對沒有文化的孕婦來說，「檢閱」是不相匹配的。但上文「好比兩位檢閱著平原的將軍」作為「檢閱」的緣起，讀者從上文語境中還獲取了孕婦為了孩子的未來，而摹寫了石碑上的十七個大字的信息，由此探知了孕婦的心態，此時的孕婦懷揣著讓她充滿了希望的「陌生而俊秀的大字」滿足而感動地走在回家的路上，使「檢閱」與人物趨於新的平衡。

　　文本語境對語言使用所起的作用不僅在於制約，還可能出現干擾。干擾是敘事者對讀者正常接受思路的一種擾亂，以此使讀者進入非正常的接受思路。干擾可以表現在語詞使用習慣的越軌，也可能由敘事模式的變異造成。如敘事語序的顛覆干擾了讀者正常的閱讀思路，造成了敘事碎片。讀者要依賴語境對碎片重新整合，編造出合理的敘事語序。

　　王蒙的〈春之聲〉是一部意識流小說，主人公岳之峰的心理活動構成了小說的顯性脈絡。在這個脈絡中，岳之峰的聯想回憶構成了一個個支離破碎的片段，使敘事結構呈現出一個又一個碎片。讀者需要對這些碎片進行拼圖、整合，匯集信息群體，才能最終把握主人公的人生脈絡，從而領會敘事者的創作主旨。如文本開篇：

　　　　咣地一聲，黑夜就到來了。
　　　　一個昏黃的、方方的大月亮出現在對面牆上。岳之峰的心緊縮
　　　了一下，又舒張開了。車身在輕輕地顫抖。人們在輕輕地搖
　　　擺。多麼甜蜜的童年的搖籃啊！夏天的時候，把衣服放在大柳
　　　樹下，脫光了屁股的小夥伴們一躍跳進故鄉的清涼的小河裡，

一個猛子扎出十幾米，誰知道誰在哪裡露出頭來呢？誰知道被他慌亂中吞下的一口水裡，包含著多少條蛤蟆蝌蚪呢？閉上眼睛，熟睡在閃耀著陽光和樹影的漣漪之上，不也是這樣輕輕地、輕輕地搖晃著的嗎？失去了的和沒有失去的童年和故鄉，責備我麼？歡迎我麼？母親的墳墓和正在走向墳墓的父親！

這段文字由幾個碎片組成：黑夜、方方的大月亮、搖晃的車身，這是岳之峰此刻所處的環境；童年、故鄉小河、小夥伴們，這是岳之峰曾經所處的環境；母親、父親、墳墓，這是與岳之峰血脈相連的人物與人物的最終歸宿。所見之景與勾起的聯想，干擾了讀者正常的時間思路，卻與主人公的心理思路相關聯。呈現「方方」形態的大月亮，是在方方的車窗內看月亮的視覺效果。隨著車身而搖擺的人們與童年搖籃的搖擺具有相同點，引發對童年故鄉嬉戲的回憶。故鄉與父母關聯也就帶有了必然性。整合岳之峰的心理碎片，呈現了主人公在列車上前往故鄉時的所見所想，也為全文定下了內容與形式的基調——在回憶歷史中呈現改革開放春天帶來的景象。文本中另一段文字碎片間的時間空間跨度更大：

我親愛的美麗而又貧瘠的土地！你也該富饒起來了吧？過往的記憶，已經像煙一樣、霧一樣地淡薄了，但總不會被徹底地忘卻吧？歷史，歷史；現實，現實；理想，理想；哞——哞——咣氣咣氣……喀郎喀郎……沿著萊茵河的高速公路、山坡上的葡萄、暗綠色的河流，飛速旋轉。
這不就是法蘭克福的孩子們嗎？男孩子和女孩子，黃眼睛和藍眼睛，追逐著的、奔跑著的、跳躍著的、歡呼著的。餵食小鳥的、捧著鮮花的、吹響銅號的、揚起旗幟的。那歡樂的生命的聲音。那友愛的動人的吶喊。那紅的、粉的和白的玫瑰。那紫羅蘭和藍藍的毋忘我。

不。那不是法蘭克福。那是西北高原的故鄉。一株巨大的白丁香把花開在了屋頂的灰色的瓦礫上。如雪，如玉，如飛濺的浪花。摘下一條碧綠的柳葉，捲成一個小筒，仰望著藍天白雲，吹一聲尖厲的哨子。驚得兩個小小的黃鸝飛起。……

不，那不是西北高原。那是解放前的北平。華北局城工部（它的部長是劉仁同志）所屬的學委組織了平津學生大聯歡。營火晚會。……

不，那不是逝去了的，遙遠的北平。那是解放了的，飄揚著五星紅旗的首都。那是他青年時代的初戀，是第一次吹動他心扉的和煦的風。……

那，那……那究竟是什麼呢？是金魚和田螺嗎？是荸薺和草莓嗎？是孵蛋的蘆花雞嗎？是山泉，榆錢，返了青的麥苗和成雙的燕子嗎？他定了定神。那是春天，是生命，是青年時代。在我們的生活裡，在我們每個人的心房裡，在獵戶星座和仙后星座裡，在每一顆原子核，每一個質子、中子、介子裡，不都包含著春天的力量，春天的聲音嗎？

乘坐的悶罐子列車的鳴笛聲與「萊茵河的高速公路」關聯，跨越了時空界限，法蘭克福——西北高原的故鄉——解放前的北平——解放了的首都——山野景物，更是大幅度的空間跳躍。它打破了時間空間的鏈接規律，令讀者眼花繚亂。但與岳之峰的切身經歷相關聯。人物的心緒將這些遠遠近近的歷史與現實呈現在讀者眼前。將這些碎片整合為人物的經歷：工程物理學家岳之峰，去德國考察三個月回來。曾經參加北平的學生革命運動。在改革開放中被扣上地主帽子的父親剛平反，此刻他正坐火車回闊別二十多年的西北高原上的故鄉 X 城。對歷史的回顧，對春天到來的謳歌，對將來的憧憬，激蕩在人物內心，呈現給讀者的這些碎片組成了人物過去、現在、將來的生活圖景，由

碎片拚接成了拚圖的整體。當然由於敘事者敘事結構的變異，讀者的閱讀過程也隨之產生變化，必須在人物心理活動發散性思維迷霧中理清人物、環境與情節之間的關聯，從看似混亂的表述中尋求內在的邏輯聯繫。這種敘事可能給讀解製造視覺和思路障礙，但也正是令文本耳目一新、撼人心弦的原因所在。

　　上下文語境的相互關聯使其形成內在的協調關係，但語境差中的上下文卻構成了反差。反差還可能表現在上下文的不和諧中。如上下文的自我否定，在打破和諧中加以重建。鐵凝〈哦，香雪〉中對火車在臺兒溝「不停」與「停」就以敘事者的否定之否定呈現在讀者眼前：

　　　（1）它走的那樣急忙，連車輪碾軋鋼軌時發出的聲音好像都在說：不停不停，不停不停！

　　　（2）總之，臺兒溝上了列車時刻表，每晚七點鐘，由首都方向開往山西的這列火車在這裡停留一分鐘。

「不停」與「停」構成了對立，這不是現實中「停」與「不停」的差異，而是敘事者製造的差異。差異的巧妙之處在於差異中的自我否定。敘事者為「不停」與「停」都尋找了看似充分的理由。在例（1）後，以臺兒溝的地理位置和人文需求來印證「不停」：「是啊，它有什麼理由在臺兒溝站腳呢，臺兒溝有人要出遠門嗎？山外有人來臺兒溝探親訪友嗎？還是這裡有石油儲存，有金礦埋藏？臺兒溝，無論從哪方面講，都不具備挽住火車在它身邊留步的力量。」以反問句式造成火車「不停」的無可辯駁。這一為以下所做的鋪墊似乎要讓讀者認同「不停」的理由，「不停」是天經地義的，理所當然的。但下文的「停」卻以事實推翻了「不停」。敘事者又為「停」尋找原因：

「也許乘車的旅客提出過要求，他們中有哪位說話算數的人和臺兒溝沾親；也許是那個快樂的男乘務員發現臺兒溝有一群十七、八歲的漂亮姑娘，每逢列車疾馳而過，她們就成幫搭夥地站在村口，翹起下巴，貪婪、專注地仰望著火車。有人朝車廂指點，不時能聽見她們由於互相捶打而發出的一、兩聲嬌嗔的尖叫。也許什麼都不為，就因為臺兒溝太小了，小得叫人心疼，就是鋼筋鐵骨的巨龍在它面前也不能昂首闊步，也不能不停下來。」從現實來看，這三個原因哪個也構不成真正的理由。因此，這不充分的理由實際上是說明瞭「停」的理由的不充分。「不停」與「停」構成了反差，兩種狀態的緣由也構成了反差。「也許」的猜測性與前面反問句句式的肯定性形成了對照，隱含著「不停」有理，「停」無理的意義傾向，這與「停」的事實是不相吻合的。敘事者自我否定，又自我辯駁，對讀者的接收造成了錯位導向。火車的速度與臺兒溝的偏僻渺小之間所形成的是必然聯想，給讀者以火車不在臺兒溝停留是理所當然的導向。接下來的「一分鐘」停留，又顛覆了前面的推論。儘管只有「一分鐘」，但對前面的辯駁是顯而易見的。辯駁的理由有些荒誕不經，實際上成為前面「不停」的反證。敘事者以這種獨特的敘事技巧，在「不停」有理，「停」也有理的自我否定中完成了小說開篇的環境鋪墊。寫出了臺兒溝的閉塞，「它和它的十幾戶鄉親，一心一意掩藏在大山那深深的皺褶裡，從春到夏、從秋到冬，默默地接受著大山任意給予的溫存和粗暴。」也寫出了臺兒溝人對外界的嚮往追求。讀者跟隨著敘事者的一路辯白走進臺兒溝、走進香雪的內心世界。感悟了「一分鐘」停留給封閉落後的臺兒溝所帶來的生機活力、感受了唯一考上初中的香雪勇敢的嘗試和追求。列車作為香雪對外界社會的嚮往追求的場景道具，在敘事者否定顛覆的辯白聲中具有了深刻的隱喻內涵。因此，把握敘事者在「不停」與「停」中的自我否定，自我辯駁是重建與敘事者關聯的關鍵。

　　語境還能夠填補話語空白，填補看似不合理的敘事所留下的空隙，以此重建敘事者與讀者之間的關聯。鐵凝《玫瑰門》中所塑造的司猗紋是個充滿了矛盾色彩的人物。文本中對她在文革中的舉動，有多處矛盾的描述。我們僅截取她在早餐舖中的舉動和心理描繪來說明。一是在店裡吃早餐的原因。出來買早點時，「原打算買完早點就回家，卻在早點鋪裡改變了主意」。與其改變了主意在早餐舖吃早餐構成矛盾的有兩處，一是她日常的習慣，「從前她沒有上街吃早點的習慣，早晨鋪子裡的人摩肩擦踵你進我出，彷彿使人連食物也來不及嚥。趕上人少坐在這兒就更扎眼。」一是她吃早餐時早餐舖的狀況：「櫃檯上只剩幾個零散的焦圈和蜜麻花。豆漿還有，也見了鍋底，散發出煳鍋味兒。」但「她還是買了一個焦圈兒兩個蜜麻花，又要了一碗甜豆漿，坐在臨街窗前忍著焦煳味兒細細地喝起來。」這兩種情況與司猗紋的吃早餐構成了矛盾，讓讀者感受到司猗紋此刻吃早餐的不合理性。這一不合理性的詮釋是下文語境的填補。敘事者接著告訴我們，這種讓她自己「也有點意外」，「像躲著誰背著誰的舉動」是源自外孫女眉眉。但在接下來的語境敘事者又推翻了因眉眉而起的緣由，因為對眉眉「那些不講究和她對她的糾正，也用不著使她躲躲閃閃地坐在這裡喝漿吃焦圈。」而真正的原因是：「她願意自己清靜一會兒。現在她覺得全北京、全中國實在都失去了清靜。」這個社會大背景語境詮釋了人物的反常舉動。敘事者以對社會各個角落「文革」情景的描繪來體現這種不清淨：「大街小巷，商業店鋪，住家學校，機關單位⋯⋯都翻了個過兒，一向幽靜的公園也成了批鬥黑幫的場所。坐在理髮館你面前不再是鏡子裡的你自己，鏡子被一張寫著『小心你的髮式，小心你的狗頭』的紅紙蓋住。連中檔飯莊『同和居』也被小將們砸了牌子，限令他們只賣兩樣菜：熬小白菜和『螞蟻上樹』。」而司猗紋所吃早餐的這家小店卻與之形成了對照：「現在司猗紋覺得全北京全中國只有這個小門臉還沒人注意，早晨照樣是油餅兒糖餅

兒，焦圈豆漿；中午和晚上照樣是餛飩和豆包。只有進入這個小門臉你才會感到原來世界一切都照常，那麼你自然而然地就會端著破邊兒的碗盤坐下了。」由此可見，小吃店雖小，但也因此成了躲避「文革」喧囂的場所。吃早餐的反常舉動先是掩飾在躲外孫女眉眉的個人新背景下，繼之以「文革」的大背景否定了前一背景，將反常化解為正常。這些文字不但再現了「文革」充滿荒謬混亂的情景，而且表現了人物內心世界。

　　因為司猗紋這一人物的複雜性，語境對不合理的詮釋有時是基於人物性格而生成的。如司猗紋在店裡吃早餐的過程描述也充滿了矛盾。先是吃的過程感受到的髒亂不堪：「這時她也才發現原來她獨占的這張方桌很髒，到處是芝麻粒、燒餅渣，用過的碗筷也沒人收。而她就好像正在別人遺留下的湯湯水水和仰翻的碗盤裡擇著吃，這使她自己這份吃食也變成了殘渣餘孽，連這份殘渣餘孽也像是誰給她的一份許可。」這種「人們的一種習以為常」「小鋪的風度」給司猗紋造成的是對剛才躲清靜所感受到的些許安靜的顛覆：「司猗紋在眼前這個『許可』裡感到的是一份狼狽，剛才心中那些許的安靜就立刻變成了桌上那一片覆地翻天。」照常理，對髒亂的難以接受本應導致的後續行動應是盡快撤離，但敘事者以出人意料的後續語境給讀者一個驚奇：「那麼，乾脆就再來一碗。」這一後續舉動與前面所感受的髒亂，以及對髒亂的心理感受是相牴牾的。敘事者顯然已經預期到了讀者的質疑，於是以緊接著的說明詮釋了這一舉動的反邏輯：「多年來司猗紋練就了這麼一身功夫：如果她的靈魂正厭棄著什麼，她就越加迫使自己的行為去愛什麼。她不能夠在她正厭惡這髒桌子時就離開它，那就像是她的逃跑、她的不辭而別。現在她需要牢牢地守住這桌子，守住她的狼狽，繼續喝她的烟豆漿。這是一場爭鬥，一場她和髒桌子烟豆漿的爭鬥。她終於戰勝了它們，成了這場爭鬥的勝利者。」這就是敘事者所塑造的獨特的司猗紋。強硬的個性特徵，試圖融入社

會而終與社會格格不入的人生經歷，在這一場吃早餐的生活小事中展現得淋漓盡致。當她因過量的豆漿而導致胃發脹時，投向窗外的目光又導致了另一對矛盾的生成，這就是在大街小巷「洶湧起來」的「年輕人綠的軍裝紅的袖章」。這一街景使司猗紋躲清靜的心理被現實顛覆：「它們正打破一切人的美夢一切人的圖安靜，它們也正在提醒司猗紋：你別以為這個僻靜得與世隔絕的小鋪有什麼與眾不同，你面前這張又髒又可愛的桌子你的焦圈蜜麻花和外邊只隔著一層玻璃，這玻璃只需輕輕一擊就會粉碎，就會和外邊變為一個世界。現在我們不打破它是顧不上它的存在，顧不上它的存在就等於顧不上你的存在，但顧不上並不等於這兒沒有你。」躲清靜的慾望與不得清靜的現實構成了又一對矛盾，這一對矛盾既是對小吃店臨時的安靜緣由的注釋，又是對「文革」動亂無所不及的狀態的揭示。敘事者以司猗紋對窗外紅衛兵的目光的心理感受打破了司猗紋賴以躲避的清靜：「此刻這眼光已經告訴她，她將在劫難逃。今天你坐在這兒喝豆漿嫌煳嫌桌子髒，明天我們就會打碎這塊玻璃把你拽出來讓你跟我們在街上『散散步』。那時的你就不再是拿著手絹揮嘴的你，這塊破玻璃將把你劃個滿臉花，你就帶著這滿臉花去跟我們經經風雨、見見世面。」從司猗紋的心理視角所描繪的紅衛兵的話語源自前面被抄家的聯想。由此帶來又一對矛盾：

　　司猗紋懵了。
　　司猗紋恍然大悟了。

　　這一組互為矛盾的感受是司猗紋在上述充滿了矛盾的語境中生成的，它既是人物在打擊中思緒混亂的寫照，又是人物後續行動的引導。被毀滅一切的「革命」嚇懵了的司猗紋，從中悟出了原感覺「瘆人的口號」、「要革命的站出來，不革命的滾他媽蛋」的道理。「瘆人

的口號」與她日夜的「夢想」原也是矛盾的，但「洗耳恭聽」卻使她「聽出些滋味，聽出點感情」，並「覺出了它的幾分可愛」，使她大徹大悟，導致她自編自演「獻家具」的一場戲而換取「紅袖標」的舉動，後續語境以情節的發展詮釋了上述的矛盾心理。

在對司猗紋的人物塑造中，隱含著多層內在的邏輯哲理。而這種邏輯哲理常常是以反邏輯的表象出現的。敘事者設置矛盾，引導讀者發生質疑。繼之又以下文語境，對矛盾加以詮釋，化解了由矛盾引發的語境差異，重建敘事符號與讀者的關聯，使不平衡的語境差趨於新的平衡。一對矛盾出現、化解，導致又一對矛盾的出現，又化解。矛盾的構成是化解的上文語境，化解則以下文語境顛覆了上文語境。矛盾製造了語境的邏輯空洞，上下文語境又填補了這一空洞。語境差圍繞著司猗紋不斷生成與消解，引領讀者在一個又一個充滿邏輯反差又顯示平衡的敘事中感受在特定背景下人物的獨特個性。

語境可以填補不合理話語中的空白，也可以生成話語原本不具有的語義，使話語有了深厚的蘊含。這種蘊含，是在語境中生成的，又在語境的參與下體現。鐵凝〈孕婦和牛〉中的「俊」是居於文本核心的一個字眼，這個字眼因文本語境生成了詞典義之外的含義，豐富了詞語內涵，完成了沒有受過文化教育的孕婦與文化知識價值的對接，展現了人物形象與人物追求。「俊」在文本中首先是體現孕婦在生活中的價值。「孕婦長得俊」，是形容才從貧窮的山裡嫁到了富裕的平原，「俊」用於形容人的相貌，符合詞典語義。「俊就是財富，俊叫人覺得日子有奔頭兒」，由「俊」產生這樣的推理，是因孕婦的人生經歷推解出來的，合乎孕婦的文化層次和認知水平。雖然這時的「俊」仍是處在生活層面，但「俊」的語義認知，已經超越了詞典內涵，在表外貌的詞義中增添了現實生活價值層面的含義。文本對「俊」的意義生成並不僅限於此，敘事者還將「俊」轉化到文化知識層面，這就是「俊」與「字」的鏈接。小說以大部分篇幅描述了孕婦

在趕集回村途中，在王爺留下的石碑上，臨摹「如同大碗公的字」的
過程。「俊」就在此時與臨摹之「字」對接了：

> 她描畫著它們，心中揣測它們代表著什麼意思。雖然她不知道
> 它們是什麼意思，她卻懂得那一定是些很好的意思。因為字們
> 個個都很俊──她想到了通常人們對她的形容。這想法似乎把
> 她自己和那些字聯得更緊了一點兒，使她心中充滿著羞澀的欣
> 喜。她願意用俊來形容慢慢出現在她筆下的這些字，這些字又
> 叫她由不得感歎：字是一種多麼好的東西呵。

孕婦看到遠處放學歸來的孩子，想到了自己懷著的孩子，又想到坐下
來讓自己的孩子和自己一起歇一歇，才坐在石碑上的，就是在這種情
況下，孕婦發現了石碑上的字，一切順理成章。沒有文化的孕婦，以
日常人們形容她的「俊」字形容她所喜愛的「字」，合乎情理。但
「字」與「俊」鏈接卻大大超越了詞典語義，而生成了豐富的蘊涵。
促使孕婦這一舉動與認知的，是肚子裡的孩子。孩子「將來無疑要加
入這上學、放學的隊伍，她的孩子無疑要識很多字，她的孩子無疑要
問她許多問題，就像她從小老是在她的母親跟前問這問那」。字代表
著文化，代表著孩子的未來。對孩子未來的期待，「逼」得她對字產
生了興趣與情感。這種期待已經超越了生活層面，而進入文化層面。
雖然「支配不了手中這桿筆」的她所臨摹的字是不「俊」的，「紙上
的字歪扭而又奇特，像盤錯的長蟲、像混亂的麻繩」，可因為「它們
畢竟是字。有了它們，她似乎才獲得一種資格，她似乎才真地俊秀起
來，她似乎才敢與她未來的嬰兒謀面。那是她提前的準備，她要給她
的孩子一個滿意的回答。她的孩子必將在與俊秀的字們打交道中成
長，她的孩子對她也必有許多的願望，她也要像孩子願望的那樣，美
好地成長。」此時的「俊」已經不僅關乎她外貌的「俊」，而關乎她

內在的「真地俊秀起來」。「俊」不僅超越了表人義，與「字」關聯，而且超越了表人的外貌義，與人的文化內涵關聯。沒有文化的孕婦對文化的追求與嚮往映射著鄉村對文明社會的嚮往與追求。當然，這樣的追求又是深深根植於鄉村土壤上的，是鄉人淳樸的願望：「孩子終歸要離開孕婦的肚子，而那塊寫字的碑卻永遠地立在了孕婦的心中。每個人的心中，多少都立著點什麼吧。為了她的孩子，她找到了一塊石碑，那才是心中的好風水。」當孕婦懷揣著臨摹的十七個字，「和黑在平原上結伴而行」時，她充滿了自信，更充滿了希望。在這個特定的文本中，敘事者以「俊」關聯了「字」與孕婦所追求的文化蘊含，「陌生而俊秀的大字」與「她未來的嬰兒，那嬰兒的未來」組成了「她一生需要」、「樣樣都不可缺少」的追求，使孕婦形象超越了鄉村生活的一般意義，而與知識改變命運的時代主流話語價值判斷鏈接，在擴充「俊」一詞的含義的同時，提升了文本文化話語的價值意義。

第四節　語境差──莫言小說語言審美內核

　　如果說，我們在第一節對修辭性語境差的審美做的是整體評價，那麼，這一節就是以單個作家為目標所做的個案評價。以期從個案分析來審視某個作家的語言特色，也從個案體現出自同一手筆的修辭性語境差所體現出的紛呈色彩。

　　之所以選擇莫言，一是為了諾貝爾獎的獲得使其作品在當代文學中具有了特殊的意義，再一是因為語境差是莫言語言的重要特色。莫言以其個性突出的語言風格，形成了獨具一格的莫言體。莫言的突出個性表現在叛逆，寫作思路的叛逆、情節結構的叛逆、語言技巧的叛逆。他無視清規戒律，不受任何羈絆。對語境而言，其語言更多的不是語境適應，而是語境背離。讀莫言，往往眼前一亮，這亮處往往就是語境背離處。因此，從語境視角考察莫言，語境差這一語境背離現

象是莫言語言的突出策略。莫言在對規律的顛覆破壞中，重新建構了其審美規律。對莫言小說語境差的審美過程是從對立的不平衡到審美平衡的過程。

一　語境差的外視點——對立鏈接

外視點即表層視點，語境差的不平衡基點決定了它的對立鏈接外視點，對立組合是語境差的表層標誌。莫言善於尋找事物的對立面，將其組合在一起，構成兩極對立的組合。莫言對對立的組合有著特殊的喜好，他曾在〈紅蝗〉末尾，借「一位頭髮烏黑的女戲劇家的莊嚴誓詞」傳遞這種愛好：

> 總有一天，我要編導一部真正的戲劇，在這部劇裡，夢幻與現實、科學與童話、上帝與魔鬼、愛情與賣淫、高貴與卑賤、美女與大便、過去與現在、金獎牌與避孕套……互相摻和、緊蜜團結、環環相連，構成一個完整的世界。

這些對立面，有的是客觀存在，有的則是莫言臨時生成的，它們構成了一個對立組合世界。在這個世界中，莫言猶如拚合七巧板，根據情感表達需要，任意拚合，構建了一個個富有生機活力，富有意義蘊含的語境差畫面。

（一）意象對立鏈接

意象是莫言借自然物象表述特殊情感的載體，有生物與無生物、有形與無形等構成了特定語境中具有對立意味的意象。這種組合鏈接的對立面，往往不是詞典意義上的反義，而是臨時構建的對立關係。

有生物與無生物在自然物態性質上形成了對立，莫言卻將這一對

立融注到同一描寫對象上。比喻、比擬是他筆下常出現的修辭格，比喻本體與喻體的構成，比擬本體與擬體的構成就可能是物態性質不同的兩種事物，如：

> 那兩根被銬在一起的手指，腫得像胡蘿蔔一樣，一般粗細一般高矮，宛如一對驕橫的孿生兄弟。那兩包捆在一起的中藥，委屈地蹲在一墩盛開著白色花朵的馬蓮草旁。
>
> ——莫言〈拇指銬〉

「手指」是人的肢體的組成部分，以「一對驕橫的孿生兄弟」作喻，賦予沒有情感神情狀態的事物以情感狀態。「中藥」是物品，以「委屈」、「蹲」等詞寫中藥被棄於地的狀態，也用比擬賦予了情感動作。這兩個意象描繪，顛覆了事物原有的生態屬性，極言了事物現狀。一是突出了被拷的手指腫的程度，表現拇指銬於手指的威力，被拷的時間之久。一是突出了救命之藥莫名被棄之無奈。形象地將阿義被拷的痛苦，無法給重病的母親送藥的無奈表現了出來。

有形與無形在事物外在標識上形成了對立。意象有形與無形的對立可以表現在視覺形象，也可以表現在聽覺等形象。如：

> （1）父親從奶奶身下鑽出來，把奶奶擺平，奶奶仰著臉，呼出一口長氣，對著父親微微一笑，這一笑神秘莫測，這一笑像烙鐵一樣，在父親的記憶裡，燙出一個馬蹄狀的烙印。

> （2）奶奶的花轎行到這裡，東北天空抖著一個血紅的閃電，一道殘缺的杏黃色陽光，從濃雲中，嘶叫著射向道路。
>
> ——莫言〈紅高粱〉

例（1）「笑」雖是視覺可見的，但卻非有形體的事物，以「烙鐵」為喻體，構成了有形與無形的對立鏈接。這一對立體將奶奶即逝時「笑」這一意象的「神秘莫測」凸現出來，以具體形象的描繪極言了這一「笑」留給父親的永久深刻的記憶。這一獨特的比方，也給讀者留下了「馬蹄狀的烙印」般深刻的印象。例（2）且不說閃電與陽光交接所造成的奇異夢幻景象，「陽光」本只有視覺效果，此處卻賦予其聲響與猛烈的動態，將無聲與有聲統一在一個描寫對象上。以富具聲勢的自然景物意象、非同尋常的鏈接構成對環境的渲染，這一環境就非同尋常了。它預示了將要發生的事件，人物命運的急劇變化。

（二）超程度聯想對立鏈接

特定的意象有著特定的形體狀態，特定的情感，也有著自身程度的限定。莫言卻常超越意象的程度，以「極言」的形態，賦予程度不平衡的意象以強烈的視覺感官與無限的聯想意義。

> （1）王文義還在哀嚎。父親湊上前去，看清了王文義奇形怪狀的臉。他的腮上，有一股深藍色的東西在流動。父親伸手摸去，觸了一手黏膩發燙的液體。父親聞到了跟墨水河淤泥差不多、但比墨水河淤泥要新鮮得多的腥氣。它壓倒了薄荷的幽香，壓倒了高粱的甘苦，它喚醒了父親那越來越迫近的記憶，一線穿珠般地把墨水河淤泥、把高粱下黑土、把永遠死不了的過去和永遠留不住的現在聯繫在一起，有時候，萬物都會吐出人血的味道。
>
> ──莫言〈紅高粱〉

> （2）阿義專注地盯著那兩只水淋淋的玻璃奶瓶，肚子隆隆地響著。牛奶的氣味絲絲縷縷地散發在清晨的空氣裡，在他面前

纏繞不絕，勾得他饞涎欲滴。他看到一隻黑色的螞蟻爬到奶瓶的蓋上，晃動著觸鬚，吸吮著奶液。那吸吮的聲音十分響亮，好像一群肥鴨在淺水中覓食。

——莫言〈拇指銬〉

例（1）與其說是對王文義被擊中的耳朵流出鮮血的「腥氣」的形容，不如說是對特定年代殘酷戰爭的血腥氣的追溯。這從王文義腮上的「腥氣」與「壓倒了」、「喚醒了」、「聯繫」等極言之詞程度上的反差關聯可以看出。王文義是被自己隊伍的啞巴走火擊中的，當不屬英雄，卻對其腥氣大肆抒寫，形成程度上的反差。文本多處出現血腥氣味的抒寫：「在這次霧中行軍裡，我父親聞到了那種新奇的、黃紅相間的腥甜氣息。那味道從薄荷和高粱的味道中隱隱約約地透過來，喚起父親心靈深處一種非常遙遠的回憶。」「我父親在剪破的月影下，聞到了比現在強烈無數倍的腥甜氣息。」「那股瀰漫田野的腥甜味浸透了我父親的靈魂，在以後更加激烈、更加殘忍的歲月裡，這股腥甜味一直伴隨著他。」由此可見，血腥氣與特定年代、特定場景相關聯，已超越了人對氣味的自然感知，而帶有了戰爭的殘酷、義士的壯烈、歷史的滄桑的追溯。因為這些承載，它才有了如此濃郁的嗅覺，如此強大的關聯能力。例（2）形容螞蟻「吸吮著奶液」所發出的聲響，以「一群肥鴨在淺水中覓食」來極言「吸吮」聲之響亮。現實與聯想出現了極大反差。這是阿義眼中的螞蟻，是餓極了的阿義產生的幻象。寫螞蟻並非為了寫螞蟻，而是寫阿義對牛奶的饞涎欲滴，寫阿義被囚之餓的程度。

（三）邏輯對立鏈接

邏輯作為維護語言正常秩序的內在規律，傳遞了人的正常思維。莫言對對立的喜好，還表現在將兩極對立的語詞放置在同一上下文

中，給人以自相矛盾的視覺感官。如：

（1）奶奶渾身流汗，心跳如鼓，聽著轎夫們均勻的腳步聲和粗重的喘息聲，腦海裡交替著出現卵石般的光滑寒冷和辣椒般的粗糙灼熱。

（2）他有一個情婦。她有時非常可愛有時非常可怕。有時像太陽，有時像月亮。有時像嫵媚的貓，有時像瘋狂的狗。有時像美酒，有時像毒藥。

──莫言〈酒國〉

例（1）「卵石」與「辣椒」雖不形成對立體，但「光滑寒冷」與「粗糙灼熱」卻構成對立。這一對立作為奶奶腦海裡交替出現的感覺，表現了奶奶內心的複雜情感，對婚姻的恐懼，對「躺在一個偉岸的男子懷抱裡緩解焦慮消除孤寂」的追求構成了這一對立意象的交替。使這一特定語境中的對立體因奶奶的心態而趨於心理層面的平衡。例（2）幾組對立語詞的組合統一在同一個描寫對象，使對立轉化為統一，將情婦的兩面性格展現出來。不同的事物、不同的狀態表現了同一對象的複雜性。

　　邏輯上的對立，還表現在上下文形成的落差，如：

他恨，恨鎖住拇指的銬，恨烤人的太陽，恨石人石馬石供桌，恨機器，恨活動在麥海裡的木偶般的人，恨樹，恨樹疤，恨這個世界。但他只能啃樹皮。

──莫言〈拇指銬〉

「恨」在文中雖然沒有與「愛」形成對立，但「恨」一系列可恨的對

象，所導致的應該是某種復仇行為，而一個「但」卻將其轉化為「只能啃樹皮」。前面的情感與後面的行動形成了落差。阿義被拷在樹上無法解脫的憤怒、無奈就體現在這落差轉折中。痛苦、無奈導致了「恨」；「恨」的對象之多，表現了「恨」之極；「恨」之極卻無奈，這就是阿義此刻的悲哀處境。

（四）敘事對立鏈接

　　小說敘事涉及小說情節結構，涉及敘事語言表述，這些又是由敘事視點所決定的。莫言的敘事常是跳躍的，無序的，有時是由雙向視角，構成了敘事語言的交錯。如：

> 戰士們一行行踏著橋過河，汽車一輛輛涉水過河。（小河裡的水呀清悠悠，莊稼蓋滿了溝）車頭激起雪白的浪花，車後留下黃色的濁流。（解放軍進山來，幫助咱們鬧秋收）大卡車過完後，兩輛小吉普車也呆頭呆腦下了河。一輛飛速過河，濺起五六米高的雪浪花；一輛一頭鑽進水裡，嗡嗡怪叫著被淹死了，從河水中冒出一股青煙。（拉起了家常話，多少往事湧上心頭）「糟糕！」一個首長說。另一個首長說：「他媽的笨蛋！讓王猴子派人把車抬上去。」（吃的是一鍋飯，點的是一燈油）很快的就有幾十個解放軍在河水中推那輛撒了氣的吉普車，解放軍都是穿著軍裝下了河，河水僅僅沒膝，但他們都濕到胸口，濕後變深了顏色的軍衣緊貼在身上，顯出了肥的瘦的腿和臀。（你們是俺們的親骨肉，你們是俺們的貼心人）那幾個穿白大褂的人把那個水淋淋的司機攙上一輛塗著紅十字的汽車。（黨的恩情說不盡，見到你們總覺得格外親）首長們轉過身來，看樣子準備過橋去，我提著笛子，暖張著口，怔怔地看著首長。

一個戴著黑邊眼鏡的首長對著我們點點頭，說：「唱得不錯，吹得也不錯。」

——莫言〈白狗秋千架〉

　　小說敘事者的敘事話語與文本內人物的歌唱話語形成交錯的格局，造成敘事的斷層。交錯展現了同一時空背景下的兩組人物：軍與民；兩番動作情景：過河與歌唱。群眾歡迎解放軍的情景就交錯在雙方的行動與歌唱中，敘事手法別具一格。有時交錯的視角是交際的對立雙方，如：

這時，一個男人拤著一塊半截磚頭立在你的面前，你心中突然萌發了對所有男人的仇恨，於是，你抬起手，迅疾地打了那男人一個耳光，也不管他冤枉還是不冤枉。（我真是倒楣透頂！）後來，你進了「太平洋冷飲店」，店裡招魂般的音樂唱碎了你的心。你心煩意亂，匆匆走出冷飲店，那個挨揍的男人目露凶光湊上前來，你又搧了他一個耳光。（我真是窩囊透了！）

——莫言〈紅蝗〉

上述文字以敘事者的視角寫「一個男人」，寫「你」——黑衣女人。在兩個耳光後穿插「我」的感受，視角轉換為「我」。這是敘事視角的轉換，也是敘事者的轉換。在這場交際中，「你」與「我」構成了交際雙方，摔耳光和挨耳光構成了事件的全部。穿插的「我」的感受，實際上是回到了全文的敘事視點。該文本是以第一人稱「我」為視角的敘事模式，「我」既是故事講述者，又是故事中人物。挨耳光事件在文本前半部，是以「我」的視角講述，以「黑衣女人」、「那個女人」、「她」的第三人稱來稱呼打「我」耳光的人；到上述文字，卻轉化為以第二人稱「你」相稱。「你」與「我」構成了敘事點的兩

端，交錯在敘事中，補充了前面單一視角敘事未挑明的內容：「你」為何要搧「我」耳光，「我」莫名其妙挨耳光的原因在對「你」的講述中明瞭。敘事視角的交錯造成了敘事方式的對立，卻於對立中呈現了別出心裁的敘事審美價值。

二　語境差的內視點──平衡統一

內視點即超越語言表層對對立現象的深層審視。尋求對立中內蘊的平衡統一，就是尋求語境差審美價值的過程。這是對表層語言現象的深層審視，審視目光不僅侷限在話語片段，而且投注到與之關聯的語境各因素。

對立是在特定語境中生成的，內在統一也是對特定語境的綜合考察。對立是對「這一個」的考察，統一也是基於「這一個」的審視。特定語境是從對立的不平衡到統一的內在平衡的考察依據，它使得語境差的不平衡具有了平衡基點。如：

> （1）花轎裡破破爛爛，骯髒污濁。它像個棺材，不知裝過了多少個必定成為死屍的新娘。轎壁上襯裡的黃緞子髒得流油，五隻蒼蠅有三隻在奶奶頭上方嗡嗡地飛翔，有兩隻伏在轎簾上，用棒狀的黑腿擦著明亮的眼睛。

> （2）奶奶舒適地站著，雲中的閃電帶著銅音嗡嗡抖動，奶奶臉上粲然的笑容被分裂成無數斷斷續續的碎片。
>
> ──莫言〈紅高粱〉

例（1）「花轎」原為喜事的參與物，此處卻以「棺材」作喻，形成了對立反差。上述文字突出了花轎的「骯髒污濁」，這是特定環境、特

定情境中的花轎，其空間語境是高蜜東北鄉，情景是「我奶奶」將要
嫁給一個麻瘋病人。這一看似對立的本體與喻體卻是鄉間女人命運的
真實寫照，不自由的婚姻，悲慘的命運使花轎的「像個棺材」具有了
合理性。此外，「不知裝過了多少個必定成為死屍的新娘」這一描寫
還預設了奶奶三十歲就「成為死屍」的命運。例（2）「舒適地」、「粲
然的笑容」與路遇劫匪的情景不相吻合，但卻因「我奶奶」在這一特
定語境中的處境與心境而具有了合理因素。「我奶奶」對嫁給麻瘋病
患者「前途險惡，終生難脫苦海」的擔憂，劫路人出現給她的轉機，
她「不知憂喜」，因而有了上述表情。「笑容」雖是視覺可見，但卻不
是具有形狀的物體，以「無數斷斷續續的碎片」來形容閃電震撼中奶
奶神情的變化，描繪出了奶奶在此情此景中的複雜神情，並折射了複
雜的內心世界。

　　特定語境並非侷限於文本描繪的瞬間語境，而包含著整個文本中
的相關語境。對立中的統一的考察，也必須聯繫更大的語境背景。如：

　　（1）奶奶幸福地看著在高粱陰影下，她與余司令共同創造出
　　來的、我父親那張精緻的臉，逝去歲月裡那些生動的生活畫
　　面，像奔馳的飛馬掠過了她的眼前。

　　　　　　　　　　　　　　　　　　　　　　——莫言〈紅高粱〉

　　（2）這場轟轟烈烈的愛情悲劇、這件家族史上駭人的醜聞、
　　感人的壯舉、慘無人道的獸行、偉大的里程碑、骯髒的恥辱
　　柱、偉大的進步、愚蠢的倒退……已經過去了數百年，但那把
　　火一直沒有熄滅，它暗藏在家族的每一個成員的心裡，一有機
　　會就熊熊燃燒起來。

　　　　　　　　　　　　　　　　　　　　　　——莫言〈紅蝗〉

例（1）奶奶中彈即將去世，應該是處於痛苦中，如何能「幸福」。對

「幸福」的考察，除了奶奶面對「父親那張精緻的臉」所產生的「幸福」，還有對「逝去歲月裡那些生動的生活畫面」的回顧。這就不能不涉及奶奶曾經有過的幸福時光，「天賜我情人，天賜我兒子，天賜我財富，天賜我三十年紅高粱般充實的生活」，這就是給痛苦中的奶奶以「幸福」感的精神支柱，也是此時此刻「幸福」的合理所在。例（2）「悲劇」、「醜聞」、「壯舉」、「獸行」、「里程碑」、「恥辱柱」、「進步」、「倒退」構成了一對對矛盾對立體，以此形容在遙遠的年代，一對蔑視家族法規試圖近親結婚的「小老祖宗」被「制定法規的老老祖宗」燒死的事件。這一事件在小說中以一種悲壯的描寫展現，高粱秸稈點燃的熊熊火焰，塗滿牛油的「修長美麗的肉體金光閃閃」構成了充滿壯烈意味的畫面。而族裡制定的嚴禁同姓通婚的規定具有兩面性，「正像任何一項正確的進步措施都有極不人道的一面一樣，這條規定，對於吃青草、拉不臭大便的優異家族的繁衍昌盛興旺發達無疑具有革命性的意義，但具體到正在熱戀著的一對手足上生蹼膜的青年男女身上，就顯得慘無人道。」上例中的對立體，渲染了這一事件的聲勢，概括了這一事件的複雜性。

　　莫言對立鏈接表層往往蘊含著哲理的深層韻味，結合特定語境的考察，也是尋求其深層內蘊的過程。如：

> 我曾經對高蜜東北鄉極端熱愛，曾經對高蜜東北鄉極端仇恨，
> 長大後努力學習馬克思主義，我終於悟到：高蜜東北鄉無疑是
> 地球上最美麗最醜陋、最超脫最世俗、最聖潔最齷齪、最英雄
> 好漢最王八蛋、最能喝酒最能愛的地方。
>
> ——莫言〈紅高粱〉

「熱愛」與「仇恨」是人類情感取向的兩極，這兩極在此統一到了「高蜜東北鄉」這一對象上，看似違背邏輯原理，實則內蘊複雜的情

感，深刻的哲理。「悟到」後幾個「最」的反義組合，可以說是概括了「高蜜東北鄉」人文地理、歷史現實的方方面面。縱覽〈紅高粱家族〉、〈紅蝗〉、〈白狗秋千架〉等作品，莫言筆下的風土人情，充滿魔幻與現實色彩的故事情節，其評價就匯聚在這些「最」的反義組合中。看似矛盾的組合統一到了特定語境中，就是和諧的、概括的。

　　對立鏈接中的哲理，往往與特定的情感相關聯。情感賦予對立以色彩，又賦予對立以統一。如：

（1）奶奶注視著紅高粱，在她朦朧的眼睛裡，高粱們奇謫瑰麗，奇形怪狀，它們呻吟著，扭曲著，呼號著，纏繞著，時而像魔鬼，時而像親人，它們在奶奶眼裡盤結成蛇樣的一團，又忽啦啦地伸展開來，奶奶無法說出它們的光彩了。它們紅紅綠綠，白白黑黑，藍藍綠綠，它們哈哈大笑，它們號啕大哭，哭出的眼淚像雨點一樣打在奶奶心中那一片蒼涼的沙灘上。

　　　　　　　　　　　　　　　　　　　——莫言〈紅高粱〉

（2）秋千架豎在場院邊上，兩根立木，一根橫木，兩個鐵吊環，兩根粗繩，一個木踏板。秋千架，默立在月光下，陰森森，像個鬼門關。架後不遠是場院溝，溝裡生著綿互不斷的刺槐樹叢，尖尖又堅硬的刺針上，挑著青灰色的月亮。

　　　　　　　　　　　　　　　　　　——莫言〈白狗秋千架〉

例（1）奶奶眼中的高粱呈現出「魔鬼」與「親人」對立的兩組形象，它們的色彩、動作神情都是對立的。這種意象的對立是情感注入下的產物。奶奶被日本人擊中，瀕臨死亡，眼中的紅高粱是承載了「宇宙的聲音」的幻象，因此，高粱帶有了人的情感，人的知覺，有了人的喜怒哀樂。在奶奶眼裡「天與地、與人、與高粱交織在一起，一切都在一個碩大無朋的罩子裡罩著」，這時的高粱已經不唯是自然

景物，而是與奶奶進行最後溝通的對象。它的兩極形象，代表了奶奶一生所經歷的人與事。例（2）本作為玩物的「秋千架」，此處卻以「鬼門關」作喻。這也是賦予了人的情感的物體，因為它連綴著人物命運，是故事主人公暖命運的轉折點，也是「我」與暖關係的轉折點。「秋千架」被賦予情感的形象預示著後來的情節走向，暖蕩秋千時，因繩子斷了，一根槐針扎進她的右眼，造成終身殘疾，「秋千架」成為暖的鬼門關。

三　審美與審醜的對立統一

美與醜是意識形態的一組對立面，審美與審醜則是美學意義上一組對立而又融合的形態，它們同屬美學範疇。能否對自然界被認為「醜」的事物審美，取決於對審美的界定。孫紹振認為，「審美和對象的關係並不太大，不管對象是美是醜，只要有強烈、豐富、獨特的感情，就仍然是審美的。」[41]審醜屬於美學範疇，早在一八五三年羅森克蘭茲《醜的美學》一書中就提出。他認為醜雖然「不在美的範圍之內」，「但又始終決定於美的相關性，因而也屬美學理論範圍之內」。[42]這說明，審美不一定取決於對象自身的美醜，而是取決於對象中所賦予的情感。莫言筆下出現的「最醜陋」的事物，也便由於其蘊含的情感而具有了審美價值

醜的事物在自然狀態下無所謂審美，只有其進入特定的語境，被賦予特定的情感後，才可能具有審美價值，這就需要「通過真實與表情」，「把自然中最醜的東西轉化為一種藝術美」，[43]情感的參與是轉化

---

41 孫紹振：《審美、審醜與審智》（廣州市：廣東人民出版社，2014年），頁65。

42 朱立元主編：《美學》（北京市：高等教育出版社，2006年第2版），頁205。

43 〔德〕萊辛：《拉奧孔》，轉引自劉叔成，夏之放，樓昔勇等著：《美學基本原理》（上海市：上海人民出版社，2001年），頁241。

的關鍵。我們試以〈紅蝗〉中出現的「大便」為例，說明審醜與審美的對立統一。〈紅蝗〉中有對「大便」的大段描寫說明：

> 我有充分的必要說明、也有充分的理由證明，高蜜東北鄉人食物粗糙，大便量多纖維豐富，味道與乾燥的青草相彷彿，因此高蜜東北鄉人大便時一般都能體驗到磨礪黏膜的幸福感。——這也是我久久難以忘卻這塊地方的一個重要原因。高蜜東北鄉人大便過後臉上都帶著輕鬆疲憊的幸福表情。當年，我們大便後都感到生活美好，宛若鮮花盛開。我的一個狡猾的妹妹要零花錢時，總是選擇她的父親——我的八叔大便過後那一瞬間，她每次都能如願以償。應該說這是一個獨特的地方，一塊具有鮮明特色的土地，這塊土地上繁衍著一個排泄無臭大便的家族（？）種族（？），優秀的（？），劣等的（？），在臭氣熏天的城市裡生活著，我痛苦地體驗著淅淅瀝瀝如刀刮竹般的大便痛苦，城市裡男男女女都肛門淤塞，像年久失修的下水管道，我像思念板石道上的馬蹄聲一樣思念粗大滑暢的肛門，像思念無臭的大便一樣思念我可愛的故鄉，我於是也明白了為什麼畫眉老人死了也要把骨灰搬運回故鄉了。
>
> ——莫言〈紅蝗〉

這段文字將高蜜東北鄉人「無臭」的大便與城市「臭氣熏天」的大便形成對比，從高蜜東北鄉人大便的品質、味道，大便後的幸福感，突出體現了這塊「具有鮮明特色的土地」的特色。當然，寫「大便」並非單純為了謳歌「大便」，而是體現對故鄉的思念。莫言的獨到之處在於，他表現這種思念，並非選擇故鄉的美好景物，而是選擇了一般意義上醜的、甚至不堪入目的事物。寫「大便」的獨特、對「大便」的謳歌，給人以突出的印象。人們一般觀念上大便的醜和故鄉的美和

諧地統一在一起。正因為這樣，莫言理直氣壯地謳歌「大便」，為謳歌「大便」而理直氣壯地聲言：「……我們的家族有表達感情的獨特方式，我們美麗，的語言被人罵成：粗俗、污穢、不堪入目、不堪入耳，我們很委屈。我們歌頌大便、歌頌大便時的幸福時，肛門裡積滿鏽垢的人罵我們骯髒、下流，我們更委屈。我們的大便像貼著商標的香蕉一樣美麗為什麼不能歌頌，我們大便時往往聯想到愛情的最高形式、甚至昇華成一種宗教儀式，為什麼不能歌頌？」對故鄉的深摯情感，使「大便」化醜為美，並為這種美而感到自豪，故鄉情的植入使「大便」具有了審美價值。

　　被賦予了情感的「大便」意象，在莫言筆下毫無顧忌地與其他事物一樣具有了描寫的價值，他為「大便」取喻：

> 五十年前，高蜜東北鄉人的食物比較現在更加粗糙，大便成形，網絡豐富，恰如成熟絲瓜的內瓤。那畢竟是一個令人嚮往和留戀的時代，麥壟間隨時可見的大便如同一串串貼著商標的香蕉。
>
> ——莫言〈紅蝗〉

以「一串串貼著商標的香蕉」作為「大便」的喻體，取其形體相似，以印證前面的「大便成形」。後緊接著「四老爺排出幾根香蕉之後往前挪動了幾步」，乾脆就用「香蕉」直接取代了「大便」。他甚至將「大便」作為喻體，與「人」相提並論：

> （1）三月七日是我的生日，這是一個偉大的日子。這個日子之所以偉大當然不是因為我的出生，我他媽的算什麼，我清楚地知道我不過是一根在社會的直腸裡蠕動的大便，儘管我是和名揚四海的劉猛將軍同一天生日，也無法改變大便本質。
>
> ——莫言〈紅蝗〉

（2）九老爺像一匹最初能夠直立行走的類猿人一樣笨拙稚樸
地動作著。我猜想到面對著透徹的陽光他一定不敢睜眼，所以
他走姿狼亢，跟跟蹌蹌，趺趺撞撞，神聖又莊嚴，具象又抽
象，宛若一段蒼茫的音樂，好似一根神聖的大便，這根大便注
定要成為化石⋯⋯

（3）我知道，即使現在不離開這座城市，將來也要離開這座城
市，就像大便遲早要被肛門排擠出來一樣，何況我已經基本上
被排擠出來。我把人與大便擺到同等位置上之後，教授和大姑
娘帶給我的不愉快情緒便立刻淡化，化成一股屁一樣的輕煙。

——莫言〈紅蝗〉

上述三例均「把人與大便擺到同等位置上」，以「大便」喻人，喻人
的被城市排擠出，形象而具有調侃意味。易中天認為：「作為過程，
情感的對象化就是藝術，即美的創造；作為結果，對象化了的情感就
是美，即藝術品。」[44]「大便」在莫言筆下具有了藝術品的價值，「大
便」的審美也就成了一種藝術，這是莫言的故鄉情結所賦予「大便」
的藝術性。莫言筆下的醜陋描寫，代表了新時期小說語言的一種審美
變異現象。張衛中指出：「新時期文學中，醜陋、骯髒、淫穢詞彙大
量增加只是一個表徵，表徵的背後實際上是文學語言在打開大門以後
的大規模擴容。各種各樣的詞彙都具備了成為文學語言的資格，同
時，詞彙的各種組合方式、言說方式也大大地增加了。」[45]可見，「大
便」之類的詞語進入特定語境，帶有了其本身不具有的內涵，成為文
學語言變異琳琅滿目風景中一道奇異的景致。

44　易中天：《破門而入・易中天談美學》（上海市：復旦大學出版社，2006年），頁176。

45　張衛中：《20世紀中國文學語言變遷史》（北京市：中國社會科學出版社，2013年），
　　頁196。

　　莫言筆下「醜」與「美」是對立的統一體。醜的事物，可能具有美的極致的抒寫；美的事物，卻可能有醜的抒寫。「美」與「醜」作為審美對象，可能統一於同一個抒寫對象，同一個畫面。〈紅蝗〉中對兩個戀人被火焚燒的情景作了具體描述：

> 當時年僅八歲的四老爺的爺爺清楚地看到赤身裸體的 A 和 B 在月光下火光上顫抖。他們是從火把點燃祭壇的那個瞬間開始顫抖的，月光和火光把他們的身體輝映成不同的顏色，那塗滿身體的暗紅色的牛油在月光下發著銀色的冰冷的光澤，在火光上跳動著金色的灼熱的光澤。他們哆嗦得越來越厲害，火光愈加明亮，月光愈加暗淡。當十幾束火苗猝然間連成一片、月亮象幻影猝然隱沒在銀灰色的帷幕之後，A 和 B 也猝然站起來。他們修長美麗的肉體金光閃閃，激動著每一個人的心。在短暫的一瞬間裡，這對戀人你看看我，我看看你，然後便四臂交叉，猛然撲到一起。在熊熊的火光中，他們翻滾著，扭動著，帶蹼的手腳你撫摸著我，我撫摸著你，你咬我一口，我咬你一口，他們在咬與吻的間隙裡，嘴裡發出青蛙求偶的歡叫聲……
>
> ——莫言〈紅蝗〉

近親結婚是愚昧時期的產物，是不美的；家族以家法處置，處以火刑，是不人道的，也是不美的；這兩個年輕人對愛情的追求和勇氣卻是人類值得謳歌的情感。這一事件本身就帶有美與醜的交錯。上述文字以一種舞臺表演史詩般的情調表現這一場極刑，帶有了美的視覺效果，使這一場由愚昧導致的酷刑顯得蔚為壯觀。並印證了後文「悲劇」、「醜聞」、「壯舉」、「獸行」、「里程碑」、「恥辱柱」、「進步」、「倒退」構成的一對對矛盾對立體的評價。

第二章
被顛覆的小說時空世界

　　時間與空間是蜜切關聯的，這是我們將時空放置在一起考察的原因。時空作為語境的構成要素，是小說人物活動的背景空間，是小說情節展示的領域。時空作為小說不可或缺的重要參構因素，在作家筆下呈現出複雜的形態，使時間問題成為「最具難度」[1]的研究。這個難度，很大程度上就是基於其複雜性。在小說中，時間突破了自然時間的時序，突破了自然時間的客觀規律，成為作家筆下「遊戲的對象」[2]，從而出現了形態各異的超越時空現象。也正因為此，在語境顛覆視角下來考察時空語境是極有意義、極具審美體驗的語言認知。在作家的奇異神筆下，我們既能看到「一條公牛闖入瓷器店，撞翻了瓷器，然後在踩碎了好幾只瓷盤之後，轉身從門裡跑出去了」的正常情景，又能看到「公牛退回瓷器店，磁片的碎片收攏，成為一只完好無損的盤子飛回架上」的異常景致，[3]還有可能看到由「公牛」、「瓷器店」、「磁片」或更多道具錯亂組合而構成的富具戲劇性的時空顛覆錯位情景。

　　作為「遊戲的對象」的時空，是為當代小說家著力創造的時空，它以反自然的標誌顛覆了自然規律，而以審美為基準，重新構建了小說奇異時空世界的審美平衡。

1　曹文軒：《小說門》（北京市：作家出版社，2003年第2版），頁129。

2　同前註，頁130。

3　同前註，頁151。

第一節　時空語境差的修辭建構

　　我們所探討的不是正常意義上的時空現象，而是背離了客觀情景、背離了邏輯規律、背離了語言規律的時空現象，這就是時空語境差。時空語境差是基於語境視角對時空的研究，指時空語境不平衡的顛覆狀態，通過語境各要素的整合，達到審美價值的重新建構。我們擬從對立、反差等表層顛覆現象，和寓意、虛擬等深層顛覆現象探尋時空語境差中蘊含的審美價值。

一　時空對立構建的深層意蘊

　　同一文本語境中的時空可能是和諧的，也可能處在對立狀態。對立即將不同的時空背景加以鏈接，這些不同的現實歷史時期可能具有戰爭與和平、動亂與和諧、騷動與寧靜等對立意義。作者巧妙構思的文本中，時空語境可能呈現出對立與和諧交替的複雜狀態。

　　喬葉的〈拾夢莊〉以整體虛擬的拾夢莊語境為小說故事大語境，在這個總體語境中又呈現了一個個或對立或統一的片段時空語境。首先，是對這個村莊客觀空間語境的描繪：

　　　　（1）走進村子，我就開始震驚。我從沒有見過這樣的村子：這麼舊，還舊得這麼漂亮，這麼完整。寬闊的青石板路，蒼蒼鬱鬱的古樹，閃爍著斑斑金翠的瓦當和脊獸，細膩精美的木雕磚雕和石雕俯仰皆是，還有處處可見的字體講究的門匾，有的是「作善降福」，有的是「厚德載物」，還有的是「守身為大」……雖然細看時就會發現很多房屋有殘落破敗的痕跡，但仍然能夠鮮明地感受到當年的威嚴和氣派。這樣的村子，真不應該叫村子，而應該叫作府第或者豪門，最起碼也應該叫莊園。

（2）那些紅字寫滿了整面牆。紅色有些剝落，但字還都十分完整。那些字是：毛主席萬壽無疆！你們要關心國家大事，要把無產階級大革命進行到底。貪污和浪費是極大的犯罪。要打倒一切牛鬼蛇神。我們曾經說過，房子是應該經常打掃的，不打掃就會積滿了灰塵；臉是應該經常洗的，不洗也就會灰塵滿面。我們同志的思想，我們黨的工作，也會沾染灰塵的，也應該打掃和洗滌……這都是什麼啊，東一句西一句，毫無邏輯地排列在一起，像一場巨大的行為藝術。最短的一個字是：忠。最常見的也是這個字：忠。只要有需要填白的地方，就會有這個字，有時候是兩個：上下各一個，或者左右各一個。有時候是三個：左中右或者上中下各一個。

例（1）所描繪的空間語境充滿了古色古香的優雅風味，青石板路、古樹、木雕磚雕石雕、門匾無不透露出「古」味兒。例（2）所描繪的空間語境則充溢著革命話語，充滿著政治氣息。這兩個空間環境的對立，又隱含著時間語境的對立，一古一今，封建社會與「文革」時期形成了時間上的對立。文本中出現的又一時空對立是「鐵梅山」上的墓地：

這是一座最大的墳墓。雖是最大，也不過比剛剛看過的墳墓大那麼一圈，墳頭也高出了一些，不到一米高的樣子。碑也略微大一些，上面刻的字都是紅色的，左右兩邊分別刻著「生得偉大」和「死得光榮」，都是毛體，中間部分的上面刻著「死難烈士萬歲」，也是毛體，下面刻著一排名字，是正楷。

這一空間語境既與上例（2）的語境對立，又是統一的。「文革」話語昭顯了歷史時期的一致性，但例（2）語境描述中並不顯示的這場

「革命」的結果，在墓地這個空間語境中顯示出來。一場武鬥，「乒乒乓乓的，槍響了兩天才消停」，「死了三十多個人」，老村長的介紹點出了墓地的由來。如果說，上述三例對立的時空語境為我們提供了故事發生的一些背景資料，那麼，小說的深刻之處還不在於此。其對「文革」的批判、對「文革」餘毒的擔憂，還通過與籌備旅遊項目現場主觀時空語境形成的對立體現出來。小說對籌備會現場作了大篇幅的描繪，如人物活動參與組成的空間語境：

> 少頃，出場程序結束，一個男孩子扛著紅旗走到了隊伍的最前面，大搖大擺地揮舞了起來。在紅旗獵獵中，他們開始踏步，邊踏步邊喊：「革命無罪，造反有理！革命無罪，造反有理！」踏步聲停，他們擺出了一個造型，然後開始邊舞邊唱：「拿起筆，作刀槍，集中火力打黑幫。革命師生齊造反，文化革命當闖將！」唱完了這四句，他們又開始踏步，邊踏步邊喊：「革命無罪，造反有理！革命無罪，造反有理！」踏步聲停，他們又擺出了一個造型，再開始邊舞邊唱：「拿起筆，作刀槍，集中火力打黑幫。革命師生齊造反，文化革命當闖將！」
>
> 如是者三，退場。退場的口號倒是和唱的沒有任何重複，是非常嶄新也非常嘎嘣脆的兩句：「要革命就跟我走，不革命就滾他媽的蛋！」

這個空間語境與上述例（2）表現的「文革」遺留話語的空間語境相映相協，是「文革」情景的再現。但又與例（2）有著時間差異，遺留的標語口號生成的話語背景是「文革」時期，模仿的話語生成背景是當今。如果說，充滿「革命」色彩的標語口號生成於「文革」，與特定歷史時期背景相吻合的話，那麼模仿的話語與現今社會就呈現出

極大的反差。這種模仿「文革」情景的表演再現了「文革」的激進、荒唐，將這樣一場給中國帶來巨大災難的「浩劫」以歡樂的歌舞形式重現，與「文革」災難、浩劫的歷史現實又構成了對立。

　　小說構成對立的時空語境還出現在「我」從山上墓地回來之後看到的人們歡騰表演的情景，這個表演將「文革」與當代歌舞交融在一起，充滿了荒誕：

> 現場會的會場已經又是一番景象：隨著 RAP 的節奏，所有的人都正在手腳並用地跳著毫無路數的隨心所欲的舞蹈，這些人的裝扮可真夠奇形怪狀：有的人是光頭，上面寫著一個大大的「黑」字；有的人胸前掛著大蒜串成的項鍊，蒜皮隨著舞蹈的動作恣意飛翔；有的人戴著高高的紙帽子，上面打著一個大大的紅叉；有的人胸前掛著長方形的紙牌子，上面也打著一個大大的紅叉……我使勁兒想辨認出他們是誰，可是我眼神迷亂，誰都沒有辨認出來。我只是憑感覺知道：王局、鍾局、史局、李教授、小肖，村長還有那些村民們，他們都在裡面……還有那群我們剛進村時就表演過的紅衛兵演員，他們也都在裡面。他們還穿著那身紅衛兵衣服，不過都化上了嶄新的濃妝：他們的臉上都打了滑稽的腮紅，紅寶書封面上的毛主席頭像也都已經變成了粉紅色的人民幣百元鈔。

該場景模仿的是「文革」批鬥的場面，但「每個人的臉上都洋溢著笑容，每個人的臉上都洋溢著歡樂」。由參與者穿著打扮與道具構成的這樣一個空間語境與上述對「文革」情景描繪的空間語境看似相協的，但時間差異與風格差異又體現了對立。上至領導、下至村民，將「文革」批鬥變異為鬧劇，化妝表演與紅寶書頭像的變異將「文革」與當今雜糅。這樣一個充滿變異的情景正如作者所形容的「這人群的

氣息可真是渾濁啊，什麼味道都有：汗水味兒、香水味兒、尿臊味兒、腥臭味兒、鮮血味兒、油鹽醬醋味兒、菸酒茶味兒、鈔票味兒、公章味兒、絲綢味兒、粗布味兒、鞋襪味兒、麵條味兒、胭脂味兒、口紅味兒、精液味兒……」、「文革」在此變味兒，標誌著表演者對「文革」性質認識的變異。以鬧劇呈現「文革」災難，表演者解構了「文革」，讀者通過這一解構的荒謬，讀解了作者對這一鬧劇的嘲諷批判。

小說以特定時空為故事背景，時空語境互為交錯的關係是複雜的，其中蘊含的批判意義也由於這種錯綜複雜的語境關係而體現了深刻性。時空語境是人物活動的背景，又是人物情感、思維的映襯。在看似對立或統一的語境背景下，又蘊含著深層的對立與統一。對村落古典韻味的描繪與現代模擬「文革」所形成的時空語境對立的意義在於，將再現「文革」情景這樣一個充滿鬧劇色彩的旅遊項目設置在一個「已有專家論定，這是河南省目前發現的一處保存最完整、規模最大的具有中原特色的地主莊園，是中國古代民居建築群的優秀範例，是研究清民居建築文化和民俗文化的寶貴資源……」的空間環境，是對古蹟保護的破壞，是對古典文化風格的顛覆。空間情景的對立還構成了人物話語的對立。在「我」追隨黑衣女人上山途中，「我」問黑衣女人為什麼在現場會不發言，黑衣女人答道：「有話說，可是不想說。」不想說的原因是「場合不對」。到了山上墓地，「場合對」了，黑衣女人打開了話匣子，講述了「文革」時期批鬥會，追查反革命事件等荒誕又殘酷的政治鬥爭。「場合」即人與環境融合下的空間語境。在旅遊項目現場會，參與者興致勃勃的策劃改變了「文革」的基調，將苦難衍變成歡樂，與黑衣女人想要揭示「文革」真面目的心理指向是相違背的，因而「場合不對」。山上墓地陰森可怖的嚴肅場合，掩埋著「文革」的殉難者，與「文革」苦難是相協的，因而「場合對」。空間語境與人物話語間的對立與統一代表了黑衣女人的情感

傾向，也代表了作者的寫作意圖。「不是所有經歷過文革的人，都記得這些，更不是所有經歷過文革的人，都能夠去講這些。」「我」的情感在兩種時空語境的比照中得到了頓悟。當「我」從山上墓地了解了「文革」的真相後，回到山下，看到現場更為荒誕的表演，「突然覺得十分噁心，還有恐懼。深度的噁心，擴大的恐懼」。加大力道描繪的「噁心」、「恐懼」感，是在鬧劇與「文革」真相巨大反差中產生的情感，蘊含著對「文革」的批判，也蘊含著對策劃行為的批判。作者深度的批判旨意是一對對對立關係的場景人物聚集的焦點，對立在作者創作意圖中趨於審美平衡。

　　時空語境的對立可能是客觀意義上的對立，也可能是主觀意願參與下的臨時對立。臨時對立是在特定語境中，重組話語意義後生成的。如：

> 我從來都以為，辦公室與劇場影院最大的區別就在於，辦公室是舞臺，即使你不喜歡表演，你也必須擔任一個哪怕是最無足輕重的配角，你無法逃脫。即使你的辦公室裡寧靜如水，即使你身邊只有一兩個人——演員，你仍然無法沉湎於內心，你臉上的表情會出賣你。那裡只是舞臺，是外部生活，是敞開的空間。而影院、劇場卻不同，當燈光熄滅，黑暗散落在你的四周，你就會被巨大無邊的空洞所吞沒，即使你周圍的黑暗中埋伏著無數個腦袋，即使無數的竊竊私語瀰漫空中如同疲倦的夜風在浩瀚的林葉上輕悄悄憩落，但你的心靈卻在這裡獲得了自由漫步的靜寂的廣場，你看著舞臺上濃縮的世界和歲月，你珠淚漣漣你吃吃發笑你無可奈何，你充分釋放你自己。
>
> ——陳染〈嘴唇裡的陽光〉

「辦公室」與「劇場影院」雖屬不同的活動空間，但原本並非對立

的，而在此處卻形成了對立。這一對立甚至將二者的性質特點加以置換。雖然「舞臺」並未置換成「辦公室」，但「辦公室」置換成了「舞臺」。以人在辦公室這個「敞開的空間」缺失隱私，缺失自我的暴露與內心遮蔽，與在劇場黑暗空間中的內心自由釋放形成對立。當然，這種置換帶有強烈的主觀情緒，是「我以為」的，「辦公室」與「舞臺」的置換是為了反襯「我」在劇場感受到的心靈的自由與釋放。對立由此在人物心靈袒露的意義層面達到了形式與內容的平衡。

二　時空反差中的情感介入

時空是人物活動的場景，人物活動的舞臺。根據常理，時空語境要與活動的人相配搭。但在作家的藝術構思中卻奇巧地進行了反向配搭，使時空與活動其間的人的某一方面形成了反差。通過對人物活動時空的顛覆體現人物的情感乃至敘事者的情感傾向。

人物的心理活動與人物所處的時空，人物視覺所見的時空本應是相和諧的，但作家卻讓二者呈現出一種落差。如：

> 留校任教沒多久的青年女教師柳鶯簡直要被這個突如其來的幸福給打暈了，有那麼一刻，她甚至覺得腳底下的大地都有些微微的顫悠，周圍的街景在她眼裡全變成飄飄忽忽的，大馬路上走來走去的人們就像蛇鼠出洞螞蟻搬家，忙忙叨叨驚驚惶惶一派大地震前兆的唐山景象。還不時有光，一道緊跟著一道的白熾熱光忽閃忽閃的在她眼皮內明滅，讓她把什麼都不能夠再看得真切。
>
> ——徐坤〈狗日的足球〉

柳鶯得到世界足球明星馬拉多納要到中國參賽的消息，興奮異常，上

述文字描述這個消息給她帶來的巨大歡樂，以眼前街景的幻覺來襯托。奇特的是，襯托「幸福」的景物並非美好之景，而是「大地震前兆的唐山景象」，這就與高興、興奮的心情形成了反差。這種反差，與「以樂景寫哀，以哀景寫樂」不同，「以樂景寫哀，以哀景寫樂」是以景襯情，而上例是以情出景。前者是以景為出發點，後者是以情為出發點。它不是意在「一倍增其哀樂」，而是意在表現特定心情下的景物變形，以此表現人物心態。柳鶯眼中街景的紛亂場面已經失卻了褒貶色彩，留下的是消息帶來的極度的心理震撼感。

　　時空語境與人物之間構成的反差，不但表現在與人物心理的反差，而且表現在與人物身分的反差。徐坤〈廚房〉就設置了一個與女強人構成反差的「廚房」空間語境：

> 瓷器在廚房裡優雅閃亮，它們以各種彎曲的弧度和潔白的形狀，在傍晚的昏暗中閃出細膩的蜜紋瓷光。牆磚和地板平展無沿，一些美妙的聯想映上去之後，頃刻之間又會反射回眸子的幽深之處，濕漉漉的。細長瓶頸的紅葡萄酒和黑加侖純釀，總是不失時機地把人的嘴唇染得通紅黢紫，連呼吸也不連貫了。灶上的圓人苗在燈光下撲撲閃閃，透明瓦藍，燉肉的香氣時時撲溢到下面的鐵圖上，「哧啦」一聲，香氣醇厚飄散，升騰出。一屋子的白煙兒。離筍和水芹菜烹炒過後它們會蕩漾出滿眼的淺綠，紫米粥和包穀羹又會時時飄溢出一室的黑紫和金黃……

這個廚房充滿了詩意的描寫，與廚房中人物的情感相關聯。按常理，「廚房」是家庭主婦所具有的空間環境，但在徐坤筆下卻成為一個「已經百煉成鋼，成為商界裡遠近聞名的一名新秀」在故事中從始至終的活動場景。人物身分與空間語境構成了反差。上例對廚房景物的

描繪帶有濃郁的詩性色彩，這就不是一般意義上的廚房的「鍋碗瓢盆油鹽醬醋」，而是帶上了人物主觀色彩的空間環境。因為「廚房並不是她自己家裡的廚房，而是另一個男人的廚房。女人枝子正處心積慮的，在用她的廚房語言向這個男人表示她的真愛」。小說所表現的時間是短暫的，簡單地說，就是一個女人在廚房的一頓晚餐。但這個時間、這個地點，卻是這個女人至此一生經歷的濃縮，一個觀照，「廚房裡色香味俱全的一切，無不在悄聲記敘著女人一生的漫長」。這個叫作枝子的女人與廚房的關係，不是單一的、始終的關係，而是經歷了進入——離開——再進入——又離開的過程。廚房與枝子關係的過程，就是枝子成長經歷的過程，更是枝子情感經歷的過程。徐坤將枝子這個女強人放置在與身分反差的廚房加以塑造。在廚房的一頓晚餐，濃縮了枝子在此之前的家庭、工作經歷，濃縮了她的心靈情感變化過程，並體現了與這個她想示愛的男人無果的情感交流過程。

　　反差在小說故事情節中可能呈現套疊狀態。〈廚房〉在女強人與空間語境構成的反差中展開情節，其間，又以一對對反差展現了整個過程。一是她對廚房的兩種態度，兩種情感的反差。婚姻生活中對廚房裡「日復一日的無聊瑣碎」「咬牙切齒地憎恨」，而「拋雛別夫，逃離圍城」，與厭倦了酒桌應酬的爾虞我詐、虛偽，而「懷念那個遙遠的家中廚房，廚房裡一團橘黃色的溫暖燈光」，要回歸廚房形成一對反差。一是她與男人松澤態度的反差，枝子「很想回到廚房，回到一個與人共用的廚房」願望的迫切，使她「這麼主動，這樣心甘情願，這樣急躁冒進，毫無顧慮，挺身便進了一個男人的廚房裡」，這一情感傾向與松澤形成了反差，這一對反差也是以廚房為凝聚點的：

> 　　光與影當中枝子的柔媚影像，正跟廚房的輪廓形成一個妥帖的默契。那一道剪影彷彿是在說：我跟這個廚房是多麼魚水交融啊！廚房因了我這樣一個女人才變得生動起來啊！
> 　　而松澤眼睛裡卻始終是莫衷一是的虛無。

「廚房」是家的象徵，是枝子情感的寄託。「廚房對她來說從來沒像現在這樣親切過。她從來沒有像今天這樣對廚房充滿了深情」。這種深情卻因松澤的無情而終歸破滅。廚房裡的交往發展到接吻這個關鍵時刻，「除了對他自己，對他自己的名和利以外，就再也沒對誰真情過」的松澤，從枝子「玩得沉重，死命，執意，奮不顧身，吊在他的舌頭上，拚命想把他抓牢貼緊，生怕他跑掉了一般」的吻，意識到了她的認真，意識到了這個真「玩」對自己的危險。於是他毅然下了逐客令。再一是枝子在這個廚房中情感的反差，這一反差源自她與松澤態度間的反差而來。她充滿感情地要為傾心的男人松澤生日做一頓晚餐，晚餐是她情感的寄託。然而，作為藝術家的松澤與枝子的關係是「經營品」與「經營者」的關係，枝子出資幫松澤舉辦個人畫展的成功而使兩人關係蜜切。但在情場遊刃有餘，「沒有一次是不得逞的」的松澤，此時「身體裡卻分明缺乏這種感覺」。二人情感的反差預示了二人交往的結局，也預示了枝子的悲哀。設置廚房這一與女強人不和諧的空間語境對表現人物的心路歷程具有深刻意義。正如小說開篇所說，「廚房是一個女人的出發點和停泊地」，枝子從廚房出發，卻因自己的放棄而喪失了這個停泊地。找不到家，找不到心靈的歸宿，這就是枝子這樣一個女強人的悲哀。就這一意義上說，「早年柔弱、馴順、缺乏主見、動輒就淚水長流的」枝子與在商場「拚搏捧打」，「百煉成鋼」的枝子又構成了反差；在商場馳騁拚搏與在廚房溫順柔婉的枝子也構成了反差。小說把人物活動的空間語境設置在廚房這樣一個彈丸之地，一對對反差使之具有了深刻的意義內涵。這一對對反差投射到枝子的生活經歷，投射到枝子的心路歷程，反差中便顯現了與人物相關相協的平衡點。由這一平衡點發散出的對對反差，將這樣一個在特定時代背景下的某種典型的女人形象展示在讀者眼前，人物的內心複雜世界得到了深刻揭示。

　　時空語境的反差還可能表現在人的視覺中語詞情感的反差，特別

是在景物描寫的語詞中，往往承載著作者的情感，這一情感可能使語詞所具有的原始情感色彩產生變異。如徐坤〈地球好身影〉中對白谷狗醫生心理診所戶外環境的描繪：

> 白谷狗醫生的心理診所，位於城市中心區的護城河邊，環境優雅，地段顯赫。一彎潺潺流水，引得岸邊楊柳垂涎，野花競豔。除了串紅、雛菊這些賤賤的地表裝飾花卉外，還有大葉黃楊和金葉女貞等低緯度樹種，一年到頭沒皮沒臉地綠著，擾亂了北京四季反差鮮明的景觀。我去的時候，狗正垂涎一隻鴨子，虞美人凜冽盛開得像大煙花。

這樣一個優雅的環境，卻用了「沒皮沒臉地綠著」、「垂涎」、「凜冽」等詞語，造成了環境與描寫語詞的反差。這一反差卻因白谷狗醫生心理診所的特性而得到調諧。景物是「我」眼中之景，環境是診所給「我」的第一印象。在接下來「我」進診所診療的過程，是白谷狗醫生一步步進行性騷擾的過程。小說通過「我」與白谷狗的對話，揭露了白谷狗披著醫生外衣，幹著性侵犯勾當的真實嘴臉。將這一過程與上述描寫相對應，語詞的情感色彩鮮明體現出來。當然，這是作者賦予人物視覺中的情感。可見，描寫中的景物往往超越了真實景物的客觀性，而帶上了主觀色彩。主觀色彩可以使原本不具有情感的景物帶上了情感，特定的情感甚至使景物發生巨大的變異。如：

> 那個尼姑庵庭院裡，高大的樹枝重疊交錯，在頭頂沙沙作響，響得我心底堆滿了綠綠的寂寞和一種沒有準確對象的思念。我的瘦鴨爪似的裸腳旁，濃郁得如蜜似酒的石竹、天竺葵、矢菊野蒿們古怪的吟唱，輓歌一般點綴著這世界末日。遍地豔花在我眼裡全是撒在棺材上的祭奠之花。這世界遍地棺材。
> 　　　　　　　　　　　　　──陳染〈巫女與她的夢中之門〉

與心底堆滿的「寂寞」與「思念」相照應的是「我」眼中的景物描寫，原本不具有聲音特質的植物有了「古怪的吟唱」。以「輓歌」作喻及「世界末日」的時間表示語，又引出「遍地豔花在我眼裡全是撒在棺材上的祭奠之花。這世界遍地棺材」的情感強烈、傾向絕對的論斷。景物與景物描寫的反差是顯而易見的，帶有濃郁情感傾向的描寫與「我」的處境，「我」的複雜的情感蜜切相關。「我」剛剛經歷了與「父親般蒼老的男人」「放浪形骸」的瘋狂性交，也剛剛經歷了男人因「性窒息」而死亡的驚嚇。「我無比懊喪，想不明白為什麼不把我投到監獄裡去，而非要把我留在外邊四敞大開的陽光中。」在「我」眼中，萬物都因死亡而變異，「貌似溫暖」的陽光，「卻充滿冷冷的殺機」。景物變異中的情感因素由此可見，變異產生的顛覆因情感牽繫而回歸平衡。

敘事時間的顛覆中，往往帶有某種特定的意義內涵。如：

> 到大哥同大嫂結婚已是十年以後的事了。十年間，他除了自己家裡的女人外，對全世界的女人都擺出一副不屑一顧的架式。母親曾打算給他說門親。大哥說：「你只要帶她進這個家門我就殺了她。」
>
> 這十年中的第九年裡，枝姐上班時被卡車壓斷大腿，流血而盡死去。在場的人都聽見她一直叫著「大根」的名字。人們以為那是她丈夫。而實際上，「大根」是大哥的名字。
>
> ——方方〈風景〉

故事時間在此具有表意功能，「十年以後」、「十年間」、「這十年中的第九年裡」的敘事時間設置表述對故事發生的時序構成了顛覆，這一顛覆以含蓄的表現手法填補了敘事未明確點出的意義內涵：大哥與鄰居枝姐確有不正當的關係，這就證實了枝姐丈夫的猜測。以顛覆形式的表述使敘事搖曳多姿，避免了平淡乏味。

三　時空意象寓意的顛覆

　　當時空作為有形體並帶上了人的情感之後，便具有了意象的意味。特定的時空意象有著特定的寓意，但有時語詞的寓意被臨時改變，構成了時空意象寓意的顛覆。如：

> 倉庫已經不是倉庫了，是一條地下花船，到處鋪著她們的紅綠被褥、狐皮貂皮，原先掛香腸火腿的鉤子空了，上包包上了香菸盒的錫紙，掛上了五彩繽紛的絲巾、紗巾、乳罩、肚兜……四個女人圍著一個酒桶站著，上面放著一塊廚房的大案板，「稀裡嘩啦」地搓麻將。看來缺五張牌並沒有敗她們的玩興。每個人面前還擱著一個碗，裝的是紅酒。
>
> ——嚴歌苓〈金陵十三釵〉

　　這是對妓女們棲身的地下倉庫的描繪，可以想見，「倉庫」在此已改變了其客觀的特有功能，而帶有了主觀意味上的寓意，它成了妓女們暫時棲息的場所，也就帶上了骯髒不潔、肆意放蕩的意味。由「倉庫」轉化為「地下花船」，空間場景變了，空間的寓意也就發生了改變，它除了本身位置的低下、條件的簡陋之外，還呈現出妓女們棲息地一番花裡胡哨、雜亂放蕩的景象。妓女們雖然棲身於教堂的地下倉庫，倉庫惡劣的生存環境讓她們收斂，但她們依舊延續著在秦淮河時燈紅酒綠的生活。通過對地下倉庫污濁環境的描寫，妓女凌亂荒淫的形象躍然紙上。因此，「倉庫」已轉化為對妓女形象的隱喻化修辭建構，混亂的倉庫便隱喻著雜亂的妓女群體。妓女們並不純潔的身體和思想在不乾淨的空間環境中得以更明確的體現。這與文本中對聖經工場的描繪是迥異的。聖經工場是女學生的藏身之處，從文本的大致描述可以看出，聖經工場這一空間場景是整齊潔淨的，除了過道兩旁一

字排開的地鋪，便是裝訂《聖經》和《講經手冊》的案子，這就為女學生這一群體設置了一個與她們的形象相吻合的空間環境。在這個簡潔的空間，住著簡單純潔的女學生，她們沒有受到過任何污染，她們的形象如聖經工場般純潔，只有她們才有資格住在如此聖潔高尚的地方。因此，「聖經工場」也就在其原有的純潔神聖的表層空間所指中，帶有了美好事物的隱喻意味，與女學生們單純潔淨的形象融為一體。當然，文本中隨著故事情節的發展，人物所處空間場景的移位，時空意象的寓意也可能發生改變。隨著戰爭一步步蔓延，由空間設置的界限和關係被漸漸打破。當殘酷的戰爭真正蔓延到教堂時，女學生不得不收拾東西搬到妓女棲身的地下倉庫，與妓女同擠在骯髒雜亂的蜜閉空間中。空間界限的打破，使兩個群體開始慢慢融合。純潔與骯髒、高貴與低賤，在面對只有生與死的區別時，都顯得微不足道了。在此情境下，「倉庫」的寓意又產生了變異，它是避難人們的棲息地。共同的經歷通過死亡讓妓女和女學生在情感上達成了共識，空間寓意隨著人物的存在與人物關係的改變而改變。當十三個被視為風流下賤的妓女，身披唱詩袍，懷揣剪刀，代替女學生參加日本人的聖誕慶祝會，慷慨赴死時，妓女原有的形象發生了變異，前面「倉庫」的寓意也因此被顛覆。作者讓我們感受到，這只是遮掩妓女內心勇敢善良的表象。「倉庫」在文本中作為一個寓意充實而又動態變更的生存空間，與生存其間的人們同呼吸共命運，也由此獲得了修辭審美的意義與價值。

被顛覆的時空世界打破了時空規律，呈現出無章法狀態。被顛覆的意象寓意可能不像上例那樣，明確地通過比喻來實現，而是複雜的，難以捉摸的，一個時空可能呈現多種意象寓意。陳染〈巫女與她的夢中之門〉中的「九月」就是一個被顛覆難以破解的時間意象：

（1）我要告訴你的是九月。九月既不是一個我生命裡不同尋

常的時間，也不是某一位在我的玻璃窗上留下爪痕的神秘莫測
的人物。我只能告訴你，九月是我這一生中一個奇奇怪怪的看
不見的門。只有這一個門我無法去碰，即使在夢中無意碰到，
我也會感到要死掉。

（2）耳光，這算不上遭遇的遭遇，使我和九月走到一個故事
裡，使我在這個如同堆積垃圾一樣堆積愛情的世界上成為異類
和叛逆。我只與屬於內心的九月互為傾訴者，分不清我們誰
是誰。也許是我的潛意識拒絕分清楚。這個世界恐怕難以找到
比我左胸口上那個悸動的東西更複雜混亂，更難以拆解剖析的
零件了。

在例（1）中，先以否定形式否定了「九月」作為時間與人物的存
在，後一否定是合理的，前一否定則與小說故事中的現實不符，因為
「我」所有的遭遇都是在九月發生的，父親的打罵，「有著我父親一
般年齡的男子」與「我」的畸形關係都使九月成為「一個我生命裡不
同尋常的時間」，這種事實不因被否認而改變。在兩個否認後，引出
了「九月」與「門」的關聯。「九月」這一時間意象在此轉化成了空
間意象「門」，標誌著「九月」這一時間意象寓意的顛覆，也標誌著
意象的複雜費解。例（2）「九月」則轉化為能和「我」「走到一個故
事裡」的「屬於內心的九月」，「互為傾訴者」，「分不清我們誰是
誰」，「九月」在此又由實實在在的時間因素，變異為虛擬的對象，原
有的表時間的語義被顛覆。文本對「九月」這一時間語境意象的顛覆
呈現了這一特定時間語詞的複雜性，也呈現了其所帶有的豐厚的蘊
含，並給作品帶來詭異的撲朔迷離的情調色彩。

四　虛擬中的時空穿越

　　作家的聯想想像可能讓時空有了兩套語境系統：現實時空與虛擬時空。現實時空是客觀存在的時空因素，虛擬時空則是帶上虛幻色彩的構想的產物。它可以超越客觀現實的時空規律，以作者情感為意願生成。它是無忌的、無序的，打破了現實的合理性、打破了現實的規律性，以獨特的表現形態展現出特有的風采。它於無序中蘊含著以情感為線索的審美規律，從而在情感線索的維繫下獲得了審美平衡。

　　時間是世界無法逆轉，無法超越的客觀存在，但藝術構思卻可以打破時間規律，讓時間逆轉、讓時間超越。這種逆轉超越是以人為軸心進行的。如：

> 有一段時間我的歷史書上標滿了一九三四這個年份。一九三四年迸發出強壯的紫色光芒圈住我的思緒。那是不復存在的遙遠的年代，對於我也是一棵古樹的年輪，我可以端坐其上，重溫一九三四年的人間滄桑。我端坐其上，首先會看見我的祖母蔣氏浮出歷史。
>
> ──蘇童〈1934年的逃亡〉

以「我」為視覺基點，將時間拉回一九三四年。「一九三四年」屬過去時，是一個實實在在的時間因素。但由「一棵古樹的年輪」而來的「我」「端坐其上」，則將「我」置放在「一九三四年」，人物的挪位抑或是時間的逆轉使時間帶上了虛幻色彩。因此當代的「我」可以「重溫一九三四年的人間滄桑」，能夠「看見我的祖母蔣氏浮出歷史」。這個文本以時間逆轉開頭的模式，為小說時空穿越定下了敘述基調。在敘事中多處出現時空人物的交錯表達形式。如：

（1）我祖上的女人都極善生養。一九三四年祖母蔣氏又一次懷孕了。我父親正渴望出世，而我伏在歷史的另一側洞口朝他們張望。這就是人類的鎖鏈披掛在我身上的形式。

（2）醫院雪白的病房裡我見到了嬰兒時的父親，我清晰地聽見詩中所寫的歷史雨滴折下細枝條的聲音。這一天父親大聲對我說話逃離了啞巴狀態。我凝視他就像凝視嬰兒一樣就是這樣的我祈禱父親的復活。

　　　　　　　　　　　　　——蘇童〈1934年的逃亡〉

例（1）將祖孫三代組合在兩個句子中，時間定位是一九三四年。雖然，未出生的父親「渴望出世」不合情理，但父親畢竟是在一九三四年被懷在祖母的肚子裡，時間並未越位。而「我伏在歷史的另一側洞口朝他們張望」則帶有了時空穿越的虛幻色彩。「歷史的另一側洞口」以空間形式表時間的穿越，「張望」的時間也被定格在了一九三四年。時空穿越的表述使語言充滿了詩意，體現了蘇童詩性的語言風格。例（2）「我」如何「見到了嬰兒時的父親」？既然是「嬰兒時的父親」，又何來的「我凝視他就像凝視嬰兒一樣」並「祈禱父親的復活」之說？這段不長的敘事中隱含著時空的錯位。「嬰兒時的父親」實際上表現的是父親在病中如嬰兒的思維狀態，但「詩中所寫的歷史雨滴折下細枝條的聲音」確是隱含了對父親一生的時空鏈接，從敘事緊接著轉入對父親嬰兒時代的敘述也可以看出：「父親的降生是否生不逢時呢？抑或是伯父狗崽的拳頭把父親早早趕出了母腹。父親帶著六塊紫青色胎記出世，一頭鑽入一九三四年的災難之中。」從「我」眼中病床上的「嬰兒時的父親」，到一九三四年出生時的父親，兩個「嬰兒」同指一個對象，卻穿越了幾十年的時空。這些超越了時空的語句組合鏈接，使敘事搖曳多姿，在詩性話語中展現了蘇童的語言魅力。

以現在時的視角回望或前瞻，可能造成時空的穿越或虛幻。如：

（1）背景還是楓楊樹東北部黃褐色的土坡和土坡上的黑磚樓。祖母蔣氏和父親就這樣站在五十多年前的歷史畫面上。

（2）黃泥大路也從此伸入我的家史中。我的家族中人和楓楊樹鄉親蜜集蟻行，無數雙赤腳踩踏著先祖之地，向陌生的城市方向匆匆流離。幾十年後我隱約聽到那陣叛逆性的腳步聲穿透了歷史，我茫然失神。老家的女人們你們為什麼無法留住男人同生同死呢？女人不該像我祖母蔣氏一樣沉浮在苦海深處，楓楊樹不該成為女性的村莊啊。

　　　　　　　　　　　　　　　——蘇童〈1934年的逃亡〉

（3）我知道，就是這個驚恐的顫抖的聲音改變了二哥整個的人生，使他本該活八十歲的生命在三十歲時戛然中斷，把剩餘的五十年變成濛濛的煙雲，從情人的眼前飄拂而去，無聲無息。

　　　　　　　　　　　　　　　　　　——方方〈風景〉

例（1）以五十多年後的視角寫五十多年前的人物，自然呈現了時空穿越。以「站在」的方式寫祖母蔣氏和父親，儼然將人物拉近到讀者眼前，並帶上了虛幻色彩。例（2）我立足於現在的敘事時間，卻宛如見到了家族中人和楓楊樹鄉親的「逃亡」，這得益於敘事中對人物的動態描寫，和「我」的聽覺感官引發的聯想。一句「幾十年後我隱約聽到那陣叛逆性的腳步聲穿透了歷史」將幾十年的時空鏈接在一起，以敘事者「我」與幾十年前背井離鄉的鄉親們的關聯，將彼時彼地的故鄉事件充滿情感意味地再現於讀者眼前。例（3）生命終止在三十歲，本無所謂「剩餘的五十年」，因此，這「五十年」是虛擬時

間，是對現實時空的顛覆，但卻表現了一種哀歎與抒情。

藝術想像中的虛擬空間語境也是一種顛覆，它顛覆了現實空間語境，而構建起另一個可能存在於另一場合或根本不存在的空間語境。陳染〈與假想心愛者在禁中守望〉中多次描寫一個二樓的平臺，這是一個從十三樓墜落的少年最後的歸宿：

（1）在樓梯二層的視窗外邊，有一個橢圓形平臺，那平臺向空中筆直而憂傷地延伸，格外遼闊。這裡本來沒有花香鳥鳴，可是，有一天，一個英俊的少年安詳而平展地躺在上邊，他雪白的額頭在冬日的冷風裡因孤獨而更加蒼白，他的膝蓋像個被遺棄的嬰兒的頭骨在晨風裡微微搖擺。

（2）當她再次經過二樓窗口那橢圓形平臺時她驚呆了：
一群麻雀灰黑的翅膀，驚濤駭浪般地浮動在陽臺上，平臺上的上空比城市裡其他任何地方的上空都要湛藍，雨水剛剛洗滌過一樣。當麻雀們陰影般飛翔起來之時，平臺上忽然綠草茵茵，綻滿花朵，變成一個燦爛喧囂的花園。

（3）在經過死者的窗口時，她發現平臺花園對死人的事件寧靜如水，毫無驚愕之感。冰冷的石灰樓板從她的腳下鑽上來一種希奇古怪的聲音。接著，她便猛然看到了這個多年以來空洞、荒蕪的平臺，轉瞬之間業已變成了一座淒豔的花園世界，無數只曇花一現的花朵，如廣場上蜜集的人流，無聲地哀嚎，鮮亮地燃燒。平臺依舊，卻已是景物殊然。

（4）二樓的平臺花園已經伸展到她的眼前，那些紅的、白的、黑的、紫的鮮花，在光禿禿青灰色的天空中咄咄逼人地燃

燒。她佇立在從死人的窗口斜射進來的光線中，把眼睛躲在窗櫺遮擋住的一條陰影裡，盯著那些濃郁的色彩所拚成的古怪圖案，一動不動。

二樓的平臺從「沒有花香鳥鳴」到鳥語花香，是從現實轉化為虛幻。轉化的緣由看似因一個少年的墜落而起，實際上是因故事主人公寂旖思想情感的參與而起，虛幻意象是寂旖視覺中的心理幻象。在這些對平臺的描寫之間，穿插了寂旖與她屋裡寫字臺上一張照片上的男人——假想心愛者交往的敘述。「平臺依舊，卻已是景物殊然」，從例（1）到例（4）的平臺描寫是層層深入的。例（1）是原始的現實中的平臺，例（2）即已進入人物假想的幻覺中的平臺，例（3）則進一步以「平臺花園對死人的事件寧靜如水」的冷漠與平臺如「一座淒豔的花園世界」的熱鬧形成對照，例（4）心理中的「平臺花園已經伸展到她的眼前」。例（3）與例（4）都以「鮮花燃燒」形容花的豔麗，花所製造的熱鬧場面，雖然只是「曇花一現」。從例（2）到例（4）平臺花園這一虛幻空間的描述，顛覆了例（1）的現實時空。這種顛覆是以寂旖的視點展開，以寂旖的心理空間為存在依據的，抑或可以將其視為的寂旖心理空間的展示物。寂旖是個國家級的優秀報幕員，參照文本語境的其他描寫可以看出她內心的孤寂感。每一次登樓梯時，她「都感到秋天向她走近了一步。那涼意和空曠感是從她的光裸的腳底升起的。」她沒有現實中的交往者，沒有現實中的愛情，只能「與假想心愛者在禁中守望」。她與電話那端的「相片上的那一張嘴」通話，將那個少年的墜落說成「從空曠的冷漠中」「跑掉了」。這些無不透露出她心中的「涼意和空曠感」。少年的墜亡給了她心靈觸動，平臺就成了其情感的寄託。「這裡儼然已是通往天堂的哨所和甬道。——這花園，這景觀，這時節，這歲月啊！」「其實，一切只在片息之間，卻已是歲月如梭。」「平臺依舊」，「景物殊然」中蘊含著

時空顛覆的感慨。她多次強調平臺「橢圓形」的形體，又與她報幕的「橢圓形劇場」相鏈接，甚至在她的感覺中與自己的頭顱鏈接：「她忽然覺得，她的頭顱就是她向觀眾報幕的那個橢圓形劇場，那個劇場就是這個橢圓形地球。」這就以「橢圓形」為焦點，鏈接了平臺、劇場、頭顱直至地球這些不同的空間。寂寞中的寂旖渴望愛情、渴望溫暖，小說末尾在與調琴人的對話中，寂旖思考著「我要什麼」這個未解的問題，答案在其對「死去的少年從頂樓窗口探伸出身體所夠抓的那東西」是「活人的溫暖之聲」的頓悟中明瞭，被顛覆的時空語境也在這一情感主旨中得以平衡。

虛擬空間是虛擬人物活動的場景，它突破現實空間人物的侷限，在人物虛擬的心理空間遨遊。陳染〈巫女與她的夢中之門〉對給她少年時代帶來無法排解的陰影的父親有兩段虛擬的描繪：

（1）我的父親高高站立在燈光黯然的大木門前，那木門框黑洞洞散發著幽光。白皚皚的雪人般冷漠的父親嵌在木門框正中，正好是一張凝固不動的遺像。只有一隻飛來飛去刺耳尖叫的大蚊子的嘶鳴，把這廢墟殘骸般的「鏡框」和它後面的那個家映襯得活起來。在這炎熱的夜晚，我父親白雪一樣漠然的神情，把這座我在此出生的童年的已廢棄的家，照射得白光閃閃，猶如一座精神病院。

（2）我總是聽到我父親用他那無堅不摧的會寫書的手指關節叩擊他的書桌聲，看到重重的塵埃像在滂沱大雨裡大朵大朵掉落的玫瑰花瓣從他的書桌上滾落。我猛然轉過頭，發現我父親其實並沒有在身後。一聲緊似一聲的叩擊木桌聲以及塵土們像花瓣一樣掉落的景觀，不是由於我的幻覺，就是由於那幕情節經過無數次重複，已經被這鬼氣森森的房間裡的光或物的什麼「場」所吸收、再現。我不知道。

二例是遭受父親重創的「我」重回家裡產生的幻象。父親「一個無與倫比的耳光打在我十六歲的嫩豆芽一般的臉頰上」，而後在「茫茫黑夜的紅彤彤背景裡」瘋了。「我」被「有如我父親一樣年齡的男人」帶到「城南那一座幽僻詭秘的已經廢棄了的尼姑庵」後，又一次「回我那個高臺階上面的家」。幻象中的父親實際上是盤踞在「我」的心理空間的父親，是給「我」造成心理重創的父親。因此，出現了現實無法詮釋的景象和語言組合。以「白雪」狀「神情」，並使「神情」與「照射」搭配，構成「精神病院」的效果。父親叩擊書桌景象的過去時與現在時交會，是「那幕情節經過無數次重複」後造成的真實感，但這種感覺又是在虛擬時空中生成的。與其說，「我」是見到了此情此景此人，不如說，「我」是感受到了此情此景此人。這些虛幻空間是基於「我」的心理空間而生成的。真假虛實交錯構成了特定背景下的時空。正如王蒙在《陌生的陳染》中的評價：「她其實也挺厲害，一點也不在乎病態和異態，甚至用審美的方式渲染之。她一會兒寫死，一會兒寫精神病，一會兒寫準同性戀之類的。她有一種精神分析的極大癖好，有一種對於獨特的與異態事物的興趣。她的作品裡閨房的、病房的、太平間的氣味兼而有之，老辣的、青春的與頑童的手段兼而有之。她的目光穿透人性的深處，她的筆觸對於某些可笑可鄙的事情輕輕一擊，然後她做一個小小的鬼臉，然後她莞爾一笑，或者一歎氣一生病一呻吟一打岔。這也算是一個小小的惡作劇吧？然後成就了一種輕鬆的傲骨，根本不用吆喝。」這可以看做是對陳染筆下虛幻世界的深層詮釋吧。這一詮釋概括了陳染作品中呈現的一對對對立的景象：「病態和異態」與「審美」，「老辣的、青春的與頑童的」，這些表現內容與表現手段的對立，統一在其「精神分析的極大癖好」，「對於獨特的與異態事物的興趣」創作主旨與偏好。於是，虛擬空間與現實空間交織，在兩個空間錯位中呈現出審美平衡的重新建構。

第二節　小說敘事中的空間轉化

　　時空語境差作為小說敘事的藝術手法，在敘事中具有調配整合的藝術功能。小說敘事中的空間是一個多維度、多層面的空間。它由地理空間、心理空間和結構空間構成。地理空間是敘事描繪的客觀現實空間，心理空間是人物內心活動的精神空間，結構空間則是作者對小說敘事的形式架構，是人為空間，也是作者藉此與讀者溝通的文本外在形式。對同一文本進行空間考察，我們可以發現，地理空間是作者描述的顯性空間，心理空間是隱含在人物內心的隱性空間，結構空間則是基於上述兩個空間基礎上，承載著作者創作意圖的藝術空間。結構空間作用於讀者的外在視覺感官與內在心理領悟而生成，因此，它既具有顯性標誌，又具有隱性特徵。

　　地理空間、心理空間和結構空間在同一小說文本中既相對獨立，又相互交錯、相互轉換，由此呈現出空間語境差異。這一語境差，因作者的創作意圖而重新建構另一層面的審美平衡。

一　地理空間變異中的心理空間生成

　　地理空間是人物活動的客觀場景，但是當加入人物的心理活動之後，它可能產生變異，也就是空間語境差生成。作為人物活動的客觀場景，地理空間的變異與人物心理空間蜜切關聯，它影響著人物心理空間的生成與轉化。

　　地理空間的變異主要表現在代表地理空間的語詞內涵變異。作為表示特定地理的符號單位，語詞可能喪失了原有的符號內涵，而帶有了新的內涵。此時的地理空間，只是作為一種符號標誌，而這種標誌作為人物心理活動的憑藉物，促使人物心理空間的生成。林白〈說吧，房間〉中的「房間」這一代表地理空間的語詞符號，在整個文本

語境的參與下，就產生了語符內涵的變異。作為小說篇名，「房間」貫穿了文本始終。評論家陳曉明曾對這個顯得「非常奇特」的小說篇名加以詮釋：「『說吧』，誰說？是『房間』嗎？『房間』能說嗎？又是『誰』在慫恿『房間』訴說呢？『房間』既是擬人化的修辭，又是一種象徵。很顯然，『房間』看上去像是敘述人的自我比擬，而『說吧』，一種來自外部的慫恿、鼓勵，使得『房間』的傾訴像是一次被迫的陳情，『說吧，房間』，你有那麼多的壓抑，那麼多的不平和不幸。『說吧』，是一次籲請，一次暗示和撫慰。『房間』作為敘述主體，一種物質的生活象徵，一種把精神性的主體轉化為物質（物理）存在的嘗試，使得這個敘述主體具有超乎尋常的存在的倔強性。房間又是女性的象徵，一種關於女性子宮的隱喻──一種絕對的、女性本源的存在。因而，『房間』的傾訴，又是女性的絕對本我的自言自語。」[4]這一詮釋挖掘了「房間」在文本中的特殊蘊含。當然，「房間」在這種種蘊含中，還保留著作為地理空間的固有的語符義──伴隨主人公「說」的地理空間環境。」「說吧」在這樣的空間，是傾訴，是渲洩。作者將兩個女性放置於「房間」這樣一個地理空間，講述她們在「房間」之外的時空中的故事，這就使「房間」超越了語符原有的地理空間指向內涵，而帶有了意象特徵，具有意象化了的語符空間內涵。故事講述所涉的人物活動的北京、深圳、N 城這些地理空間，都投射在深圳赤尾村這個「我」和南紅居住的出租屋，使「房間」成為人物心理空間的映照。故事以兩個女性──林多米與韋南紅，源於現實又超越現實的經歷為敘述主體，不同的性格、不同的經歷中有著共同點：「女性生存被擠壓的現實，女性的境遇，她們無望的超越幻想」。源於「房間」的故事起點中有著人物共同的悲慘際

4　陳曉明：〈內與外的置換：重寫女性現實──評林白的〈說吧，房間〉〉，《南方文壇》總62期。

遇：「我和南紅住在這個叫赤尾村的地方，聽地名就有一種窮途末路之感。我丟掉了工作，南紅不但失去了她的男朋友和珠寶城的位置，還得了盆腔炎躺在床上，頭髮裡長出的蝨子像芝麻一樣。」林多米對韋南紅的敘述從「房間」開始，向北京、深圳、N 城延伸，又收縮退回房間。豬油、青蒜和炒米粉，梳子、美容霜、胸罩和三角短褲等，是在這個地理空間存現的客觀事物，它們是人物低劣生活狀態的寫照。而解聘、人流、上環、離婚等，則是由在「房間」這個地理空間中的「說」而引發的關涉聯想。因此，在兩個敘述主體活動交替的地理空間敘述中，實際上是滲透著「說」者的心理空間的。在南紅的講述中，「我」進入了心理空間——延伸所產生的幻象，「老歪和老 C，我都沒有見過他們本人，但現在通過南紅的故事，他們的身影開始在這間屋子裡走動，窗外的菜地有時憑空就會變成大酒店的玻璃山，變成大堂裡富麗堂皇的枝狀大吊燈，鋪著地毯的電梯間、寂靜中忽然走下某位小姐的樓梯，珠寶行的銷售部寫字間，以及南紅的員工宿舍，那個她搬到赤尾村之前住的小房間。」南紅與「我」的經歷遭遇就在這地理空間與心理空間，物質空間與精神空間的交會中展現。雖然，小說以「房間」這一空間符號命名，但實際上，小說並沒有著力在對「房間」的描述，而是讓人感受在這樣一個封閉的、狹小的、簡陋不堪的空間中人物絕望的生存空間。可見，敘事者的意圖不在於地理空間的描述，而在於心理空間的建樹，在於對女性內心世界的挖掘。正如陳曉明所說，「一如既往地寫作、傾訴，頑強地表達內心生活，這就是林白。」「這部小說再一次呈現了女性現實，並且是如此徹底不留餘地表達了女性對生活現實的激進的感受。」[5]這是在「房間」這個被變異了的地理空間中呈現的女性的心理空間。

5　陳曉明：〈內與外的置換：重寫女性現實——評林白的〈說吧，房間〉〉，《南方文壇》總62期。

　　〈說吧，房間〉中又一重要的地理空間符號是「南非」。雖然「南非」並非人物實際生活的地理空間，但它貫穿於韋南紅生命的始終，我們試摘錄幾節關於「南非」的描述，以窺見「南非」的文本寓意：

　　（1）無論熱愛詩歌還是熱愛繪畫，她總是念念不忘非洲，她記得那些稀奇古怪的非洲小國的國名，什麼納米比亞、索馬里、莫三比克等等，她還喜歡隔一段時間就到農學院去，那裡有不少來自非洲的留學生。

　　（2）對於南紅一如既往地想念非洲我一直感到奇怪，她寫詩的時候聲稱畢業後要去非洲工作，迷上服裝設計也說將來要去非洲，到了學油畫她還是說：我將來肯定是要去非洲的。

　　（3）南紅所知道的南非就是這些。這不是一個真實的南非，在她到達南非之前，無論她擁有多少南非的資料她都無法擁有一個事實中的南非。南非浸泡在海水中，鑲嵌在黃金和鑽石裡，濃縮在南紅的身體內。南紅體內的南非，有著紅色的山和藍色的海，有大片大片的草地和綿羊，有大片大片的玉米地，玉米寬大的葉子曾經出現在南紅蹩腳的詩歌和素描中，它們的沙漠跟三毛的撒哈拉沙漠差不多，它的黑人跟 N 城的農學院的黑人差不多。……南紅攜帶著這個南非，躺在赤尾村出租的農民房子裡。

　　（4）南紅在深圳混了兩三年，對詩歌、繪畫以及一切跟文學藝術沾上邊的東西統統都喪失了熱情，唯獨對南非的嚮往沒有變，這是她最後的一點浪漫情懷，一點就是全部，就因為她還有這點東西，我覺得她還是以前那個南紅。……南紅在經歷了

人流、放環大出血、盆腔炎之後還對南非矢志不渝，確實很不容易。

以上片段貫穿了南紅從 N 城到深圳兩個不同的空間地域，生活空間不同，對「南非」的熱愛嚮往依舊。實際上她對「南非」的了解是非常有限的，除了一本世界地圖和兩篇關於南非的文章外，她對南非是一無所知的，所有關於南非的幻想都是她在內心重構的一個地理空間。這樣一幅藏在她內心的美好藍圖，是將她從現實生活沒有目標、沒有歸宿的茫然中解脫出來的救命稻草。可見，「南非」在文本中已非地理空間符號，而變異轉化成了心理空間符號。它是南紅的夢想，是無望中的希望。這一在南紅混亂不堪的職業生涯、異性關係中矢志不移的目標，也可以說是其心理空間的唯一「淨土」。人物對其的執著追求，展示了人物心理的複雜性，豐富了人物個性。從「我」的視角審視南紅心目中的「南非」，既是對南紅心理空間的描繪，也是對「我」的心理空間的映照。「南非」在從地理空間向心理空間轉換的過程中，因與特定人物生活經歷所造成的特定心態相關聯而獲得了具有審美價值的內在的平衡。

　　地理空間的差異可能造成心理空間的生成，心理空間也可能促成地理空間的變異。同一空間景致，可能因人物的心理因素而產生變異。〈說吧，房間〉中「我」眼中的單位院子，就因人物的心理空間狀態而產生變異：

　　（1）當時我站在單位的院子裡，感到陽光無比炫目，光芒攜帶著那種我以前沒有感到過的重量整個壓下來，整個院子都布滿了這種異樣的陽光，柏樹、丁香、牆、玻璃、垃圾桶，在這個中午的陽光下全都變得有些奇怪，一種白得有些刺眼的亮光從它們身上各處反射出來，不管我的眼睛看哪個方向，這個院

子裡所有的光線都聚集到我的眼睛裡，刺得我直想流淚。

（2）在冬天的時候，解聘的遭遇尚未到來，它被時間包裹得嚴嚴實實，一點影子都看不到，一點氣息都沒有逸出。環境時報的院子裡，丁香樹在安靜地過冬，柏樹從容地蒼翠著，副刊部紅色的門框、綠色的窗框、灰色的屋頂全都毫無聲息地端伏在冬季裡。

這是「我」被解聘和未解聘兩種狀態下的同一空間環境，形成了鮮明的反差。例（1）解聘狀態下的環境給人以刺激、重壓。例（2）未解聘狀態下的環境給人以安謐祥和之感。可見，這些空間景致描寫實際上是人物心理空間的展示，物理化的客觀環境轉化成了心理化的精神環境。同一現實空間的對立景象構成了語境差異，差異因人物不同境遇下的不同感受而具有了平衡的基礎。不同的心理空間可以轉化地理空間景致，也可以生成原來不具有的地理空間，如：

清水沖刷著我的雙手，光滑而清涼，我在這時容易感到一種久違了的閒情逸致，那是一種只有童年的時光才會有的心情，在那種心情中，任何方向都是無比空闊的草地，往天上也可以打滾，往地底下也可以打滾。

——林白〈說吧，房間〉

這是南紅身體狀況好轉時，「我」在小屋作菜炒米粉時所展示出的心理空間，這一心理空間，將無形的人物心情轉化為有形的地理空間。沒有界域的寬廣空間是人物追求閒情逸致，追求自由的心理寫照，因此，地理空間又是人物心理空間的展示。地理空間與心理空間既作為一對不同性質的對立體，又因與人物心態相映襯而趨於平衡，因完成

了對人物形象的深度挖掘而具有了審美價值。

二　地理空間與心理空間反差中的人物塑造

特定的地理空間是特定人物活動的環境情景，作為客觀的實物實景，地理空間具有客觀的物理屬性。但在作家創作意圖的引領下，有些地理空間的自然屬性被人為改變，客觀地理空間因人物心理空間的參與而產生變異。如池莉〈致無盡歲月〉中有一對儲藏間的描寫：

> 在儲藏間，我關上門小坐了一會兒。我從雨靴注意到了儲藏間這個地方。感謝上帝，生活中總有一扇扇門在向我開啟：我又在突然間認識到儲藏間原來是一個好地方。儲藏間存放的都是故事和歷史，而且是屬於你個人的故事和歷史，不是那些充滿了噪音的史書。儲藏間所有的東西看起來都是那麼凌亂和隨意。正是這種凌亂和隨意的姿態，才告訴了我們什麼才可以叫作出世和瀟灑。而到處積澱的灰塵，那才是真正的滄桑。儲藏間不說話，它把故事和歷史，把來龍與去脈都含蓄在它本來的形狀裡。
> 你心裡想看什麼，就可以看得見；你真心地想交談，它自然與你竊竊私語。尤其讓你舒服的是，你不必擔心你的眼睛和心旌被照花和擾亂，它已經絕對沒有了，或者說已經完全收斂了新東西的耀眼光芒，那種類似於暴發戶，新貴，當紅明星和剛出廠的家具的光芒。它酷似明朝的瓷器和那些最好的音樂，它們都是沒有一點燥光和燥氣的，是那麼地溫潤，柔和，寧靜，悠遠。沐浴這種智慧之光，你便有可能走出迷途，回到你真正的老家。我在儲藏間小坐了一會兒。

「儲藏間」原本是堆砌雜物甚至是廢棄物的地方，在此卻充滿了詩意，充滿了歷史滄桑。這就使「儲藏間」這一語詞所代表的地理空間出現了變異。這種變異是因人物心理空間而生成的。這是「我」將「那雙沾滿黃泥的雨靴」拎到儲藏間的偶然聯想。這種聯想是基於對當代「燥光和燥氣」喧囂社會的牴觸所產生的對故往的懷念，在這樣的心理空間中，客觀地理空間符號原有的寓意被顛覆了。小小的儲藏間被賦予了深刻的內涵。以至於「我」產生了「儲藏間大約是我將來老了以後常坐的地方了」的想法。儲藏間的內涵在袒露人物心理空間的同時，展現了人物形象，從而在顛覆中重新建構了審美平衡。

　　地理空間作為人物活動的場景，與人物相輔相成，與人物心態本應是相互吻合的。但有些文本卻製造了地理空間與心理空間的反差。通過反差表現人物的複雜性。嚴歌苓〈陸犯焉識〉開篇便從宏觀的角度營造了廣袤荒涼卻又充滿生機的大荒草漠。這一地理空間是文本敘事的起點，也是文本敘事的中心環節。這一陸焉識被流放之地，在荒涼與貧窮、殘忍與死亡中卻讓陸焉識意識到對妻子的真愛。大荒草漠中的人物心態便與陸焉識花花公子的留學博士生涯及歸國後大學教授優越生活時期的人物心態形成了巨大反差，這一反差中又體現了地理空間與心理空間的巨大反差。優越的生活環境、和平年代無法產生的「愛」，卻在惡劣的自然環境和生存環境中被激發出來。我們可以從以下文字的對比來體味這一反差：

　　　　（1）當天晚上，他站在街口，看著陸家的黃包車載著馮婉喻
　　　　往綠樹盡處走，看著黃銅車燈晃蕩著遠去，他想，女人因為可
　　　　憐，什麼惡毒事都做得出，包括掐滅一個男人一生僅有的一次
　　　　愛情機會。馮儀芳要用馮婉喻來掐滅焉識前方未知的愛情。但
　　　　她們是可憐的，因此隨她們去惡毒吧。

（2）他一直在利用恩娘的逼迫——無意中利用——讓妻子對他的冷淡敷衍有了另一番解釋。他花五分氣力做丈夫，在婉喻那裡收到的功效卻是十二分。

（3）兩人悶在旅店裡，碰哪裡都碰到一手陰濕。原來沒有比冬雨中的陌生旅店更鬱悶的地方，沒有比這間旅店的臥房更能剝奪婉喻自由的地方。對於他，冬雨加上旅店再加上婉喻，他簡直是自投羅網。
焉識的沉默在婉喻看來是她的錯，於是沒話找話和焉識說。焉識發現，可以跟婉喻談的話幾乎沒有。解除了來自恩娘的壓力，他不知道該拿她怎麼辦。

（4）在三個孩子裡，唯有丹玨是她父母激情的產物。在旅店的雕花木床上，我祖父渾身大汗，我祖母嬌喘吁吁，最後兩人頹塌到一堆，好久不動，不出聲。日後我祖父對這次經歷想都不敢想，因為他不想對它認帳。他們回到家很多天，他都不看一眼婉喻，有一點不可思議，也有一點上當的感覺。可是又不知道上了什麼當。

（5）我六十歲的祖父在雪地裡打滾的時刻，那種近乎氣絕的歡樂，那種無以復加的疲憊，我是能想像的。我想像中，他像一個活了的雪人，連滾帶爬地往場部禮堂靠近。如同史前人類那樣，此刻對於他，火光的誘惑便是生的誘惑。他一定想到很多。也許想到他的一生怎樣跟妻子發生了天大的誤會，把愛誤會過去了。

（6）一九六三年十一月二十三日這天，他覺得自己是要回去彌補婉喻上的那一記當。不然就太晚了，他會老得彌補不動的。

（7）我的祖父焉識按住了話筒，他想婉喻一定聽得懂他的話。他的話該這麼聽：只要能見你一面我就可以去死了。或者，我逃跑出來不為別的，就是為見你；從看了丹珏的科教片就打這個主意了。

陸焉識對婉喻的情感呈現出截然不同的反差。例（1）到例（4）是陸焉識認識婉喻及上海夫妻生活的場景，這些本可以談情說愛，夫妻琴瑟和諧的時空背景，陸焉識對妻子卻是冷淡應付的。例（5）到例（7）是西北勞教生涯，夫妻分離，天各一方的時空，卻引發陸焉識對妻子刻骨銘心的真愛，以至於不惜越獄，冒著生命危險，歷經千辛萬苦輾轉流離，逃出大荒草漠返回上海，為的就是見妻子一面，傳遞這遲來的愛。在陸焉識對妻子的兩種態度中，物質的、現實的地理空間與精神的、超越現實的心理空間都呈背離狀態。這一背離凸顯了人物的獨特個性，使人物形象栩栩如生。與其說這部小說是以西北——上海的空間地域作為故事情節的鏈接，不如說是以人物心理空間的轉化為鏈接的。空間地域作為人物心理空間的依託與心理空間呈現出顛覆狀態，以此構成了人物性格與命運的走向，構成了文本的情節走向，也呈現了文本空間顛覆所構成的獨特的敘事審美價值。

三　時空差異中的小說結構空間

小說結構空間是作者架構文本的整體形式，它通過敘事視角、敘事語序、人物塑造、場景描繪等方式，使小說的情節結構呈現出一種空間化的效果。這種空間不同於實實在在的地理空間，也不同於虛虛實實的心理空間。它要基於讀者對小說文本敘事的整體框架把握才具有了外在形體。只有在弄清了小說的線索，且對小說有了整體的把握後在讀者的意識中才呈現一種空間的輪廓和圖形。時空差異參與了結

構空間的構造，使文本呈現出奇異的結構模式。

小說開頭是文本結構的起點，作家常常著力於小說開頭的獨具一格，而時空差異的凸顯常常是這種獨具一格的標誌。如：

> 據說那片大草地上的馬群曾經是自由的。黃羊也是自由的。狼們妄想了千萬年，都沒有剝奪它們的自由。無垠的綠色起伏連綿，形成了綠色大漠，千古一貫地荒著，荒得豐美仙靈，蓄意以它的寒冷多霜疾風呵護經它苛刻挑剔過的花草樹木，群馬群羊群狼，以及一切相剋相生、還報更迭的生命。
>
> 直到那一天，大草漠上的所有活物都把一切當作天條，也就是理所當然，因此它們漫不經意地開銷、揮霍它們與生俱來的自由。一邊是祁連山的千年冰峰，另一邊是崑崙山的恆古雪冠，隔著大草漠，兩山遙遙相拜，白頭偕老。
>
> 不過，那一天還是來了。紫灰晨光裡，綠色大漠的盡頭，毛茸茸一道虛線的弧度，就從那弧度後面，來了一具具龐然大物。那時候這裡的馬、羊、狼還不知道大物們叫作汽車。接著，大群的著衣冠的直立獸來了。
>
> 於是，在這大荒草漠上，在馬群羊群狼群之間，添出了人群。人肩膀上那根東西是不好惹的，叫作槍。
>
> 槍響了。馬群羊群狼群懵懂僵立，看著倒下的同類，還沒有認識到寒冷疾風冰霜都不再能呵護它們，因為一群無法和它們相剋相生的生命駐扎下來了。
>
> ——嚴歌苓〈陸犯焉識〉

〈陸犯焉識〉的開篇，展現了廣袤荒涼卻又充滿生機的大荒草漠的時代變遷。這是主人公陸焉識二十年西北勞役生活的地理空間，也是陸焉識心理空間變異的環境背景。因此，是小說敘事的中心環節。這一

地理空間的描繪，將人類與自然界其他生物構成了對立，預示著文本敘事中將要展現的社會背景、人際關係。特定年代嚴酷的政治背景、匱乏的精神生活、人與人之間的傾軋欺凌，使這個昔日的公子、留學博士身上雍容華貴的自尊崩潰殆盡。孤寂中對繁華前半生的反省，使他意識到對妻子婉喻的深愛。婉喻曾是寡味的包辦婚姻的開端，卻在回憶中成為他心理空間完美的歸宿。這一開頭的地理空間描繪，展現並挖掘了原始與文明的對立衝突。在同一地理空間，連綴了連綿跨越的不同時間。對原始生態環境的描繪在結構上起著展現人物活動空間，引導人物出場，預示故事人物命運走向等作用，成為小說結構的重要環節。

　　時空差異的凸顯有時是以時間語詞的變異來顯現，出現在小說開頭，為作品確定了敘述基調，引發故事起點。林白〈說吧，房間〉是以特定時間中的時間語詞變異開頭的：

> 那中午是一塊銳利無比的大石頭，它一下擊中了我的胸口，而我的胸口在這幾年時間裡已經從肉變成了玻璃，咣當一聲就被砸壞了。

對事件的描述是以特定時間中的心理空間展示的，「那中午」是「我」遭遇解聘的時間節點，因比喻而造成語詞原有義的變異，展現了解聘造成的重大心理傷害。由解聘對「我」人生造成的傷害為起點，開始了故事的講述。因為被解聘，我逃離了北京，來到深圳，有了與韋南紅同居一室的經歷，也就有了「房間」的傾訴，也便有了 N 城、北京、深圳兩個女性不同際遇，相同磨難的故事講述。這些小說開頭以空間差異作為小說結構的開頭部分，引領小說故事的生發延伸。語言調配所產生的表述技巧，使空間差異的形成呈現多姿多彩的風貌，時空鏈接的真實感與虛幻感交織有時通過語言表述顯得活靈活

現。如周大新〈銀飾〉的開頭展現了亦虛亦實空間效應：

> 故事的源頭如今是一片廢墟。
> 像墓地裡的白骨當年曾是健壯的小伙和水靈的姑娘一樣，所有的廢墟也都有過風華正茂的時候。當我站在那片扔滿雞毛、碎紙、爛菜葉等烏七八糟雜物的廢墟上，向八十七年前的那個早晨凝望時，我最先看到的是那條彎彎曲曲輕籠在晨霧中的西關小街；跟著看到了青磚綠瓦屋脊上蹲有兩個小獸不大卻有氣勢的銀飾鋪；看到了黑底白字的店牌：富恆銀飾；隨後我聽到了吱吱呀呀一聲門響——

「我」駐足於當今回望「八十七年前的那個早晨」，這一時間跨度八十七年的凝眸回望，如蒙太奇鏡頭，為讀者拉開了故事序幕。充滿詩意的書寫淡化了時間差異，使虛構的故事在如歌如泣，如詩如畫中顯現真實感。這一寫法，不僅跨越了時間，而且跨越了空間。接著，作者以同樣的筆調為我們引出了故事的主人公：「在那個薄霧飄繞的春天的早晨，富恆銀飾鋪的銀匠鄭少恆去開鋪子門時，並不知道一樁大事的開端要在那天顯露出來，而且‧那開端正以不緊不慢的速度向他這邊蠕動著爬近。」故事講述者似乎並非在八十七年後講述這一故事，而是在故事發生的時地娓娓道來。這就是語言魅力所呈現的時空跨越鏈接。

　　故事敘述過程中的時空差異在小說開頭，作為結構的起點為故事增添魅力。同樣，它也可能在故事的後續講述過程中關聯著情節結構。這種關聯使時空跳躍，甚至製造邏輯的變異。林白〈說吧，房間〉中「我」為南紅剃頭時看見蝨子，敘事者亦即故事人物講道：「這是我生平第一次看見真正的蝨子」，然而，緊接其後又寫道：「消滅了蝨子並不能使我心情好起來，它出現在南紅的頭髮上向我昭示了

生活的真相，在我知道被解聘的消息的那一刻起，我就聽到了蝨子的聲音，我覺得它們其實早就不動聲色地爬進了我的生活中，而我的生活就像紛亂的頭髮，缺乏護理，缺少光澤，侷促不暢，往任何方向梳都是一團死結，要梳通只有犧牲頭髮」。「被解聘」之事在前，「看見真正的蝨子」在後。因此被解聘時「就聽到了蝨子的聲音」，蝨子「早就不動聲色地爬進了我的生活中」與之產生了時間與事件的差異，違背了事理邏輯。這一差異卻將南紅的境遇與「我」的境遇關聯在一起，與整個文本兩個女子遭遇的交叉講述結構安排相吻合。南紅與「我」的故事交織在整個小說文本中，體現了兩個女性的共同遭遇。「南紅的故事本來已是支離破碎，缺乏明晰和完整性，要命的是無論是我在傾聽還是在整理她的故事，我自身的回憶都會在某個點大量湧入，這樣的點俯拾皆是，像石頭一樣堵塞了南紅的故事，又像一些流動的或飛翔的事物，來來回回地從某幅圖案上掠過，甚至覆蓋了圖案本身。這些切入的點是如此刺眼，使我不得不注視它們，它們是流產、懷孕、性事、失戀、哭泣、男友不辭而別。這些點同時也是一些隱形的針，它們細長、銳利，在暗中閃耀著令人不寒而慄的光芒，它們不動聲色地等候著，在某一個時刻，突然逼近女人，使她們戰慄。在女人一生中的黃金時間，這些針會隱藏在空氣裡，你隨時都有可能碰到它們，它們代表冰冷的世界，與我們溫熱的肉體短兵相接，我們流掉的每一滴熱血都會使我們喪失掉一寸溫情。」「蝨子」嚴重干擾了南紅的生活，也干擾了「我」的生活，這就將故事所敘述的兩個女子不同遭遇，相同命運關聯在一起，以細節體現了兩個主人公交叉敘述的雙重結構特徵。如果說，南紅頭上的「蝨子」是客觀存在，給人物造成的主要是生理上的干擾；「我」遭遇的「蝨子」則是主觀存在，造成的是心理創傷。前一「蝨子」為實為真，後一「蝨子」為虛為假。由南紅生活中的「蝨子」轉化為「我」境遇中心理上的「蝨子」，實為隱喻，惟妙惟肖地展現了解聘對「我」心理的巨大傷害。

與小說開頭的心理空間描繪相呼應。就這一意義而言，小說的結構空間是基於故事講述者的心理空間而生成的。講述者亦即故事中人物的「我」以這種雙重身分對讀者娓娓道來：「你們已經看到，我的思路總是不能長久地集中在南紅身上，我想我縱然找回了我的語言感覺，我生命的力量也已經被極大地分散了。我極力地想完整地、有頭有尾地敘述南紅的故事，我幻想著這能夠給我提供一條生存的道路。但我總是沉浸在自己的事情中，南紅的許多事情都會使我想起自己，哪怕是跟我根本聯繫不上的事情，我在寫到紙上的同時那種觸感頃刻就會傳導到我的皮膚上，我常常分不清楚某一滴淚水或冷汗從我的筆尖流出之後落到誰的臉頰或額頭上，但不管它們落到什麼地方，我總是感到自己皮膚上的冰涼和濕潤，所有的感覺就會從『她』過渡到『我們』。」於是，小說的雙重敘事模式因此生成。陳曉明以對人物關係的一個比喻來說明這種雙重的敘事結構：「實際上，敘述人林多米與南紅不過是一枚硬幣的兩個背面，她們不斷地經歷著分離、交叉、重疊與置換的變異。她們從內心體驗，從現實與幻想的二極狀態，來表現女性無望超越的現實境遇。」[6]

作者的敘事構思可以文字形式表現出對時空差異的鏈接。嚴歌苓〈陸犯焉識〉以「我」的視角，講述祖父與祖母之間所發生的故事。故事涉及時間跨度上下幾十年，空間跨度兩千五百公里。在敘事中，敘事者多次將過去時與現在時，西北大荒草漠與上海在同一個敘事時間鏈接，如：

（1）離我祖父的監號大約兩千五百公里的上海，有一條綠樹蔭翳的康腦脫路，在一九二五年，它是上海最綠的街道之一。

6　陳曉明：〈內與外的置換：重寫女性現實——評林白的〈說吧，房間〉〉，《南方文壇》總62期。

綠色深處，是被後來的二十一世紀的中國人叫作疊拼或連體別墅的乳黃色三層樓。從街的一頭走來一個十八歲的青年，六月初惱人的悶熱裡，他還把黑色斜紋呢學生裝穿得一本正經，直立的領子裡一根汗津津的脖子。他跟迎面過來的三輪車夫打了個招呼，說：「送冰呀？」回答說：「大少爺學堂裡回來了？」

（2）就在陸焉識向勞改農場禮堂最後迫近的同一時刻，我的祖母馮婉喻正在學校辦公室裡，讀著一封求愛信。她這年五十七歲，容貌只有四十多歲，抽煙熬夜，似乎讓她在四十五歲之前迅速蒼老，老到了四十五，歲月就放過了她。

（3）就在焉識走到場部禮堂大門口的時候，二千五百公里外的婉喻摸了摸胸口：棉衣下面一小塊梗起。恩娘去世的時候，把這個項鍊給了婉喻，心形的墜子裡，一張小照褪色了：十九歲的焉識和十八歲的婉喻。算是兩人的結婚照。焉識登船去美國前照的。婉喻心裡怎麼會裝得下別人？跟照片上翩翩的焉識比，天下哪裡還有男人？她突然間想，不知焉識此刻在做什麼。

（4）這時馮婉喻又一次死心，從通緝令旁邊慢慢走開。而陸焉識走進西寧老城的一家小鋪。

（5）在我祖父陸焉識走進漸漸熱鬧的西寧新城區時，我祖母馮婉喻被一聲門響驚動了。進來的當然是我小姑馮丹珏。

例（1）不但將相距兩千五百公里祖父的監號與上海相鏈接，而且以蒙太奇的手法展現了一九二五年十八歲的陸焉識的少爺生活。例（2）在同一時刻的時間語境中，展現兩千五百公里距離不同空間中

的陸焉識與馮婉喻的動態。例（3）時間前移，兩個人物間的鏈接依舊，作為例（2）的後續敘事，體現了馮婉喻的心理空間。這個空間又有著對往昔時間的鏈接。例（4）、（5）又是對同一事件背景下兩個人物不同空間的展示。這種鏈接有時是以人物心理活動形態展現的：

> 我祖父朝著大荒草漠外走去的時候，是想到了一九三六年那個綿綿冬雨的下午的。但他知道那個淌著激情大汗的人不是他，是一個醉漢。也就是說，讓他男性大大張揚的不必是婉喻，可以是任何女人。就像在美國那些以小時計算的肉體撒歡，快樂之一就是完全沒有後果。應該說他上了酒的當，婉喻上了他的當，把那個醉漢當成焉識了。

以陸焉識的心理追溯展現「一九三六年那個綿綿冬雨的下午」二人在小旅館的激情性生活。因為是心理回憶，因此展現的不是重在空間中的事件，而是空間背景下人物的心理空間，是「我祖父」意識到的對妻子婉喻的愛的缺失。小說以在西北服勞役的陸焉識對妻子婉喻的情感變遷為主線，關聯不同的時間與空間。這些時空的鏈接往往以一個時間為焦點，關聯不同的空間，兩個相關的人物，體現了小說敘事的雙重結構特徵。敘事者「我」——主人公的長孫女以主人公陸焉識流放到大荒草漠為中心點開始整部小說的講述。大荒草漠作為中心點，維繫著兩條敘事線索。一條敘事線索是從陸焉識的父親過世一直到陸焉識被捕直至押送到大荒草漠，另一條是以陸焉識被押送到大荒草漠開始並設計逃離大荒草漠。這兩條敘事線索構成了陸焉識的一生。可是「我」並沒有按照線性的敘事方式將陸焉識的一生從頭到尾地敘述，而是以大荒草漠為中心點，關聯上海，關聯已消逝的往昔。這就使得時間空間差異構成小說的結構空間。陸焉識因愛逃離大荒草漠，最後又因愛的缺失重歸大荒草漠，使大荒草漠這一特定空間具有了象徵意義。

第三節　時空越位──莫言小說「魔幻」策略

「將魔幻現實主義與民間故事、歷史與當代社會融合在一起」[7]是諾貝爾獎評審委員會對莫言的評價，這一評價概括了莫言的主要特色，也體現了其時空越位這一突出的策略技巧。時空越位即對時間空間自然規律的超越顛覆。「魔幻現實主義是通過『魔法』所產生的幻景來表達生活現實的一種創作方法。魔幻是工具，是途徑，表現生活現實是目的。用魔幻的東西將現實隱去，展示給讀者一個循環往復的、主觀時間和客觀時間相混合、主客觀事物的空間失去界限的世界。」[8]莫言以「魔幻」手法製造與現實相違背而又反映現實社會的幻象，無序的、變幻莫測的時空成了幻象重要的構成部件。

「魔幻」手法打破了一切可以稱之為「規律」的現象。莫言筆下的時空誠如其〈紅蝗〉中所形容的：「時間像銀色的遍體黏膜的鰻魚一樣滑溜溜地鑽來鑽去」。可以說，莫言毫無時空觀念，他的筆下，時空穿梭無忌，時序恣肆穿插，空間縱橫馳騁。莫言毫無顧忌地顛覆了時空的自然規律，顛覆了時空鏈接中的邏輯規律，顛覆了人的思維定勢。也可以說，莫言時空觀念極強，他充分重視時空，將時間作為「遊戲對象」[9]，調動時空因素，為己所用。伴隨著時空多姿多彩的越位，莫言以其獨具特色的「莫言體」天馬行空，橫行無忌，突破一切現實的樊籬，凸顯了作品的「魔幻」色彩。這是其「有技巧的揭露了人類最陰暗的一面，在不經意間給象徵賦予了形象」[10]的重要途徑。

7　〈莫言獲獎理由：將魔幻現實主義與民間故事融合〉，騰訊新聞 ews.qq.com/...1858.htm 2012-10-11。

8　魔幻現實主義，360百科 baike.so.com 2012-10-09。

9　曹文軒：「我們還將會更深刻地感受到，正是在小說這裡，我們才真正粉碎了時間的壓制，而處在一個現實中根本不可能有的自由的時間狀態中，時間在這裡被我們變成了遊戲對象。」《小說門》（北京市：作家出版社，2003年2版），頁130。

10　〈瑞典文學院諾獎委員會主席瓦斯特伯格頌獎詞〉，網易財經money.163.com/12/121...2014-09-23。

一　時空越位鏈接形態

　　時空是小說的重要因素，人物的活動都是在特定時空中進行的，因此，時空為小說家所著力。本文關注的不是自然時空，而是敘事中的人為時空，是莫言作為藝術手法來調配的時空。小說的「時間遊戲」[11]在作家筆下呈現出紛繁複雜的狀態，莫言對時空的扭曲變形則是其魔幻現實主義的突出表現策略。

　　莫言對時空的顛覆是放肆的、無忌的，但在其縱橫恣肆中卻可以尋找到內在的「遊戲規則」，這種規則是莫言將時空越位作為藝術手法來調配時所內蘊的。

（一）顯性越位鏈接與隱性越位鏈接

　　從時空越位的外顯與內蘊來看，可以分為顯性越位鏈接與隱性越位鏈接。

　　顯性越位鏈接，即在時空的跨越中，以提示時間的語詞來顯現，時空的越位可見可感。如：

> 荒草地曾是我當年放牧牛羊的地方，曾是我排泄過美麗大便的地方，今日野草枯萎，遠處的排水渠道裡散發著刺鼻的臭氣，近處一堆人糞也散發腥臭，我很失望。當我看到這堆人糞時，突然，在我的頭腦中，出乎意料地、未經思考地飛掠過一個漫長的句子：
> 紅色的淤泥裡埋藏著高密東北鄉龐大凌亂、大便無臭美麗家族的過去、現在和未來，它是一種獨特文化的積澱，是紅色蝗蟲、網絡大便、動物屍體和人類性分泌液的混合物。
>
> ——莫言〈紅蝗〉

11　曹文軒：「在一個時間之箭筆直飛行的框架之中，裝滿的卻是可以被折斷、被重疊、被扭曲的時間。這是小說的時間遊戲，也是一種人間奇觀。」《小說門》（北京市：作家出版社，2003年2版），頁148。

「當年」、「今日」形成跨時空對照，由此引發的「出乎意料地、未經思考」的句子，實際上是對荒草地歷史蘊涵的深刻思考。以「過去、現在和未來」體現這一歷史跨度，鏈接了漫長的歷史時空，也鏈接了高蜜東北鄉的滄海桑田。如果說，上例的時空是粗線條的，帶有寬泛的時間意義，有些時間提示語則是具體的，具有特定時限的。如：

> 一九三九年古曆八月初九，我父親這個土匪種十四歲多一點。他跟著後來名滿天下的傳奇英雄余占鰲司令的隊伍去膠平公路伏擊日本人的汽車隊。
>
> …………
>
> 七天之後，八月十五日，中秋節。一輪明月冉冉升起，遍地高粱肅然默立，高粱穗子浸在月光裡，像蘸過水銀，汩汩生輝。我父親在剪破的月影下，聞到了比現在強烈無數倍的腥甜氣息。那時候，余司令牽著他的手在高粱地裡行走，三百多個鄉親疊股枕臂、陳屍狼藉，流出的鮮血灌溉了一大片高粱，把高粱下的黑土浸泡成稀泥，使他們拔腳遲緩。
>
> ——莫言〈紅高粱〉

「一九三九年古曆八月初九」、「七天之後，八月十五日，中秋節」、「那時候」都是小說敘事場景的具體時間提示，故事時間從七天前的出發行軍，到七天後的慘烈場面，時間跨度七天。其間沒有正面描繪伏擊日本人汽車隊的戰鬥，但戰後的情景卻讓人想見戰鬥的激烈，這支「殺人越貨」卻又「精忠報國」的義士上演的「英勇悲壯的舞劇」，這是由慘烈的空間畫面所提示的。「中秋」這一原本團圓和美的時間語境反襯了被「流出的鮮血灌溉」的高粱地這一空間語境的淒慘悲壯，為這一基於現實基礎的空間環境塗抹上了淒厲魔幻的色彩。

　　表示時間的提示語可能是現實時間，也可能是虛擬時間。如〈紅

蝗〉中對九老媽被淹於渠底淤泥中的描繪，具體展示了九老媽「被不同層次的彩色淤泥塗滿」的情景：

> 我透過令人窒息的臭氣，仔細觀察著九老媽腳上和腿上的紅色淤泥，假定白色淤泥是近年來的鴨屎，黑色淤泥是十年前的水草，綠色淤泥是三十年前的花瓣，這暗紅色的淤泥是五十年前的什麼東西呢？我朦朦朧朧地感覺到了一種恐怖，似乎步入了一幅輝煌壯觀的歷史畫面。

各種色澤的淤泥這一空間語境中的色彩交錯，對應於「近年來」、「十年前」、「三十年前」的時間詞語，帶有對歷史的追溯，而這些時間詞語看似具體，實際上是虛空的，是源自作者的想像。只有「暗紅色的淤泥」這一特定色澤的空間景象所對應的「五十年前」這一時間語是源自對歷史真實的追溯，是為小說所描繪的「五十年前那場大蝗災」埋下伏筆。這些時間提示語的層遞以跳躍式地鏈接將五十年前的歷史鏡頭以幻景形式拉到了我們眼前。

　　隱性越位鏈接即時空的跨越是無間隔的，不同的時空場景不經任何時間提示語鏈接成貌似同一時空背景下的情景，造成非越位鏈接的假象。如：

> 五十年前，也是在蝗蟲吃光莊稼和青草的時候，九老爺隨著毛驢，毛驢駄著四老媽，在這條街上行走。村東頭，祭蝗的典禮正在隆重進行……為躲開蝗蟲潮水的浪頭，九老媽把我拖到村東頭，頹棄的八蠟廟前，跪著一個人，從他那一頭白莽莽的刺蝟般堅硬的亂毛上，我認出了他是四老爺。
>
> ——莫言〈紅蝗〉

省略號前後隔開的應是不同的時段，即五十年前與五十年後的大蝗災時期，祭蝗典禮與躲避蝗蟲潮水的空間情景形成照應。但這一跨越五十年的不同情景之間，卻沒有任何時間詞語分隔，給人造成一種錯覺：九老媽拖我避開蝗蟲的情景，也是在前面「五十年前」的時空背景下，祭蝗與避蝗是同一時間背景下的兩種景象。這種無間隔組合，將前後兩場大蝗災鏈接在一起，突出了共同點：蝗災之大，令人之恐怖，同時隱含著當年「祭蝗」的效果。這種跨時空無標識鏈接與該文本紛繁的時間越位風格相吻合，充分展現了莫言語言的魔幻色彩。

　　隱性鏈接中的時空越位因素是隱含在語言深層的，有時候，時空越位與敘事視角轉換交錯關聯。如：

> 我父親和大家一樣都半邊臉紅半邊臉綠，和他們一起觀看著墨水河面上殘破的霧團。……破霧中的河面，紅紅綠綠，嚴肅恐怖。站在河堤上，抬眼就見到堤南無垠的高粱平整如板砥的穗面。它們都紋絲不動。每穗高粱都是一個深紅的成熟的面孔。所有的高粱合成一個壯大的集體，形成一個大度的思想。——我父親那時還小，想不到這些花言巧語，這是我想的。
>
> ——莫言〈紅高粱〉

破霧中河面和堤南高粱的景象，是「我父親」隨隊伍在當時所見，而高粱景象引發的聯想卻是「我」的聯想。「我」對歷史情境的即時想像，使「我」有了跨越時空的視角。「見」與「想」的主體轉化，意味著敘事視角的轉化，也意味著時空的跨越。作為前一情景描寫的注解，這一跨時空鏈接的話語，便充溢著調侃的意味。

（二）有序越位鏈接與無序越位鏈接

　　時空的越位鏈接超越了自然規律的時間空間運轉，打破了正常的

時空鏈接順序。同樣在無序的超越中，卻呈現出無序中的有序、無序中的無序兩種情形。

　　越位的有序鏈接指跳躍的語言表述中有著一定的秩序，或順序，或逆序，或插序，顯現出一定的時間脈絡。如：

　　（1）多少仇視的、感激的、凶殘的、敦厚的面容都已經出現過又都消逝了。奶奶三十年的歷史，正由她自己寫著最後一筆，過去的一切，像一顆顆香氣馥郁的果子，箭矢般墜落在地，而未來的一切，奶奶只能模模糊糊地看到一些稍縱即逝的光圈。只有短暫的又粘又滑的現在，奶奶還拼命抓住不放。

　　　　　　　　　　　　　　　　　　　　——莫言〈紅高粱〉

　　（2）我們驚驚地看著這世所罕見的情景，時當一九三五年古曆五月十五，沒遭蝗災的地區，成熟的麥田裡追逐著一層層輕柔的麥浪，第一批桑蠶正在金黃的大麥秸扎成的蠶簇上吐著銀絲做繭，我的六歲的母親腿胭窩裡的毒瘡正在化膿，……

　　　　　　　　　　　　　　　　　　　　——莫言〈紅蝗〉

例（1）中寫奶奶中彈臨死時的思想活動，三十年及之後的時間跨度，以「過去」、「未來」、「現在」呈現出一種清晰的脈絡，展現了跨越中的有序。以「我」的視點來記述奶奶臨死前的思緒，是對奶奶一生的總結，時間跨越在事件線索中得到了統一。例（2）「看著」的主體是處於五十年後的「我們」，所見時空則是「一九三五年」的大蝗災情景，目光穿越五十年，顯然也是一種時空跨越，但因為有著時間提示語，這種穿越是可感可知的。穿越將五十年前後的兩場大蝗災鏈接到了同一個敘事點。

　　越位的無序鏈接指跳躍的語言表述中難以梳理出清晰的時間線

索，往往是由敘事時間視點跳躍造成的。如：

> 父親就這樣奔向了聳立在故鄉通紅的高粱地裡屬於他的那塊無
> 字的青石墓碑。他的墳頭上已經枯草瑟瑟，曾經有一個光屁股
> 的男孩牽著一隻雪白的山羊來到這裡，山羊不緊不忙地啃著墳
> 頭上的草，男孩子站在墓碑上，怒氣衝衝地撒上一泡尿，然後
> 放聲高唱：高粱紅了——日本來了——同胞們準備好——開始
> 開炮——
>
> ——莫言〈紅高粱〉

父親「奔向無字的青石墓碑」的時間起點，是「一九三九年古曆八月
初九」，十四歲多一點的父親「跟著後來名滿天下的傳奇英雄余占鰲
司令的隊伍去膠平公路伏擊日本人的汽車隊」。從「十四歲多一點」
到去世就濃縮在這一句話語中，表現了大幅度的時間跨越，顯得既高
度濃縮又韻味雋永。從奔向「通紅的高粱地裡」的墓碑到墳頭的「枯
草瑟瑟」又是一個時間跨越，光屁股男孩在這「枯草瑟瑟」的墳頭與
奔向墓碑的父輩鏈接。這一鏈接沒有中間過渡，沒有時空分隔，看似
處於同一空間，但由於人、物參與的情境變更，也就造成了空間語境
的跨越。「就這樣」的表述立足點似乎在當時，墳頭「枯草瑟瑟」，
「光屁股的男孩」撒尿唱歌卻為之後的情景，但又非現在時，因為表
過去時的「曾經」表明所描述的此情此景亦為過去時；緊接其後的是
「有人說這個放羊的男孩就是我，我不知道是不是我」，說明這是對
「我」幼時的記敘，而敘事的立足點則為現在。無序的時空跳躍不但
鏈接了父親的大半生，而且鏈接了父親的下一代，墓碑所處的「通紅
的高粱地」與墳頭的「枯草瑟瑟」伴隨著時間跨越，表現了世事滄
桑，物換星移。父親的行動和男孩的歌唱表現了打日本保家衛國的民
族意願。

二　時空越位中的虛幻空間

時空越位是基於聯想想像基礎上的產物，時間在打破自然鏈接的同時，常常衍生出虛幻空間。時間越位是對時間規律的顛覆，虛幻空間則是對現實空間的顛覆，在顛覆中時間越位與虛幻空間相交錯，共同構建了莫言小說的魔幻世界。

與其他小說家一樣，莫言「喜歡異境──特別的空間」；[12]但莫言的「異境」又與眾不同，其「異」味獨具一格。莫言的「異境」是時間越位的產物，虛幻空間中往往隱含著時間越位因素，時間越位催生了虛幻空間，是構成虛幻空間的時間鏈接策略。如：

> 因為出生，耽誤了好長的時間，等我睜開被羊水泡得黏糊糊的眼睛，向著東去的河堤瞭望時，已經看不到四老媽和九老爺的身影，聰穎的毛驢也不見，我狠狠地咬斷了與母體聯繫著的青白色的臍帶，奔向河堤，踩著噗噗作響的浮土，踩著丟落在浮土裡、被暴烈的太陽和滾燙的沙土烤炙得像花瓣般紅、像縱欲女人般憔悴、散發著烤肉香氣的蝗蟲的完整屍體和殘缺肢體，循著依稀的驢蹄印和九老爺的大腳印，循著四老媽揮發在澄澈大氣裡的玫瑰紅色茉莉花般撩人情欲的芳香，飛也似的奔跑。依然是空蕩蕩的大地團團旋轉，地球依然倒轉，所以河中的漩渦是由右向左旋轉──無法分左右──河中漩渦也倒轉。我高聲叫著：四老媽──九老爺──等等我呀──等等我吧！淚水充盈我的眼，春風撫摸我的臉，河水浩浩蕩蕩，田疇莽莽蒼蒼，遠近無人，我感到孤單，猶如被大隊甩下的蝗蟲的傷兵。
>
> ──莫言〈紅蝗〉

12 曹文軒：「小說往往喜歡異境──特別的空間。」《小說門》（北京市：作家出版社，2003年2版），頁179。

首句「因為出生，耽誤了好長的時間」帶有強烈的戲謔性，作為追趕不上四老媽和九老爺的原因，顯得荒謬可笑。四老媽和九老爺是文本中敘述五十年前大蝗災的核心人物，顯而易見，剛出生的「我」要追趕的是五十年前的四老媽和九老爺，而不是五十年後的四老媽和九老爺，這就使關聯人物的故事時間處在跨越狀態。不同歷史時期人物的關聯自然帶有虛幻色彩，所追趕的人物配置以空間環境也就帶有了魔幻意味。作為故事講述者和參與者的「我」——剛出生的嬰兒「睜開被羊水泡得黏糊糊的眼睛」、「狠狠地咬斷了與母體聯繫著的青白色的臍帶」，追趕五十年前的人物，這就是莫言為我們講述的虛幻故事，時間的越位與空間的虛幻相輔相成，構成了充滿魔幻的情節。

　　作為「魔幻現實主義與民間故事、歷史與當代社會」融合的產物，時間越位中的虛幻世界中往往有著現實的影子，這個現實的影子往往來自文本上下文語境其他情節的描繪。〈紅高粱〉中對奶奶給余司令隊伍送拵餅，遭日本人射殺臨死前的情景做了大篇幅描繪，其中，奶奶產生的幻象構成了幾個畫面，如：

　　（1）奶奶的腦海裡，出現了一條綠油油的綴滿小白花的小路，在這條小路上，奶奶騎著小毛驢，悠閒地行走，高粱深處，那個偉岸堅硬的男子，頓喉高歌，聲越高粱。奶奶循聲而去，腳踩高粱梢頭，像騰著一片綠雲……

　　（2）奶奶最後一次嗅著高粱酒的味道，嗅著腥甜的熱血味道，奶奶的腦海裡忽然閃過了一個從未見過的場面：在幾萬發子彈的鑽擊下，幾百個衣衫襤褸的鄉親，手舞足蹈躺在高粱地裡……

上述兩個片段都是奶奶腦海裡呈現的空間情景，是奶奶中彈臨死前產

生的幻象。例（1）是奶奶「看著湛藍的、深不可測的天空，看著寬容溫暖的、慈母般的高粱」產生的幻覺。這一幻覺與奶奶眼中之景是相和諧的，而與奶奶臨死的處境則是相違背的。與這段文字銜接的下文，是余司令與奶奶在高粱地裡「相親相愛」、「耕雲播雨」情景的追述，這一語境提示了「偉岸堅硬的男子」之所指。這一高粱地裡的追尋，是往昔，抑或是未來，都是對「現時」的時空超越，但是它有著奶奶與情人余司令交往的歷史現實。例（2）是奶奶「最後一絲與人世間的聯繫即將掙斷」時所出現的幻象，「從未見過的場面」既不是過去時，也不是現在時，但卻與殘酷的戰爭背景相關聯，與小說中所描述的日本人的殘酷屠殺事實相關聯。

當虛幻空間源自人物內心世界時，很大程度上虛幻空間就是人物的心理空間。它是人物在特定時空下情感思緒的映照，並由此折射人物的處境。如：

> 他努力堅持著不使自己昏睡過去，但沉重黏滯的眼皮總是自動地合在一起。他感到自己身體懸掛在崖壁上，下邊是深不可測的山澗，山澗裡陰風習習，一群群精靈在舞蹈，一隊隊骷髏在滾動，一匹匹餓狼仰著頭，齜著白牙，伸著紅舌，滴著涎水，轉著圈嗥叫。他雙手揪著一棵野草，草根在噼噼地斷裂，那兩根被銬住的拇指上的指甲，就像兩隻死青魚的眼睛，周邊沁著血絲。
>
> ——莫言〈拇指銬〉

這是八歲的孩子阿義在為母親抓藥途中，莫名其妙地被滿頭銀髮的男人銬在樹上，在毒辣的太陽下昏昏沉沉產生的幻覺。被銬的紅腫的指頭，毒辣太陽下的缺水，自由的無望，使他產生了充滿恐怖的幻象。正如孫紹振所說：「在魔幻現實主義小說中，環境得到了強化，人物

的感覺獲得了更加大幅度的自由，現實的感覺和魔幻的超現實的感覺互相融合在一個情感和動作的邏輯線索之中，人物的性格又有了某種強化的顯示。」[13]這一幻象所描繪的與其說是自然空間的魔幻世界，不如說是阿義心理空間的形象寫照。被銬的痛苦、解脫的無望、對病重母親的擔憂，使阿義身處絕境。這一極度痛苦的境地甚至使時空情景以主人公的情感為線索越位關聯。當阿義「低頭看到那兩包躺在草叢中的藥，母親的呻吟聲頓時如雷灌耳」，阿義身處被銬的途中，母親身處家徒四壁的家中，如何能看到眼前之景，同時聽到異地之聲？「母親的呻吟聲」看似隨著看到的藥「頓時」而起，實則為過去時之聲，是阿義離開家時所聽到的母親的呻吟。阿義對母親的牽掛擔憂使這一情景轉化為現在時，體現了阿義對相依為命的母親之愛。這種愛使時空越位具有了合理性。

三　時空越位中的敘事

　　敘事時間與故事時間是小說文本中的兩種時間狀態。曹文軒以作家兼評論家的敏銳，觀察到小說「地方時間」的特殊性，指出小說中「時間的運行以及計算方式，都有它自己的一套。在小說這裡，時間有兩個既關聯又獨立的系統，一個是故事時間，一個是敘述時間。」並以形象的比方，說明敘述時間與故事時間的關係：「如果說敘述時間是一只籠子的話，故事時間便是籠中之鳥——這隻鳥天性活潑，在這個籠中作不同方向的飛翔。我們有一種『時間』被小說家捉住的感覺——被捉住之後，時間成了小說家的遊戲對象。小說家發號施令，讓它向前或者讓它回來。這種遊戲越是被玩得自如灑脫，時間的來回扯動就越是頻繁。假如時間走過會留下線索的話，我們將會看到，時間消失

---

13 孫紹振：《文學性講演錄》（桂林市：廣西師範大學出版社，2006年），頁474。

之後，會有混亂難理的線索。」[14]莫言的時空遊戲就是極為「自如灑
脫」的，在他的筆下，敘事時間與故事時間常常表現為長度與方向等
形態各異的不平衡、不對等。

　　在時間長度上，敘事時間與故事時間的不平衡、不對等，其表現
之一是以省簡的敘事時間，承載被壓縮的故事時間，這是莫言筆下常
見的時空變異。如：

> 綠色的馬駒兒，跑在高蜜縣衙前，青石鋪成的板道，太陽初
> 升，板道上馬蹄聲聲……金色的馬駒兒，跑在高蜜縣衙前，青
> 石鋪成的板道，暮色沉重，板道上馬蹄聲聲……藍色的馬駒
> 兒，跑在高蜜縣衙前，青石鋪成的板道，冷月寒星，板道上馬
> 蹄聲聲……
>
> ── 莫言〈紅蝗〉

以各種顏色的馬駒兒「跑在高蜜縣衙前」，表現了敘事時間的跳躍。
從對時間景色描寫來看，至少經歷了「太陽初升」到「冷月寒星」一
天的時序，但實際上，這一時空的越位，還可擴展為日復一日的時光
更替。這三句文字涵蓋的歷史鏡頭就不僅是一天，而是高蜜縣衙前一
幕幕的歷史滄桑。這種敘事的跳躍極具概括性，用簡短的敘事時間，
概括了漫長的故事時間。上例中「父親就這樣奔向了聳立在故鄉通紅
的高粱地裡屬於他的那塊無字的青石墓碑」也屬於這種時空變異。一
句話的敘事時間，擁有了幾十年的故事時間，故事時間與敘事時間在
此形成了跨度懸殊的反差，蘊含豐富又具有抒情色彩。在莫言筆下，
小說有了超越自然時空的自主權，故事時間與敘事時間的不平衡、不
對等就是不受自然規律限制的魔幻產物。

---

14 曹文軒：《小說門》（北京市：作家出版社，2003年2版），頁146-148。

　　敘事時間與故事時間的不平衡、不對等，還表現出與上述相反的情形，即用冗長的敘事時間表現短暫的故事時間，在這種不對等中，敘事時間被膨脹被發酵，短暫的故事時間也隨之被拉長、被延伸。〈紅高粱〉中對奶奶被日本人擊中到去世這短短的故事時間，用了大篇幅的敘事時間來敘寫。從日本人蜜集的機槍掃射中，「父親眼見著我奶奶胸膛上的衣服啪啪裂開兩個洞。奶奶歡快地叫了一聲，就一頭栽倒，扁擔落地，壓在她的背上」，到奶奶「最後一絲與人世間的聯繫即將掙斷」的「完成了自己的解放」，這原本短暫的故事時間，卻穿插交錯著多種時空。事發現場父親對奶奶的救助，奶奶對往事的回憶，奶奶產生的未來的幻覺，這些現在──過去──將來的時空穿越，將短暫的故事時間衍生為幾十年。隨著時間越位，空間情景也隨之更替，紅高粱、野鴿子、破爛的村莊、彎曲的河流、交叉縱橫的道路，乃至天國的音樂景象隨著奶奶的意識流動。其間，父親救助奶奶的具體描繪中，穿插著奶奶對往事的回憶，一句「奶奶幸福地看著在高粱陰影下，她與余司令共同創造出來的、我父親那張精緻的臉，逝去歲月裡那些生動的生活畫面，像奔馳的飛馬掠過了她的眼前」將故事時間拉回奶奶剛出嫁時的情景，麻瘋病的丈夫，備受煎熬的新婚之夜，新婚三日被接回娘家途中遭余占鰲劫持，在生機勃勃的高粱地裡相親相愛、耕雲播雨的情景。「那些走馬轉蓬般的圖像運動減緩，單扁郎、單廷秀、曾外祖父、曾外祖母、羅漢大爺……多少仇視的、感激的、兇殘的、敦厚的面容都已經出現過又都消逝了。」在敘事時間的框架中，容納著多個故事時間，這就使得故事時間出現了套疊的複雜狀態，它可能是多層面的。奶奶負傷，瀕臨死亡，是即時的故事時間，它是短暫的，與冗長的敘事時間形成反差。而這一現在時中穿插的過去的回憶、未來的幻象，則是漫長的，與敘事時間又是對等的。這說明敘事時間與故事時間在長度上的關係可能出現複雜性，這種複雜性給了魔幻世界以極大的創作想像空間。

　　敘事時間與故事時間之間產生的差異，不唯表現在長度上的反差，而且表現為方向上的跳躍顛覆。小說敘事視角的轉換，可能引起敘事時空框架中故事時空方向的轉換，這是莫言製造魔幻的敘事技巧之一。他不但肆意改變敘事時間與故事時間的長度，還通過視角的跳躍改變敘事時空的方向，進而使故事時空也出現了跳躍。〈紅蝗〉中關於一個「打過我兩個耳光的女人」的敘寫，就是處於敘事時空與故事時空跳躍轉換的狀態。首先是與整個文本敘事時空之間的方向轉化。這個女人與該文本五十年前後大蝗災的主體敘述毫無關係，卻占據了很大篇幅。對這個黑衣女人的描寫穿插在蝗災事件中，構成了文本描寫對象視點的跳躍轉換，也構成了敘事時間與故事時間在方向上的轉換。小說開篇就以「思念」的形式出現了這個「剛剛打過我兩個耳光的女人」，「剛剛」的時間語代表著現在時的敘事，但又與小說首句「第二天凌晨太陽出土前約有十至十五分鐘光景，我行走在一片尚未開墾的荒地上」在時間上形成誤差。接著敘事時間追述去看迎春花開時所遇的教授和大姑娘，以及與「在樹下遛他那隻神經錯亂的畫眉鳥兒」的高蜜東北鄉老頭兒的交往，由此引出老頭兒所經歷的大蝗災。這是以「剛剛」為立足點的現在時的倒敘。又由想向小樹林「呱唧呱唧的親嘴聲」處「投石」，引出「我」九歲時經歷的九老媽撈死鴨子落水事件，這是前面倒敘中套疊的倒敘。這一倒敘的敘事視角已經轉化為五十年前大蝗災的主要人物九老媽與九老爺了。可是筆鋒一轉，視角又鏈接到「在椅子上扭動著大姑娘和教授」，並講述了「我」挨兩個耳光的過程，跟蹤黑衣女人，目睹其橫穿馬路過斑馬線時被撞身亡，警察勘察事故現場的情景。對小說開篇的「第二天凌晨太陽出土前約有十至十五分鐘光景」這一時間段，「當一隻穿著牛皮涼鞋和另一隻穿著羊皮涼鞋的腳無情地踐踏著生命力極端頑強的野草時，我在心裡思念著一個剛剛打過我兩個耳光的女人」而言，這些情節都已經成了過去時。接著，小說敘事時間暫時又轉向高蜜東北鄉蝗

蟲氾濫的報導，這又是現在時。接著敘事方向又轉向教授與大姑娘、撞車事件的鏈接，又回到過去時。至此，黑衣女人在敘事時間中暫時消失，小說以主要篇幅描繪了高蜜縣東北鄉五十年前後蝗蟲氾濫的核心事件，筆鋒轉入對四老爺、四老媽、九老爺、九老媽在大蝗災時空背景下一系列故事的描述，這些是典型的倒敘。在占據小說主體部分的兩個時期蝗災的長篇幅描繪後，敘事視點轉向，敘事時間又將故事時間拉回黑衣女人被撞前的一系列情節：黑衣女人與「文質彬彬的男人」在家裡的姦情，被對方老婆撞見後的狼狽逃竄，摔「我」兩個耳光及被撞身亡，此後，黑衣女人在小說敘事時間中消失，與其關聯的故事時間也就不復存在。這一部分的敘事時間鏈接上了開篇的故事時間，但對文本整體敘事而言，則又是與前重疊或補充的倒敘。

　　其次，關於黑衣女人敘事時空與故事時空跳躍的狀態還表現在對黑衣女人自身敘事時空方向的跳躍無序。黑衣女人在「我」的「思念」中出場，到「我」的挨耳光，挨耳光後的追蹤及目睹車禍，是倒敘。小說後半部對黑衣女人車禍前行為舉止的追述，與前又形成倒敘。在小說後半部再次記敘打了「我」兩個耳光後，突如其來的敘述打破了順敘或倒敘的規律性，「你屈辱地回憶起，在那個潮濕悶熱的夏天裡發生的事。他跪在他老婆前罵你的話像箭鏃一樣射中了你的心。一道強烈的光線照花了你的眼……一個多月前，你打過我兩個耳光之後，我憤怒地注視著你橫穿馬路，你幽靈般地漂游在斑馬線上。」第二人稱「你」的稱呼語似對逝去的黑衣女人娓娓道來，有關時間的詞語「那個潮濕悶熱的夏天裡」、「一個多月前」打破了前面順敘或倒敘的軌跡，出現了不合時間規律，不合邏輯規律的跳躍無序，敘事時間進入無序狀態，黑衣女人的整體形象就由文本中的敘事碎片組合而成。其無序的跳躍敘事增添了黑衣女人的詭異性，也就構建了以黑衣女人為核心的魔幻世界，這一世界看似與高蜜東北鄉的蝗災世界毫無關聯，實則在製造「魔幻」上是相通的。文本對五十年前後大

蝗災的描述也是處於視角的跳躍，敘事時間與故事時間方向的無序轉換中。就這點而言，小說的無序敘事中有著內在的規律，這就是以無序構建魔幻世界，這一共同點形成了該文本內在的敘事秩序，也就使被顛覆的敘事時序重構審美層面上的平衡。

第三章
被顛覆的敘事語境

　　文藝理論界顯然已經關注到小說敘事模式的騷動，王一川將「拋棄了那種有序的、時間和空間統一的經典小說敘述體，而創用一種秩序凌亂的、時空錯雜的敘述體」稱為「錯亂敘述體」。[1]南帆則將先鋒小說的敘事稱之為「再敘事」，[2]並以馬原為例進行分析，稱「馬原敘事的另一個重要意義體現為，小說範疇之內的『元敘事』消亡了。故事，一個有頭有尾的故事曾經是小說敘事所不可替代的規則。這個規則的合法性很大程度上由於吻合了人們解釋世界的邏輯。如今，這種邏輯遭受到強烈的衝擊」，因反抗「單調乃至虛假」敘事規則的故事，「許多具有現代主義傾向的作家紛紛揭竿而起，以種種激進的寫作實驗對抗故事的敘事規則」。[3]雖然，尚有一些作家秉承傳統的敘事模式，但小說敘事模式的騷動已然成為當代小說的明顯特徵之一。對這一現象的語境學視角考察，便是對敘事語境在顛覆狀態下的考察。它涉及敘事視角的變異、涉及敘事語序的錯亂；涉及敘事者，也涉及敘事對象；涉及當事語境，也涉及關涉語境。語境視角的敘事顛覆考察，與文藝學界對錯亂敘事的考察對象相同，卻有著不同的考察方式。

1　王一川：《漢語形象與現代性情結》（北京市：首都師範大學出版社，2001年），頁99。
2　南帆：《文學的維度》（上海市：上海三聯書店，1998年），頁202。
3　同前註，頁205。

第一節　顛覆中的間離化敘事

　　間離理論是德國劇作家、戲劇理論家布萊希特為推行「非亞里士多德傳統」的新型戲劇而提出的戲劇理論。間離效果（Verfremdungseffekt，德文），又叫陌生化效果。王曉華在〈對布萊希特戲劇理論的重新評價〉中將間離歸納為兩種：「作為一種方法主要具有兩個層次的含義：1. 演員將角色表現為陌生的；2. 觀眾以一種保持距離（疏離）和驚異（陌生）的態度看待演員的表演或者劇中人。」[4]這兩個層次說明間離效果既涉及劇本內，又涉及劇本內外的交際。它是從演員與觀眾雙向角度進行的考察。我們借用間離理論來考察小說敘事，同樣發現間離效果呈現在小說文本內和文本內外，是在人物與人物、作者與讀者兩個層面顯現出來的。因此，間離是對作品多層面、雙向交際的考察。

　　小說間離化敘事體現在文本內人物、情節的間離，也體現在讀者與作品內人物、與作者的間離。間離打破了人們熟知的傳統的敘事模式，打破了一以貫之的敘事程式，就這一意義而言，間離狀態下的小說語境呈現出一種顛覆性。其修辭意義在於以距離感顛覆了常規的思維模式，瓦解了傳統敘事的一維性，讓讀者從距離、空白的空間，去感受多元的社會生活，感受多元的敘事模式。它在提供一種新的敘事策略的同時，又提供了一種新的閱讀策略。用有限的距離感來揭示無限的隱藏著的邏輯聯繫和深層的哲理蘊味。

一　敘事文本內的間離

　　以正常的敘事狀態進入小說敘事，在人物關係，時序鏈接等方面

4　轉引自360百科「間離效果」baike.so.com 2014-07-03。

應是有序的。但當代一些小說打破了秩序，以一種無序的敘事模式顛覆了小說文本語境。誠如南帆所說，「文學已經體現出，『敘事話語』是一個飽含破壞性的概念。」[5]其破壞就在於顛覆，顛覆一切可以稱之為秩序的東西。

　　敘事時空無序造成的間離可能伴隨著敘事視角移位，也可能在同一敘事視角中呈現。正常的敘事時空秩序被顛覆，往往伴隨著敘事對象的更移。張策《命運之魅》以「我」──警察鄭小婷為故事講述者和故事中人物的視角，講述了跨越一百年的五代人的警察生涯。重點是對第一代陳庭生和第二代陳郁、陳鄭的描述。故事緣起於「我」的老校長的來訪，給「我」帶來了一九一一年十月十日開始的故事。故事的描述以老校長講述與「我」的想像為主要方式。如果說，由校長講述的故事模式進行對歷史的回顧，是屬於正常的敘事倒敘模式，那麼，以「我」來講述的歷史則打破了正常的敘事模式。因為在文本中，歷史故事與現在時是無間隔地融合在一起的，這種融合是語言造成的一種夢幻色彩：「在老校長不容置疑的講述中，我和陳庭生在漢江邊上相遇，不，是重逢。」在對陳庭生一九一一年的十月十日晚在漢口巡邏聽到槍聲的具體描繪後，「我」又以故事講述者和故事中人物的雙重身分亮相：「以上的故事來自老校長的講述還是來自我的想像？我也不知道。但是這個故事和陳庭生這個人確實讓我浮想聯翩。」「在老校長的話語中，滿懷好感的我和陳庭生隔著歷史對望，他那邊硝煙瀰漫，槍聲大作，人們的熱血在革命的浪潮中洶湧著。而我這邊，卻只有老校長的講述，伴隨著海風，讓一個不諳世事的小丫頭激動不已。」文本中「我」所處的現實社會與陳庭生年代的故事交疊在一起。「告別老校長後，許多戲劇性的情節就在我頭腦裡生出，睡著時，它們就在我的夢境裡飄浮。自從我認識了陳庭生，我就無時

5　南帆：《文學的維度》（上海市：上海三聯書店，1998年），頁230。

無刻地對他的行動進行著猜測，像是一個蹩腳的編劇在寫電視劇。我
和父親吵過之後把自己關在房間裡，開始上網查找關於當年的一切資
料。我立刻就聞到了武昌起義的硝煙味兒了，歷史就從這硝煙裡向我
撲面而來。」在惟妙惟肖宛如親眼所見的對那天晚上漢口街頭陳庭生
與如夫人相遇的對話、心理描寫後，「我」又以講述者身分亮相：「這
當然是我的想像。我坐在我的小屋裡，面對著閃動的電腦螢幕，任思
緒胡亂地馳騁。」之後又鏈接了上述二人相遇的講述，並延伸到任某
縣警察局長的陳庭生的中槍死亡。

　　「我」對上溯四代警察的追述構成了文本被顛覆的時空世界，由
於「我」的雙重身分，使得被顛覆的時空既包含作者的敘事時空，又
包含所敘述的故事時空。正如南帆所說：「故事時間與敘事時間之間
的時間差標示了故事與敘事之間的離異。敘事通常是故事結束之後的
追述，敘事即是消費過去。」[6]由於漢語非形態的特點，使得兩種時
間在交匯時沒有鮮明的時態標誌。因此，作家有可能在敘事話語中對
歷史進行跨時空的「修剪」。[7]「修剪」變更了歷史的現實時空，變更
了語言鏈接形式，體現出的不但是故事時空的顛覆，更是作者製造的
敘事時空的顛覆。敘事時空的顛覆必然導致故事時空的顛覆，故事時
空的顛覆反過來印證了敘事時空的顛覆。在「我」與第一代警察陳庭
生的交匯描述中，還穿插著對第二代陳郁、陳鄭，第三代鄭天明，第
四代鄭謙的描述，與對陳庭生的描述風格一致，這些描述也是與
「我」的現時講述構成了無間隙交錯的敘事模式，造成了時空越位的
幻象。

　　陳郁與陳鄭的故事在文本中是撲朔迷離的，講述者製造了兩個版
本，而且讓這兩個版本都呈現在讀者眼前。二人都當了警察，但在警

6　南帆：《文學的維度》（上海市：上海三聯書店，1998年），頁208。

7　南帆曾提出「敘事時間是如何修剪歷史的？」的問題。同前註，頁237。

官學校分道揚鑣，陳鄭退學後投奔了共產黨，陳郁則繼續他的警察生涯，但實際上陳郁也是地下黨。不同的版本是二人在武漢車站一次執行任務時的相遇，陳郁是否出賣了陳鄭，出賣是否掩護自己完成任務的行為？這兩個版本的講述交織在情節的始末，交織在「我」如真似幻的講述中。在描述了二人武漢車站相遇情景後，「我」又以故事講述者身分亮相：「陳鄭和陳郁在武漢車站的相逢不是我的杜撰，而是事實。當年為了搞清陳鄭的犧牲經過，組織上和家屬都下了很大工夫。在當時香港地下黨組織傳回的秘密報告中，陳鄭確實彙報說他在武漢碰到了國民黨警察陳郁。」而這個事實，是從老校長敘述中知道的，但「我」以想像的描述再現了二人在武漢車站相遇的情景：

> 我在武漢車站下了火車，久久地在站臺上徘徊。我當然知道這已經不是當年的車站，但我仍然好像看見兩個年輕人在站臺上對視著。一個穿著中山裝，一個穿著紡綢褲褂。一個滿臉怒氣，而另一個有點兒嬉皮笑臉。他們是兄弟，他們還是敵人。我隔著歷史的霧氣注視著他們，有一種不真實，也有一種蒼涼。

當然，這種想像是「我」穿越了時空所產生的，為了使這種穿越更加真實，「我」甚至以文字讓自己置身其中：

> 我回到了七十多年前的武漢車站。我看見陳郁還在那裡站著，而他的目光陰鬱，額頭上青筋暴露。他的手攥成了拳頭，緊緊地攥著。在他的視線裡，火車正緩緩地駛出車站，濃濃的白煙瀰漫開來，把一切都包裹了。
> 陳鄭走了，就這樣從他面前走了。大搖大擺地，目空一切地，甚至對他有些輕蔑地，走了。

這樣的表述使「我」穿越七十多年的時間，與前人相遇。描述的具體
細緻增強了畫面的真實感。歷史鏡頭再往後拉，文本還講述了陳郁與
第三代鄭天明的交際，講述了作為地下黨的陳郁協同鄭天明局長搗毀
國民黨潛伏站的情節。在這一段講述後，又是故事講述者「我」的亮
相：「這一段故事部分來自鄭謙同志後來的講述，但更多是我的加工
和補充。我的想像讓這段故事生動起來，然後反過來讓我自己感
動。」這一陳述的雙向效應再一次凸顯了「我」作為故事講述者與故
事中人物的身分。接著又是對陳郁、陳鄭在陳庭生死後生活的描述，
對二人在警官學校目睹身為地下黨的女警官被殺情景後的分道揚鑣。

　　故事的又一撲朔迷離的是陳鄭與陳庭生的關係，陳鄭是陳庭生與
如夫人所生，還是失蹤的同事肖建平的兒子，在小說中也成了前後顛
覆的人物關係與情節：

> 我突然就回憶起陳庭生的大太太對兒子陳郁說過的一句話了。
> 那話似乎來自我的想像，又似乎不是。如果是想像的話，我為
> 什麼會那麼想像呢？我糊塗了，我記不清了，也許，這是冥冥
> 之中的某種啟示？我記得那個母親對兒子說的話是：「別相信
> 你爸爸的話，但是，對弟弟好一些……」
> 這似乎已經說明瞭，陳郁和陳鄭，他們不是親兄弟。
> 「那他們是什麼？」我彷彿在夢遊，喃喃地問。

不管「那話」是否來自「我」的想像，都不應是「我」「回憶起」
的，而「回憶起」一說則將「我」拉近到與話語表述者——陳庭生的
大太太同一個共知背景下。延續的是對陳郁和陳鄭是不是親兄弟關係
的探究。陳庭生與肖建平遺孀的會面由此又構成了小說在將要完成時
的情節，並與前面漢口街頭陳庭生與如夫人相遇的情節相照應。與對
陳庭生與如夫人相遇情景的具體入神描繪一樣，「我」憑藉想像把

「年輕警察和年輕遺孀之間有沒有微妙的情感瓜葛和交流」演繹得惟妙惟肖。同一對象不同身分的描述都合情合理，都栩栩如生，但又互相顛覆。這一情節的具體描述後，「我」以講述者身分的評價穿插其間，又一次實現了時空與故事情節的鏈接：「這是我和老校長一起拚湊的故事嗎？肯定不是，因為我們都相信會有證據支持我們的推斷，只不過這證據淹沒在歷史的長河裡。而且，我真心相信我們的推測是真實的，因為這樣的推測充滿了一種喜感。」

整個小說文本以「我」為主要敘事者，穿插起老校長、父親鄭謙的講述，再現了五代警察的歷史淵源關聯。跨度一百年的時空，在文本中交織跳躍。同一警察身分的五代人在時空中交匯鏈接。穿插其中的「我」的講述與評價，既增強了故事的真實性，又顛覆了故事的真實性。作者以「命運」作為貫穿文本的主題，出自其「命運是職業的靈魂，而職業是命運的折射」這一觀念。[8]在這樣一個充滿了真實又充溢著夢幻，呈現出過去又呈現出現在的被顛覆的時空世界中，表現了五代人的命運，表現了警察這一職業追求與職業操守。故事的撲朔迷離使情節曲折離奇，增強了故事的可讀性，這是由間離製造的敘事語境差所帶給讀者的閱讀效果。

敘事對象無序跳躍造成的敘事文本內的間離，對語境的依託尤為明顯，如：

> 我只有祝賀和哀悼。斑馬！斑馬！斑馬！那些斑馬一見到我就興奮起來，紛紛圍上來，舐我，咬我，我聞到它們的味道就流眼淚。非洲，它們想念非洲，那裡鬧蝗災了。我還要告訴你，他很快知道了你被車撞死的消息，他怔一下，歎了口氣。波斯貓，他家的波斯貓也壓死了，他難過得吃不下飯去。
>
> ——莫言〈紅蝗〉

8　張策：〈命運：永遠的文學主題〉，《中篇小說選刊》2013年第3期，頁65。

這段文字呈現出大雜燴的情景，斑馬——非洲——蝗災——車撞死——波斯貓，描述對象跳躍無序，「我」、「他」、「你」三種人稱交疊。依託上下文語境，讀者解讀了其中的故事關聯。黑衣女人在過斑馬線時被車撞死，斑馬為非洲特產，小說主要的敘事背景是大蝗災，「他」為「你」（黑衣女人）的情人，「我」是無端被黑衣女人摔了兩個耳光的人。「波斯貓」是家養寵物，隱喻包養的情人。依託語境，讀者在無序中找到了內在的關聯，無序的敘事秩序得到了重新建構。

　　敘事形式的變更也是敘事文本內間離的一種表現形式，間離狀態下的敘事形式顛覆了一體化的敘事形式。變更可以體現在文本的上下文語境，造成上下文語境不同的敘事形式，如：

> 完了。最後一點詩意理想也被這無謂的承諾給轟毀了。林格不由得閉上了眼睛。由始至終她一直把眼睛大睜著，目睹著一座神像由朦朧到清晰，由遠及近，由理念到實際漸近到來的過程，就彷彿有另一個林格在注視著她對他的頂禮膜拜活動。如今美感詩意都已經轟然崩塌了，她萬念俱灰地閉上了眼睛。
>
> 唱針仍在深淺不一的塑料溝紋裡劃著。現在已經是到了莫斯科郊外的晚上了吧？深夜花園裡是否還是靜悄悄？小河流水是否還在輕輕地翻波浪？誰還在最後地詩意棲居在這個大地上？淚珠兒可曾洩露掉她內心的波瀾起伏了嗎？想要開口講可又能講什麼呢？
>
> 1. 不要試圖與神發生任何形式的關聯。尤其是肉體上的。
>
> 2. 蒽蘢的玉蘭花。
>
> 3. 咔嘰布大褲衩。
>
> 這就是一場獻身運動給她留下的深刻印記。原來如此。無非如此。不過如此。林格將滑下肩頭的乳罩帶子往上拉了拉。現在她已經從詩的刀俎下抬起身來，不再心甘情願為魚肉了。
>
> ——徐坤〈遊行〉

林格由對「詩神」程甲的頂禮膜拜到獻身，經歷了一個深刻的認知過程。程甲的形象從「以繆斯女神下凡的姿態，深刻地衝擊著她的視網膜」，到「詩神正在她多汁多液的搖曳中層層剝落掉自身的面具和錯甲，逐漸袒露出他生命的本真。西裝褪盡之後，便露出了裡面的老式咔嘰布大褲衩。那大概是革命年代愛情忠貞的遺跡吧？」這個變化使林格「美感在眼前倏忽即逝了，隨即湧起一股說不上來的惆悵和惋惜。」繼之而來程甲憂心忡忡的「不會出什麼問題吧」的問話，使林格品味出「他是在期盼著一個有聲的承諾，讓她向他保證他的名譽不會因為這次私情而受損」，而產生了巨大的失望。上述文字就是對林格心理活動的描述。在描述性的抒情文字中穿插了三個簡短的帶有嚴肅意味的祈使句與非主謂句，與上下文構成語言形式風格上的反差。這一形式變更突出了被顛覆的話語，概括了這場「獻身」運動留給林格的「深刻印記」。

　　形式的變更有時以更大的篇幅和反差，造成敘事語體的語言顛覆，如王蒙〈雜色〉中對主人公曹千里的介紹性文字：

> 然後，讓我們靜下來找個機會聽一聽對於曹千里的簡歷、政歷與要害情況的扼要的介紹。姓名：曹千里；現名、曾用名，同上。男。一九三一年十二月二十七日晨三時四十二分生於 A 省 B 專區 C 縣 D 村。家庭出身：小土地出租者，父親是老中醫，母親讀書識字。（是否漏劃地主？）本人成分：學生。現在文化程度：大學，書讀得愈多愈蠢。漢族。行政二十三級。一寸半身免冠照片。身高一米七二。體重五十六公斤——顯然不胖。髮色：黑，但已有白髮十四～十六根。髮型，沒有及時修剪的平頭，由其配偶不時用自備的推子試驗整修。
>
> …………
>
> 今天是什麼？

今天是一九七四年七月四日，曹千里現年四十三歲六個月零八
天又五個小時四十二分。

嚴肅的履歷和政論話語，按紀年的分類陳述（因篇幅太大，例略），
儼然呈現的是一個人的履歷表，從篇幅而言，又似傳記。以公文語體
話語形式造成對小說語體的顛覆衝擊，顛覆所呈現的是對荒謬時代的
含淚的嘲諷。以嚴肅與嬉戲並存的方式，使嘲諷辛辣深刻，使讀者在
對荒謬的品味中獲取語境差傳遞的審美信息。

二　敘事視角的間離

敘事視角移位是敘事視角間離的一種表現形式，間離狀態下的敘
事視角顛覆了正常敘事視角的一般性程序。小說敘事視角是故事的出
發點，也是故事講述者身分的彰顯。一個小說文本一以貫之的敘事視
角體現了敘事清晰的一體性。但當代小說卻以敘事視角移位的變換手
法，反映了當代人活躍的思維、多變的構思、靈活的技巧。

陳染〈嘴唇裡的陽光〉就是以獨特的敘事結構，體現了敘事視角
的變幻移位。小說共七個部分，第一、三、五、七部分是第三人稱敘
事，主人公以黛二小姐身分出現，由故事講述者講述了黛二小姐與牙
醫孔森的交往。地點在醫院的牙科診室和療養區，主要內容是看牙病
和關於童年往事的臨床訪談。第二、四、六部分則是第一人稱敘事，
黛二小姐轉化成了故事講述者。第二、四部分以「我」的身分，講述
了「我」與「他」奇遇、戀情，地址是劇場、大街。但同為「我」講
述的與「他」的交往，第六部分中的「他」卻轉換成了牙醫孔森，敘
述主體之一起了變化。在敘事視角移位中，同時交錯著時空移位。從
故事講述時間看，黛二小姐與牙醫孔森的交往是現在時，而與「他」
的交往是過去時。這兩個時空是以交錯形式出現的。在黛二小姐與牙

醫孔森的交往中，又穿插著對童年往事的回憶。這是由牙醫麻醉針頭噴射的霧狀液體所引發的：「這霧狀的液體頃刻間紛紛揚揚，誇張地瀰散開來。那白色的雲霧裊裊騰騰飄出牙科病室，移到樓道，然後沿著樓梯向下滑行，它滑動了二十八級臺階，穿越了十幾年的歲月，走向西醫內科病房。在那兒，黛二小姐剛剛七歲半。」針頭製造的雲霧將時空鏡頭拉到了這個兒時「剛剛從一場腦膜炎的高燒昏迷中蘇醒過來」的「體弱多病的小蘿蔔頭」，敘述了整整兩個多月打針經歷給她帶來的「針頭的恐懼」：「那長長的針頭從小黛二的屁股刺到她的心裡，那針頭同她的年齡一起長大」。在牙醫孔森臨床訪談中穿插著小黛二與童年唯一的夥伴——一個「瘦削疲弱而面孔陰鬱」的建築師朋友的遊戲，以及令小黛二終生難忘的事件，那個中年男子「強迫未經世事的黛二觀看了她一無所知的事情，以實現他的裸露癖」，這一事件給她造成的陰影一直籠罩到她的青年時代，在對孔森的傾訴，與孔森的相戀及成婚後才得以消除。孔森是將她從童年的陰影中解脫的希望。第五部分視角轉移到了黛二小姐與牙醫孔森的「臨床訪談」，訪談的內容並非牙病，而是承接上文的心理陰影。「她滔滔不絕，被傾吐往事之後的某種快慰之感牽引著訴說」童年時代與建築師朋友的遊戲，訴說著建築師「那種瘋狂工作和遊戲與他作為一個失敗的男人之間的某種關聯」，訴說「一把大火伴隨著令人窒息的汽油味結束了他的苦惱、悔恨和無能為力的慾望」。而「年輕的牙醫把一隻手重重壓在黛二小姐的肩上，那種壓法彷彿她會忽然被記憶裡的滾滾濃煙帶走飄去。那是一隻黛二小姐嚮往已久的醫生的手臂，她深切期待這樣一隻手把她從某種記憶裡拯救出來。有生以來她第一次把自己當作病人軟軟地靠在那隻根除過無數顆壞牙的手臂之中。這手臂本身就是一個最溫情、最安全的臨床訪談者，一個最準確的 DSM-III 系統」。「當年輕的孔森醫生把那兩顆血淋淋的智齒噹啷一聲丟到乳白色的托盤裡時，深匿在黛二小姐久遠歲月之中的隱痛便徹底地根除了。」以拔牙

隱喻根除童年的心理隱痛結束了整篇文本的敘事。與「他」的相遇則是在五年前，但二人的相識則是在更早的時候：「我們一邊走一邊很勉強地回憶了一下那段往事。我告訴他我對於他那雙眼睛存有了深刻的記憶，還有他的聲音——大提琴從關閉的門窗裡漫出的低柔之聲。出乎我意料的是，他對於我那一次的細枝末節，包括神態舉止都記憶猶新。」這一次偶然的相遇又被第三部分「重現的陰影」所打斷，第三部分穿插了孔森醫生在診室給黛二小姐治病的敘述。「我」與「他」的交往在第四部分重新鏈接，構成「冬天的戀情」。「在與他偶然地再次相遇以前，我的冬天漫長且荒涼。」而「在這個冬季，我對他的信賴漸漸變得僅次於對陽光的信賴。」在熱戀中，我因童年的創傷而感到恐懼，「我依偎在他臂彎的溫暖裡，也依偎在他的職業帶給我的安全中。我從未這樣放鬆過，因為我從未在任何懷抱裡失去過抑制力，我的一聲聲吟泣漸漸滑向我從未體驗過的極樂世界；我也從未如此沉重過，我必須重新面對童年歲月裡已經模糊了的往事，使我能夠與他分擔。」與「他」的交往在這樣模糊的事件描寫中終結。這一戀情的無果是由五年後，「他」的所指轉向而昭示的。「五年後的今天，我仍然無法對我當時的情感做出準確的判斷，因為我從來不知道愛情的準確含義。」而在第六部分開頭，「他」則轉換成了牙醫孔森，「在我和他同居數月之後的一個風和日麗的上午，我們穿越繁鬧的街區，走過一片荒地，和一個堆滿許多作廢的鐵板、木樁和磚瓦的礦場。我對廢棄物和古殘骸從來都懷有一種莫名的情感和憂傷，那份荒涼破落與陰森瘆人的景觀總使我覺得很久以前我曾經從這裡經過，那也許是久已逝去的童年和少年時光。」舉行了告別童年的儀式後，二人邁向了婚姻殿堂。小說以第三人稱與第一人稱交錯的視角，展示了同一敘事主體黛二小姐與不同男性的交往，使小說敘事視角處於一種顛覆之中，這種顛覆由敘事脈絡調整統一，體現了獨具一格的敘事魅力。

　　〈嘴唇裡的陽光〉以各部分敘事角度的變換造成間離，部分與部分的間隔對人稱的變換起了間離變換間隔點的作用。嚴歌苓〈倒淌河〉則以無間隔點形式變換敘事人稱，凸顯敘事間離效果。如：

　　（1）從前，有個人叫何夏，因血氣方剛、好鬥成性險些送掉一條老工人的小命。當初我逍遙自在地晃出勞教營，看到偶然存下來、撕得差不多了的布告，那上面管何夏叫何犯夏。很有意思，我覺得我輪迴轉世，在看我上一輩子的事。勞教營長長陰濕的巷道，又將我娩出，使我脫胎換骨重又來到這個世道上造孽了。誰也不認識我，從我被一對鐵銬拎走，人們謝天謝地感到可以把我這個混帳從此忘乾淨了。包括她明麗。我就像魂一樣沒有念頭、沒有感情地遊逛，又新鮮又超然，想著我上一輩子的愛和恨，都是些無聊玩意兒。

　　（2）杜明麗替何夏收拾房間。她是個愛潔如癖的女人，一摞碗筷，就夠她慢條斯理、仔仔細細收拾半天。她把小木箱豎起來，食具全放進去後，又用白紗布做了個簾。
我看她幹這一切，完全像看個小女孩過家家。似乎她能從收拾東西布置房間這事裡得到多大幸福。二十年前就這樣──總是她輕手輕腳在我房裡轉來轉去，沒什麼話，有的也是自言自語：書該放這裡嘛，放這兒好，瞧瞧，好多了。我呢，從來不去理會她，從不遵守她的規矩，等她下次再來，又是一團糟。但她從不惱，似乎能找到一堆可供整理的東西，她反倒興奮。

　　例（1）首句以第三人稱敘事形式出現，而後沒有任何間隔，「何夏」就以第一人稱敘事者的身分介入了敘事。例（2）上一自然段是第一人稱敘事，下一自然段第一人稱「我」又替代「何夏」進入敘事。例

（1）敘事人稱轉換在句與句之間出現，沒有任何間隔照應。例（2）雖然有段與段之間的間隔，但並無任何文字上的過渡。這種敘事人稱的轉換貫穿了〈倒淌河〉整個文本，從小說開篇即是以第三人稱「他」與第一人稱「我」之間的無間隔銜接為整個文本的敘事人稱轉換定下了基調。它打破了同一文本敘事人稱固定的模式，造成了敘事視點游移，以游移造成敘事的跳躍感，從而帶給讀者以新鮮的閱讀感受。同時，不同敘事人稱也為不同敘事方式的多角度敘事提供了敘事空間，從第三者敘事與從當事者敘事角度交替的模式使敘事具有了從多角度敘述描寫的豐富性與變幻色彩。這種變幻構成了嚴歌苓獨特的語言風格。

敘事視角移位造成了小說結構的獨特設置。嚴歌苓〈白蛇〉共十三節，以官方版本、民間版本、不為人知的版本三個視角的交織，敘述了歌舞演員孫麗坤被關押、審查、定罪以及釋放的經歷。三個版本以官方、民間、不為人知三個視角從不同角度敘述同一對象、同一事件，三個視角各有側重、各有特點、互相補充，構成了完整的故事情節。官方版本共有四節，第〇節是 S 省革委會宣教部寫給周恩來總理的信，將對孫麗坤關押、審查、定罪，以及患精神分裂症的過程向總理匯報。第三節是省歌舞劇院革命領導小組寫給省文教宣傳部負責同志的信，匯報自稱「中央特派員」的徐群山探訪孫麗坤的過程。第九節是北京市公安局寫給 S 省革委會保衛部的信，說明對多位叫「群山」（群珊）的人的調查結果。第十二節是《成府晚報》特稿，報導康復後的孫麗坤交往男朋友的情況。民間版本共三節。第一節寫孫麗坤對男性的勾引，寫了其與建築工們的調戲鬥嘴、探訪她的男青年的出現。第四節寫「男」青年徐群山與孫麗坤的交往、孫麗坤的精神失常。第十節寫在精神病院的孫麗坤與女孩子珊珊的交往。不為人知的版本有六節。第二節寫徐群山探訪時與孫麗坤的交談，第五節是一九六三年的兩則日記，記述一個女孩對「白蛇」的迷戀。第六節又是徐

群山探訪時與孫麗坤的交談，第七節是一九七〇年的兩則日記，記述
女孩插隊的情景。第八節對徐群山與孫麗坤交往做了大篇幅的描述，
帶孫麗坤外出，在招待所泡澡等情景具體展現。第十一節是孫麗坤知
道徐群山性別後的精神打擊，以及後來與女孩珊珊之間的愛戀。第十
三節寫孫麗坤參加珊珊的婚禮，二人的告別。

　　三個版本各有側重點，各有不同的敘事風格。官方版本主要是官
方的公文信函，民間版本主要是民間未加證實的傳說，不為人知的版
本則是限於故事兩個主人公所知的內幕。顯然，不為人知的版本最具
有真實性。不同的信息渠道帶來了傳遞信息的語言的差異。官方版本
作為正式部門的溝通，以嚴肅的面貌出現，帶有公文語體的語言色
彩，如：

　　　　十二月二十八日，領導小組一致通過決議：對孫進行婦科檢
　　　　查。孫本人一再拒絕，專政隊女隊員們不得不以強行手段將孫
　　　　押解到省人民醫院婦產科。檢查結果為：處女膜重度破損。但
　　　　是否與徐某有性關係，此次檢查無法確定。

這是省歌舞劇院革命領導小組寫給省文教宣傳部負責同志的信件，匯
報自稱「中央特派員」的徐群山探訪孫麗坤的過程二人的關係問題。
民間版本作為街頭巷尾的信息傳遞，以小道消息的面貌出現，帶有低
俗的、口語化的語言色彩，如：

　　　　演「白蛇傳」那些年，大城小城她走了十七個，各個城市都有
　　　　男人跟著她。她那水蛇腰三兩下就把男人纏上了床。睡過孫麗
　　　　坤的男人都說她有一百二十節脊椎骨，她想往你身上怎樣纏，
　　　　她就怎樣纏。她渾身沒一塊骨頭長老實的，隨她心思游動，所
　　　　以她跟沒骨頭一樣。

傳言內容的荒誕性帶來了語言的不可論證的荒謬表述。不為人知的版本作為記述當事人行為活動、情感活動的載體，以隱私面貌出現，帶上了私蜜性、帶上了抒情的語言格調，如：

> 那個青年背著手站在她面前。他背後是層層疊疊的敗了色的舞臺布景。他帶一點嫌棄，又帶一點憐惜地背著手看她從那烏糟糟的毛巾中升起臉。她頓時感到了自己這三十四歲的臉從未像此刻這樣赤裸。她突然意識到他就站在「白蛇傳」的斷橋下，青灰色的橋石已附著著厚厚的黯淡歷史。

二人會面時的表情、情感是在沒有他人參與的情景下的，自然就帶有了私蜜性。故事的主題與描述內容，又使語言文字充滿了滄桑感，也就具有了抒情意味。

　　該文本以視角交錯的結構配置，間離了情節敘述效果的一體性，給人以獨具一格的新鮮感。三個視角構成交錯互補的關係，造成了以同一對象、同一事件為敘事主體的不同角度的敘述風格。不為人知的版本穿插在官方版本與民間版本之間，對兩個版本所未知或失誤的信息起了補充更正作用。如第二節不為人知的版本對第一節出現的男青年探訪的情節作了介紹，因為探訪的空間語境僅限於二人所有，因此，二人之間的對話及心理活動也就僅限於當事人所知，作者將此袒露在讀者眼前。第三節官方版本、第四節民間版本都圍繞徐群山不正常的形象，與孫麗坤不正常的交往，導致孫麗坤精神失常事件。但其人物、其關係純屬猜測。第六節、第八節不為人知的版本對二人交往作了具體的描述，於是讀者了解了探訪時的真實情景：二人聊跳舞、聊婚姻、聊家庭……讀者了解了孫麗坤與徐群山交往時的心理活動，知道徐群山來的目的：

活到三十四歲，她第一次感到和一個男子在一起，最舒適的不是肉體，是內心。那種舒適帶一點傷痛、帶一點永遠搆不著的焦慮。帶一點絕望。徐群山每天來此地一小時或兩小時。她已漸漸明白他的調查是另一回事。或者是它中途變了性質，不再是調查本身。他和她交談三言兩語，便坐在那張桌上，背抵窗子。窗外已沒有「美麗的姑娘見過萬千」之類的調情。那歌聲不再唱給一個緊閉的窗子和又變得望塵莫及的女人。他就坐在那裡，點上一根煙，看她脫下棉衣，一層層蛻得形體畢露。看她漸漸動彈，漸漸起舞。他一再申明，這是他調查的重要組成部分。

她的直覺懂得整個事情的另一個性質。她感到他是來搭救她的，以她無法看透的手段。如同青蛇搭救盜仙草的白蛇。她也看不透這個青年男子的冷靜和禮貌。她有時覺得這塞滿佈景的倉庫組成了一個劇，清俊的年輕人亦是個劇中人物。她的直覺不能穿透他嚴謹的禮貌，穿透他的真實使命。對於他是否在作弄她，或在迷戀她，她沒數，只覺得他太不同了。她已經不能沒有他，不管他是誰，不管他存在的目的是不是為了折磨她，斯文地一點點在毀滅她。

雖然在這些文字中，徐群山還是以朦朧的、詭秘的形象展示，但已讓人意識到，這個青年對拯救失去自由、失去舞蹈希望的孫麗坤有著重大的意義。作為一直關注她的崇拜者，徐群山深知，「舞蹈對她自身是什麼？若是沒了舞蹈，她有沒有自身？她從來沒想過這個問題。如用舞蹈去活著。活著，而不去思考『活著』。她的手指尖足趾尖眉毛絲頭髮梢都灌滿感覺，而腦子卻是空的，遠遠跟在感覺後面。」因此，讓其恢復舞蹈，就是恢復自信、就是恢復生命。這是徐群山探訪的主要目的。及至第八節徐群山將孫麗坤帶出，兜風、泡澡，最後是徐群山真面目的亮相：

她揭下那頂呢軍帽。揭下這場戲最後的面具。她手指插進他濃蜜的黑髮。那麼長而俊美的鬢角，要是真的長在一個男孩子臉上該多妙。

徐群山看見她的醒悟。看見淚水怎樣從她心裡飛快漲潮。

她的手停在他英武的髮角上。她都明白了。他知道她全明白了。但不能道破。誰也不能。道破他倆就一無所有。她就一無所有。

夢要做完的。

探訪的過程以真相的揭秘宣告結束，是對徐群山性別與身分的顛覆，也是對二人探訪過程中關係的顛覆。對徐群山的真實性別，和對孫麗坤的態度，曾在不為人知的版本第五節、七節的日記有所挑明。第五節的日記寫於一九六三年，記述了徐群珊（山）學生時代對孫麗坤的敬仰崇拜，以及買不到票，被孫麗坤帶進劇場的情景。第七節的日記寫於一九七〇年，記述了插隊及進城的經歷。這幾則日記，並沒有說明何人所寫。但由日記內容可以看出寫作者。一九六三年的日記，與徐群山探訪孫麗坤時多次提及的：「我很小就看過你跳舞」、「我很小的時候就特別迷你」相關，其反覆強調童年的崇拜相照應，孫麗坤缺乏與之共知的背景前提，以致產生信息差：

「我很小就看過你跳舞。」

孫麗坤唬一跳，為什麼他又來講這個。

「那時我才十一、二歲。」

她想，他都講過這些啊，為什麼又來講。

「跟走火入魔差不多。」他說著，像笑話兒時的愚蠢遊戲那樣笑一下，借著笑歎了口氣。

童年的印記是如此清晰地映照在徐群山腦海，可見其深刻。不為人知的版本提供了解讀一些奇異現象的語境，探訪時徐群山對孫麗坤的撫摸看似異性之間的相戀，但與日記中的情感記載相結合，便有了答案。「他的手伸過來了，撫摸她的頭髮，指尖上帶著清潔的涼意。那涼意像鮮綠的薄荷一樣清潔，延伸到她剛在澡盆中新生的肌膚上，她長而易折的脖子上。」「徐群山清涼的手指在把她整個人體當成細薄的瓷器來撫摸。指尖的輕侮和煩躁沒了。每個橢圓剔透的指甲仔細地掠過她的肌膚，生怕從她絹一樣的質地上勾出絲頭。」這些撫摸，與當年日記中所記載的「她的胸脯真美，像個受難的女英雄，高高地挺起。我真的想上去碰一碰她的……看看是不是塑像。我對自己有這種想法很害怕」相照應，由此可見，這種肉體親近，既非異性，也非同性，而是一種對美的追求。對徐群山的這一性格特徵，小說在對其選擇的結婚對象時有所揭示：「珊珊天性中的對於美的深沉愛好和執著追求，天性中的鍾情都可以被這樣教科書一樣正確的男人糾正。珊珊明白她自己有被矯正的致命需要。」這可以視作對前面不合情理的舉止的注解。徐群山的性別與身分問題，第七節一九七〇年的兩則日記中顯現出來：

> 第一次聽人叫我大兄弟。跟「紅旗雜誌」、「毛選」一樣，外皮兒是關鍵，瓤子不論。我十九歲，第一次覺得自己身上原來有模稜兩可的性別。原來從小酷愛剪短髮，酷愛哥哥們穿剩的衣服是被大多數人看成不正常起碼不尋常的。好極了。一個純粹的女孩子又傻又乏味。
>
> 原來我在熟人中被看成女孩子，在陌生人中被當成男孩；原來我的不男不女使我在「修地球」的一年中，生活方便許多也安全許多，尊嚴許多。這聲「大兄弟」給我打開了一扇陌生而新奇的門，那門通向無限的可能性。

這是徐群山假小子打扮與性格給人的性別誤差。這種性別誤差，在探訪中也通過他人的眼光暗示過：「其實這一群看守孫麗坤的女娃是在事出之後才想出所有蹊蹺來的。她們是在徐群山失蹤之後，才來仔細回想他整個來龍去脈的。她們在後來的回想中，爭先恐後地說是自己最先洞察到徐群山的『狐狸尾巴』。說從最初她們就覺出他的鬼祟，他有什麼不可告人的目的，他那種本質的、原則的氣質誤差，那種與時代完全脫節的神貌。那種文明。最後這句她們沒說出口，因為文明是個定義太模糊的詞，模糊地含有一絲褒意。她們同時瞞下了一個最真實的體驗：她們被他的那股文明氣息魅惑過，徹底地不可饒恕地魅惑過。事出之後，她們才真正去想徐群山那不近情理的斯文。他不屬於她們的社會、她們的時代。我們轟轟烈烈的偉大時代，她們說。他要麼屬於歷史，要麼屬於未來。不過這一切都是事發之後她們倒吸一口冷氣悟出的。」「她們還默默供認徐群山從形到神的異樣風範給她們每個人的那種荒謬的內心感染，使她們突然收斂起一向引以為驕傲的粗胳膊粗腿大嗓門。」性別的顛覆在對孫麗坤基本康復後的病床生活中也顯露出來：「據說她身邊常有個探望者，抑或陪伴者。是個女孩子，醫生護士只知道她是孫麗坤曾經的舞迷。」至於探訪孫麗坤時的「將校呢軍裝」在日記中也出現了：

　　翻衣服穿，翻出我大哥給我的那身將校呢軍裝。我把它穿上。扣上帽子，在洞裡晃悠兩圈。不行，還得挑水去。

　　挑兩個半桶的泥漿回到窯洞，碰上上工的人都跟我說當兵好啊；一當就當毛料子兵。

　　就這麼簡單？把「紅旗雜誌」的封皮兒套在我存的那些電影雜誌外面，我讀的就是「紅旗雜誌」；把「毛選」的封皮套在《悲慘世界》外面，《悲慘世界》就是毛選。毛料子軍裝一下

就把我套成一個高人一等、挨人羨慕的毛料子特種兵。不好下
臺了。明天脫下這身軍裝，謊言是不能脫掉的。
我得走。讓他們看著我穿著毛料軍裝從這村裡永遠走掉。
我得回北京。讓謊言收場。

這就是探訪時偽裝「中央特派員」的服裝的出處，在日記中被披露
出來。

　　不為人知的版本，可以說是官方版本、民間版本的注釋和翻譯，
它將人物的真實身分、真實目的，將人物的情感揭示出來。它又是對
其他兩個版本的顛覆，顛覆了虛假、顛覆了荒謬、還原了真實、還原
了邏輯，也還原了情感。三個版本交錯的視角轉換，增添了對故事描
述的生動性，造成了情節的虛幻迷離，也還原了特定年代對同一事件
不同看法的歷史真實。

三　敘事者與敘事間離

　　小說作者就是故事的敘事者，他筆下的故事情節理所當然就是其
在講述的，敘事者以無需出現的身分，隱身在故事的講述過程。但這
種身分在一些小說中被顛覆。

　　在敘事者敘事話語中，穿插其他話語，造成與原有的敘事話語間
離，是顛覆的表現之一。如：

但是這裡盛傳著他曾經是一個「大人物」，（老天，你瞧曹千里
那個樣子，他像嗎？）他曾經在中央工作過，（北京就是中央
所在地，你否認得了嗎？）由於不走運，由於出了點事情，
（中國人的政治經驗和政治敏感，舉世無雙！）他被貶到了邊
疆，（怎麼是貶呢？上山下鄉最光榮嘛！）變成了和他們差不

多，卻又不像他們那樣根深柢固、世代相安的可憐人。

——王蒙〈雜色〉

在原有的敘事話語中穿插反問與感歎句式，造成與原有話語的對抗性話語指向。我們且將其看作複調形式。巴赫金在對陀思妥耶夫斯基詩學問題的研究中，將「複調」視作陀思妥耶夫斯基小說的基本特點：「有著眾多的各自獨立而不相融合的聲音和意識，由具有充分價值的不同聲音組成真正的複調——這確實是陀思妥耶夫斯基長篇小說的基本特點。」[9]當然上例的複調實際上只是一種雙聲，並非陀思妥耶夫斯基的「眾多」的聲音，但它足以構成對原有話語的干擾，使該段文字呈現出一種論辯的對話性。原敘事者與話語插入者之間構成了語義傾向的相左。原敘事形態與內容被插入者所顛覆，造成了一種荒誕下的反諷。是原敘事話語荒誕，還是插入話語荒誕，二者相互解構，讓人在新穎的話語模式中感受作者對時代的嘲諷。

　　王蒙的〈雜色〉中除了雙聲話語模式造成敘事者與敘事對象間離之外，還以作者插入話語，顯現敘事者的作者身分，直接與讀者對話的方式體現間離。如：

（1）好了，現在讓曹千里和灰雜色馬蹣蹣跚跚地走他們的路去吧。讓聰明的讀者和絕不會比讀者更不聰明的批評家去分析這匹馬的形象是不是不如人的形象鮮明而人的形象是不是不如馬的形象典型，以及關於馬的臀部和人的面部的描寫是否完整、是否體現了主流與本質、是否具有象徵的意味、是否在微言大義、是否情景交融、寓情於景、一切景語皆情語、恰似「僧敲月下門」「紅杏枝頭春意鬧」和「春風又綠江南岸」去

<hr>

9　〔蘇〕巴赫金：〈陀思妥耶夫斯基詩學問題〉，收入錢中文主編：《巴赫金全集》（石家莊市：河北教育出版社，1998年），第五卷，頁4。

吧。讓什麼如果是意識流的寫法作者就應該從故事裡消失，如果不是意識流的寫法第一場掛在牆上的槍到第四場就應該打響，還有什麼寫了心理活動就違背了中國氣派和群眾的喜聞樂見，就是走向了腐朽沒落的小眾化，或者越朦朧越好，越切割細碎，越亂成一團越好以及什麼此風不可長，一代新潮不可不長的種種高妙的見解也盡情發表以資澄清吧。

（2）這是一篇相當乏味的小說，為此，作者謹向耐得住這樣的乏味堅持讀到這裡的讀者致以深摯的謝意。不要期待它後面會出現什麼噱頭，會甩出什麼包袱，會有個出人意料的結尾。他騎著馬，走著，走著……這就是了。每個人和每匹馬都有自己的路，它可能是艱難的，它可能是光榮的，它可能是歡樂的，它可能是驚險的，而在很多時候，它是平凡的，平淡的，平庸的，然而，它是必須的和無法避免的，而艱難與光榮、歡樂與驚險、幸福與痛苦，就在這看來平平常常的路程上……

例（1）涉及到讀者、評論者對故事情節的評論，所構成的話語方式既有對人物說話，又有對讀者、評論者說話的意味。特別是穿插著的傳統評論話語，造成了雜亂紛呈的評論狀態。例（2）是小說末尾的總結評述性話語，構成作者與讀者會話的模式。這種作者的插入式出現看似使原有的敘事中斷，干擾了讀者原有的視線，實際上是一種巧妙的關聯。它與整個篇章的敘事風格是融為一體的。巴赫金評價陀思妥耶夫斯基小說世界與其藝術任務之間的關係時說：「如果對所描繪的世界，給以貫徹始終的獨白型的觀察和理解，如果著眼於獨白型的結構小說的傳統程式，從這樣的觀點來看，陀思妥耶夫斯基的世界可能像是一片混亂的世界；而他的小說的結構方法，好像用水火不相容的不同組織原則，把駁雜不一的材料拚湊到一起。唯有從我們上面概

括出的陀思妥耶夫斯基的基本藝術任務出發，才能理解他的詩學的深刻的必然性、一貫性和完整性。」[10]而陀思妥耶夫斯基的藝術任務則是：「創造一個複調世界，突破基本上屬於獨白型（單旋律）的已經定型的歐洲小說模式。」）[11]同樣，王蒙也構建了一個紛雜的小說世界，在作者挺身而出，干擾讀者視線的同時，展現了對荒誕時代的含淚的批判，展現了與整個文本相一致的反諷風格。還有在描述中以局外人身分的插入評價：

> 然而它仍舊不緊不慢地邁動著它的步子，沒有一點變化。你就不興緊兩步嗎？
> 「然而緊兩步又怎麼樣呢？」馬回答說，它歪了歪頭，「難道我能幫助你躲過這一場又一場的草原上的暴風雨嗎？難道在一個一眼望不見邊的草原上，我們能尋找到絲毫的保護嗎？讓雨淋一淋又有什麼不好呢？在那個骯髒和窄小的馬廄裡，雨水不是照樣會透過房頂的爛泥和茅草漏到我的身上嗎？而那是泥水、髒水，還不如這來自高天大天的豪雨呢！要不，我就這樣髒嗎？」
> 他描寫馬說話，這使我十分驚異，但我暫時不準備發表評論，因為他還有待於寫出更加成熟的作品。向您致敬了，謝謝您！

寫馬與人的對話是荒誕的，在對話後出現對此的說明更是荒誕的。這一荒誕在於語言形式的表達。短短文字出現了三個人稱，從語義猜測，「他」指作者，「我」則應是評論家，「您」也應是「不準備發表評論」的「他」，即作者。最後應該是作者向評論家的致謝，但沒有

---

10 〔蘇〕巴赫金：《陀思妥耶夫斯基詩學問題》，收入錢中文主編：《巴赫金全集》（石家莊市：河北教育出版社，1998年），第五卷，頁6-7。

11 同前註，頁6。

任何中間過渡，人稱轉換，伴隨著話語形式轉換。這種形式也造成了敘事者與敘事的間離，體現了王蒙意識流的游動性。

敘事者參與的間離，可以出現在小說開頭，可以出現在小說末尾，也可以出現在故事的講述中。間離效果體現了布萊希特在戲劇情節設置上的獨樹一幟，「他一反常規地要求演員隔離於劇情之外；演員一刻都不允許自己完全變成劇中的人物，不該與劇中的人物重合一致。如果戲劇的情節過於有趣，演員必須加以間離以便顯出距離。為了使演員的表演被視為『表演』，為了避免劇情如同真實的情景一樣，演員必須動用各種手段——例如，演員可以一邊表演，一邊間歇地到舞臺旁邊吸菸。按照布萊希特的觀點，演員應當阻止觀眾陷於出神入迷的狀態，避免觀眾的完全投入和共鳴。」[12]布萊希特這樣處理的目的，就是「要擊破常識蒙在」一些「長期未曾改變的」、「似乎顯得不可更改的」事物上面的「保護層」。也就是「間離效果將為觀眾製造一個局外人的位置，他們將撤出日常的習慣從而能夠用新的視線重新觀看熟悉的事件。這將使他們揭掉常識為現存現實所提供的『本來如此』的解釋，間離所帶來的陌生使他們及時地洞察現實存有的另一些可能。」[13]馬原〈虛構〉開篇就以作者的亮相登場：

> 我就是那個叫馬原的漢人，我寫小說。我喜歡天馬行空，我的故事多多少少都有那麼一點聳人聽聞。我用漢語講故事；漢字據說是所有語言中最難接近語言本身的文字，我為我用漢字寫作而得意。全世界的好作家都做不到這一點，只有我是個例外。

敘事者身分在文本第一部分多次被提到：

---

12 南帆：《文學的維度》（上海市：上海三聯書店，1998年），頁36-37。
13 同前註，頁37。

（1）細心的讀者不會不發現我用了一個模稜兩可的漢語詞彙，可能。我想這一部分讀者也許不會發現我為什麼沒有另外一個漢語動詞，發生。我在別人用發生的位置上，用了一個單音漢語詞，有。

（2）毫無疑問，我只是要借助這個住滿病人的小村莊做背景。我需要使用這七天時間裡得到的觀察結果，然後我再去編排一個聾人聽聞的故事。我敢斷言，許多苦於找不到突破性題材的作家（包括那些想當作家的人）肯定會因此羨慕我的好運氣。這篇小說的讀者中間有這樣的人嗎？請來信告訴我。我就叫馬原，真名。我用過筆名，這篇東西不用。

（3）我開始完全抱了浪漫的想法，我相信我的非凡的想像力，我認定我就此可以創造出一部真正可以傳諸後世的傑作。（請注意上面的最後一個分句。我在一個分句中使用了兩個——可以。）

作者身分的不斷出現，強調了「我」的故事敘事者與故事參與者的雙重身分。體現了現實與虛幻交錯的寫作背景。南帆稱其為「惡作劇似地向人們展覽種種銜接故事的齒輪與螺絲釘」，其效果在於「造成了故事閱讀的夾生之感——對於臺下的觀眾說來，目睹劇院化妝間的技術操作必將破除舞臺劇情的神聖性。這顯明，馬原已經拋棄了傳統小說所尊奉的『真實』觀念。馬原小說的敘事者有意在故事中間拋頭露面，毫無顧忌地證明故事是被人說出來的。這不啻於提醒人們，任何『真實』無非敘事策略所形成的效果。於是，馬原小說從故事轉向了敘事。」[14]馬原以敘事者堂而皇之登場的模式，間離了故事的連貫

---

14 南帆：《文學的維度》（上海市：上海三聯書店，1998年），頁203。

性，顛覆了傳統敘事模式。

如果說，馬原試圖強調的是敘事者與故事中人物的雙重身分，那麼，蘇童〈1934年的逃亡〉則是在開頭部分撇清自己的敘事者身分，以強調故事中人物的身分：「你們是我的好朋友。我告訴你們了，我是我父親的兒子，我不叫蘇童。」為融入故事中人物打下基礎。「我的父親也許是個啞巴胎。他的沉默寡言使我家籠罩著一層灰濛濛的霧障足有半個世紀.這半個世紀裡我出世成長蓬勃衰老。父親的楓楊樹人的精血之氣在我身上延續，我也許是個啞巴胎。我也沉默寡言。我屬虎，十九歲那年我離家來到都市，回想昔日少年時光，我多麼像一隻虎崽伏在父親的屋簷下，通體幽亮發藍，窺視家中隨日月飄浮越飄越濃的霧障，霧障下生活的是我們家族殘存的八位親人。」讓「我」置身故事人物，成為故事情節的重要一員。不論是哪一種傾向，以敘事者或故事中人物身分的插入都對小說正常的敘事模式造成偏離，製造了間離效果。

敘事者參與的間離還可出現在故事情節的中間，以插入式突兀的形式出現敘事者即作者的名字，如：

> 我突然聞到了一股熱烘烘的腐草氣息——像牛羊回嚼時從百葉胃裡泛上來的氣味，隨即，一句毫不留情的話像嵌著鐵箍的打狗棍一樣搶到了我的頭上：
> 你瘋得更厲害！
> 好一個千刀萬剮的九老媽！
> 你竟敢說我瘋啦？
> 我真的瘋了？
> 冷靜，冷靜，請冷靜一點！讓我們好好研究一下究竟是怎麼一回事。
> 她說我瘋了，她，論輩份是我的九老媽，不論輩份她是一個該死不死浪費草料的老太婆，她竟然說我瘋了！

我是誰？

我是莫言嗎？

我假如就是莫言，那麼，我瘋了，莫言也就瘋了，對不對？

我假如不是莫言，那麼，我瘋了，莫言就沒瘋。——莫言也許瘋了，但與我沒關。我瘋不瘋與他沒關，他瘋沒瘋也與我沒關，對不對？因為我不是他，他也不是我。

如果我就是莫言，那麼——對，已經說對了。

瘋了，也就是神經錯亂，瘋了或是神經錯亂的鮮明標誌就是胡言亂語，邏輯混亂，哭笑無常，對不對？就是失去記憶或部分失去記憶，平凡的肉體能發揮出超出凡人的運動能力，像我們比較最老的喜歡在樹上打秋千、吃野果的祖先一樣。所以，瘋了或是神經錯亂是一椿有得有失的事情：失去的是部分思維運動的能力，得到的是肉體運動的能力。

好，現在，我們得出結論。

首先，我是不是莫言與正題無關，不予討論。

我，邏輯清晰，語言順理成章，當然，我知道「邏輯清晰」與「語言順理成章」內涵交叉，這就叫「換言之」！……我哭笑有常，該哭就哭，該笑就笑，不是有常難道還是無常嗎？我要真是無常誰敢說我瘋？我要真是無常那麼我瘋了也就是無常瘋了，要是無常瘋了不就亂了套了嗎？該死的不死不該死反被我用繩索拖走了，你難道不害怕？如此說來，我倒很可能是瘋了。

——莫言〈紅蝗〉

作者名出現在第七章，此章中「莫言」一反前後幾章的稱呼，代替了「我」。「莫言」以故事中人物的身分與九老媽對話，回憶九老媽在莫言家的西瓜地裡的西瓜「拉進去一個屎蹶子」，瓜熟後莫言被爹逼著吃瓜的情景。這段對話圍繞著「瘋」與「沒瘋」，是與不是莫言展開

論辯，且不說其中的邏輯推理變異，單是「莫言」與前後情節的敘事者「我」之間的關係就呈現出真真假假的虛幻，這就是「莫言」這一代名詞插入敘事所造成的間離效果，這一效果是延續前面的敘事者「我」的第一人稱所無法達到的。

敘事者參與的間離還可出現在故事情節的末了，在惟妙惟肖的故事講述後期以突然的方式插入，顛覆了前面敘事的真實性。陳染〈巫女與她的夢中之門〉中，在年齡類似父親的男人與「我」瘋狂性交中「性縊死」的描寫後，接著寫道：

> 接下來的事件情節過於緊湊。十幾年的如夢時光似乎已使我記憶不清。
>
> （即使如此，我仍然被我講述的這個也許是虛構的恐怖記憶驚呆了。我驚懼地看著我故事裡偽造的第一人稱，我不知道她是誰。因為我天生是個作小說的人，所以我的任何記憶都是不可靠的。在藍蒼蒼恬靜的夏日星空下與在狂風大作的冷冬天氣裡，追憶同一件舊事，我會把這件舊事記憶成面目皆非、徹底悖反的兩件事情。）
>
> 接下來的次序大致和那個夢裡的一樣：先是一片嘈雜浮動的人群，一片令我頭暈的喧囂；然後是一片森林般的綠色警察推搡著把我帶走，他們在逮捕我時對一絲未掛的我進行了包裹；再然後是雪白的醫院，大冰箱一樣的太平間，和一份科學論文似的驗屍報告。

括弧內的文字在如真似夢的故事敘寫中出現了故事講述者，以如真似幻的否定顛覆了故事中人物。這種否定又穿插在事件發生與事後警察處理之間，對於故事的一貫性與真實性起了間離效果，體現了陳染的敘事風格。王蒙曾感慨陳染敘事中的奇幻色彩：

> 陳染的作品似乎是我們的文學中的一個變數，它們使我始而驚
> 奇，繼而愉悅，再後半信半疑，半是擊節，半是陌生，半是讚
> 賞，半是迷惑，乃嗟然歎曰：
> 陳染，你是誰？我怎麼不認識你？我怎麼愛讀你的作品而又說
> 不出個一二三來？雄辯的，常有理的王某，在你的小說面前，
> 被打發到哪裡去了？
>
> 　　　　　　　　　　　　　　　　　——王蒙〈陌生的陳染〉

在感慨之餘，王蒙道出了其作品的魔幻色彩：「是的，她的小說詭秘，調皮，神經，古怪；似乎還不無中國式的飄逸空靈與西洋式的強烈和荒謬。她我行我素，神啦巴唧，乾脆俐落，颯爽英姿，信口開河，而又不事鋪張，她有自己的感覺和制動操縱裝置，行於當行，止於所止。」造成這一色彩的原因之一，可能就是上例中虛虛假假，真真實實的表述手法。

王朔《動物兇猛》不但顛覆了故事中人物與情節，而且顛覆了敘事者。小說以「我」為故事中人物的身分開頭，以敘事者與故事參與者的雙重身分，講述了一個夏天裡發生的故事。在小說的最後一部分卻突然出現了對文本的顛覆：

> （1）……現在我的頭腦像皎潔的月亮一樣清醒，我發現我又
> 在虛構了。開篇時我曾發誓要老實地述說這個故事，還其以真
> 相。我一直以為我是遵循記憶點滴如實地描述，甚至捨棄了一
> 些不可靠的印象，不管它們對情節的連貫和事件的轉折有多麼
> 大的作用。可我還是步入編織和合理推導的慣性運行。我有意
> 無意地忽略了一些細節，同時又誇大、粉飾了另一些情由。
> 我像一個有潔癖的女人情不自禁地把一切擦得鋥亮。當我依賴
> 小說這種形式想說真話時，我便犯了一個根本性的錯誤：我想
> 說真話的願望有多強烈，我所受到文字干擾便有多大。我悲哀

地發現，從技術上我就無法還原真實。我所使用的每一個詞語含義都超過我想表述的具體感受，即便是最準確的一個形容詞，在為我所用時也保留了它對其他事物的含義，就像一個帽子，就算是按照你頭的尺寸訂制的，也總在你頭上留下微小的縫隙。這些縫隙累積起來，便產生了一個巨大的空間，把我和事實本身遠遠隔開，自成一家天地。我從來沒見過像文字這麼喜愛自我表現和撒謊成性的東西！

（2）也許那個夏天什麼事也沒發生。我看到了一個少女，產生了一些驚心動魄的想像。我在這裡死去活來，她在那廂一無所知。後來她循著自己軌跡消失了，我為自己增添了一段不堪回首的經歷。怎麼辦？這個以真誠的願望開始述說的故事，經過我巨大、堅韌不拔的努力變成滿紙謊言。我不再敢肯定哪些是真的、確曾發生過的，哪些又是假的、經過偷樑換柱或乾脆是憑空捏造的。

（3）你忍心叫我放棄麼？除非我就此脫離文學這個騙人的行當，否則我還要騙下去，誠實這麼一次有何價值？這也等於自毀前程。砸了這個飯碗你叫我怎麼過活？我有老婆孩子，還有八十高齡的老父。我把我一生最富有開拓精神和創造力的青春年華都獻給文學了，重新做人也晚了。我還能有幾年？

以敘事者參與的顛覆篇幅之大，程度之深是罕見的。它不但顛覆了故事情節，故事人物，而且顛覆了敘事者。是對故事中人物與人物關係的顛覆，也是對故事講述者小說做法的顛覆。顛覆造成了故事情節的間離，造成了故事情節的跌宕。而後，一句「我唯一能為你們做到的誠實就是通知你們：我又要撒謊了。不需要什麼勘誤表了吧？」鏈接

回到間離前面的故事情節。真實與虛構在文本中形成了對立，否定前
面的情節描寫，意味著肯定上述間離文字。肯定前面的情節描寫，意
味著否定上述間離文字。插入的敘事者話語與文本中的主要情節構成
了顛覆關係，以間離構成了文本敘事別具一格的風格。

第二節　荒誕視角建構的小說語境

　　小說視角是小說構成的起點，又貫穿整個小說文本。它關涉小說
情節安排、結構設置、人物塑造；關涉小說內容，也關涉小說形式。
荒誕視角是當代小說文本建構具有策略性意義的視角。荒誕是對真實
的違背、對邏輯的偏離、對正常思維的顛覆。荒誕視角超越了小說的
常規作法，通過敘事者、敘事對象等變異，改變人們的閱讀習慣、改
變人們的心理預期，在對常規視角的顛覆中創造了奇異的、夢幻般的
小說文本語境。

　　張宗正曾將修辭域分為真實修辭域與虛擬修辭域兩個範疇，他認
為「虛擬的修辭活動是虛擬修辭主體在虛擬語境中發揮、施展修辭能
力，取得虛擬主體預期並努力追求的理想效果的活動。」[15]可見，真
實與虛擬都屬於修辭域，而顯而易見，荒誕視角應當屬於虛擬範疇。
它違背、脫離、超越了真實，憑藉作家的聯想想像，構築了一個虛擬
的時空，虛擬的世界。當然，這一世界是依託於真實世界而存在的，
「虛擬修辭活動是真實修辭主體為虛擬修辭主體安排的依託虛擬語境
的行為活動。」[16]語境在真實與虛擬的轉換中起了重要的依託作用，
虛擬修辭主體必然生成於虛擬語境中。荒誕視角所構建的荒誕文本世
界是依託虛擬語境而生成的。

---

15 張宗正：《理論修辭學——宏觀視野下的大修辭學》（北京市：中國社會科學出版
　　社，2004年），頁186。

16 同前註。

一　荒誕視角──敘事者與敘事對象的變異

荒誕視角主要由敘事者本身的荒誕與敘事對象的荒誕構成。敘事者的荒誕為敘事的荒誕定下了基調，敘事對象的荒誕則構成整個文本情節結構的荒誕。

敘事者的身分是敘事角度的出發點，荒誕視角的表現之一，是以超乎常態的敘事身分進行敘事。作為故事講述者，本應具有講述者的思維能力、話語能力，但有些小說則讓不具有思維與話語能力的人或動物充當了講述者，形成了故事由始至終的荒誕。如死人敘事、嬰兒敘事、動物敘事等。這些奇異的敘事者承載著作者的藝術構思，具有了思維與話語能力、具有了小說全知全能的視角、具有了同正常敘事者相同的講述能力和講述技巧。他們講述的可能是現實中所發生的事件，也可能是非現實的虛擬世界。

不具有思維與話語能力的敘事者，講述的故事多是現實生活的翻版。如死人敘事，常以死人的眼光回顧既往、表現當時、瞻望將來。莫言的《生死疲勞》，以土改時被槍斃的一個地主為敘述者，以其經歷的六道輪迴的各種動物的眼睛，描繪其根植的家族、根植的土地，觀察和體味農村的變革。蘇童的《菩薩蠻》，通篇故事的講述由亡父華金斗的幽靈完成，這個「痛哭的幽靈」、「怨天尤人牢騷滿腹」地講述了發生在南方一個平民家中的故事。方方〈風景〉以死去的小八子的視角，講述了在城鄉接壤的鐵路邊，自己一家人的生活。余華《第七天》以死去未葬者身分講述了平民生活種種形態。動物敘事的有陳應松《豹子的最後舞蹈》，以豹子「斧頭」的倒敘，講述了被人們打死前幾年在神農架的經歷。袁瑋冰的〈紅毛〉以黃鼬「紅毛」的倒敘，講述了它在被擊中後對黃鼬家族悲歡離合往事的回憶。阿三的《小狗酷兒》以一個聰明而不用功的小美女狗作家的視角行使話語權，傾訴與人類爹媽的生活、傾吐對人世的譏嘲。嬰兒敘事的有楨理

〈天使的秘密〉，以未滿周歲的嬰兒的視角，講述了圍繞一個家庭的胎教、育嬰，婆媳關係、夫妻關係、女性職業等社會問題。

敘事視角的荒誕，給人以陌生化的視覺效果和心靈震撼，為故事注入了新鮮活力；同時，突破了正常視角的某些侷限，使敘事處於全方位、多角度的視野。如方方〈風景〉以「生下來半個月就死掉」的小八子的視角，講述了生活在社會底層的人們生活的眾生態。有趣的是，同為諾貝爾文學獎獲獎者的歐洲著名文學家奧爾罕・帕慕克和我國的莫言，都創作過死人敘事的作品。奧爾罕・帕慕克的《我的名字叫紅》、莫言的《生死疲勞》同為死人敘事視角，同樣是一開頭就道出敘事者的身分。奧爾罕・帕慕克的《我的名字叫紅》以「如今我已是一個死人，成了一具躺在井底的死屍」開頭。莫言的《生死疲勞》開頭為：「我的故事，從一九五〇年一月一日講起。在此之前兩年多的時間裡，我在陰曹地府裡受盡了人間難以想像的酷刑。每次提審，我都會鳴冤叫屈。我的聲音悲壯淒涼，傳播到閻羅大殿的每個角落，激發出重重疊疊的回聲。我身受酷刑而絕不改悔，掙得了一個硬漢子的名聲。」〈風景〉則不同，開頭並未出現敘事者小八子，而是以轉述七哥進家門時，「像一條發了瘋的狗毫無節制地亂叫亂嚷」的一系列話語開頭，這就給人一種錯覺，似乎是以第三人稱的文外視角敘事的。在講述了七哥話語，七哥做派後，出現了第一人稱的敘事者，「很難想像支撐他這一身肉的仍然是他早先的那一副骨架，我懷疑他二十歲那次動手術沒有割去盲腸而是換了骨頭。」似乎顯現出文本以第一人稱文內視角敘事。然而，在小說第一章節對七哥、大哥、五哥、六哥及父親母親作了介紹後，第二章開頭是對整個家庭的概述：「父親帶著他的妻子和七男二女住在漢口河南棚子一個十三平米的板壁屋子裡」，「用十七年時間生下了他們的九個兒女」，第八個兒子生下來半個月就死掉，被父親用小棺材「埋在了窗下」。緊接著出現讓人意想不到的人物身分：「那就是我。」自此，敘事者以死人身分亮

相，完成了整個文本的故事講述。這一敘事角度選擇的寓意，可以通過作者在篇首所引的波特萊爾語錄窺見一斑：「……在浩漫的生存布景後面、在深淵最黑暗的所在，我清楚地看見那些奇異世界……。」死人視角，可以超脫活人世界的一切束縛、一切煩惱，具有了客觀描述評判人與事的條件；被埋在「窗下」的地理位置，使他占據了體察家裡發生的人與事的全景視角，他寸步不離地看到聽到了在這個方寸板壁小屋所發生的一切事情。父親的粗俗、母親的風騷、大哥與鄰居枝姐的姦情、五哥六哥對姑娘的姦污、姐姐的放蕩……無不在小八子的視野中。尤其是著筆最多的二哥與七哥，代表了人類情感的兩種狀態。二哥最終因為「愛情突然之間幻化為一陣煙雲隨風散去」，選擇了割腕自殺，實踐了追求愛的夢想。七哥曾為了兒時夥伴夠夠被火車碾壓而哀痛欲絕，成年後卻因受大學同學「蘇北佬」不擇手段的啟發，而踐踏情感，拋棄未婚妻轉投官二代的懷抱。二哥踐行人類純真情感的舉動與七哥不擇手段的齷齪行為，在本不具有評判能力的小八子視野中有了鮮明的情感色彩。從生存狀態來看，作為生命消逝的死人，小八子不具有思維能力和話語能力；從生存時間來看，「生下來半個月就死掉」的小八子，同樣不具有這些能力。而作者卻賦予小八子以評判事物的能力、賦予小八子以評說的話語權，造就了荒誕的敘事者。荒誕的敘事者顛覆了敘事的基本條件，但卻使正常敘事者難以完成的多視角、多層面敘事得以完成，就這一意義而言，荒誕的敘事者與特定文本的敘事需求達到了高度統一。

　　現實與虛擬是相對而言的，荒誕視角所展現的荒誕世界是基於現實基礎上的，因此，現實世界與虛擬世界可能是交錯的。楨理〈天使的秘密〉就是現實與虛擬交錯的產物。故事以「我」──一個未滿周歲的嬰兒為敘述者，講述了「我」與媽媽小芬以及與之相關的人們之間發生的故事。故事所反映的是現實社會中的母子關係、夫妻關係、婆媳關係，現實社會中的胎教問題、育兒問題、女性職業問題，然

而，這些問題的講述卻由一個本不具備思維與話語能力的嬰兒來承擔，這是荒誕之一。這個嬰兒又具有「天使」身分，這是荒誕之二。嬰兒與「天使」的身分，使這個特殊的敘事者具有了雙重荒誕性，故事帶上了濃郁的虛幻色彩。嬰兒是現實身分，「天使」是虛擬身分，雙重身分交織於同一對象。現實中的嬰兒身分，因具有故事敘事能力而具有了虛幻性。虛擬中的天使身分，因參與現實世界交際而獲得了現實性。小說故事基於虛幻與現實世界的基礎。虛幻與現實兩個世界的對立，表現在兩個空間：「我」的來處——「另外的宇宙」；「我」的去處——「你們地球」。小說意不在於表現兩個世界物質方面的差異，而是企圖表現兩個世界在精神上的對立，在生活觀念、生存哲思等方面的區別。這就是「我」——一個天使來到地球的使命：「只為告訴你們：關於這個宇宙的秘蜜。」作者設置的不同宇宙間的信息互傳，是作為一種遊戲狀態出現的。「在我看來，該遊戲不具任何深意，只是無聊，無聊透頂。須知這秘蜜也並非終極秘蜜，我們那個宇宙的嬰兒，依然是另一個宇宙的信使。彷彿無頭無尾無極限的遊戲，想想都令人發瘋。我被無聊地安排降生到你們這個世界，之後我發現，這裡也遍地無聊。」由此可見，所謂秘蜜，實際上只是該宇宙人類生存的狀態，這種狀態因為身居其境，未能被當事者所領悟。因此，一宇宙對另一宇宙而言，「並非終極秘蜜」，如此形成循環。雖然，到小說終結，並未明確點出「秘蜜」所在，但從文本我們可以略知一二：「母親小芬和父親勇子從不知自己身處無邊的無聊中，每每跌宕喜怒哀樂，有滋有味為一切無聊耗費心神。」在與婆婆、丈夫的紛爭後，母親小芬有了新的感悟，在母親嘮嘮叨叨的話語中就蘊含著這一秘蜜：「毛毛，別怪媽媽心重，自己不快活，搞得你也不得安生。其實媽媽也知道，這個世界不過是幻景兒，說有就有，說沒有就沒有，甚至把它比喻成一個程序，一個遊戲都不為過，我們都只是扮演其中一個角色，不小心就當真了。毛毛，媽媽也算知識份子，也知

道不管怎樣過都只幾十年，繁華冷清都將消失，媽也想看開，想簡單清貧寧靜，不與家內家外任何人爭。媽過去懷上你之前，也常跟同事一起去上禪修課，聽法師開示，現在，媽媽為啥由著性子，越來越跟這個世界鬥爭了，媽都是為了你呀。媽可以看開，可媽要是一看開了、弱了，啥都放得下了，毛毛呀，你就要受苦了。這個世界人擠人的，人軋人的，媽媽不鑽進世俗裡做俗人，為你撐起一片天空，你以後辛苦啊。毛毛，媽媽不要寧靜、不要安詳、不要超脫、不要智慧，啥都不要了，只想用全身心的庸俗生活，換來你一點點寧靜超脫足矣。」這番話語充滿了矛盾，是對當代人類社會充滿矛盾的心態的概括。對世俗不滿卻要混跡於此，無奈而又不甘寂寞，看開了可又想不開。「我」對這番話的評價是：「原來她非常清楚，她幾乎就快要靠近我傳達的秘蜜了。也可以說，儘管她還離著十萬八千里，但她的大方向是對的。」這可以說是小說中最明確點出秘蜜所在的地方，但這一秘蜜還是模糊的，給讀者留下了廣闊的聯想想像空間。

　　在現實世界與虛擬世界對立的基礎上，小說展現了一對對矛盾的對立體：「我」與母親小芬、小芬與婆婆、小芬與丈夫、小芬與同事。在「我」的視線中，以小芬為核心，與之關聯的人，無一不處在矛盾中。這些矛盾是現實社會人際關係中的基本矛盾所在，這就使以嬰兒兼「天使」為敘事角度這一荒誕視角所投射的小說文本語境具有了社會現實性。「我」與母親小芬的對立體現了現實社會胎教、育兒的弊端與矛盾。「從我還是個胚胎時，她就按照專家們的教導，在肚子上綁上錄放影機，放各種「嘭嘭嘭」的音樂吵擾，讓我在肚子裡睡個安生覺都不行。不放音樂的時候，她又喋喋不休對我說話。」當「我」因剖腹產獲得解放，脫離肚子後，「高興得大哭」，以為「我他媽的再也不用被那些胎教專家害得一刻不得安寧了」，但萬沒想到，回家後，「又被育嬰專家坑死了」。「育嬰專家通過電視書本甚至當面講座，教唆跟小芬一樣的無數新晉母親，折騰我們。我的嬰兒生活比

胎兒生活更加不堪。簡言之，母親按照『科學』訓練我，運動聽覺視覺等方面受的罪不提，單表語言能力這一枝，為了讓我說話，小芬製造了一個巨大的噪音世界，鋪天蓋地罩住了我。」「我」到快一歲還不會喊「爸爸媽媽」，是由於不願逾越兩個宇宙世界的界限，是有意的，因為「只要喊出了『媽媽爸爸』等帶有情感色彩的詞語，或者使用人類的文字（包括啞語），就會立馬忘記所有，頭腦洗空，正式成為人類」，因此「我」在媽媽訓練說話「惱人的學習」中受著煎熬，試圖「逃出魔窟」。小說末尾，「我」終於不顧「正式成為人類」的危險，喊出「媽媽別吵」，也是在媽媽製造的噪音中忍無可忍，別無選擇。孩子說出的第一句話是一個完整的句子，這是荒誕的，這一荒誕卻是現實造成的。小芬與婆婆的矛盾對立，是現實社會中司空見慣的婆媳紛爭。正如「我」所不明白的，「今天發生的一切是為了什麼。這一家人，既不爭財產，也不爭做家務什麼的，為啥完全無法相處？」「難道這就是人的生活？莫名其妙，不可理喻。」城市的婆婆，不滿媳婦的「縣城出身」。這種不滿，直接影響到婆媳相處，在「懷孕到我出生後近一年，母親與奶奶的恩怨情仇達到最高值。」這一恩怨，又因奶奶和姨奶奶在探訪「我」時的家庭小事又一次爆發，並導致「我」父母的紛爭，這也是現實社會常見的模式。正因為人類身處其間而不知其真面目，這些痼疾歷代相傳，到了當代社會，越演越烈，難以消解。因此，雖然「來自我們那個空間」的嬰兒，「都知道你們這個空間的秘密，但從來沒有一個嬰兒成功傳遞過它們」，這一遺憾又將現實世界與虛擬世界關聯在一起，構成了兩個宇宙世界交錯融合的小說世界。正如「我」對自己「天使」身分的感悟，「我們和你們一樣，都只是某種意志的一枚棋子而已」，「天使」是為傳遞某種信息而來，這種傳遞又以失敗告終，因為，「或許有的成功了，地球上也無人肯信。是啊，即便彼此能溝通，即便信了我，他們又如何能完全徹底地體悟到那種高於他們的、不可思議的智慧。」小說試圖

以兩個世界的交流作為反映現實社會，消除社會弊端的方式，但結果是無奈的，「我開始決定放棄秘蜜傳遞，認命地以人的身分在地球上混一輩子」，「歸順人類的一切規矩訓練自己，低聲斂氣」。小說以虛擬世界被現實世界同化而告終，虛擬宇宙的「天使」轉化為現實身分，但仍不失為荒誕。

　　嬰兒的敘事者身分往往使敘事打破了時空的客觀性，荒誕的敘事角度常常伴隨著特定時空與人物關係的變異。普玄〈酒席上的顏色〉是以「我」──一個二奶生的兒子劉蝌蚪的視角講述的故事。故事開始講述的時間是「我」過滿月，空間是在為「我」辦滿月酒的高檔蟲草酒店。敘事者身分的亮相為小說定下了荒誕的基調：「我叫劉蝌蚪，今天我滿月，我母親的男人請客，他叫劉背頭。」而這個剛滿月的嬰兒，能老道地以成人的口吻評價人物：「一個開泥鰍火鍋店的老闆，你婚外搞個女人，也就算了，你還敢生孩子；你偷偷生個孩子也就算了，你還敢請客。」「她明明知道劉背頭有老婆還是被他勾引了，這是她的弱點。當然，她沒有這個弱點也不會有我。」對劉背頭的評價在同一時空甚至重複出現了一次。這個剛滿月的嬰兒，甚至具有成人的愛憎情感和推理能力，因客人遲遲未到，劉背頭遷怒於「我」母親，而打了母親一個耳光，因此「我就是在這個時候決定要殺劉背頭的」。「要殺劉背頭」的想法始於「我」滿月，延續到小說故事將要結束。甚至在劉背頭中風，「我」「四處給劉背頭找醫生」的時候，「我要好好想一想劉背頭的話，想一想過去和未來的生活。當然也在考慮是否殺他和如何殺他。」「要殺劉背頭」的想法起源於「我」滿月的時間段，是一層荒誕；一邊為劉背頭找醫生，一邊在「考慮是否殺他和如何殺他」又是一層荒誕。這些荒誕中內蘊的合理性都源自「我」對母親的愛：「我像一個孝子一樣幹各種該幹不該幹的事。我要讓母親高興。」作者多次以特定時間「這個時候」等語詞提醒讀者故事敘事者與時空不符的荒誕敘事視角：「我就是從這個時

候喜歡上我乾爹章蟲草的」,「我對槍有興趣就是從我滿月酒那天開始的。這影響了我一生。」「我」甚至能夠超越「我」當時的年齡時空,對所見之物之人進行描繪:

（1）那支精緻的手槍就躺在桌上,一直到滿月酒結束。它彷彿成了桌子上的一道菜。一盤黃色的豆餅、烤饃或者煎黃的糍粑,又像是一隻黃亮的土雞蛋。

（2）眾人都從剛才的幻覺中清醒過來,都覺得奇怪。對啊,這個政府的處長,人都沒來,桌前怎麼會這麼多酒?槍呢?誰在給槍敬酒?
只有我看清了。他們每個人都給政府處長的席前敬過酒,都給槍敬過酒,還說過熱鬧調侃的話。只不過那時候熱鬧,醉了,現在清醒了。

對槍的比喻描繪、對人的感覺的描繪、眾人皆醉我獨醒的清醒眼光,大大超越了「我」滿月的特定時空,顯然是荒誕的。故事的荒誕源於敘事者的荒誕、敘事者的荒誕,源於與年齡時間不符的敘事模式。對父親的憎恨在「我」不諳世事的嬰兒時期埋下了種子,並由不諳世事、不具有講述與評判能力的嬰兒來講述,敘事者與敘事能力的反差,在「我」滿月這一特定時空中凸顯。整個文本的敘事時間是穿插進行的,滿月酒宴的情景穿插交織在後來故事時空的講述中,「我」在宴席上所見的景致和心理描寫也穿插在這些章節中。「我」甚至能夠穿越時空,感知人物未來的命運走向:

這場滿月酒好漫長啊,在我的感覺中,它有一生那麼長。我一生中所過的生活,我的童年所見,青年經歷,我的苦難和創

業，我的歷險和磨難，在這場滿月酒席上全都看見了，我看見
了黑色的血、黑紅色的太陽、白色的酒和黃色的精緻的手槍。
我還看見了各種顏色的經歷和色彩複雜的心情。

這是小說行將結束時又轉換到「我」的滿月酒宴的講述，將「我」開
火鍋店、結婚生子的情節時空拉回「我」的滿月酒宴，時間倒退了二
十幾年。前面「我」的童年、青年生活已經展現在讀者面前。可見，
上例雖然寫滿月酒的感受，但實際上二十幾年時空已在此鏈接。
「我」在酒宴上的感受以預見式出現，實際上是對「我」二十幾年生
活的概括。這種鏈接將「我」二十幾年「歷險和磨難」的原因歸結為
「我」的二奶之子的身分。正如作者在以「二奶生的孩子如何擁有尊
嚴」為題的創作談中所說，小說試圖揭示的是「一個階層的痛苦」，
「在這個太陽和黑夜交錯換崗的時候，時而鳥類時而獸類的蝙蝠在空
中飛翔。他們堅韌而執著，隨時準備潛入暗黑之中，也隨時在等待春
天。」[17]文本表現了一個特殊階層尷尬的出生，出生的尷尬，令人深
思。以預見式鏈接時空不但可以將「我」的二十幾年時空鏈接，而且
可以將「我」目光所見的人物命運走向鏈接：

　　（1）我順著摸我腦殼的胳膊看過去，礦老闆雖然面目很黑，
　　但是他的目光裡面，卻明亮如鏡，充滿著憂傷和絕望，有一種
　　冰涼的死亡之氣。真的，人要死了，幾年前身上就會冒冰涼的
　　死亡之氣。

　　（2）現在礦老闆望著我，我張著黑洞洞的嘴巴，和他對視。
　　我看見了他不遠的命運。他的命運顏色駁雜，黑色、紅色、白
　　色，還有槍的黃色。

17 普玄：〈二奶生的孩子如何擁有尊嚴〉，《中篇小說選刊》2015年第4期，頁101。

兩例均是「我」在滿月酒宴上的所見所感。幾年後，礦老闆因不肯交出二奶和孩子，被妻子的堂兄——公安局長以「黑社會的保護傘」的名義槍斃，證實了「我」的預言。這種預言生成於一個剛滿月的嬰兒，顯然是荒謬的，以荒謬將不同時空鏈接又構成了荒謬。多角度多層荒謬構成了這個文本的整體荒謬風格。以荒誕手法表現現實社會的荒誕現象，正如負負得正，荒誕中的語境顛覆在敘事主旨中得以平衡統一，從而在荒誕的表層形式下蘊含著揭示社會某一階層、某類現象的深刻內涵。

　　敘事對象是小說敘事視角的所指，它關涉故事講述的對象，也關涉故事情節、結構的配置。敘事對象荒誕源自敘事視角的荒誕，荒誕的敘事視角構成了故事情節的荒謬，結構設置的不合常理、不合邏輯，故事講述對象的異常等等。故事講述的對象可以是人，可以是景，可以是物，無論是什麼對象，描寫與對象特點相吻合，是正常的。荒誕敘事對象構成的巧妙之處在於，讓具有語言能力的人失語，讓不具有語言與思維能力的景物具有情感，具有話語能力。如以動物為描寫對象，賦予動物以情感活動與話語能力，這就是荒誕。徐坤〈一條名叫人剩的狗〉即將視點投注到一條狗身上，故事講述了人剩隨著主人高手起起落落的「狗」生經歷。作者為人剩取了兩個人名，從羅伯特到人剩，標誌著這條狗從青春輝煌到落魄喪家的過程，這一過程是伴隨著主人生涯的起起落落進行的。叫羅伯特的時候，高手還沒有成為高手，羅伯特每天「搖頭擺尾地跟在西裝革履的主人身後，去左鄰右舍的沙龍裡做學問上的清談」，並「狗以人貴」，戰勝眾多對手，與姑娘狗虎妞兒談起了戀愛。主人落魄，「濃蜜的黑髮不知怎的竟成了不倫不類的陰陽頭」，羅伯特也「突然之間遭到虎妞兒的冷落，走在街上還時不時被飛來的暗器所傷」，並被眾狗打得遍體鱗傷。為了求平安，主人為羅伯特改名為「人剩」，圖的是類似人名「狗剩」的好養。人剩又經歷了主人從落魄到再次崛起，並達到事業

高峰，被眾人頂禮膜拜的過程，經歷了主人從被眾人崇拜到「不堪百年孤獨，終於在一個清明的黃昏無疾而終」的過程，也經歷了主人去世後的遭遇及「追蹤到高手屍骨灑落的茫茫曠野」，「肉身入定，坐化成一尊永恆的雕像」的過程。作者將一條狗當作人來寫，賦予它以人的情感、人的思維活動，甚至是富有哲理的思維方式。「悲哀」、「豔羨」、「忠貞不渝」、「忠誠」、「惘然」等人才具有的情感品質被賦予狗的身上，狗甚至具有了人類極具理性意義的話語：「忠誠。人剩暗想，這可以說是我們狗道主義中最顯著的特徵了。沒了忠誠，那我還算得上是一條狗嗎？」人剩的語言獨具特色，「這世上的人都在千篇一律地重複著高手的話音，唯有人剩才保持住了自己獨立的語言。」並以這種語言作了以下詩篇：

　　　1。汪。
　　　2。汪汪。
　　　3。汪汪汪。
　　　4。汪汪汪汪。
　　　5。汪汪汪汪汪。
　　　詩。汪汪汪汪汪汪汪。

這首詩使「狗紳士們舉座譁然」，並贏得虎妞兒的芳心。《詩汪汪汪》在高手去世後，竟被小保姆盜用高手的名義出版賺取稿費。小說以狗眼看人類，通過人剩的目光探索人類社會的紛爭、探索人類社會的悲哀。人剩因一扇門隔開高手與眾人這一「人和神的界限」，「對門裡和門外的人都產生出一絲憐憫，惻隱之心一出，悲哀緊跟著又像一層布似的把人剩纏緊了。」狗的悲哀因人而來。人剩的交際對象有狗，也有人。無論是狗還是人，都表現出一種爭鬥、一種較量。人剩與「狗紳士們」的交際從眾狗對它的崇拜，到眾狗對它的圍毆，折射了人類

社會的人際關係與心理現象。人剩的情感品質在與主人的交際中體現出來。它比任何人都深刻地洞察了主人的處境和情感波動，這是作者在表現其忠誠的同時著力刻畫的。它感受到了高手輝煌後的寂寞，「高手在成為高手之後就開始寂寞了，高手寂寞之後我便感到悲哀了。」它甚至能夠窺察學林中拉高手虎皮做大旗的混亂局面，並期待主人出手收拾，它對主人不出戰感到不可思議，「這麼多年我一直跟高手相濡以沫，到頭來怎麼反倒對他的心境不能明悉了呢？高手他到底在想什麼？他這是捨身飼虎呢，還是姑息養奸？他是嘯傲學林呢，還是期冀著這種紛亂的煩神局面？」這種深思熟慮，這種深刻思考本非狗的大腦所能及的，作者卻在她的筆下讓一條狗完成了。在高手去世後，面對世人仍打高手大旗的鬧劇，人剩「心裡明如秋水，對這鬧哄哄的一切都作警醒的壁上觀」，其冷靜、其透澈，可以說超過了人類。小說多處寫人剩的「悲哀」，這種悲哀因人而來，因社會現象而來。在小說快要結束時，「人剩循著高手的氣味，一直追蹤到高手屍骨灑落的茫茫曠野」時，「心裡已經沒有了悲哀，只剩了洞明大千世界後的無限悲涼。」從「悲哀」到「悲涼」，是一種大徹大悟，是一種感慨，一種失望。在小說中與人剩交際的又一人物是小保姆，人剩的「忠誠」與小保姆的奸詐形成了對立，小保姆「一身的狐臭」，保姆「盤踞在廚房，不停地幹著一些學舌偷吃的勾當」，保姆盜用高手名義賺稿費的行為，表現了人類的醜惡面，人剩就在與保姆的抗爭中捍衛主人的利益，捍衛自己的尊嚴。在與主人、與小保姆、與眾狗的交際與抗爭中，作者完成了人剩豐富的、有血有肉的形象塑造。

徐坤是寫人的高手，也是寫動物的高手，她把「人剩」這條狗寫到了極致，近乎人類又超越人類，這就有違「狗道」，有違常理。但其荒誕中構建的小說文本語境卻有著對人性的深刻的挖掘。「人剩」的命名顛覆了「狗剩」的人名，構成了人與狗的對立。人剩的思維、行動與語言，在顛覆動物自然狀態的同時，也顛覆了人類的自然狀

態，從而實現了對人類的深刻評判。對狗的超乎想像的描寫，在她的另一篇涉及狗的文本中也出現。這一文本是徐坤為阿三的《小狗酷兒》寫的序，題為〈美女狗作家〉，這篇序既是對阿三小說的介紹，又是一篇出色的「狗」小說。小說從各方面對《小狗酷兒》中「酷兒」的特點加以概括。一是狗的神態舉止描寫：「……同時繃起狗臉，一臉嚴肅相，細緻老練地觀察打量起來人，眼裡閃爍著高深莫測的狗生哲學。」「……兩年不到的功夫，小柴禾妞就出落成一個地道的美女作家！美人兒變得體形豐滿圓潤，談吐儀態萬方，穿著土褐色狗毛吊帶背心，眼睛也變成了雙眼皮……」。一是狗的話語能力：「這隻美麗聰明的來自西南高原的小美女，在這個物欲橫流、狗欲當道時代裡，借著女權主義猖獗之機，利用手中掌握的話語權利，一吐自己對人世的譏誚之音，以及對爹媽的感恩戴德之情，同時也傾訴著大千世界裡，她和她的人類爹媽彼此相識相知的歡樂與愉悅。」「這是我所見過的最會說話的狗了。激情充沛。喋喋不休。看來，有了文化的狗，果然不同凡響。尤其是女人，掌握了話語權，可以向整個世界表達和傾訴，還可以隨意對人對狗進行褒貶。酷！酷！！酷！！！」「……偷看了太多的屬於兒童不宜的文學類書，因而世界觀變得奇形怪狀，既簡單，又複雜，既感性，又抽象，能說出一些大道理，又不理解這些大道理究竟代表著什麼。」再一是狗的品性做派：「這是一條典型的聰明而不用功的小美女狗作家，優裕，閒散，悠然自得，表面賢淑，而內心狂野，藝術口味刁鑽苛刻，十分懂得低調做人、高調做狗，也會遵循德行、仁義、正直友善這些狗類的優點。」「這個來到人世才兩年的美女酷兒，還比較癡頑，叛逆的思想比較嚴重。她輕鬆、戲謔、搗蛋、破壞，出其不意，異想天開，正值青春美年華，還不知道什麼是憂愁，也不太關心自己是死在人前邊還是人後邊（有誰會在一出生就想到死亡？又有誰會因為懼怕死亡而拒絕出生呢？）對她來說，反正，活著就是快樂。」《小狗酷兒》是以狗為敘事者的文

本，徐坤的「序」一反尋常書「序」嚴肅的面孔，選擇了與小說文本一致的荒誕視角，順著小說以狗為人的思路，進一步將狗當作人來塑造評價。狗有理想有追求，有思維有哲理，有話語有創作行為，違背了客觀現實，構成了荒誕，於荒誕中趣味橫生地塑造了「狗」物形象。

二　荒誕文本語境的文內構建

荒誕視角投射下的荒誕文本語境，常由情節結構的荒誕體現。荒誕的時空調配、荒誕的人物關係、荒誕的語言表述都是荒誕情節結構的構成因素。

荒誕視角投射在時空調配上的突出體現是時空越位鏈接，它打破了時空的正常規律，以一種無序狀態體現了荒誕。時空的越位鏈接往往帶來人物超時空的鏈接，隨著時空的跳躍，原本不同時空語境不可能發生關聯的人物有可能產生關聯。如遲子建〈與周瑜相遇〉，設置了我——一個村婦與三國名將周瑜相遇的情景。相遇的時間是「一個司空見慣、平淡無奇的夜晚」，空間是一片「荒涼的曠野」，「帳篷像蘑菇一樣四處皆是，帳篷前篝火點點，軍馬安閒地垂頭吃著夜草，隱隱的鼾聲在大地上沉浮。」在這樣一個他人皆睡，惟相遇的二人獨醒的大戰前安寧的環境中，作者主要描述了二人的對話。故事情節可以說是簡單的，但人物形象因對話而發生變化，並鮮明體現了作者的主旨。剛相遇時，周瑜「陶醉著，為這戰爭之音而沉迷，他身上的鎧甲閃閃發光」；而「我」則對鼓角聲「心煩」，對「流水聲、鳥聲、孩子的吵鬧聲、女人的洗衣聲、男人的飲酒聲」喜愛，透露了「我」與戰爭敵對的立場，這是對話的第一回合。第二回合是對「披鎧甲」和「穿布衣」的討論。「我」不喜歡周瑜「身披的鎧甲」，認為「穿布衣會更英俊」。而周瑜認為「我不披鎧甲，怎有英雄氣概？」「我」則將「不披鎧甲」，與「真正的英雄」相關聯。「鎧甲」與「布衣」在此

代表了戰爭與和平，「鎧甲」與「英雄」之間的關係說明瞭對戰爭與和平的看法。第三個回合是就諸葛亮與周瑜的對比，說明英雄與神的不同：

> 「難道你不願意與諸葛孔明相遇？」
> 「不。」我說，「諸葛孔明是神，我不與神交往，我只與人交往。」
> 「你說諸葛孔明是神，分明是嘲笑我英雄氣短。」周瑜激動了。
> 「英雄氣短有何不好？」我說，「我喜歡氣短的英雄，我不喜歡永遠不倒的神。英雄就該倒下。」

顯然，村婦的話語打動了周瑜，「周瑜不再發笑了，他又將一把艾草丟進篝火裡。」這場交際的結果是周瑜服飾與動作的變化，他「不再身披鎧甲，他穿著一件白粗布的長袍，他將一把寒光閃爍的刀插在曠野上，刀刃上跳躍著銀白的月光。」隨著這一變化的是場景的變化：「戰馬仍然安閒地吃著夜草，不再有鼓角聲，只有淡淡的艾草味飄來。」從「鎧甲」到「布衣」、從「鼓角」到「艾草」，戰爭與和平從對立到轉化。從開篇「一個司空見慣、平淡無奇的夜晚，我枕著一片蘆葦見到了周瑜」，與緊接著描寫的相遇時的情景，「當時我穿著一件白色的睡袍，烏髮披垂，赤著並不秀氣的雙足，正漫無目的地行走在河岸上」，可以發現，前面的「見到了周瑜」實際上是「夢到了周瑜」，「相遇」是夢中相遇，這就昭示了文本內容的虛幻，也為跨時空交際提供了可能性。「三國」與「現代」，這是時間上的對立；「鼓角相聞」的臨戰場景與「淡淡的艾草味飄來」的和平景象，這是空間上的對立；「英雄」與「村婦」，這是人物關係的對立。作者將這一對對立關係安排在同一個小說文本中，是荒誕的。尤其是對話雙方的時間跨越，村婦富有哲理的話語都是對現實的違背，但是，荒誕中的哲

理意蘊是顯而易見的，對戰爭的反對，對和平的追求，使荒誕有了存在的合理性。作者為我們設置了一個超乎尋常的虛幻世界，「這個世界不是歸納出來的，而是演繹出來的，不是被發現的，而是被發明的。它是新的神話，也可能是預言。在這裡，小說家們要做的，就是給予一切可能性以形態。這個世界的惟一缺憾就是它與我們的物質世界無法交匯，而只能進入我們的精神世界。我們的雙足無法踏入，但我們的靈魂卻可完全融入其間。」[18]〈與周瑜相遇〉為我們創造了一個靈魂可以融入其間的精神世界。

　　如果說，〈與周瑜相遇〉中的時空越位表現了一個嚴肅的話題的話，時空越位更多的是製造一種調侃、一種詼諧，於荒誕中帶有嘲諷意味。徐坤的〈先鋒〉末尾，畫家撒旦不僅遇見中國古人，還遇見外國古人，充滿了濃郁的調侃意味。撒旦經歷了起起伏伏，最後又來到廢墟，看見「荒涼百年的廢墟上竟奇蹟般地突現出一座喧囂的仿古樂園」，小說描繪了他在樂園所經歷的情景：

> 撒旦目瞪口呆，正在暗自吃驚，卻見康熙和乾隆邁著帝王的方步向他走來，不由分說，搜刮乾淨他兜裡的所有現金，生拉硬拽把他拖進園去。正盤腿坐在炕上交流著垂簾聽政經驗的武則天和慈禧，一見撒旦進來，忙招呼他拖鞋上炕。……後宮三千粉黛走馬燈似地從檯子上一一轉過，幽幽怨怨的眉眼秋波快要把撒旦給淹迷瞪了。
>
> 撒旦驚惶地後退，一個趔趄，不小心踩響了又一個機關，傳送帶嗖嗖嗖立即把他輸送到特洛伊電動旋轉木馬上。美女海倫從馬肚子裡探出頭來，抱住撒旦的腳丫使勁親吻，直舔得撒旦難以自持欲仙欲死，雙腿夾緊馬肚子猛的一磕，木馬受驚尥了一個蹶子，忽地一道曲線把他拋上了迪士尼高速過山車。

---

18 曹文軒：《小說門》（北京市：作家出版社，2003年2版），頁103。

這段文字所描繪的人物、物品時代地域混雜，可以說是古今中外大雜燴。時間空間沒有了分界，人物混雜錯亂，小說文本語境與現實語境極度顛覆，但卻與全文調侃無忌的風格相吻合。以對「先鋒」的荒誕描述達到諷喻先鋒的話語目的，在從不平衡到平衡的轉換中體現了審美價值。

　　荒誕視角投射在人物關係上的荒誕構成了情節的荒誕。人與人之間的關係是複雜的，但卻有著一定的自然規律。父母與子女之間、情人之間本應有著天然的親情、愛情體態，但陳染〈巫女與她的夢中之門〉中的人際關係卻打破了人際正常的情感傾向，以畸形的人際關係構建了小說的荒誕語境。小說以「我」與兩個男人——「父親」和一個「有如我父親一樣年齡的男人」之間的故事展開了荒誕情節。故事始於荒誕：「我和九月沉浸在一起，互相成為對方的一扇走不通的門。那是一扇永遠無法打開的怪門或死門。我們緊蜜糾纏住無法喘息，不知怎麼辦。」「我」與時間「九月」相提並論，是一層荒誕；二者相互的關係是一扇門，又是一層荒誕。就在這荒誕思路的導引下，開始了荒誕的情節走向。小說所有的事件都聚焦在九月，這是「九月」成為「一扇走不通的門」的緣由。「我」與父親的交往有兩次，一是「在我母親離開他的那一個濃郁的九月裡的一天，他的一個無與倫比的耳光打在我十六歲的嫩豆芽一般的臉頰上，他把我連根拔起，跌落到兩三米之外的高臺階下邊去」；九月是父親對「我」心靈和肉體重大打擊的時間節點，也是「我」生活的轉折點。這個荒誕故事的荒誕情節定格在荒誕的年代，「我模糊看到我父親被那個年代紛亂的人群捆綁著剃成的十字陰陽頭」，「我的父親，他瘋了。在茫茫黑夜的紅彤彤背景裡。」時代造成了「我」與父親關係的畸形。父親的打耳光將「我」推向了「那個半裸著淡棕色光滑脊背的有如我父親一樣年齡的男人」。「我」與父親交際的第二個回合，「正是九月燠熱窒息的夜晚，我猶猶豫豫、莫名其妙地又回到這裡。那灰石階在我心裡

高聳得有如一座孤山，危險得如一只男人的龐大陽具。我沿它的脊背攀緣，想走進我那凋謝枯萎又富麗堂皇的家。」家中那「鬼氣森森的房間」、「一個幽靈似的蒼白透頂的年輕女人」，以及父親的突然出聲，使我受到驚嚇，並打破了「具有相當高的地位」的彩畫。在父親聲嘶力竭的「滾！你給我滾！你永遠毀掉我」的大吼中，「我」「驚恐萬狀」地逃離，並且，「永遠地從這種男性聲音裡逃跑了」。這個回合，宣告了「我」和父親關係的終結，也進一步將「我」推向了「有如我父親一樣年齡的男人」。「我」與這個男人的故事活動場景是「城南那一座幽僻詭秘的已經廢棄了的尼姑庵」。「我」被父親打後，就由這個男人帶到了這裡。正如「我」所意識到的，「這是一條我生命裡致命的岔路。」那個男子是一個性格畸形的男子，他「對於清純少女有一種無法自拔的沉醉癖」，他「把我像噩夢一樣攬在他隱隱作痛的心口窩上」。但被父親罵後，「我」居然「把自己當作一件不值錢的破爛衣服丟在他棕黑色的床榻上」，甚至以到街上隨便找一個男人相威脅，一再要求男人「要我」。這是一種變態的瘋狂，「……已經破罐破摔了的小女人的刑場，我渴望在那個刑場上被這男人宰割，被他用匕首戳穿——無論哪一種戳穿」。「我」以這樣的文字形容在男人猛虎般的重壓下的感受：

> 那個重量和熱度對於一個十六歲鮮嫩的生命真是世界末日。
> 然而，我要的就是世界末日！
> 這世界難道還有什麼比世界末日更輝煌更富有魅力嗎？還有什麼比醉生夢死、出賣靈肉更擁有令人絕望的振奮之情嗎？

這是一種情感的發洩，不是愛，而是恨，是對父親一類男人的報復。這個男人映射著父親的影子，在發現他因「性自縊」死亡後，有兩段這樣的描寫：

（1）這張死人的臉孔使我看到了另外一個活人的臉孔：他那終於安靜沉寂下來的男性的頭顱，使我看到了另外一個永遠躁動不安的男性的頭顱，這頭顱給我生命以毀滅、以安全以恐懼、以依戀以仇恨⋯⋯

（2）同時，我第一次從這張安詳蒼老的男人的臉上感到了自己心中升起的一片愛意。我一邊哈哈大笑，一邊掄圓了我那纖纖的手臂，在這張死人的臉頰上來了一個光芒四射的響亮耳光！這耳光充滿了十六歲的絕望愛情。
然後，我發現，這耳光其實又一次是在我的想像裡完成的。我在做此想像時，心裡看到的已不再是眼前這男人。我的手臂一直柔軟無力地垂在我右側的肋骨上，從不曾揮動。

顯然，與這個男人的關係，是與父親關係的延續，由父親對「我」的打、對「我」的罵而造成的肉體與精神的重創造成。情感的畸形造成了行為的畸形、人物關係的畸形，這種畸形在幻覺中益加凸顯荒誕，荒誕情節就在畸形中延伸發展。畸形是特定時代對人的扭曲，「文革」背景使畸形與時代趨於平衡，從而實現對「文革」的深度批判與反思。

　　如果說〈巫女與她的夢中之門〉中荒誕的人物關係是由實實在在具體的人而構成，那麼，陳染的〈與假想心愛者在禁中守望〉則是由虛構的人物形成荒誕關係的。這又是一個發生在九月的故事，講述了寂旖與寫字擡上一張照片上男人的交際。這個男人在小說中幻化成不同的角色：一會兒，他能「從一個半舊的栗色鏡框裡翩然走出」，在地毯上來來回回走動，與寂旖對話，他「不是男人」，「也不是女人」，而是寂旖的「魂」；一會兒，他能在離開寂旖後，寄來照片，「他的看不見腳足的腳步聲，穿越搖搖晃晃、靜寂無聲的走廊，穿越一片墳土已埋沒半腰的人群和故鄉，穿越一片樹木、一排房頂參差的

磚紅色屋舍和一截象徵某種自由的海關出口甬道,走到那個零經度的異鄉的廣場上,那個有著半圓形圍欄杆的畫廊裡,最後,走進寂旖書桌上的那一張相片上去」;一會兒,「那張嘴──相片上的那一張嘴,在電話線的另一端關切地啟合」,與寂旖隔著電波對話;一會兒,他與寂旖相會在山林,滑雪前行,但他有著自己的家,因怕妻子生氣,而把寂旖丟在四周野獸的林間;一會兒,他又成了太平間「工作」著的人,與寂旖在雪白大樓裡對話。這個人物是真是假,是活是死,無法把握。如小說標題所昭示的,這個「假想心愛者」以各種面貌體徵給人以紛繁錯落的形象感。文本中與之相間的是對從十三樓窗口掉下而死的英俊少年及所落入的二樓平臺景色的描寫,更使小說語境充滿了一種濃郁的荒誕色彩。

　　荒誕視角投射在語言表述上產生的荒誕也是構成情節結構荒誕的因素。當代文學語言打破了常規、打破了邏輯鏈,形成一種「狂歡」現象。徐坤〈先鋒〉塑造了一群先鋒畫家的形象,與描寫對象相搭配,出現了諸多語言的狂歡,首先是文本中充滿調侃的人名:「撒旦」、「嬉皮」、「雅當」、「痞子一代」(又稱「垮掉一代」,the beat generation)隨著這些人名後有一段注解:

　　　　這些榮譽稱號得益於傻旦他們自己處心積慮修飾出來的外部包裝。傻旦最初聽到有人稱自己是撒旦時,內心裡著實慚愧不已。他在心裡頭說,我連上帝的毛都還沒摸著呢,更別提什麼叛逆出賣他老人家了,就因為牛仔褲露膝露腚,就隨便拿我和撒旦相媲嗎?這不是空擔了一個混世魔王的虛名嗎?雞皮和鴨皮也給叫得惶惶不安,總覺得自己從小到大一直是吃乾飯拉稀屎,也沒下出過什麼真格兒的蛋,沒能正兒八經地標一把新立一回異。小屁特就更不用提了,懵裡懵懂地不知道自己究竟屁在哪裡。據說洋屁特膩煩的是「工業文明」、「物欲橫流」什麼

什麼的，可是俺們反叛的到底是什麼呢？於是就土屁土屁地懷著老大的納悶兒，像一股氣兒似地沒有負擔，內心卻隱藏著帶味兒的不安。

名字是荒誕的，後面的注釋說明又加重了荒誕意味。「撒旦」們的「外部包裝」與人物的實際內涵相照應，辛辣調侃了這一群「從小營養不足，基本功沒有練好」的「先鋒」畫家，嘲笑了他們「循規蹈矩的現實主義日子是不情願再過了，總在琢磨著換一個新鮮的活法」的瞎折騰。這種嘲諷還以貌似嚴肅的話語形式出現：

> 畫家們靜穆地肅立著，用心比照著、揣度著。終於，他們從各個不同的角度獲得了最初的真理：
> 「廢墟！火！我！涅槃！」
> 「廢墟！花！你！荒原！」
> 「廢……費厄潑賴！」
> 「廢墟！德謨克拉西！」
> …………

貌似嚴肅的獨詞句的組合呈現出一種意義上的無解，出現在這些不學無術的藝術家口中，顯得荒唐可笑，荒誕曲解了嚴肅。整個小說文本語境都充滿了荒謬，從不同角度，不同方面體現荒謬。如對畫家們畫展一幅幅畫的圖解，以繪畫介紹、題詞、評論組成，試看其中一幅：

> 〈我的紅衛兵時代〉：作者雞皮。雞皮從廢墟裡掘來許多爛泥，一把一把摜到畫布上。然後他騎上畫框，撒了一泡很長很長的濁尿。一灘濃黃悄無聲息的洇過畫布，漫延流滴出很大很不規則的圖形，很醇，也很臊。

　　　　作者畫中題詩：這是我今晨第一泡童子尿。昨天晚上我頭一次
　　　　沒跟女人睡覺。
　　　　《太平洋狂潮》評論綜述：
　　　　A 類：金盆洗手。純度無可比擬。
　　　　B 類：尿的這是哪一壺？

作畫過程是荒誕的，題詩和評論也是荒誕的。荒誕生成於題詩、評論
與畫之間的和諧與不和諧交融，也生成於題詩、評論中自身的不和
諧。題詩中的兩個句子是相矛盾的，矛盾在於對「童子尿」的曲解。
評論中 A 類話語前後不搭，又與 B 類評論在語言風格上形成不和
諧。這些語言不僅對畫家的不學無術進行嘲諷，還捎帶諷刺了評論
家。整個文本以詼諧調侃的語言創造了一個荒誕的文本語境，塑造了
人物形象，編織了故事情節，體現了嘲諷的故事主旨。
　　荒誕視角投射在人物話語上產生的荒誕在人物形象塑造乃至情節
結構的荒誕設置上也起了很大作用。王朔的調侃常由筆下人物話語的
荒誕構成。如《千萬別把我當人》中「在講臺上比手劃腳、繪聲繪色
經常被自己的話逗得笑不成聲的瘦高講師」的演講：

　　　　列位想啊，先有雞還是先有蛋？自然是先有雞。雞可以是鳥變
　　　　的，可蛋不由雞生下來，它是什麼蛋也不能叫雞蛋。歷史就是
　　　　個蛋，由女人生了的蛋！不管群眾、英雄、寫書的人哪個不是
　　　　大姑娘養的？起碼也是婊子養的。縱觀這個歷史，每到一個關
　　　　鍵時刻都會有一個婦女挺身而出撥迷霧調正船頭推動歷史向前
　　　　發展。從殷商時代的妲己到姬周時代的褒姒，從西施到呂雉、
　　　　王昭君、趙飛燕、楊玉環、武則天諸如此類，等而下之的還有
　　　　趙高、高力士、魏忠賢、小安子、小李子等等等等原裝的婦女
　　　　和改裝的婦女。此輩雖然肩不能擔，手不能提，但一言可以興

邦，一輦可以亡國。起了階級敵人想起起不了的作用，幹了階
級敵人想幹沒法幹的事情。從而也使我們的歷史變得跌宕有
致、盛衰不定，給我們留下了無窮的慨歎、遐想和琢磨頭兒，
提供了歷史發展的另一種模式，馬上可以得天下，床上也可得
天下。孫子贊曰:不戰而勝，良將也。我說了，不勞而獲，聖
人也。

荒誕的推理演繹，荒誕的引經據典配之以講師「放了一個悠揚、餘音
裊裊的屁。十分慚愧」的後續描寫展現了荒誕的上課情景。《千萬別
把我當人》中劉順明逼「全總」主任團主任趙航宇退位的致敬信，一
個黃皮寡瘦的婦女的發言，趙航宇對壇子胡同居民們的演說，無不以
荒誕的形式與內容構成。尤其是元豹媽、李大媽、元鳳接二連三的話
語，更是將荒謬推向了高峰:

「敬愛的英明的親愛的先驅者開拓者設計師明燈火炬照妖鏡打
狗棍爹媽爺爺奶奶老祖宗老猿猴太上老君玉皇大帝觀音菩薩總
司令，您日理萬機千辛萬苦積重難返積勞成疾積習成癖肩挑重
擔騰雲駕霧天馬行空扶危濟貧匡扶正義去惡除邪祛風濕祛虛寒
壯陽補腎補腦養肝調胃解痛鎮咳通大便百忙，卻還親身親自親
臨蒞臨降臨光臨視察觀察糾察檢查巡察探察偵查查訪訪問詢問
慰問我們胡同，這是對我們胡同的巨大關懷巨大鼓舞巨大鞭策
巨大安慰巨大信任巨大體貼巨大榮光巨大抬舉。我們這些小民
昌民黎民賤民兒子孫子小草小狗小貓群氓愚眾大眾百姓感到十
分幸福十分激動十分不安十分慚愧十分快活十分雀躍十分受寵
若驚十分感恩不盡十分熱淚盈眶十分心潮澎湃十分不知道說什
麼好，千言萬語千歌萬曲千山萬海千呻千吟千嘟萬囔千詞萬字
都匯成一句響徹雲霄聲嘶力竭聲震寰宇繞梁三日震聾發聵驚天

動地悅耳動聽美妙無比令人心碎令人陶醉令人沉醉令人三日不
知肉味兒的時代最強音：萬歲萬歲萬萬歲萬歲萬歲萬萬歲！」
元豹媽一口氣沒上來，白眼一翻昏過去了，李大媽站出來接著
打機槍似地說：「沒有您我們至今還在黑暗中昏暗中灰暗中灰
塵中灰堆中灰爐中土堆中土坑中土洞中山洞中山澗中山溝中深
淵中湯鍋中火坑中油鍋中苦水中撲騰折騰翻騰倒騰踢
騰……」，李大媽一口氣沒上來，白眼一翻昏了過去。元鳳又
站出來接著說：「您是光明希望未來理想旗幟號角戰鼓勝利成
功驕傲自豪凱旋天堂佛國智者巫師天才魔術師保護神救世主太
陽月亮星辰光芒光輝光線光束光華……」元鳳白眼一翻昏了過
去。

重疊累贅、無標點的話語形式配之以古今混雜、語義混亂、不知所云
的話語內容，構成了三人話語的總特徵，展現了一場鬧劇，與全文的
荒謬構成統一的格調，於荒謬中展現作者的嘲諷之旨。人物話語的荒
誕還可以從對話鏈接中體現出來。如王朔《一點正經沒有》的夫妻對
話常以荒謬與荒謬鏈接：

「寫吧。」安佳看著我說，「你臉也洗了手也淨了屎也拉了連
我的早飯都一起吃了抽著煙喝著茶嗑著牙花子你還有什麼不合
適的？」
「我還沒吃藥呢。」
「……有這個講究嗎？」
「當然，寫作是要用腦的，沒藥催著腦袋不是越寫越小就是越
寫越大，總而言之是要變形的。」
「咱家有我吃的阿斯匹林胃得樂扣子吃的速效傷風膠囊紅黴素
另外還有你小時候用剩的大腦炎預防針牛痘疫苗你是吃啊還是
打啊？」

「也打也吃，我不在乎形式，問題是這些藥補嗎？我不太懂藥，是不是搞點中藥吃？據說中藥一般都補。」

「這樣吧，我這還有點烏雞白鳳丸你先吃著，下午我再出去給你扒點樹皮挖點草根熬湯喝。」

「那就拜託了。」

看似正兒八經的對話，實則充滿了荒誕。荒誕由對話雙方話語內容的荒謬鏈接構成。之所以荒謬，是因為違背了邏輯推理，違背了生活現實。荒誕不經的話語內容掩飾在正兒八經的話語形式下，更顯荒誕。對話於荒誕中塑造了特定歷史時期玩世不恭，卻又內心焦躁苦悶；無所事事卻又心存幻想的「頑主」們的形象。看似不合邏輯、有悖現實的荒誕對話中，卻因深刻刻畫了人物形象而蘊含著審美價值。

三　荒誕構思中的深層意蘊

荒誕視角是作者選取的藝術視角，因此，荒誕文本語境具有了雙層解讀關係。表層是可視可見的荒誕，深層是可觸可感的意蘊。「在一般的人生實踐的層面上，荒誕並不能被指稱為審美形態，而只能是一種人生的異化形態，只有當荒誕成為被解剖、批判或反思的對象，也就是在荒誕中包含了新的價值取向時，荒誕才可能從原初的人的異化蛻變為審美形態。」[19]因此，荒誕視角下的小說文本解讀並非是單純尋找荒誕，而是尋求荒誕中的審美價值。以荒誕視角創造的小說荒誕世界因具有「新的價值取向」而具有了審美價值。探求荒誕構思中的深層意蘊就是對荒誕文本語境的審美過程。

荒誕是對現實的背離，是對真實的顛覆，但在荒誕中又往往有著

---

19 朱立元主編：《美學》（北京市：高等教育出版社，2006年第2版），頁216。

現實的痕跡，滲透著真實的影子，在虛幻與現實、荒誕與真實的對立統一中體現了美的價值。宗璞〈我是誰〉和喬葉〈拾夢莊〉同樣以夢幻形式表現了「文革」題材，前者以故事中人物的幻覺構成幻境，後者以故事講述者兼故事中人物的視角講述了幻覺中的真實世界。荒誕的故事情節中都有著「文革」的現實基礎。〈我是誰〉以知識份子韋彌在幻覺中「我是誰」的自我詢問、自我尋找為線索，反映了「文革」對知識份子精神肉體上的雙重摧殘。韋彌和孟文起夫妻倆「同在校一級遊鬥大會上慘遭批鬥」，被剃成了陰陽頭，「被驅趕著、鞭打著，在學校的四個遊鬥點，任人侮辱毒打」。孟文起不堪折磨，上吊自盡。小說從韋彌看到孟文起「掛在廚房的暖氣管上」的屍體開始，進入幻覺開始尋找自己。她一會兒幻化成「猙獰的妖魔面目」，「青面獠牙，凶惡萬狀，張著簸箕大的手掌，在追趕許多瘦長的、圓胖的、各式各樣的小娃娃」；一會兒幻化成「一朵潔白的小花」，「覺得自己是雪白的，純潔而單純，覺得世界是這樣鮮豔、光亮和美好」；一會兒幻化成「大毒蟲」；一會兒又幻化成「一隻迷途的孤雁」。最終「覺得已經化為烏有的自己正在凝聚起來，從理智與混沌隔絕的深淵中冉冉升起」，在幻覺中「衝進了湖水，投身到她和文起所終生執著的親愛的祖國——母親的懷抱」。韋彌的幻覺是虛幻的，但卻有著現實的基礎。幻象是源於現實的重壓，交錯在幻象中對現實的回憶與之相交融，反映了知識份子在「文革」中所遭受的磨難：慘無人道的批鬥、莫須有的罪狀、「比自己生命還要寶貴的研究成果」的被焚毀，這些致命的摧殘是眾多知識份子在「浩劫」中的遭遇。對祖國的忠誠、對事業的執著追求，拋棄優越的國外條件，回來報效祖國是許多知識份子的品質。在文本虛幻與現實的交替中，特定歷史時期中的特定人物具有了真實性。在虛幻與真實中演變的情節具有了批判「文革」的深刻意義。

　　〈拾夢莊〉作為近時期的作品，表現出比〈我是誰〉更為複雜的

虛幻世界，文本語境的整體荒誕中套疊著局部荒誕。小說以一個背包野走族的「我」於偶然間進入「拾夢莊」的所見所聞，展現了「文革」的面貌及「文革」餘毒。「拾夢莊」是虛擬之所，拾夢莊中的模擬「文革」旅遊項目是一場鬧劇。從當地人「這方圓幾十里我都知道，從來沒有什麼拾夢莊」，以及「我」與驢友想再次探訪時，「走了半天，什麼村莊都沒有看到」可以看出拾夢莊的虛幻。可是，「我」在拾夢莊卻留下了記憶深刻的經歷。文本所構建的「拾夢莊」小說世界有著現實的深刻烙印。這是一個「始建於清乾隆十三年」，經歷了「文革」武鬥的村落。「我」進入其間既感受了人們正在籌備開發的以「文革」為主題的旅遊項目「文革」仿真場面，又領略了「文革」武鬥遺留的墓地中所殘留的「文革」氣息。這是小說文本以前半部分和後半部分的內容所昭示的。以旅遊部門各級領導主持的旅遊項目開發，構成了一場荒誕的鬧劇。人們津津有味地策劃著「文革」的重現、充溢著「文革」政治色彩的話語刷滿了牆：「毛主席萬壽無疆！你們要關心國家大事，要把無產階級大革命進行到底。」「文化大革命好！文化大革命好！無產階級文化大革命就是好，就是好，就是好，就是好！」在這樣的環境渲染中，是「綠軍裝，綠軍帽，牛皮帶，紅袖章……」揮舞著紅寶書跳「忠」字舞的隊伍，高喊著「革命無罪，造反有理！」「要革命就跟我走，不革命就滾他媽的蛋」的口號，作為旅遊配套項目再現了「文革」的瘋狂情景。在開發項目現場會上，領導們「眉飛色舞，紅光滿面，興致勃勃，言笑晏晏，如數家珍，唾沫噴濺」地重複「海瑞罷官，三家村，大毒草，反動學術權威，牛鬼蛇神，炮打司令部，紅五類，黑五類，大串聯，破四舊，造反派，旗手，老三屆，知識青年……」等詞語。李教授提議的旅遊模式，「讓遊客一進景區就穿上紅衛兵的衣服，綠軍裝綠軍帽紅袖章什麼的，扎上皮帶，背上雷鋒包。必須穿——要想不穿也可以，得另外加錢。到時候，你看吧，肯定滿街滿巷都是紅衛兵，這就是一大噱

頭。」眾人提議的給遊客們劃成分、劃出身，開批鬥會、背「老三篇」等。王局、史局等領導模擬「激情燃燒的歲月」情景的表演，充滿了鬧劇色彩。這些旅遊項目策劃者竟然把「十年浩劫」的「文革」「演變得這麼新鮮、這麼有趣、這麼幽默、這麼歡樂」，給中國造成重創的「文革」卻被這班策劃者演變成了戲謔，痛苦變成了歡樂，這就是套疊在拾夢莊這個虛擬空間的荒謬。這是現實與歷史的反差，又是基於「文革」真實歷史基礎形成的。同樣基於「文革」現實基礎的是小說後半部「我」與「黑衣女人」的交際。「我」追隨「黑衣女人」來到村後山坡頂上，見到了埋在鐵梅山上的「文革」武鬥中死去的年輕人的墓碑，墓碑上「為有犧牲多壯志，敢教日月換新天」、「國際悲歌歌一曲，狂飆為我從天落」、「為人民而死，雖死猶榮」等字樣，與文本上文語境中的文字一樣昭示著特定年代的話語特徵。「我」從「黑衣女人」的話語中，了解了「文革」的一些情況，又從「黑衣女人」的一身傷痕中看到了「文革」的殘酷。整個小說文本語境就在虛幻的拾夢莊背景中套疊著「文革」仿真旅遊項目的荒誕而展開。

在審美視野下審視荒誕，就是要透過表層的荒誕，去尋求其內蘊的意義。「荒誕能夠成為荒誕的前提不僅是因為荒誕存在，而且人還必須清醒地認識到荒誕的實質。」[20]作者選擇荒誕視角，有著其藝術的構思。方方的《風景》，之所以選擇死去的小八子敘事，雖然是因為小八子被埋在屋外的窗下，具有了觀察的全知全能視角，能夠「冷靜而恆久地」去看所有的「風景」；而更重要的是，將死人與活人形成對照，來表現人生，評價世態炎涼，小八子的自敘中就蘊含著深刻的人生哲理：

我極其感激父親給我的這塊血肉並讓我永遠和家人呆在一起。

---

20 朱立元主編：《美學》（北京市：高等教育出版社，2006年2版），頁218。

　　我寧靜地看著我的哥哥姐姐們生活和成長，在困厄中掙扎和在
彼此間毆鬥。我聽見他們每個人都對著窗下說過還是小八子舒
服的話。我為我比他們每個人都擁有更多的幸福和安寧而忐忑
不安。命運如此厚待了我而薄了他們這完全不是我的過錯。我
常常是懷著內疚之情凝視我的父母和兄長。在他們最痛苦的時
刻我甚至想挺身而出，讓出我的一切幸福去與他們分享痛苦。
但我始終沒有勇氣做到這一步。我對他們那個世界由衷感到不
寒而慄。我是一個懦弱的人為此我常在心裡請求我所有的親人
原諒我的這種懦弱，原諒我獨自享受著本該屬於全家人的安寧
和溫馨，原諒我以十分冷靜的目光一滴不漏地看著他們勞碌奔
波，看著他們的艱辛和悽惶。

——方方〈風景〉

　　這種對照是以死人的「幸福和安寧」與活人的「痛苦」、「艱辛和悽
惶」相比較形成，這就有違常理。然而，結合文本來看，人世間的艱
辛磨難、人與人之間的欺詐相殘，使小八子的這番議論具有了現實的
根基、具有了深刻的哲理。「荒誕作為人的特殊的審美實踐，實際上
就是在否定之中建構其審美價值的，也正是通過否定荒誕才作為特殊
的審美形態得以確立。」[21]死人敘事的荒誕意蘊在否定現實人生，這
就使荒誕具有了審美價值。

　　對荒誕深層意蘊的探尋不是孤立的看荒誕中的某個片段，某個現
象，而應由表及裡、由點及面，對語境各因素做綜合考察。喬葉《拾
夢莊》以荒謬的視角展現了「文革」面貌及「文革」餘毒，對「文
革」的批判否定是建立在一個個對立現象之中的。首先是歷史與現實
的對立。「文革」的浩劫被作為現實中娛樂的題材，這是荒謬的。李

---

21 朱立元主編：《美學》（北京市：高等教育出版社，2006年2版），頁218。

教授以潮汕地區文革博物館與井岡山旅遊模式作對比，說明想把「文革」做成旅遊資源「嚴肅」「是絕對行不通的。」李教授對井岡山旅遊模式的說明於荒誕中隱含著作者的嘲諷意味：

> 井岡山革命老區就擊中了當今人們的娛樂七寸，做出了一系列很成熟的特色項目，比如讓遊客們穿上紅軍服走朱德當年的挑糧小道，吃紅米飯喝南瓜湯憶苦思甜，請政治學院的老師去烈士就義的地方上歷史課……穿紅軍服本身就很好玩嘛，挑糧小道的風景也是很優美嘛，紅米飯南瓜湯的味道經過精緻的改良也是很可口的嘛，配菜裡自然也少不了大魚大肉嘛，還有，上課的老師也是男帥女靚很養眼的嘛，講話的聲音也是很好聽的嘛，故事裡的細節也是很煽情的嘛，讓那些身在福中不知福的遊客們好好地哭一哭也是能體會到悲劇快感的嘛……他說拾夢莊也可以借鑒這種經驗。

將「文革」與「井岡山」題材相比是荒謬的，對革命老區旅遊項目含有情感色彩的評價「好玩」、「優美」、「可口」、「男帥女靚很養眼」、「很煽情」、「悲劇快感」是荒謬的，與這些荒謬相對應的，是一句一個的句末語氣詞「嘛」，寫出了李教授的口吻，也寫出了作者的嘲諷。其次是上下文的對立，文本前半部分著重寫人們籌備以「文革」為題材的旅遊項目，將一場「浩劫」變異為娛樂，為痛苦帶上歡樂的面孔，作者在對鬧劇的描寫中承載了辛辣的嘲諷。小說下半部分主要寫「我」隨黑衣女人到山頂墳場所見。以漫山遍野刻著墓碑的墳墓和黑衣女子滿身的創傷昭示了「文革」的浩劫，以還原歷史真相的「寫真」否定了上半部的「模擬」。上文的荒誕鬧劇與下文的真實再現形成反差。以至於「我」從山上回到籌備會現場「突然覺得十分噁心，還有恐懼。深度的噁心，闊大的恐懼。」下半部從結構上構成了對上

半部荒誕鬧劇的否定批判，並具有警示作用，警示人們注意「文革」餘毒。喬葉在創作談中說：「所憂所思，所懼所患，就有了這個或許是很多人都置身其中的〈拾夢莊〉，當然，那些置身其中的人，有相當一部分都察覺不到或者說不敢面對拾夢莊的存在。但是，它在。真的在。」[22]小說最後顯示的拾夢莊的不存在，卻被作者說成「在」，這個「在」就不是物質意義上的「在」，而是精神意義上的「在」。它存在於人們的意識中。拾夢莊的「在」記錄了「文革」又顛覆了「文革」。它是「文革」留下的重大創傷的記錄，又是「文革」陰魂不散的危險警示。

　　荒誕之所以為荒誕，往往因為這種現象中充滿著矛盾，可能是該事物與其他事物的矛盾，也可能是自身的矛盾。在充滿矛盾的荒誕中，體現出諷刺。徐坤〈先鋒〉中所塑造的「先鋒」畫家的形象，其荒誕不僅在於他們自身的言行舉止，還在於與之相關的現象所構成的矛盾。這樣一夥不學無術、成天折騰的藝術家，居然成為「公眾的圖騰」，撒旦的〈活著〉居然獲得畫展金獎。「廢墟畫派」居然「已經由民間自由結社的藝術團體，掛靠成為藝術研究院下屬的正處級國家研究機構，列為美術局廢墟處，辦公室設在黑石橋路三里溝。處長一名由撒旦擔任，副處長三名，分別是雞皮鴨皮和屁特。下設大小科室十個，正副科長二十餘人。」之所以說「居然」，是因為這夥藝術家所取得的成就與他們的實際能力水平並非成正比，而是構成了矛盾。小說還寫了他們的社會影響：

　　（1）那時候，這座城市的大馬路和小胡同裡，各種各樣的藝術家像灰塵一般一粒粒地漂浮著。一九八五年夏末的局面就是城市上空藝術家蜜布成災。他們嚴重妨礙了冷熱空氣的基本對流，使那個夏季滴水未落。

---

22 喬葉：〈《拾夢莊》創作談：它在〉，《中篇小說選刊》2013年增刊，頁156。

（2）於是這一年夏天，老百姓只要一出家門口，就到處都能
看得許多鼻子不是鼻子臉不是臉的亂蓬蓬的腦袋在大街小巷裡
遊竄。

以誇張構成了荒誕，極言藝術家們的社會影響。影響之大，非其能力
所能及，事物與現象之間也是矛盾的。作者甚至借用了當代先進儀器
設備，製造語言幽默。評論家們為了「把國內藝術同國外線路接
軌」，給「廢墟畫派」選用了「最潮濕最啃勁兒的『先鋒』、『前衛』
等等名詞或形容詞」，結果過關時被機器卡住了，因為「海關的信息
存儲器裡，對於『先鋒』只存入了這麼一條：先鋒者，積極要求進
步，積極靠近組織，刻苦攻讀馬列毛主席著作，又紅又專，熱愛勞
動，積極主動和同志打成一片之分子是也。」於是「全自動電腦操作
系統不知道這等莊嚴神聖的詞兒用在該生撒旦身上是否合適。由於程
序一時全亂了套，程序紅綠燈訊號傻子似地亂閃個不停。」撒旦們的
「先鋒」與「存儲器」中的含義不同，這種矛盾顯示出號稱「先鋒」
的這些藝術家並非名副其實。當然，存儲器的「先鋒」注釋也並非詞
典義，而是帶上了政治色彩的釋義，這就顯得荒誕。「荒誕之所以成
為特殊的審美形態，首先是因為再創和重現荒誕作為一種審美活動方
式是以一種特殊的實踐方式顯示其特殊的存在價值。」[23] 兩極荒誕相
會，愈顯荒誕。

　　荒誕視角是從美學原理出發構建的視角，它以顛覆為基準構建特
殊的小說文本語境。在看似荒誕中顯示哲理、顯示深刻的蘊涵。因
此，它又是基於辯證原理的一種美學創作策略。

---

23 朱立元主編：《美學》（北京市：高等教育出版社，2006年2版），頁216。

第四章
被顛覆的文本語境

　　小說文本既是小說內容的體現，又是小說形式的展示。因此，對文本語境的考察涉及小說所關涉的內容，也涉及小說的表現形式。在顛覆視角下的文本語境考察，是對映射著當代社會人情世態的小說奇異世界的考察，是對小說世界背離客觀世界的考察，也是對小說作家調配語言形式，獨特構思的考察。顛覆中的小說文本語境顛覆了可以稱之為規律的一切，呈現出一個個色彩斑斕、變幻多端的小說「萬花筒」世界。

第一節　網絡參構下的新世紀小說語境差

　　網絡已成為新世紀人們生活的重要組成部分，也成為新世紀小說的重要參構因素。從語境差視角切入，探討網絡介入下的小說語言現象，以體現社會科學技術發展對小說世界的映照。新世紀文學語言求新求異的「狂歡」趨勢，使網絡參構的語境差成為新世紀小說語言富具審美價值的突出修辭現象。

　　語境差是對事物不平衡現象的考察，自然涉及到事物不平衡的兩端。從修辭學視域考察語境差，既尋求事物的對立，又尋求內蘊的統一。網絡的參構，使小說語境形成了一組組富具對立統一辯證關係的審美形態。

一　虛擬與現實的語境差

　　虛擬與現實的語境差屬於空間語境的不平衡。網絡世界是虛擬的空間，客觀世界則是現實空間。作為時代多方位、多角度的展示物，網絡參與了小說文本建構，成就了一些小說的情節結構。在虛擬的網絡世界與現實的客觀世界鏈接中，虛擬與現實這一對對立關係呈現出各種交錯形式，表現了當代人在網絡時代思維層面、精神層面及語言使用層面的豐富及靈活多樣，打破了東方人固守成規的傳統觀念，體現了東西方文化的接軌。

　　虛擬的網絡世界與現實的客觀世界是兩個截然不同的空間語境，這兩個語境在小說中可能作為同一人物活動的不同背景，展示出人物形象或性格的不同方面。陳然〈作為一種句式的反問〉中縣紀委監察局局長張建軍與妻子聞書燕的形象塑造，就交織在虛擬和現實兩個空間。在現實生活中，作為縣紀委監察局局長，張建軍嚴肅地處理著幹部違紀違規事件；聞書燕則是個盡職盡責的人民教師，在小縣城頗具名氣。然而，這兩個形象在網絡虛擬空間卻呈現出不同的風貌。二人的 QQ 交談，在小說中占有很大篇幅，構成了小說的重要情節，也展現了人物性格形象的另一面。在虛擬的網絡空間隱身的交際展現出的人物內心可能較之現實世界中的人物形象挖掘得更深刻。張建軍偶然中讀到了妻子手機中「謝謝你燕子，和你在一起很快樂」的短信，認為妻子移情別戀，於是，通過 QQ 打探妻子的情況。在聊天中，他探知了妻子的內心世界。在得知她「精神出軌」，「腦中總是有許多有趣的想法，我被它們吸引。我想，自己下一次會碰上什麼樣的男人呢？一想到這些，我就渾身發燙，充滿渴望」後，「他大汗淋漓。他發現，他的生活已經被完全打亂，前頭忽然沒有了去路。」網絡這一「我不認識你，你也不認識我，我不知道你的真實姓名，你也不知道我的真實姓名」的虛擬世界，為現實中的夫妻提供了陌路網友毫無顧

忌地敞露心扉的空間語境。小說用大量篇幅呈現了二人的幾次 QQ 聊天，隱身之下妻子的真情表露展現了「生活在小縣城的女人，竟比大城市的女人還要瘋狂」的內心世界，展現了網絡世界對當代人精神生活的巨大影響。網絡世界的虛幻性使對方能夠「真情告白」。網絡虛擬空間的交際袒露妻子真實的內心世界，導致客觀真實世界中二人情感關係的改變，引導著故事情節的發展。為了維繫夫妻關係，他「希望她出點什麼事，然後，他保證自己會跟她白頭偕老，把她照顧得很好。」由此他製造了一個「蒙面盜賊」入室搶劫的事件，讓妻子「驚嚇過度，症狀異常」，「幾天後被他送到市精神病院治療去了。」兩個屬於現實中的正面人物由於網絡聊天導致現實生活人生軌跡截然改變，虛擬世界交際致使現實世界人物關係變化，導致情節發展。

　　網絡虛擬空間往往是基於現實空間的基礎，與現實空間相輔相成，有時作為現實空間的補充，參與了小說敘事。張楚〈七根孔雀羽毛〉中在現實空間講述了億萬富翁丁盛在酒店與情人過夜，晨起散步時被人注射了氰化鉀死亡的事件。與之相對的，設置了網絡虛擬空間，網民們對此事件「近乎瘋狂的討論」：

　　　　他們討論的焦點主要集中在兩點：一是誰膽子這麼大，幹掉了丁盛；二是在迪拜吉美大酒店跟丁盛過夜的女人是誰？當然其他方面的帖子也很熱鬧，比如有人問，丁盛到底有幾個老婆？有幾個孩子？這個問題很快得到了解答。有人說，丁盛跟原配並沒有離婚，他們有一個兒子，在縣裡的某事業單位上班，這個兒子和丁盛的關係很緊張。另外丁盛還有四個小老婆，這四個小老婆給他生了三個女兒和兩個兒子，其中一個兒子二十一歲，一個兒子剛過十四歲生日。後面的跟帖形形色色唾沫亂飛。有人剛佩服一個男人能娶這麼多老婆，立馬就有人回帖說，丁盛每天都固定吃兩個豬腰子，都是從「大老黑」熟食店

買的。接下去，又有江湖術士開始賣一種價格便宜、功能非凡
的春藥，他保證這種春藥吃了之後，一晚能馭三女……

到了晚上，到底誰跟丁盛在酒店過夜的帖子突然點擊量暴漲，
很快突破了二十萬。我漫不經心地一頁一頁瀏覽。在倒數第六
頁，一個貌似知情者的傢伙斬釘截鐵地說，那個女人就是桃源
縣最牛的女人，叫曹書娟。她開一輛紅色寶馬，以前從事鋼鍬進
出口貿易，現在跟丁盛聯手搞房地產開發。發帖人還貼了一張
不曉得從哪裡弄來的曹書娟的照片，不過很快就被吧主刪除了。

網絡虛擬空間的可容性為傳言提供了話語空間，虛虛實實，真真假
假。表現了這一事件的巨大影響，也體現了丁盛生前的生活狀態，並
引出「我」的前妻曹書娟。虛擬空間雖然虛實不定，但還是在某種程
度上成為小說敘事的組成部分，成為情節發展的一個環節。

　　作為人物活動的場景，虛擬空間參與現實空間的建構，為小說提
供了突破時空界限、突破思維界域、突破邏輯規律的廣闊空間。如果
說，〈作為一種句式的反問〉、〈七根孔雀羽毛〉中現實空間與虛擬空間
的交錯是以清晰的脈絡進行的，有的小說則以虛擬與現實交織錯落，
夢幻與事實相互纏繞的無序，構成了小說奇特的世界。虛擬空間與現
實空間的交錯構成了獨具一格的情節結構設置，體現了網絡世界參構
小說文本帶來的新鮮活力，也體現了當代人求新求異的審美傾向。

　　范小青〈屌絲的花季〉是一篇構思奇巧的作品，正如作者引用網
絡遊戲術語所說，這是一次「寫作逆襲」。「逆襲」即「在逆境中反擊
成功（網絡遊戲）」，而這一次「寫作逆襲」則是對自己長期寫作形成
的「固有的模式」、「被自己套在自以為是的桎梏中」、「循規蹈矩缺乏
創意」的突圍。[1]它打破了作者的寫作常規，也打破了客觀世界的事

1　范小青：〈創作談：一次無所謂成功或失敗的寫作逆襲〉，《中篇小說選刊》2013年
　　第4期，頁102。

理常規。小說以微博為人物交際的主要載體，亦虛亦實，以虛為主，虛實相間，構成了起伏跌宕的故事情節。故事以現實中單位推舉人員參加「貧困落後地區農村和農民狀況調查隊」發端，以主人公臆想的虛幻情節相關聯，並構成主要情節，最後回落到現實，真相大白。其間虛幻空間與現實空間交錯，構成了情節的起起落落。主人公「我」──賈春梅，一「苦 B 女青年」，講述了自己因「新郎和別的女人結婚了」而遭受打擊，又因自己寫的沒結成婚的文章被同事放到網上而公之於眾，被苦於找不到參加民調隊的「不管部長」以「療傷」為由，推舉去民調隊。踏上民調隊的征程，也就是賈春梅實施「復仇」的開始，而「復仇」的工具就是微博。在前往貧困山區的車上，「復仇」拉開了序幕：

> 我做的第一件事，就是在出發前開通了微博，現在微博的發布密碼就在我手心裡攥著呢，我只需要動一動手指，一百四十個惡毒的字眼就像一百四十把利箭，瞬間就射出去了。

實際上，賈春梅的「蒙難」，是其幻想的傑作。她因「婚前恐懼綜合症」，不僅「焦慮恐懼，還妄想」，妄想出即將成婚的未婚夫季一斌與自己的閨蜜江秋燕結婚，於是「結婚前突然失蹤」，致使二人無法成婚。幻想主導著賈春梅的思路與行動，她「計畫著復仇」。幻想也主導著小說故事情節的脈絡，通篇小說就是以賈春梅在幻象中「復仇」為主要線索，借助微博這個「世界大喇叭」，賈春梅在現實空間的荒僻鄉村與眾多網友、與單位同事、與假想中的「閨蜜」兼「情敵」江秋燕、與未婚夫季一斌進行虛幻空間的多場交際。直至素未謀面的被她「罵了大半年的」輿論受害者江秋燕與季一斌結伴，找到她所民調的縣城，「我的那個驚駭，你們完全可以往死裡想像，」當得知季一斌與江秋燕根本就不認識，「我目瞪口呆，我的一向清澈如山

澗小溪的思想這會兒遭遇了梗阻，上下不通了，我急得連氣都岔住了，狠狠地嗆了幾聲，還是說不出話來。」小說的交際對象都是腳踏實地的現實中的人，而由於網絡溝通使他們處於天馬行空的虛幻中。賈春梅因「婚前恐懼綜合症」，幻想出了實際上並不存在的閨蜜江秋燕，幻想出了江秋燕與季一斌的婚禮，這種幻想構成了一個完整的事件。小說在賈春梅與江秋燕、季一斌見面之前的情節敘述給人造成一種假象：未婚夫季一斌與自己的閨蜜江秋燕結婚是真實的。這種假象的表層真實性是由作者借助「我」的一系列敘述構成的，如：

> 我晴天霹靂毫無徵兆地被相戀數年的男友甩了，甩就甩了吧，還跟我的閨蜜好了，跟我閨蜜好就跟閨蜜好了吧，還立等可取地就結婚，結婚就結婚了吧，還給我發了一張請柬請我喝喜酒，喝喜酒就喝喜酒吧，還──我呸，我怎麼有臉去喝他們的喜酒？

思緒的連貫性造成了事件真實性的假象，在語言上體現為以頂針手法一氣呵成的表白。幻想是微博大戰的導火索，而微博大戰又是現實中所進行的一場荒謬的虛幻的戰爭，「我一直堅持認為我的閨蜜江秋燕搶走了我的新郎季一斌，所以才有了後來的許多事情和許多罵戰。」這場莫須有的論戰又對交戰多方的現實生活產生了影響，特別是無辜受害者江秋燕，「你害得我抬不起頭來見人、你害得我同事、我鄰居都對我指指戳戳的，你害得我老公要和我離婚了。」但現實中的江秋燕由於與對方橫空交戰，因此，實際上也是處在虛幻之中的，她在微博的另一端，誤以為賈春梅是她的閨蜜吳清雨，「穿了馬甲，用了假名在微博上罵我的人」。由於雙方都處在虛幻中交戰，及至雙方在現實中見面時，驚異萬狀。小說以幻象發端，微博這種穿越了時空人事的形式又使幻象發酵，衍生出離奇曲折的故事與結局。當賈春梅義

憤填膺地講述受害經歷時，帶給讀者以真實感，而當讀者沉浸在
「我」所虛構的想像中時，筆鋒突然一轉，季一斌與江秋燕的出場使
現實逆轉了虛幻。三方對質使現實與虛幻交錯，造成了故事情節的又
一波瀾。

　　對話是構成情節的重要組成部分，虛幻空間與現實空間的交織錯
落為對話增添了搖曳多姿的生動性。〈屌絲的花季〉離奇的故事情節
使對話也處在虛幻空間與現實空間的交織纏繞的狀態。賈春梅與相關
人物的對話是在現實與虛幻兩個空間進行的，但無論在哪個空間，都
呈現出虛幻與現實纏繞的因素。現實空間中的虛幻交際，虛幻空間中
的現實交際，使話語真真假假、虛虛實實，增添了情節的跌宕起伏。
小說的虛幻空間主要由兩個因素構成，一是賈春梅的精神幻覺，一是
微博虛擬世界。這兩個虛幻空間中有著現實的因素，這就是與之交際
的對象，有名有姓有所指的人。小說的現實空間是賈春梅生活、民調
的客觀環境。參加民調隊，在西地村搞民調，是賈春梅腳踏實地的現
實空間，可她一心「復仇」的心態和「爪機黨」的身分，卻使她騰
雲駕霧般生活在虛幻空間。微博交際則是賈春梅「神遊」的虛擬世
界，借助微博與外界交際是其虛幻空間的主要生活內容，微博交際的
主題「結婚事件」是虛幻的、是其妄想出的。小說情節巧妙地周旋
在現實空間與虛幻空間之間，賈春梅基於幻想基礎上的微博「復
仇」，使小說中各對人物的交際處於現實與虛幻交錯的空間。在作者
筆下，網絡虛幻空間的交際被描繪得惟妙惟肖，充滿了現實感。一
是與網友的交際：

　　　　求救、求助、求解之一：未婚夫在結婚前一天告訴我，新娘不
　　　是我，而是我的閨蜜。沒有一點點徵兆，是我太傻╳，還是他
　　　們太牛╳？是我大驚小怪，還是世界太瘋狂？我應該自殺，還
　　　是殺掉他們？

網友接二連三的回饋之迅速有趣地再現了了網絡交際場景，有二百一十個「自殺」的、有「淡定」的、有「你灌水，我閃」的。虛幻中的虛擬對話充滿了網絡世界的特點，也展現了熱心網友的「好事」情緒。再一是與辦公室同事的交際。當她將「辦公室同事出賣我隱私的事情寫了出去」，立刻得到了對方回饋：

> 立刻有一條來了，寫道：「賈春梅，你就冒名吧，別說套個馬甲，你穿上龍袍我也知道你是誰。你燒成骨灰級我也認得你，本來我的事情沒有人知道，你居然用微博公開我的秘蜜，讓大家恥笑我，我早就知道，你就是那個讓我噁心到吐的『同桌的你』。」

被「辦公室同事出賣」是現實，而「我隱私」卻是虛構的，因此這番對話中同樣是虛擬與現實交錯。賈春梅還與「假想情敵」江秋燕溝通：

> 江秋燕負傷出現了。
>
> 她和我隔空對罵起來，她罵道，賈春梅，扒掉你的羊皮吧，露出你的真相吧。有膽量的，我們約個地方見面單挑。我回罵道，姐現在不見你，貌似姐低下了頭？錯，姐是在找磚頭。江秋燕又罵道，搬起磚頭砸你的豬頭去吧，變態豬，我不認得你。我罵說，你不認得我，我可是認得你，扒了你的皮我認得你，不扒你的皮我也認得你。江秋燕的氣焰矮下去一點，說，真倒楣，躺著也中槍。我的氣焰更加高漲，我繼續射擊說，你是躺在我老公床上中槍的。江秋燕說，你老公？你老公是誰？我罵道，你他媽的搶了我的老公還不知道我老公是誰？

唇槍舌劍，罵語展現了人物個性。加之網友的參與，「那圍觀的，那個熱鬧啊，真是目不暇接，眼花繚亂啊」，這番網上對罵，雖然跨越了空間，卻製造了面對面的熱鬧場景。「罵」是現實，雙方也都是腳踏實地的人，而「罵」的原因卻是虛擬的，二人的關係也是想像出來的，江秋燕與賈春梅素昧平生，江秋燕也並未與季一斌結婚。「罵」所處的場景也是虛幻的網絡空間。與季一斌的溝通也是處在虛幻與現實之間：

> 季一斌居然也來了，他在微博上說，賈春梅，求你別鬧了。我冷笑一聲說，你終於浮起來了。季一斌又低三下四地說，賈春梅，你告訴我，你到底在哪裡啊？我噴他說，別裝了，江秋燕都已經跑到我單位去過了，你會不知道我在哪裡？季一斌停頓了一會兒，說，江秋燕？江秋燕是誰？我實在忍不住了，罵道，孫子哎，你就裝吧，你有種就裝到底。季一斌說，賈春梅，你是不是病了，你是住在精神病院嗎？我說，做夢去吧，你以為我會被你們的卑劣行徑氣出精神病來，我還偏不，我告訴你，我在一個你八輩子也不會見到的地方。季一斌大驚說，我八輩子也不會見到的地方，那會是什麼地方，難道是十八層地獄？
>
> 我呸！
>
> 我繼續罵道，季一斌，你才地獄，你和江秋燕才入地獄，你們不下地獄誰下地獄？季一斌忽然笑了起來，說，不管地獄還是天堂，不管怎麼說，我今天是有收穫的，我至少知道，賈春梅你還活著，你不僅還活著，你還在罵人，說明你身體也不錯，精神也可以呵。我說，我精神好得很，大仇尚未報，我還要加倍努力啊。季一斌似乎又有些怯了，假裝小心翼翼地問道，賈春梅，你到底要報誰的仇，你到底想要幹什麼？我說，我要顛

　　覆整個世界。季一斌傻傻地問，為什麼？我說，為了擺正你顛
　　倒的身形。季一斌徹底趴下了，啞巴了。

季一斌的「結婚事件」完全是賈春梅幻想出來的，季對此幻想一無所
知。因此，二人對話實際上處於不同的心理空間，賈是虛幻空間，季
是現實空間。不同的空間、不同的認知背景，造成二人對話南轅北轍。
　　該篇小說奇妙的構思很大程度上得力於其情節結構的設置。小說
前大半部以微博交際為主，微博打破了時間與空間界限、打破了正常
的人際關係，也打破了現實的邏輯鏈，將幻想與現實纏繞在一起，鏈
接出一場轟轟烈烈的微博大戰。賈春梅始終處在被遺棄的幻象中，
「天馬行空，創造一切」。她以受害者的心態，理直氣壯地討伐負心
人，殊不知整個事件是荒謬的，是被她自己顛覆的。這樣的精神狀
態，使得她在與季一斌、江秋燕在面對面的現實交際中，仍處在精神
上的虛幻空間。雙方基於賈春梅製造的幻覺中缺乏共知前提的對話，
也是處在虛虛實實之間。在小說臨近尾聲，作者依靠語境，使讀者恍
然大悟，原來主人公的「冤」，主人公的「復仇」，都是基於虛構情節
基礎上的。至此，讀者在大呼上當的同時，不得不佩服作者虛實相間
的結構技巧。人物在虛擬空間所進行的交際可能是虛幻的、不切實際
的，但卻是根植於現實土壤的，是現實的某種映照。小說是基於現實
的虛構，虛構是小說的特性所致。「小說一直在躲閃著『說謊者』的
形象——儘管它實際上無時無刻不在撒謊，無時無刻不在受著遺傳基
因的不可違逆的支使。」[2]不同的小說具有共同的「遺傳基因」，卻有
著不同的「說謊」技巧。小說家的高明之處在於如何處理「說謊」中
的真實，真實中的「說謊」。虛擬世界與現實世界的交織錯落為作家
提供了疆場馳騁的廣闊地域，將人物、故事情節放置於這樣的奇妙空
間，使人物充滿虛幻色彩，情節曲折誘人，反映了網絡時代特色。

2　曹文軒：《小說門》（北京市：作家出版社，2003年第2版），頁89。

二　嬉戲與批判的語境差

　　嬉戲與批判的語境差屬於風格層面的不平衡。嬉戲與批判代表著不同的風格，一是娛樂散漫、肆無忌憚的，一是不苟言笑、嚴肅認真的。然而，作家卻能讓這兩種風格融合於一個作品中，於嬉戲的詼諧調侃表層，滲透出批判的深層底蘊。正如曹文軒所說，「遊戲從表面上看來是與嚴肅對立的。而實質上，遊戲卻有著『高度的嚴肅性』。小說的遊戲精神或者說小說對遊戲的揭示，所說明的恰恰是人類的富有悲劇性的尷尬狀態。」[3]由此可見，當嬉戲與批判並存時，它們實際上是處於兩個層面，表層是嬉戲，深層是批判，表層與深層在表現一個主旨時是可以形成內在統一的。

　　內容與形式是小說的基本構件，嬉戲也就表現在內容與形式兩方面。「遊戲是人類的基本慾望之一。小說無論是在內容方面還是在形式方面所體現出來的精神，都能從不同層面上來滿足這種慾望。」[4]新世紀一些小說以「遊戲人間」的內容與形式，反映了當代人的生活面貌和精神追求。嬉戲與批判這一對立關係可以體現在小說情節結構之間，作家編織起荒誕的情節結構之網，於情節結構嬉戲中傳遞批判的信息。嬉戲在很大程度上還可以體現在語言載體上，作家嬉戲於語言文字之間，以「狂歡」姿態解構了語言原有的規律。「狂歡」可以是對語音、文字、詞彙、語法等語言規律的解構。網絡語言介入小說共同語語境，造成網語這一社會方言對共同語語言系統的滲透是網絡背景下語言「狂歡」的表現之一。基於本文的「網絡參構」視角，本節重點探討網絡語言參與的嬉戲。網絡語言對小說共同語語境形成了衝擊，從語言的不和諧中透露出嬉戲，又往往由嬉戲中滲透出嚴肅的批判。這與網絡語言參構網絡小說文本不同，正如作家范小青在接受

3　曹文軒：《小說門》（北京市：作家出版社，2003年第2版），頁47。

4　同前註。

遼寧日報專訪時所說：「網絡文學有它的很多長處，少束縛，多自由馳騁，但是在語言的煉礪上，還需要一個過程和一定的時間。」[5]網絡小說語言遊戲有餘，批判不足，因此缺乏傳統紙質小說的豐厚底蘊。當然，這不僅是由不同的媒介造成，而且是由不同媒介、不同參與對象、不同參與目的等多因素造成的。

　　語言受制於使用場合、使用對象等語境因素，網絡語詞出現在作品涉及網絡交際的語境中，與語境是和諧的，而出現在人物非網絡語境的交際中，則形成了反差，充滿了嬉戲意味。徐坤〈地球好身影〉以「我」——一個「小縣城裡普通良家女子」參加電視選秀節目，被「內定」為「冠軍」，而又因「什麼特長沒有」終遭藝術界遺棄的過程，展現了一場電視選秀鬧劇。小說中多處穿插著網絡詞語。最典型的是「我」到心理醫生白谷狗診所看病時的對話：

　　（1）「親，腫麼了親？我們這裡可是計時收費的。」白谷狗誘導著我說。

　　（2）我克服義憤，重新平靜下來，聽他為我作疏導。「人類是一件多麼了不起的傑作，親！多麼高貴的理性，親！多麼偉大的力量，親！多麼優美的儀表，親！多麼文雅的舉動，親！在行為上多麼像一個天使，親！在智慧上多麼像一個天神，親！宇宙的精華！萬物的靈長……噯，親，你說，男人，更喜歡跟妓女睡還是喜歡跟波伏娃睡？」

「我」與白谷狗的對話占了小說很大篇幅，這一場對話也就成了鬧劇中的一個重要片段。非網絡交際，白谷狗話語中卻穿插著網絡語詞，

5　范小青：〈網絡文學多自由：語言需煉礪〉，光明網-www.gmw.cn/co...3826.htm2010-
　　04-16。

以淘寶稱呼語「親」稱呼病人，產生了稱呼與對象之間的語境差。一句一個「親」兼之以貌似高雅的話語，充盈著小丑似的嬉戲。還有白谷狗「小機率事件，屬於基因庫病毒逆襲，人類靈魂加壓反應堆沒有經過三六〇度綠壩反智處理」等網絡語言混雜科學術語的不倫不類話語，與對其相貌神情的描寫相映襯：「面白，臉尖，眼小，喎腮，整個人面相很薄，看上去像一枚公知柳葉刀。」「色迷迷的目光，從一對小眼中射將過來。……好親切哦！多麼熟悉的眼神！一股子雄性動物騷情開屏的勁兒。」加之診所牆上掛的白谷狗的「博士照」，「一般來說，畢業典禮上被大學校長開過光的博士帽，穗子應該給撥到左邊。白谷狗的這個帽穗卻耷拉在右邊。」惟妙惟肖地塑造了一個猥瑣、下流，借醫學行騙的騙子形象。人物近似小丑的一系列「表演」，使嬉戲表層滲透著尖銳的批判。

與話語對象不相搭配的網絡稱呼語中往往有著內在的合理性，這種合理性綜合了嬉戲與批判之間的不平衡。白谷狗以淘寶稱呼語「親」稱呼病人，是基於他將看病視為一場買賣，由此解剖此人此事的騙局。再如小說中「我」在比賽現場，面對四個選手時的內心描寫：「我心裡說：垂死掙扎的屌絲們啊！姐就再讓你們迴光返照一把罷！」「屌絲」本應用於網絡流行語中小人物自嘲的稱呼，此處卻用在「打小地方來的，從沒上過這麼大的場子」的選手對四個各具特色、頗有實力的選手的稱呼，形成了稱呼與對象的顛覆。而這種底氣十足的「自信」緣由，使這一顛覆有了合理性。「我娘」「把祖屋抵押，四處散財，各種臨時抱佛腳，最後通過叔伯二大爺的遠房表弟的堂外甥女婿，搭上一個叫『元芳』的首長大秘，從官道上給製片人放了話，這才內定我為冠軍。」是這場選秀的內幕，讀者由「屌絲們」的稱呼語看到了「我」的躊躇滿志，志在必得，也參透了選秀的骯髒內幕，由此對電視選秀鬧劇作了深刻的批判。

網絡語詞出現在敘事話語中，其嬉戲往往體現在由網絡語言延伸的關聯用法，如：

（1）一切都毫無紕漏，嚴絲合縫，符合程序，中規中矩。中獎結果一公布，當時是舉座皆驚、天下大嘩！現場立刻就有人網絡人肉我，卻見我渾身清白，不是富二代、不是小蜜、沒當過二奶，根本就肉不出個毛來。

（2）他們的粉絲起哄、叫罵，把節目組、把我的祖宗三代都罵了個遍。粉絲們還齊齊往臺上湧，拋石塊，砸器材，推搡工作人員。一場電視節目秀，眼見著就要演變成首屆神州鬼節的暴力事件。

——徐坤〈地球好身影〉

「人肉」是網絡「人肉搜尋引擎」的簡稱，指利用現代信息科技將人的真實身分調查出來。「我」當了冠軍後，現場「人肉我」，是當今社會時尚而又便捷的查詢方式，語言的嬉戲意味由「人肉」衍生出的「肉不出個毛來」體現出來。「肉」用作動詞，由「人肉搜尋引擎」簡化為「人肉」後的再簡化，乾淨俐落中表現出說話者的調侃口吻。「粉絲」係用「fans」的諧音來代表忠實的歌迷、影迷等狂熱者，此處的嬉戲意味表現在「粉絲們」的複數稱呼及這一群體製造的讓「電視節目秀」「演變成首屆神州鬼節的暴力事件」的狂熱局面的渲染。

以語言製造嬉戲，得力於作家對語言符號的編排組合。在符號編排中呈現矛盾，增強嬉戲意味，體現了作家的語言功力。對讀者而言，就需要透過語言嬉戲的表層來領悟嬉戲中蘊含的對現實批判的意味。如：

（1）「尼瑪荊芥那種破草根子很難吃到嗎？」一個網媒記者破口大罵，「也敢發出與老子高蛋白液態物質同樣的舌尖摩擦音！」

（2）「不說普通話，實在很坑爹啊！有木有？有木有？」另一家晚報記者也痛恨得咬牙切齒。

　　　　　　　　　　　　　　　　　——徐坤〈地球好身影〉

例（1）共同語語境與網絡語詞「尼瑪」形成一對矛盾，「荊芥那種破草根子」與「高蛋白液態物質」在這個特定語境中也形成了一對臨時的矛盾。矛盾的源頭是對話中的信息差。在「我」的家鄉小縣城，見過大世面的人，俗稱「吃過大盤荊芥」。當年，一群記者來縣裡采風，當地召集人介紹「我娘」、「是縣接待辦副主任，曾是豫劇團的臺柱子」時，由於方言影響，說成了「吃過大盤精液的」。這一由說話者失誤引起聽話者誤解的信息差造成的後果是：「采風的宴會上到處是發酵膨脹的荷爾蒙氣味」，當吃完飯，記者「想鬧騰點下一步動作時」，才知道召集人說的是「吃過大盤荊芥」，於是引發了記者的罵語。罵語中介入了「尼瑪」、「坑爹」、「有木有」等網絡語詞，造成了富於色彩的語言大拼盤。特別是將「精液」代之以「高蛋白液態物質」，與「荊芥那種破草根子」相對；「不說普通話」的指責與後面用的非普通話的網語間的自相矛盾，都充滿了嬉戲，也充溢著濃烈的批判意味，對現實中各種歪風邪氣的批判。語言製造的矛盾表現在人物話語中，也表現在話語與情景之間。小說寫在白谷狗心理診所，「我」經歷了白谷狗言語及行為的性侵之後，以這樣的片段結束這一場「診療」：

　　我披頭散髮，衣襟凌亂，慌忙摔門而逃。只聽身後「啪——」的一聲門響，隨之傳來白谷狗天貓一般喵喵的叫聲：
　　「給好評哦親！包郵哦親！」

「天貓」是由淘寶商城分離而成的購物網站，「天貓」非「貓」，而此處卻冠以貓的「喵喵的叫聲」，叫聲的內容卻又由非貓的「天貓」買

賣用語構成，充滿了嬉戲。白谷狗以淘寶購物賣方在買賣成交時的結束語作為這場名為「診療」實為性侵的終結語，不能不說是莫大的諷刺。白谷狗將自己置於賣方，將「診療」抑或說是性交易當作淘寶買賣，加之雙方在大段的對話中遊戲似的話語銜接，使這場對話成了整場電視選秀鬧劇的滑稽一幕。「我」因參加選秀出現心理問題就診於白谷狗心理診所，又因受性侵擾落荒而逃。巧妙的是這個披著醫生外衣的「色狼」在「我」參賽中又堂而皇之地坐在評委席上，使「我」心理壓力倍增。這些原本有悖現實邏輯事理的現象在小說中形成了一種循環、一種關聯。嬉戲意味充溢在這些相互矛盾的關聯中，批判的韻味也就顯而易見地表露出來。

三　荒謬與哲理的語境差

荒謬與哲理的語境差屬於事理邏輯的不平衡。這一對矛盾與嬉戲批判具有共同點，同樣呈現為內外層面的對立。荒謬是不可推論的、不可理喻的；哲理則是具有邏輯性的、可論證的。當荒謬與哲理共處一個作品時，荒謬往往是外顯的、暴露的；哲理則是內蘊的、隱含的。荒謬是手段，哲理是目的。網絡這個虛擬的世界為網民提供了一個世界性遊戲的空間，成人的智慧使遊戲超越了兒童娛樂的等級，在看似荒謬中帶有了哲理韻味。

網絡成就了生活中的荒謬，荒謬又可能由網絡變成現實。荒謬是非理性的、是反邏輯的，與哲理形成了理論意義上的語境差。小說家通過小說載體，使荒謬與哲理這一對矛盾呈現出對立統一關係，於嬉戲中揭示哲理內涵。網絡參構小說的荒謬往往來自「對虛空的虛構」，[6]這種虛構較之現實的虛構更具荒謬性，所形成的荒謬與哲理之

6　曹文軒：「在浩如煙海的小說文本中，我們看到了兩種虛構：對現實的虛構和對虛空的虛構。」《小說門》（北京市：作家出版社，2003年2版），頁101。

間的反差越大，而哲理韻味更深層更濃烈。

「對虛空的虛構」中的事件是荒謬的，人物關係是荒謬的，由此構成的故事情節也顯而易見的荒謬。網絡虛擬世界為現實人生活提供了奇思異想的「對虛空的虛構」的舞臺。曉航〈一起去水城〉是體現荒謬與哲理語境差的典型之作。小說講述了一個近似天方夜譚的故事。情節由網站發端，繼「代罵」服務等奇思妙想的業務在網絡產生，又出現了一個剛剛建立不久的「賣」網。「他們『賣』的精神特強，聲稱什麼東西都可以賣，什麼都有它的價格，小到鍋碗瓢盆，大到一個國家的道德都可以商量。而目前在『賣』網最受網民追捧的一個項目，是拍賣一項人民日常生活中的必需品——老婆。」拍賣的標的分為兩類，「一種是網絡上的老婆，一種是現實中的老婆」。主人公「我」從北美讀完 MBA 歸國，發現自己「從一個很牛的『海歸』變為無奈的『海待』是一個非常痛苦又非常迅速的過程」，在找不到工作的狀態下，這個「最富遊戲精神的」創意遊戲吸引了「我」。由於「無所事事，我馬上樂不可支地參加了競拍活動。」而且「在很意外的情況下成為第二種競拍的勝利者」。在與賣方「孤獨明月傷」的較量中，我在酒精的烘托中，「做出了用真錢購買現實中老婆的決定，並如願以償。」由此拉開了故事的序幕，「在一個下作的有錢人以及一個屈服於生活壓力的『海帶』的策劃下，一場獵豔行動正式開始。」虛擬世界的荒唐遊戲由此轉化為現實世界的可能行動。賣主馮關為「我」引導了老婆林蘭與情人余心樂兩個「賣品」，解釋說「你可以選擇任意勾引她們其中的一個，我毫無條件地接受剩下的那個。」當我去「勾引」「難度挺大」的林蘭失敗後，又在馮關不但退回原來買老婆的錢，而且「如果你去找余心樂，我每個月給你十倍的錢，直到你把她拿下為止」的承諾下，轉向勾引余心樂，終獲成功。但余心樂仍心屬馮關，最後在「我」的幫助下，「馮關和余心樂最終逃離這個城市」，前往林蘭「花了很多時間才找到」的叫作「水城」

的城市，因為「據說它擁有這個世界上最清澈、最豐沛的清泉，而且終年雨水不斷」，而「我們這些由於金錢關係而認識的人也立刻星雲流散」。不可否認，故事本身是荒謬的，「搭建」的痕跡比較明顯，具有理想化。但也正因此，它寄託著作者的某種理念，是其希望「通過想像，以現實元素搭建一個非現實世界」的產物。故事以這樣的情節框架，來「闡述一個人與自然的關係」，而這一關係，是基於一個「比較古怪的角度」，[7]這一「古怪」也就是我們所說的荒謬。

　　小說的荒謬體現在違背了人之常情的情節構思和人物關係。「買賣妻妾」的情節是荒謬的，人物的行為舉止是荒謬的，人物關係構成與轉化也是荒謬的，荒謬表現在一對對矛盾中。首先，人物關係是荒謬的。馮關與老婆林蘭的關係充滿矛盾。他是個靠老婆賺錢吃軟飯的人，林蘭是他「一輩子免費的早餐、午餐、晚餐」，他「一點廉恥也沒有地」揮霍林蘭的錢，買高檔的家具，「用買來的家具在自然中搭建一個園林，中間配以假山綠植、噴泉什麼的」，卻又「總是讓一些男人來找」林蘭。「靠老婆」和「賣老婆」形成一對矛盾。馮關與余心樂的關係也是荒謬的，「愛情人」與「賣情人」也構成一對矛盾。對植物的情感追求使他和余心樂「一起面對天天天蘭時」，感到「彼此了解，心心相印。」但他又出錢，執意要將余心樂賣給「我」。他「一邊讓我泡余心樂，一邊自己又不斷投降」，這就構成了情感和行為上的矛盾。其次，人物形象充滿了矛盾。馮關的性格興趣是矛盾的，這樣一個成天無所事事的「寄生蟲」，卻對大自然、對植物有著特殊的情感，以致最後離開他的物質靠山，為理想與情人同赴水城。對馮關「臉上有一股掩飾不住的沮喪」，「懶懶的」、「頹喪」的表情和聲音，這樣一種寄生蟲的形象描繪與馮關「幹一件有意義的事情」——搭建園林的行為藝術，與余心樂口中「馮關是無法在水源稀

7　曉航：〈誰正在離去，誰剛剛明瞭〉，《中篇小說選刊》2006年第2期，頁190。

少的城市裡生活下去的，他就是一株特別需要水來呵護的植物」相矛盾。在小說創作中，人物形象塑造的方法之一就是「把人打出正常的生活軌道，讓他到另外一種生活環境裡去，他內心深處那連自己都沒有意識到的強烈的內在感情及意志品質全部都顯示出來了。」[8]馮關就是被「打出正常軌道」的人物，他的任務在於承載作者的創作意圖。「作家把人物打出正常軌道，讓他進入假定性熔爐。所以，打出正常軌道不一定要有什麼事實。」[9]這就是馮關這一「異類」人物存在的可能性。在余心樂身上也存在著諸多矛盾。這樣一個從事服務業的小姐對愛情、對植物的真摯追求也是令人匪夷所思的。她「得了一種我們這個社會、她那個行業都不應該得的病，她會在生命中的每個階段，在幻想中愛上一個人，沒有任何理由。而且一個幻想接著一個幻想，很少有機會醒來」。她一邊與多個男士周旋，與「我」做愛，一邊追求愛情，執意地愛著馮關。她一邊成天抱著植物「天天天蘭」，追尋植物的情感，嚮往自然，一邊在夜裡與弟弟去偷車，這種心靈的淨化與行為的骯髒也是相矛盾的。此外，人物身分與作者追求生態環境的優化也是矛盾的，對植物的情感探求、對美好生態環境的追求與嚮往，不是承載在尋常意義的正面人物身上，而是由「寄生蟲」和「小姐」這兩個小人物來完成，由此體現對回歸自然追求的構思也是不合常理的。小說的荒謬就在這一對對矛盾中生成。人物個性、人物關係、故事情節的不合常理常情構成了荒謬，使人物使情節呈現出一種病態。

　　但是，矛盾中有著內在的統一，荒謬中有著作者的情感寄託，這就使故事於荒謬中蘊含了哲理。作者的創作初衷是「想表達我有關植物情感的沉思」，因此小說原名為〈如果它們知道〉，後在朋友的建議

8　孫紹振：《文學性講演錄》（桂林市：廣西師範大學出版社，2006年），頁403。

9　同前註，頁407。

下改成〈一起去水城〉，作者覺得「要比原來的名字更有意味」。這種意味並不在標題的表層，而在於深層。「水城」是空氣淨化的所在，是適合植物生長的地方，因此，在荒謬的故事中就蘊含了對環境淨化、生態平衡的嚮往。這一理念，既表現在對環境的描寫，也表現在對人物心理活動的描寫，貫穿於小說始終。如小說開篇寫道：

> 在這個城市有兩件事是肯定的。第一，是任何季節都可以隨時到來的大風以及與之相隨的沙塵暴；第二，就是似乎所有的人都在努力找工作。

「沙塵暴」和「找工作」，作為這個城市的標識，為城市自然環境與生態環境的惡化定下了基調，這也就是馮關與余心樂雙雙逃離，奔赴水城的主要原因。這段文字在故事行將結束時又原封不動地重複了一遍。與此相照應的是多處對沙塵暴肆虐的具體描繪：

> 沙塵暴在人們毫無防備的情況下又一次襲擊了這個妄自尊大的城市。大風隨夜而入，整個城市在黑夜中共振顫抖瑟瑟作響。清晨，當人們醒來之後，天空已變得昏黃無比，混沌一片。黃塵在每一條街道橫行，骯髒的廢紙和各種廢棄的塑料袋，如同歹徒一樣在廢墟般的城市中肆意舞動。所有不得不上街的人都得低下頭，彎下腰面對這生活和自然的審判。很可笑，在這種令人絕望的時刻，這個城市中的人忽然擁有了它從未有過的平等。所有的權力、金錢與虛妄的榮耀，都消散於狂風與黃塵之中。人們彼此之間的等級、惡毒與冷漠忽然被更加巨大的唾棄或者懲罰所屏蔽。更令人無法目睹的是這個城市裡的植物，它們在無辜之中被迎面而來的黃沙與塑料袋抽打得異常淒苦。

「沙塵暴」是作者曉航創作〈一起去水域〉這篇小說的觸發點，現實中的沙塵暴，使他感到了「悲涼與憤怒」，於是「覺得應該以自己的方式直接對現實發發言了」。生態環境的惡劣擾亂了人們的正常生活，也給人們帶來了突圍的追求。故事的起始與終結，人物關係的改變都觸發於沙塵暴的來襲。沙塵暴的又一處描繪構成了小說的高潮：迅疾猛烈的沙塵暴「幾乎是在半個小時之內就把天地之間變成了大一統的黃色，飛沙走石從飯店、立交橋、博物館、居民區之間咆哮著穿過，那種奪人耳目、攝人心魄的力量顯示著自然對於人類無情的報復。」小說以蒙太奇的手法，攝取了故事主要人物在這場風暴中的場景：馮關精心打造的古典園林景觀在浩劫中毀於一旦，「當這個人間悲劇發生的時候，馮關依然坐在園中那把明式圈椅上，他異常驚愕地看著沙塵，看著怪鳥似的廣告牌，在無處躲藏的恐懼中悲涼地想起了一句話：覆巢之下，安有完卵？」余心樂則在城市的另一端，沙塵中，「她的腳下是一大片充滿哀傷的已被吹成黃色的天天天蘭，她抬起頭望著天空，那裡只有昏黃一片什麼也看不見，余心樂在顫抖之中沖著漫天黃沙，似笑非笑地、似哭非哭地說了一句：昔我往矣，楊柳依依；今我來思，雨雪霏霏。」林蘭則在參與一個商務談判的路上，由於沙塵暴突襲不幸追了尾，「但是她在疼痛與沙塵的包圍之中根本無法下車，她打電話尋找救援，但是似乎每條線都占線，也許這個城市的人們都在同一時刻遇到了同樣的問題。窗外呼呼的風聲以及被堵汽車的瘋狂鳴笛，都使她在瞬間感到沉重的絕望，這種突如其來的真實窘境，使她幾乎忘記了撞擊時自己的右手爆出的那聲輕響。」這突如其來的自然變故給人物造成了心靈觸動，促使這一場情感之戰終結，故事在沙塵暴的高潮中走向尾聲。

　　與沙塵暴肆虐情景相對的是小說對植物「天天天蘭」的描寫，沙塵暴和天天天蘭也形成了一對自然界的矛盾，一方代表了對人類社會的報復，一方則代表了對自然生態回歸的擔憂與渴望。人與自然的溝

通，使一些人「相信植物的情感」，小說借余心樂之口說道：「植物是有情感的、有知覺的。天天天蘭是我到達這個城市之後唯一忠誠的朋友，它這些年受苦了，這裡的水和風沙常使它哀傷。它告訴了我許多事情，這些事情、這個城市的絕大多數人不知道。但是有一小部分人是知道的，他們肯定知道。」「你可能不知道，我因為了解植物，所以一直把天天天蘭的感受，包括它的痛苦與哀傷轉告給馮關。天天天蘭的看法是，這個城市沒有希望，它將遭到更大的風沙侵襲，它的水將繼續變酸變少。」在一週的沙塵暴之後，「我」感慨道：「只有哀傷的天天天蘭說對了，它們預先把消息告訴余心樂、薇薇、馮關和我，而我們之中有人因為純潔而相信，有人因為利益而拒絕相信，而自然最終給予了答案。」而故事終結於林蘭的自動放棄，她的放棄源於這場災難給予的啟示，她意識到，馮關「需要一個空氣清新、水源豐沛的地方。這一回沙塵暴的突然襲擊使我徹底認識到這個城市根本不適合你。」由此選擇了給雙方以自由。自然界的沙塵暴和植物「天天天蘭」在小說中構成了對立面，這一對立面綜合了我們在上述所分析的人物形象、人物關係和故事情節的矛盾，蘊含了對生態環境的「悲涼與憤怒」，對優化環境的理想與追求。「小說確實無所不能，而小說最大的能力，我以為是它能夠輕而易舉地為我們再造一個世界。這個世界可能是曾經有過的，但在時間的煙幕下消失了──小說撥開了這些煙幕，讓它重現昔日之風采──這就是我們在上面說到的，它能追回時間。這個世界又可能是將來的，但時間的列車還在半途中，尚未抵達這個世界，因此我們無從知曉，而小說卻能夠以光速向前飛行，將離我們還十分遙遠的世界預先展示於我們的視野，使我們先睹為快。而這一能力的真正可贊頌之處卻在於它能再造一個過去沒有過將來，也不會有的烏有之鄉。這個世界既不是回憶出來的，也不是展望而得，而僅僅是創造──用語言的磚石建立起來的巍峨城堡。這個城堡就聳立在我們眼前，我們甚至能夠在它內外心遊，然而它確實又不

存在。」[10]小說結尾為我們再造了一個人們逃離污染，嚮往純淨的「水城」，雖然這個世界在現實中可能是烏托邦的，但它仍不失為人們的情感寄託，不失為人們的心嚮往之的樂土。就這一意義而言，與其說「水城」是物質世界的產物，不如說是精神世界的產物。「這個世界不是歸納出來的，而是演繹出來的，不是被發現的，而是被發明的。它是新的神話，也可能是預言。在這裡，小說家要做的，就是給予一切可能性以形態。這個世界唯一的缺憾就是它與我們的物質世界無法交匯，而只能進入我們的精神世界。我們的雙足無法踏入，但我們的精神可以融入其間。它無法被驗證，但我們卻又堅信不疑。」[11]

網絡交際作為新世紀人們重要的交際手段，展現了人們在虛擬世界的一種獨特的交際方式。小說以源於生活高於生活的記錄方式，表現這另一套話語時，則具有了深刻的內涵。這一內涵體現在網絡語言參與小說建構時內蘊的一對對辯證關係。虛擬與現實、嬉戲與批判、荒謬與哲理在呈現其對立的同時，也體現出統一，這就是語境差策略所體現出的睿智、深刻的修辭韻味。

第二節　錯位組建的小說奇異語境

莫言以其獨有的風格構成了小說語言的特色。由語言錯位建構出被顛覆的小說文本語境，是其體現獨特藝術構思的策略。語言錯位是相對語言規律而言，即與語言規律的背離。莫言顛覆了小說文本語境中一切可以稱之為規律的東西，重新組建出合乎自己創作意圖的新規律。他的文筆往往踉蹌著醉漢無章法的步子，肆意行走，揮灑潑墨，組建出一個個奇異的小說語境。本節對莫言的錯位組合造成的語言變異加以研究。

---

10 曹文軒：《小說門》（北京市：作家出版社，2003年第2版），頁41。
11 同前註，頁103。

一　錯位中的辭格生成

辭格之所以成為具有一定模式的修辭手法，就在於其突出的修辭效果。錯位則是構成辭格的要點之一，它以對規律的偏離製造陌生效果。莫言筆下的辭格常常以超乎常人的構思，呈現出複雜狀態。

比喻是莫言作品最常見的辭格，各式各樣本體不同、喻體各異、形式多樣的比喻，構成了屬於莫言自己的比喻體系。莫言筆下，有明喻、暗喻、借喻等比喻形式，也有比喻多重使用產生的連喻、博喻及與其他辭格的綜合運用。他可能打破比喻運用中以具體喻抽象的原則，也可能打破本體與喻體相似的原則。他可能不顧忌所選取的喻體的美醜，多次以「大便」、「肛門」取喻；他可能不顧忌所選取的喻體的情感，多次解構喻體的褒貶；他可能不顧忌本喻體之間的邏輯關係，多次顛覆比喻的內在邏輯。總之，這些「可能」造就了一個莫言無忌的比喻世界。

連喻是莫言常用的辭格，有同一事物不同構件的比喻運用，也有不同事物的比喻運用。如：

> （1）蝗蟲腳上強有力的吸盤像貪婪的嘴巴吻著我的皮膚，蝗蟲的肚子像一根根金條在你的臉上滾動。
>
> ——莫言〈紅蝗〉

> （2）通往礦區的道路骯髒狹窄，像一條彎彎曲曲的腸子。卡車、拖拉機、馬車、牛車……形形色色的車輛，像一長串咬著尾巴的怪獸。
>
> ——莫言〈酒國〉

例（1）為蝗蟲的「吸盤」和「肚子」各自取喻，連同喻體而來的，是「吻著」、「滾動」兩個動作，這兩個動作所涉及的對象是不同的，

一為「我的皮膚」，一為「你的臉上」，這就渲染出蝗災遍布的駭人景象。例（2）為「道路」和「車輛」取喻，喻體「一條彎彎曲曲的腸子」不但與本體形似，而且還突出了本體「骯髒狹窄」的特點。喻體「一長串咬著尾巴的怪獸」將車子的形形色色、道路的擁擠表現了出來。

連喻的前後部分，可以是語義不相關聯的連用，也可能是語義相關的連用。如：

（1）我突然聞到了一股熱烘烘的腐草氣息——像牛羊回嚼時從百葉胃裡泛上來的氣味，隨即，一句毫不留情的話像嵌著鐵箍的打狗棍一樣搶到了我的頭上：
你瘋得更厲害！

——莫言〈紅蝗〉

（2）老沙把嘴噘得像一個美麗的肛門，觸到漂亮的、堅硬的號嘴上，他的嘴唇竟然那麼厚、那麼乾燥！貼著膠布還滲血絲，真夠殘酷的。他的臉又漲紫了，號筒裡發出一聲短促的悶響——不是我侮辱戰友，確實像放屁的聲音——緊接著便流暢起來，好象氣體在疏通過腸道裡歡快地奔馳。

——莫言〈紅蝗〉

例（1）各自為「熱烘烘的腐草氣息」和「毫不留情的話」取喻，前後比喻沒有語義上的關聯。例（2）先用「一個美麗的肛門」喻「嘴」，而後以「放屁的聲音」、「氣體在疏通過腸道裡歡快地奔馳」喻號筒發出的聲音從「悶響」到「流暢」，三個比喻在語義上連為一體。不管前後語義關聯與否，都是以莫言獨有的喻體為事物取喻，以喻體對本體鏈接的突破，製造獨特的比喻語境。

莫言對比喻的鍾愛，還表現在比喻更為複雜的用法，單一的比喻

似乎未能滿足他的使用欲，或連喻，或博喻，或兼用，或套用，呈現
出紛繁的形態。他的筆下，有常規的博喻用法，如：

> 而那杯酒，也層層疊疊，宛如玲瓏寶塔，也好似用特技搞出的
> 照片，在那較為穩定，較為深重的一澱鮮紅周圍，漫遊開一團
> 輕薄的紅霧。這不是一杯酒而是一輪初升的太陽，一團冷豔的
> 火，一顆情人的心⋯⋯一會兒他還會覺得那杯啤酒像原來掛在
> 天空現在鑽進餐廳的棕黃色的渾圓月亮，一個無限膨脹的柚
> 子，一只生著無數根柔軟刺鬚的黃球，一隻毛茸茸的狐狸
> 精⋯⋯
>
> 　　　　　　　　　　　　　　　　　　　── 莫言〈酒國〉

雖然都是對「酒」的比喻，但間隔開來，不妨可以將其視作比喻的間
隔連用。每處都是採用了多個喻體的博喻，這些喻體形體各異，似乎
無法與一個本體關聯，在本體喻體語義顛覆的同時，又造成多個喻體
之間的顛覆。但卻與丁鈎兒「連續九杯白酒落肚」、「身體與意識剝
離」所產生的幻覺相平衡，顯得生動形象。有的博喻是多個本體一個
喻體的，如：

> 發瘧疾的滋味可是十分不好受，孫子該享的福沒享到，該受的
> 罪可是全受過了。發瘧疾、拉痢疾、絞腸痧、卡脖黃、黃水
> 瘡、腦膜炎、青光眼、牛皮癬、貼骨疽、腮腺炎、肺氣腫、胃
> 潰瘍⋯⋯這一道道的名菜佳餚等待我們去品嚐，諸多名菜都嚐
> 過，惟有瘧疾滋味多！
>
> 　　　　　　　　　　　　　　　　　　　── 莫言〈紅蝗〉

這是博喻的特殊用法，本體多種疾病用了一個喻體「一道道的名菜佳

餚」來比喻，從本體與喻體間的構成方式來看，又是以喻詞不出現的借喻形式出現。多個本體與一個喻體相對應，在本體與喻體不平衡的同時，又體現出了多個本體間的不平衡，卻因漢語中「嚐」一詞的多義性而趨於平衡。以調侃語調體現了疾病帶給人們的痛苦。

比喻作為承載莫言思想情感的載體，喻體中往往蘊含著對本體的情感傾向，如：

（1）余占鰲的頭皮被沖刷得光潔明媚，像奶奶眼中的一顆圓月。

——莫言〈紅高粱〉

（2）余大牙轉過身，面對著啞巴，笑了笑。父親發現他的笑容慈祥善良，像一輪慘淡的夕陽。

——莫言〈紅高粱〉

例（1）年輕氣盛的余占鰲是在無奈婚姻的痛苦中彷徨的奶奶的一線希望，「圓月」為喻，不但與被雨水沖刷的光頭皮形體相似，而且蘊含著為黑暗中的奶奶帶來光明的寓意。在本喻體語義原有的不平衡中，帶有平衡點。例（2）是余大牙強姦了民女曹玲子，將要被處決時的笑容。「慘淡的夕陽」預示了余大牙將要「下山」的命運走向，於不平衡與平衡的交錯中體現出描寫對象的形象性。

比擬也是莫言常用的辭格。超乎常人的想像，使莫言經常賦予人或物品以其原本不具有的動作情態，以描寫對象間的不平衡。有擬人的，如：

（1）風通過花白的頭髮、翻動的衣襟、柔軟的樹木，表現出自己來；雨點大如銅錢，疏可跑馬，間或有一滴打到她的臉上。

——莫言〈白狗秋千架〉

（2）奶奶真誠地對著鴿子微笑，鴿子用寬大的笑容回報著奶奶彌留之際對生命的留戀和熱愛。

——莫言〈紅高粱〉

例（1）以寫人的狀態，人所具有的「頭髮」、「衣襟」，人所具有的「表現」來寫「風」，賦予「風」以情感。例（2）賦予鴿子以人才具有的神情「笑容」，人才具有的思維「回報」，寫鴿子是為了表現奶奶，表現奶奶臨終時的坦然、鎮定。

有以物擬物的，如：

（1）高粱的莖葉在霧中滋滋亂叫，霧中緩慢地流淌著在這塊低窪平原上穿行的墨河水明亮的喧嘩，一陣強一陣弱，一陣遠一陣近。

——莫言〈紅高粱〉

（2）風平，浪靜，一道道熾目的潮濕陽光，在高粱縫隙裡交叉掃射。

——莫言〈紅高粱〉

（3）九老媽與我一起走到廟前，站在四老爺背後；低頭時我看到四老爺鼻尖上放射出一束堅硬筆直的光芒，蠻不講理地射進八蠟廟裡。

——莫言〈紅蝗〉

例（1）「高粱的莖葉」不可能發出叫聲，此處將高粱當作能發出叫聲的動物，是將彼物當作此物來寫。高粱是高蜜東北鄉的一個標誌物，高粱中寄託著莫言的故鄉情結，因此，在作品中，高粱不但被賦予了

生命，而且有了聲音形象。文本中還有高粱聽覺的描寫，「高粱梢
頭，薄氣裊裊，四面八方響著高粱生長的聲音」，這些描寫相輔相
成，以一種動態將高粱寫得有血有肉。例（2）「陽光」「交叉掃射」，
是將陽光擬成可以掃射之物，前面再冠以「潮濕」，使「陽光」的被
擬之物顯得複雜。這是對奶奶與余占鰲在高粱地裡「耕雲播雨」的環
境渲染。例（3）將「四老爺鼻尖」擬成可能放射光芒之物，「蠻不講
理」又帶有擬人的意味。

　　有時同一本體，擬人與擬物並用，如：

> 懸在天花板上的意識在冷笑，空調器裡放出的涼爽氣體衝破重
> 重障礙上達天頂，漸漸冷卻著、成形著它的翅膀，那上邊的花
> 紋的確美麗無比。他的意識脫離了軀殼舒展開翅膀在餐廳裡飛
> 翔。它有時摩擦著絲質的窗簾──當然它的翅膀比絲質窗簾更
> 薄更柔軟更透亮……
>
> ──莫言〈酒國〉

「意識」雖是人所具有的，但它原本是無形的、抽象的。賦予「意
識」以「冷笑」的動作神情，是擬人。而後以動物具有的「飛翔」來
寫「意識」，又是擬物。小說對「意識」的「飛翔」作了大篇幅描
繪，渲染了丁鈎兒醉酒的情態。一個到酒國查案的省檢察院特級偵察
員，卻如此醉態，是辛辣的諷刺。

　　比擬與比喻連用是莫言筆下常見的方式。有先擬後喻，也有先喻
後擬的。如：

> （1）我仔細地觀察著蝗蟲們，見它們互相摟抱著，數不清的
> 觸鬚在抖動，數不清的肚子在抖動，數不清的腿在抖動，數不
> 清的蝗嘴裡吐著翠綠的唾沫，濡染著數不清的蝗蟲肢體，數不

清的蝗蟲肢體摩擦著，發出數不清的窸窸窣窣的淫蕩的聲響，
數不清的蝗蟲嘴裡發出咒語般的神秘鳴叫，數不清的淫蕩聲響
與數不清的神秘鳴叫混合成一股嘈雜不安的、令人頭暈眼花渾
身發癢的巨大聲響，好像狂風掠過地面，災難突然降臨，地球
反向運轉。

——莫言〈紅蝗〉

（2）冰雹，這位大地期待已久的精靈終於微笑了！她張開溫
柔的嘴巴，齜著凌亂的牙齒，迷人地微笑著下降了。她撫摸著
人類的頭，她親吻著牲畜的臉，她揉搓著樹木的乳房，她按摩
著土地的肌膚，她把整個肉體壓到大地上。

——莫言〈紅蝗〉

例（1）是先擬後喻，先以人所具有的「互相摟抱」、「淫蕩」等動作
品性來寫蝗蟲，後又以喻體「狂風掠過地面」來形容前面所描寫的蝗
蟲的強大陣勢，渲染了蝗災的恐怖景象。例（2）是先喻後擬，先以
「大地期待已久的精靈」喻「冰雹」，後就直接把冰雹當作人來寫，
賦予冰雹以人才有的神情動作，將冰雹的降臨給「人類」、「牲畜」、
「樹木」、「土地」帶來的影響寫得活靈活現。這段描寫不但將冰雹當
作人來寫，而且，與之相對的「牲畜」、「樹木」、「土地」也因
「臉」、「乳房」、「肌膚」等人體部位，而獲得了人的特性。

以上二例是對同一本體擬喻連用，還有不同本體形成比擬和比喻
連用的。如：

他一腚墩在椅子上時，聽到遙遠的咯咯吱吱聲從屁股下傳出，
紅色姑娘們捂著嘴巴嗤笑，他想發怒，但沒有力量，肉體正在
與意識離婚，或者是……故伎重演……意識正在叛逃。在這個

> 難堪的痛苦時刻，金剛鑽副部長周身散發著鑽石的光芒和黃金
> 的氣味，像春天、陽光、理想、希望，撞開了那扇敷有深紅色
> 人造皮革、具有優良隔音效果的餐廳大門。

——莫言〈酒國〉

上文對丁鉤兒醉酒狀態進行描繪，用「肉體正在與意識離婚」、「意識正在叛逃」形容其酒後的精神狀態，是比擬。下文寫金剛鑽副部長的出現，以「春天、陽光、理想、希望」作喻，是比喻。前一比擬與後一比喻構成了對照，丁鉤兒的迷糊墮落與金剛鑽副部長的清醒昂揚形成對比，查案者與被查對象處在一種精神狀態的錯位，不啻為辛辣的嘲諷。

　　還有比擬與通感兼用的，這也是在莫言奇異的想像中產生的複雜辭格運用。如：

> 奶奶粉面凋零，珠淚點點，從悲婉的曲調裡，她聽到了死的聲
> 音，嗅到了死的氣息，看到了死神的高粱般深紅的嘴唇和玉米
> 般金黃的笑臉。

——莫言〈紅高粱〉

「曲調」可以是「聽到」的，但無法「嗅到」、「看到」。奶奶臨終時的幻覺，使這些不可能成為可能，這是「通感」。「通感」中又有著比擬，原來作為一種狀態的「死」，被賦予「聲音」、「氣息」、「嘴唇」、「笑臉」，就有了人的形態。

二　錯位違理中的合理性

　　錯位打破了邏輯鏈的關聯，呈現出一種無理狀態。上述所討論的辭格，實際上也都是處於一種無理狀態下的，本體與喻體，本體與擬

體之間的關聯違背了客觀對象所具有的關聯性。但是，在違理中有著內在的合理因素。無論是辭格還是非辭格，語境其他因素的參與，都能使本不合理合規的語言現象具有了內在的合理性，並衍生出審美信息。

　　上下文的關聯猶如鏈條，本應環環相扣，但莫言筆下卻常出現上下文的不相關聯。如：

　　　（1）我十九歲，暖十七歲那一年，白狗四個月的時候，一隊隊解放軍，一輛輛軍車，從北邊過來，絡繹不絕過石橋。

　　　　　　　　　　　　　　　　　　　　　　——莫言〈白狗秋千架〉

　　　（2）奶奶一直不能忘記劫路人番瓜般的面孔，在蒼蠅驚起的一瞬間，死劫路人雍容華貴的表情與活劫路人凶狠膽怯的表情形成鮮明的對照。

　　　　　　　　　　　　　　　　　　　　　　　　——莫言〈紅高粱〉

例（1）「我」、「暖」與「白狗」的年齡相提並論，不同性質的事物說明形成並列關係，有違常理，但卻因文本中「白狗」的重要地位而獲得了合理性。「白狗」伴隨著「我」和「暖」的成長，它見證了「我」和「暖」在秋千架上的歡樂嬉戲，也見證了「暖」因秋千繩子斷裂而摔出，被扎瞎眼睛的痛苦經歷，並伴隨著「暖」隨後困苦的歲月至今。將三者並提，就將「白狗」放置在與人同等地位上，說明瞭與人的「相濡以沫」。例（2）將生死劫路人的面部表情對照，「雍容華貴」形容「死劫路人」本不合理，但此處主要是與其「兇狠膽怯」的表情形成對照而生成的。

　　詞語有著特定的含義，有時同形體的詞具有意義上的引申，形成多義關係。多義詞在特定的語境中具有單義性，莫言卻有意錯落詞義間的關係，形成錯位關聯。如：

……一個多月前，你打過我兩個耳光之後，我憤怒地注視著你橫穿馬路，你幽靈般地漂遊在斑馬線上。你沒殺斑馬你身上這件斑馬皮衣是哪裡來的？你混帳，難道穿皮衣非要殺斑馬嗎？告訴你吧，斑馬唱歌第一流，斑馬敢跟獅子打架，斑馬每天都用舌頭舔我的手。你錄下動物的叫聲究竟有什麼用？我不是告訴你了嗎？我是研究動物語言的專家。雪白的燈光照著明晃晃的馬路，我看到你在燈光中跳躍、燈光穿透你薄如鮫綃的黑紗裙，顯出緊繃在你屁股上的紅褲衩子，你的修長健美的大腿在雪白的波浪裡大幅度甩動著，緊接著我就聽到鋼鐵撞擊肉體的喀卿聲，我模模糊糊地記著你的慘白的臉在燈光裡閃爍了一下，還依稀聽到你的嘴巴裡發出一聲斑馬的嘶鳴。

　　　　　　　　　　　　　　　　　　——莫言〈紅蝗〉

　　「斑馬線」因圖形相似而獲得了與「斑馬」的關聯，但此「斑馬」與彼「斑馬」並不能等同。莫言卻由「斑馬線」關聯到「斑馬」、「斑馬皮衣」，並謳歌動物「斑馬」，甚至用「斑馬的嘶鳴」形容被撞者的叫聲。這就形成了上下文語義上的錯位關聯。這不合理中的合理性，就是與該文本敘事的無序錯落風格相吻合。同一語詞的不同語義造成了顛覆，顛覆又因文本語境中相關事物的關聯而取得了深層平衡。

　　語言組合描寫中與事理的相違也是莫言構成無理的手法，在他的筆下，事物常因其情感表述的需要而突破了客觀事理，如：

　　（1）王文義一頭栽下河堤，也滾到了河床上，與他的妻子隔橋相望，他的心臟還在跳，他的頭完整無缺，他感到一種異常清晰的透徹感湧上心頭。

　　　　　　　　　　　　　　　　　　——莫言〈紅高粱〉

（2）那條黑爪子白狗走到橋頭，停住腳，回頭望望土路，又
抬起下巴望望我，用那兩隻渾濁的狗眼。狗眼裡的神色遙遠荒
涼，含有一種模糊的暗示，這遙遠荒涼的暗示喚起內心深處一
種迷濛的感受。

———莫言〈白狗秋千架〉

例（1）是對王文義中彈後的描寫，已經「被幾十顆子彈把腹部打成
了一個月亮般透明的大窟窿」的王文義，不可能「感到一種異常清晰
的透澈感湧上心頭」，非此狀態下可能的思維狀態是不合情理的，但
將王文義對先於他中彈的妻子的痛心，隨妻子而去的解脫表現了出
來。例（2）「渾濁的狗眼」中有著「遙遠荒涼」的神色，有著「模糊
的暗示」，並能喚起內心的感受，都超乎了常理。但正如前面所說，
這是一條與故事主人公有著蜜切關係的狗。在「我」回鄉路上，未看
見「暖」，卻先看到狗，「我恍然覺得白狗和她之間有一條看不見的
線」，白狗牽繫了「我」與「暖」的聯繫，昭示了遙遠年代的記憶。
這些背景，使狗眼具有了超乎可能的「特異功能」。

　　語詞有著特定的意義，也有著特定的情感傾向。莫言的無忌，還
表現在他對語詞組合的情感錯位。他可能褒詞貶用，也可能貶詞褒
用。通過色彩變異，賦予語詞以特定意義的情感。如〈紅高粱〉寫日
本兵逼迫屠夫孫五割下羅漢大爺的耳朵，對被割下的耳朵，有兩個通
過父親視角體現的形容性描寫，一是「父親看到那兩隻耳朵在瓷盤裡
活潑地跳動，打擊得瓷盤叮咚叮咚響」，一是「父親看到大爺的耳朵
蒼白美麗，瓷盤的響聲更加強烈」。「活潑」、「美麗」都是帶有「好」
的狀態的詞，與此時殘忍的殺戮場合情感色彩不符。這種表述因出自
孩子的視野而具有了獨特性。語詞的使用與上下文情景語境不符，是
獨顯莫言個性的手法。在〈紅高粱〉中，同樣通過父親的眼寫奶奶中
彈：「父親眼見著我奶奶胸膛上的衣服啪啪裂開兩個洞。奶奶歡快地

叫了一聲，就一頭栽倒，扁擔落地，壓在她的背上。」「歡快」表
「喜悅」之義，寫奶奶中彈的叫聲，是無理的。這類無法從邏輯意義
論證其內在合理性的語言組合，只能從莫言充滿顛覆意味的言語風格
中找到答案。莫言的無理，是對規律的顛覆，呈現出複雜狀態。他可
能顛覆一切稱之為規律的東西，並在一段文字中形成多層無理，如：

> 奶奶完成了自己的解放，她跟著鴿子飛著，她的縮得只如一拳
> 頭那麼大的思維空間裡，盛著滿溢的快樂、寧靜、溫暖、舒
> 適、和諧。
>
> ──莫言〈紅高粱〉

將逝的奶奶隨鴿子飛翔，這是一層無理。無形的「思維空間」卻有了
可度量的範圍，「縮得只如一拳頭那麼大」，這又是一層無理；這樣一
個小小的空間，卻具有能「盛著滿溢的快樂、寧靜、溫暖、舒適、和
諧」的容量，這又是一層無理。在這層無理中還套疊著無理：「快
樂、寧靜、溫暖、舒適、和諧」這些無形的狀態，卻被賦予了形態，
而這一形態與奶奶將逝狀態下可能產生的情感是相違背的，這又是無
理。在這層層套疊的無理中，莫言完成了對奶奶將逝的史詩般的講
述，也於此獲得了合理性。

　　違理組合有時是由語法錯位組合所構成的。語法有語言自身的詞
法與句法規律，莫言卻肆意打破約定俗成的規律，自主調配，以語法
變異形式蘊涵深層的意蘊。如偏正組合的不相搭配：

> （1）謹以此文召喚那些遊蕩在我的故鄉無邊無際的通紅的高
> 粱地裡的英魂和冤魂。我是你們的不肖子孫，我願扒出我的被
> 醬油腌透了的心，切碎，放在三個碗裡，擺在高粱地裡。伏惟
> 尚饗！尚饗！
>
> ──莫言〈紅高粱〉

（2）親愛的朋友們、親愛的同學們，當得知我被聘為釀造大學的客座教授時，無比的榮耀像寒冬臘月裡一股溫暖的春風，吹過了我的赤膽忠心、綠腸青肺，還有我的紫色的、任勞任怨的肝臟。

——莫言〈酒國〉

例（1）「被醬油腌透了的心」，形成修飾語與中心語搭配不當，但卻表現出鄉土與「我」之間的蜜切關係，「我」的根植高蜜東北鄉，對家鄉的不捨情懷。例（2）「吹過」後所帶的賓語中用了一些修飾性文字，以「綠」冠「腸」，以「青」冠「肺」，以「紫色的、任勞任怨的」冠「肝臟」都是亂形容，但與文本的調侃意味相吻合。還有中補搭配不當的，如：

這三個兒子被高粱米飯催得肥頭大耳，生動茂盛。

——莫言〈紅高粱〉

「催」的結果「肥頭大耳」正常，但「生動茂盛」卻屬不正常，將形容植物等狀態的詞用於人身上，具有了鄉土情調。

將詞語變形，違反詞法規律，也是莫言語法變異的表現手法。如：

在酒國市市委宣傳部副部長金剛鑽推門而入前一分鐘時，丁鈎兒感到腹中痛苦萬端。彷彿有一團纏繞不清的東西在腹中亂鑽亂拱，澀呀澀，黏呀黏，糾糾，纏纏，勾勾，搭搭，牽扯拉拽，嗞嗞作響，活活是一窩毒蛇。他知道這是腸子們在弄鬼。

——莫言〈酒國〉

形容丁鈎兒被酒澆灌的腸胃，用了一系列形容，其中「糾糾，纏纏，

勾勾，搭搭」是將「糾纏」、「勾搭」詞語拆裝，進行了新的組合而生成的，極度形容了腸胃此時被「亂鑽亂拱」的痛苦狀態。

　　製造冗餘，也是違反了語言組合常規的現象，成為莫言調配語言的又一種策略。如：

　　（1）為此，我的導師，也是我老婆的爹爹我岳母的丈夫我的岳父。岳父者泰山也。俗稱老丈人也的袁雙魚教授經常批評我不務正業，甚至挑唆他的女兒跟我鬧離婚。

　　　　　　　　　　　　　　　　　　　　——莫言〈酒國〉

　　（2）那時候我是個少年。

　　那時候我是村裡調皮搗蛋的少年。

　　那時候我也是村裡最讓人討厭的少年。

　　　　　　　　　　　　　　　　　　　　——莫言〈牛〉

　　（3）丁鈎兒吐出一些綠色汁液後，一位紅色服務小姐餵了他一杯碧綠的龍井茶，另一位紅色服務小姐餵他一杯焦黃色的山西老陳醋，黨委書記或是礦長塞到他嘴裡一片冰糖鮮藕，礦長或是黨委書記塞到他鼻子下邊那個洞裡一片蜜浸雪花梨，一位紅色小姐用滴了薄荷清涼油的濕毛巾仔細揩了他的臉，一位紅色小姐清掃了地板上的穢物，一位紅色小姐用噴過除臭劑的白絲棉拖把揩了穢物的殘跡，一位紅色小姐撤了狼藉的杯盤，一位紅色小姐重新擺了擡。

　　　　　　　　　　　　　　　　　　　　——莫言〈酒國〉

例（1）對「導師」與自己的親屬關係，本只要一個「岳父」就可解釋的，卻用了從老婆到岳母全方位的解釋，在冗餘中體現了調侃。例

（2）本來只要用一個句子就可以說明的「我」，卻用了三個複沓的句子加以說明，造成了冗餘，強調了「我」的個性。例（3）重複多個「一位紅色小姐」，渲染了丁鈎兒醉酒後服侍人員之多，及酒店小姐環繞的環境，更重要的是以此形成調侃的語言氛圍，對此情景作了嘲諷。

三　錯位——錯雜的敘事視角

　　莫言的敘事在打破時空限制的同時，常常以奇異的敘事視角轉換製造變幻多端的小說故事情節，構成讓人眼花繚亂的文本語境。在這樣的語境中，變幻的敘事視角下敘事對象呈現出一種交替錯落，這是莫言製造「魔幻」的策略之一。〈紅蝗〉、〈白狗秋千架〉、〈紅高粱〉等作品都是以這種模式形成整體敘事的。

　　視角的轉換可能以時間提示語提示，也可能不出現時間提示語，造成不同時空、不同敘事對象的無間隔鏈接。如〈白狗秋千架〉以十幾年後，「我」回到故鄉，路遇「暖」和白狗的經歷為線索，穿插著十幾年前經歷的回憶。敘事視角在十幾年前後之間變換，這種變換有的有時間詞語提攜顯示，如「我十九歲，暖十七歲那一年，白狗四個月的時候，一隊隊解放軍，一輛輛軍車，從北邊過來，絡繹不絕過石橋。我們中學在橋頭旁邊扎起席棚給解放軍燒茶水，學生宣傳隊在席棚邊上敲鑼打鼓，唱歌跳舞。」；「十幾年前那個晚上，我跑到你家對你說：『小姑，打秋千的人都散了，走，我們去打個痛快。』」開頭的時間提攜顯示了回憶狀態。有的則形成無間隔鏈接。如：

　　　　（1）隊伍要開拔那天，我爹和暖的爹一塊來了，央求蔡隊長把我和暖帶走，蔡隊長說，回去跟首長彙報一下，年底徵兵時就把我們征去。臨別時，蔡隊長送我一本《笛子演奏法》，送暖一本《怎樣演唱革命歌曲》。

「小姑，」我發窘地說，「你不認識我了嗎？」

（2）繩子斷了。我落在秋千架下，你和白狗飛到刺槐叢中
去，一根槐針扎進了你的右眼。白狗從樹叢中鑽出來，在秋千
架下醉酒般地轉著圈，秋千把它晃暈了……
「這些年……過得還不錯吧？」我囁嚅著。
我看到她聳起的雙肩塌了下來，臉上緊張的肌肉也一下子鬆弛
了。也許是因為生理補償或是因為努力勞作而變得極大的左眼
裡，突然射出了冷冰冰的光線，刺得我渾身不自在。

這兩段文字都是在對往事的回憶中轉換到現時的講述，除了分行外，
沒有其他時間語提示，以此構成敘事視角的無形態轉換。

敘事視角的錯落轉換有時呈現出更為複雜的形態，顯現出多對
象、多方位、多層次的交錯。〈紅蝗〉則是一個典型，它不但將五十
年前後的大蝗災交錯在一起表現，而且在蝗災的視角中還交錯著對
「打了我兩個耳光」的黑衣女人的描寫，交錯著對軍隊的描寫。這些
交錯甚至造成時間的難以捉摸。如：

九老爺極誇張地揮動著手臂——鳥籠子連同著那隻咿呀學語的
貓頭鷹——一起畫出逐漸向前延伸的、週期性地重複著的、青
銅色的符號。號聲是軍號，軍號聲嘹亮，我雖然看不到軍號怎
樣被解放軍第三連的號兵吹響，但我很快想起獨立第三團也是
三連的十八歲號兵沙玉龍把貼滿了膠布的嘴唇抵到像修剪過的
牽牛花形狀的小巧號嘴上。

視角從九老爺轉換到解放軍，沒有中間過渡，顯得突兀，但與該文本
敘事風格相吻合，構成了敘事風格的整體。

　　交錯的敘事視點所表現的對象在時空上往往形成交錯，這種交錯
在語言表述上可能呈現一種邏輯意義上的斷鏈。如：

　　（1）……我跟隨著馱著四老媽的毛驢趕著毛驢的九老爺走在
五十年前我們村莊的街道上。

——莫言〈紅蝗〉

　　（2）如果我把四老爺和九老爺親兄弟反目之後，連吃飯時都
用一隻手緊緊攥著手槍隨時準備開火的情景拍下來，我會讓你
大吃一驚，遺憾的是我的照相機出了毛病，空口無憑，我怎麼
說你都不會相信。

——莫言〈紅蝗〉

例（1）表述語序所構成的語義顯現了一種時空人物的錯亂。九老爺
趕著毛驢送被休的四老媽回家，是五十年前大蝗災時發生的事情，而
「我」是處在五十年後大蝗災時期的故事中人物及故事講述者，相隔
五十年時空的人物如何追隨，「我」又如何「走在五十年前我們村莊
的街道上」，敘事視角在這個句子中表現出多層錯落，及至錯亂。例
（2）四老爺和九老爺親兄弟反目事件也是發生在五十年前的大蝗災
時期，五十年後的「我」如何拍照？更為荒唐的是，無法拍照的原因
竟然不是時間的間離，而是因為「我的照相機出了毛病」，這又構成
荒謬。文本敘事錯落可見一斑。

　　敘事視角的轉換在錯落中往往有著內在的關聯，這是錯落的視角
之所以在打破邏輯鏈的同時成為敘事策略的重要原因。〈紅高粱〉對
奶奶中彈臨死前的情景大篇幅描繪中穿插著大篇幅對往事的追述。現
在時與過去時的敘述視點交錯中有著人物與事件的蜜切關聯。在「奶
奶幸福地看著在高粱陰影下，她與余司令共同創造出來的我父親那張

精緻的臉，逝去歲月裡那些生動的生活畫面，像奔馳的飛馬掠過了她的眼前」之後，是「奶奶想起那一年，在傾盆大雨中，像坐船一樣乘著轎，進了單廷秀家住的村莊，街上流水洸洸，水面上漂浮著一層高粱的米殼。」接著是對出嫁、回娘家途中的被劫，與余占鰲在高粱地裡的耕雲播雨，中間穿插著奶奶中彈後瀕臨死亡的情境描繪。有的形成了間隔鏈接：

> （1）……有人在一分鐘內成了偉大領袖，奶奶在三天中參透了人生禪機。她甚至抬起一隻胳膊，攬住了那人的脖子，以便他抱得更輕鬆一些。高粱葉子嚓嚓響著。路上傳來曾外祖父嘶啞的叫聲：「閨女，你去哪兒啦？」

> （2）石橋附近傳來喇叭淒厲的長鳴和機槍分不清點兒的射擊聲。奶奶的血還在隨著她的呼吸，一線一線往外流。

例（1）是奶奶婚後回娘家途中所遇，例（2）卻是奶奶中槍及戰場的描繪。這兩段不同時空的情景鏈接在一起，有著內在的關聯。奶奶年輕時的遭遇與幸福，都與余占鰲有關。臨死前奶奶面對兒子，回想起往事，自然也就關聯了與余占鰲關係的風雨歷程。不同的時段、不同的情節因人物關係而關聯，因文本的敘事風格而達到了新的平衡。

第三節　語境差構建的女性世界

　　阿袁是當代以女性視角寫女性的作家。其描寫對象集中、表現手法多樣、語言風格鮮明所構成的特色值得關注。阿袁筆下的女性人物主要由兩類構成，一是受過高等教育的女人，一是沒見過世面的小鎮女人。她塑造了小米、俞麗、湯梨、鄭袖、孟繁、呂蓓卡、齊魯，也

塑造了錦繡與綾羅。正如她所說：「我最愛寫女人。寫一個女人，是一枝梨花春帶雨。寫一群女人呢，是滿城盡帶黃金甲。世界上最迷人的關係，於我而言，不是男女關係，而是女人與女人的關係。」[12]她將女人寫得淋漓盡致，將女人與女人的關係表現得深刻透澈，她構建了一個個獨特的女性世界。在構建女性世界的同時，她也構建了自己的語言風格。

　　阿袁形容自己「愛寫女人，猶如愛繡裙子」，而且繡的是「有些複雜的百褶裙」。[13]這既體現出她筆下的故事對象，又體現出其故事手法。於這樣的小說作法中形成了婉約中透著犀利、綿蜜中透著深刻，尋常中透著驚豔的風格。從語境視角來考察，其女性世界的建構在很大程度上得益於語境差這一語言策略。誠如阿袁在對錦繡綾羅取名與人物性格之間形成反差時的說明，人物「性情剛烈，有寧為玉碎不為瓦全的堅貞決絕，是尤三姐似的狠角色」，這樣的「剛烈決絕」，為她們的人生「帶上風刀霜劍氣」、「與那種溜光水滑的錦緞人生肯定無緣」；但卻取名錦繡綾羅，這就是語境因素間的不平衡。這種不平衡造成的「與其說是反諷，不如說是暗寓」。[14]阿袁筆下觸目皆是的語境差中的「暗寓」使作品帶有了對女性剖析的深刻性。

一　對比構成的語境差

　　阿袁深知將對立的現象或事物放置在一個語境背景下比照的強烈效果，她的筆下常出現對比。她寫女性，往往不是單個女性，而是在女性與女性、女性與男性關係中完成對某一形象的塑造。

　　人物是構成語境的重要因素，阿袁筆下的人物對比常出現在女性

---

12 阿袁：〈女人都有一把魚腸劍〉，《西安晚報》2012年3月25日。
13 阿袁：〈《綾羅》創作談：《錦繡與綾羅》〉，《中篇小說選刊》2013年第3期，頁30。
14 同前註。

與女性之間，有不同人物特點之間的對照，也有同一對象不同時期的對比，如：

（1）有一段時間蘇漁樵和朱紅果在鄭袖面前變得更恩愛了。鄭袖冷笑。她知道蘇漁樵快扛不住了，要舉白旗了。勝利是必然的。一方面因為鄭袖破釜沉舟的決絕；另一方面也因為朱紅果美人已老──儘管和蘇漁樵相比，朱紅果依然是青枝綠葉，但和鄭袖比起來，她卻是昨日黃花。女人和女人的戰爭，其實是時間的戰爭。長江後浪推前浪，前浪死在沙灘上。朱紅果即使使出渾身解數，如今也敵不過鄭袖手指的嫣然一笑。

──阿袁〈鄭袖的梨園〉

（2）還有朱小七對陳安說話的語氣和節奏，也和從前不一樣。從前她說話是勻速的，句子之間也乾乾淨淨，幾乎沒有語氣詞，一是一，二是二，有著北方女孩特有的爽利明朗，現在卻南方化了，甚至比南方還南方，不僅有抑揚，有波折。而且還滑溜溜的，又黏糊糊的，簡直像一條條水蛇一樣纏人。

──阿袁〈俞麗的江山〉

例（1）將朱紅果與鄭袖比較，這是前一第三者與後一第三者之間的比較。通過對年齡、手法的比較，表現了鄭袖對朱紅果的不屑，即將獲勝的得意心理。比較中穿插著與蘇漁樵的對比，並運用了比喻、比擬手法，增添了對比的形象性。例（2）朱小七「說話的語氣和節奏」的不同，意味著她對導師陳安情感的變化，這是師母俞麗觀察到的變化。通過俞麗所見所感來對比，既是對朱小七前後態度行為舉止的描述，又表現了俞麗警覺妒忌的心理活動。

作者不僅以敘事者的視角來寫女性，而且以他人視角來寫女性，

不僅寫出了視角涉及者，而且表現出了視角出發者，如：

　　素面朝天的鄭袖，在師母們的眼裡，如系裡資料室裡的那些平
　　裝書一樣樸素。這是鄭袖的本事，也是鄭袖的世故。三兒的
　　美，如廊上的風鈴，人一走過，就會叮噹作響，而鄭袖的美，
　　卻如一把摺扇，能收放自如。打開時，無邊風月；合上時，雲
　　遮月掩。看上去年輕的鄭袖其實在十二歲那年就老了的。

　　　　　　　　　　　　　　　　　　　　——阿袁〈鄭袖的梨園〉

師母眼中的鄭袖與三兒的美形成了對比，不僅表現了二人內斂與外顯
的特點，而且體現了師母對鄭袖的放心與對三兒的警惕，由此蘊含著
師母們對高校時興的師生戀的擔憂。他人視角更多的是通過與女性相
關的男性視角來形成對比。如：

　　錦繡的身子那是和沈美琴沒辦法比的，那是到了八九月裡都還
　　沒有長熟的李子，看起來讓人掃興不說，吃起來還澀口。但更
　　讓姚明生不喜歡的是錦繡對那事的態度。姚明生是過來人，知
　　道女人在那事面前的反應——沈美琴是株風情萬種的桃樹，手
　　一碰，一朵又一朵的桃花就燦爛開了，而錦繡呢，那一刻是鐵
　　樹，任你風也罷，雨也罷，她都巋然不動的。這讓姚明生很沮
　　喪，就像平日裡有十分酒量的人卻總是只能喝二分酒一樣，不
　　過癮。

　　　　　　　　　　　　　　　　　　　　　　——阿袁〈錦繡〉

將妻子錦繡與青梅竹馬的情人沈美琴進行對比，重點在「對那事的態
度」。這一對比是在姚明生與錦繡打架，已經過了好幾個月「沒有葷
腥的素淡日子」之後，因此取捨態度特別明顯。對比以兩種植物的形

象特點作喻，加之姚明生「沮喪」心情的比喻，寫出兩個女人的特點，也寫出了視角出發者姚明生的價值取向和心情。類似的還有〈湯梨的革命〉中將孫波濤同齊魯與杜小棵喝酒的不同感受以對比表現出來：「兩個女人，走向正好相反。在杜小棵那兒，酒是過程，杜小棵是結果，在齊魯這兒，齊魯是過程，而酒菜是結果。」由「過程男人其實是不太在乎的，男人真正要的，是結果」的價值取向說明，蘊含了孫波濤與前情人杜小棵喝酒重在性目的，與現對象齊魯喝酒重在享受食物的目的的不同，從中透露出孫波濤對齊魯的情感取向。

　　男性視角下的女性形象，可以通過不同人物的比較來實現，也可以通過對同一對象自身的對比來體現。如：

> 　這個女人真是特別。亦正，亦邪，亦遠，亦近，亦端莊，亦嫵媚。她上課的時候，真是風生水起，美麗的詞語，像一隻隻蝴蝶一樣，從她唇間飛出來，飛出來。而一下課，她又像一棵樹一樣安靜，她安靜下來的手指，如暮春零落的花瓣一樣憂傷。她整個人，真是矛盾。蒼白的容顏，總是素淨的，素淨到她皮膚下面的藍色血管，他都能隱約看見，而她的手，卻十分華麗。那寶藍色或者朱紅色的蔻丹，那各式各樣的戒指，有一種妖冶氣。那華麗和樸素，那端莊和妖冶，簡直觸目驚心。使她特別不真實。彷彿是從紙上走下來的女人。
>
> 　　　　　　　　　　　　　　　——阿袁〈鄭袖的梨園〉

從沈俞的視角來寫鄭袖，二人關係經歷了從學生家長到情人的過程，這二重身分，讓沈俞看到了鄭袖的多方面。「鳩占鵲巢的甜蜜，是隱藏在鄭袖肉裡的刺。」鄭袖因對後母橫刀奪愛，破壞其家庭的刻骨仇恨，以第三者的身分報復第三者。她得知沈俞的現任妻子葉青就是類似後母一樣的人之後，對沈俞採取了勾引策略。她在沈俞面前擺下了

「身是一個女人，手又是另一個女人；這一刻是這個女人，另一刻又
是另一個女人」的迷魂陣，讓沈俞繞進去。她用「這樣的反差和對
比，這樣的複雜和曖昧」使沈俞無法自拔。這樣的視角使沈俞與鄭
袖互為語境，通過沈俞寫鄭袖，通過鄭袖形象來表現沈俞，二者相輔
相成。

　　阿袁筆下的女性常常是與男性相關聯的，因此，對比還常常在異
性之間展現。異性對比可能表現二者之間多方面的差異，如：

　　（1）錢鍾書說，婚姻是座圍城，外面的人想進去，裡面的人
　　想出來。可錢先生不知道，那些想出來的其實都是男人，女人
　　卻是守城者——守住裡面的男人，也守住外面的女人。

　　　　　　　　　　　　　　　　　　　　——阿袁〈長門賦〉

　　（2）當然，俞麗認為自己愛做魚和陳安愛吃魚完全是兩回
　　事，陳安愛吃魚是為了滿足胃，這是口腹之欲，而自己呢，愛
　　做魚卻和文人愛下棋是一樣的，這是美學層面的事，雖是油鹽
　　醬醋，卻又不是油鹽醬醋。

　　　　　　　　　　　　　　　　　　　　——阿袁〈俞麗的江山〉

　　（3）小米是花拳繡腿，又在明處，是連沈安的毫髮都傷不到
　　的，而沈安的功夫呢卻是綿裡藏針，一出手招招著人要害的，
　　表面看來是小米興風作浪，可實質呢，卻是由沈安在幕後操
　　控，收收放放，長長短短，都是沈安說了算的，其中的微妙外
　　人不知，可沈安和小米卻是心照不宣的。

　　　　　　　　　　　　　　　　　　　　——阿袁〈長門賦〉

例（1）以「圍城」為焦點，以破城與「守城」的不同態度，對比說

明女性與男性對婚姻的不同態度。例（2）以「魚」為焦點，通過「愛做魚」和「愛吃魚」的不同出發點，說明夫妻取向的差異。例（3）將夫妻二人日常生活中的較量以不同的路數形成對照。這三例對比中的側重點是鮮明的，都在於通過男性來突出女性。突出女性的婚姻態度，突出女性做家務的心理享受，突出女性的外強內弱等特點。

　　人所處的情形也可形成對比，既表現情景，也展示人物。如：

　　（1）一邊有鮑魚燕窩，糟糠爛菜是難以下嚥的，一邊有綾羅綢緞，粗布衣衫是難以上身的。但想吃好的想穿好的，你要有身家。要腰纏十萬貫，騎鶴下揚州。你一文不名，卻要錦衣玉食。俞麗不禁啞然失笑。一個女人美而不知己美，這是境界，一個女人醜而不知己醜，這更是一種境界。道高莫測，道高莫測呢。

　　　　　　　　　　　　　　　　　　——阿袁〈俞麗的江山〉

　　（2）男女的戰爭如果只是發生在兩個人之間，再硝煙瀰漫，也只是演習。但如果多出一個女人，又再多出一個男人，這場戰爭就幾乎是核戰，不可能再被斡旋了。創傷是皮肉的，也是精神的。有時看上去毛髮未損，其實卻肝膽俱裂。

　　　　　　　　　　　　　　　　　　——阿袁〈俞麗的江山〉

例（1）是張成告訴師母俞麗朱小七曾與有婦之夫有染時，俞麗對有婦之夫愛上「醜女」朱小七而感到奇怪的心態。兩個同義的比喻形象表明俞麗對此事的嘲笑。例（2）以「演習」、「核戰」為喻，表現參與者與戰爭升級之間的關係。對比因比喻的介入顯得更加形象化。

　　對比使對立的雙方在同一個語境背景下構成了鮮明的對照，兩個對立體又構成了語境差異，體現了語境間的不平衡。這種不平衡因揭

示描寫對象某一方面的特徵，某一方面的本質而取得了深層平衡，從而體現出審美價值。

二　借古喻今的時空語境差

憑藉深厚的古文功底，阿袁常將詩詞典籍、古人古事與人物景物關聯，通過跨時空對接造成語境差。她筆下的古今對接是自然的，行雲流水般無縫隙的對接。

巧借古詩詞寫人，寫情景，寫景物。其手下的古詩詞似乎順手拈來，妥帖自如。如以詩詞喻人的：

> 湯梨不比陳青。陳青對愛情，總是李白鬥酒詩百篇的，一旦開始了，就要黃河之水天上來，奔流到海不復回——人家是自由人，自然有奔流到海不復回的權利，也有奔流到海不復回的需求。食與色，是一樣的，只有餓極了，才有那種不管不顧地去饕餮的激情。
>
> ——阿袁〈湯梨的革命〉

先以李白作詩的狀態形容，後以李白詩句形容，無論是狀態還是詩句，都表現了一種豪放風格，自然妥帖地寫出了陳青在愛情上的放縱。對古詩詞的熟諳使阿袁運用起來嫻熟自如，有時甚至將並不關聯的事物加以對接。如：

> 每次俞麗看到她這個樣子，就想到杜甫的一句詩，「決眥入歸鳥」，之前俞麗總覺得「決眥」這個詞不好，太著力，一個詩人，也不是張飛，也不是李逵，哪會「決眥」呢。可現在看了朱小七，俞麗就覺得自己錯怪了杜甫：原來不僅武人張飛會決

眦，讀書人也是會的。

——阿袁〈俞麗的江山〉

不但用了杜甫詩句，還與張飛、李逵關聯，古詩詞與古典作品人物並用，表現了俞麗在嫉恨中對朱小七眼睛之大的諷刺。

古詩詞、古代典籍還可用在表現人物的情態方面，如：

（1）陳青每次開始戀愛之前，或者失戀之後，都會到鏡子前搔首弄姿一番的。之前是厲兵秣馬，之後是臥薪嚐膽。有時是回眸一笑百媚生，六宮粉黛無顏色；有時是風蕭蕭兮易水寒，壯士一去兮不復還。

——阿袁〈湯梨的革命〉

（2）且這種男人的投降還不是一般的投降，是絕對丟盔棄甲落花流水的投降——弦繃得愈緊，愈容易斷；花閉合久了，一旦開放，就更加燦爛。忽如一夜春風來，千樹萬樹梨花開。剛剛還是寒冬三月，轉眼間，就春暖花香了。

——阿袁〈鄭袖的梨園〉

例（1）以古代典故形成的成語「厲兵秣馬」、「臥薪嚐膽」形容陳青戀愛前後的不同情態與心情。又以〈長恨歌〉與《史記》〈刺客列傳〉中的詩句形容其戀愛得失的不同狀態。例（2）「忽如一夜春風來，千樹萬樹梨花開」緊隨前面的比喻而來，渲染了花開的景象，當然，寫花開是寫人的情態，表現沈俞在鄭袖勾引下上鉤的情景。

古詩詞不但可形容單個人物，還可喻眾人的場景，如：

大學裡的女人坐在一起，那情景，真是「稻花香裡說豐年，聽

取蛙聲一片」。再能侃的女人，在這樣的場合下，也唱不了絕
對的主角。都是你方唱罷我登場。

——阿袁〈湯梨的革命〉

以辛棄疾〈西江月‧夜行黃沙道中〉的詞句來形容女人們七嘴八舌調
侃的情景，顯得生動形象，渲染了環境的熱鬧。

　　古人與古典詩詞一樣，為阿袁所任意調配。阿袁筆下的古人，多
作為人的處境描繪的比較或陪襯，但又形態各異，多彩多姿。如：

　　　　許多女人的人生都會拐彎的，俞麗知道。比如楊玉環，三十七
　　　　歲之前是集後宮三千寵愛於一身的貴妃，之後呢，漁洋鼙鼓動
　　　　地來，驚破〈霓裳羽衣舞〉。安祿山來了，美人只好婉轉娥眉馬
　　　　前死了——這個彎拐得狠，拐得仄，一下子拐到了陰曹地府。

——阿袁〈俞麗的江山〉

以楊玉環的人生拐彎作為俞麗拐彎的鋪墊，這個拐彎的悲劇走向預示
了俞麗人生拐彎的走向。

　　還有借古人與物之間的關係來形容處境的，如：

　　　　有丈夫的俞麗現在不如獨身的朱小七，朱小七身邊，此刻前呼
　　　　後擁，而俞麗呢，倒是單騎夜走。單騎夜走的俞麗只能借酒掩
　　　　身了。還是酒好，難怪許多人喜歡。李白一寂寞，就舉杯邀明
　　　　月，對影成三人。李易安零落江南，也是依仗酒的溫暖，打發
　　　　淒涼的人生。酒是李白的知己，酒是李易安的絲綿被。而今夜
　　　　的杏花白則是俞麗的團扇。團扇團扇，美人用來遮面。沒有這
　　　　面團扇，俞麗如何度過這個難堪的夜晚。俞麗只能醉了。

——阿袁〈俞麗的江山〉

在丈夫陳安學生張成畢業宴會上，頗有心計的朱小七占盡風光。俞麗既嫉妒陳安與朱小七毫不顧忌的熱烈交談，又不能有失師母風度，只能借酒掩飾並解愁。借李白、李易安與酒的關係來形容人的借酒澆愁的處境，體現了特定情境下的無奈。

　　古人的作用還可以是反襯、對比，如：

　　（1）沒有安祿山的刀光劍影，沒有女真人的錚錚鐵騎。她美麗的世界原是紙糊的。樓臺亭閣是紙的，鳥語花香是紙的，卻騙了她半生。她以為會固若金湯，她以為會天長地久，可一個朱小七，卻傾國傾城了。

　　（2）原來姹紫嫣紅開遍，似這般，都付與斷井頹垣。這是杜麗娘的傷悲。可杜麗娘的傷悲還是如花美眷的傷悲。俞麗呢，卻只剩下似水流年了。

　　　　　　　　　　　　　　　　　　——阿袁〈俞麗的江山〉

例（1）以「安祿山的刀光劍影」、「女真人的錚錚鐵騎」為反面襯托，說明朱小七的能耐，自己「美麗的世界」的不堪一擊。例（2）以杜麗娘為對照，說明俞麗的悲哀。襯托對比可以是作者敘事視野中的，也可以是故事人物視野中的。如：

　　年輕時她喜歡鋒芒畢露的男人，那種刀光劍影，一如滿樹梨花，讓她著迷。然而她離鋒芒太近，最後總遍體鱗傷。——男人的劍，指向的，可不都是身邊的女人？且不說春風得意的男人，即便是氣若游絲如玄宗那樣的，也能以帛為劍，讓貴妃命赴黃泉；而氣數已盡的西楚霸王，也能以歌為劍，讓虞姬魂斷烏江。但她是中了劍毒的，仍且戰且退，幻想著有一天能峰迴

　　路轉，能柳暗花明，沒曾想，這一退就退到了懸崖絕壁，再沒
　　有迴旋了，這才幡然悔悟到老孟這類男人的珍貴。說起來女人
　　也是賤的，千般寵愛最後都會事如春夢了無痕跡，長記性的，
　　永遠是男人的作踐。

——阿袁〈老孟的暮春〉

以唐玄宗、西楚霸王為老孟的襯托，襯出老孟的珍惜。這是女博沈單
單眼中的反襯，帶上其人生經歷、帶上其感慨及悔悟。

　　古詩詞、古代典籍、古人在阿袁筆下有時產生了情感變異，原來
的褒貶色彩被顛覆解構。如：

　　朱小黛說，老蘇，雖說弱水三千，只取一瓢而飲。但你那一
　　瓢，也太謙虛了，丟了那些閉月羞花的那些傾國傾城的師姐師
　　妹們不瓢，卻偏偏去瓢蘇師母。你這是孔融讓梨嗎？

——阿袁〈子在川上〉

「弱水三千，取一瓢飲」、「孔融讓梨」原為褒義，但在朱小黛口中，
雖為玩笑戲謔，卻帶有嘲諷的貶義。

　　古詩詞所展示的古代時空背景與阿袁筆下的當代時空背景構成了
時空語境差，借古詩詞為我所用，信手拈來，卻又巧妙妥帖。客觀現
實差之十萬八千里的時空在阿袁筆下對接，於表層的不平衡中蘊含著
深層的平衡。因與描寫對象的相類比而具有了內在的合理性，因對描
寫對象的深刻而又充滿詼諧的揭示而體現出審美價值。

三　上下文顛覆中的語境差

　　按照語言使用規則，上下文之間應該正常組合搭配。但顛覆中的

語境差常常形成搭配的錯位。阿袁利用這種錯位，形成新穎的修辭格，利用陌生化贏得讀者關注。我們僅舉其使用最多的比喻辭格來說明。

比喻是上下文顛覆後產生的辭格，構成比喻的本體與喻體之間往往形成主謂關係，而這樣的主謂關係就常理而言是無法搭配的。這是由比喻特點構成的上下文語境差。比喻的本體與喻體應是具有相似點但不同性質的，這就注定了本體與喻體之間在常理上的顛覆。阿袁每每以新奇的想像，構成各種形式的比喻。如：

（1）兩個有舊情的男女，一旦重新接上了頭，就如壞了閘的車，停不下來的。

　　　　　　　　　　　　　　　　　　——阿袁〈俞麗的江山〉

（2）因為周瑜飛的守身如玉，湯梨這麼對陳青說。陳青笑得花枝亂顫，說，男人的守身如玉，原來也是女人的丈二白綾。
　　　　　　　　　　　　　　　　　　——阿袁〈湯梨的革命〉

（3）知道一個男人在對你好而不說出來，知道一個男人的心思全在你身上而裝作不知道，這感覺，於女人，真是好。尤其這男人還是妖嬈葉青的男人，這感覺便加倍好。鄭袖有時覺得自己都快美成了一隻江南四月的蝴蝶，只想在沈俞面前蹁躚。
　　　　　　　　　　　　　　　　　　——阿袁〈鄭袖的梨園〉

例（1）是明喻，以「如」關聯本體與喻體，形容舊情復燃的狀態。例（2）是暗喻，以「是」關聯本體與喻體，這一本體與喻體的關係是奇特的，以事物「女人的丈二白綾」來形容並非事物的本體，之中實際上蘊含著借代，以「女人的丈二白綾」代女人自盡的命運，本喻

體之間構成的寓意是明瞭的。例（3）也是暗喻，以「美成了」關聯本喻體，順著「江南四月的蝴蝶」的比喻後，又承接著「蹁躚」的比擬。比喻的嫻熟運用使她的比喻常常呈現連用狀態，如：

> 何況齊魯還十分高調。為什麼不呢？她本來就是個高調的人，喜歡東風夜放花千樹般的燦爛愛情——煙花般綻放在天空讓人仰望的愛情是多麼美麗呀！可她的愛情呢，這些年來，卻是一個私生子，像土撥鼠一樣生活在黑暗中。她受夠了那種不能見天日的委屈。
>
> ——阿袁〈湯梨的革命〉

齊魯對燦爛愛情的渴望與愛情的現實形成了反差，這是語境差表現之一。現實中的愛情用了兩個比喻，形成本體與喻體關係在現實中的反差，這是語境差的又一表現。比喻的連用使對愛情的描繪更加形象，更加生動。

阿袁的比喻是複雜的，其比喻往往不是單一的比喻，而是套疊著比喻或其他辭格，絲絲入扣，表現複雜的人與事。如：

> （1）雖然湯梨還是扛著齊魯這面旗幟。但這面旗幟已經漸漸演變成了帷幕。帷幕裡面是湯梨和孫波濤。帷幕外面是周瑜飛和其他人。
>
> ——阿袁〈湯梨的革命〉

> （2）可語言這東西，是非常奇妙的，它一旦從人的嘴裡出來了，就有了自己的生命。儘管這生命最初可能是潛伏的、卑弱的，如一條冬眠的蛇一樣。可只要春天一來，春雷一響，長眠於草叢的蛇就會醒了，嗦嗦嗦，嗦嗦嗦，蛇信子開始傷人了。

周青的話，也是一條冬眠的蛇。讓這條冬眠的蛇復蘇的是張成的畢業宴。

——阿袁〈俞麗的江山〉

（3）湯梨幾乎沉溺。然而貞潔是慣性，也是女人的鎧甲。安娜脫了鎧甲，安娜死了，包法利夫人脫了鎧甲，包法利夫人死了，還有嘉芙蓮，嘉芙蓮把鎧甲變成了蝴蝶的翅膀。可美麗的蝴蝶能活多久呢？兩周左右而已，一些熱帶蝴蝶，在交配後，二三天就死了。
湯梨不想死於非命。

——阿袁〈湯梨的革命〉

（4）朱小七來了，笑靨如花。一朵菜花，冬瓜花，南瓜花，長在路邊任人踐踏的狗尾巴花。俞麗在心裡惡狠狠地嘀咕。可面上依然也得笑臉相迎。

——阿袁〈俞麗的江山〉

（5）鄭袖自己倒是有些馬虎的——不是對結果馬虎，而是對裝修的過程，在所有的麻煩面前，鄭袖只想做鴕鳥。她希望在她把腦袋藏在沙子裡的功夫，麻煩能自己騎著掃帚，從耳邊呼嘯而過。幾年前裝修時她就這樣，她由了那些木工泥工電工們在她屋子裡折騰。結果，眼睛一眨，老母雞變鴨。只是雞也罷，鴨也罷，都不是她要的。

——阿袁〈鄭袖的梨園〉

（6）而孫波濤的出現，如一盞綺豔明麗的燈籠，照亮了齊魯的暗夜生活。

…………

燈籠第一次掛在江南茶樓。這是齊魯的意思。

　　　　　　　　　　　　——阿袁〈湯梨的革命〉

以上例子都是比喻套疊，但套疊的方式不盡相同，體現了阿袁嫻熟的比喻使用技巧，也體現了比喻構成的上下文語境差的紛繁多姿。例（1）「齊魯這面旗幟」以本喻體復指的形式構成比喻，「這面旗幟」又作為本體，與「帷幕」構成比喻關係。例（2）「語言」是本體，被賦予生命後，又以「一條冬眠的蛇」作喻，從而水到渠成引出「周青的話」與「一條冬眠的蛇」的本喻體鏈接，及「這條冬眠的蛇復蘇」的借喻。例（3）的比喻可說是一疊三唱，先以「鎧甲」喻「貞潔」，後直接以「鎧甲」代「貞潔」。順著「鎧甲」的比喻，又將「鎧甲」作為本體，以「變成」關聯喻體「蝴蝶的翅膀」。連用數例，鋪陳失去「鎧甲」的「死於非命」。例（4）以「花」喻「笑靨」，後以「菜花」等四種具體的花作喻，這些喻體帶有了作喻者俞麗強烈的情感色彩。例（5）沈俞要為鄭袖裝修，在六十幾平方米有限的空間「創造出一個錦繡世界」，而與之相對的是鄭袖的態度。以「鴕鳥」作喻，將她的「無為」態度體現出來，隨之的「麻煩能自己騎著掃帚，從耳邊呼嘯而過」則是比擬。比擬也是上下文顛覆後產生的辭格，賦予本體本不具有的動作行為，以此形成擬體。本體與擬體之間也是主謂不搭的顛覆關係。後又以「雞」、「鴨」代裝修結果，「雞」、「鴨」是順著「老母雞變鴨」而來的，「老母雞變鴨」也是比喻，形容裝修預期與裝修結果的反差。例（6）以「燈籠」的照明喻孫波濤的出現，後直接將「燈籠」代孫波濤，先喻後代。將齊魯對孫波濤的傾心形象表現出來，同時印照了齊魯之前愛情的匱乏。

　　阿袁比喻的套疊形成一種行雲流水的風格，喻體似順手拈來，卻又渾然天成。如：

（1）別人的男人是她眼裡的刺，別人的兒女呢，也是她眼裡的刺。每天一睜眼，滿世界都是荊棘橫生，她能怎麼樣呢？只能投靠老孟了。本以為老孟這樣的男人，是落在路邊的酸桃爛李，是菜市場收攤時的死魚死蝦，只要自己不嫌委屈，就垂手可得的，誰曾想，行情變了，即使老孟，如今也成了魯迅筆下那顆繫了紅頭繩的北京大白菜，又金貴又搶手，不單她要謀，竟然江雪雪也要謀，這讓她幾乎有些惶恐了。她本來已經想刀劍入庫馬放南山的，可樹欲靜而風不止，她不找別人的事非，是非卻找上了她，無奈何，她只能持刀上馬，倉促應戰了。

——阿袁〈老孟的暮春〉

（2）但朵朵以前是不化妝的，小學老師陳朵朵離婚以前是個素面朝天的美人。總是清清爽爽，如一碟小蔥拌豆腐，青是青，白是白，沒有一絲雜色。可自從她老公姘上了個妖嬈的婦人之後，她一向樸素的審美觀陡然發生了變化，幾乎一夜之間，她也變成了一個妖嬈的婦人。小蔥拌豆腐生生地變成了麻婆豆腐，加了青蒜、薑末、花椒粉，加了料酒、豆瓣醬和乾紅辣椒碎，倒是五顏六色了，倒是姹紫嫣紅了——反正如今朵朵是成了心要讓別人看不出自己本來的顏色。單身多年的朵朵現在有些膽怯的，有些不自信的，想要借了別的力量，來撐撐場面。

——阿袁〈老孟的暮春〉

例（1）女博沈單單「和男人一樣刀光劍影戎馬倥傯，到處攻城掠地」，耽誤了婚姻，四十歲時「要命地想要起婚姻和兒女來」，以上就是她的心理活動。幾個比喻構成了一個整體。先是以「刺」喻別人的男人兒女，「滿世界都是荊棘橫生」繼之而來，充滿了諧趣。接著以

兩對三個喻體喻現在的目標老孟,「酸桃爛李」、「死魚死蝦」與「魯迅筆下那顆繫了紅頭繩的北京大白菜」形成對比,與其說是表現老孟,不如說是沈單單心理處境變遷的印證。例(2)承接前面「一碟小蔥拌豆腐」的喻體,進一步以「麻婆豆腐」喻陳朵朵離婚後的現狀。兩個喻體形成對照,將人物的變化表現得形象突出。特別是對「麻婆豆腐」的烹調說明,更增添了喻體的真實性、形象性。

在比喻的套疊中,阿袁有時賦予無生命之物以生命,這些生命甚至在後續描寫中得以延續。如:

> 可那些書姚老太太卻侍候了大半輩子呢,像丫鬟侍候小姐一樣,都侍候出深厚的感情來了。想當初那些小姐們初進資料室的時候,也是簇新新的綺年玉貌,也有過繁花似錦的熱鬧,而現在,資料室是冷宮了,至少對她們而言,是冷宮了,她們是一群上了年紀的宮女,「寥落古行宮,宮花寂寞紅,白頭宮女在,閒話說玄宗」,想一想,還真是淒涼呢!姚老太太實在不忍心就這樣撒手不管了,有她這個丫鬟在,這些過了氣的宮女,雖然也是寂寞的,但至少能乾乾淨淨安安靜靜地待在書架上,度過她們的餘生。可她一退休,陳季子萬一弄個年輕人過來,她的宮女們可就苦了,說不定從此要蓬頭垢面,衣不蔽體。
>
> ——阿袁〈子在川上〉

先以「丫鬟侍候小姐」喻姚老太太對圖書的看管,後直接對圖書賦予「小姐們」的描寫。進而將資料室喻為「冷宮」,「小姐們」自然也就成了「宮女」,有了對「宮女」生活境遇的寫照。一連串的比喻將圖書在資料室的不同時期不同處境寫得惟妙惟肖。

阿袁的比喻以多樣複雜的形式承載了豐富深刻的蘊含,如:

　　愛情是什麼？婚姻是什麼？說白了，就是一塊玻璃而已，看上去又單純又堅硬，能把人的肌膚劃得鮮血淋漓，可只要別的女人用蘭花指輕輕彈它一下，它就嘩啦一聲，破了，碎了，且再也不能合成原來的樣子。

——阿袁〈俞麗的江山〉

這是閨蜜周青對俞麗「輕敵」的告誡，以玻璃的兩面性作喻，明瞭深刻。當然，比喻中所承載的蘊含要根據更大的語境背景尋求答案。周青的告誡不幸而言中了俞麗的婚姻悲劇，朱小七的「蘭花指」輕輕一彈，彈碎了「俞麗的江山」。這些豐富深刻的蘊含要借助上下文語境間的對應關係來考察，如：

　　她和余越纏綿時說起過這事。——雖然不信，也還是覺得三兒的話有意思。余越聽了，促狹地笑。之後手就放肆地向鄭袖的胸伸來。余越說，那我就做一個勤勞的農民吧，一輩子侍弄你這莊稼，看看它能不能茁壯成長。然而哪裡能種一輩子呢？她遇見了朱紅果，就注定了她要往岔路上走。她做不了余越的莊稼了，再沒有希望長成那茁壯的樣子。她變成了女巫胯下的掃帚，雖然有邪惡的力量，卻從此喪失了鬱鬱蔥蔥葳蕤芬芳的生命。

——阿袁〈鄭袖的梨園〉

以「莊稼」喻鄭袖之胸，其語義來源要聯繫上文三兒的理論，胸部豐滿的三兒對胸部平坦的鄭袖說：「女人其實是男人種的植物。男人在女人的哪個部位最殷勤，哪兒長勢就最好。這道理最樸素，和農民種莊稼的道理是一樣的。」由此便有了「莊稼」之說。這個比喻一直延伸到下文，當鄭袖因復仇轉而勾引導師蘇漁樵後，與余越分手，余越另尋他愛。下文即是鄭袖經過余越樓下時所見：

晾衣架上曬了幾件衣物，有鑲了蕾絲的大紅胸罩和內褲，看那
尺寸，余越後來的莊稼真是粗枝大葉的。這是余越打理的功
勞，還是那莊稼本來就粗枝大葉？想起從前的調笑，鄭袖的眼
圈忍不住紅了。這本來是她的生活，現在卻成了另一個女人
的。一個完全和她鄭袖南轅北轍的女人，卻在生活著她的生
活。那她呢？她又在生活著誰的生活？

　　　　　　　　　　　　　　　　　──阿袁〈鄭袖的梨園〉

直接以「莊稼」代胸部，如果沒有上文語境，就無法理解「莊稼」之
含義。而有了上文語境，「莊稼」的寓意釋然。

　　比喻喻體與本體之間的本質差異構成了上下文語境的不平衡，喻
體與本體之間的相似點又使不平衡的上下文趨於新的深層次的平衡，
在對描寫對象詼諧深刻的主旨揭示上體現出了審美價值。

四　語義表層與深層顛覆下的語境差

　　語言符號具有詞典義，這是約定俗成的意義。但語詞進入特定語
境後，有時具有了超越詞義的新義。這種新義，顛覆了語詞原有的所
指義，以舊瓶裝新酒的更新形式，將新義放置於原有的語詞形式中。
當然，這種顛覆是臨時的、個別的，離開特定的語境，詞義得以還原。
　　特定語境中的詞義顛覆以語境為依託而生成，如：

要不是有一天晚上林書記突然心血來潮跑到實驗室去拿一份材
料，葉小桃如何曉得夜夜在實驗室辛苦做實驗的老公原來是在
用自己的身體實驗漂亮的女助理呢？

　　　　　　　　　　　　　　　　　──阿袁〈俞麗的江山〉

「實驗」在前一約定俗成義後生成了後一變異，這一變異在改變詞性的同時改變了詞義。同一個句子中名詞轉化為動詞，顛覆中生成的新義對描寫對象具有了嘲諷意義。

變異的詞義在顛覆中生成特定的寓意，這一寓意是語詞本身所不具有的。如：

（1）一時間鄭袖被嚇得魂飛魄散。經過了這麼多年，她差點以為她好了的，她和其他女孩子一樣說說笑笑，和其他女孩子一樣吃喝玩樂，也愛胭脂朱粉，也愛無事生非。她撲騰起來的樣子，比誰都歡的。沒想到，這些全然沒用，原來她還是泥坯。即使外面穿紅著綠，打扮得真人一樣的，裡面她依然是個泥人兒。泥捏的，水和的，風乾的。瞅著還硬實，可真一碰上什麼東西，就稀裡嘩啦地，碎了一地，再也拼不成原來的樣子。

（2）鄭袖傷心欲絕。有些東西看來是繞不過去了，只能白刃相見，鄭袖想。俘獲蘇漁樵的過程有些坎坷，但鄭袖為之如癡如醉。蘇漁樵披堅執銳的樣子讓她覺得好笑，好像一隻頂著殼爬行的老蟑螂。余越的宿舍是有蟑螂的，鄭袖一開始怕得要命，也噁心的要命。但買了黏黏板之後，她對蟑螂的態度卻為之一變。她簡直有些盼著見蟑螂了。每次看到蟑螂被黏住之後，她都興奮莫名。宿舍裡的蟑螂滅絕之後，她又把黏黏板放到了走廊上，她有些耽迷於她和蟑螂之間的這種遊戲了。

——阿袁〈鄭袖的梨園〉

例（1）「泥坯」其意義如後面的說明，外強中乾，易碎。這似乎是「泥坯」的原有義，但因作為鄭袖的喻體實際上是顛覆了原義。十二歲時家庭因繼母「鳩占鵲巢」而破裂的痛苦，原以為二十年的時間洗

禮可以平淡的仇恨，卻因見到師母朱紅果，並得知其也是「鳩占鵲巢」而重新喚起。因此，與其說「泥坯」與鄭袖是外形相似，不如說是鄭袖內心隱藏的痛苦不堪一擊的形象說明。例（2）用黏黏板對付「蟑螂」，看似現實生活的滅蟲行為，卻因與上文關聯而獲得了新義。鄭袖對蟑螂的態度、滅蟑螂的「耽迷」，與將蘇漁樵比作「一隻頂著殼爬行的老蟑螂」是相連接的，由此可見，「蟑螂」的語義已變異，已成了見異思遷的蘇漁樵們的代名詞。滅蟑螂的興奮與其說是向這些男人復仇，不如說是向「鳩占鵲巢」的第三者的復仇。從上下文可以看出，當「俘獲」蘇漁樵後，約會的地點一反常態地「只能約在蘇漁樵的家裡。蘇漁樵的家也就是朱紅果的家。鄭袖就是要在朱紅果的地盤上舞槍弄棒。鄭袖就是要把朱紅果的江山打得落花流水。鳩占鵲巢的甜蜜，是隱藏在鄭袖肉裡的刺。鄭袖想方設法，要讓它不得安生。」對殺滅蟑螂的決絕，與例（1）「泥坯」之比可以對照起來看。之所以成「泥坯」是因為痛苦和仇恨太深，也就因此才有了殺滅蟑螂的盼望與興奮，並有了獲勝後的反常舉動：「但敗下來的不僅是朱紅果，還有九月返青的蘇漁樵。要破碎的已經破碎，鄭袖再也沒有心力建設什麼──本來也不打算建設的，要的就是破碎。破碎朱紅果和蘇漁樵，也破碎自己。珠圓玉潤的樣子硌得她生疼，她早已習慣於粉身碎骨。」顛覆後的「泥坯」、「蟑螂」等詞互為語境，相輔相成，塑造了鄭袖這樣一個內心豐富複雜的女性形象。

　　語詞的顛覆義有時在同一語境中呈現出不止一種的意義，增添了語詞的表現力。如：

　　　　她現在才明白過來，男人可以先要江山再要美人，或者東邊我的美人西邊黃河流。而女人卻不行的，女人的事業再飛沙走石，在別人眼裡，也是海市蜃樓，繁華是假繁華，熱鬧是假熱鬧。女人一老，江山彈指即破。簫管笙歌戛然而止。滿樹花

朵，委於一地。女人的江山其實是男人。男人才是女人鐵打的
江山。

——阿袁〈老孟的暮春〉

「江山」在此具有兩種被顛覆的意義，前一指「事業」，後一指「男
人」。這兩個意義都是對「江山」基本義的顛覆。通過這些代指，對
男人與女人的區別做了形象說明，將沈單單悔恨的心理表現得豐富
複雜。

　　詞義顛覆後產生的語境意義蘊含，靠語境來表達，也要結合語境
綜合因素來領略。如〈湯梨的革命〉，「革命」在篇名及文本中都產生
了變異，這種變異僅看篇名及「革命」所出現的某個片段是無法領悟
的，如下段對湯梨「革命」的描述：

　　三十六歲的湯梨正在經歷一場革命，一場既激烈又隱秘的革
　　命。隱秘是指它的革命形式，基本上還是地下狀態。也就是
　　說，它是秘蜜進行著的一場革命。就如魚游水裡，就如花開葉
　　下，裡面再水波蕩漾再如火如荼，面上依然是聲色不動的。所
　　以，這樣的革命，湯梨的老公周瑜飛一點也沒察覺。莫說老公
　　沒察覺，甚至湯梨自己，一開始也被蒙在鼓裡。這樣說有些玄
　　了，但革命真是如寄生於湯梨身子裡的種子，它自己生根，自
　　己發芽，自己暗暗地往上生長，也不知道過了多久，等到湯梨
　　有些感覺，它已經長得枝繁葉茂，眼看著就要開花結果了。
　　這有些激烈的意思了，但湯梨不在意。革命只是意識形態的革
　　命，是純粹主觀和抽象的革命，完全還沒有落實到行動上。所
　　以即使再激烈，又如何呢？莫說湯梨不在意，就是周瑜飛，每
　　次聽到湯梨的謬論，也是一笑了之。

僅依靠上段文字,「革命」詞義的顛覆還未能得到詮釋。但依靠整個文本語境,聯繫情節與人物關係來看,「革命」的寓意釋然。它指的是「年輕時的湯梨絕不能對一個年齡比自己小的男人有什麼想法。然而現在,湯梨的觀念發生了顛覆性的變化。」而且由於「女人的青春與美麗,不都是要由男人來旁證嗎」的觀念,三十六歲的已婚的湯梨,對三十二歲的未婚的孫波濤產生了感情,欲背叛丈夫。因此,「革命」是對丈夫的反叛,是對家庭的反叛,也是對湯梨自身的反叛。這個反叛經歷了從萌芽到茁壯成長的過程。開始,湯梨的顧忌在二人的年齡,覺得年齡的差距「意味著湯梨幼稚園快畢業了,而孫波濤才出生;湯梨是中學生了,而孫波濤是小學生;湯梨是大學生了,而孫波濤是中學生。這麼一想,湯梨會覺得有亂倫的感覺,也有老牛吃嫩草的嫌疑。」可是後來湯梨「幾乎沉溺」。「從前湯梨不敢和孫波濤單獨喝茶吃飯的,現在敢了。從前湯梨不敢和孫波濤看電影的,自那次話劇之後,也敢了。」這場「革命」以周瑜飛向湯梨提出離婚為結果。因為在師大傳得「沸沸揚揚」的流言中,「湯梨和孫波濤被杜小棵捉姦在床」成了流言升級第四版的內容。被顛覆的詞語的語義在上下文中得到詮釋,這種詮釋,有時需要語境因素的層層類推,如:

> 齊魯父母魚與熊掌兼得的願望落了空。父親要的魚她是抓住了,但母親要的熊掌她連一個手指頭也沒碰著。
>
> ——阿袁〈魚腸劍〉

「父親要的魚」和「母親要的熊掌」是由上文「魚與熊掌兼得」而來,但其具體內涵卻得聯繫更大的語境。從文本中齊魯父母對其悉心培養可知,「魚」指的是學業,齊魯的讀博證明瞭「魚」的「抓住」。「熊掌」指的是愛情、家庭,這方面齊魯始終無所獲。語境詮釋了具體的詞義內涵。

　　稱呼語體現了人物關係，在特定語境中有時尋常稱呼語卻帶有某種深意，這也突破了稱呼語單純表稱呼的意義。如：

　　（1）所以忍不住又去逗陳安，說，哦，她又來勾引我老公了？陳安板了臉，說，俞老師，你正經一點好不好？這是陳安要生氣了，陳安對俞麗的稱呼和情緒是蜜切相關的，高興時叫魚兒，生氣時叫俞老師，一般狀況下是俞麗。所以，陳安一叫俞老師，就等於拉起了警報，這時俞麗就該躲進防空洞了。

　　　　　　　　　　　　　　　　　　——阿袁〈俞麗的江山〉

　　（2）只是一時沒有了再接再厲的合適藉口。沈杲的父親和沈杲的老師現在只能圍著沈杲做文章。

　　（3）鄭袖說，辭家幹什麼？你後媽不是對你挺好嗎？這是鄭袖的惡毒了。鄭袖其實知道後媽兩個字是沈杲的傷痛，但她依然故意去戳它。葉青不是要粉飾太平嗎？不是要沈杲「直把杭州當汴州」嗎？鄭袖偏不讓她得逞！她就是要讓沈杲知道，杭州再繁華似錦，再紙醉金迷，也還是杭州，不是汴州。

　　　　　　　　　　　　　　　　　　——阿袁〈鄭袖的梨園〉

例（1）陳安對妻子的稱呼是隨著情感而變化的，「俞老師」這一師生、同事間的稱呼，由丈夫口中稱呼是不正常的。本不帶有情感色彩，在此卻帶有稱呼者不滿的情緒。例（2）以「沈杲的父親和沈杲的老師」代稱沈俞與鄭袖，既體現了二人身分，又體現了二人借沈杲來穿線搭橋的意圖。例（3）「後媽」本是沈杲對葉青的稱呼，但此處卻帶上了鄭袖的惡意，鄭袖的別有用心。這些稱呼語在特定語境中帶有了特定的意義、特定的感情色彩。離開這些語境，臨時的意義則消解。

　　語詞表層義和深層義的變異顛覆了語詞能指與所指原有的對應關係，造成了語詞內容與形式之間的語境差。這種語境差是在特定語境中臨時生成的，變異後的語義及所產生的語義效果，依託語境而生存，而呈現。

五　虛幻與現實交織的語境差

　　在現實基礎上加上聯想想像，造成虛幻的小說語境，也是阿袁藝術構思的產物。在虛幻與現實交織中，往往違背了客觀現實、違背了邏輯原理。但也正因為此，充滿了諧趣、充滿了魅力。

　　虛幻與現實交織的語境，允許任何不合理的存在，它不受時、地、人的限制，突破時空，突破人際關係，以言說為規矩，製造虛幻空間、虛幻人物、虛幻交際。如：

> 雖然多數時候湯梨不過是跑到了樓下陳青家。陳青家當然不是湯梨的長安街，可比起自己家裡，也聊勝於無了。況且言談中的陳青很有陽羨書生的無中生有的本事，一吞一吐之間，故事中的男男女女就擠滿了陳青家七十幾平米的房子。兩個女人的約會，終是有些冷清的。有了男人的在場——即使是虛擬的在場，那氣氛就有些不一樣了。陳青最喜歡說的，是她經歷過或正在經歷著的男人們。陳青所有的私情，都是不瞞湯梨的，包括細節，幾乎是工筆劃一樣的描繪。每次陳青說得人面桃花，湯梨亦聽得人面桃花。
>
> ——阿袁〈湯梨的革命〉

陳青故事中的人物參與了現實中的人物交際，雖然故事中人物的交際亦非現實場景，但它畢竟是作者創作中的現實世界，本因遵循客觀現

實規律。但此處卻將「故事中的男男女女」從口頭言談移植到現實空間，形成「虛擬的在場」，「擠滿了陳青家七十幾平米的房子」淡化了「虛擬」，突出了「在場」，將陳青的繪聲繪色、形神畢肖的描繪展現出來。

　　虛擬世界可以打破自然一切規律的限制，在程度上也可不受約束，因此，誇張成了虛擬的手法之一。它將事物往不合乎原有情景或邏輯推理方面極度拉升。如：

　　（1）齊魯打小就是個很有想像力的女性，而多年的單身生活，又把她這種能力鍛鍊得更加出神入化登峰造極。一粒沙，她能造出一個世界；一片樹葉，她能繁衍出一個森林公園。她能從現在想到未來，能從未來，想到未來的未來。

　　　　　　　　　　　　　　　　　　——阿袁〈湯梨的革命〉

　　（2）要說嚴肅，誰能比她讀研究生時的導師蘇漁樵嚴肅呢？那真是一個冰凍三尺的男人。即使是對了系裡最漂亮的美眉，他也能擺出一張西伯利亞的冷臉來。

　　　　　　　　　　　　　　　　　　——阿袁〈鄭袖的梨園〉

例（1）極言齊魯想像力的豐富，為其設置了兩個虛幻的世界，即「一粒沙」造出的「世界」，和「一片樹葉」「繁衍出」的「森林公園」。造與被造，繁衍與被繁衍之間具有極大的誇張度。與其說這是齊魯的想像力，不如說是作者的想像力，為渲染人物的想像力創造了極言的虛幻世界。例（2）「冰凍三尺」、「西伯利亞的冷臉」形容蘇漁樵的嚴肅，也帶有極度的誇張。渲染其嚴肅，是為了鄭袖對其勾引的難度做鋪墊，也說明鄭袖一舉「攻克」的巨大魅力。誇張源自現實卻超越了現實，因此在誇張製造的虛幻世界中無需去尋找邏輯的合理

性，而是要透過誇張，領略作者的意圖。再如：

> 四十年哪！整整四十年她和男人一樣刀光劍影戎馬倥傯，到處
> 攻城掠地，而別的女人，卻翹著蘭花指，四兩撥千斤，只回眸
> 那麼一笑，人家就傾國傾城了。
>
> ——阿袁〈老孟的暮春〉

四十歲的女博沈單單，怎麼可能四十年「和男人一樣刀光劍影戎馬倥
傯，到處攻城掠地」，此處是為了與「別的女人」形成對照，形容其
只顧事業，忽略愛情，人到中年的後悔，年齡與行為的不符也就得到
了合理詮釋。

　　虛幻世界是基於現實世界的產物，人物在現實世界中的聯想想像
也可能構成虛幻世界。這一虛幻世界，也許與現實世界情境相符，也
許不符。不管哪種情景，都是人物心理空間的產物。如：

> 憂傷再一次席捲而來。老孟要走，要去為楊白燒魚頭湯。俞麗
> 想，朱小七這個時候會怎麼做呢？或許會耍賴，說，我不讓你
> 走；或許什麼也不說，只是緊緊地抱住陳安，然後哭得梨花帶
> 雨。如果這樣，老孟一定會留下來吧？但有些東西是天生的，
> 俞麗到底做不來，也不想做，她把老孟的東西一樣樣地遞給
> 他，然後催他快走。
>
> ——阿袁〈俞麗的江山〉

二人約會時，老孟被妻子楊白電話召回，要去市場買魚做魚湯。俞麗
此時的心理空間出現的是丈夫陳安與情人朱小七的情景，將自己與老
孟轉換成了陳安與朱小七，人物與時空實際上都被置換。因此，俞麗
的想法是虛擬的。巧妙的是，這一虛擬情景隨後的假設推理又轉換成

了自己與老孟。可見，幻想朱小七會怎麼做，實際上是想解答自己該怎麼做。同時，也隱含著自己與老孟的出軌是對丈夫的報復，是遭冷落後的另尋寄託。現實中呈現的虛幻情景實際上是人物心理空間的呈現。

　　虛幻與現實這一對立在阿袁筆下相互交錯，以對立狀態製造語境間的不平衡，又以交錯後具有的內在和諧體現新的平衡，從而實現作者的審美意圖。

第五章
話語系統騷動中的語境差

　　小說話語由各語言要素和非語言要素綜合構成。特定的語言系統有著特定的約定俗成的規律，語言系統中的語音、語義、語法三要素組成了語言的下位子系統，也具有自身的系統規律。從語言系統考察，顛覆中的小說語境是對語言系統中相關規則的解構。它以獨具個性的方式，解構了原有規律。這種解構是臨時的、個性的，雖然並不因此改變語言系統的規律，但它足夠的衝擊波撞擊著語言系統規律，引發語言系統強烈的「震感」。

　　當代小說話語以其「騷動」構成了與日常言語不同的特徵。南帆對此評價道：「文學話語時常成為某種新的語言潮汐的前鋒。前鋒的性質致使文學可能屢屢出現劇烈的語言騷動。」[1]他援引馬・布雷德伯里和詹・麥克法蘭所形容的文學中出現的「語言騷動」：「人們可以設想有一種爆炸性的融合，它破壞了有條理的思想，顛覆了語言體系，破壞了形式語法，切斷了詞與詞之間、詞與事物之間的傳統聯繫，確立了省略和排比力量，隨之也帶來了這項任務：用艾略特的話來說，創造新的並列，新的整體；或者用霍夫曼斯塔爾的話來說，『從人、獸、夢、物』中創造出無數新的關係。」[2]這種「騷動」帶來了文學語言舊秩序的破壞，新秩序的誕生。南帆稱這是作家在「騷動」中有意識有目的行為：「作家是這樣一批人：他們潛心於語言的海洋，時刻監測著語言的動向，進而製造出各種語言事變。」他們意識到了「語言危機將使語言在現實之中失去效力」，於是「迫不及待

1　南帆：《文學的維度》（上海市：上海三聯書店，1998年），頁26。

2　同前註，頁27。

地通過文學提出一套對抗性的文學話語。這是它們重振語言的重要策略。不論這種文學話語高貴典雅還是粗野俚語，抑或具有巴赫金所讚賞的狂歡式風格，它們都將包含一種超凡脫俗的生氣，包含了對僵硬語言時尚的策反。」[3]由此可見，語言在文學話語中所產生的「騷動」是作家作為一種藝術策略的言語行為。這種行為以它對語言「大地」面貌的局部性破壞造成語言「震後」的新景觀，以對原有自然景象破壞所構成的奇觀異景吸引著瀏覽者的目光。小說話語的「騷動」使語言脫離了語言系統的軌道，而沿著自我的運行軌道前行；使這一現象成為不同作家、不同作品中可能是獨一無二的「出軌」表現，從而體現出其獨具魅力的個性。在對語言系統原有規則顛覆的基礎上，重新建構了富具審美底蘊的內在規則。

　　「語言騷動」是語言符號在組合中顯現出來的，它以戲謔的風格顛覆了語言規則，體現出一種語言的嬉戲。「語言騷動」是語言符號進入小說語境的產物，語境是其生成的土壤，也是讀者感悟「騷動」所產生的語言魅力之依託。我們將「語言騷動」放置於特定語境中加以考察，感受其奇異狀態與藝術魅力。

第一節　戲謔中的符號變異組合

　　美國語言學家薩丕爾曾將語言稱之為「我們所知的最碩大、最廣博的藝術，是世世代代無意識地創造出來的、無名氏的作品，像山嶽一樣偉大。」[4]作為「作品」的語言自然打上了不同語言創造者的印記，具有不同的語言特色。「每一種語言本身都是一種集體的表達藝術。其中隱藏著一些審美因素——語音的、節奏的、象徵、形態——

3　南帆：《文學的維度》（上海市：上海三聯書店，1998年），頁27。
4　〔美〕愛德華・薩丕爾著，陸卓元譯：《語言論》（北京市：商務印書館，1985年），頁197。

是不能和任何別的語言全部共有的……藝術家必須利用自己本土語言的美的資源。」[5]小說家作為調配語言的藝術家，在利用漢語語言優勢基礎上對語言進行加工改造及至變形，打造個性化的語言特色，個性化的群體匯集造就了「語言騷動」的格局。

　　馮廣義曾將「虛擬律」作為語境適應的規律之一。他說：「出於表達的需要，在一定語境中言語表達者採用貌似虛空，而具有實在語義內容的表達方式，這便形成了虛擬。」[6]作家調配下的語言出現了千姿百態的「虛擬」狀態，這些虛擬，打破了語言常態，打破了邏輯規律，違背了語言原有生存狀態的真實性，造成了「語言騷動」，但是又與作者所要體現的特定語義內容相適應。宗廷虎曾在〈修辭研究必須注意題旨〉一文中，針對當時修辭學界在語境研究中忽略題旨的現象，提出「加強對題旨的認識，對修辭研究至關重要」[7]的思想。他認為情境固然重要，但「適應情境並不是最終目的。它的總目標，還是要為更好地表達這篇文章或這場談話的『主旨』服務。」因此，「修辭在適應題旨時，自然也要考慮適應情境，但是適應題旨這條紅線，更是寫說時必須時時刻刻牢記心間的。」[8]由此可見，「語言騷動」不是單純的語言遊戲，而是為了適應特定的表達主旨，以一種變異的形態更具藝術性地體現主旨。

一　語音視角下的變異組合

　　語音系統有著其內在規律，對文學言語而言，這種規律體現在進

5　〔美〕愛德華・薩丕爾著，陸卓元譯：《語言論》（北京市：商務印書館，1985年），頁201-202。

6　馮廣藝：《語境適應論》（武漢市：湖北教育出版社，1999年），頁201。

7　宗廷虎：〈修辭研究必須注意題旨〉，《宗廷虎修辭論集》（長春市：吉林教育出版社，2003年），頁160。

8　同前註，頁159。

入特定語境中的語音形式合規中矩。然而，這種規矩在小說語言中卻有可能被打破，語音變異製造了語音形式在特定語境中對規律的背離，以被顛覆的語音形態參與了小說話語的「騷動」。雖然語音變異在「騷動」中的「聲響」未必巨大，但足以以陌生化的效果吸引人們的眼球。

停頓是語言在組合中的語調要求，要根據語言結構、語義進行停頓。停頓在書面上表現為標點符號，文學話語中的無標點文字便造成了對語音停頓的變異，創造了超越語音規律的語境。如：

> （1）我們並肩走著秋雨稍歇和前一陣雨像隔了多年時光我們走在雨和雨的間歇裡肩頭清晰地靠在一起卻沒有一句要說的話我們剛從屋子裡出來所以沒有一句要說的話這是長久生活在一起造成的滴水的聲音像折下一支細枝條父親和我都懷著難言的恩情安詳地走著。

> （2）最後我痛哭失聲，我把紅墨水拚命地往紙上抹，抹得那首詩無法再辨別字跡。我記得最先的幾句寫得異常艱難：
> 我的楓楊樹老家沉沒多年我們逃亡到此便是流浪的黑魚回歸的路途永遠迷失。
>
> ——蘇童〈1934年的逃亡〉

例（1）是「我」在父親病重之際背對著他的病床給他背誦的「一名陌生的南方詩人」的詩。詩句以無語調停頓形成組合，別具一格地表現了「如歌如泣地感動我」的父子之間平凡而深摯的情感。例（2）是「我」創作的詩句，也是以無語調停頓鏈接造成特殊的抒情情調，表現了對家鄉的複雜情感。無語調停頓的話語中所帶有的情感可能是直露的，也可能是深蘊的，在對事物現象一連串的講述中體現出來，如：

（1）二哥是三哥在人間一睜開眼就朝夕相處的親哥哥。他愛他甚於超過愛自己是因為三哥清楚記得他小時候莽莽撞撞幹的許多壞事都被二哥勇敢地承擔了。

（2）每當在街上他看見男人低三下四地拎一大堆包跟在一個趾高氣揚的女人身後抑或在牆角和樹下什麼的地方看見男人一臉膽怯向女人討好時他都恨不得衝上去將那些男女統統揍上一頓。

——方方〈風景〉

例（1）無語調間歇的敘述中表現三哥對二哥的情感。例（2）是三哥在二哥殉情自殺後對女人產生的逆反情緒，無間隔話語中體現了三哥態度的堅決，這種情感傾向又是因二哥自殺而引起的，也就帶有了對二哥的深摯情感。無語調停頓話語中的情感可能是人物對事物的情感，也可能是敘事者對某事物的情感。如：

七哥成天裡忙忙碌碌。又是開這個會又是起草那個檔又是接待先進典型又是幫助落後青年。

——方方〈風景〉

用無語調間隔形式完成對七哥忙碌狀態的講述，表現了事務的繁雜，也帶有講述者不屑的情感傾向。

語音系統是特定語言系統中的下位分支系統，帶有特有的系統模式。小說話語的「騷動」也帶來了不同語音系統形式上的交融，在某種程度上顛覆原有的系統模式。其中，有漢語共同語語音形式的變異，共同語與方言的交匯，也有漢民族語言與外語的交匯，製造了多語交融的上下文語境。如：

父親每次這麼說都令七哥心如刀絞。七哥不想對父親辯白什麼。他想他對父親的感情僅僅是一個小 chusheng 對老 chusheng 的感情。是父親給了他這條命。而命較之其他的一切顯然重要得多。

——方方〈風景〉

在漢字中穿插拚音，以注音形式取代漢字，造成意音形式與表音形式的交融，形成上下文語言形式的差異。當然，以拚音代漢字，還只是屬於同一語言系統內部的形式變異。在共同語中穿插方言，則是不同語言系統的變異。如：

我被隆重迎回家鄉，參加慶祝儀式，接見各路媒體記者。頭七的日子，家家戶戶張燈結綵，村村落落大擺筵席。地球各個方向的無論誰來了，都可以坐下隨便吃，用的東西也隨便拿。「怎介裡出了個地球代言銀？快告訴鵝們，她小時候都吃滴啥喝滴啥？」望子成龍的父母們眼巴巴望著我姥姥說。我八十多歲的姥姥，淡定、超脫，抿著沒牙的嘴，正色道：「她也就是喝俺們這裡田間西北風長大的。」

——徐坤〈地球好身影〉

這是「我」在選秀中奪得「地球人冠軍」後，家鄉熱鬧非凡的景象。鄉親們對姥姥的問話中帶有鮮明的語音變異色彩，造成濃郁的鄉土氣息。與上下文所描繪的情景相輔相成，荒誕可笑，渲染了選秀這場鬧劇的後續情景：

（1）觀眾們虔誠、迷信，南來北往訪客不斷，七手八腳朝拜不絕，把家裡的蘿蔔葉子樹葉子擼沒了，又把我姥姥家房山頭

的土坯也給挖走了幾塊，搞得房子呼呼往裡透風。豬圈裡的乾糞也被人起走，說是回去做成荷包，給家裡孩子戴上，沾沾我的狗屎運。

（2）我家鄉縣政府早就有了預案，動作非常神速，立刻舉行盛大歡慶儀式，慶賀我們這唐僧故里、豬八戒故鄉又一次有文曲星下凡、五魁首著地！縣裡決定大宴賓客，千里流水席擺上七七四十九天。同時制定一系列計畫，準備投資兩個億打造「地球人高地」和「小鷺鷥故里文化」。

——徐坤〈地球好身影〉

有的方言語詞，在進入小說語境時已具有擴大的用法，進入特定語境其義就不在於體現方言特色，而是體現所要體現的格調意義，如：

登時，歌臺水榭之上，盧溝橋頭沉睡百年的石頭獅子睜開眼來，搖頭擺尾，發出亢奮熱烈的集體歡呼：「嗵！」「哇塞！」「我去！」
盧溝獅子三聲吼，地球也要抖三抖。只聽盧溝橋下人聲鼎沸，「嗵！」「哇塞！」「我去！」的歡呼聲此起彼伏，震天動地，繞樑三日週末無休。

——徐坤〈地球好身影〉

「哇塞」原是流行於臺灣的閩南話粗口，後引申為表示驚訝的感歎詞。在此語境中與「我去！」等詞共同作為選秀節目「神州萬聖節」中參與者的話語，作為對主持人宣布的「神州萬聖節正式成為法定假日！」的反饋語，共同造就了喧囂無稽的鬧劇情景。

　　在小說共同語語境中穿插外語語詞，也造成對單一語言系統的顛覆。如：

> 「唉，什麼時候，能讓我們都 take off clothes 恢復到原生態，痛痛快快做一把人就好了。」博士長歎一聲。
>
> ——徐坤〈白話〉

「take off clothes」取代了漢語「脫」穿插在漢語語境中，造成不同語言系統的交融。對詞義的理解要結合上文語境博士對米蘭‧昆德拉《生命中不能承受之輕》磁帶中湯瑪斯的指令「take off your clothes」的理解，與他人對此讓女人脫衣服的理解不同，博士將其解釋為「脫去你的偽裝」，以此義與「恢復到原生態」組合。外語詞的穿插使用體現了詞義在特定語境中的意義蘊含，是漢語「脫」所無法概括的，並且體現了博士的話語特點。漢語與外語的交融使用還可能出現以漢字音譯的變異，如：

> 「那也不能從恁高的舞臺縫裡給推下去啊！摔完還得鼻青臉腫爬上來，單腿點地一瘸一拐繞場蹦躂，嘴裡唱什麼鳥叔〈江南死大了〉⋯⋯」，「不是『江南死大了』，是〈江南 style〉，」我糾正我娘，「行了，娘。捨不得閨女套不住狼。走旁門左道，就是比正常門路風險高。這您也知道。」
>
> ——徐坤〈地球好身影〉

不具有歌曲與外語背景的「我娘」將「〈江南 style〉」用漢字直譯為「〈江南死大了〉」，既表現了說話者的無知，也表現了選秀鬧劇的荒誕。這樣一個沒有現代歌曲背景的「我娘」，居然能夠通過賄賂，使女兒最終獲得「地球人冠軍」，這不能不說是人類、時代的荒謬。以

漢字直譯外語詞的語音，又帶有諧音性質。諧音也是對語音規則的變異，諧音中往往隱含著對意義的影射。在〈地球好身影〉中「我」因選秀遭受心理壓力，到白谷狗心理診所診療。正想袒露心扉之際，「忽然，我一眼瞥到桌上有本《知陰》雜誌，嘴巴立刻像被封住了。」「知陰」實為「知音」的諧音，又是對「知音」詞義的變異。下文語境提供了其意義解讀：「我早聽說，一些心理醫生是《知陰》的特約撰稿員，他們利用法術把人催眠吐露隱私後，以千字一萬塊的高價賣給雜誌，通常都是女明星黑木耳漂白、修復處女膜，男星斷背變童、強擄灰飛煙滅什麼的噁心事。一旦追究起來，他們還振振有詞，說老祖佛洛伊德鉅著《夢的解析》就這麼幹的，書裡最熠熠生輝的段落就是病例實錄。」看似寫雜誌，實際上一開始就為診所的實質定下了基調。

二　詞語視角的組合變異

詞語有著約定俗成的詞義與詞語形式，但小說話語有時卻顛覆了詞義，解構了詞形，造成變異組合，呈現詞語在特定語段中的語境顛覆。

變異組合的表現之一是原有意義與語境義的顛覆。進入特定語境中的詞語在改變原有詞義的同時，往往擴展了原有詞義。如：

> 即使沒有周瑜飛的時候，湯梨對色，也常常習慣望梅止渴。——梅子在樹上，看看，挺好，真摘下來吃，怕酸牙。尤其這梅子還是別人園子裡的梅子，湯梨就更不敢造次。然而湯梨還是喜歡和那些梅子有些糾纏的。這是湯梨的毛病。相對於路邊無主的梅樹，她更傾向於別人園子裡的梅子。也不是真想吃，她就是喜歡那些梅向她招搖的姿態。她喜歡和那些梅建立

起一種心照不宣的若有若無的關係。也正因為若有若無，她才
能如此安然無恙地享受她的三千寵愛於一身。

——阿袁〈湯梨的革命〉

由「望梅止渴」的形容，引發出「梅子」詞義的變異，使之代指「男
人」，並沿用到後面一系列對其與「梅」之間各種關係的描寫。「梅
子」詞義的擴大顯示了對該詞義的變異，造成了詞義顛覆；又於特定
語境中人物心態的描繪使顛覆趨於表達內容的平衡，從而將湯梨對
男性的態度描繪得有聲有色，有形有態。動詞也可以擴大其使用範
圍，如：

這下可倒好，經他這一布置，筒子樓裡的單身漢們被招到家裡
來的更多了，還有一些已經娶完了媳婦的，也是在家裡過完上
半夜、把自家女人拾掇完畢以後，又在零點鐘聲敲響時準時披
星戴月大老遠的騎車趕往柳鶯他們家裡報到。

——徐坤〈狗日的足球〉

「拾掇」原為整理、修理之義，或在口語中表懲治之義，此處卻用於
夫妻的房事，顛覆了原有的詞義與用法。但卻於詞義顛覆的表象中，
蘊含著與文本整體語境富有情趣的語言表述相平衡的風格上的統一，
體現了審美情趣意義。

有時，原有義與語境顛覆義同處一個語境中，造成詞語在上下文
的語義語境差異。如：

曾經，我是一頭驢。不是動物驢，是人驢——背包野走族。是
頭男驢，不，應該說是頭公驢，如果用民間稱謂，那就是叫
驢。母驢麼，那就是草驢啦。

驢，那時候，這個字真是讓我喜歡。別的不說，先是字形就足
夠傳神：戶外一匹馬。浪漫，詩意，逍遙。在照片裡定格的驢
們看起來確實也很不錯：青山綠水間，峰迴路轉處，穿著衝鋒
衣，背著小帳篷，披星戴月，朝行暮止，櫛風沐雨，踏草拂
花……

　　　　　　　　　　　　　　　　　　──喬葉〈拾夢莊〉

「驢」的原有義與語境顛覆義交錯在文字中，「動物驢」與「人驢」
交織，兩種詞義同時出現，對其詮釋，過渡兩義，使之於顛覆到平衡
的轉換中體現情趣。

　　語境顛覆義可能是對原有詞義的轉移，如上例。也可能是對原義
的擴大、縮小，甚至消解，如：

星星出來了。燦爛的夜空沒能化解這山頭上的靜謐，月光慘然
地灑下它的光，普照著我們這個永遠平和安寧的國土。

　　　　　　　　　　　　　　　　　　──方方〈風景〉

「國土」實為山上的墓地，原有義被縮小其意義所表示的事物容量。
這是作為逝者小八子的表述，又使「國土」被縮小的語義因特定對象
具有了一定的合理性。有的則通過語詞形式的擴展來擴大原有詞義。
如王蒙〈球星奇遇記〉有幾個句子：

（1）再說，他雖然不是球星，卻絕不比球星缺少陽剛之氣陽
剛之器，他對得起她們，而且將永遠記著她們。

（2）特別是金米把會長二字省去，稱他為「恩特副」，這種諧
謔已經侮辱，近乎挑逗挑鬥了。

（3）這些懷才不遇、懷忠不遇、懷春不遇的各族人等邊唱邊哭，邊哭邊唱。在電視大獎賽中，此歌獲金獎。

例（1）由「陽剛之氣」衍生出「陽剛之器」，是利用同音異形，使詞義擴展。當然，這種擴展是利用了原有語詞形式所形成的。恩特並非真正的球星，他要讓自己從精神上承認自己就是球星，給自己找一個冠冕堂皇的理由，說服自己留在球隊。因此，這種詞義的擴展是對恩特自我安慰的阿 Q 精神的一種諷刺。例（2）由「挑逗」衍生出「挑鬥」，表現了恩特對金米諧謔的忍無可忍，最終導致恩特出手「收拾」了金米。這些借助同音擴展的語詞，在改變詞形的同時也擴展了原有語詞的含義，不僅幽默詼諧，而且推動了故事情節的發展。例（3）由「懷才不遇」衍生出「懷忠不遇」、「懷春不遇」，嘲諷「各族人等」毫無情感、裝模作樣的表演，進而諷刺了電視大獎賽事。

　　詞義顛覆是特定語境中的產物，其語境義及生存的依據要依託語境得以實現。如：

　　　　獲得一個當祭品的資格難道是件很容易的事情嗎？林格是通過那麼漫長而痛苦的多姿多彩的費勁搖曳，才總算被那詩神給看中接納了。帶著詩意的信仰和對美的追蹤，她滿懷微笑，大義凜然地一頭跌入愛的陷阱。誰知道前程將會是怎樣呢？萬丈光明抑或是黑咕隆咚，她都得堅韌不拔，一意孤行。
　　　　站著就義從來都是男人們的事情。女人只有倒下以後才能做出英勇犧牲。林格現在就無比幸福地仰倒在詩意的砧板上，讓那一行行長短不齊的詩文在腰下高高地墊著她，準備接受冥想中的那一支如椽巨筆的書寫或點化。

　　　　　　　　　　　　　　　　　　　　——徐坤〈遊行〉

「祭品」、「英勇犧牲」的語境義是因崇拜而向「詩神」程甲獻身，此義在上文語境中得以揭示。上文曾對林格崇拜「詩神」程甲做了描寫，對其努力讓程甲接受作了充滿神聖的描繪：

> 歷史上一場循環往復的人妖獻祭的大型儀禮眼看著就要發生。怪物孫悟空獻給了取經的唐聖僧，童男童女扔到河裡獻給了興風作浪的四小龍，豬頭羊頭和饅頭獻給了如來佛和鐵觀音，可是我拿什麼獻給你呢，我的詩神？
> 只有詩。還有我自身。
> 林格苦苦地思忖著。
> 有誰見過神拒絕過人類的獻祭和犧牲嗎？廟臺上的豬頭羊頭和饅頭最後哪裡去了呢？翻捲咆哮的河水可曾把童男童女送回來了嗎？孫悟空可曾逃得掉緊箍咒的窮折騰？這些供奉從來還不都是在劫難逃一去不回頭？
>
> ──徐坤〈遊行〉

這就是「祭品」、「英勇犧牲」的來源，「英勇犧牲」還依託前面的「就義」而來。這些語境提供了被顛覆的語境義的意義來源，使語詞被顛覆的語義得以詮釋。被顛覆的語義使「獻身」顯得崇高，在一定意義上進一步顛覆了語詞的情感色彩。充滿神聖意味的描述雖然與「獻身」一事不相吻合，卻與林格的天真浪漫、對詩意的追求相吻合，在體現人物特定年齡區間的特有心態上趨於新的平衡，使抒寫文字具有了審美價值。

行業詞語的移用也是詞語變異組合中生成的，將此行業的詞語用於彼處，進行錯位組合。如：

> 就在半夢半醒半死半活之間，盯人已久的這位老同學楊剛便以

高超的過人技巧把她接住，隨後便趁著她的精神不振、後衛防守出現漏洞時強行帶球破門而入，活活地把她的禁區防線給突破了。事後總結經驗時柳鶯深深覺得自己這一局的防守失利太不應該，但是攻進去的球畢竟也是不能夠倒吐出來。兩人在這場你來我往沒頭沒腦的攻防戰事裡欲擒故縱拖泥帶水的盤帶著，都有些互為難肋但同時又慰情聊勝無。就這麼著晃一過三、一退六二五的該射不射該傳不傳，不知不覺，離婚姻的無底球門一天天逼近了。

——徐坤〈狗日的足球〉

在一段短短的文字中用了多個足球術語，將二人關係的升級表現得饒有情趣。這些足球術語用於非足球場合，造成組合變異，情趣就是在詞語與場合的不和諧中體現出來的。當然，這種不和諧中有著和諧的基礎，楊剛是足球迷，柳鶯也將成為球迷，整個文本就是圍繞足球展開的。這就是不平衡語義中平衡的基礎，也是語境差的審美價值體現。文本中有將足球術語用於非足球場合的，也有將日常用語用於足球場合的，如：

也正是從此開始，她知道了在足球場上，諸如給人腳底下使絆兒這類動作可以冠冕堂皇的稱之為「鏟」。下絆兒正式叫作「鏟」。一切歹毒的粗野在足球場上都被賦予了堂而皇之的命名。

——徐坤〈狗日的足球〉

將日常用語「鏟」用於足球用語，改變了「鏟」原有的詞義。將行業詞語移用往往使語言帶有了詼諧調侃的意味，王朔筆下多有此用，如：

（1）語言嘛，約定俗成，有習慣用法這一說，都別太軸了。

像「大腕」、「頑主」都換為原字「大萬」、「玩主」也不見得就好，讀時嘴裡也要換一下頻道。

（2）夜晚的到來首先是從一些黑色的暗影在天花板上聚集起來開始的。我童年一直以為：夜晚不是光線的消失，而是大量有質量的黑顏色的入侵，如同墨汁灌進瓶子。這些黑顏色有穿牆本領，尤其能夠輕易穿透薄薄的玻璃，當它們成群結隊，越進越多，白天就失守了。

——王朔〈看上去很美〉

例（1）「換頻道」本是廣播音響的術語，此處卻用在不同語詞形式在口頭的轉換，也便改變了其使用場合。卻於改變場合的不平衡中體現出調侃語氣。例（2）「入侵」、「失守」原為軍事術語，此處卻用於白天與黑夜的交替，改變語詞用途的同時改變了事物原有的形態，使無形的自然景色具有了形態，具有了動態。

將政治或學科的術語用於日常生活語境，也造成詞語的變異，如：

（1）幾枚信號彈打向夜空，劃出流星一樣的沒毛尾巴。大幕開啟，群雄登場。只聽「豈不隆咚鏘」、「豈不隆咚鏘」，「嗚哇喤」、「嗚哇喤」，「叮噹」、「叮噹」，鞭炮聲聲，鼓樂齊鳴。所有的牛頭馬面魑魅魍魎，所有的大小閻羅黑白無常，所有的玉皇大帝太上老君哪吒三太子托塔李天王，所有的牛魔王白骨精唐僧悟空沙和尚，所有的關帝廟財神爺送子觀音二郎神，所有的吉祥天女婆羅王迦葉阿難閻羅梵天護法金剛……所有的天公地母文化公知藝術面首電視主播大嘴叉，你們都來吧都來吧！讓我來編制你們，用青春的金錢，和幸福的寬頻瓔珞，轉企改制你們！

——徐坤〈地球好身影〉

（2）她想他本該用他散文鬆鬆垮垮的經線，和夸夸其談的緯線，來編織出邏輯嚴謹推理縝密的一齣齣謊言，諸如他對她的愛情海枯石爛永不變，諸如讓他們結婚吧，他會永遠守護她們母子平安到永遠。最次也該是：他真恨不能代她去上手術臺，讓一切過失都由他來承擔。事實上他心裡也應很明白，依照林格的脾氣和能力，是不會給他添太多的麻煩出來的。

——徐坤〈遊行〉

例（1）「編制」、「轉企改制」原為社會政治話語，在此卻與前面對「節」中群魔亂舞景象的描繪相組合，用於娛樂，無論在內容還是風格上都形成了極大反差，形成語言大雜燴。以語言現象印證所反映現象的荒誕，語詞與現象間的不平衡增添了荒誕色彩，也增添了嘲諷意味。例（2）是林格拿著懷孕報告面對黑戊時對其反應的設想。原本用於地理學科的「經線」、「緯線」在此成了對黑戊語言風格的形容，與「編織」相組合。雖然對黑戊的反應已有「謊言」之類的猜想，但黑戊的反應還是與所設想的「最次」的情景相違背，「可是站在她面前的這個男人為什麼這麼虛弱啊？他面色蒼白完全脫去了熠熠生輝的黑馬形態，有些猶疑，有些無奈，有些心神不定，有些自怨自艾，眼神半晌不離開那化驗單，竟然不敢抬起頭來用目光跟她對視幾眼。他的噪音喑啞了嗎？他的喉頭阻塞了嗎？他平時的那些真情話語都是無聊之際用來插科打諢的嗎？」這些描寫與前面的「經線」、「緯線」形成了對照，黑戊在此事件中的態度讓林格感到「終結的時候到了」，「一次赴湯蹈火鳳凰涅槃的生命體驗馬上就會有個完結了。」學科術語與描述事件的不平衡，因黑戊語言的風格，也因林格對其的認識而達成一定的平衡，並因其形象性、調侃性而獲得了審美價值。還有給非學科現象以學科定位，也是對學科詞語的變異組合，如：

她們才不相信這個老才子真的沒有色念了，搞文學的男人骨子裡不都是風流的麼？就像貓愛吃魚，就像蝶愛採花，是本性的東西，變不了的。而且不風流的男人怎麼可能把那些明清的情歌講得那麼齒頰生香呢？那麼纏綿深情呢？這樣深情的男人，這樣博學的男人，就應該有一個像她們那樣如花年齡如花容顏的女子，在身邊襯著，紅袖添香夜讀書，才有美學的意義，如果成天只是那個在圖書館的老女人，不煞風景麼？也暴殄天物。所以，美眉們前仆後繼，屢敗屢戰，她們總相信自己會是那個打開楊師母圍城的女人。可這些女生到底一廂情願了，楊教授就像一尾永遠不咬餌的橡皮魚兒。

——阿袁〈俞麗的江山〉

「美學」是一個學科概念，其意義與此處美女相伴的字面意義原是不相搭界的，大詞小用，便於不平衡中顯示了語詞的美學信息。

漢語詞彙的豐富為同義表達形式提供了廣闊的選擇空間，根據語境所需，選擇詞語成了作家的筆力所致。如：

被褥上都繡著作者的名字，想賴也賴不掉。我夜裡睡不好，早晨總比別人遲醒片刻，經常還沒睜眼耳邊便聽到自己的大名在滿室傳育。等我糊裡糊塗坐起來，看到的是小朋友們一張張祝賀的笑臉。別人是三天打魚兩天曬網，有收工的時候。我是夜夜出海，天天上榜，沒一次落空兒的。

——王朔〈看上去很美〉

「我」在保育院中享有「尿床大王」的名聲，將每日尿床以「夜夜出海，天天上榜」之說同義表達，並與前面對別人的「三天打魚兩天曬網」的描述相對應，雖然換用的同義與「尿床」語義並不對等，但正

因不對等的差異將尿床表現得有趣詼諧。

　　詞語形式的解構也是詞語變異組合的表現之一，它顛覆了原來約定俗成的詞語形式。如：

　　（1）馬拉多納。馬拉多納。還真就是馬拉多納把她給啟了足球蒙了。

　　（2）柳鶯糊塗了，一時想不明白，也更加判斷不清她和邵麗這類女人看足球究竟是純審美的，還是男神崇拜型的，是女人「尋找」男人的努力呢，還是試圖「加入」男性群體的努力。反正不管怎麼說吧，也不管他們「足」的究竟是一個什麼「球」，總而言之，她是徹底喜歡上踢足球的馬拉多納了，從足球而喜歡上馬拉多納，又從馬拉多納而進入足球。

　　　　　　　　　　　　　　　——徐坤〈狗日的足球〉

例（1）將「啟蒙」拆開，插入「足球」，違反了「啟蒙」作為不能離合的複合詞的規則，但卻富有情趣地表現了馬拉多納與柳鶯喜歡上足球之間的關係。如果說「啟蒙」被拆雖然違反了詞語原有形式，但其動詞的語法意義猶存的話，那麼例（2）將「足球」拆開，則在顛覆詞語形式的同時也改變了詞性，將名詞用作了動詞。語言的情趣就在被顛覆了的語詞形式與語境的關聯中表現出來。

　　語詞形式及內涵的變異，有時得聯繫文本之外的語境來領會。如：

　　全都亂了，全都忘了，全都顧不上了，除了權和線，線和權，奪，反奪，反反奪，反反反奪和最最最最最以外，誰能顧得上別個事情呢？誰能顧得上一匹馬和它的鞍子呢？難道這個鞍子壞了會影響權和線嗎？難道死一匹馬有什麼值得大驚小怪的

　　嗎？何況灰雜馬並沒有死，它活著呢！

──王蒙〈雜色〉

「奪，反奪，反反奪，反反反奪和最最最最最」以詞語重疊的形式造成贅餘，它們與前面的「權和線，線和權」以單詞與單詞的無意義關聯組合表示的意義內涵，要聯繫詞語所處的時代背景來看。這是「文革」的「革命」話語標誌，是「文革」「文攻武衛」，極端激進行為在語言上的映照。特定的時代語境造就了特殊的語詞組合，特殊的語詞組合中蘊含的意義也需聯繫特定的時代背景來解讀。這些特殊組合與「文革」特定時空背景相吻合，相平衡，體現了時代話語特色。

三　語法視角的變異組合

　　語法是維繫語言系統秩序的形式規則，是人們在長期語言使用中所形成的一種慣性，自然也就成了「語言騷動」所顛覆的對象。作家打破了語法慣性，進行符號的重新組合。這種組合因對規律的顛覆而以「陌生化」特徵吸引人們的眼球。南帆在闡述形式主義學派的核心概念「陌生化」時說：在「人們所有的感覺都因為不斷重複而機械化、自動化了的時候」，「文學話語的重要職責即是通過語言重新製造陌生的效果，阻止人們的感覺繼續在日常用語之中沉睡。現實必須在文學的描繪之中重新陌生起來。文學的意義在就在於創造性地打斷習以為常的標準，從而讓人們在驚訝之中重新使用眼睛，重新見識一個嶄新的世界。」[9]作家以陌生化理念對詞法、句法規則進行顛覆，對語法組合功能與句法功能進行顛覆，重新建構了一個小說話語語法體系。這個語法體系不像語法系統那樣，可以概括出語法規則，但它卻

9　南帆：《文學的維度》（上海市：上海三聯書店，1998年），頁34。

可以顯示出其合乎審美體驗的規律。這種規律不是顯性的，而是隱性的、內蘊的，以審美為其內在規則。

　　對詞法規則的顛覆是語法變異組合的表現之一。詞語具有其語義與詞性的規則，文學話語則使進入組合中的詞語產生變異。這種變異可以是對詞義的顛覆，也可以是對詞性的顛覆。如：

> （齊魯）她多喝了兩杯酒，他起身送她。她身子一斜，就倒在了孫波濤的懷抱裡。她其實不想那麼做的，但她的身體或許想了，竟然自作主張地私奔了眼前的這個英俊男人。
>
> ——阿袁〈湯梨的革命〉

「私奔」原應是意識與行為結合的產物，此處卻產生了「意識」與「身體」的分離，將其轉換為「身體」所為，不合常規的語法關係組合顛覆了應有的主謂關係，卻因特定描寫對象達到了另一層面的平衡，將齊魯的醉態及內蘊的情感傾向表現得富有情趣。

　　對詞性的變異是也對詞法規則的顛覆，如：

> 年華已經蹉跎到四十多了——先是被學業蹉跎，後來又被周文蹉跎。等到覺悟過來，天色都暗了，蒼茫暮色中，有萬家燈火，可沒有一盞是她的。
>
> ——阿袁〈老孟的暮春〉

「蹉跎」出現在應使用及物動詞的被字句中，是不及物動詞用作及物動詞，顛覆了語詞應有的組合關係，卻將女博士沈單單年華飛逝的被動、遺憾和感慨表現得淋漓盡致。

　　句法關係的顛覆也是語法變異組合的表現之一。語法成分之間的關係是語法結構規則的體現，小說話語卻讓結構組合關係產生變異，

造成各種原有搭配關係的顛覆。如主謂搭配錯位的：

（1）他滿嘴香膩滑黏甜酸苦辣鹹，心裡百感交集，肉體的眼光在裊裊的香霧中漂游，懸在空中的意識之眼，卻看到那各種顏色、各種形狀的氣味分子，在有限的空間裡無限運動，混濁成一個與餐廳空間同樣形狀的立體，當然有一些不可避免地附著在壁紙上，附著在窗簾布上，附著在沙發套上，附著在燈具上，附著在紅色姑娘們的睫毛上，附著在黨委書記和礦長油光如鑒的額頭上，附著在那一道道本來沒有形狀現在卻有了形狀的彎彎曲曲搖搖擺擺的光線上……

———莫言〈酒國〉

（2）那種尖厲的聲音，在眾聲合鳴之中顯得分外纖弱，又分外堅強。她只能用這種纖弱的堅強，把自己嬌柔的視聽遮蓋、掩埋住，把自己無端受損的性別刻意修復。「嗚嗚哇——」犀利的長嚎，吹得競技場上狂歡停止了，饗宴的饕餮曲終人散。她枯坐那裡，還在吹，不停的吹，訴著她孤獨的忿悶。她感到自己的反抗力量正一點點被耗盡，被廣大的、虛無的男權鐵壁消耗怠盡。在尖厲的號聲中她聽到自己的嗓音斷碎了，皮膚斷碎了，裙子斷碎了，性別斷碎了，一顆優柔善感的心，也最後斷碎了。

———徐坤〈狗日的足球〉

例（1）在上述描繪中，眼光有「肉眼」的與「意識」之分，由「意識之眼」產生的幻象，致使原本不具有形體的「氣味分子」具有了有形的「立體」，產生了「附著」在不同處所的形態。從語法結構關係來看，造成主謂搭配不當。這是省檢察院偵查員丁鈎兒到酒國被灌醉

後的情景描繪，將原本不具有形態的「意識」與「眼」關聯，使「意識」具有了能與「看」相關聯的功能，隨之產生了「氣味分子」的有形化。這些變異變形組合顛覆了語詞原有的組合規律，卻因對醉態的極度描繪而達到新一層面的平衡，將醉態表現得淋漓盡致。例（2）「嗓音」、「皮膚」、「裙子」、「性別」、「心」與「斷碎」搭配，是主謂搭配不當。但聯繫上文語境來看，這是柳鶯在觀看阿根廷隊與國足的賽事時，聽到「整場九十分鐘的比賽裡起哄聲激將聲此起彼伏。髒口，並且是、僅僅是貶損女性的那種髒口如同夏季林子裡的蟬鳴，一棵樹上的知了起了興，即刻就有整座林子裡的上萬隻鳥兒跟著群起響應」，在「鋪天蓋地襲來的謾罵狂潮裡」的孤獨的抗議。作為小說的結尾，它充分表現了柳鶯對馬拉多納的極端崇拜，對中國球迷不雅表現得極度憤慨。被顛覆的語法關係得以重新建構語義的合理性，也得以建構了錯位組合中的美學價值。

　　主謂關係的不相搭配有時關係到結構內部某一分子的不能搭配，如：

> 小時候七哥以為大哥是他的父親，後來才弄清他只是大哥。大哥和父親是兩類完全不同的東西。
>
> ——方方〈風景〉

作為人的「大哥和父親」與「是……東西」之間的不能搭配是主語與謂語中的賓語部分不能搭配，但卻以七哥的眼光將其組合，寫出了二人在七哥心目中的一種特殊的比較。大哥因「不用最刻薄的語言詛咒他」，「不把他當白癡般玩物當一頭要死沒死的癩狗」，而形成了與凶暴的父親對照的物體，不合理的組合得以詮釋。

　　並列關係的顛覆，將不相和諧的事物擺在語言並列的語法狀態下，體現出一種特殊的組合。如：

（1）剩下滿院月光，兩株桂樹，一個蘇師母，在院子裡。

——阿袁〈子在川上〉

（2）拉開燈我看到從門縫裡塞進來的報紙，按照慣例我從最後一版看起：大蒜的新功能粘結玻璃。青工打了人理應受教育。胳膊肘朝裡彎有啥好處。中外釣魚好手爭奪姜太公金像。一婦女小便時排出鑽石。高蜜東北鄉發生蝗災！

——莫言〈紅蝗〉

例（1）「剩下」帶了三個並列的賓語，從其內部結構來看，均為偏正關係，應該是和諧的，但從語義來看，前二寫景物，後一寫人，前後產生語義上的並列不搭。但它把蘇師母在蘇老師責斥下的無奈難堪、孤家寡人的狀態表現了出來。例（2）報紙同一版的標題從內容來看，是相互不搭的，但在陳述的語言結構上卻形成並列關係。不相搭配的語句在報紙版面繁雜內容的體現上得以平衡。當然，這些並列的語句從莫言的表述中是有輕重、有主次的，前面幾個消息是為了鋪墊引出「高蜜東北鄉發生蝗災」的小說表現重點。

偏正關係的顛覆。從語法結構關係來看，偏與正應是修飾限制關係，但此關係有時產生變異。如：

（1）朱小七成心要讓可憐的張成處於忍饑挨餓的非洲狀態之中。

——阿袁〈俞麗的江山〉

（2）他的鋪子做了許多又熱烈又邪門的生意，他的竹器經十八名徒子之手，全都沾上了輝煌的邪氣，在竹器市場上銳不可當。

——蘇童〈1934年的逃亡〉

（3）其實若不是一件偶然的事改變了二哥的命運，二哥是不會同家裡人有什麼質的變化的。那件事的出現使二哥步入一條與家裡所有人全然不同的軌道。二哥愉快地在這軌道上一滴一滴地流盡鮮血而後死去。

　　　　　　　　　　　　　　　　　　　　——方方〈風景〉

例（1）以名詞「非洲」限定「狀態」，形成偏正搭配不當，實際上，這一不當與前面張成「忍饑挨餓」的狀態描寫是相和諧的，都是對語境的顛覆。「忍饑挨餓」並非物質上的，而是精神上的，是朱小七對張成示愛的冷落。因此，以「非洲」狀「狀態」，是為了體現「忍饑挨餓」，體現張成的精神失落。兩個層面的錯位顛覆在朱小七與張成關係上得以平衡的體現，就具有了審美價值。例（2）以「輝煌」形容「邪氣」，偏正結構在詞語的感情色彩方面是不能搭配的，但卻渲染了竹器的神奇。例（3）「愉快」狀「流盡鮮血而後死去」，是狀語與中心語搭配不當，但卻將二哥與心儀的女孩交往過程的愉悅，為其獻身的「愛」之執著描繪出來。

　　中補也是原為兩兩搭配的結構關係，這種關係也可能產生顛覆。如：

（1）更刻薄的是另一句沒有具體出處的評語，說鄭袖的課過於散漫了，散漫得幾近乎水性楊花。

　　　　　　　　　　　　　　　　　　　——阿袁〈鄭袖的梨園〉

（2）柳鶯的心裡狂跳不止，拿著報紙的手無法自制地抖了幾抖。馬拉多納，馬拉多納，哪個馬拉多納？難道真是那個被她崇拜得至高無上、滿腦袋都是羊毛黑捲兒（中間還夾雜著一小撮精心染制的黃毛），小矮個兒，大腳模丫子，每一個腳趾頭

上都長著眼睛，傳球永遠準確到位，中場起動時風馳電掣，帶
球過起人來虎虎生風，從不黏黏糊糊逮機會抽冷子就射的那個
長得捲毛獅子狗似的足球巨星馬拉多納？！

——徐坤〈狗日的足球〉

例（1）以原本形容人的作風品性的「水性楊花」補充形容課的「散
漫」，造成中心語與補語搭配不當。但卻與上文所形容的「鄭袖的課
向來隨興，常常有跑野馬的時候，有時撒開了蹄子，跑到了水草豐
茂、鳥語花香的地方，就迷失了，找不到回去的路。本來是講《詩
經》的，結果，卻講了半天《楚辭》，本來是講李白的，結果又講了
半天杜甫。總是因為某個細節的迷惑，她拐了彎，然後不依不饒地往
前走，直至誤了方向」相照應，達到了新的平衡，極度形容了其上課
「跑野馬」的特點。例（2）「崇拜」與「至高無上」組合，顛覆了中
補關係原有的語義組合，在表現柳鶯極度崇拜的心態上得以平衡，極
言渲染了極致，於變異形態中體現了修辭魅力。

　　語言結構的每一份子都在表意中發揮自己的功能，當用則用，不
當用則省儉。但文學話語有時卻違反了語言經濟適用的原則，以濫
用、冗餘的語言形式渲染內容，也是語法變異組合的表現。如：

（1）陰曆七月十五月圓之夜，無數南瓜裹著僵屍、無數骷髏
披著床罩、無數黑貓巫婆騎著掃帚、無數小孩胡蹦亂跳到人家
門口討要糖果之際、之交、之萬分美妙之時辰，〈地球好身
影〉大型水上實景演出決賽在盧溝橋畔鳴槍開賽啦！
多麼好的城市，牛氣、牛逼、厚道、給面兒！多麼激動人心的
夜晚，秋風習習，水光激灩！風吹起，有時會有露肉的滋味，
但很快就被錢味所掩蓋。

——徐坤〈地球好身影〉

（2）寂靜。發愣。大概有那麼三五秒鐘的沉寂後，看臺上開始騷動，混亂，有一些聲音響動傳出來，不太明晰。然後，氣流漸漸碰撞、攢聚，一浪接一浪，唾液的泡沫舔舐到一起，漸漸無比清晰，無比流暢，無比渾濁，無比俗惡，匯成一句話，匯成那一句話：

傻比爾！

　　　　　　　　　　　　　　　——徐坤〈狗日的足球〉

（3）看門人狗毛一樣粗硬的黑髮直豎起來，他毫無疑問被丁鈎兒的形象給嚇壞了。丁鈎兒看到看門人鼻孔裡的毛，燕尾般剪動。一隻邪惡的黑燕子潛伏在他的頭腔裡，築巢，產卵，孵化。他對準燕子，勾動了扳機。勾動扳機。勾扳機。

　　　　　　　　　　　　　　　　——莫言〈酒國〉

上例顛覆了語言表述的經濟原則，以重複多餘造成變異。例（1）「之際、之交、之萬分美妙之時辰」是多重限定，「牛氣、牛逼、厚道、給面兒」是多重形容，多重造成了冗餘，但卻渲染了亂哄哄的場景。看似褒義形容詞，卻在極度造勢中帶有了嘲諷的意味。例（2）四個「無比」句以褒貶義混搭構成了「傻比爾」出場的氣勢醞釀，渲染與被渲染的詞語看似構成反差，卻與球場的混亂景象相和諧，突出了球場的粗魯、不文明。例（3）以文字遞減形式重複「勾扳機」，造成冗餘，但與丁鈎兒此時出現的感覺幻象卻是相平衡的，別具一格地描繪了他此時的心理狀態。

　　語法視角下的小說話語騷動體現了話語對語法規則的解構，除了上述情況，還有打破語序規則等變異。如莫言〈紅蝗〉：「就在那個被那莫名其妙的摩登女人打了兩個耳光的我的下午，漫長的春天的白晝我下了班太陽還有一竹竿子高。」諸如此類的語序變更打破了語法規

則，卻增添了語法系統的生機活力，在特定的語境中顯示出特有的審美功能。

四　邏輯視角的變異組合

如果說，語法維持著語言的外在規律，邏輯則維持著語言的內在規律。小說話語的騷動自然也涉及了內在規律的顛覆解構。俄國形式主義學派核心人物什克洛夫斯基在分析陌生化文學話語所起的作用時說：「藝術的目的是使你對事物的感覺如同你所見的視象那樣；藝術的手法是事物的陌生化手法，它增加了感受的難度和時延，既然藝術中的領悟過程是以自身為目的的，它就理應延長；藝術是一種體驗事物之創造方式，而被創造物在藝術中已經無足輕重。」[10]邏輯規律的顛覆打破了人們的思維慣性，以對思維方向的悖反產生藝術效果。

人物的行為舉止受到事物常情常理的制約，但小說話語卻可能以違背情理的狀態產生對邏輯的顛覆。如：

> （1）我祖母蔣氏跳上大路，舉起圓鐮跨過一片血泊，追逐殺妻逃去的陳玉金。一條黃泥大道在蔣氏腳下傾覆著下陷著，她怒目圓睜，踉踉蹌蹌跑著，她追殺陳玉金的喊聲其實是屬於我們家的，田裡人聽到的是陳寶年的名字：
>
> 「陳寶年……殺人精……抓住陳寶年……」
>
> 　　　　　　　　　——蘇童〈1934年的逃亡〉

> （2）而哈薩克人又是非常多禮的，只要有一面之交，只要不是十二小時之前互相問過好，那麼，不論是在什麼地方偶然相

---

10 轉引自南帆：《文學的維度》（上海市：上海三聯書店，1998年），頁35。

遇，也要停下馬來，走近，相互屈身，握手，摸臉，摸鬍鬚，
互相問詢對方的身體、工作、家庭、親屬（要一一列舉姓
名）、房舍、草場、直至馬、牛、羊、駱駝和它們下的崽駒，
巨細無遺，不得疏漏。所以曹千里這一段走得很慢，因為這是
一段交通要道，他時時要停下來和沿路相逢的牧民們問安。

　　　　　　　　　　　　　　　　　　　　——王蒙〈雜色〉

　　例（1）蔣氏目睹陳玉金殺妻的情景，她追逐的對象是陳玉金，但喊
出來的卻是「陳寶年」，叫喊的對象產生了錯位，違背了事實邏輯。
但與現實原因結合卻實現了另一層面的平衡。陳玉金背井離鄉，殘殺
阻止的妻子，緣起於陳寶年背井離鄉在城裡發跡的誘惑。蔣氏對丈夫
陳寶年的個人怨恨和造成鄉親大面積離鄉的怨恨交織在一起，使她產
生了發洩對象的變異。不合邏輯的叫喊因特定情景、特定人物關係、
特定事件而得以合乎邏輯關係的解釋。作者將蔣氏對拋家棄子也是鄉
親們鄉村逃亡的罪魁禍首陳寶年憤恨的情感發洩，放置於她的叫喊聲
中，又通過「追殺陳玉金的喊聲」與「田裡人聽到的是『陳寶年』的
名字」構成反差，在一定程度上製造了叫喊對象的模糊性，造成
「叫」與「聽」不對等的邏輯背離，將這一情景描繪得撲朔迷離。例
（2）以「只要不是十二小時之前互相問過好」為再次問好的條件，
有悖常理，將哈薩克人獨有的好客的習俗特點表現得風趣幽默。

　　人物違背常理的舉止往往可以在特定語境中找到其合理的一面，
語境對邏輯背離的詮釋可能形成環環相扣的語境鏈接。蔣氏追殺名字
的變異，源於對家鄉人們逃往城裡的罪魁禍首陳寶年的情感發洩。是
其丈夫陳寶年首先背井離鄉到城裡，打開了鄉親們進城的大門，從此
源源不斷的鄉親沿著黃土大路逃離家園，逃離妻兒，並由此有了陳玉
金追殺妻子逃離的情節。人物話語中的不合邏輯可以由語境各因素的
參與產生合理性，再如：

「猜是誰？」尖聲細氣。小瞎子的眼睛被一雙柔軟的小手捂上了。

——這才多餘呢。蘭秀兒不到十五歲，認真說還是個孩子。

「蘭秀兒！」

「電匣子拿來沒？」

小瞎子掀開衣襟，匣子掛在腰上。「噓——，別在這兒，找個沒人的地方聽去。」

「咋啦？」

「回頭招好些人。」

「咋啦？」

「那麼多人聽，費電。」

——史鐵生〈命若琴弦〉

這是兩個孩子的對話，人多聽電匣子，產生「費電」的後果是不合邏輯的，但它卻因說話者的身分得以平衡。在體現鄉村孩子無知的同時，也體現了童稚的天真可愛。

邏輯推理是邏輯秩序的體現，但小說話語的邏輯推理卻可能出現錯位。如：

（1）俞麗注意到朱小七剛洗了頭，半濕不濕的，軟緞子般地披了一肩。裙子很花，也很短，短到了風一吹，會春光乍洩，風不吹，也會讓男人想像春光乍洩。

——阿袁〈俞麗的江山〉

（2）人，不要妄自尊大，以萬物的靈長自居，人跟狗跟貓跟糞缸裡的蛆蟲跟牆縫裡的臭蟲並沒有本質的區別，人類區別於動物界的最根本的標誌就是：人類虛偽！

——莫言〈紅蝗〉

例（1）「風一吹」與「風不吹」產生的效果是一樣的，雖然前後的「春光乍洩」有所不同，一現實一想像，但還是違反了前後一致的推論原理。通過邏輯推論的背離，將朱小七穿著的暴露展現出來。例（2）將「人」與動物類相提並論，「沒有本質的區別」是一層違理，將「虛偽」作為「人類區別於動物界的最根本的標誌」是又一層違理。雙層違理中蘊含著對人類醜惡面的揭示，對人類的警示。

　　以反義形式構成組合，描寫或說明同一對象，違反了邏輯的矛盾定律，造成對象語境悖離，於背離中體現深層的寓意。如：

（1）我走過去，俯身凝視他。這張死人的臉孔使我看到了另外一個活人的臉孔：他那終於安靜沉寂下來的男性的頭顱，使我看到了另外一個永遠躁動不安的男性的頭顱，這頭顱給我生命以毀滅、以安全以恐懼、以依戀以仇恨……
我終於再也抑制不住，哈哈大笑起來。

　　　　　　　　　　　　　　　——陳染〈巫女與她的夢中之門〉

（2）這樂聲早已不足為奇，那淒涼的鋼琴右手單音總是從她的褲管爬上來，滑過全身，然後那樂聲便走進她的眼中，瀰漫了她的大而濕的雙眼。她的眼睛是一雙充滿矛盾的眼睛，既濕潤得有如一窪濃郁的綠草，又乾枯得像寂寞的路邊一叢荒涼的殘枝，一點即燃。

　　　　　　　　　　　　　——陳染〈與假想心愛者在禁中守望〉

（3）她點點頭：「那個時候，瘋的人恰恰不說瘋話，不瘋的人恰恰在說瘋話。所以，瘋的人其實不瘋，不瘋的人其實瘋了……其實，都瘋了。」

　　　　　　　　　　　　　　　　　　——喬葉〈拾夢莊〉

例（1）「給我生命以毀滅、以安全以恐懼、以依戀以仇恨」是「另外一個永遠躁動不安的男性的頭顱」對於「我」的意義，充滿了矛盾的組合將「我」從類似父親一樣年齡的死者頭顱感受到了父親的矛盾心理描繪出來。這種矛盾是由特定歷史時期父親所帶給「我」的各種記憶而生成的。「文革」這個特定的歷史時期，父親給了「我」交織著「愛」與「恨」的記憶，這種記憶延伸並轉移到了與類似父親一樣年齡的男性的交往中，直至男性死亡。現實中對父親情感的矛盾造成了對立詞語的並置，並詮釋了矛盾並置的合理性。例（2）以兩個喻體分別比喻形容眼睛的「充滿矛盾」，既「濕潤」又「乾枯」是矛盾對立的，此處卻形容同一對象，就帶有了一種複雜性。「充滿矛盾」的眼睛又映射了心靈的矛盾，揭示了人物內心。例（3）是黑衣女人對「文革」的評價，「瘋」與「不瘋」，「說瘋話」與「不說瘋話」之間形成了邏輯錯位，形象說明瞭時代的喪失理智的「瘋狂」特點。這些矛盾語詞以對立體並舉表現了深層的意蘊，在矛盾對立的深層往往蘊含著深刻的哲理。

現實描繪中的不合情理也構成了對事理邏輯的悖反，造成語境顛覆。如：

（1）空氣中瀰漫著河水的腥氣和蝗蟲糞便的腥氣與沼澤地裡湧出來的腥氣，這三種腥氣層次分明、涇渭分明、色彩分明、敵我分明，絕對不會混淆，形成了腥臊的統一世界中三個壁壘分明的陣營。

——莫言〈紅蝗〉

（2）奇怪的是，當那些陳舊之事剛一落到紙頁上，字跡馬上就開始褪色變黃。我想，大概是想像力縮短了這漫長時光的緣故吧。

——陳染〈巫女與她的夢中之門〉

（3）眼下，拿著「馬拉多納來啦」報紙往家趕的柳鶯早已顧
不上想什麼了，從熱辣辣天空中氧分子流動撞擊裡她已隱約體
味到，一場偶像崇拜的狂歡已經迫在眼前。

——徐坤〈狗日的足球〉

例（1）自然界的各種氣體不可能呈現出上文所描繪的「三個壁壘分
明的陣營」，描寫違反了現實情景的客觀邏輯關係，卻營造了一個充
滿奇異色彩的鄉村世界。例（2）「陳舊之事剛一落到紙頁上」與「字
跡馬上就開始褪色變黃」之間缺乏必然的邏輯關係，卻在作者想像力
中得以鏈接。這種鏈接因「陳舊」與「褪色變黃」之間的關聯具有了
合理性，因「想像力」而具有了關聯點。例（3）「氧分子」是無形
的，何謂「流動撞擊」？這一描寫違反了客觀現實現象，卻因柳鶯的
心理因素取得了一定的合理性。違反常理的描寫對象除了景物還可以
是人物，如：

七哥要去北京，而且要堂堂正正坐火車去北京，而且火車要耀
武揚威地從家門口一馳而過，這消息使得全家人都憤怒得想發
瘋。就憑癩狗一樣的七哥，怎麼能成為家裡第一個坐火車遠行
的人呢？七哥到家那晚，父親邊飲酒邊痛罵。七哥默默地爬到
他的領地——床底下，忍著聽所有的一切。

——方方〈風景〉

「七哥要去北京」對這個家庭來說應該是一大喜事，卻使全家人「都
憤怒得想發瘋」，這就違反了人之常情。「全家人」的這一心態不合事
理邏輯，從反面表現出這樣一個被生活重壓下的底層居民的生存狀態
和思維狀態，表現出其親情的匱乏，從而獲得合理的詮釋。
　　現實描繪的不合情理造成語言符號的顛覆，有時是由特定對象的
推論而產生的。如：

> 嗨，小姐你好！一輛自行車倏地剎在我身邊。我瞠目結舌地看
> 著他。我的腦海閃過有關梁山伯的記憶，脫口而出，你是梁山
> 伯！現在輪到他瞠目結舌，他說你怎麼知道我的網名就叫梁山
> 伯？我笑笑，我沒告訴他，我認出他是因為他身上的一股味
> 道。梁山伯身上也有這種味道。現在的人稱之為狐臭，我卻認
> 為這是一種愛情的味道。
>
> ——葉仲健〈尋找梁山伯〉

現實中被稱之為「狐臭」的味道，卻被「我」變異為「愛情的味
道」，這種判斷違背了客觀現實，但卻因「我」——一個精神病患者
的身分而具有了推論的合理性。特定對象的特殊心理也可能構成與事
理邏輯不符的推理。如：

> 很多年過去，許多問題想得骨頭發涼，仍然想不明白。大概是
> 腦子裡問題太多的緣故，有一天，我對著鏡子端詳自己模糊不
> 清的臉頰時，忽然發現我太陽穴下邊的耳朵上，墜著兩隻白光
> 閃閃的「？」造型的奇大無比的耳環，我走路或擺動頸部時，
> 那耳環就影子似的跟著我的腳步叮咚作響，怪聲怪氣，那聲音
> 追命地敲擊在九月的門上。我發誓那耳環不是我或別人戴上去
> 的，它肯定是自己長出來的。
>
> ——陳染〈巫女與她的夢中之門〉

「那耳環不是我或別人戴上去的，它肯定是自己長出來的」，以「發
誓」、「肯定」等字眼表現出推論的絕對性。「耳環」是作者產生的幻
象，這一幻象不是「戴上去」而是「自己長出來的」又是一個幻象。
「耳環」的非現實與「耳環」生成的非現實都是違反了客觀事理，但
卻因耳環「？」造型與「問題太多」之間的關聯帶有了寓意的合理性。

　　違反邏輯因果關係規則，造成原因與結果關係的顛覆也是造成邏輯荒誕的方式，如：

　　（1）七月汗津津的熱風打在她的臉上、後背上，印滿金黃色向日葵小碎花的吊帶裙緊緊貼住了脊樑，沉浸在冥想之中的柳鶯卻渾然不覺，心正拴在充脹的熱氣球上徐徐地往上升騰，帶著莫名其妙的渴望和憧憬，就彷彿馬拉多納不是為了200多萬美元的出場費而來，而是專門衝著他的一個遙遠的不知名的東方女性崇拜者柳鶯而不遠萬里來到中國，並順帶著支持一把中國人民的足球解放事業。

　　　　　　　　　　　　　　　　——徐坤〈狗日的足球〉

　　（2）父親墜入乾草的刹那間血光沖天，瀰漫了楓楊樹鄉村的秋天。他的強勁奔波的啼哭聲震落了陳文治手中的望遠鏡，黑磚樓上隨之出現一陣騷動。望遠鏡的玻璃鏡片碎裂後，陳文治漸漸軟癱在樓頂，他的神情衰弱而絕望，下人趕來扶擁他時發現那白錦緞褲子亮晶晶地濕了一片。

　　　　　　　　　　　　　　　　——蘇童〈1934年的逃亡〉

例（1）形容柳鶯對馬拉多納到來「莫名其妙的渴望和憧憬」，以對原因否定與肯定置換的方式，將馬拉多納來的原因顛倒置換。特別是「順帶著」一詞，顛覆了原因的邏輯輕重，顯得荒誕，但卻突出了柳鶯強烈的主觀情感意象。例（2）渲染父親出生的情境，帶有誇張意味。特別是「啼哭聲」與陳文治手中望遠鏡的「震落」構成了因果關係，從客觀現實來看，這一因果是不成立的，而在此卻構成了因果關係。與前面陳文治在他的黑磚樓上「窺見了蔣氏分娩父親的整個過程」，「陳文治第一次目睹了女人的分娩。蔣氏乾瘦發黑的胴體在誕生

生命的前後變得豐碩美麗，像一株被日光放大的野菊花盡情燃燒」的描寫相照應，不合理的因果關係具有了合理的詮釋。

語境與描寫對象應是相協的，但有時卻出現反差，於反差中體現出邏輯荒謬。如徐坤〈遊行〉中寫林格為了給伊克拉贊助，與酒廠廠長拚酒的情節。拚酒到了決定性的關鍵時刻，「得用什麼信念來把自己幾欲垮掉的神經死死繃緊」，於是出現了這樣的精神支柱：

> 江姐。紅岩。渣滓洞集中營。辣椒水。老虎凳。迷魂場。這一連串的記憶是那麼鮮明奇異地湧進她的腦海裡，激起她渾身一陣興奮的顫抖。那是她小時候所受全部教育中最刻骨銘心的一部分，她那時完全想像不出竹簽子釘進指尖，麻醉劑灌進嗓子眼兒時，英雄們是用怎樣巨大的意志力拚命將牙關死死咬合、才沒把黨和游擊隊的機蜜脫口透出去的。每逢讀到這兒時她都激動得熱淚盈眶，想喊，想叫，想上廁所，噙著淚花兒暗暗發誓，將來她非成為那樣的英雄不可。
>
> 如今這種教育發揮作用了。她帶著滿腔沸騰的酒精，遙想著遠古英雄的歲月，百戰不撓地跟面前的人拚起了精神和神經。
>
> 看看咱們到底誰先迷醉，誰真正能夠戰勝得了誰罷！她咬著牙根，默默地在心底咕咬著。

「江姐。紅岩。渣滓洞集中營。」是革命戰爭年代革命者與敵人鬥爭的典範事例，卻被林格作為以不正當手段尋求贊助的手法，形成二者間的邏輯荒謬。人物要達到的目標與實現目標所依靠的信念之間形成了反差，而這一構成反差的精神支柱竟然幫她「在最後的一又四分之一的杯中酒上」贏了，這就使這一荒謬情節具有了深刻的嘲諷意味。語境的反差有時表現在上下文語境的矛盾之中，如：

當清晨醒來時，我發現自己的頭正俯貼在他乳白色的大睡袍上，那睡袍上印滿一隻隻毒蠍子狀的黑色與赭石色交雜的花葉，刺眼奪目，使我覺得我正枕在一座淒涼荒蕪的墳頭上。那心臟像個激烈的鼓手，即使他在沉睡之中，它仍然在距我的耳朵三寸遠的上方嘭嘭嘭地狂跳著。我用心傾聽了一會兒那胸腔裡滾出的哀鳴般的銅管樂，才發現那嘭嘭嘭的聲音其實是來自窗外，那是九月的晨雨，房門被巨大的雨珠敲擊得顫動不已，門外邊還有病鳥搖撼樹枝的聲音。

　　　　　　　　　　　　——陳染〈巫女與她的夢中之門〉

描述與現實構成了矛盾，上下文前後又形成了矛盾鏈接。「我」的頭所枕靠的「他」此時心臟已停止跳動，何來的「心臟像個激烈的鼓手」。「我」所枕靠的「淒涼荒蕪的墳頭」與「心臟像個激烈的鼓手」構成了視聽差異，「心臟像個激烈的鼓手」又與後面的聲音「其實是來自窗外」的描寫構成了錯覺與真實語境的反差。整個語段的層層反差營造了一個充滿顛覆的語境，將一個離奇詭異色彩的情景世界展現在讀者眼前。

　　語言在時間上的錯位組合也違反了邏輯規律，造成語境的顛覆，如：

（1）陰曆七月十五晚，天風浩蕩的「盧溝曉月」歌臺水榭，將上演〈地球好身影〉電視選秀總決賽，現場還將全球同步直播放送，我就是那個牛鼻閃閃光芒萬丈的決賽冠軍咩！

　　　　　　　　　　　　——徐坤〈地球好身影〉

（2）史局一邊笑一邊有些癲狂地甩著頭吐出一溜兒詞來：「深挖洞，光脊樑，又紅又專的旗手，靈魂深處鬧革命，掀起一月

風暴，上山下鄉，炮打司令部，叫她全國山河一片紅！」餘音未了，一個人接話道：「我文攻武衛，叫你二月逆流，當個白卷先生！」

——喬葉〈拾夢莊〉

例（1）在違反時間規律的同時，也違反了事物前因後果的關聯。兩個「將」顯示的「電視選秀總決賽」是處在未發生的將來時，而「我」是「冠軍」的結果卻超前出現了。聯繫特定語境，我們知道了「冠軍」的內定內幕：「這次她老人家是使了狠銀子的，把祖屋抵押，四處散財，各種臨時抱佛腳，最後通過叔伯二大爺的遠房表弟的堂外甥女婿，搭上一個叫『元芳』的首長大秘，從官道上給製片人放了話，這才內定我為冠軍。」於是，超前的因果關係具有了合理性。「首長大秘」以唐朝著名宰相狄仁傑的得力助手「元芳」命名，也帶有跨越時空的調侃意味。對當代社會的各種「選秀」活動的虛假性作了深刻的嘲諷。例（2）在策劃以「文革」為題材的旅遊活動中，二人操著「文革」話語，造成了與現時代話語的顛覆，卻展現了策劃者們熱衷於「文革」情景再現的醜惡表演，帶有深刻辛辣的嘲諷意味。

五　變異組合中的辭格生成

作為具有強烈修辭效果的手法，辭格是在變異組合語境中生成的。比喻、比擬、借代、誇張、通感、象徵等無不是基於變異基礎上形成的。

無論從數量，使用範圍，下位品種的繁多來看，比喻都可算是超級大格。比喻的本體與喻體之間打破了客觀事物關係、語言規律，在特定語境中構成語詞的臨時變異組合。

從比喻的形式來看，有明喻、暗喻、借喻等；有單用、連用、兼用等。如：

（1）她打開抽屜，翻找那本舊電話簿。所謂「舊」，只是就時間而言，因為她並沒有一本新的電話簿。他離開這座城市後，電話似乎也隨之死去，那一截灰白色的電話線，如同被丟棄路邊的一段壞死的廢腸子。

——陳染〈與假想心愛者在禁中守望〉

（2）我和九月沉浸在一起，互相成為對方的一扇走不通的門。那是一扇永遠無法打開的怪門或死門。我們緊蜜糾纏住無法喘息，不知怎麼辦。

——陳染〈巫女與她的夢中之門〉

（3）三兒說，別看蘇漁樵如今土木形骸，想當年也是朱紅果眼裡的錦繡山河。

——阿袁〈鄭袖的梨園〉

（4）他恍然。餓！餓了！原來已經是餓過了勁了。天早已過午了，冰雹和陣雨使胃不敢貿然發出自己的信號，現在呢，風吹雨淋卻起了促進消化的作用了。他早就總結出來了，只要一進山，一進草原，胃口就奇好，好像取掉了原來堵在胃裡的棉花套子，好像用通條捅透了的火爐子……但是，煤塊呢？

——王蒙〈雜色〉

例（1）是明喻，以「如同」關聯的本體與喻體，在主謂關係上構成原本不能搭配的錯位組合，因其廢棄不用的「死」的相似點而達到新的平衡，使描寫對象具有了形象性。例（2）是暗喻，以「成為」關聯的本體與喻體，也是主謂關係的語義顛覆，卻關聯在「互相走不通」的點上。「九月」與「我」原不能並置溝通，「九月」是陳染筆下

經常出現的重要時間意象，帶有深刻的寓意，將其與「我」並置，並以喻體進一步突出了「九月」與「我」的特殊關係。例（3）是暗喻，兩個喻體「土木形骸」、「錦繡山河」本與蘇漁樵沒有關聯關係，卻在構成對比基礎上與之形成關聯，前後對比突出了蘇漁樵的滄桑變化。例（4）饑餓的胃與「用通條捅透了的火爐子」也在錯位中構成臨時關聯，在明喻後又以借喻形式「煤塊」喻指食物，表現出了饑餓卻沒有糧食的無奈狀態。

　　作家的如椽之筆使喻體呈現出更為複雜的狀態，如：

　　（1）河南棚子蓋起了好些新房子。那些陳舊的板壁屋便如衣衫襤褸的童養媳夾雜在青枝綠葉般的新娘子之間。

　　　　　　　　　　　　　　　　　　　　　　——方方〈風景〉

　　（2）我必須一再地把小瞎子推入我的構想中。他是一個模糊的黑點綴在我們家族伸入城市的枝幹上，使我好奇而又迷惘。

　　　　　　　　　　　　　　　　　　　——蘇童〈1934年的逃亡〉

例（1）形容新舊房子的交雜，以「衣衫襤褸的童養媳」喻「那些陳舊的板壁屋」，另一喻體是「青枝綠葉般的新娘子」，這一本體「新房子」在前一句中出現。這一比喻從整體性來看，也可看作「衣衫襤褸的童養媳夾雜在青枝綠葉般的新娘子之間」，喻舊板壁屋夾雜在新房子中間，充滿了形象感。例（2）以「模糊的黑點」喻「小瞎子」，另一喻體是「我們家族伸入城市的枝幹上」。同上例一樣，也可將「一個模糊的黑點綴在我們家族伸入城市的枝幹上」看作「小瞎子」與「我們家族」的關係。喻體的整體寓意使比喻呈現出複雜的狀態。

　　借喻形式以比喻的內容表現了借代的形式特點，如：

（1）老莊叫莊沛，是中文系最才華橫溢、最風度翩翩的教
授，也是中文系最聲名狼藉的教授——因為和女弟子之間風花
雪月的事情，莊師母曾經幾次大鬧中文系。然而有意思的是，
莊師母越鬧，選修老莊課的女生就越多，去老莊辦公室敲門的
女生也越多。真真野火燒不盡，春風吹又生。且每次再生出的
花草，似乎比以前更葳蕤、更鮮豔。

——阿袁〈湯梨的革命〉

（2）我的腦子裡正在努力掩埋絕望的情緒，不動聲色地把一
切推向一個相反的極端。那個極端在某種意義上是一個未經世
事然而已經破罐破摔了的小女人的刑場，我渴望在那個刑場上
被這男人宰割，被他用匕首戳穿——無論哪一種戳穿。

——陳染〈巫女與她的夢中之門〉

例（1）在「野火燒不盡，春風吹又生」之後直接以「再生出的花
草」取代女生們，因為二者是相似關係，所以是比喻而非借代，但在
取代的形式上，類似於借代。例（2）在前一「極端……是……刑
場」的明喻後，直接以「刑場」代極端的情緒，也是借喻。二例的本
體與喻體在語義上原是不對等的，但在相似點上卻取得了新的平衡，
從而以形象獲得了審美價值。

有多個比喻接連使用，可以是不同本體不同喻體的，也可以是同
一本體不同喻體的，組成連喻或博喻的，如：

（1）父親緊緊扯住余司令的衣角，雙腿快速挪動。奶奶像岸
愈離愈遠，霧像海水愈近愈洶湧，父親抓住余司令，就像抓住
一條船舷。

——莫言〈紅高粱〉

（2）以後在跟詩人們頻繁遭遇的日子裡，林格才知道詩人差不多都配備有這種老式大褲衩，可以不失時機地扯出來掛在樹梢上當旗幟，隨意往哪裡胡亂一招搖，便把一齣齣純美的愛情童話攪得像一塊塊破布似的醜陋無比。

——徐坤〈遊行〉

（3）祖母蔣氏和小女人環子星月輝映養育了我的父親，她們都是我的家史裡浮現的最出色的母親形象。她們或者就是兩塊不同的隕石，在一九三四年碰撞，撞出的幽藍火花就是父親就是我就是我們的兒子孫子。

——蘇童〈1934年的逃亡〉

三例均是不同本喻體運用，構成連喻。不同本喻體、多個喻體之間在語義上原也是處於不平衡狀態，因相似點而產生語義關聯，使不平衡趨於平衡。例（1）三個比喻，各自形容不同的本體。「岸」、「海水」、「船舷」之間有著密切的語義關聯。例（2）是林格在與傾心崇拜的「詩神」程甲交往後感到失落的聯想，雖然「旗幟」與「破布」為兩種事物，但在形體上有著一致性，在上文語境的參與下滲透了人物的價值取向。上文提供了詮釋語境：「她看見詩神正在她多汁多液的搖曳中層層剝落掉自身的面具和鎧甲，逐漸袒露出他生命的本真。西裝褪盡之後，便露出了裡面的老式咔嘰布大褲衩。那大概是革命年代愛情忠貞的遺跡吧？林格的心裡『咯噔』一下子，美感在眼前倏忽即逝了，隨即湧起一股說不上來的惆悵和惋惜。」由此可見，「旗幟」與「一塊塊破布」的不同本體取喻情感是相同的，帶有厭惡的情感取向。例（3）由「隕石碰撞」的喻體，延伸出另一喻體「撞出的幽藍火花」。因此，後一比喻是以本喻體倒置的形式出現的。兩個取喻之間有著語義關聯。

有同一本體不同喻體接連使用構成的博喻，如：

（1）一看到那個爆米花的老頭把攤子扎在了自己的視窗邊，老常就把眉頭擰成了三根刺。在老常眼裡，他這個窗口可不是普通的視窗，是麻六甲海峽，是英吉利海峽，是白令海峽，是直布羅陀海峽。是自家連接外界的一個黃金通道。現在，這個髒兮兮的老頭把爆米花的攤子扎在自己的黃金通道邊兒，雖說還隔著幾米遠，卻也是明擺著會妨礙到自己的生意。

——喬葉〈最後的爆米花〉

（2）晨光已從窗櫺的邊角伸到床上來，他的身軀正向右側臥，左邊的半個臉頰便清晰起來。我發現他的樣子冷靜得瘆人，腦袋歪垂著晃晃蕩蕩掛在脖頸上。我這才猛然感覺到，我挨著他的那一側身體以及拍在他臉上的手指嗖嗖發涼，他活像一只大冰箱，或是一座沉睡多年的紀念碑。

一個念頭從我的腳底疾風似的躥上頭頂，我被這念頭嚇得目瞪口呆，手腳冰涼，血液立刻全部凍結起來。

我霍地翻身下地，赤腳退縮到牆角，遠遠地看他。我不敢拉開窗簾，但我想看見他胸膛上起伏的喘息，睫毛上閃落的顫動。我吃力而驚懼地看，但我什麼都沒看到。他看上去完全變成了這廢棄的尼姑庵裡的那一座停擺鏽死的老鍾。

——陳染〈巫女與她的夢中之門〉

二例均同一本體多個喻體，是博喻，但又有所不同。例（1）連用四個喻體形容同一本體，說明「窗口」在老常心目中的重要地位，突出了「黃金通道」的價值。例（2）「大冰箱」、「沉睡多年的紀念碑」、「停擺鏽死的老鍾」形容已失去生命的「他」，則是間接出現喻體，可看作博喻的間接形式。在這些博喻中，本體與喻體之間的語義原是不平衡的，多個喻體之間也呈現出不同的語義狀態，但其相似點使之

趨於平衡，完成形象的審美塑造。這些比喻依託著上下文語境顯現語義，例（2）中由不同喻體形容已失去生命的「他」，在下文又引申出將「昏暗的房間」比作「一只墓穴」的暗喻，使之構成了「死亡」的整體意象。

　　還有比喻的綜合使用，如連喻接著借喻的。如：

（1）想當年老孟，也是玉樹臨風，當他身著紅色球衣走在幽暗的走廊上時，明豔豔的就如一盞大紅燈籠，簡直晃得女人們睜不開眼。女學生們如一隻隻飛蛾，有事沒事地總圍著這盞燈籠打轉。但如今這盞燈籠也暗了。

　　　　　　　　　　　　　　　　　——阿袁〈老孟的暮春〉

（2）蔣氏乾瘦細長的雙腳釘在一片清冷渾濁的水稻田裡一動不動。那是關於初春和農婦的畫面。蔣氏滿面泥垢，雙顴突出，垂下頭去聽腹中嬰兒的聲音。她覺得自己像一座荒山，被男人砍伐後種上一棵又一棵兒女樹。她聽見嬰兒的聲音彷彿是風吹動她，吹動一座荒山。

　　　　　　　　　　　　　　　　　——蘇童〈1934年的逃亡〉

例（1）對女學生的取喻承接老孟的比喻而來，是連喻。後直接用「這盞燈籠」借喻老孟。例（2）先以「荒山」喻「自己」，後是語義一脈相承的「兒女樹」之喻構成連喻，最後是直接用「荒山」借喻「自己」。比喻的綜合使用中，前後比喻構成了上下文關係，同樣是比喻，又有著形式上的變化。一層顛覆緊隨著又一層顛覆，一層平衡順接著又一層平衡，增強了語境差的層次感，也增強了描寫的形象感。

　　也有比喻與其他辭格兼用或套用，多種辭格同時出現，造成語境的多種顛覆形式，增強了語言形式的豐富性和形象性。如對比與比喻兼用的：

何況齊魯還十分高調。為什麼不呢？她本來就是個高調的人，
喜歡東風夜放花千樹般的燦爛愛情——煙花般綻放在天空讓人
仰望的愛情是多麼美麗呀！可她的愛情呢，這些年來，卻是一
個私生子，像土撥鼠一樣生活在黑暗中。她受夠了那種不能見
天日的委屈。

——阿袁〈湯梨的革命〉

用兩個喻體形容齊魯愛情的兩種風格，前後形成了對比。比喻通過本
喻體的錯位組合給人以形象性。兩喻對比使齊魯的愛情期盼和愛情現
實構成極大反差，這一反差聚焦於同一對象身上，具有了平衡點，形
象地表現出齊魯的愛情悲哀。

　　比喻後的敘述描寫有時使比喻具有順延效果，增強了比喻的真實
感，如：

（1）青年這天和孫麗坤目光相碰了。如同曲折狹窄的山路上
兩對車燈相碰一樣，都預感到有翻下公路和墜入深淵的危險，
但他倆互不相讓，都不熄燈，墜入深淵就墜入深淵。

——嚴歌苓〈白蛇〉

（2）林格張開手掌，凝視著無名指上那枚閃閃發光的戒指，
那是戀愛進行到高潮時黑戈強加給她的。那樣一種黃色，恰如
孫猴子在如來佛手裡翻筋斗時，在佛手指變成的擎天柱旁留下
的「到此一遊」的尿跡。那會兒猴子還得意洋洋，自以為自己
真到了西天了呢。

——徐坤〈遊行〉

在比喻造成本喻體語境顛覆的同時，下文的描述語境又與上文比喻構

成反差，進一步說明或反襯了上文語境。例（1）後面的「熄燈」是承接前面的「曲折狹窄的山路上兩對車燈相碰」而來，使前面的比喻語義延伸。例（2）喻後接著「那會兒猴子還得意洋洋，自以為自己真到了西天了呢」的描寫，使前面的比喻具有了鮮明的情感傾向。

從比喻的內容來看，比喻可以是作者取喻，也可以是人物感覺中的比喻，作為人物心理描寫的組成部分。多種形式使得語境差呈現在不同層面的敘事者之間。如：

（1）我聽說陳記竹器店薈萃了三教九流地痞流氓無賴中的佼佼者，具有同任何天災人禍抗爭的實力。那黑色竹匠聚集到陳寶年麾下，個個思維敏捷身手矯健一如入海蛟龍。陳寶年愛他們愛得要命，他依稀覺得自己拾起一堆骯髒的雜木劈柴，點點火，那火焰就躥起來使他無畏寒冷和寂寞。陳寶年在城裡混到一九三四年已經成為一名手藝精巧處世圓通的業主。

——蘇童〈1934年的逃亡〉

（2）九月的父親（「父親」在此為象徵詞，正像有人稱祖國為母親一樣），在我的冥想中是夏季裡暴君一樣的颱風，專斷地掀倒一切，狂躁無攔；我的父親，一個有著尼采似的羸弱身體與躁動不安的男人，在我母親離開他的那一個濃郁的九月裡的一天，他的一個無與倫比的耳光打在我十六歲的嫩豆芽一般的臉頰上，他把我連根拔起，跌落到兩三米之外的高臺階下邊去。鮮血和無數朵迸射的金花在我緊閉的眼簾外邊瀰漫綿延，透過這永遠無法彌合的兩三米的黑暗而猙獰的空間，暈厥中，家像鳥籠在半空搖晃，男人像樹在心裡搖晃。我模糊看到我父親被那個年代紛亂的人群捆綁著剃成的十字陰陽頭，漸漸膨脹成中國的彎彎扭扭的城牆，他那怪笑般的長嘯，凝固成夜幕裡

永遠洗不掉的陰影。這陰影是我生命中無法穿透的男人的石牆。

　　　　　　　　　　　　　　——陳染〈巫女與她的夢中之門〉

例（1）對「黑色竹匠」、「入海蛟龍」的取喻是源自敘事者，「拾起一堆骯髒的雜木劈柴，點點火，那火焰就躥起來使他無畏寒冷和寂寞」則是源自作品中人物陳寶年的心理感受，突出了陳寶年對竹匠們的「愛」和依賴，以及由此產生的事業成就感。例（2）以「父親」與「家」在「我」心裡的形象特點取喻，對「父親」一連串的比喻是因特定的歷史時期、特定的家庭變故而來。時代的扭曲帶來了喻體的扭曲形象，「我」的遭遇導致的心理扭曲也是喻體形象扭曲變形的重要原因。比喻將人物心理活動形象化，人物的心理活動決定了以心理視角取喻的喻體選用。心理活動又是由人物的多種因素決定的，如人物的情緒，人物的知識背景等。蘇童〈1934年的逃亡〉中寫狗崽進城後對「已經被城市變了形」的父親的比喻：「狗崽發現他爹是一只煙囪在城裡升起來了，娘一點也看不見煙囪啊。」這一喻體帶有了狗崽的鄉土氣息。

　　比喻的喻體可以是有形的具體的事物，也可以是無形的抽象的觀念，如：

　　（1）上海的弄堂真是見不得的情景，它那背陰處的綠苔，其實全是傷口上結的疤一類的，是靠時間撫平的痛處。因它不是名正言順，便都長在了陰處，長年見不到陽光。
　　爬牆虎倒是正面的，卻是時間的帷幕，遮著蓋著什麼。

　　（2）閨閣是上海弄堂的天真，一夜之間，從嫩走到熟，卻是生生滅滅，永遠不息，一代換一代的。閨閣還是上海弄堂的幻覺，雲開日出便灰飛煙散，卻也是一幕接一幕，永無止境。

　　　　　　　　　　　　　　——王安憶〈長恨歌〉

具象或抽象的喻體同樣與本體構成語義落差，也同樣以落差達到形象
性的描述效果。例（1）以「傷口上結的疤一類」為「綠苔」的喻
體，是以具體的事物作喻，「時間的帷幕」則帶有具體與抽象相見的
意味。以「綠苔」、「爬山虎」的比喻描寫展現了上海弄堂的景致，景
致後隱含著活動在弄堂的人物。例（2）「天真」、「幻覺」便都為抽象
無形的概念了，但同樣形象地表現了作者取喻的意義傾向，體現了王
琦瑤們所活動上海「閨閣」的特點，也展現了人物的滄桑更移。比喻
喻體的選用往往帶有取喻者的情感意識，如：

（1）還有朱小七的鼻子，也是挺拔的，可它實在太挺拔了，
挺拔得簡直有些脫離了組織，完全是不管不顧我行我素的態
度。嘴巴呢，也一樣，不僅大，而且還有些往外凸，耳朵亦支
著，幾乎成了招風耳。甚至皮膚也像東北肥沃的土壤，疙疙瘩
瘩的，似乎要發芽，長出莊稼來。這使得朱小七的臉看上去有
些奇怪，群雄並起一樣，總之是亂世的景象，沒有那種太平盛
世的安閒和諧。

——阿袁〈俞麗的江山〉

（2）她一隻手舉著話筒，另一隻手捋了捋垂落到她空茫的大
眼睛前的一綹頭髮，然後把這隻手繞過前胸，插在另一側腋
下。她摟了摟自己，彷彿是替代電話線另一端的那隻舉著話筒
的手。在她的生命中，那手，是一把在喧囂又淒涼的都市中撥
出溫婉之音的豎琴。

——陳染〈與假想心愛者在禁中守望〉

例（1）對朱小七的臉的多重取喻，突出其「醜」，這是從師母兼情敵
俞麗視角的取喻，自然帶有了其鮮明的情感傾向。對朱小七「醜」的

極度描繪，是俞麗「輕敵」心理的襯托，又與俞麗丈夫陳安被朱小七「俘獲」構成反差。突出了朱小七在「醜」的外表掩飾下勾引男性的高超伎倆。例（2）對「手」的取喻，雖然本喻體原也是不能並置的，但卻體現了寂旂的孤寂，蘊含著孤獨中的寂旂對情感的追求。

　　比喻的生成與解讀對語境有著很強的依賴性。比喻由特定的語境中生成，帶有了比喻的形式與意義，如：

　　（1）祖母蔣氏親眼目睹了這條路由細變寬從荒涼到繁忙的過程。她在這年秋天手持圓鐮守望在路邊，漫無目的地研究那些離家遠行者。這一年有一百三十九個新老竹匠挑著行李從黃泥大道上經過，離開了他們的楓楊樹老家。這一年蔣氏記憶力超群出眾，她幾乎記住了他們每一個人的音容笑貌。從此黃泥大路像一條巨蟒盤纏在祖母蔣氏對老家的回憶中。

　　　　　　　　　　　　　　　　──蘇童〈1934年的逃亡〉

　　（2）當然，最可氣的也是最關鍵的，是邵麗總要領來熱戀男友一道觀摩。兩人嘰嘰嘎嘎，手嘴並用，不時在底下尋找交換著共同動作和共同語言。柳鶯這時便有些像球場上空的燈光一樣，把一切不該暴露的細節統統照得尷尬。

　　（3）柳鶯的目光再次透過窗簾向外望去，但見窗外萬家螢火，整個世界但凡有男人的家庭裡幾乎都螢光磷磷，一片詭魅。足球卻原來是他們男人現世的燈啊！就是那足尖上蓬蓬燃燒的野性火舌，灼灼照亮了他們被文明痿頓的當下生活。或許也開蒙了他們的冥茫來世。

　　　　　　　　　　　　　　　　──徐坤〈狗日的足球〉

例（1）以「一條巨蟒」喻「黃泥大路」，源自目睹家鄉人一個接一個經過黃泥大路去往城裡的祖母蔣氏的記憶，而從家鄉逃亡到城裡的源頭在於蔣氏的丈夫陳寶年。所以，「黃泥大路」牽繫著家鄉與城裡，承載了眾多鄉人的痛苦和思念。從陳寶年發端到一百三十九個新老竹匠離鄉就構成了這一比喻的背景語境。例（2）、（3）都是取現場景物作喻。例（2）是看球時的情景，以「球場上空的燈光」作喻，與看球的空間語境相吻合。例（3）以「現世的燈」喻足球，源自柳鶯目光中的「萬家螢火」與世界盃球迷的狂熱之間的關聯。特定的語境參與了比喻的構成。

　　比喻寓意的解讀也依託語境，靠語境參與完成比喻的審美。徐坤〈遊行〉圍繞著林格有諸多比喻，這些比喻關聯起了林格與多位男士周旋的生涯，因此，要聯繫文本整體語境來把握。如：

　　（1）美感業已隕滅，現在還剩下什麼了呢？現在她只剩下詩意這一條救命繩索。她必須緊緊抓牢，必須拚命攀緣上去，否則她將不再復生，她將跌入永劫。
　　仰慕它，就像仰慕一朵花？
　　仰慕它吧，就像仰慕一朵花。
　　仰慕它呵，就像仰慕一朵花！

　　（2）話語就像潛伏在海底深處的堅硬岩石，在一次次浪濤拍濺的激烈磨礪撞擊裡，那層層積澱的鳥糞和藻類慢慢剝落了，凸顯出外表的粗糙與真實。林格就像一條靈活而機敏的魚，游擊在話語世界的無盡深淵裡，從岩縫間的脆弱薄軟之處穿透過去，無所顧忌自由自在地穿梭游弋。
　　可這穿透的意義又究竟何在呢？難道只像一根竹簽穿過一串山楂或幾塊羊肉那樣，撒上孜然粉和鹽，再裹上一層糖，熬煎炸

　　烤好了之後，亮晶晶香噴噴的，僅僅是為了供人們閒時拿來打牙祭的嗎？

例（1）源自極端崇拜而向「詩神」程甲獻身後的失落，「仰慕一朵花」既體現出崇拜時的美好而又柔弱，又蘊含著幻想破滅後的虛無凋零。例（2）是與大學教授黑戉的交往，二人交往除了性，就是話語交鋒。上述比喻就是對話語交鋒狀態以及交鋒意義的形容。此外，多次出現的「廣場」、「旗幟」也都在林格與各種類型的男士交往中體現出其寓意。「廣場」的意義在文本語境中多處昭示。如小說開頭的人神對話：

　　神說：那麼多人鬧鬧嚷嚷都到廣場上來幹什麼？
　　人曰：遊行就是滿足廣場對旗杆的渴望。

　　小說也結束於廣場：

　　廣場呵
　　永遠開放
　　而又
　　瑟瑟閉合
　　的
　　廣場。

搖滾歌手的歌詞更是將「廣場」的寓意體現出來：

　　媽媽是個廣場
　　爸爸是個旗杆子

　　若問我們是什麼

　　紅旗下的蛋

「廣場」作為女性的寓意昭然。「旗幟」則來自林格與詩人們「頻繁遭遇的日子裡」，對詩人們「老式大褲衩」的比喻。「老式大褲衩」——「旗幟」——道貌岸然卻又骯髒齷齪的詩人們，有著層層轉換關係，其喻指這一類男性之義便體現出來。

　　比擬也是由語言符號變異組合而生成的辭格。在這種組合中，無生命、無情感、無形體的事物被賦予了生命、情感、形體，造成了本體與擬體的反差。如：

（1）寂旖翻到那一頁，她的目光落在他的名字上。代表他名字的那兩個漢字，在紙頁上動了動肩架，彷彿是替代這名字的主人向寂旖打招呼。

　　　　　　　　　　　　　　——陳染〈與假想心愛者在禁中守望〉

（2）我無比懊喪，想不明白為什麼不把我投到監獄裡去，而非要把我留在外邊四敞大開的陽光中。那陽光爬在肢體上，不動聲色，貌似溫暖，卻充滿冷冷的殺機。

　　　　　　　　　　　　　　——陳染〈巫女與她的夢中之門〉

（3）所有的感官都瑟瑟地閉合了，所有的凝思都簌簌地打開。她還能夠企望些什麼呢？開放，抑或是承載？穿透，或僅僅是洞開？墮入深淵已經成為不可遏止，光明正在遙不可及而又唾手可得處轟隆隆地駕著金色馬車駛來，是那樣不可一世萬丈金光地響著，馬上就可以抓住了。她屏住氣息，發出嚶嚶嗡嗡的詩意的呻吟……

　　　　　　　　　　　　　　　　　　　　——徐坤〈遊行〉

例（1）賦予「漢字」以人才具有的體態動作，寫「漢字」實際上是寫寂旃心目中活著的「他」，因了人，無生命體徵的「漢字」才具有了動作神態。例（2）賦予不具有動態的「陽光」以動態「爬」，並賦予雙重情感「溫暖」與「殺機」，「溫暖」是陽光的常態，直觀的感覺。「殺機」則是源自「我」此時的心理感受。剛剛經歷了與老男人的瘋狂性交，目睹了老男人因性窒息而死亡。這種瘋狂過後的恐怖使陽光產生變異，因此有了「冷冷的殺機」。例（3）也是向「詩神」獻身時的感受，賦予無形體的「光明」以形體動作，形象地體現了林格的思想狀態。以有生命有形體有情感來寫無生命無形體無情感之物，多以動詞性語詞賦予其動作情感形態，也有的是形容詞性語詞所呈現的，如：

> 高粱深處，蛤蟆的叫聲憂傷，蟈蟈的唧唧淒涼，狐狸的哀鳴悠悵。
>
> 　　　　　　　　　　　——莫言〈紅高粱〉

動物的叫聲本來並無情感，此處卻賦予了情感，這些情感是傾聽動物鳴叫的人物所賦予的。人物在特定語境中的思想狀態、情感傾向，甚至可以使動物產生與原有形態、褒貶傾向截然不同的色彩。如：

> 一路上她看見無數堆狗糞向她投來美麗的黑光。她越哭狗糞的黑光越美麗，後來她開始躲閃，聞到那氣味就嘔吐不止。
>
> 　　　　　　　　　　　——蘇童〈1934年的逃亡〉

這是祖母蔣氏早晨發現狗崽出逃往城裡後，「披頭散髮地沿腳印呼喚狗崽，一直到馬橋鎮」，見到狗崽出逃時一路拾的狗糞時，「號啕大哭」後的一路所見情景。無生命的狗糞有了「投來……黑光」的神

態，醜陋骯髒的狗糞有了以「美麗」狀之的形容。狗糞與狗崽的關聯，使「狗糞」在蔣氏眼中和心理上產生了變異。特定語境的參與使被描繪事物與事物實際狀態的反差趨於平衡，事物描繪中體現出人物的心態。

　　比擬在使事物形象生動的同時，增添了事物的趣味性，使事物妙趣橫生。如：

> 柳鶯趕忙舉起她的高倍軍用望遠鏡筒一照，她那緊貼在凸透鏡上的嫵媚丹鳳眼就轉告她的心說，別指望了，上帝本來就不應該輕易降臨凡間，偶像本來也不是可以拉近了看的。作家只有他寫作時才叫個作家，球星也只有他帶著球的時候才好看。身上沒球時也就跟個自摸不和的相公沒多大區別。
>
> ──徐坤〈狗日的足球〉

眼睛作為人體的一個器官，本無獨立的生命力，但在此卻有了「轉告」的言語行為，將柳鶯「眼睛」與「心」的溝通關係表現得惟妙惟肖，富有情趣。

　　比擬與其他辭格兼用，在造成多種形式語境顛覆的同時增強了表達效果。如：

> （1）一抹夕陽打在毛毛糙糙半透明的玻璃窗上，噼噼啪啪響著，穿透進來，照著生有三只乳房的裸體女人和雪白的粉骷髏，照著孳生色欲的紅色沼澤，照著色情氾濫的紅色淤泥裡生長著的奇花異草，照著臥在一株莖葉難分頗似棍棒的綠色植物的潮濕陰影下的碧綠的青蛙，青蛙大腹膨脖，眼泡像黑色的氣球，當然還照耀著他的兒子沾滿綠色血污的他的傳家之寶。
>
> ──莫言〈紅蝗〉

（2）狗崽凝望著陳寶年的房門他聽見了環子的貓叫聲濕潤地流出房門浮起竹器作坊。這聲音不是祖母蔣氏的她和陳寶年裸身盤纏在老屋草鋪上時狗崽知道她像枯樹一樣沉默。這聲音漸漸上漲浮起了狗崽的閣樓。

　　　　　　　　　　　　　　　　——蘇童〈1934年的逃亡〉

例（1）將「夕陽」寫成有形體、有動作行為的事物，能夠「打在」「玻璃窗上」，發出「噼噼啪啪」的響聲，這是比擬。比擬中又有著通感的成分，視覺形象與聽覺形象相通。「照著」後又是排比，以「夕陽」照著的雜亂無序的各類事物陳列，混合出一個奇幻詭異的景象。例（2）將「貓叫聲」寫成有形體、有動作的事物，能夠「流出房門浮起竹器作坊」，能夠「上漲浮起了狗崽的閣樓」，是比擬。比擬中實際上有著通感的意義生成，將聽覺與視覺相通，以「濕潤地」修飾「流出房門浮起竹器作坊」也是將聽覺與視覺、觸覺相通。使狗崽聽到環子在性交時的叫聲轉換為視覺的聯想想像，凸顯了狗崽的心理活動。

　　借代是對詞語詞典義的臨時突破，借與事物相關的來代指事物。如：

（1）但鄭袖還是收了沈景這個學生。一半是因為朋友的再三遊說，一半是因為沈俞開出的課時費誘惑了鄭袖。陶淵明能不為五斗米折腰，可鄭袖不能。鄭袖是個又要菊花又要五斗米的女人。既沉溺於菊的清香，又沉溺於錦衣玉食。這也不怪鄭袖的，讀過書的女人多是這樣。都喜歡過把酒東籬的生活。

　　　　　　　　　　　　　　　　——阿袁〈鄭袖的梨園〉

（2）而沈景卻壓根沒聽懂。她只能快快地折回到曹操這兒

來。不然又如何呢？她沒有理由總糾纏那個明代傳奇的，萬一沈俞或者葉青過問起來，她怎麼解釋？分明在挑撥離間別人的關係。惱怒之下，肯定是要炒她魷魚的。而她現在不想做一隻被炒的魷魚。五斗米的俸祿倒在其次，最關鍵的，是葉青的良田千頃。來日方長。只要她長劍在手，不信葉青那偷來的產業，能千秋萬代。

——阿袁〈鄭袖的梨園〉

例（1）以「菊花」代高潔的追求、以「五斗米」代生活必需的物品。一精神一物質，擇精神而棄物質是陶淵明的追求。典出「把菊東籬下」和「不為五斗米折腰」的「菊花」和「五斗米」，便因此而與精神和物質有了關聯。例（2）「良田千頃」借代葉青嫁給沈俞後所擁有的家業，後面「偷來的產業」同此義。二例中用以代指原有事物的語詞，在顛覆事物原有指稱的基礎上，增強了意義上的概括性、形式上的形象性，與整個文本詼諧調侃的語調相平衡。

　　通感是將五官相通，打破了器官感覺原有的規則，進行重新組合，也是一種語言符號的變異。如：

　　（1）七哥只要一進家門，就像一條發了瘋的狗毫無節制地亂叫亂嚷，彷彿是對他小時候從來沒有說話的權利而進行的殘酷報復。
　　父親和母親聽不得七哥這一套，總是叫著「牙酸」然後跑到門外。京廣鐵路幾乎是從屋簷邊擦過。火車平均七分鐘一趟，轟隆隆駛來時，夾帶著呼嘯而過的風和震耳欲聾的噪音。在這裡，父親和母親能聽到七哥的每一個音節都被龐大的車輪碾得粉碎。

——方方〈風景〉

（2）那天早晨黃泥大路上的血是如何洇成一朵蓮花形狀的呢？陳玉金女人崩裂的血氣瀰漫在初秋的霧靄中，微微發甜。

　　　　　　　　　　　　　　　——蘇童〈1934年的逃亡〉

　　通感是感官上的錯位表述，它顛覆了五官原有的功能，將其進行錯位組合。例（1）「聽到」與「音節」「被……碾得粉碎」是錯位搭配，原應是「看到」的情景，此處卻以「聽到」組合，是視覺感官與聽覺感官的相通。無形的「音節」被「碾得粉碎」又是套在其中的比擬。將父母對七哥話語的「聽不得」體現的形象生動。例（2）「血氣」與「發甜」是嗅覺與味覺的相通，被殺後的「血氣」「發甜」又有悖常理情感，將陳玉金女人被殺後的恐怖情景作了異乎尋常的渲染。

　　襯托是將不同情景的事物現象進行組合的變異，本無關係或不相雷同的事物情景形成上下文鏈接，以使某一事物現象突出，如：

　　我的祖母蔣氏曾經是位原始的毫無經驗的母親。她仰臥在祖屋金黃的乾草堆上，蒼黃的臉上一片肅穆，雙手緊緊抓握一把乾草。陳寶年倚在門邊，他看著蔣氏手裡的乾草被捏出了黃色水滴，覺得渾身虛顫不止，精氣空空蕩蕩，而蔣氏的眼睛裡跳動著一團火苗，那火苗在整個分娩過程中自始至終地燃燒，直到老大狗崽哇哇墜入乾草堆。這景象彷彿江邊落日一樣莊嚴生動。陳寶年親眼見到陳家幾代人贍養的家鼠從各個屋角跳出來，圍著一堆血腥的乾草歡歌起舞，他的女人面帶微笑，崇敬地向神秘的家鼠致意。

　　　　　　　　　　　　　　　——蘇童〈1934年的逃亡〉

上文寫蔣氏分娩時的情景，寫得「莊嚴生動」，下文寫家鼠的「歡歌起舞」，雖然用的是歡樂的語言表述，但家鼠「圍著一堆血腥的乾草

歡歌起舞」的情景無法讓人產生美的聯想。上下文形成了壯美與可怖的對立。以家鼠起舞來反襯蔣氏初次分娩的神聖構成了上下文語境的顛覆，渲染了鄉村奇異的分娩畫面。

誇張是對事物度的變異，以極寫造成語境顛覆，來突出事物特點。如：

> 呵，那久已逝去的青春的歲月，那時候，每一陣風都給你以撫慰，每一滴水都給你以滋潤，每一片雲都給你以幻惑，每一座山都給你以力量。那時候，每一首歌曲都使你落淚，每一面紅旗都使你沸騰，每一聲軍號都在召喚著你，每一個人你都覺得可親、可愛，而每一天，每一個時刻，你都覺得像歡樂光明的節日！
>
> ——王蒙〈雜色〉

對「久已逝去的青春的歲月」的謳歌，以排比的形式，誇張的內容，突現當年的幸福之感。「每一」所帶來的後續感受帶有誇張性，以微量事物與所帶來的感受結果強烈的不對等，造成語境差異，這種差異在極言幸福感之強烈的感情色彩中得以平衡。

象徵以字面義與所象徵的意義間的不對等，形成語詞表層義與深層義的變異。如：

> 冰雹下了足足有兩分鐘，曹千里只覺得是在經歷一個特異的、不平凡的時代，既像是莊嚴的試煉，又像是輕鬆的挑逗；既像是老天爺的瘋狂，又像是吊兒郎當；既像是由於無聊而窮折騰，又像是擺架子、裝腔作勢以嚇人。哭笑不得，五味俱全，畢竟難得而且壯觀……
>
> 然後，這個時代結束了，是叫人放心的，等待已久的正正經經

　　的雨。雨總不會砸破腦袋，也不會毀壞莊稼，大雨落在草地
　　上，迷迷濛濛，像是升起了一片片煙霧。

——王蒙〈雜色〉

看似寫冰雹、寫自然景物，實為寫時代、寫社會環境。從篇首的題詞
「對於嚴冬的回顧，不也正是春的贊歌嗎？」可以看出，本文意在對
「嚴冬」的痛苦回顧，對春的到來的謳歌。「嚴冬」意指給中國人民
帶來巨大災難的「文革」時期。故事發生在這樣一個歷史時期，一個
知識份子曹千里和一匹灰雜色馬的遭遇是這個時期的見證。「經歷一
個特異的、不平凡的時代」，「兩分鐘」與「一個特異的、不平凡的時
代」在時間上形成了極大反差，這一反差恰好說明瞭「冰雹」的非同
凡響。它是曹千里和雜色馬所經歷的特殊年代奇異荒誕景象的象徵，
「這個時代結束了，是叫人放心的，等待已久的正正經經的雨。」則
是災難過去，新時期到來的象徵，象徵意義在字面義與深層義的反
差，在特定語境參與下的重構平衡中體現出來。

第二節　網絡語言衝擊下的新世紀小說語境

　　網絡如一股颶風，沖刷掃蕩了當代世界的每個領域、每個角落。
它帶給人們全新的理念，全新的思維方式、生活方式和語言方式。在
網絡時代這一大背景下，現實生活與意識形態的方方面面都無可逃遁
網絡帶來的巨大衝擊。新世紀小說作為反映現實生活的載體，承載著
時代內容，反映著時代風貌，也就不可避免地打上了網絡的烙印。網
絡語言作為漢民族共同語的社會方言，進入小說共同語語境，造成對
共同語語言系統的衝擊。[11]

---

11 為說明網絡語言對新世紀小說共同語語境的衝擊，我們探討的僅是傳統意義上的紙
　　質小說（且不包括網絡小說紙質出版的）。因為網絡小說就是根植於網絡基礎上

一　網絡語言植入小說共同語語境

　　新世紀小說語境在表現內容、表現形式方面體現出鮮明的時代特色。當代文學語言的「狂歡」現象[12]打破了語言秩序，網絡語言的出現為「狂歡」增添了一道亮麗的風景，既使網絡語言擴大了使用領域，又使小說語言增添了些許網絡時代色彩。網絡語言在詞語與句式方面對共同語的變異，展現了網絡語言在語言方面的主要特色。它打破了共同語約定俗成的規律，以網絡群體追求出格、追求個性的思維特徵創造了新詞新語，形成了共同語的社會分支——「網語」這一社會方言。早在二十世紀四〇年代，維特根斯坦在分析西方話語狀況時就指出：「我們的語言可以被看作一座古老的城市；迷宮般的小街道和廣場，新舊房屋以及不同時期新建的房屋。這座古城被新擴展的郊區以及筆直的街道和整齊的房屋包圍著。」[13]在這段對語言發展狀況的形象描繪中，我們似乎看到了當代中國網絡語言的一隅之地，這就是「新擴展的郊區」中的一片田野，它不入「城市」主流，但確實客觀地存在著，並進入人們的視野，影響著人們的語言生活，影響著「語言大地」的面貌。網絡語詞介入共同語語境，造成了對新世紀小說語言的衝擊。這種衝擊改變了共同語的和諧統一，形成了語詞上下文的語境差，即上下文語境的不平衡。

　　誠如詩人任洪淵在〈沒有一個漢字拋進行星橢圓的軌道〉中所形容的詩歌語言，「在另一種時間／在另一種空間／我的每一個漢字互

的，網絡語言出現在網絡小說中是正常的，與網絡語境是和諧的。而紙質小說則處在非網絡語境，網絡語言對其衝擊所產生的是語境差，是語言與語境的不和諧、不平衡，由此帶來強烈的修辭效果。

12 魯樞元：《超越語言——文學言語學芻議》（北京市：中國社會科學出版社，1990年），頁212。

13 〔奧〕維特根斯坦著，湯潮、范光棣譯：《哲學研究》（上海市：上海三聯書店，1992年），頁15。

相吸引著／拒絕牛頓定律」，網絡語言同樣離經叛道，不受約束，「拒
絕牛頓定律」。網絡產生了大量新詞，網絡新詞植入小說共同語語
境，於表層的「格格不入」間，增添了語言的生機活力。如范小青
〈屌絲的花季〉幾個語言片段：

（1）你說，一苦 B 女青年，家境一般，工作底層，兩眼茫
然，前途渺渺，除了婚禮，我還有什麼夢可做呢？

（2）腹黑啊，上班的那些故事果然一演再演，經久不衰。

（3）我懷疑他也是爪機黨，跑到後面一看，果然的，他正忙
著呢。見我過來，跟我說，剛才好像聽到老大說，你叫賈春
梅？你微博註冊的是賈春梅，就是賈春梅吧，恭喜你啊賈春
梅，你已經有三千粉絲啦。
我知道那是殭屍粉，但多少也滿足了一點虛榮心，至少我的話
題是有人感興趣的嘛。

例（1）「苦 B」表煩惱、痛苦，不滿足於現狀，卻又無可奈何之義。
後面對家境、工作狀況的描述即可視為對「苦 B」的說明，也是標題
「屌絲」的注解。「屌絲」是網絡流行語中小人物自嘲的稱呼，本來
其特點是窮醜矮胖笨等義，後又擴展為一種時髦的自嘲稱呼。在該文
本中，還有一處用了「苦 BB 地歎息了一聲」，以「BB」疊加，形容
「苦」的韻味更強，又使「苦 B」用法擴容。例（2）「腹黑」出自日
語的漢字詞語。通常指表面溫文和善，內心奸詐或有心計。在日本的
動漫和電子遊戲中被當作萌屬性廣泛使用。例（3）「爪機黨」又名手
機黨，是一些常用手機在網絡發帖，評論、聊天等用戶的總稱。「粉
絲」並非由漢語「粉絲」詞義衍生而來，而是用「fans」的諧音來代

表忠實的歌迷、影迷等狂熱者。「殭屍粉」，又稱「空頭微博」，是指微博上的虛假粉絲。小說從標題到內容，運用了大量網絡語詞。通篇小說嫻熟的網語使用技巧，如行雲流水，將網絡新詞嫻熟地植入共同語中，凸顯了主人公「我」「到了網上，精神倍兒振奮」的爪機黨的身分，凸顯了人物口吻、個性。在這篇小說中，微博可以說是生成情節的媒介，「我」通過微博與各色人等交際，促使情節發展，因此，網絡詞語的介入看似與整體共同語語境產生差異，卻與故事人物情節相和諧，塑造了特定語境中的特定人物，展示了特定情節。

　　進入該文本小說語境的，還有改造了共同語原有語義用法的網絡詞語，詞是舊詞，義卻是新義。如：

　　（1）部長聽不清，說，小賈啊，是不是鄉下風景很讚啊，難怪現在城裡的人都要往鄉間去……

　　（2）只有我們老大，很少上線，不知道他算是有身分，不與我們為伍，還是一直在潛水。

例（1）「讚」共同語中為動詞或名詞，近年流行在網絡的「讚」來自浙江東部沿海地區方言，意為非常好的，幹得非常漂亮。部長口中的網絡詞語體現了「網語」擁有眾多的使用者，也與交際對象「我」的身分興趣相符。例（2）「潛水」由共同語「在水面以下活動」，引申為在網絡論壇裡呆著，只看帖，不發帖。敘述與網絡相關之事，用此簡潔概括又妥帖。

　　如果說，上例是徹底顛覆了原有的詞義，該文本中有的網絡詞語則是對原有語義的延伸，如：

　　我忙著呢，我要種菜偷菜，我要魔獸世界，我還要淘寶購物，我還要什麼什麼什麼，我哪有時間養牡丹花。

現實中的「種菜偷菜」演化為一種網絡遊戲，其內容仍與「種菜偷菜」相關聯。《魔獸世界》（*World of Warcraft*），是著名遊戲公司暴雪娛樂（Blizzard Entertainment）所製作的第一款網絡遊戲，屬於大型多人線上角色扮演遊戲，其遊戲名與內容也有一定的關聯。還有「什麼什麼什麼」也是網絡中一種嬉戲用法，「什麼」代詞身分不變，但卻轉化為疑問代詞的非疑問用法，連用表示對諸多內容的省略。

　　諧音是網絡語言產生新詞新義的一種手法，有時候，網絡語言借用共同語，以諧音的用法改造了原義。小說則將共同語本義與網絡諧音義共存於同一語境中，如：

> 是誰他媽的網絡胡搞，悲劇說成「杯具」，時尚說成「潮」。譚雲「潮」了一把，將人生悲劇置換成根藝香樟茶几上的「杯具」，有了廠房，有了茶山，有了度假區一間茶莊，開上象徵茶老闆身分的寶藍奧迪。
>
> ——胡增官〈玉碎〉

「悲劇」說成「杯具」，顛覆了詞語原有能指與所指的組合，是網絡語言的改造，此處妙在「將人生悲劇置換成根藝香樟茶几上的『杯具』」。「悲劇」、「杯具」的同置，說明人物命運的改變，簡明概括又具有調侃意味。

　　網絡語詞植入小說共同語語境的方式是多種多樣的，在網絡語詞與共同語詞共用時有時實際上改變了某一類詞義，如：

> 我聽不出他是哪裡的口音，但是我聽得出他瞧不上我，他認為我是個菜鳥。唉，菜鳥就菜鳥吧，物是人非，我已經天旋地轉，不知道世間鳥為何物，直教鳥混沌迷糊。
>
> ——范小青〈屌絲的花季〉

「菜鳥」非「鳥」，而是網絡詞語「新手」之義，或指與所從事的工作不入流，反應癡呆的人。「菜鳥」牽引出「鳥」，實際上已偷換概念，此鳥非彼鳥。雖前後「鳥」語義不搭，卻鏈接得極為自然，充滿了幽默意味。

　　網絡新詞常常隨著網民的傳播溝通而發展，網絡的一些句式也常常成為網民模仿的對象，小說語言中也就出現了對網絡句式的引用、仿用，如：

　　　　（1）網上說：我的那些叫作「秋高」的大哥們哎，可是把我給「氣爽」了。網上又說：杯具碎了剩下的是玻璃，心碎了剩下的是眼淚。玻璃刺痛了心，杯具盛滿了眼淚。網啊網啊，你真比我的親爹還親，無論何時，無論何地，你都是我的內心深處的真實寫照。

　　　　（2）我還忘記了我曾經說過要怎麼怎麼他，但是這一切的怎麼怎麼他，到他突然出現在我面前的時候，神馬就立刻變成浮雲了。

　　　　　　　　　　　　　　　　　　——范小青〈屌絲的花季〉

例（1）所引兩句「網語」，一句將成語「秋高氣爽」分割開來，並曲解其義，組成句式，為己所用。另一句引被網友熱用的「杯具」一說來形容，組成句式。引用網絡句式形容自己失戀後的心情，使悲苦無奈中帶有了調侃的味道。加之隨後對「網」的呼告，更激活了「網」的生命力，網絡與人的溝通如行雲流水，使調侃韻味倍增。既與「我」的性格相符，與「我」網民身分相符，也與全文的調侃風格相呼應。例（2）以網絡經典句式「神馬變成浮雲」演化而來，表現「我」見到未婚夫季一斌時的失態。

　　有些網絡句式是網民製造生成而發展，有些則是通過改造原有作品句式生成的，如：

　　　　眾網友一聽立刻鼓噪起來，他們一起在螢幕上大喊偶像啊偶
　　　　像，不在偶像中誕生就在偶像中滅亡。

　　　　　　　　　　　　　　　　　　　　　——曉航〈一起去水城〉

顯而易見，該句式模仿魯迅《紀念劉和珍君》中的名句「沉默啊，沉默啊！不在沉默中爆發，就在沉默中滅亡」。然而，嚴肅意味被解構為調侃，形容網友們的喧囂，渲染網絡拍賣時的情景極為形象生動。

二　網絡語境與非網絡語境

　　網絡語詞進入小說，有時用於小說中所描述的網絡語境，記述網絡生活中的人與事；有時則擴大用法，用於非網絡語境，即與網絡不相干的情景。在擴大使用範圍的同時，有的保留了網絡語言中的語義，有的則擴大了語義範疇，表現了網絡語言介入新世紀小說所體現出的容量擴充和伸縮能力。

　　網絡已成為眾多當代人生活的必需品，生活的伴侶，隨著網絡發展，網民生活進入了小說家的視域，成就了一些小說的故事情節、故事人物。在講述網絡生活的網絡語境，網絡語言作為表現網絡特定環境、特有事物和現象的載體，理所當然地充當了角色，網民使用的「網語」作為特定人物使用的交際手段進入了小說。如：

　　　　（1）再大的毅力也熬不住了，他終於重上微博去，死死盯著
　　　　私信那塊，看幾秒後會不會彈出橙色提示條子。

　　　　　　　　　　　　　　　　　　　　　　　——楨理〈微博秀〉

（2）他找網吧呆幾個小時，他不會玩網遊，反恐也弄不明白，看過新浪體育後，他不自覺地登錄了論壇。一個加拿大的簡體字網站，各種馬甲分享著色情圖片。

——蔣峰〈六十號信箱〉

例（1）「私信」是微博上一種只有對話雙方才能看得到的聊天工具，具有較隱秘的私人空間。小說寫@福利（主人公謝世民）盼望得到「互粉」的冰姐的回復，「私信」是他們的溝通途徑。例（2）「網遊」、「反恐」都是網絡遊戲術語，「馬甲」則泛指同一個人的不同ID。在網絡論壇上，為了隱身，網民在常用的用戶名外再註冊名字，也叫穿馬甲。這些網絡用語顯現了網絡社會的虛擬性，體現了當代人通過網絡展現性格多面性的心理要求，體現了時代的萬花筒現象。

網絡語言產生於網絡語境，使用於網絡語境，語境與語言是相適應的，但網絡愛好者的「推波助瀾」擴大了一些詞的用法和使用場合。在新世紀小說中，一些愛好網絡語言的小說家常常將其用於非網絡語境。網絡語言擴大化，進入日常用語，打破了網絡語言與網絡語境相關聯的適應性，產生了語境背離現象。當然，小說中網絡語言對非網絡語境的參與是個性的，臨時的，如：

你才幻覺。你說鄭石油保證跟我結婚，你說你能找到鄭石油，你說只要我不走就跟我結婚……你回車回車總回車，卻沒一條兌現。

——東西〈救命〉

回車鍵，即鍵盤上的 ENTER 鍵，在電腦語言中用途多樣：在文字編輯時，回車鍵的作用是「換行」，在輸入網址時回車鍵的作用是「轉到」，在執行 DOS 命令時，回車鍵的作用是「執行」。此處出自一個

屢次因情感糾葛而自殺的女子麥可可之口，以指責受警察之託，前來「救命」的孫暢多次以「善意的謊言」勸阻其自殺，而後卻未能實現承諾，顯得概括而富有情趣，體現了說話者喜愛上網的生活興趣。

誠然，網絡語境與現實語境並非截然對立，它們都是人物交際所處的空間，因此，同一小說文本語境中，網絡語詞在網絡語境與非網絡語境中可能並用。如范小青〈屌絲的花季〉中交織著網絡語境與現實語境，「親」這一稱謂語在小說中多處出現，所指對象不同：

（1）我簡直要瘋了，情急之中，想到了我的親，趕緊求助，發了一條，說，婚前突然失蹤，是怎麼回事，求解。

（2）親，你們知道的，我早已經驚得魂不附體，難道我真的會幻想出一個江秋燕來？為什麼我偏偏幻想她叫江秋燕，不叫江冬燕，不叫江夏燕呢。當然，我也想得通，無論我幻想出一個什麼燕來，都會有人來找我求證的。

（3）親，你們猜得著嗎？滿山遍野的，開著豔紅豔紅的牡丹花。

（4）他們給了我兩片舒樂安定，我活了二十多年，還沒吃過這東西呢，吃下去效果極佳，兩分鐘後就開始做夢了。
親，你們覺得我應該做一個什麼樣的夢呢？

（5）只不過，無論在意不在意，我的心可不在這個橋上，也不在西地村，親，你們知道的。

（6）嘿嘿，親，你知道的，這都是我的傑作，名字裡有個光的，給加上月字旁，成了胱，有文的變成墳，有軍的加三點水成渾，還有個風，就讓他瘋，等等，哈哈。

「親」在共同語中用作動詞或形容詞，後成為淘寶中的稱呼語，上例除了例（1）指網友外，其餘都轉化為對小說讀者的稱呼。這一稱呼在小說中多處出現，既凸顯網民身分，又以與讀者對話方式，增添語言的口語化，拉近與讀者的距離，製造了故事講述者與故事聽讀者面對面交際的生動效果。

　　非網絡語境與網絡語境同為現實人交際的場所，因此，非網絡語境與網絡語境在小說人物交際中可能出現交織錯落的情形，表現出多層面的交際狀況。如由作者或故事人物敘述的網絡生活、網絡經歷：

　　（1）季一斌說，賈春梅，你一冒泡我就知道是你，必定是你，除了你，有誰會這麼無聊。

　　（2）我忍不住問她，你認定的誰呀。她說，穿了馬甲、用了假名在微博上罵我的人，我知道她是誰，她就是我的閨蜜吳清雨。
　　　　　　　　　　　　　　　　　　　──范小青〈屌絲的花季〉

「冒泡」、「馬甲」、「假名」都是網絡術語，它用在作品人物關於網絡交際內容的對話中。交際情景是現實空間，話語內容事關網絡，所以出現了適合網絡語境的詞語。這兩個對話片段的交際呈現兩個層面，一是現實中面對面的交際雙方，一是網絡虛擬世界交際的雙方。面對面的交際雙方在轉述網絡情景時使用了網絡用語，使交際處在現實語境與網絡語境交織的兩個層面，展現了交際雙方的「網民」身分。

　　在當代社會，網絡對人們現實生活介入的深度廣度是網絡語言在客觀現實空間和網絡虛擬空間自由行走的客觀原因，在關涉網絡事宜時網絡語詞自然而然地取代了共同語詞，使之具有概括性，並使之具有時間空間的跨越性。如：

在食堂吃飯時，不少管理層員工聽說他開了微博，都過來要求
互粉。

——楨理〈微博秀〉

網絡詞語用於日常交際語境，「互粉」取代了「互交朋友」、「互相捧
場」之類的共同語，因表示網絡內容而顯得自然概括，同時，它打破
了時間空間侷限，使現實空間與虛幻空間鏈接的同時，又實現了現在
與將來的時間鏈接。

　　非網絡語境與網絡語境的交織，造成了交際對象、交際層面的複
雜性，也造成了語義的擴大化、複雜化。網絡語詞往往在使用過程中
產生派生義，如「屌絲」一詞，在不同的文本中具有不同的語義指
向，如：

　　（1）昌城的報紙把謝世民這種人稱為「農二代」，單位的人卻
　　說，那叫「屌絲」，雞巴毛都不算的傢伙。謝世民第一次聽到
　　有點生氣，又不敢做聲，後來發現招進來的大學生都炫耀地自
　　稱「屌絲」，才曉得自己趕上了大大的時髦。再後來，連開寶
　　馬的總經理都驕傲地說自己是「屌絲」了，令謝世民百思不得
　　其解。新來的大學生們說，這名字深刻啊時尚啊，裡面有種反
　　抗，有種解構，還有種叉叉，叉叉叉。他後半截完全聽不懂
　　了，鳥語一般。

——楨理〈微博秀〉

　　（2）我聽不懂她的話，當然我也沒有很想聽懂她的話，我的
　　心思也不在她身上，我的心思在哪兒呢，你們當然是知道的，
　　在季一斌身上嘛，我一直就是這樣一個沒出息的屌絲嘛。

——范小青〈屌絲的花季〉

例（1）中「屌絲」賦予不同的對象，就有了不同的含義，從低賤到高貴，等級遞增，褒貶義當然也隨著更改，「屌絲」的本義由此被顛覆解構。如果說，謝世民是被動接受「屌絲」稱號的，例（2）中的「我」則是主動自嘲為「屌絲」，在擴大詞義的同時，也改變了詞語的情感色彩。

三　網絡語言參與小說文本建構

作為反映當代人生活載體的小說，出現了諸多表現網絡生活的故事情節。人物在網絡虛擬世界中的語言活動，或作為特定情景的描繪，或作為表現人物性格形象的組成部分，或作為情節的鏈接點和觸發點，參與了小說文本建構。網絡語言作為時代多方位、多角度的展示物，成就了一些小說的情節結構，成就了空間情景描繪，成就了人物形象的塑造。

網絡虛擬世界與現實世界的接軌通過當代人的網絡生活實現，網絡語言展現了網絡生活的特定情境。蔣峰〈六十號信箱〉中就描寫了中學生許佳明在網吧的情景：

> 網吧人太多，他沒辦法全屏，每點一帖子在圖片展開前就急著回復一句「碰見這把好乳，雖不是板凳勝似沙發」或是「樓主功德無量，小弟六體投地」之類的。後來他改看網文，沒影像沒聲音也沒感覺，裡面對白都是「啊……啊啊……啊啊啊……」也不知道作者什麼意思，寫色情文又不按字數結稿費，點這麼多省略號幹嗎？

記載的網絡語言體現了色情網站的特點。網民特有的「板凳」、「沙發」等詞語變異，特有的亦古亦今、亦文亦白的奇異句式，以及

「啊……啊啊……啊啊啊……」的令人費解又富含意義容量的網絡常
用語式，營造了網吧氣氛。還有許佳明為移居加拿大與「骷髏精靈」
在網上的交流，都作為人物活動某一空間背景，展現了一個寄人籬下
的中學生「孤獨」的情感世界與生活經歷。雖然，上網只是許佳明生
活的一些片段，網絡交際也只是小說的次要情節，但它們與主要情節
相印照，是許佳明利用他人廢棄的六十號信箱作為自己的「秘蜜之
家」，郵寄「寄給天堂的信」，由此維繫自己對單戀的已逝女同學房芳
追念的主要情節的附屬物，它們相互關聯，完成了故事及人物的整體
構造。

　　人物的網絡生活可能是人物命運的拐點，也可能是小說故事情節
的觸發點。曉航〈一起去水城〉中講述的網絡上興起的「代罵」服
務，「賣網」上拍賣老婆的場面和情景渲染，都成為情節延續的觸發
點。父母僱人在網上「對自己女兒進行無休止的謾罵」，不僅沒有使
大學畢業後游手好閒的女兒回頭是岸，反而「非常剛烈地自殺了」。
這就是「罵語」的力量，也是網絡語言引發的悲劇，同時又是作為
「賣網」的鋪墊，引出「賣網」。「賣網」「這個創意是近期除了『代
罵』業務以外，我看到最富遊戲精神的一個。」「賣網」上拍賣老婆
之事，引發了整篇故事情節的走向。小說描寫了拍賣的情景：

　　　　很遺憾，我在很意外的情況下成為第二種競拍的勝利者，這歸
　　　因於另外一個同樣無知的網友的無聊競爭。那一天，我確實喝
　　　了酒，在放鬆狀態中我進入了平時不怎麼關注的拍賣現實主義
　　　老婆遊戲，幾乎沒費什麼勁兒，很快我就和一個叫「孤獨明月
　　　傷」的網友幹上了。這傢伙十分囂張，他一往無前地一直舉
　　　牌，依仗著手中豐厚的遊戲金幣的貯藏，不顧任何拍賣規則一
　　　路抬價。他的舉動引起了包括我在內的眾多網友的反感，大家
　　　紛紛跳出來對他進行阻攔。可是很無奈，這傢伙不知在什麼遊

戲中積累了太多的財富，所以誰也擋不住他。他一邊舉牌一邊
罵罵咧咧，根本不把眾網友放在眼裡，就在他即將得手眾皆絕
望的一刻，我在酒精的烘托中，鼓起勇氣舉起了牌，堅定地
說：我出××錢，不是金幣，是人民幣。

「孤獨明月傷」傻了，他愣愣地在螢幕上問我：「傻 B，你瘋
了，為了這件事出真錢？」

我悲憤地答道：「當然，買現實中的老婆，我出真錢，人間自
有真情在！」

眾網友一聽立刻鼓噪起來，他們一起在螢幕上大喊偶像啊偶
像，不在偶像中誕生就在偶像中滅亡。

這段文字惟妙惟肖地描寫了一場網絡遊戲，再現了網絡交際──拍賣
的情景，真真假假，虛虛實實。網絡人在虛擬世界的荒唐遊戲如同現
實世界的人際交往，人物的音容笑貌、神態舉止跨越了現實空間，鏈
接在虛擬空間。故事主要人物「我」和「孤獨明月傷」在虛擬的網絡
空間初次見面。由拍賣情節為開端，引發了二人在現實中的交際。網
名為「孤獨明月傷」的馮關將妻子林蘭和情人余心樂作為賣品，任由
「我」挑選一個。由此開始了「我」與馮關及兩個「賣品」之間的周
旋，故事最後以「我」促成馮關與余心樂為追求沒有沙塵暴的淨土，
遠走「水城」終結。上述語言描繪的網上拍賣老婆的情節，是故事的
發端，是人物關係的起始，也是情節走向的預設。

如果說，〈一起去水城〉中的「賣網」拍賣只是組成了故事中的
部分情節，有些小說則是通篇以網絡為線索建構。梳理〈微博秀〉是
一篇典型。嬰幼兒食品倉庫的保管謝世民因偶然間「出賣」了生產部
門龍經理，得到了公司高副總的獎賞，獎品是一臺「企劃部淘汰的舊
電腦」，高副總給他的福利是讓美工手把手教他上網，解決他一個人
看守小倉庫的「孤獨」。於是，小保管迷上了微博，「微博好像一個班

級，一所學校，或者一坨巨大的人群在狂歡」。小保管註冊了個微博名「@福利」，從此開始了他的微博生活。微博為這個「從小到大，恰好相反，一直躲著人多的地方；不得不容身某個團體，也盡最大努力沉默隱身；連坐公汽，他都選最後一排，最裡一個座位」的小人物提供了廣闊的交際空間。他在微博上與警察冰姐交際，為@普羅旺斯白房子聲援，與粉絲互粉。微博牽動著他的「植物神經」，「平衡」或「失調」都與微博息息相關。故事以「一夜不舒服，謝世民不知老毛病發了，更沒料到這是微博向他發出的信號」，開始了小人物謝世民貫穿於小說始終的微博生活的講述。又以微博結尾：謝世民騎在車上，想要慢慢淡出舊微博「@福利」，再註冊個新微博「@美麗的風箏」，用這個微博「慢慢寫自己想像中的喻箏的生活，寫情節、寫細節，越細越好」。微博填補了小保管空虛的精神生活，也填充了小說的故事情節，成為伴隨人物生活成長的承載物。一個沒考上大學的「農二代」，一個在單位同事看來「屌絲，雞巴毛都不算的傢伙」，在微博上「無比自尊」。在網絡這個虛擬的空間，「@福利猶如走進了化妝舞會，王子和平民在網上完全平等，而且，誰也不知道，他是王子還是平民，甚至是男是女，是人是狗。」小說生動描寫了謝世民從「菜鳥」到「資深博民」的過程：

　　（1）謝世民的微博知識在各路高手點撥下，如裂變一樣增長，也學會了去廣場等地方尋找轉發，評論多的好苗子，甚至偶爾也剽竊，以使自己微博更加吸引人。

　　（2）他的微博成了苦逼屌絲吐槽博，每日寫兩三糗事，越寫得無辜無助，挺他的人越多。

　　（3）可他已經編輯上癮，一天不在網上到處找屌絲苦逼事，

　　集中到一個名叫@福利的身上的，就會很難受，甚至，植物神
經也會失調。

這些文字中穿插著網絡用語，也記載了網絡人的「逆反」的價值取
向。「越是錯別字連篇，句子囉嗦，漏洞百出，別人越相信是真的，
越挺他」的網絡上的語言使用情況，是網民生活（包括語言生活）的
真實寫照。微博生活與現實生活相交錯，並形成了反差，通過虛擬與
現實的反差構成了人物生存的空間。人物在這樣交錯的空間表現出了
行為與精神上的裂變，「他無數次在自行車上問自己，他是不是有三
個他：一個是現在騎著車的；一個是藏在植物神經裡的；還有一個是
@福利。三個人完全不一樣。」謝世民的微博生涯展現了當代社會網
絡虛擬世界給現實世界造成的巨大影響，既是小說情節構成的載體，
又是人物形象構成的承載物。
　　網絡語言參與小說文本建構，在塑造人物形象方面運用了一些網
絡上表示特殊群體的詞語，具有獨到的表現力，如楨理〈微博秀〉中
「粉絲」與「屌絲」並舉的用法：

　　（1）而且從此後，他發現了一個秘蜜，只要他說出一個「屌
　　絲」的苦惱，就會得到大多數人的認可和表揚，還會增加不少
　　粉絲──微博上可憐人得勢呢。

　　（2）粉絲再多，他還是屌絲啊。

「粉絲」與「屌絲」本不相干，但上述兩例通過它們的並舉，將兩種
不同的形象代表相關聯。從語音上看，同以「絲」相協造成調侃的諧
趣。從語義的概括力來看，兩例中兩詞的關聯狀態又有所不同。例
（1）「屌絲」與「粉絲」成正比，說明瞭「微博上可憐人得勢」的人

心所向。例（2）中「粉絲」與「屌絲」成反比，體現網絡上的「得意」與現實中「失意」的矛盾。「互粉」的網友冰姐將自己家的小保姆玉兒介紹給謝世民，由此引發謝世民的情緒失落，原來自己在冰姐那裡，「其實就是跟大舌頭加鼻音的大大咧咧的小保姆很般配的人」，虛擬世界與現實世界構成了反差。

人物形象塑造得力於對人物神情舉止的描寫，也得力於對人物心態、話語的描繪，網絡語言在人物心態、話語的描寫中也獨具特色，如：

（1）自從那季一斌變成狗日的以後，我日日泥馬，夜夜抓狂，……

——范小青〈屌絲的花季〉

（2）我說，張小汾，我以為你們是我的親友後援團，哪知道你們是些莫名其妙的奸細團，潛伏團，小心我把你——張小汾笑道，我知道，我會小心的，不讓你把我扁成K粉啦。我說，這回不扁你成K粉，把你扁成一隻過不了冬的癩蛤蟆。

——范小青〈屌絲的花季〉

例（1）「泥馬」是網絡上感情發洩用詞，屬諧音現象，類似的還有奶茶（NC 腦殘）、燒餅（SB 傻B）等。「抓狂」在網絡上表憤怒而無處發洩，瞥得快要發瘋之義。「日日」與「夜夜」相對，用這兩個網絡洩憤的詞語，表現對未婚夫季一斌與閨蜜江秋燕成婚而拋棄自己的憤怒心情，儘管這一事件是「我」因患「婚前恐懼綜合症」幻想出來的，但因事件引發的心理活動是真實的。例（2）對話雙方話語中都用了網絡詞語，表現出雙方「爪機黨」的身分。共同的網絡交際體驗，訓練嫻熟了的「網語」溝通技巧，使雙方心領神會，對接如流。

網絡語言中具有嬉戲意味的詞語重疊也出現在人物話語中，如：

> 那江秋燕滿身上下冒著氣泡說，他受不了別人的眼光，他懷疑
> 我有見不得人的前科，他說我莫名其妙，他什麼什麼，什麼什
> 麼什麼，什麼什麼什麼什麼——我真是弱爆了，趕緊討饒說，
> 江秋燕，你不是我罵的那個江秋燕，你不要對號入座。
>
> ——范小青〈屌絲的花季〉

類似網絡「叉叉，叉叉叉」、「怎麼怎麼」用法的「什麼什麼，什麼什
麼什麼，什麼什麼什麼什麼——」以遊戲語詞的方式，於諧趣中顯現
了涵蓋面極廣的語詞容量。

　　網絡語言是基於共同語基礎上的「後起之秀」，它以多樣的形式
產生、蔓延、發展，它印證了語言隨著社會發展而發展的規律。誠
然，人們對網絡語言褒貶不一，從網絡語言新詞新語構成來看，難免
良莠不齊，其生命力難以預測。網絡語言中的消極面是不可否認的。
本文探討的僅是網絡語言對新世紀小說語境衝擊中的積極現象，因為
我們是基於修辭視域的探討。正如范小青在〈屌絲的花季〉創作談中
所說：「我很喜歡這世界上和生活中有許許多多新詞，時尚的、流行
的，特別招我待見，看見它們我就嬉皮笑臉，樂不可支。通常可能認
為時尚的比較淺薄，流行的多半是一過性的，不能恆久。但是它們卻
是靈動的、活的、新鮮的，極有趣味的，即便它是一過性的，但它就
憑著這短暫的一過的過程，打動了你。」[14]正是這種喜愛，作者積累
了許多網絡詞語，並將其嫻熟地自然地運用到了自己的作品中。她對
這種語言的雙向評價是辯證的、深刻的。網絡語言中的一些成員可能

---

14 范小青：〈一次無所謂成功或失敗的寫作逆襲〉，《中篇小說選刊》2013年第4期，頁
　102。

曇花一現，但她所追求的並非花期長短，而是「一現」時的絢麗。她用來形容新詞的「靈動的、活的、新鮮的、極有趣味的」，同樣可以用來說明其小說中網絡詞語運用所產生的效果。從這種對網絡語言讚賞性的價值取向來看，她所形容的網絡語詞「使漢語的大地在今天發生了強烈的地震」[15]，強調的是更新，而非破壞；強調的是影響能量，而非破壞力道。這是與現實地震所造成毀滅性的破壞迥然不同的。網絡語言在造成地質影響的同時，又給語言大地帶來了新鮮活力。正如任洪淵在詩作〈漢字，二零零零〉中所形容的，「語言（尤其是漢語）運動的軌跡在呈現生命的疆界」，網絡語言對新世紀小說語境的介入給小說語言注入了生機活力，增添了語言的時代感，增強了語言的表現力。在打破語言和諧平衡範式的同時，實現了語言與時代的鏈接。

---

15 范小青：〈一次無所謂成功或失敗的寫作逆襲〉，《中篇小說選刊》2013年第4期，頁102。

第六章
顛覆中的小說對話語境

　　小說對話作為小說文本的重要組成部分，參與小說文本建構。巴赫金充分肯定了人物話語的意義，強調「對話交際才是語言的生命真正所在之處。語言的整個生命，不論是在哪一個運用領域裡（日常生活、公事交往、科學、文藝等等）無不滲透著對話關係」。[1]對話以其特有的形態與功能，在小說敘事中顯示出生機活力。

　　對話的本質是語言，對小說對話的考察也是基於語言基礎上的。但對話又不僅是語言問題，它還涉及心理問題、哲理問題、邏輯問題、語境問題、審美問題等。巴赫金在強調對話參與文本建構的同時，清醒地看到了對話的多學科性，他指出，「對話關係是超出語言學領域的關係。但同時它又絕不能脫離開言語這個領域，也就是不能脫離開作為某一具體整體的語言。」「所以，應該由超出語言學而另有自己獨立對象和任務的超語言學，來研究對話關係。」[2]「超語言學」視角體現了語言學、心理學、哲學、語境學、美學等多學科交融的視角。當然，不同學科對對話的研究有著不同的側重點，在多學科交融視角中有著主體視角。我們的考察是以語境為主體視角的「超語言學」考察。

　　以語境為主體視角，可以考察對話中的語境適應，也可以考察對話中的語境背離。我們選擇了語境背離作為考察的重點，是基於全書的語境差視角。小說中的精彩對話往往出現對日常言語交際規律的解

1　〔蘇〕巴赫金：〈陀思妥耶夫斯基詩學問題〉，《巴赫金全集》（石家莊市：河北教育出版社，1998年），第五卷，頁242。

2　同前註，頁241-242。

構，它顛覆了言語交際的合作原則，顛覆了言語交際的話語特徵，也就顛覆了小說對話語境。

從語境差的識別到語境差的審美，經歷了從語境顛覆的不平衡到平衡的過程。對小說對話語境差的考察，往往呈現出兩個層面，這是基於對話的性質特徵所決定的。一個層面的表現是，對話雙方話語的不合作體現了不平衡，而在人物形象、人物關係、特定情境中可能趨於平衡。這是作品內層面不平衡到平衡的轉換。另一層面是小說作者與讀者的不平衡到平衡的轉換。當讀者未獲取某一語境背景時，他所注視的是交際雙方的不平衡；當他依靠作者提供的語境識別話語意圖時，就可能與作者達成共識，從而實現二者間的平衡。這是作品內外交織的語境轉換過程，也是人物對話的審美過程。

第一節　語境視域下的信息差多視角解讀

信息差即信息發送與接收的不等值、不平衡。[3]修辭性信息差是對言語交際原則的背離，但在背離中建構了新的美學原則。信息差是修辭性語境差在小說對話中的特殊體現，是從語境差角度對人物對話中的不平衡現象的考察。對小說對話信息差的構成與解讀是依託語境而進行的。信息差因語境而生成，因語境而被解讀。語境伴隨著信息差從生成到解讀的全過程。

從言語交際視角對小說人物交際加以審視，涉及言語代碼從編碼、發送、傳遞、接收到解碼的全過程，涉及對話語物理特質、心理特質的考察。小說人物言語交際過程中的編碼與解碼呈現出複雜狀態。日常言語交際要遵循基本的交際原則，美國語言哲學家格賴斯提出交際的合作原則，包括量的準則、質的準則、關聯準則與方式準

3　祝敏青：《文學言語的修辭審美建構》（北京市：人民出版社，2014年），頁155。

則，成為大家認同的交際原則。而小說人物言語交際卻時常打破合作，尋求不合作。當然，這種尋求非人物有意而為之，而是作者的敘事話語策略。因此，對人物對話的考察，應關注從編碼到解碼間的信息等值現象，更應關注不等值現象。信息等值即信息編碼與解碼處於平衡狀態，這是交際的合作狀態。不等值即編碼與解碼處於不平衡狀態，這時交際處於不合作狀態，即我們所說的信息差。

　　小說人物對話的審美價值突出體現在多邊緣學科視角的互融性，這種融合使對話語的審讀具有了多視域空間。信息差作為小說對話的突出現象，其與語境的關係也呈現出多維空間。我們基於語境學視域，對小說對話信息差與語境的關係作多角度思考。為了說明同一語言現象可以擁有多角度的研究，也為了說明信息差廣博的研究空間，我們以鐵凝《大浴女》為例，以核心人物尹小跳與相關人物的對話為研究目標，從語境與對話關係的諸多角度加以考察。

一　信息差語料的呈現

　　我們以尹小跳為話語核心人物，與之蜜切關聯的情人陳在、方兢、妹妹尹小帆、閨蜜唐菲、女同學的對話為語料，分析語境差視域下可能的研究視角。為了便於分析，請允許我們將分析對象的語料呈現：

語料一：尹小跳 VS 陳在
片段一：
……她從來不坐那張三人沙發，即使當陳在把她抱在懷裡，要求更舒適地躺在那張三人沙發上時，她也表示了堅決的不配合。情急之中她乾脆對他說：「咱們上床吧！」
這是一句讓陳在難忘的話，因為在那之前他們從未上過床，儘管他們認識了幾十年，他們深明彼此。後來，有時候當他們有

些燒包地打著嘴仗，嚼清是誰先「勾引了」誰時，陳在就會舉
出尹小跳的這句話：「咱們上床吧！」這話是如此的坦蕩，率
真，如此令人猝不及防，以至於缺少了它固有的色情成分，使
陳在一萬遍地想著，此時此刻被他捧在手中的這個柔若無骨的
女人，真是他一生的至愛，從來就是。也似乎正因為那句話，
那個晚上他們什麼也沒做成。

片段二：
就在那天晚上麥克告訴我他愛我，陳在你聽見了沒有，麥克告
訴我他愛我。
陳在說我聽見了，麥克說他愛你。你也愛他嗎？尹小跳說，我
想愛他我很想愛他我很想告訴他我愛他，我⋯⋯
我⋯⋯我就是愛他肯定愛他。問題是⋯⋯問題是我跟你說了這
麼多，我想聽到你的看法，從前⋯⋯我的什麼事情你都知道
的，所以我想聽聽你的看法。
尹小跳有點兒語無倫次，因為她這番話說得並不真誠。
這不是她要告訴陳在的「最重要的話」，她卻無論如何沒辦法
把話題引到那「最重要的話」上去了。她弄不清為什麼她要滔
滔不絕地講奧斯丁，為什麼她越愛陳在就越誇麥克。這也是一
種膽怯吧，虛偽加膽怯。她虛偽著膽怯著又說了一遍：我想告
訴他我愛他我肯定愛他⋯⋯她覺得她心疼得都要哭出來了。
陳在放慢車速把車停在路邊，他搖下車窗玻璃就像是為了透透
新鮮空氣。他說小跳，如果你真愛他別的就都是次要的，比如
年齡什麼的。尹小跳說這就是你的看法？這就是你想對我說的
話？陳在沉默了一會兒說我是這麼想的。

片段三：

他把她攬進懷裡，她把臉貼在他胸上。他說我看你是太自私了小跳。

她說是這樣。

他說你根本就不顧別人的痛苦。

她說是這樣。

他說你還缺乏一種勇氣，和一個結過婚的男人共同面對新生活的勇氣。

她說是這樣。

他說你也很冷酷，我用一生的摯愛都不能打動你的心。

她說是這樣。

他說你就不想反駁我嗎我說的是反話！

她說不，我不想。

他說我真想掐死你掐死你。

她說你掐死我吧你現在就掐死我吧！

語料二：尹小跳 VS 方兢

片段一：

他一忽兒走在她的左邊，一忽兒走在她的右邊，他說小跳我還想告訴你一句話。

什麼？她問。

你是一個好姑娘。他說。

可是您並不了解我。

我的確不了解你，不過我自信再也沒有任何人比我更能明白你。

為什麼？

你知道，因為說到底，這是不可知的力量決定的。你我有很多相似的地方，比如敏感，比如冷淡外表之下岩漿一樣的熱……

您怎麼知道我會有岩漿一樣的熱？您還形容我冷淡的外表，您是不是覺得我對您的尊重表現得還不夠充分？

你看，你要和我吵了。他有些興奮地說：你的傲慢勁兒也來了——不，不是傲慢，是驕傲，驕傲不是我的，驕傲是你獨有的。

為什麼是我獨有的呢？她口氣軟下來：您的骨子裡如果沒有驕傲，您又怎麼能說出剛才——在北京飯店裡那一番話呢？

他忽然有些淒惶地笑笑說，你真以為那是驕傲嗎？我骨子裡更多的其實是一股無賴氣，無賴氣你懂吧？

她不能同意他的這種說法，或者說不能允許他這樣形容自己。儘管多年之後回憶當初，她才悟出他的自我分析是地道的貼切的，但在當初，她還是激烈地反對了他。

片段二：

她像很多戀愛中的女性一樣，偏執、大膽、糊塗。和方兢情感上的糾纏弄得她既看不清自己，也認識不了別人。他的那些坦率得驚人的「情書」不僅沒有遠遠推開尹小跳，反而把她更近地拉向他，他越是不斷地告訴她，他和一些女人鬼混的事實，她就越發自信自己是方兢唯一可信賴的人，自己的確有著拯救方兢的力量。於是方兢身上那率真加無賴的混合氣質攪得尹小跳失魂落魄。當他對她講了和第十個女人的故事之後，她變得張狂熱烈起來，她強烈地想要讓他得到自己，就像要用這「得到」來幫他洗刷從前他所有的不潔。她不再是當初那個連他的嘴唇都找不到的尹小跳，他的情書鼓動著她的心也開闊著她的眼。她甚至沒有為此想到婚姻，她不想讓這一切帶有交換的意味。婚姻，那是他事後對她的請求。

語料三：尹小跳 VS 尹小帆

片段一：

尹小帆這次的電話不是討論章嫵的整容，她說姐，你猜誰到芝加哥來了，方兢。

尹小跳說是嗎，你是不是想讓我介紹你認識他。

尹小帆說用不著了我已經認識他了，他在芝加哥大學演講，我為他作翻譯。

尹小跳說是嗎。

尹小帆說我說了我是你妹妹，他說你不說我也能猜出來。

尹小跳說是嗎。

尹小帆說接著他就請我吃晚飯，和我在一起的時候他一句也沒提起你，他倒是不斷稱讚我的英語。

尹小跳說是嗎。

尹小帆說後來我還開車陪他去看美術館，他喜歡夏加爾的畫，他喜歡這個猶太人。

尹小跳說是嗎。

尹小帆說你為什麼老說是嗎是嗎，你不想知道他對我的態度嗎？

尹小跳說我不想知道。

尹小帆說可是我想告訴你，他每天都給我打電話，後來有一天，我就在他那兒過了夜。

尹小跳說是嗎。

尹小帆說應該說他是挺不錯的男人，可惜我不愛他，他有天真之處，告訴我他的兩顆牙齒在化膿，我就再也沒興趣了。可是就剛才，我給你打電話之前他還給我打電話呢。

尹小跳說是嗎。

尹小帆說你怎麼樣呢你怎麼樣呢？

尹小跳做了個深呼吸，她咬字清楚地說，小帆我想告訴你，陳在已經離婚了。

尹小帆說是嗎。

尹小跳說我想你應該為我高興吧？

尹小帆說當然，我……為你高興。

片段二：

她曾經對尹小帆講起這件事，她巴望尹小帆能像兒時那樣毫不猶豫地站在她一邊。她巴望尹小帆說這又有什麼這又有什麼啊，唐菲本來就是那樣的人。尹小跳多麼希望有人替她說出這句話。唐菲本來就是那樣的人，賣身一次和賣身十次有什麼本質區別嗎？尹小跳多麼希望有人替她說出這樣的話。替她說了她就解脫了，她就不再卑鄙了。尹小帆卻沒說。她只說無恥，你是多麼無恥啊。

語料四：尹小跳 VS 唐菲

千萬別和有婦之夫戀愛。

可他不是一般的有婦之夫啊！尹小跳辯解說。

有什麼不一般的，難道他長著三條腿嗎？誰給他權利一邊兒和老婆離著婚，一邊兒求著你嫁給他，一邊兒一刻不停地找其他女人，誰給他這個權利？唐菲恨恨地說。

尹小跳說我願意原諒他這一切，你不知道從前他受了多少苦哇！唐菲哼了一聲說，別拿他受的那點兒苦來嚇唬人了。做學問我不如你，你們，我他媽連大學也沒上過，可我一萬個看不上方兢，他們那種人舉著高倍放大鏡放大他們那些苦難，他們無限放大，一直放大到這社會盛不下別的苦難了，到處都是他們那點事兒，上上下下左左右右誰都欠他們的。別人就沒苦難嗎？我們年輕我們就沒苦難嗎，苦難是什麼呀？真正的苦難是說不出來的，電影裡的小說裡的……凡能說出來的都不是最深的苦難你知道不知道。

尹小跳急赤白臉地說。我不知道我也不想知道！

唐菲說我這不是告訴你了嗎你怎麼還不知道，你是在裝不知道還是真不知道？

尹小跳說我知道你受過很多苦你沒有得到過愛，但是我得到了，愛是可以醫治苦難的，我一直努力去愛……

唐菲打斷尹小跳說：愛他媽是個什麼玩意兒，世界上最不堪一擊的玩藝兒就是愛！我早看出來你讓這個「愛」給打昏了頭，我真是衷心祝願你和方兢有情人終成眷屬。不過我斷定方兢肯定不會娶你。他要是真不娶你，才是你一輩子最大的好事！

尹小跳說唐菲你別這麼跟我說話，別跟我說這麼不吉利的話。我的天哪唐菲說，我的話是有點兒不吉利，可你好好想想方兢哪件事辦得是吉利的？他對你說的對你做的有哪一樣是吉利的？你才見過幾個男人啊你懂個屁！

語料五：尹小跳 VS 眾女生

她們經常在她坐在課桌前愣神兒的時候突然從她身後包抄過來然後大聲說：「哎哎，你有綠豆糕嗎你有綠豆糕嗎？」弄得她莫名其妙不知如何回答。可她們的神情是逼迫的，好像要立即從她手中討要綠豆糕。於是她趕緊回答說「沒有，我沒有綠豆糕」。

「哎喲喲鬧了半天你還沒有綠豆高（糕）哇！」她們大叫。

「你有雞蛋糕嗎你有雞蛋糕嗎？」她們緊接著又問。

「沒有，我沒有雞蛋糕。」她又照實回答。

「哎喲喲鬧了半天你還沒有雞蛋高（糕）哇！」她們大叫。

二　信息不等值狀態與語境

　　對話在《大浴女》中占據著很大的篇幅，而對話中的信息差及論辯性又構成了該文本對話的鮮明特性。除了上述對話，還有尹小跳與父親尹亦尋、母親章嫵、美國青年麥克甚至與自己的對話信息差，尹亦尋與章嫵的對話信息差，尹小帆與美國丈夫大衛的對話信息差等。信息差不等值的狀態是在特定語境中呈現出來的，其闡釋和解讀也需要借助語境背景。上述語料中的對話處在不等值狀態中，這從表達與接受雙方的話語意圖與話語理解的不對等語境可以看出。

　　語料一是尹小跳與陳在的對話片段1中，陳在對尹小跳「咱們上床吧」話語的現場接受及日後的非現場接受，都是視為「如此的坦蕩、率真，如此令人猝不及防」的情感表露，是缺少了話語「固有」「色情成分」卻又是性交意願的「勾引」。可是，聯繫上下文語境，我們看到了尹小跳此時的真實心態，也看出了交際雙方的信息差異。相識二十多年一直保持著「堅貞不渝的情誼」的二人因某種原因「不斷地互相錯過」，如今「他的耳語讓她心蕩神怡，她卻不願意被他推倒在這張沙發上。她從來不坐這張沙發，當她被陳在擠壓得透不過氣來的時候，她彷彿聽見了來自沙發底部的陣陣尖叫。那就是尹小荃的聲音吧，她從來都是端坐在這兒的，現在尹小跳和陳在妨礙了她擠壓了她——對了，她尖叫是因為尹小跳和陳在正合夥擠壓著她，為了他們的歡樂和他們的情欲。她尖叫著打斷著尹小跳警示著尹小跳，使尹小跳頑強地推開陳在的肩膀說著咱們上床吧咱們上床吧。」可見，要「上床」是因為要離開沙發，而離開沙發則是因為妹妹尹小荃。尹小荃是伴隨尹小跳一生的陰影。尹小荃兩歲那年，尹小跳和尹小帆目睹著她落入家門前的污水井。事發時，完全可能救助的兩個姐姐卻站立不動，尹小跳「不是拉著是拉住」了想要救助妹妹的尹小帆，用成年後的尹小跳自己的解釋，「拉就是阻攔」，而阻攔導致了尹小荃落井身

亡。雖然，尹小跳不喜歡尹小荃是因為懷疑其是母親與唐醫生所生，但小生命的逝去畢竟留下了心靈創傷，這個事件甚至影響了她一生的性格。以下兩個語段詮釋了尹小荃對她的深刻影響，也詮釋了「咱們上床吧」話語後隱藏的秘蜜：

（1）是誰讓你對生活寬宏大量，對你的兒童出版社盡職盡責，對你的同事以及不友好的人充滿善意，對傷害著你的人最終也能嫣然一笑，對尹小帆的刻薄一忍再忍，對方兢的為所欲為拚命地原諒拚命地原諒？誰能有這樣的力量是誰？尹小跳經常這樣問自己。她的心告訴她，單單是愛和善良沒有這麼大的能耐，那是尹小荃。

（2）許多許多年前揚著兩隻小手撲進污水井的尹小荃始終是尹小跳心中最親蜜的影子，最親蜜的活的存在，招之即來，揮之不去。這個兩歲的小美人兒把尹小跳變得鬼鬼祟祟，永遠好似人窮志短。人窮志短，背負著一身的還不清的債。她對尹小荃充滿驚懼，尹小荃讓她終生喪失了清白的可能；她對尹小荃又充滿感激，是這個死去的孩子恐嚇著她又成全了她。她想像不出一個死的孩子，能養育她的活的品格。

特定語境呈現了信息差異，又詮釋了信息差異。這種差異因隱藏在尹小跳內心深處的往事以及往事導致的幻象而始終未能被陳在正確讀解。片段2是面對美國青年麥克對她的示愛引發的對陳在的真愛情感發掘，並由此引發急於向陳在表白的願望。但面對陳在的表白卻是以對麥克的愛的表露作為語言載體，顯然導致了陳在的誤解。這種信息差異從陳在的回答中可以窺見。尹小跳對陳在試探性話語深層所隱含的話語真實含義從在美國的上文語境中顯示：「是麥克帶給了她從未有過的無羈無絆、胸無渣滓的歡樂，是麥克鼓舞了她對自己青春和生

命的無限肯定，是麥克激發了她行動的熱望，是愛她的麥克使她強烈地想要表達她對陳在的愛情。」「當她明白無誤地讀到這幾個字的時候，她也才突然明確地知道了自己的所愛不是麥克，她愛陳在，這愛是深切久遠的撕扯不斷的，也許當她被方兢丟棄在火車站候車室的長椅上的時候，當她面對著陳在痛哭的時候她就愛著他了，當後來陳在要結婚時徵詢她的意見的時候她就愛著他了。但是所有的愛和想念都不如此時此刻這樣確鑿這樣洶湧這樣柔軟這樣堅硬。」這一上文語境詮釋了尹小跳試探性話語的真實含義。因此當陳在對尹小跳的表層話語信以為真，做出鼓勵回答時，引發了尹小跳的一連串指責話語，暴露了其內心期盼，成為二人信息差異詮釋的下文語境。片段3是尹小跳為陳在前妻萬美辰對陳在的深情所打動，決定自己退出，成全他們後與陳在的對話。尹小跳以「是這樣」的不變回答應對陳在的各方面指責，與陳在希望其辯解的意願相左。看似肯定回答，實則產生了信息錯位。結合前面對二人情感的久遠深摯來看，「是這樣」表層肯定的話語在現實語境的深層實質上是否定的，但此刻的尹小跳去意已決，不願辯駁，也無需辯駁。

　　語料二是尹小跳與曾經的情人、著名導演方兢的對話信息差。片段1是二人初識，方兢以對尹小跳的誇獎和自我分析博得尹小跳的好感，方兢自我詆毀的「無賴氣」在尹小跳的現場接受語境中是被否定的，這就構成了二人的信息差，「多年之後回憶當初，她才悟出他的自我分析是地道的貼切的」，語境差在後續語境中得以消解。片段2是對方兢寫給尹小跳情書以及尹小跳對情書的反應的描述。把情書看作二人交際的言語載體，交際兩端的信息是不對等的。六十八封情書中「坦率得驚人」的「和一些女人鬼混的事實」，實際上並非「事實」，而是方兢編造出來的，這從下文語境中對方兢性「無能」及迫切的治療過程的描繪，以及得到尹小跳，「是尹小跳重新把他變成了一個男人」的描述中可以判斷。而尹小跳卻將方兢的放浪形骸信以為真，以

致「張狂熱烈」地「想要讓他得到自己，就像要用這『得到』來幫他洗刷從前他所有的不潔。」片段一的「坦誠」和片段二的「坦率」使方兢以一種真假交錯的假象贏得了尹小跳的情感。作者將尹小跳的天真浪漫放置於特定的時代背景中來描繪，背景語境對二者信息差異的形成具有依託作用。「那真是一個崇拜名人、敬畏才氣的時代，以至於方兢所有的反覆無常、荒唐放縱和不知天高地厚的撒嬌都能被尹小跳愚昧地合理化。那的確是一種愚昧，由追逐文明、進步、開放而派生出的另一種愚昧，這愚昧欣然接受受過苦難的名流向大眾撒嬌。」特定時代背景使尹小跳的愚昧荒唐接受具有了合理性。

語料三是尹小跳與妹妹尹小帆的對話信息差，片段一是尹小帆就方兢到美國與之交往的話題與姐姐交談。她試圖以方兢與其交往顯示自己的優勢，滿足虛榮心。尹小跳對尹小帆的性格，對方兢的人品瞭如指掌，因此，對其話語意圖以「是嗎」的慣性作答表示了不屑、輕蔑。這就與尹小帆的話語意圖產生了錯位，引發尹小帆的不滿。後以「陳在已經離婚了」，表明自己已有歸宿，以示還擊。聯繫小說文本語境，姐妹倆的個性、關係導致了信息差的形成，又詮釋了信息差的含義。片段二是尹小跳用犧牲閨蜜唐菲的尊嚴保全了自己的清白，讓唐菲獻身副市長，自己得以如願進入兒童出版社，十年後成了副社長。心懷內疚的她希望借尹小帆的口為自己開脫，卻得到逆向的指責。二人的話語指向是相背離的。這些信息差構成了與整個文本中姐妹關係相吻合的描述。

語料四是尹小跳與兒時蜜友唐菲就尹小跳與方兢談戀愛一事的交談。在那個「崇拜名人、敬畏才氣的時代」，尹小跳被崇拜迷惑了眼睛，以至於「方兢所有的反覆無常、荒唐放縱和不知天高地厚的撒嬌都能被尹小跳愚昧地合理化」。而遭受磨難，經歷過多個男人的唐菲則對男性有著尖銳的審視目光。二人的經歷差距、認知差距在這個交際現場語境造成了信息差異，信息差延續到交際結束，二人無法達成

共識。而信息差的消除則呈現在下文語境，「只是在多年之後，尹小跳才真正悟出唐菲的粗話當中那發自內心的真。」這句描述既說明瞭信息差異的趨於平衡，也說明瞭交際現場信息差異的存在。

　　語料五是尹小跳與女生們產生的信息差，從北京來的尹小跳因「口齒清晰的標準普通話和流暢的朗讀受到老師的表揚，也引起班上一大批女生的嫉妒」，她只好在班上保持沉默，但沉默被女生們認為是挑釁，於是她們「就來挑釁她的沉默」，以戲弄性的話語逗尹小跳上當。雙方產生的信息差在特定的語境中呈現出來。

　　上述尹小跳與相關人物的對話，在交際現場都出現了信息差。信息差生成於特定語境，信息差的延續或消除，則可能出現在現場語境，也可能出現在非現場語境。不管哪種情形，語境都是信息差賴以生存的重要因素。

三　信息差中的話語屏蔽與語境

　　信息差形成的原因是多方面的，可能在表達方，也可能在接受方。

　　從表達方而言，話語屏蔽是形成信息差的主要原因之一。「屏蔽，我們將之借用來指對話一方有意或無意將話語隱蔽，未經信息通道傳送給交際對象的一種潛話語現象。」[4]話語屏蔽的主要表現形式有兩種，一是以非有形言語代碼形式出現，一是以非真實話語形式出現，通過對話語符鏈接的阻隔來形成某種意義上的屏蔽。話語屏蔽的生成與解讀同樣有賴於文本語境的昭示。

　　尹小跳與相關人物的對話側重於表達方以非真實話語形式出現造成的信息阻隔，並由此構成信息差。真實話語與非真實話語是人物在特定語境中同時並存的兩套話語，它們以顯性與隱性形成對應關係。

4　祝敏青：《文學言語的修辭審美建構》（北京市：人民出版社，2014年），頁146。

在話語屏蔽中，一般被屏蔽的是真實話語，它隱含在話語與語境的融合中。而顯現的是非真實話語，它以被表達呈現在話語表層。這是表達方有意或無意狀態下的話語選擇。語料一中尹小跳「咱們上床吧」的話語目的是要逃離與尹小荃關聯的沙發，以至於將目標引向「床」；而陳在接受了話語表層具有的「性」信息，未能領悟尹小跳的真實目的，這從上面的語境分析中可以看出。雖然，尹小跳對陳在是真情投入，但由於對沙發的恐懼使話語指向與話語目的偏離，使非真實話語屏蔽了真實話語造成了一種假象。尹小跳對陳在的試探性話語屏蔽了她想向陳在表白的「最重要的話」，既是由於「虛偽加膽怯」，也在潛意識裡以這種方式激發陳在表態。陳在不明就裡，選擇了話語的表層語義，順勢作答，做出了與表達方話語目的指向相反的選擇。尹小跳的語義取向是掩飾，由於掩飾之義被屏蔽在話語深層，致使陳在接受了非真實的表層義，而忽略了對方的真實義。語料二中方兢以「坦率得驚人」的話語，將自己的無恥袒露在尹小跳面前，這些話語既屏蔽了事實真相，又屏蔽了方兢的話語目的，達到了反向勾引的目的。尹小跳「像很多戀愛中的女性一樣，偏執、大膽、糊塗」，無法識別話語內含的真相，只接收了其坦率，而忽略了其無恥，被非真實話語所蒙蔽。語料三中尹小跳以「是嗎」屏蔽了對尹小帆與方兢交往的輕蔑鄙視，以至於尹小帆無法從話語識別姐姐的真實態度。尹小跳又以「陳在已經離婚了」取代了對自己狀況的回答，屏蔽了「我很好，我很幸福」的直接回答。尹小跳對尹小帆陳述唐菲代其獻身之事，屏蔽了讓尹小帆代替自己做出反面評價，以開脫自己無恥罪責的話語目的，卻得到反向的指責。語料四唐菲的粗話屏蔽了其真心，以致尹小跳當時無法接受在她看來蠻橫的干預。語料五中女生們將對尹小跳的挑釁屏蔽在戲謔的遊戲話語中，尹小跳卻就實作答，落入對方設置的陷阱。

　　從某種意義上說，話語屏蔽與被屏蔽是語境因素，表達方與接受方也是語境因素。各語境因素相輔相成，構成話語的綜合語境。一方

的話語屏蔽造成另一方的解讀失誤，既與表達方有關，又與接受方有關。表達方選擇的話語屏蔽方式無論是出於有意還是無意，又在一定程度上體現了人物的特徵面貌。通過對人物選擇的話語形式的認知，可以窺見人物的個性特徵。

四　信息差與敘事語境

小說對話參與了小說文本建構，在人物形象塑造、情節發展、結構設置方面具有獨到的功用。信息差也以獨特的表現形式在小說文本中顯示出審美價值。

尹小跳與相關人物的對話信息差往往預設了情節發展趨勢。尹小跳「咱們上床吧」導致二人關係由「情」往「性」方面發展，但也正因為話語中隱含的「逃離」之義，導致二人「那個晚上他們什麼也沒做成」。這是由話語引發的人物關係發展、情節發展。以表明對麥克的愛屏蔽想對陳在說的「最重要的話」，導致二人在交際現場的情感障礙、導致二人的鬧彆扭及爭執，也導致二人在情感極度對立後的情感極度交融，以至於由「情」至「性」。「這似乎是他們都沒有料到的一個局面，又似乎是他們都曾期待過的一個局面。相識二十多年他們從未有過這樣的親熱，他們不斷地互相錯過，就好像要拿這故意的錯過來考驗他們這堅貞不渝的情誼。現在他們都有點兒忍不住了，當他們終於吻在一起的時候，他們對這年深日久的情誼的破壞就開始了。他們卻不太在意這已經開始的破壞，僅有情誼是不夠的，他們需要這美妙絕倫的破壞。當吻到深醇時刻他們甚至歎息這破壞為什麼會來得這麼晚。」這一情節發展類似於陳在徵求尹小跳自己要結婚的情節，又有別於該情節導致的後續發展。當陳在因不明瞭尹小跳情感而向其徵求結婚態度時，正像作者轉述的尹小跳的表現與心態：「你告訴我你要結婚的時候我竭力鎮靜著自己，我現在恨透了當時的我自己：帶

著那麼一種誇張的假高興，和那麼一種做作出來的輕鬆。我說你早就該結婚了，萬美辰這個名字多好聽啊……我的心如刀割，卻拚命地想著我是多麼懂事！我是多麼道德！我是多麼不輕浮！我是多麼莊重！就讓我躲在一邊偷偷地愛你疼你吧，就讓我把你的幸福當成我的歡樂……」尹小跳的非真實心態回應和陳在的錯位接受使二人失之交臂。面對表態的選擇，尹小跳當年的態度與陳在後來的態度是一樣的，都是以虛假話語掩飾了真實話語。但情節發展趨勢不同，前者導致二人無法結合，後者以極端分裂導致另一極端結合，則使二人走到了一起。尹小跳對方兢無恥話語的誤讀，導致二人關係深度發展。可見，尹小跳的獻身，是因為方兢話語的鼓動、是因為對話語讀解的錯位。尹小跳與尹小帆的信息差，導致姐妹二人的隔閡與矛盾加深。一次次的信息差，促使姐妹關係的一次次分離。尹小跳無法識別唐菲的真心，對其解勸視若罔聞，以至於繼續被方兢所蒙蔽。凡此種種，對話信息差成為情節發展中的重要環節，並鏈接著情節的後續發展。

　　信息差在展示情節發展的同時，也展現了人物形象個性。作為人物形象塑造的手法，信息差以形成與消解構成對立體，體現出人物形象個性。這種體現是一舉兩得的，既表現話語表達者，又表現話語接受者。表達者的話語屏蔽被接受者誤讀，造成信息差，在展現表達方特點的同時，也展現了接受方的某些特點。因此，對人物形象的塑造有著獨有的功能。尹小跳「咱們上床吧！」的話語表述，是因為尹小荃事件造成的心靈創傷，也是因為這創傷的深埋心底，情感複雜。雖然，陳在是她無話不談的摯友，但在此情此景中又是一言難盡的。同時，「上床」也是此時的情之所至。陳在對此產生的信息差，也是因了二人此時的情感發展水到渠成。信息差的生成是雙方特定語境下心態的揭示。尹小跳試探性話語使陳在產生信息差，一是因為話語表層與深層語義的差異，再一是因為二人多年來謙謙君子關係屏蔽了二人內心的真實情感。這一表達方式與接受狀態表明瞭處於未點明心跡特

定時間段二人的矛盾心態和雙方關係。方菀「坦率得驚人」的話語展現了其自我、無恥、狂妄的性格特點，尹小跳對此產生的信息差，體現了少女時期的天真無邪，易受矇騙的特點。尹小跳與尹小帆的信息差，既體現了尹小帆的賣弄自負，尹小跳的沉著冷靜，也展現了姐妹之間的較量，展現了二人不同的價值觀。唐菲的粗話體現了人物的直率粗魯，老於世道，也體現了對尹小跳苦口婆心勸說中的閨蜜真心。尹小跳產生的信息差既體現對唐菲過於直露話語的難以接受，也體現了對方菀的沉迷狀態。女生們對尹小跳的惡作劇以信息差的戲謔方式呈現孩童時代挑釁的小把戲。

　　信息差參與文本敘事，在敘事過程中的功用體現了信息差的審美價值。在小說敘事語境中，存在著兩個層面的交際關係，一個層面是作為敘事者的作者，與之相對的是敘事接受者即讀者。一個層面是故事中的交際方，也形成了表達與接受的雙方。信息差在故事人物交際中出現，其雙方在交際現場的不平衡不對等，使雙方無法實現交際目標。但在語境張力的調控下，話語表層的信息錯位往往轉化為深層的審美平衡。因此，對作者與讀者的交際而言，信息差輸出了美學信息。讀者由此探求了對人物形象的認知，看到了人物的外在形象與內心世界。信息差穿插在情節結構中，也使讀者看到了情節發展的趨勢與走向。

　　基於語境視域，我們對尹小跳與相關人物的對話信息差進行了多角度的分析。這說明，人物對話信息差有著廣博的研究空間。在語境視域中，又呈現出下位研究視角，顯現了信息差的生成與解讀同語境的蜜切關係，也顯現了語境視域的博大包容性。

第二節　信息差——作為修辭策略的對話模式

　　信息差是言語交際過程中編碼與解碼處於不平衡、不等值的狀

態。日常言語交際中的信息差可能造成言語交際通道阻塞，交際失誤；小說對話中的信息差與此不同。人物之間編碼與解碼的不等值，在作者與讀者交際層面卻具有審美價值。因此，它是作者設置小說對話的策略。上一節，我們從信息差多角度的考察說明瞭信息差研究的博大空間，本節我們將對信息差作為修辭策略的對話模式作進一步探討。

如前所述，信息差的生成和解讀與語境有著蜜切的依託關係。信息差的生成是在語境背景下，由語境的介入干擾而生成。信息差的解讀，也依賴語境而完成。從修辭策略視角來考察信息差所存現的對話模式，呈現出兩個層面的不同交際對象、交際狀態：一是信息差出現的交際界域，即作品中人物與人物之間出現的信息不平衡。一是信息差消解的交際界域，即小說作者與讀者之間所建構的審美平衡。在語境參與下，人物間出現的信息差在作者與讀者的交際中得以化解、詮釋，從而成為作者敘事的修辭策略。人物間原有的信息差依然存在，只是在讀者視野中已然轉化成為審美對象。從表現形態、表現內容等方面來看，當代小說對話語境中的信息差色彩紛呈，但從總體模式來看，無非以這兩個層面的不同交際狀態為基本模式。

一　信息差與語境顛覆──信息差的生成

語境顛覆是信息差生成的重要因素。語境的某個因素處於不平衡狀態，干擾了表達者與接受者的溝通，造成了信息差。

小說人物構成了交際對象語境，對象語境在某一方面的顛覆可能造成信息差。如人物內在心理因素的不平衡：

　　　　老瞎子在正殿裡數叨他：「我看你能幹好什麼。」
　　　　「柴濕嘛。」

「我沒說這事。我說的是你的琴，今兒晚上的琴你彈成了什
麼。」
小瞎子不敢接這話茬，吸足了幾口氣又跪到灶火前去，鼓著腮
幫子一通猛吹。

　　　　　　　　　　　　　　　——史鐵生〈命若琴弦〉

老瞎子數叨的話語指向是對小瞎子當晚在野羊坳說書時亂彈琴的不
滿，小瞎子卻誤以為是對自己燒柴時因柴草不乾引起的濃煙的指責。
這一信息差是由於時間語境和目的語境的交錯形成的，即老瞎子數落
彈琴的事本應在彈琴的時間，但現場沒有發作，卻在非現場發作。而
彈琴的非現場則是小瞎子燒柴的現場，因此小瞎子產生誤會，回答成
燒柴的事是自然的。「我看你能幹好什麼」的話語出現在小瞎子吹火
不著的情境下，對小瞎子的接收造成了干擾。同時，也是由師徒二人
的不同心態構成。師父對小瞎子彈琴的表現不滿，小瞎子未能及時識
別這一不滿。彈琴時，小瞎子喜歡的小妮子「尖聲細氣地說笑」干擾
了他的彈琴，在老瞎子「把琴彈得如雨驟風疾，字字句句唱得鏗鏘」
時，小瞎子卻「心猿意馬，手底下早亂了套數」。對自己的表現小瞎
子心中有數，因此，在老瞎子明確指出信息差消除後，小瞎子以「猛
吹」火來掩飾尷尬。交際雙方心理因素的不平衡與雙方所處的處境有
著直接關聯。雙方由於所處境地各異，造成了不同的心態，特定語境
下不同的心理空間在表達與接受方面產生了不平衡，如：

你在哪裡？
你在哪裡？
我要去坐牢。
你不要回來，他們在抓你！
什麼？

什麼？

我要去坐牢，我想去投案了，聽明白了嗎？

你不能回來，他們在抓你，聽明白了嗎？

——普玄〈月光罩杯〉

「我」在上手術臺即將做人流手術時，接到了情人田測量的電話。隔著電話聽筒的對話使二人產生了距離上的對話差異，而差異更多的是由二人的處境及對對方情況、心理狀態的不明瞭造成的。田測量因行賄被警察追捕，他忍受不了顛沛流離，也為了盡快解脫現有婚姻（與妻子約定一旦他坐牢，則二人離婚），好堂堂正正的去愛「我」，因此欲選擇投案自首。而「我」面臨著人流和得知警察在醫院布控抓捕田測量的信息，急於向對方傳遞，讓對方脫險。急於投案和急於示警是雙方的心理差異，這一差異造成了信息傳遞的差異。電波傳遞方式加劇了差異的構成，導致二人南轅北轍，無法溝通。

心理因素有時不是由語言而是由行為造成了接受者的誤差。陳染《與假想心愛者在禁中守望》中寂旖與調琴人的交際，就是由人物心理因素造成的異常行為，被對方誤讀而產生的信息差。動作行為作為交際的輔助話語，協同語言傳遞信息。孤寂中的寂旖從調琴人的琴聲中獲取了某種溫情的回憶，下意識的動作是「她從他的身後向他敦實的肩貼近了一步，彷彿是在冷清的房中貼近爐火的光源。有一瞬間，有什麼溫情的東西在她的記憶邊緣閃耀。她把寂寞的雙肩微微弓起，一聲不響、寧靜倦怠地輕輕靠在他的背上」。隨之而來的是吃飯的邀請：「……我們像朋友一樣坐下來，一起吃頓飯，談談天。」這些舉動對一個陌生男人來說，未免過於親暱。加之對書桌檯燈旁邊相片上人，不是情人而是「魂」的回答，更是讓調琴人無法坐懷不亂，於是有了以下對話：

「如果……我留下來，你打算收多少錢？」中年男子沉鬱的表情慢慢開始消逝，某一種慾望似乎正在他溫熱的血液裡凝聚起來。

「什麼錢？」話剛一出口，寂旖已經明白過來。她的臉頰微微發熱。

接著，她的嘴角掠過一絲平靜的似有似無的冷笑。

「您弄錯了，先生。我的職業不是您想像的那一種。不過，——您提醒了我，也許以後我可以試試那個職業。如果我感到需要的話。」

這場由寂旖不合常理的行為舉止造成了對方理解的誤差，又由寂旖的點明及消除誤解的一起下樓宣告信息差的消除。

小說人物所處的空間語境與人物的年齡、性格、文化教養等有著蜜切聯繫，有時候被接受的事物與人物所具有的條件產生不平衡，也可能造成信息差。如：

小瞎子聽出師父這會兒心緒好，就問：「什麼是綠色的長乙（椅）？」

「什麼？噢，八成是一把椅子吧。」

「曲折的油狼（遊廊）呢？」

「油狼？什麼油狼？」

「曲折的油狼。」

「不知道。」

「匣子裡說的。」

「你就愛瞎聽那些玩藝兒。聽那些玩意兒有什麼用？天底下的好東西多啦，跟咱們有什麼關係？」

　　　　　　　　　　　　　　——史鐵生〈命若琴弦〉

老瞎子為了說書,「花了大價錢從一個山外人手裡買來」了一個「電匣子」,這個「電匣子」給了小瞎子廣闊的天地和無窮無盡的聯想。「曲折的油狼(遊廊)」就是小瞎子從「電匣子」中獲取的新詞。由於封閉的鄉村生活,貧乏的知識積累,他無法理解「遊廊」為何物,因此「遊廊」便成了「油狼」。這一類知識產生的信息差,在小瞎子與「電匣子」的交際中有多處,但有些信息差中有著現實的根基,不至於像「曲折的油狼(遊廊)」那樣讓小瞎子無法想像而又耿耿於懷,在小說中多次發問。以下文字就表現了不同事物給小瞎子帶來的不同的想像:

> 這只神奇的匣子永遠令他著迷,遙遠的地方和稀奇古怪的事物使他幻想不絕,憑著三年朦朧的記憶,補充著萬物的色彩和形象,譬如海,匣子裡說藍天就象大海,他記得藍天,於是想像出海;匣子裡說海是無邊無際的水,他記得鍋裡的水,於是想像出滿天排開的水鍋。
>
> 再譬如漂亮的姑娘,匣子裡說就像盛開的花朵,他實在不相信會是那樣,母親的靈柩被抬到遠山上去的時候,路上正開著野花,他永遠記得卻永遠不願意去想。但他願意想姑娘,越來越願意想;尤其是野羊坳的那個尖聲細氣的小妮子,總讓他心裡蕩起波瀾。直到有一回匣子裡唱道,「姑娘的眼睛就像太陽」,這下他才找到了一個貼切的形象,想起母親在紅透的夕陽中向他走來的樣子,其實人人都是根據自己的所知猜測著無窮的未知,以自己的感情勾畫出世界。每個人的世界就都不同。
>
> 也總有一些東西小瞎子無從想像,譬如「曲折的油狼」。
>
> ——史鐵生〈命若琴弦〉

可見,同樣是信息差,卻有著差異程度的不同。對小瞎子而言,三歲

以前未失明時的記憶是印在他腦海中的全部的世界，在這一世界曾經出現過的事物，他可以發揮想像；但這個世界未曾有過的印記，卻無法憑藉他的想像來完成。這些差異既表現了小瞎子眼界的封閉，又體現了他對廣闊世界的嚮往渴求。這種封閉不僅是失明的小瞎子的侷限，而是閉塞的鄉村孩子們共同的侷限。這種嚮往渴求也不是小瞎子一人的渴求，對外面世界的嚮往，是鄉村孩子們的共同渴求。「油狼」問題延續在小瞎子與蘭秀兒的對話中：

> 兩個人東拐西彎，來到山背後那眼小泉邊。小瞎子忽然想起件事，問蘭秀兒：「你見過曲折的油狼嗎？」
> 「啥？」
> 「曲折的油狼。」
> 「曲折的油狼？」
> 「知道嗎？」
> 「你知道？」
> 「當然。還有綠色的長椅。就是一把椅子。」
> 「椅子誰不知道。」
> 「那曲折的油狼呢？」
> 蘭秀兒搖搖頭，有點崇拜小瞎子了。小瞎子這才鄭重其事地扭開電匣子，一支歡快的樂曲在山溝裡飄。
>
> ——史鐵生〈命若琴弦〉

對話在無知中充滿了童真，充滿了對外界的渴求。小瞎子對未知的「曲折的油狼」以「當然」知道的回答，表現了其在蘭秀兒面前的顯擺，果然引起蘭秀兒的「崇拜」。實際上小瞎子與電匣子中的「遊廊」還是處在信息差狀態，只是在蘭秀兒面前小瞎子不願承認自己的無知而想當然罷了。

　　對象話語銜接錯位也可能造成表達與接受的差異。如：

> 兩個人又默默地吃飯。老瞎子帶了這徒弟好幾年，知道這孩子
> 不會撒謊，這孩子最讓人放心的地方就是誠實，厚道。
> 「聽我一句話，保準對你沒壞處。以後離那妮子遠點兒。」
> 「蘭秀兒人不壞。」
> 「我知道她不壞，可你離她遠點兒好。早年你師爺這麼跟我
> 說，我也不信……」
> 「師爺？說蘭秀兒？」
> 「什麼蘭秀兒，那會兒還沒她呢。那會兒還沒有你們呢……」
> ──史鐵生〈命若琴弦〉

二人對蘭秀兒的看法評價是一致的，但在與之接近與否的態度上則是相左的。在這樣的認識基礎上小瞎子對老瞎子「早年你師爺這麼跟我說」的話語產生了信息差，這一差異主要原因在於話語承接「你離她遠點兒好」而來，使小瞎子誤以為「這麼」指稱「你離她遠點兒好」之事。這一誤解以小瞎子充滿了童稚的疑問「師爺？說蘭秀兒？」表現出來，顯得可愛有趣。

　　話語所具有的雙重指向常常造成表達與接受的不同話語領悟。西西〈像我這樣一個女子〉中「我」與戀愛對象夏之間就出現這類誤差：

> （1）那麼，你的工作是什麼呢。
> 他問。
> 替人化妝。
> 我說。
> 啊，是化妝。
> 他說。

但你的臉卻是那麼樸素。

他說。

（2）我可以參觀你的工作嗎？

夏問。

應該沒有問題。

我說。

她們會介意嗎？

他問。

恐怕沒有一個人會介意的。

我說。

例（1）「替人化妝」有兩個語義指向，一是「替活人化妝」，一是「替死人化妝」。因為「我」的職業特殊，因而常人一般會從常理上理解為「替活人化妝」。這一點「我」是很清楚的，「我知道當我把我的職業說出來的時候，夏就像我曾經有過其他的每一個朋友一般直接地誤解了我的意思。」「但你的臉卻是那麼樸素」的評價說明瞭夏的誤解。例（2）「恐怕沒有一個人會介意的」也有兩個話語指向，在於「人」的「活」與「死」。「我」當然明瞭所指，但話語的模糊性卻帶有了與之相左的另一指向。而夏承接前面而來的誤解理所當然地接收了錯誤的指向。這兩個片段的信息差導致一旦信息差消解可能產生的情節發展：「從這裡走過去，不過是三百步路的光景，我們就可以到達我工作的地方。然後，就像許多年前發生過的事情一樣，一個失魂落魄的男子從那扇大門裡飛跑出來，所有好奇的眼睛都跟蹤著他，直至他完全消失。」信息差使「我」與夏的交往延續，構成了小說的主要情節。小說結束在信息差消解之前，給讀者留下了想像推測的空間。

二　信息差與語境平衡——信息差的解讀

　　信息差的生成基於語境顛覆基礎上，信息差的解讀則是基於語境因素調節下所產生的新的平衡。從顛覆到平衡體現出信息差中呈現的兩個層面的交際關係：人物與人物；作者與讀者。當小說對話被解讀時，交際存現兩級層面：其一是作品內人物與人物的交際，其二是作者與讀者的交際。信息差的顛覆存現於作品內人物交際之間，調節後的新的平衡則存現於作者與讀者之間。作者憑藉語境因素的參與，完成了兩個交際層面交錯從顛覆到平衡的過程。

　　信息差的解讀是從不平衡中尋找平衡的過程。如前所呈現的，交際中的人物因某種因素產生了信息差。而在這信息差中往往有著內在的平衡。作者通過語境因素的參與，協同讀者完成了平衡的領悟。阿袁〈鄭袖的梨園〉，鄭袖借給沈杲講課，達到勾引沈俞，打擊沈杲繼母朱紅果，為自己兒時的家變復仇的目的。講課內容是鄭袖的策略之一。但十三歲的沈杲對鄭袖的用意產生了信息差：

> （1）當時她正給沈杲講《關雎》。「關關雎鳩，在河之洲；窈窕淑女，君子好逑。」這種古典愛情詩歌鄭袖一向偏愛，加之邊上還有個沈俞，鄭袖更是講得眉飛色舞風生水起。幾千年前的《詩經》，在鄭袖這兒，都有蹦躂的意思了，都有激灩的意思了。但十三歲的沈杲依然不明白。沈杲說，明明是寫雎鳩，怎麼又去寫淑女，這個詩人是不是跑題了？鄭袖說，這就是比興了，看見鳥的雙宿雙棲，想到自己的形單影隻，很自然地聯想，怎麼會跑題呢？沈杲說，如果看見兩頭豬呢？看見兩隻狗呢？是不是題目就應該叫作《關豬》或者《關狗》？

> （2）鄭袖在課間給沈杲講了《蘆花記》。這是明代的傳奇。講

　　一個繼母，表面對繼子也是疼愛，暗地裡卻給繼子的棉襖裡絮蘆花，天寒地凍的日子，兒子瑟瑟發抖，而不明就裡的父親，竟然鞭打兒子。要不是棉襖裡飛舞出漫天的蘆花，女人的陰險，或許就永遠繞過了男人。故事到這兒戛然而止。鄭袖掐去了那虛情假意的結尾。沈杲看上去有些迷惑——之前鄭老師還在給他講曹操的〈短歌行〉，青青子衿，悠悠我心，但為君故，沉吟至今。沈杲沒想到，《三國演義》裡那個殺人不眨眼的英雄曹操，竟然也有這樣的深情。這讓十三歲的沈杲，幾乎有些惆悵了。這堂課沈杲也表現出少有的認真。然而老師的話鋒卻陡然一轉，又講起了什麼蘆花飛舞，這讓沈杲有些丈二和尚摸不著頭腦。鄭袖也有些訕訕的。她本來以為沈杲會有一種兔死狐悲的悲傷。然而沈杲沒有。沈杲甚至不明白老師在說什麼，他的情緒依然還在曹操那兒。沈杲說，曹操那樣的一代梟雄，感情怎麼和賈寶玉一樣？「但為君故」裡面的「君」，到底是什麼人哪？竟然讓我們叱吒風雲的魏武帝念念不忘。

　　例（1）給沈杲講《關雎》是出於鄭袖的偏愛，也是出於對沈俞的吸引，但十三歲的孩子理所當然地未解風情，不能明瞭古典愛情詩歌的寓意。這一信息差對講課者與聽課者的年齡特點、認知水平來說，是平衡的。讀者從交際雙方表達與接受的不平衡到人物身分學識的平衡，讀解了作者所呈現的人物形象。例（2）鄭袖在〈短歌行〉後講〈蘆花記〉，帶有自己的話語意圖，十三歲的沈杲不解其意，二人交際不處在同一個層面，出現了信息差。這個信息差的平衡點在於沈杲的年齡及對鄭袖話語意圖背景的未知，因此鄭袖「蘆花的故事算是白講了」。帶有寓意的信息傳遞未能被對方所接收，沈杲未能在鄭袖的計策中充當棋子，是情節走向的一個組成部分。對讀者而言，信息差在對兩個人物的塑造與情節發展中取得平衡。

　　信息差有時是人物無意中造成的，在體現人物心態方面取得了平衡，如：

　　　　過了一會兒蘭秀兒又說：「保不準我就得到山外頭去。」語調有些淒惶。
　　　　「是嗎？」小瞎子一挺坐起來：「那你到底瞧瞧曲折的油狼是什麼。」
　　　　「你說是不是山外頭的人都有電匣子？」
　　　　「誰知道。我說你聽清楚沒有？曲、折、的、油、狼，這東西就在山外頭。」
　　　　「那我得跟他們要一個電匣子。」蘭秀兒自言自語地想心事。
　　　　　　　　　　　　　　　　　　　　——史鐵生〈命若琴弦〉

　　出於不同的期望，二人的話語關注點也是相左的。小瞎子惦記著「曲折的油狼」，蘭秀兒惦記著「電匣子」，心理期待空間各異，對對方話語的回饋呈現出答非所問的狀態。這一信息差在體現二人心態方面取得了平衡，描繪出兩個孩子各自的心理期待，也描繪出其對山外世界的憧憬。
　　信息差有的是交際雙方無意造成，有的則是某一方有意而造成的錯位，在有意方的某一個方面可能達到平衡。

　　　　終於小瞎子說話了：「幹嘛咱們是瞎子！」
　　　　「就因為咱們是瞎子。」老瞎子回答。
　　　　終於小瞎子又說：「我想睜開眼看看，師父，我想睜開眼看看！」
　　　　哪怕就看一回。「你真那麼想嗎？」
　　　　「真想，真想——」

老瞎子把篝火撥得更旺些。

雪停了。鉛灰色的天空中，太陽像一面閃光的小鏡子。鷂鷹在平穩地滑翔。

「那就彈你的琴弦，」老瞎子說，「一根一根盡力地彈吧。」

「師父，您的藥抓來了？」小瞎子如夢方醒。

「記住，得真正是彈斷的才成。」

「您已經看見了嗎？師父，您現在看得見了？」

小瞎子掙扎著起來，伸手去摸師父的眼窩。老瞎子把他的手抓住。

「記住，得彈斷一千二百根。」

「一千二？」

「把你的琴給我，我把這藥方給你封在琴槽裡。」老瞎子現在才弄懂了他師父當年對他說的話——咱的命就在這琴弦上。

——史鐵生〈命若琴弦〉

「想睜開眼看看」與「那就彈你的琴弦」之間本沒有內在的關聯，但在該文本語境中卻帶上了蜜切關聯。這是因為老瞎子的師父曾以彈斷一千根琴弦作為讓眼睛復明的誘惑，讓老瞎子心無旁鶩，一心彈琴。因此「睜眼」與「彈琴」在特定人物間構成了獨具個性的因果關係。而也由於這個原因，師父說的彈琴使小瞎子想到了抓藥。但彈斷一千根琴弦與取出藥方抓藥的鏈接在老瞎子去實現的過程中已經斷裂，隨著「那張他保存了五十年的藥方原來是一張無字的白紙」，「老瞎子的心弦斷了」。為了掛念仍在山裡的徒弟，他掙扎著回到山裡，找到因蘭秀兒嫁到山外而絕望的小瞎子，於是有了上述對話。對小瞎子問的「抓藥」和「看見」，老瞎子以強調琴弦的「彈斷」為阻隔，有意製造信息差。這一信息差，使我們看到了老瞎子的失望，也看到了老瞎子對小瞎子的希望。夢想破滅後，他將自己逝去的夢想重新移植到小

瞎子身上，因為，只有希望才能有生活的指望，才能有生活下去的奔頭。琴弦的寓意在老瞎子師父的話語中得以揭示，在老瞎子的想法中得到了平衡：「記住，人的命就像這琴弦，拉緊了才能彈好，彈好了就夠了。」瞞著小瞎子，給小瞎子生活目標的理由是老瞎子的想法，是這個善良淳樸的老人對徒弟的關愛，這關愛充滿了無望又充滿了希望，充滿了無奈又充溢著堅信。

　　在因知識背景限制而造成的共知前提缺乏下產生的信息差，能夠揭示交際雙方各自的知識背景、興趣愛好等方面。如：

> 楊剛顯得很有些過意不去，巴巴的很討好地過來，躡手躡腳地把她的身子給扶正（通常他總是要把媳婦給攬到懷裡哄著的，眼下礙著外人眼沒好意思顯露親昵），輕聲噓寒問暖，又輕拍著她的臉把她給打精神過來，充滿誘惑語氣的鼓動說：「別睡，別睡，這樣睡著了會感冒。快睜眼，快看馬拉多納。馬拉多納出場了！」
>
> 「什麼麥多娜呵麥多娜？」
>
> 柳鶯把身子扭了幾股，不耐煩地將眼睛翹出一條小縫兒，無精打采地乜斜電視螢屏。她原以為楊剛說的是歌星麥多娜，是那個美國傻女孩兒利用球場休息時間，要上場瘋狂缺心眼的唱「我是一個處女，我是一個處女」了呢。
>
> ——徐坤〈狗日的足球〉

柳鶯原是足球盲，因此將楊剛說的馬拉多納演繹成了美國歌星麥多娜。這一信息差在體現兩個人物的興趣愛好上取得了平衡。楊剛是足球迷，柳鶯則對足球毫無興趣，因此也就不知馬拉多納為何物。這個信息差說明柳鶯的足球認知程度，也為柳鶯成為馬拉多納的粉絲，成為足球迷作了反襯鋪墊。

三　從顛覆到平衡——信息差的審美

　　從顛覆到平衡是信息差的解讀過程，也是信息差的審美過程。當然，審美韻味的領悟加入了讀者的審美體驗，是讀者與作者在語境參與下的溝通。

　　語境是解讀信息差的關鍵，對話雙方因語境缺失產生信息差異，讀者借助語境了解差異，解讀話語信息。如：

> 　　有一天他下班回來，對「吳妹妹」說單位的新辦公樓已經啟用了，他的新辦公室在九樓，九一九。她一下子變得煩躁起來，斜視著他，沒頭沒尾地說，那次，我要帶著孩子去，為什麼你不制止？他淡然地吸著菸說哪次？制止什麼？她說那次，夏天，九一九那次。他迷惑地說，什麼九一九？
>
> 　　　　　　　　　　　　　　　　　　——鐵凝〈巧克力手印〉

去年夏天「吳妹妹」為「趕走」丈夫在外地的情人穆童，帶著孩子，在房間號是九一九的房間會見了穆童，並擊退了穆童。然而這種勝利並沒有產生快感，卻使她愈發惆悵，甚至對曾經的情敵產生朦朧的憐憫，「好像是他們全家共同對穆童的作踐」。從此那個房間號深深印刻在她的腦海，揮之不去。此時丈夫說自己的新辦公室在九一九時，勾起了「吳妹妹」對往事的回憶。她想起去年夏天帶著兒子見穆童的情景。穆童給了兒子巧克力，被單上印滿了巧克力手印，穆童裹在巧克力手印的被單裡睡去。這一幕幕又在她的腦海裡浮現，去年的惆悵感、內疚感又油然而生。妻子對自己新的辦公地點這麼大的反應，使丈夫莫名其妙。妻子的責問沒頭沒腦，不知情的丈夫自然大惑不解。「九一九」在丈夫眼裡只是他辦公的新處所，然而在妻子心中卻隱含了更深的含義，隱含著她踐踏他人情感的罪證，是她內心無法排遣的

癥結。對妻子當年的經歷、對妻子內心的苦痛，丈夫因語境的缺失無法領悟，而讀者則通過文本上下文語境，讀解了其中含義，也讀解了二人信息差異中所體現的思想差異。有時看似平衡的對話中可能存在信息差，更需要借助語境加以識別。鐵凝〈蝴蝶發笑〉中，楊必然妻子與主編有一段對話：

> 她對主編說楊必然是個出色的編輯，是個出色的人，那個早晨他不是調戲少女，他只是，他只是……他只是……他不過是……
>
> 於是主編也對楊必然的妻子說了聲：「知道了。」
>
> ──鐵凝〈蝴蝶發笑〉

楊必然連續三個早晨在去上班的路上看到了一位少女 T 恤衫上的大蝴蝶，少女背上的這個大蝴蝶讓他感到氣憤，因為他覺得它就像趴在少女身上的無賴，他在心裡說了很多遍：請拿掉您背上的蝴蝶！但是「他的手先了他的嘴，他有點等不及他的嘴，先調動了自己的手」，結果他在自己內心的一廂情願下，動手揪住了那個少女背上的蝴蝶，一把拽住那個少女的衣服，理直氣壯地不撒手，最後還是通過警察的力量掰開了他的手，這件事後楊必然被編輯部解僱。這段話是楊必然離開編輯部後，他的妻子到編輯部替他申辯和主編進行的一場對話。對於楊必然的這個出人意料的舉動，外人看來是無法理解的，包括編輯部的主編。但是楊必然的妻子理解楊必然，只有她明白楊必然是個什麼樣的人，所以她試圖替他來解釋這一切。然而主編作為楊必然的領導，有權利處理下級。楊必然做出這種常人無法理解的舉動，已讓主編形成了既定的認識，認定他就是一個調戲少女的不良分子，所以在這場對話中，主編已經掌握了話語的主動權。話語的另一方──楊必然的妻子，對於沒人能夠像她一樣了解楊必然，她顯得勢單力薄，

缺失了話語主動權，所以在辯解的時候顯得底氣不足。在這場對話中，主編和楊必然的妻子由於對楊必然認識和了解不同，所以在對話一開始，雙方就對楊必然的所作所為的認知上出現了偏差，再加上話語主動權一方的無形壓迫，所以無論楊必然的妻子如何努力地想解釋清楚，卻也還是沒能改變主編對楊必然的看法。由於她的話語權被抑制，她陷入了有話說不出的境地，因此只能吞吞吐吐結束了她想解釋的一切。雙方話語終止在看似平衡的信息差之中。

　　作者賦予讀者全知全能的視角，使讀者能夠超越作品人物眼光的限制，居高臨下，一覽眾生。在一個交際場合，人物與人物的交際可能呈現出多對應關係，編碼與解碼也就可能在不同交際對象中呈現不對等狀態。如：

（1）父親看見的是風情萬種的陳喬玲。是十分賢慧的陳喬玲。鄭袖生病了，陳喬玲依然會端茶送水，只是那話音兒，不好聽。陳喬玲說，我們家袖兒，真是金枝玉葉的身子，要是生在富貴人家，原是要有使喚丫頭的，你看人家寶哥哥，有晴雯有襲人，林妹妹，也有紫娟有雪雁。只可惜了袖兒，生在我們這樣的市井人家。這話的挖苦意思，十幾歲的鄭袖都聽得分明。而鄭校長，卻把它當纏綿的昆曲聽了。變了心的男人是頭驢，耳裡眼兒裡塞得都是驢毛，三嬸說。

　　　　　　　　　　　　　　　　——阿袁〈鄭袖的梨園〉

（2）「看出來了。」我說，「什麼歌？」

「《文化大革命揍是好》！」白鬍子老頭又大聲地說。

「揍是好？」我納悶。

「揍是好！」白鬍子老頭高調重複。

王局、史局和鍾局以及一幫人都哄笑著。小肖湊到我耳邊，悄聲道：「就是好。」

　　「老人家，恭喜您，回答正確，加十分！」史局說。

——喬葉〈拾夢莊〉

例（1）對繼母陳喬玲的話語，父親與鄭袖的接收是不一樣的。十幾歲的鄭袖聽得分明的挖苦意思，父親「當纏綿的昆曲聽了」，這是作為話語讀者的鄭袖與父親之間的信息差，也是父親與表達者陳喬玲之間的信息差。父親未能識別陳喬玲的惡意，是因為愛情蒙蔽了其眼睛。鄭袖聽得分明，是因為對繼母的戒意。這就將人物不同的話語認知表現了出來，又由不同的認知表現出人物關係的差異。例（2）對白鬍子老頭的方言摻雜的「搋是好」，「我」與在場的其他人的接收是不一樣的。以「文革」為題材的旅遊項目開發者能理解，而「我」卻未解其義。這是因為開發者們熟悉「文革」話語，而「八〇」後的「我」缺乏相應的背景資料，所以無法讀解。這種由時代背景造成的差異表現在「我」對「文革」無知的各個場合。「我」隨黑衣女人來到山上，看到「文革」武鬥中死去的人們的墓碑。二人有了下列對話：

　　「這些人，活著的時候一定超糊塗，真不該這麼送死。」我說。
　　「既然活得糊塗，也就該這麼死。」黑衣女人說。
　　「是啊，真是死得沒有一點兒價值……」我順著她的話鋒。
　　「倒也有他們的價值。」

——喬葉〈拾夢莊〉

作為「八〇」後的「我」與經歷了「文革」的黑衣女人對事物現象的評價出現了信息差。「活得糊塗」與「送死」之間的邏輯關係在二人口中是相左的。對「死」與「價值」的關係的評價也是相左的。「我」無法理解這種差異，覺得「這個女人，可真夠彆扭的呢」。這種差異是由共知語境背景的缺失造成的。「我」想順著女人的話鋒來

說，沒想到又被逆反的評價給噎著。女人的話語帶有很強的模糊性，但在模糊的深層卻帶有深刻的蘊意，有著內在的邏輯推理：糊塗——死——價值之間被賦予了因果關係，由「糊塗」帶來了「死」，由「死」而具有了警示後人的價值，這就是黑衣女人的深層語義。但「我」與之始終處於信息差中，未解其意。

信息差作為情節結構的參與因素，可能作為情節結構的組成部分，也可能作為情節結構的線索，甚至貫穿整個文本的情節。如史鐵生〈命若琴弦〉以一老一少兩個瞎子為了要彈斷一千根琴弦而跋山涉水四處說書為情節脈絡，貫穿情節始終。而彈斷一千根琴弦的緣起是老瞎子師父給老瞎子留下的希望，也就是師父的諾言。小說通過小瞎子的話語轉述了師爺的諾言：「咱這命就在這幾根琴弦上，您師父我師爺說的。我都聽過八百遍了。您師父還給您留下一張藥方，您得彈斷一千根琴弦才能去抓那副藥，吃了藥您就能看見東西了。我聽您說過一千遍了。」這個諾言成了老瞎子一生的希望，並延續構成小瞎子將來的希望。熟不知，彈斷琴弦——抓藥——看見東西中的因果關係，是師父虛設的目標。但老瞎子對師父的這一目標深信不疑，並以此鞭策小瞎子，為之奮鬥一生。老瞎子將師父話語中的虛設目標接收轉化為真實目標，這是表達與接受的信息差。小說多次出現彈斷琴弦的描述：

（1）老瞎子一天比一天緊張，激動，心裡算定：彈斷一千根琴弦的日子就在這個夏天了，說不定就在前面的野羊坳。

（2）一晚上一晚上地彈，心裡總記著，得真正是一根一根盡心盡力地彈斷的才成。現在快盼到了，絕出不了這個夏天了。老瞎子知道自己又沒什麼能要命的病，活過這個夏天一點不成問題。「我比我師父可運氣多了，」他說，「我師父到了沒能睜開眼睛看一回。」

（3）他只好再全力去想那張藥方和琴弦：還剩下幾根，還只剩最後幾根了。那時就可以去抓藥了，然後就能看見這個世界——他無數次爬過的山，無數次走過的路，無數次感到過她的溫暖和熾熱的太陽，無數次夢想著的藍天、月亮和星星……還有呢？突然間心裡一陣空，空得深重。就只為了這些？還有什麼？他朦朧中所盼望的東西似乎比這要多得多……

可見，老瞎子一生的希望、寄託全在於此。這一信息差直至老瞎子彈斷一千根琴弦，去藥鋪抓藥之後才得以消解。五十年的希望毀於一旦，給老瞎子的打擊是致命的。「老瞎子在藥鋪前的臺階上坐了一會兒，他以為是一會兒，其實已經幾天幾夜，骨頭一樣的眼珠在詢問蒼天，臉色也變成骨頭一樣的蒼白。有人以為他是瘋了，安慰他、勸他。老瞎子苦笑：七十歲了再瘋還有什麼意思？他只是再不想動彈，吸引著他活下去、走下去、唱下去的東西驟然間消失乾淨。就像一根不能拉緊的琴弦，再難彈出賞心悅耳的曲子。老瞎子的心弦斷了。現在發現那目的原來是空的。老瞎子在一個小客店裡住了很久，覺得身體裡的一切都在熄滅。他整天躺在炕上，不彈也不唱，一天天迅速地衰老。」「老瞎子指指他的琴，人們見琴柄上空蕩蕩已經沒了琴弦。老瞎子面容也憔悴，呼吸也屢弱，嗓音也沙啞了，完全變了個人。他說得去找他的徒弟。」「他想自己先得振作起來，但是不行，前面明明沒有了目標。」這些情景與老瞎子抱著希望時的情景構成了極大的反差：「他一路走，便懷戀起過去的日子，才知道以往那些奔奔忙忙興致勃勃的翻山、趕路、彈琴，乃至心焦、憂慮都是多麼歡樂！那時有個東西把心弦扯緊，雖然那東西原是虛設。」從師父與老瞎子信息差的構成到消解，再到老瞎子重新設置與小瞎子的信息差，小說的情節結構得以完成。從師父臨終時「把那張自己沒用上的藥方封進他的琴槽」，到老瞎子要「把這藥方給你封在琴槽裡」；從師爺為彈斷八百

根琴弦而奮鬥，夢斷後將八百根衍化為一千根，到為老瞎子設置彈斷一千根琴弦的目標，再到老瞎子夢斷後為小瞎子設置彈斷一千二百根琴弦的目標；一對信息差的生成到消解，再到另一對信息差的延續生成，表現了一代又一代瞎子對光明的追求，並構成了整個小說文本情節結構的發展。

第三節　論辯性──當代小說語境的重要對話特徵

　　當代紛繁複雜的世態空間，當代人活躍的思維，使小說對話呈現出富具當代特色的標識。其中，論辯性是當代小說語境對話的突出體現。曹文軒曾強調辯論在小說中的功能：「但小說中的對話，其功能主要還不在於敘事，而在於辯論。」[5]這就突出了小說對話的特點，強調了論辯性特徵。實際上，敘事與論辯是小說對話中相互關聯的方面。論辯是在敘事語境中生成的，又是敘事的組成部分。論辯作為小說對話的一種形態參與了小說敘事，以書面形式體現口頭語調，使人物口吻惟妙惟肖，使敘事搖曳多姿，彰顯了對話的張力。

　　論辯以對話雙方相抗衡的語義內容與特有形式展現對話，就這一意義上說，對話雙方構成了語境差異，處在語境的不平衡狀態。這一不平衡，顛覆了言語交際的合作原則。小說讀者在對論辯話語進行解讀時，依靠作者所提供的上下文語境，識別論辯話語的內涵，識別論辯雙方的話語意圖、話語形式與話語走向，從而品味論辯話語的審美價值。從論辯話語交際雙方的不平衡中考察符合人物性格身分、符合雙方關係、符合情節走向的平衡，從而把握作者的創作意圖。就這一意義而言，論辯話語的語境差審美具有與信息差審美同樣的轉換過程。

5　曹文軒：《小說門》（北京市：作家出版社，2003年第2版），頁237。

一　論辯形態的多視角考察

當代小說敘事語境中具有論辯性的對話其表現形態是豐富多彩的。我們從對立統一視角對其進行考察，可顯示其互為對立的構成形態。

（一）論辯性的顯隱性呈現

論辯性顯性呈現與隱性呈現構成了對話的兩種形態。

顯性呈現即對話的論辯性以鮮明、突出的論辯特徵出現，論辯雙方論辯姿態明顯。如徐坤〈遊行〉中林格與黑戊的多場對話就是以鮮明的論辯性展現：

> 林格：你為什麼總是處心積慮地攻擊程甲呢？
>
> 黑戊：（不解地）怎麼了？
>
> 林：你看你跟他又是對話，又是論戰，還拉上你那幫重新修史的哥們兒，拚命要把他逐出詩史的行列，為什麼？
>
> 黑：這還用問嗎？這還不是明擺著，瞧他後期寫的那些十四行頌神詩，一派憨稚之態，簡直就跟老小孩似的，實在是讓人不忍卒讀哇。
>
> 林：你這樣攻擊他有多大意思嗎？跟神叫板容易出名是怎麼著？
>
> 黑：別瞎說。瞎說什麼。
>
> 林：什麼叫瞎說呀！你不總是生怕有好事落下你，動不動就愛跑到廣場上當黑馬嗎？
>
> 黑：你瞧你這人，成心氣我不是？
>
> 林：誰氣你幹嘛？放著外面的高薪厚祿聘請你不去應，急喘喘往國內跑什麼？
>
> 黑：這叫怎麼說話呢，我們那是學成歸來，報效祖國啊。

林：我倒要問問你報的是什麼效，是效忠呢還是忠孝？

黑：丫頭片子越說越不上道兒了。

林：還有什麼羞羞答答不好意思承認的。要是效忠呢，你跟程
　　甲可又有什麼區別？你有什麼資格褒貶他？要是忠孝呢，
　　你還到處販賣那個洋氣膛膛的俄底浦斯情結，叫嚷殺父娶
　　母幹什麼？

以對程甲的攻擊為論辯焦點，由此延伸到回國的目的，又歸結回到對
程甲攻擊的話題。論辯的鋒芒明晰鮮明，林格咄咄逼人，其論辯顯然
佔據優勢。

　　隱性呈現指對話的論辯性隱含在非論辯話語中，以非論辯形式體
現論辯。這種論辯常以信息錯位形式出現，在話語的不能鏈接中表現
出隱在的論辯性。如：

　　　奶奶說：「爹呀，我不回他家啦，我死也不去他家啦……」
　　　曾外祖父說：「閨女，你好大的福氣啊，你公公要送我一頭大
　　　黑騾子，我把毛驢賣了去……」
　　　毛驢伸出方方正正的頭，啃了一口路邊沾滿細小泥點的綠草。
　　　奶奶哭著說：「爹呀，他是個麻瘋……」
　　　曾外祖父說：「你公公要給咱家一頭騾子……」
　　　曾外祖父已醉得不成人樣，他不斷地把一口口的酒肉嘔吐到路
　　　邊草叢裡。污穢的髒物引逗得奶奶翻腸攪肚。奶奶對他滿心
　　　仇恨。

　　　　　　　　　　　　　　　　　　　　　——莫言〈紅高粱〉

父女倆對嫁到單家的看法是相左的，女兒表示不願嫁給麻瘋病人，父
親看似與其對話，但實際上話語銜接是錯位的，錯位中隱含著論辯的
成分。女兒的話語指向是不願回單家，父親的話語指向是單家有錢，

可以給騾子。女兒的幸福與父親的貪婪在婚嫁標準上形成了對立，因此，在二人對話的錯位鏈接中隱含著價值取向的論辯。這種論辯不是以針鋒相對的話語形成對立，而是以相左的話語形成對立的。

（二）論辯性的剛柔格調

從論辯力度來看，可以分為剛性論辯與柔性論辯。

剛性論辯即論辯色彩鮮明，意味濃郁，形成一種針鋒相對的對立，如：

> 毛衣袖子是不是你拆的？章嫵說。
> 是我拆的。尹小跳說。
> 我有什麼地方對不起你了為什麼你要拆我的毛衣？章嫵說。
> 你說過先給小帆織的你說話不算話。尹小跳說。
> 是啊我是說過，是……我去商店沒有買到玫瑰紅毛線，我看見了這種，這種也不錯，更適合大人……
> 什麼大人哪個大人？尹小跳打斷章嫵。
> 哪個大人？章嫵重複著尹小跳的問話，比如我吧，比如我。她音調明顯低了。
> 可這不是你的毛衣這是男式的。尹小跳的聲音很強硬。
> 你怎麼知道這是男式的你又不會織毛衣。章嫵心中的火氣有些上升。
> 我當然知道從前我見你織過，見你給爸織過，這件毛衣是你給爸織的嗎？尹小跳直盯著章嫵的眼睛。
> 是……啊不是。章嫵彷彿已被尹小跳逼得沒了退路，她明白假若她要順水推舟說毛衣是給尹亦尋織的那就更顯愚蠢，說不定尹小跳立刻會給他寫信，告訴他，媽正在給他織毛衣。她於是說，這毛衣是給唐醫生織的，是唐醫生求她織的。唐醫生啊他

還沒結婚呢，沒有人照顧他，所以她答應給他織毛衣，她還準備給他介紹女朋友……她不知自己為什麼會囉囉嗦嗦跟尹小跳說這些。

那你為什麼說是給自己織的呢？尹小跳不依不饒。

章嫵有些惱羞成怒了，她說你想幹什麼你到底想幹什麼？為什麼你這樣氣我你不知道我有病呀你！

你有病為什麼還花這麼多時間織毛衣？尹小跳毫不示弱。

我花這麼多時間織毛衣是因為……是因為我希望能有更多的時間在家裡和你們在一起。我這麼做使你不滿意了嗎？

　　　　　　　　　　　　　　——鐵凝〈大浴女〉

圍繞織毛衣一事母女倆展開了論辯，章嫵因所織毛衣被拆而怒氣衝衝，尹小跳懷疑母親為唐醫生織毛衣而衍生不滿，對二人關係表示懷疑。母親多年對兩個女兒的不關心使她對母親產生了不信任，這種不信任又「從織毛衣這件事開始變得明晰、確定了」。話語表層的「織毛衣」話題因隱含著母女倆猜疑的主題而敵意顯然，尹小跳對母親話語中不能自圓其說的破綻「不依不饒」，爭鋒相對地追問，使衝突的論辯氣息激烈濃郁。

　　柔性論辯即以柔婉的格調顯示論辯的內容，這類對話內容形成對立，而語調風格則非針鋒相對，而具有商榷性。如：

我說：「這鼓角聲令我心煩。」

周瑜笑了起來，他的笑像雪山前的回音。他放下鼓槌和號角，朝我走來。他說：「什麼聲音不令你心煩？」

我說：「流水聲、鳥聲、孩子的吵鬧聲、女人的洗衣聲、男人的飲酒聲。」

周瑜又一次笑了起來。我見月光照亮了他的牙齒。

我說：「我還不喜歡你身披的鎧甲，你穿布衣會更英俊。」

周瑜說：「我不披鎧甲，怎有英雄氣概？」

我說：「你不披鎧甲，才是真正的英雄。」

——遲子建〈與周瑜相遇〉

村婦與周瑜的對話主旨是對戰爭與和平的選擇，這一對立體卻溶解在對聲音的喜愛，溶解在對鎧甲與布衣的穿著選擇上。戰爭與和平是充滿了嚴肅意味的對立，而二人則以平和的狀態顯示這一對立，使論辯充溢著柔婉的格調。

剛性與柔性論辯風格也可能存在於同一場景中，論辯雙方在論辯內容及論辯風格上形成了某種差異。如：

文質彬彬的教授難道要武鬥嗎？我急得不知如何是好。這時聽見教授一字一頓地說：「你有病。」

在北京話裡，「有病」是個專用詞語，特指有精神病。

「你才有病呢！」那老女人突然倡狂起來。饒舌人被抓住的伎倆就是先裝死，後反撲。

「是啊，我是有病，心臟和關節都不好。」教授完全聽不出人家的惡毒，溫和地說，「不過我的病正在治療，你有病自己卻不知道。你的眼睛染有很嚴重的疾患，不抓緊治療，不但斜視越來越嚴重，而且會失明。」

「啊！」老女人哭喪著臉，有病的斜眼珠快掉到眼眶外面了。

「你可不能紅嘴白牙地咒人！」老女人還半信半疑。

——畢淑敏〈斜眼〉

這場論辯的構成雙方在情感傾向上是不對等的，導致話語的不同風格。老女人心懷鬼胎，誤以為教授話語中的「有病」為罵人之語，於

是以充滿了敵對意味的話語加以辯駁，持剛性態度。而教授的「有病」則是對其眼疾而言，是真心誠意指出其病，並要為其治病，因此是善意的辯駁，充滿柔性色彩。兩種不同的風格體現了兩種心態，兩種為人處世態度的對立。

（三）論辯方的在場不在場

　　論辯是雙向交際，顯然應以雙方在場為基本模式，但當代小說語境中的一些對話，卻隱去了論辯的一方，以獨白形式展現對話，獨白中含有明顯的論辯語調。這種形式下的對話呈現雙方都在場和一方不在場兩種狀態。

　　雙方在場，而一方占據了話語權，另一方則喪失了話語權，構成了一方獨白的情況。蘇童〈1934年的逃亡〉中就有多場這類論辯。如：

　　（1）然後蔣氏看見了陳玉金夫妻在路上爭奪那把竹刀的大搏鬥。蔣氏聽到陳玉金女人沙啞的雷雨般的傾訴聲。她說你這糊塗蟲到城裡誰給你做飯誰給你洗衣誰給你操你不要我還要呢你放手我砍了你手指讓你到城裡做竹器。

　　（2）「你是非要那膠鞋對嗎？」蔣氏突然撲過去揪住了狗崽的頭髮說你過來你摸摸娘肚裡七個月的弟弟娘不要他了省下錢給你買膠鞋你把拳頭攥緊來朝娘肚子上狠狠地打狠狠地打呀。

例（1）通過蔣氏所見所聞展現陳玉金夫妻的對話，這一對話圍繞進城不進城的話題，在進城的「黃泥大路」上展開。雖然二人均在場，但女人對丈夫拋家進城的憤激態度使她獨占了話語權。這一獨白以一連串無語調停頓的話語形式，展現了其不容分辯的意願。陳玉金雖然沒有以話語形式進行應答辯論，但其「一聲困獸咆哮」的反饋代替了

論辯話語，進而「揮起竹刀砍殺女人」的舉動更表明瞭與女人的不同態度，話語權擁有者終以悲慘的結局最終喪失了話語權。例（2）狗崽渴望一雙膠鞋，將賣狗糞得到的銅板私藏進一只木匣子裡，放入牆洞，但被老鼠拖進鼠窩而丟失。曾經「一匣子的銅板以澄黃色的光芒照亮這個鄉村少年」的渴望，與事發後狗崽的激烈回饋形成了對比，「狗崽的指甲在牆洞裡摳爛摳破後變成了一條小瘋狗」，將「弟妹捆成一團麻花，揮起竹鞭拷打他們追逼木匣的下落」，在找尋不到後就不願再去拾狗糞。上述母親的話語就是在此情景下的。論辯的主旨是要膠鞋還是要弟弟。母親蔣氏對狗崽的極端反應大為惱怒，以一連串無停頓話語表現了憤怒，形成了獨白。言語交際雙方都在場，但蔣氏的咆哮佔據了話語權。與上例相同，話語的論辯性質及狗崽的態度在其反饋行動中顯現出來。在娘「打呀打掉弟弟娘給你買膠鞋穿」「這種近乎原始的誘惑」下，狗崽「嗚嗚哭著朝娘堅硬豐盈的腹部連打三拳」的行動，代替了論辯話語，表明瞭狗崽的選擇，結束了這場對狗糞換膠鞋的論爭。如果說，上述交際是狗崽在現場以行動取代了論辯話語的話，還有的回饋則是非現場的，是現場延續後的論辯回饋。狗崽十五歲時收到父親捎來的竹刀，「接過刀的時候觸摸了刀上古怪而富有刺激的城市氣息。他似乎從竹刀纖薄的鋒刃上看見了陳寶年的面容，模模糊糊但力度感很強」，於是萌發了進城當竹匠的意願，遭到蔣氏反對，蔣氏也是以一連串無停頓標誌的話語佔據了論辯的話語權：

「好狗崽你別說胡話嚇著親娘你才十五歲手拿不起大頭篾刀你還沒娶老婆生孩子怎麼能城裡去城裡那鬼地方好人去了黑心窩壞人去了腳底流膿頭頂生瘡你讓陳寶年在城裡爛了那把狗不吃貓不舔的臭骨頭狗崽可不想往城裡去。」蔣氏克制著濃郁的睡意絮絮叨叨，她抬手從牆上摘下一把曬乾的薄荷葉蘸上唾液貼在狗崽額上，重新將狗崽塞入棉絮裡，又熟睡過去。

同樣是二人都在場，蔣氏在「濃郁的睡意」中的絮叨構成了獨白，這一獨白在交際現場沒有得到狗崽的回饋，但在後續語境中卻得到了反饋。「一條夜奔之路灑滿秋天醇厚的月光」，狗崽一路拾著狗糞沿著進城的黃泥大路離開了家鄉，以實際行動對母親的意見做出了反饋。這一態度，可視為以行動對抗蔣氏的非話語論辯。

這些沒有得到話語反饋的論辯，我們之所以將其視為論辯，是因為雙方在場，雖然沒有一方的反饋話語，但從這一方的行動可以看出其與另一方的對立態度和立場。以行動代替話語構成的論辯還在於話語權擁有者一方的決絕態度，與之相對的是話語接受方的決絕行為。

不在場的論辯指論辯一方不在交際現場，但現場一方的話語形式與話語內容具有論辯意味，而且隱含著與非現場方的對立。如：

> 四老爺，您不要怕，不要內疚，地球上的男人多半都幹過通姦殺人的好事，您是一個生長在窮鄉僻壤的農民，您幹這些事時正是兵荒馬亂的年代，無法無天的年代守法的都不是好人，您不必掛在心上。比較起來，四老爺，我該給您立一座十米高的大牌坊！回家去吧，四老爺，您放寬心，我是您的嫡親的孫子，您的事就算是爛在我肚子裡的，我對誰也不說。四老爺您別內疚，您愛上了紅衣小媳婦就把四老媽休掉了，您殺人是為了替愛情開闢道路，比較起來，您應該算作人格高尚！四老爺，經過我這一番開導，您的心裡是不是比剛才豁亮一點啦？
>
> ——莫言〈紅蝗〉

之所以說是論辯，因為在獨白話語中隱含著交際的另一方——四老爺。獨白中的話語看似為四老爺辯護，實為對四老爺的批判揭露，也因此構成了與不在現場的四老爺的對立。論辯以反語形式構成了一對對對立體：「通姦殺人」與「好事」，與「立一座十米高的大牌坊」；

「無法無天的年代」與「守法」;「殺人」與「為了替愛情開闢道路」,與「人格高尚」之間構成了對立;這些對立體實際上代表了論辯雙方的不同立場。這一立場,看似並非在「我」與四老爺之間構成對立,實則是以「我」為四老爺的替身,以真理與謬誤形成對立展開的論辯。第二人稱的「您」以及對話形式增強了不在場的四老爺的真實感。這場論辯既是跨越現場空間,又是跨越時間現實的。這種跨越鏈接了五十年前後的情景與人物關係,展現了莫言的魔幻世界。

(四)論辯中的雙方角色與單方角色

論辯必定有著對立者,對立的雙方可以是他人,也可以是話語表達者自身。從論辯的交際性質來看,以雙方居多。上述的論辯顯性顯現與隱性顯現,剛性與柔性,辯方在場與不在場多為雙向的交際對象。再如:

> 三哥說酒比女人好。最便宜的酒也比最漂亮的女人有味道。三哥說時常呷呷嘴連飲三杯。江上清風徐來,山間明月籠罩。取不盡用不竭。三哥說人生如此當心滿意足。船長說你沒有女人為你搭一個窩沒有女人跟你心貼著心地掉眼淚你做人的滋味也算沒嘗著。
> 三哥想他寧願沒嘗著做人的滋味。女人害死了她的二哥,他還能跟女人心貼著心麼?三哥說這簡直是開玩笑。
>
> ——方方〈風景〉

三哥「心裡是沒有女人的」,他「對女性持有一種敵視態度」,是源自他所摯愛的二哥的遭遇,對女人的態度由此根深柢固。上述論辯就是在對女人的態度上構成對立的。對立雙方基於自身的生活體驗,各持已見,無法統一。船長無語調停頓的話語形式,三哥內心的辯駁,都

體現了二人的不同態度立場。作者的意圖不在於論辯結果雙方的統
一，而在於顯現雙方的差異，以凸顯三哥在特定環境背景下對女人的
態度，體現二哥事件對其深刻的影響。

　　論辯雙方也可以由話語表達者自身構成。自身的矛盾話語隱含著
自我論辯的意味。如：

> 他一會兒說要殺父娶母，一會兒又說要弘揚國學；一會兒說他
> 離不開他妻子，一會兒又說他深愛著林格。他說他真是沒辦法
> 離開他那溫柔賢慧的滬籍陪讀夫人，她對他愛護關懷備至，每
> 天為他洗衣煮飯，擦鞋修面，甚至連牙膏都替他擠到牙刷上，
> 把漱口水端到他面前。他要是有個三長兩短出了什麼意外，他
> 的妻子兒子還不定難過成什麼樣呢。
>
> 　　　　　　　　　　　　　　　　　——徐坤〈遊行〉

黑戊的話語充滿著矛盾，西方與東方觀念，守節與出軌，以兩個極端
在話語中互相碰撞，構成了虛偽的搖擺著的人物形象。這番話語可以
視為人物獨白，正如曹文軒所說，「小說的獨白——那些精彩的獨白
就內在地具有對話性。看似獨白，但這一獨白充滿了猶疑、矛盾、困
惑。小說的獨白，不能是統一的、只有一個方向的，因為人性、人的
內心不是同一的、只有一個方向的。我們在最精彩的獨白中看到的是
親昵與不敬、高尚與卑下、軟弱與強硬、多情與無情、天使與魔鬼的
混合。固然是獨白，但獨白之中卻有兩個以上的聲音在爭先恐後、爭
強好勝地爭奪著話語權。力量沒有太大的懸殊，幾乎是勢均力敵。」[6]
人物的兩極話語可以視為人物自身的論辯，這種論辯的目的不是為了
說服，而是為了顛覆。以顛覆表現對人物個性的深刻挖掘。曹文軒曾

6　曹文軒：《小說門》（北京市：作家出版社，2003年2版），頁242。

將小說獨白與哲學家的獨白相比較說明：「一個好的哲學家，他的獨白應是一貫的、周蜜的，他要盡一切可能來確保他獨白的一致性，任何一個漏洞，任何一個自相矛盾之處，都是他哲學學說的一個污點。即便是客觀事實他也得為維護他的獨白的一致性而不惜犧牲事實。」「而一篇好的小說獨白，卻正在於它的『喃喃自語』、『顛三倒四』、『游移不定』、『出爾反爾』——一句話，始終處於搖擺狀態之中。」[7] 這就將哲學意義的獨白與藝術意義的獨白區分開來。正是因了這種「顛三倒四」的搖擺，才有了活生生的人物形象，才使話語充滿了具有誘惑性的張力。文本中的上下文也詮釋了黑戊這一人物話語與實際行動的的反差：「林格知道他不過是口裡說說要要貧嘴罷了。從思想到行動之間還隔著老大一段距離呢，那幾乎就是一條十分險惡的天河在橫亙著。他所能做的，也只能是在語言的此岸逍遙著，巧舌如簧，指手劃腳，冥想著自己是振臂一呼應者雲集的英雄角色。可是真正讓他揭竿而起斬木為兵付諸行動時，他卻連一點泅渡的勇氣都沒有了，只能是眼巴巴地遙望著彼岸，咀嚼著哆嗦成青紫的嘴唇不敢上前，甚至連蹚水濕一下鞋的勇氣都沒有了。」「弄潮兒向灘頭立，手把旗杆腳不濕。她知道他一向如此的。他這濫情的誓言她都聽過不知有多少遍了，她根本就不期圖他會把什麼許諾給兌現。他一邊盡心盡意孝順著他那親愛的好老婆，一邊又用甜言蜜語把林格哄得像棉花糖似的，拿著她們當成他事業長跑馬拉松時的滋補營養液。他的自私和孱弱林格早就看明白了。」作者將人物話語呈現與論述評價相結合，鞭辟入裡地將黑戊的「自私和孱弱」挖掘出來。

　　人物自身的論辯還可能隱含在對同一事物的前後不同態度上。如：

黑戊博士的話語雪片般鋪天蓋地連篇累牘地印刷出來，占滿了

7　曹文軒：《小說門》（北京市：作家出版社，2003年2版），頁242。

各種學術雜誌文學月刊的版面頭條。她聽到報社的同事一邊翻
看著雜誌一邊發牢騷：

「怎麼回事啊？怎麼到處都是文學博士黑戌的文章啊？沒勁。」

她又聽他拿起另一本刊物翻著發牢騷：

「怎麼回事啊？怎麼連文學博士黑戌的文章都沒有啊？沒勁。」

——徐坤〈遊行〉

對黑戌文章的厭倦與期待，以同事的牢騷展現，兩個「沒勁」形成矛
盾，構成對立的兩種態度。當然，這種論辯意味是隱含在對事物的矛
盾態度上的，而非話語者所意識到的論辯行為。

當代小說對話中的論辯以多種形態展現了其搖曳多姿的風采，以
上各形態是從不同視角對論辯的考察，其間可能有著交錯。如顯性顯
現與隱性顯現中，可能有著剛性與柔性風格上的差異。在場不在場
中，也有著以顯性顯現與隱性顯現兩種狀態，有著剛性與柔性風格上
的差異。他人與自身的論辯中同樣有著顯隱性、剛柔性，在場不在場
的差異。此外，論辯形態還可能從不同的視角考察，如論辯結果的對
立與統一、論辯內容的單一與複雜、構成論辯的有意與無意、真實論
辯與虛擬論辯等，這些都說明，當代小說對話中的論辯性是複雜的，
有著廣博的研究空間。

二　特定語境參構下的對話論辯

對話論辯是在特定語境背景下的產物，語境參與了論辯全過程。
論辯生成的起因、過程與結果都與語境蜜切相關，論辯的解讀也需要
依託語境綜合因素而實現。

論辯的起因可能源自不同的認知層面，人物的知識背景、對事物
的認知程度等可能造成認知層面的差異。如：

> 伊克：「你說你到底是誰呢？你是從哪裡來的呢？怎麼會闖入
> 我的鏡頭裡來呢？」
> 林格：「我是風，偶然吹進來的呵。」
> 伊克：「風？風是什麼？風不好，變幻莫測，捉摸不定。你是
> 一個別的什麼吧，比方說女媧，夏娃，要不然是妲己，褒姒，
> 貂蟬，就算是白骨精也好哇。」
> 林格：「不，我只是風，並不具形狀。」
> 伊克：「那麼你的目的又是什麼呢？」
> 林格：「任意而來，隨意而往，只要吹就足夠了。」
> 伊克啞口無言，只是睜大孩子氣的眼仰慕地望著她。
>
> ——徐坤〈遊行〉

伊克代表了與林格親蜜接觸的年輕一代。在廣場中實習記者伊克的鏡頭捕捉到了林格：「一瞬間那種美輪美奐的光與影的交疊，年輕女人那撲朔迷離的遊走神色，偌大廣場與嬌小身態之間的強烈反差，都形成一種深刻的視覺效果，不可磨滅地印在了廣播學院實習生伊克的視網膜上。」在後來的交往中，這種迷戀一直延續著。對話以對林格自喻的「風」的不同認知而展開。年輕的未諳世事的伊克，與已經在男性沙場上久經考驗的林格在對事物、對情感的認知方面存在極大差異。這使得他們的「對話進行得十分艱難。她和他聽到的，都只是自己的話語撲打到牆上以後折射回來的聲音」。可見，這場論辯是在完全不對等的認知狀態下進行的，年齡的差異、認知的差異造成伊克對林格話語的無法詮釋，而以稚氣的質問表示異議。二人認知的差異由不同的背景語境生成，又通過對話的下文語境作了揭示：

> 伊克將心中的一切柔情訴說著。他崇拜眼前這個撲朔迷離的女
> 人，崇拜她的頭髮，她的嘴唇，她說話的聲音，她那總是恍惚

出神的姿態，她投入工作時極度瘋狂的樣子，喜歡聽她揉著他一腦袋的長髮，嗔怪地叫他一聲「傻孩子」，那時候他真的就不由自主地做出一副嬌憨癡呆的傻孩子樣來。

林格呢？林格早已將他眼神中的傾慕符號悉數破譯接收了，並且，還通過他那七長八短參差不齊的煩瑣披掛，透析了他生命內核裡的一份躍躍欲試的焦灼。他的急切翕動的鼻翼已經把一份獻身的熱情明白無誤地表達了出來。她懂，她知道他一直希望她能要他，接納他，但是她不願意那麼做。她不想扮演女媧夏娃之類的角色。這個世界上沒有神。誰也充當不了誰的啟蒙者。如果人與人之間至今還沒能夠很好地平等的話，神在九泉之下能夠瞑目嗎？如果她和他之間的意念不能夠很好地對流和溝通，單單是肉體的交接又有什麼意義呢？她願意在身心兩個方面同時幫助他成長嗎？也許她並不純粹是為了幫助他，而是為了完善她自身。也許我們都必須比被我們更年輕的一代人催著仰慕著，才能最終完成我們自身的成長吧？

　　　　　　　　　　　　　　　　　　──徐坤〈遊行〉

對伊克與林格心理的描述構成了解讀上文論辯的語境，由此我們看到了二人從年齡到思想的距離，看出了論辯者不同的思維與情感傾向。

　　論辯的起因可能源自對話雙方不同的話語目的。話語表達者不同的話語指向可能使不相對應的話語產生論辯性，哪怕這種論辯是隱含在話語深層的。如：

余司令走到牆角後，立定，猛一個急轉身，父親看到他的胳膊平舉，眼睛黑得出紅光，勃郎寧槍口吐出一縷煙。父親頭上一聲巨響，酒盅炸成碎片。一塊小瓷片掉在父親的脖子上，父親一聳頭，那塊瓷片就滑到了褲腰裡。父親什麼也沒說。奶奶的

臉色更加蒼白。冷支隊長一屁股坐在板凳上，半晌才說：「好
槍法。」

余司令說：「好小子！」

——莫言〈紅高粱〉

同樣是對余司令向放在「我父親」頭頂上的酒盅射擊一事，評價卻不
同，這不同就造成了話語隱在的論辯性。冷支隊長與余司令的話語指
向是錯位的，「好槍法」是冷支隊長對余司令槍法的評價，「好小子」
則是余司令對「我」父親臨危不懼膽量的評價。看似不同的評價指向
實際上是關聯的。余司令的評價中含有對冷支隊長的蔑視。這得聯繫
上文語境來領悟。冷支隊長與余司令會面的目的不同，冷支隊長代表
王旅長而來，意欲收編余司令的隊伍。余司令並不想被收編，但想借
助其力量共同打日本。上述論辯之前的語境就是二人為此的矛盾。因
此，對射擊一事的不同評價，隱含著二人敵對的論辯性質，是余司令
對冷支隊長的否定。射擊是對冷支隊長的警示，評價的轉向是對冷支
隊長的辯駁。雖然冷支隊長是在對余司令威懾的恐懼中由衷驚歎余司
令的槍法，但余司令以不屑作為對其前面態度的敵視。當然這一論辯
是隱含在話語深層，以表層的信息錯位為其表現形式。依據語境，我
們解讀了兩人話語間接對接中的對立反差，也解讀了余司令在這一反
差中的語義蘊含。

　　論辯中的話語是互為上下文語境的，辯駁雙方處在對等狀態下的
話語既是對對方話語的辯駁，又是對自己話語的建樹。考察論辯的交
錯點既是對雙方論辯狀態、論辯語義的考察，又是對話語中的邏輯關
係、語義蘊含的探究。如：

　　（1）有一天她終於忍不住了。她問七哥：「如果我父親是像你
　　父親一樣的人，你會這樣追求我嗎？」七哥淡淡一笑，說：

「何必問這麼愚蠢的問題呢？」她說：「我知道你的動機、你的野心。」七哥冷靜地直視她幾秒，然後說：「如果你還是一個完整的女人你會接受我這樣家庭這樣地位的人的愛情嗎？」她低下了頭。

——方方〈風景〉

（2）七哥說：「你如果在這樣的地方生活過一年，你就明白我所做的一切是多麼重要。我選擇你的確有百分之八十是因為你父親的權力。而那百分之二十是為了你的誠實和善良。我需要通過你父親這座橋樑來到達我的目的地。」七哥說：「我還可以告訴你在我認識你之前我有過一個女朋友。她父親是個大學教授。我同她的關係已經很深了。我在幾乎快打結婚證時碰到了你。你和你父親比她和她父親對我來說重要得多。」七哥說在中國教授這玩意兒毫不值錢。「他對我就像這些過時的報紙一樣毫無幫助。所以我很果斷地同原先那個女友分了手。我是帶著百倍的信心和勇氣走向你的。我一定要得到。」七哥的話語言之鑿鑿擲地作金石聲。她驚愕得使那張青春已逝的臉如被人扭了一般，歪斜得可怖。她跨了一步給了七哥一個響亮的耳光然後抽身逃去。

——方方〈風景〉

七哥拋棄了原來的女朋友，而選擇在旅途偶遇的比自己大八歲的「她」。上述二例就是七哥與「她」之間的論辯話語。例（1）二人的話語指向針鋒相對，以各自為出發點，又以對方選擇為權衡點。看似相反方向的話語指向卻具有相同的意義蘊含，即沒有致命弱點，雙方都不可能做出如此選擇。相對立的話語指向依託著文本對二人自身及家庭條件的語境介紹。「她」父親位居權重，而「她」自身卻因得病

喪失了生育能力，成了大齡剩女。七哥年輕力壯，學識、相貌優越，卻出生在社會底層，一家數口居住在河南棚子的一間小黑屋裡。二人的自身條件與家庭背景均形成了巨大反差，因這反差的相反相對構成了二人的相同選擇。例（2）則是七哥對其選擇真實情況的供述。語境所提供的背景資料幫助我們解讀話語，幫助我們理解話語中所蘊涵的婚戀觀的邏輯推理。借助更大的語境，我們了解了形成二人婚戀選擇的思想基礎：「每次結識一個男朋友她都把這個情況誠實地告訴對方。大多人都歎口氣終止了同她的交往。她過了三十五歲後，心靈上的創傷已經無法癒合。她想如果四十歲她還是這樣孑然一身地生活，那麼她就到當年使她喪失她最寶貴東西的大堤上去自殺。」在這樣的背景下「她」認識了七哥。雖然「她」已經意識到七哥選擇背後的意圖，七哥「充滿熱烈之情的擁抱，使她感到迷醉，而她的心底卻痛苦不堪。在情緒稍稍平靜時就有一個聲音警鐘似地呼叫這個男人感興趣的不是你而是你的父親。她想擺脫這個警鐘而這聲音卻響得愈加頻繁」，但她已別無選擇。七哥的選擇則源自大學時代蘇北佬的啟發。蘇北佬選擇病重的清潔女工成婚，是為給自己帶來花環，使人生「大放異彩」。女工去世後不久，七哥從蘇北佬「極誠摯的語言和極慷慨的激情之後看出那一絲絲古怪而詭譎的笑意。那笑意隨著女人的離世而愈加明朗」，從而識別了其用意。文本對此有一二人的對話描述：

> 蘇北佬說幹那些能夠改變你的命運的事情，不要選擇手段和方
> 式。七哥說得下狠心是麼？蘇北佬說每天晚上去想你曾有過的
> 一切痛苦，去想人們對你低微的地位而投出的蔑視的目光，去
> 想你的子孫後代還將沿著你走過的路在社會的低層艱難跋涉。
>
> ──方方〈風景〉

蘇北佬的人生警示成了七哥日後的人生觀，在此指導下所做出的婚姻選擇印證了這一人生選擇。

　　論辯雙方話語中可能具有的信息錯位，也需要靠語境來完成。錯位的構成與解讀均與語境蜜切相關。如上例畢淑敏《斜眼》中，看門的老女人因對教授「有病」的語義錯解與之爭辯。這一爭辯中有著上文語境的基礎。老女人對「我」每天陪教授抄近路穿越社區回家的舉動加以歪曲造謠，因此「媽媽不讓我再與教授同行。」「我」在氣憤與無奈中只好向教授「原原本本和盤托出」原委，「我」與教授有一對話：

> 「那個老女人，眼斜心不正，簡直是個克格勃！」我義憤填膺。教授注視著我，遺憾地說：「我怎麼沒有早注意到有這樣一雙眼睛？」他憂鬱地不再說什麼。

這一對話實際上已產生了信息錯位，「我」的「眼斜心不正」側重老女人的心理病態，是對老女人的罵語，教授的關注點卻在「眼斜」的生理病態。從文本後續語境教授要為老女人治病可以看出。語境差的消解意味著論辯的結束。「我每週一在眼科醫院出專家門診。你可以來找我，我再給你做詳細的檢查治療。」教授的這句話使老女人了然「有病」的真實話語指向，也使讀者對論辯過程、論辯結果釋然。文本首尾的語境在對論辯作詮釋的同時，塑造了一個忠於醫德，盡忠職守的教授形象。小說開頭轉述了給我們講課的教授的話語：「你們將來做醫生，一要有人道之心，二不可紙上談兵。」這體現了教授所遵循的「醫道」。小說以老女人的反應作為信息錯位的化解，也意味著論辯的結束：

> 教授拿出燙金的證件，說：「我每週一在眼科醫院出專家門診。你可以來找我，我再給你做詳細的檢查治療。」
> 我比老女人更吃驚地望著教授。還是老女人見多識廣，她忙不迭地對教授說：「謝謝！謝謝！」

「謝我的學生吧。是她最先發現你的眼睛有病。她以後會成為一個好醫生的。」教授平靜地說，他的白髮在微風中拂塵般飄蕩。

從乜斜的眼珠筆直地掉下一滴水。

這些語境為我們提供了信息錯位的解讀語境，也提供了論辯生成、剛柔錯位形式的語境，以小見大，在情節的進展中揭示了人物風采。

論辯中話語指向錯位有時以隱蔽的狀態呈現，對語境的依賴性更強。如徐坤〈地球好身影〉中「我」與心理醫生白谷狗的對話，以環環相扣的錯位構成論辯，表現了犀利的譏諷：

見第一次試探性騷擾沒有得到回應，白谷狗收回嘴去，自我解嘲說：「嗯，蘋果的問題嘛，繼續留給夏娃去矇騙上帝。親，看你的才藝氣質俱佳，是哪個院校培養出來的？」

「我小時候家裡窮，只上過五年學，後來輟學在家放鴨……」

「嗯，好！念書少，沒被體制約束和閹割，所以筋骨靈活，保持了原始野性和抗摔力。」

「……後來又上過無線電演藝短訓班。」

「TVB 還是 BTV？」

「CCAV。」

「好！非常好的學校，納入國家『211工程』的重點大學。有這麼好的履歷，你還愁什麼？

「我一直為自己的出身自卑，從小在農村裡長大，沒受過系統教育，不像其他選手來自大城市，都是音樂學院附中畢業，從小就開始練鋼琴、練唱歌、練芭蕾舞……」

「錯！」白谷狗手勢有力一劈，「鄉土中國，只有說自己是農民、生活悲慘、自學成才、求藝路途坎坷、從小父死母改嫁、

或者乾脆不知自己親爹是誰才能對得起時代！」

「你是說，為了一己成名，就得讓自己的親生母親讓別的男人給操了？」

「流言當道，不來點身世傳奇還怎麼成才！」

「呸！」我大聲道，「告訴你，我不能那麼做！姐是有底線的！只不過底線有點靠近終點。」

「門薩的娼妓……」

「你說什麼？娼妓？！」我臉漲得通紅，「騰」地站起身來，轉身就要走。「少跟我扯什麼娼妓！」

「別激動，」白谷狗也站起來，溫柔的一手按住我的肩，示意我坐下，「《門薩的娼妓》是一本世界名著，伍迪・艾倫早年寫的小說，專門表揚高智商的女子賣藝不賣身。」

我仍然氣哼哼，「我不知道門薩。我只知卡門和茶花女。」

「一樣的意思。」

「告訴你我什麼都不賣！要賣，我早就當商務模特兒三陪去了，還用得著這麼假摔！誰不知道睡覺掙錢來得快。」我大聲嚷嚷，突然感覺自己有點委屈。

這場對話交錯著信息錯位與論辯性。白谷狗「是哪個院校培養出來的」的問話前提是「看你的才藝氣質俱佳」，即二者應該形成對應關係。「我」的回答則顛覆了這一關係。名為回答，實為辯駁，「我」的無奈中反駁了形象與文化程度的對應關係。由此使白谷狗轉向，推論出「念書少」的好處，這是對隱含在「我」話語中自卑的反饋的辯駁，更是對自身前面推論的顛覆。由「無線電演藝短訓班」為題發出的「TVB」、「BTV」的發問與「CCAV」的作答構成了荒謬。「TVB」是電視廣播有限公司的官方網站，「BTV」是北京電視臺的圖形標誌，「CCAV」則是對 CCTV 播放的新聞等內容不滿的戲稱，並含有

表示過度虛假，不真實的虛偽之義，已演化為網絡流行語。發問與應答均以荒謬的話語方式構成，加之白谷狗對其「納入國家『211工程』的重點大學」的詮釋，在荒謬中隱含著對「CCAV」意義的顛覆。白谷狗對「我」「出身自卑」心態的反駁，又一次顛覆了「我」的評價指向，「我」則順其語義，加以詮釋，突出了白谷狗話語的荒謬。接著以「賣藝」與「賣身」的關係再次導入白谷狗的性挑逗。白谷狗心理診所的這一場交際，占據了小說很大的篇幅。由信息錯位的環環相扣組成論辯，在荒謬的錯位中顛覆了話語內容與形式，與整個文本的嘲諷調侃風格融為一體。正如徐坤對作品寓意的解讀：「我們這個時代，如此倉皇、促急，轟隆隆地向前，帶有巨大的不安全感和不確定性，隨時都會有大的變故產生。唯有趨附名利，成為生存的理由和行進的唯一動力。投標、中舉、選秀、選美……包含了許多興奮和荒唐，同時也囊括了人性的墮落和腐暗。」時代的特點產生了反映時代的小說，「小說《地球好身影》正是想串燒起這個時代、展示這個「沐猴而冠時代」的最深刻的症候和悲哀。一個小女子，一次選秀活動中的遭際，整個暗箱世界的操作規程……每走一步都足以讓人抓狂，無數的壓力只能用自嘲來釋放。表面的譏誚狂歡和荒誕不經，掩蓋不住背後濃重的黯淡和哀傷。」[8]荒誕、畸形因特定的時代語境而具有了深刻的批判內涵。

三　小說論辯性話語的審美韻味

論辯性話語作為小說對話的重要特徵，在參構小說文本建設方面具有突出作用，在彰顯當代小說語境特色方面具有豐厚的審美內涵。對顯現對話張力，塑造人物形象，推進情節發展方面有著獨有的魅力。

8　徐坤：〈《地球好身影》創作談：沐猴而冠的時代〉，《中篇小說選刊》2013年增刊第1期，頁83。

　　作為當代小說對話的突出特徵，論辯性具有鮮明的審美韻味。曹
文軒認為：「得到好評的對話，都含有爭辯性質，它們往往不是問與
答的組合。對話雙方是平等的，誰也不處在問的位置。彼此間，只是
互為辯駁、互為消解，對話充滿了一種張力。」[9]可見，具有論辯性
的對話，其過程不在於問與答，其結果不在於問題的明瞭，而在於造
成一種語言張力。這種對話與古希臘著名思想家、哲學家蘇格拉底與
眾多智者的論辯在論辯形式上可能具有相同的特徵，但在目的上「並
不與蘇格拉底欲要逼近真理的目的一致」，而在於「使一件事情或一
個話題通過對話而變得搖曳多姿、含義豐富而透徹。」[10]徐坤〈遊
行〉中，林格與黑戊的對話，與伊克的對話，常以論辯形態呈現了對
話的張力。如前所引二例林格與伊克的對話，伊克最終並未明瞭
「風」的寓意，林格也意不在讓其明瞭。這一對話是以過程的展現而
非結果的顯示為目的，造就對話張力的。林格與黑戊關於對程甲攻擊
的論辯，並非為了說服對方，並不注重目的達到的結果，而是展現過
程，展現對話的張力。林格雖然居於話語優勢，但是在平等狀態下與
黑戊「互為辯駁，互為消解」，使對話搖曳多姿，成為情節發展的重
要環節。林格與黑戊的交往，在小說中除了性行為，更多的是以語言
的論辯關聯維繫的。「這個刺蝟似的小女人究竟有什麼地方吸引了
他，讓他死纏住她不放呢？除了她和他之間的十餘年的年齡差，他被
她的熱情奔放迷惑住外，更重要的是，語言，是語言讓他們之間相互
糾扯著難以分開。有許多思想的火花便在這語言的較量和交鋒中無形
地產生了。書讀得太多以後，他感覺著自己的話語場就整個兒的跟常
人對接不上了。如同高手和大師們總是要在高處默默地悟道參禪，是
因為他們在修煉成功之日起，便把值得一打的對手無形之中給失去

9　曹文軒：《小說門》（北京市：作家出版社，2003年2版），頁238。
10　同前註，頁238-239。

了。俯視腳下芸芸眾生，他們除了空懷絕技手握空拳嘴唇空張，既失手又失語外還能幹些什麼呢？」論辯對雙方猶如地球引力，互相吸引，互相牽連，一場又一場針鋒相對、鋒芒畢露的論辯使小說語言展現出搖曳多姿的魅力。

　　論辯話語在呈現語言張力的同時，也顯現了話語者的形象。「人物的德行，可以通過作者的敘述或描寫人物的行為實現，也可以通過對話實現，並且對話可能是最好的方式。」[11]通過對話來呈現的人物形象與敘述描寫話語不同，敘述描寫話語是他人對人物的展示，而對話則是人物自身的展示，以話語形式將自身的各個方面呈現在讀者眼前，並賦予讀者以對人物聯想想像的空間。〈遊行〉中黑戊與林格的形象在很大程度上就是以其論辯中的話語展現的：「好花還須綠葉扶。他說林格只有你才是我最心愛的，只有你才最懂我的心，才是跟我最默契的一個人。有你在身邊我就誰都不需要了。我是不會允許別的男人娶了你的。你若是跟了別人我會發瘋的，我會闖入你們婚禮的洞房，騎一匹白馬把你搶出來……他已經完全想得出神入化了，完全沒有注意到林格一旁忍俊不禁的快樂眼光。一把茶壺四個杯，一個男人八個妾的遙想簡直把他神往壞了，根本就不考慮是否有足夠的水分去暇給，還以為自己是個自來水管，龍頭一擰開就能哇哇哇嘩嘩嘩自動流著往外淌呢。」黑戊的話語以獨白形式展現了其「德行」。與其相對的是林格的神態與接二連三的巧妙比喻，將林格對其反駁體現出來。這些比喻對其的駁斥，使黑戊話語具有了論辯色彩。而下文語境中當林格懷孕後，黑戊退至幕後，由妻子來處理林格事件的善後，也是對其話語的辯駁。突出了黑戊的虛偽懦弱、言語的巨人、行動的矮子的性格特點。與黑戊話語相輔相成的是對其話語行為的描述：「他似乎也並不在乎自己說的是什麼，只要還在不停地說，口舌還在蠕動

11　曹文軒：《小說門》（北京市：作家出版社，2003年2版），頁239。

著，他才能認明自己還活著，否則的話他可真的要死了。」「話語簡直成了他最好的潤滑劑，塗上它，他便可以在艱澀滯重的現實隧道中輕快暢美地游弋摩挲，擦出不盡的快感一浪高過一浪、一波連著一波。」這種描述有時是通過林格的眼睛來完成的：「擔心自己會肌肉萎縮、啞然失音的巨大恐懼深深地把他擒住了。林格看見他是那麼焦慮急切憂心忡忡地說著，喋喋不休沒完沒了地說著，捶胸頓足扼腕蹙眉地說著，振聾發聵義憤填膺地說著，小題大作沒屁硬擠地說著，看似庖丁解牛實則瞎子摸象地說著，不分時間和場合，人來齊了就開說，把『人文精神』和『終極關懷』掛在唇邊上絮絮叨叨念來念去地磨嘴皮子，像是在練著灌口盥口或者洋繞口令。Rap，簡直是說得比唱得都好聽了。」人物話語與對話語行為的描述，塑造了一個表裡不一，喜歡賣弄，有著「話語狂」的人物形象。

　　人物的心態、性格等可能隱藏在論辯話語中，如：

　　他問她「見了」沒有。

　　她說見了。

　　他問她什麼時候走。

　　她說明天早上。

　　他說洗個澡咱們……睡吧，孩子已經睏成這樣了。

　　她說我不睏。

　　他說我不勉強你，我知道你還在生我的氣。

　　她說不。

　　他說「不」什麼？

　　她說不「不」什麼。

　　他觀察著她說，你身上怎麼弄的這麼髒？

　　　　　　　　　　　　　　　——鐵凝〈巧克力手印〉

這是隱性的論辯話語，沒有咄咄逼人的火藥味兒，但火藥味兒隱含在節儉含蓄的話語中。妻子假扮成丈夫的妹妹對付尋找到他們居住城市的丈夫的情人，為出軌的丈夫解決問題。此番話是妻子處理好回來後夫妻二人的對話。對話節奏緩慢，體現出話題的沉重，不願說卻又必須說。妻子的話語簡短含蓄，沒有指責、沒有怨恨的罵語，怨恨責備隱含其中。以消極的隱忍表示積極的對抗，體現出妻子的內心痛苦，也體現出妻子的大度。當然，論辯式話語更多的是以針鋒相對的顛覆體現人物心態、性格的。如：

> 村長說：「今兒個我豁出去了！」
>
> 會計說：「我也豁出去了今兒個！」
>
> 村長說：「有本事你出來！」
>
> 會計說：「不出來算你沒本事！」
>
> 村長說：「出來呀你！」
>
> 會計說：「你出來呀！」
>
> ——鐵凝〈砸骨頭〉

居士村的村長因為沒能把本村的稅款收齊，與村裡的會計鬥氣，兩人為了抒發內心的憤懣叫起陣來。顛覆式的論辯以顛倒對方話語語序的方式表現出來。話語接受者看似沒有突破話語表達者的語義內容，只是一味以顛倒重複表達者發出的話語信息，以體現對抗。小說中還有多個二者叫陣的話語片段，雙方也是以這種無話語目的鬥嘴呈現，發洩憤懣，表現出了人物性格特徵和居士村的鄉土氣息。

　　帶有魔幻色彩的論辯在展示人物的同時渲染了某種氣氛，某種色彩。如：

> 「沒有風，樹就是死的。沒有天，就看不見樹。」他的聲音窸窸窣窣。

「你說什麼？」寂旖在腦中說。

「我說你應該到戶外去。有病的樹應該沐浴在陽光中。」

「出去幹什麼呢？」

「比如騎自行車，或者清洗自行車。」

「我沒有自行車。」

他站在窗櫺前向樓下俯視：

一輛火紅的山地車正在樓下草坪上翩躚欲飛。「『綠叢裡的紅嘴鳥』，我給它起的名字。」他說，「它屬於你了。我馬上就要離開這個城市了。」

「我對自行車極端挑剔，像我選擇男人一樣。」寂旖說。

「『紅嘴鳥』可是輛好車。」

「只是與選擇男人正好相反，我喜歡破自行車。」

「為什麼？」

「可以免去清洗車子之苦。我把它隨便丟在哪兒都放心。」

「髒了，總要清洗的。」

「那不一定。車子髒了，我就等著下一場雨，把車子淹沒在如煙似雲的水幕中，然後它就會潔淨如初。」

他哈哈大笑起來，整個房間及走廊都被他的笑聲震顫得綻滿大朵大朵的玉蘭花，芳香四散。

隨著他徹響的笑聲，他人影忽悠一下就不見了。

──陳染〈與假想心愛者在禁中守望〉

書桌照片中的「他」與寂旖的對話充滿一種魔幻色彩。首先，人物是現實還是虛擬，在小說中真假莫辨。其次，從到戶外──騎自行車──清洗自行車，二人是持論辯態度的。論辯中荒誕與哲理相間，「他」的消失意味著論辯終結，也意味著夢幻色彩更加濃郁。

論辯性對話不尋求雙方達成一致的交際效果，但尋求故事情節發

展的效果。就這一意義上說，論辯性在敘事情節發展上起著重要作用，它可能引導情節的發展、促進情節的發展。如遲子建〈與周瑜相遇〉的對話，以「披鎧甲」、「穿布衣」同英雄之間形成的對應關係的論辯，以柔克剛，促使情節由戰爭向和平轉化。周瑜脫下鎧甲，換上布衣，標誌著這一轉化，而這一轉化就是由村婦與周瑜的柔性論辯和平解決的。方方〈風景〉中七哥與「她」開誠布公的論辯，使二人關係一度破裂，最終又因明白無誤地探知對方意圖，但別無選擇而走到一塊兒。這是論辯性對話對人物情節發展的導向作用。蘇童〈1934年的逃亡〉陳玉金女人「沙啞的雷雨般的傾訴聲」雖然擁有了話語權，卻導致陳玉金以暴力殺妻的行動辯駁。蔣氏對狗崽一連串無停頓話語，導致狗崽果真拳擊其在母腹中的弟弟。這些論辯話語所產生的情節發展，與話語形式有著直接關聯。莫言〈紅高粱〉中「我」奶奶與曾外祖父對話錯位中蘊含的隱性論辯，不但展示了二人不同的心態和價值取向，還導致情節發展。「我」奶奶在絕望中擺脫了曾外祖父，擺脫了畸形婚姻的羈絆，最終與余占鰲在高粱地裡耕雲播雨，演繹了一場轟轟烈烈的愛情故事。論辯性對話作為小說情節的組成部分，參與了情節建構。它可能是情節的一個組成部分，又可能是情節發展的預設，導致情節某一方向的發展。

參考文獻

專著類

曹德和　《曹德和卷》　北京市　北京師範大學出版集團　安徽大學出版社　2013 年

曹京淵　《言語交際中的語境研究》　濟南市　山東文藝出版社 2008 年

曹文軒　《小說門》　北京市　作家出版社　2003 年

陳望道　《修辭學發凡》　上海市　復旦大學出版社　2008 年

陳一琴選輯　孫紹振評說　《聚訟》　上海市　上海三聯書店　2012 年

董小英　《再登巴比倫塔──巴赫金與對話理論》　上海市　三聯書店　1994 年

馮廣藝　《漢語修辭論》　武漢市　華中師範大學出版社　2003 年第 2 版

馮廣藝　《語境適應論》　武漢市　湖北教育出版社　1999 年

高萬雲　《文學語言的多維視野》　濟南市　山東文藝出版社　2001 年

高萬雲　《中國修辭理論和批評》　濟南市　山東人民出版社 2004 年

郜元寶　《在語言的地圖上》　上海市　文匯出版社　1999 年

桂詩春　《心理語言學》　上海市　上海外語教育出版社　1985 年

胡習之　《核心修辭學》　北京市　中國社會科學出版社　2014 年

江　南　《漢語修辭的當代闡釋》　徐州市　中國礦業大學出版社　2001 年

金元浦　《文學解釋學》　長春市　東北師範大學出版社　1997 年

黎運漢　《漢語修辭學》　廣州市　廣東教育出版社　2006 年

李建軍　《小說修辭研究》　北京市　中國人民大學出版社　2003 年

劉大為　《比喻、近喻與自喻──辭格的認知性研究》　上海市　上
　　　　海教育出版社　2001 年

劉叔成　夏之放　樓昔勇等著　《美學基本原理》　上海市　上海人
　　　　民出版社　2001 年

魯樞元　《超越語言──文學言語學芻議》　北京市　中國社會科學
　　　　出版社　1990 年

陸志平　吳功正　《小說美學》　臺北市　東方出版社　1991 年

馬以鑫　《接受美學新論》　臺北市　學林出版社　1995 年

馬振方　《小說藝術論》　北京市　北京大學出版社　1999 年

南　帆　《文學的維度》　上海市　三聯書店　1998 年

錢鍾書　《談藝錄》　北京市　三聯書店　2001 年

盛子潮　《小說形態學》　福州市　海峽文藝出版社　1993 年

孫紹振　《當代中國文學的藝術探險》　福州市　福建教育出版社
　　　　1998 年

孫紹振　《名作細讀》　上海市　上海教育出版社　2006 年

孫紹振　《審美、審醜與審智》　廣州市　廣東人民出版社　2014 年

孫紹振　《審美形象的創造》　福州市　海峽文藝出版社　2000 年

孫紹振　《孫紹振如是解讀作品》　福州市　福建教育出版社 2007 年

孫紹振　《文學性講演錄》　桂林市　廣西師範大學出版社　2006 年

童慶炳　《文學活動的美學闡釋》　西安市　陝西人民出版社 1992 年

王德春　陳晨　《現代修辭學》　上海市　上海外語教育出版社
　　　　2002 年

王建華　周明強　盛愛萍　《現代漢語語境研究》　杭州市　浙江大
　　　　學出版社　2002 年

王　蒙　《紅樓啟示錄》　北京市　生活‧讀書‧新知三聯書店
　　　　1991 年

王培基 《文學語言專題研究》 西寧市 青海人民出版社 2008 年

王希傑 《漢語修辭學》（修訂本） 北京市 商務印書館 2004 年

王希傑 《修辭學通論》 南京市 南京大學出版社 1996 年

王一川 《漢語形象與現代性情結》 北京市 首都師範大學出版社 2001 年

王一川 《文學理論講演錄》 桂林市 廣西師範大學出版社 2004 年

王一川 《修辭論美學：文化語境中的 20 世紀中國文藝》 北京市 中國人民大學出版社 2009 年

王一川 《語言烏托邦》 昆明市 雲南人民出版社 1994 年

王占馥 《漢語語境學概論》 廣州市 南方出版社 1998 年

吳禮權 《現代漢語修辭學》 上海市 復旦大學出版社 2012 年第 2 版

吳禮權 《修辭心理學》 昆明市 雲南人民出版社 2002 年

西槙光正編 《語境研究論文集》 北京市 北京語言學院出版社 1992 年

夏忠憲 《巴赫金狂歡化詩學研究》 北京市 北京師範大學出版社 2000 年

徐 岱 《小說形態學》 杭州市 杭州大學出版社 1992 年

徐 岱 《藝術的精神》 北京市 首都師範大學出版社 2001 年

徐劍藝 《小說符號學》 杭州市 浙江大學出版社 1991 年

葉維廉 《中國詩學》 北京市 三聯書店 1992 年

易中天 《破門而入》〈易中天談美學〉 上海市 復旦大學出版社 2006 年

余岱宗 《小說文本審美差異性研究》 北京市 人民出版社 2015 年

張衛中 《20 世紀中國文學語言變遷史》 北京市 中國社會科學出版社 2013 年

張宗正 《理論修辭學——宏觀視野下的大修辭學》 北京市 中國社會科學出版社 2004 年

鄭頤壽　《辭章體裁風格學》　廣州市　暨南大學出版社　2008 年

鄭頤壽　《辭章學發凡》　福州市　海峽文藝出版社　2005 年

鄭頤壽　《辭章學新論》　臺北市　萬卷樓圖書公司　2004 年

鄭頤壽主編　《文藝修辭學》　福州市　福建教育出版社　1993 年

鄭子瑜　宗廷虎主編　《中國修辭學通史》　長春市　吉林教育出版
　　　　社　1998 年

朱光潛　《朱光潛美學文集》　上海市　上海文藝出版社　1982 年

朱立元　《接受美學》　上海市　上海人民出版社　1989 年

朱立元主編　《美學》　廣州市　廣東高等教育出版社　2006 年

祝敏青　《文學言語的多維空間》　福州市　福建人民出版社 2005 年

祝敏青　《文學言語的修辭審美建構》　北京市　人民出版社 2014 年

祝敏青　《小說辭章學》　福州市　海峽文藝出版社　2000 年

宗白華　《美學散步》　上海市　上海人民出版社　1981 年

宗廷虎　《20 世紀中國修辭學》（上下卷）　北京市　中國人民大學
　　　　出版　2008 年

宗廷虎　《宗廷虎修辭論集》　長春市　吉林教育出版社　2003 年

宗廷虎、李金苓　《修辭史與修辭學史闡釋》　濟南市　山東文藝出
　　　　版社　2008 年

〔德〕H. R. 姚斯　（美）R. C. 霍拉勃著　周寧、金元蒲譯　《接受
　　　　美學與接受理論》　瀋陽市　遼寧人民出版社　1987 年

〔美〕W. C. 布斯　華明、胡曉蘇、周憲等譯　《小說修辭學》　北
　　　　京市　北京大學出版社　1987 年

〔美〕赫伯特・瑪爾庫塞　李小兵譯　《審美之維》　北京市　生
　　　　活・讀書・新知三聯書店　1989 年

〔德〕馬丁・海德格爾　郜元寶譯　《人，詩意地安居》　上海市
　　　　上海遠東出版社　1995 年

〔捷克〕米蘭・昆德拉　董強譯　《小說的藝術》　上海市　上海譯
　　　　文出版社　2004 年

〔英〕瑞恰慈、奧格登　白人立、國慶祝譯　《意義之意義》　北京
　　市　北京師範大學出版社　2000 年

〔英〕瑞恰慈　楊自伍譯　《文學批評原理》　上海市　百花洲文藝
　　出版社　1997 年

〔美〕愛德華・薩丕爾　陸卓元譯　《語言論》　北京市　商務印書館
　　1985 年

〔美〕蘇珊・朗格　滕守堯等譯　《藝術問題》　北京市　中國社會
　　科學出版社　1983 年

〔奧〕維特根斯坦　賀紹甲譯　《邏輯哲學論》　北京市　商務印書
　　館　1996 年

〔蘇〕巴赫金　《巴赫金全集》　石家莊市　河北教育出版社 1998 年

論文類

馮黎明　〈論文學話語與語境的關係〉　《文藝研究》　2002 年第
　　6 期

高萬雲　〈理論與方法：新世紀文學語言研究之研究〉　《當代修辭
　　學》　2011 年第 1 期

李蘇鳴　〈文學創作與文學鑒賞的矛盾焦點──語境差〉　《修辭學
　　習》　1994 年第 4 期

李支軍　〈文學語境與文學語言〉　《涪陵師院學報》　2005 年第
　　5 期

龍國貽　〈小說非常規對話語境設置〉　《閱讀與寫作》　2005 年
　　第 1 期

王培基　〈文學語言的獨創性〉　《青海師範大學學報》　2001 年
　　第 1 期

王詠梅　〈論形成文學語言風格多樣性的內語境機制〉　《齊齊哈爾
　　大學學報》　2003 年第 5 期

吳　昊　〈國內文學語境研究綜述〉　《南京社會科學》　2008 年
　　　　第 6 期

吳　昊　〈文學語境新論〉　《渤海大學學報》　2011 年第 2 期

徐　岱　〈文學符號的功能〉　《文學評論》　1989 年第 3 期

徐藝嘉　〈新世紀文學語境中的審美「新質」——「新生代」軍旅中
　　　　短篇小說創作特色成因之我見〉　《文藝報》　2012 年 11 月
　　　　29 日

宋素青　〈文學話語的多語境分析〉　《江西社會科學》　2009 年
　　　　第 7 期

周　穎　〈「無邊」的語境——解構症結再探〉　《外國文學評論》
　　　　2007 年第 4 期

朱全國　〈語境在文學藝術活動中的制約作用〉　《文藝理論與批
　　　　評》　2004 年第 1 期

後記

　　我的修辭學尋夢之旅始於復旦。一九八七年到復旦學習，是尋夢的起點。踏進復旦園，似乎就與修辭結下了不解之緣。由陳望道先生開創的現代修辭學，根植於復旦，開枝散葉在全國各地。復旦園濃郁的修辭研究氣氛，給我們以修辭學的薰陶。宗廷虎、李金苓等先生以其豐厚的理論學養，充實精湛的課程講解，熱忱扶掖後學的博大胸懷，激發了大家對修辭學的興趣，使我選定修辭學作為畢生的研究方向。

　　語境是文學語言賴以生存的家園，在修辭學研究中，語境問題常常引發我們的關注，驅動我們深入研究的興趣。本課題原本試圖對當代小說語境進行全面研究，但在對當代小說文本的涉獵中，目光每每被一種奇異的超越規律的語境現象所吸引，使我們最終將研究視角鎖定在了語境差現象。語境差是當代小說語言的一大亮點，出現語境差的語料，往往使我們眼前一亮，樂不可支地賞讀品味其中的韻味。語境差既是語境適應的背離，又是另一層面意義的語境適應，它是對語境適應的多層面考察。鎖定這一視角，使我們在語料的搜尋上更加集中，在理論闡述上更具系統性與理論深度。

　　感謝恩師宗廷虎、李金苓先生。從修辭學研究的起步，到延續至今的研究歷程，他們始終給予了學術理論上的指導，精神上的熱情關注和鞭策鼓勵。他們的鼎力相助，伴隨著我成長的每一步。先生為我們的研究成果推薦參評國家社科基金後期資助項目，在百忙中認真審讀書稿，並為之作序。當看到伴隨「序」寄來的先生的第一句話：「我牢記對你的承諾，四月份交稿」時，我不禁心頭一熱，眼圈頓

紅。先生八十高齡還一直筆耕不止，在《中國辭格審美史》定稿的百忙之中，牢記為我寫序之事，此恩德讓我情何以堪。師恩重如泰山！二位先生認真審讀了此書的初稿，提出了寶貴意見，有些意見甚至是尖銳的、毫不客氣的，讓人感慨先生的敏銳、直率與真誠。他們期盼著書稿的完善，這也更讓我加倍努力，修改書稿，以不辜負先生的期望。

感謝責任編輯馮愛珍女士，她對書稿作了認真的審讀加工。她非常了解我們的寫作思想和學術追求，以深厚扎實的語言學專業基礎，資深編輯的敏感和銳利，提出了寶貴的修改意見。此書的順利面世，與她的辛勤工作蜜不可分。感謝江震龍、肖莉教授，在認真審讀書稿的基礎上，為我們參評國家社科基金後期資助項目寫了推薦意見。感謝廖偉、何君夫婦，注定與小說結緣的身分，使他們有機會為我們提供了大量的小說文本語料。感謝我的先生張建生，在我專注寫作時，他承擔了一切家務，毫無怨言。

本課題在福建省社科基金重點項目「基於語境視域的中國當代小說語言研究」（項目編號：2012A018）基礎上，榮獲國家社科基金後期資助項目（項目編號：15FYY006）。感謝審稿專家，充分肯定本書稿，並對書稿提出了寶貴的修改意見。感謝國家社科規劃辦，感謝福建省社科規劃辦，你們的辛勤工作為我們提供了堅實的研究基礎。

感謝一切給我們以幫助和鼓勵的人們！

本書稿的寫作祝敏青承擔的部分是：前言，第一章，第二章，第三章，第四章第一節、第二節，第五章第二節，第六章第一節、第三節。林鈺婷承擔的部分是：第四章第三節，第五章第一節，第六章第二節，同時還參與第三章第二節、第四章第一節的寫作。

祝敏青

二〇一六夏於御園

作者簡介

祝敏青

　　福建師範大學文學院教授，博士生導師。兼任中國修辭學會辭章學研究會副會長、文學語言研究會副會長。主要從事現代漢語教學與研究。研究方向為修辭學、文學語言學，特別致力於小說語言、語境等課題的研究。研究特色是融語言學、文藝學、美學、哲學、心理學、信息學等邊緣學科理論，對文學語言進行多維立體探討。承擔國家社科基金、福建省社科基金專案六項。獨立著作七部，主編、合著五部。代表著作有《文學言語的修辭審美建構》、《當代小說修辭性語境差闡釋》、《文學言語的多維空間》、《小說辭章學》、《語言學通論》等。發表學術論文八十餘篇。

林鈺婷

　　福建師範大學外國語學院講師，在讀博士生。致力於文藝學、修辭學研究，參與國家社科基金、福建省社科基金專案三項。參與《當代小說修辭性語境差闡釋》書稿寫作，發表論文十餘篇。

本書簡介

　　修辭性語境差是當代小說語境的重要特徵。對其考察，為當代小說語言尋求研究視角、思路和方法的創新，尋求多邊緣學科交融的蹊徑。

　　修辭性語境差指在同一交際界域，語境因素間呈現顛覆狀態，卻具有美學價值的修辭現象。修辭性語境差具有三個基本特徵：對語境平衡的顛覆是標誌性特徵；修辭審美價值是深層性特徵；同域性是界域性特徵。

　　修辭性語境差是基於辯證法觀念對語境所做的動態考察，是多方位，多視角，多層次的。語境差的審美經歷了從表層顛覆到深層重新建構的整合過程。本書共六章，分別對審美視角下的修辭性語境差、被顛覆的小說時空世界、被顛覆的敘事語境、被顛覆的文本語境、話語系統騷動中的語境差、顛覆中的小說對話語境等方面闡釋了修辭性語境差理論。

福建師範大學文學院百年學術論叢·第四輯 1702D06

當代小說修辭性語境差闡釋

作　　　者	祝敏青　林鈺婷
總 策 畫	鄭家建　李建華
發 行 人	陳滿銘
總 經 理	梁錦興
總 編 輯	陳滿銘
副總編輯	張晏瑞
編 輯 所	萬卷樓圖書股份有限公司
排 版	林曉敏
印 刷	百通科技股份有限公司

發　　　行　萬卷樓圖書股份有限公司
　　　臺北市羅斯福路二段 41 號 6 樓之 3
　　　電話 (02)23216565
　　　傳真 (02)23218698
　　　電郵 SERVICE@WANJUAN.COM.TW
香港經銷　香港聯合書刊物流有限公司
　　　電話 (852)21502100
　　　傳真 (852)23560735

ISBN 978-986-478-169-0
2018 年 9 月再版
2017 年 12 月初版
定價：新臺幣 680 元

如何購買本書：

1. 劃撥購書，請透過以下郵政劃撥帳號：
　　帳號：15624015
　　戶名：萬卷樓圖書股份有限公司
2. 轉帳購書，請透過以下帳戶
　　合作金庫銀行　古亭分行
　　戶名：萬卷樓圖書股份有限公司
　　帳號：0877717092596
3. 網路購書，請透過萬卷樓網站
　　網址 WWW.WANJUAN.COM.TW

大量購書，請直接聯繫我們，將有專人為
您服務。客服：(02)23216565 分機 10

如有缺頁、破損或裝訂錯誤，請寄回更換
版權所有·翻印必究
Copyright©2018 by WanJuanLou Books CO., Ltd.
All Right Reserved　　　　Printed in Taiwan

國家圖書館出版品預行編目資料

當代小說修辭性語境差闡釋 / 祝敏青、林鈺
婷著.
-- 再版.-- 臺北市：萬卷樓, 2018.09
面；公分. -- （福建師範大學文學院百年學術
論叢·第四輯·第 6 冊）
ISBN 978-986-478-169-0（平裝）
1.中國小說 2.現代小說 3.修辭學
820.8　　　　　　　　　　　　107014158